Michail Schischkin ist einer der meistgefeierten russischen Autoren der Gegenwart. Er wurde 1961 in Moskau geboren, studierte Linguistik und unterrichtete Deutsch. Seit 1995 lebt er in der Schweiz. Seine Romane »Venushaar« und »Briefsteller« wurden national und international vielfach ausgezeichnet, u. a. erhielt er als einziger Autor alle drei wichtigen Literaturpreise Russlands. 2011 wurde ihm der Internationale Literaturpreis in Berlin verliehen. Sein Roman »Die Eroberung von Ismail« wurde u. a. mit dem Booker-Prize für das beste russische Buch des Jahres (2000) ausgezeichnet und gilt als sein kompromisslosestes Werk.

»Michail Schischkin erweist sich als einer der originellsten Autoren der russischen Literaturszene – zumal er es verstanden hat, abseits aller Moden eine eigene Schreibweise und eine eigene Literaturkonzeption zu etablieren.« *Neue Zürcher Zeitung*

»Der neue Tolstoi lebt in Zürich!« *Tagesanzeiger*

»Michail Schischkin ist ein mächtig ausgreifender Erzähler und Wortgläubiger mit Klassikerpotenz, wie man ihn schon lange nicht mehr sah in der russischen Weltliteratur.« *NZZ am Sonntag*

Michail Schischkin

VENUSHAAR

ROMAN

Aus dem Russischen
von Andreas Tretner

PENGUIN VERLAG

Die Originalausgabe erschien 2005 unter dem Titel
»Venerin Volos« bei Vagrius, Moskau.

Die Arbeit des Übersetzers wurde gefördert vom Deutschen Übersetzerfonds e.V. mit Mitteln der Kulturstiftungen des Bundes und der Länder sowie des Auswärtigen Amtes.

Des Weiteren wurde die Übersetzung von der Michail Prochorow Stiftung, Moskau, im Rahmen des Transcript-Programms, unterstützt.

Mikhail Prokhorov Fund

1. Auflage 2022

Umschlaggestaltung: bürosüd, München nach einem Umschlagentwurf
von glanegger.com, Büro für Buch und Grafik, München
Umschlagabbildung: Shutterstock / titelio
Druck und Bindung: GGP Media GmbH, Pößneck
Printed in Germany
ISBN 978-3-328-11010-1
www.penguin-verlag.de

Und angerufen wird der Staub und zu ihm gesagt:
»Gib zurück, was dir nicht gehört;
offenbare, was du bewahrt für seine Zeit.«
Denn durch das Wort ward die Welt erschaffen, und
durch das Wort werden wir einst auferstehen.

Buch der Offenbarung Baruchs,
des Sohnes des Nerija, 4, XLII

Dem Dareios und der Parysatis wurden zwei Söhne geboren, ein älterer, Artaxerxes, ein jüngerer, Kyros.

Die Befragungen beginnen morgens um acht. Alle sind noch verschlafen, zerknittert, mürrisch – die Beamten ebenso wie die Dolmetscher, die Polizisten und die Asylanten. Die, die erst noch Asylanten werden wollen, genauer gesagt. Einstweilen sind sie bloß GS. *Gesuchsteller*. So heißen diese Menschen hier.

Der Erste wird hereingeführt. Vorname. Zuname. Geburtsdatum. Aufgeworfene Lippen. Pickel überall. Älter als sechzehn, so viel ist klar.

Frage: Führen Sie kurz die Gründe aus, weshalb Sie um Gewährung von Asyl in der Schweiz bitten.
Antwort: Mit zehn kam ich ins Heim. Unser Direktor hat mich vergewaltigt. Ich bin abgehauen. Auf einem Parkplatz hab ich Trucker getroffen, die über die Grenze fahren. Einer hat mich rausgeschafft.
Frage: Warum haben Sie Ihren Direktor nicht bei der Polizei angezeigt?
Antwort: Die hätten mich totgeschlagen.
Frage: Wer sind »die«?
Antwort: Die stecken doch alle unter einer Decke. Der Direktor hat mich und noch einen Jungen und zwei Mädchen ins Auto gepackt und auf eine Datscha gefahren. Nicht seine, die von irgendwem, keine Ahnung. Dort trafen sie sich, die ganzen Chefs, auch der Polizeichef. Sie haben gesoffen und auch uns Alkohol eingeflößt. Dann wurden wir auf die Zimmer aufgeteilt. Das Haus war groß.
Frage: Sind damit alle Gründe genannt, weshalb Sie um Gewährung von Asyl bitten?

Antwort: Ja.
Frage: Beschreiben Sie Ihren Reiseweg. Aus welchem Land sind Sie in die Schweiz eingereist, und wo genau?
Antwort: Das weiß ich nicht. Ich saß im Truck, hinter Kartons. Ich bekam zwei Plastikflaschen: eine mit Wasser, eine für den Urin. Nur nachts durfte ich raus. Hier ganz in der Nähe haben sie mich abgesetzt. Ich weiß ja nicht mal, wie die Stadt heißt. Ich bekam gesagt, wo ich hingehen soll, um mich zu stellen.
Frage: Haben Sie sich in der Vergangenheit politisch oder religiös betätigt?
Antwort: Nein.
Frage: Sind Sie vorbestraft? Wurde gegen Sie ermittelt?
Antwort: Nein.
Frage: Haben Sie schon einmal in einem anderen Land einen Asylantrag gestellt?
Antwort: Nein.
Frage: Haben Sie in der Schweiz eine Rechtsvertretung?
Antwort: Nein.
Frage: Stimmen Sie einer Knochengewebeuntersuchung zur gutachterlichen Feststellung Ihres Alters zu?
Antwort: Was?

In der Pause kann man im Dolmetscheraufenthaltsraum einen Kaffee trinken. Die Fenster gehen hier auf die Baustelle, wo ein neues Empfangszentrum für Asylsuchende errichtet wird.

In Abständen glüht der weiße Plastikbecher in meinen Händen auf, das ganze Zimmer erstrahlt im Widerschein der Schweißblitze. Das kommt, weil der Schweißer direkt vor dem Fenster arbeitet.

Niemand sonst ist im Raum, ich kann zehn Minuten ungestört lesen.

Also: Dem Dareios und der Parysatis wurden zwei Söhne geboren, ein älterer, Artaxerxes, ein jüngerer, Kyros. Als Dareios krank war und das Ende seines Lebens vorausahnte, wollte er beide Söhne in seiner Nähe haben. Der ältere war nun zufällig anwesend. Kyros aber ließ er aus dem Herrschaftsbereich rufen, zu dessen Satrapen er ihn gemacht hatte.

Auch die Buchseiten flammen auf im Blitzlicht des Schweißens. Das Lesen ist unangenehm – nach jedem Blitz wird die Seite schwarz.

Es dringt selbst durch die geschlossenen Lider.

Peter schaut zur Tür herein. Herr Fischer. Der Schicksalslenker. Er zwinkert mir zu als wolle er sagen: Sollen wir wieder? Und auch er wird angeblitzt wie von einem Fotoapparat. Prägt sich ein mit einem zugekniffenen Auge.

Frage: Verstehen Sie den Dolmetscher?
Antwort: Ja.
Frage: Wie ist Ihr Name?
Antwort: ***.
Frage: Vorname?
Antwort: ***.
Frage: Wie alt sind Sie?
Antwort: Sechzehn.
Frage: Haben Sie einen Pass oder ein anderes Dokument, das Ihre Identität bezeugt?
Antwort: Nein.
Frage: Sie müssen doch eine Geburtsurkunde haben. Wo ist sie?
Antwort: Verbrannt. Alles ist verbrannt. Die haben unser Haus abgefackelt.
Frage: Wie heißt Ihr Vater?
Antwort: *** ***. Er ist schon lange tot, ich kann mich gar nicht an ihn erinnern.
Frage: Was war die Todesursache?
Antwort: Weiß ich nicht. Er war viel krank. Hat getrunken.
Frage: Geben Sie den Vor- und Nachnamen sowie Mädchennamen Ihrer Mutter an.
Antwort: ***. Mädchenname weiß ich nicht. Sie ist ermordet worden.

Frage: Wer hat Ihre Mutter ermordet, wann und unter welchen Umständen?
Antwort: Die Tschetschenen.
Frage: Wann?
Antwort: Diesen Sommer. Im August.
Frage: An welchem Tag?
Antwort: Das weiß ich nicht mehr genau. Kann sein, am neunzehnten oder am zwanzigsten. Weiß ich nicht mehr.
Frage: Wie wurde Ihre Mutter ermordet?
Antwort: Erschossen.
Frage: Geben Sie Ihren letzten Wohnsitz vor der Ausreise an.
Antwort: ***. Das ist ein kleines Dorf in der Nähe von Shali.
Frage: Geben Sie die genaue Adresse an: Straße, Hausnummer.
Antwort: Adresse gibt es nicht, da war nur eine Straße und unser Haus. Das steht nicht mehr. Abgebrannt. Vom ganzen Dorf ist nichts übrig.
Frage: Haben Sie Verwandte in Russland? Geschwister?
Antwort: Einen Bruder hatte ich. Einen großen Bruder. Er wurde getötet.
Frage: Wer hat Ihren Bruder getötet, wann und unter welchen Umständen?
Antwort: Die Tschetschenen. Auch da. Zusammen mit der Mutter.
Frage: Sonst noch Verwandte in Russland?
Antwort: Sonst keine.
Frage: Haben Sie Verwandte in Drittländern?
Antwort: Nein.
Frage: In der Schweiz?
Antwort: Nein.
Frage: Welcher Nationalität gehören Sie an?
Antwort: Russe.
Frage: Konfession?
Antwort: Wie?
Frage: Religion?

Antwort: Ja.
Frage: Orthodox?
Antwort: Ja, ja. Ich hatte nicht richtig verstanden.
Frage: Führen Sie kurz die Gründe aus, weshalb Sie um Gewährung von Asyl in der Schweiz bitten.
Antwort: Zu uns kamen immerzu Tschetschenen und wollten, dass mein Bruder mit ihnen in die Berge geht und gegen die Russen kämpft. Sonst würden sie ihn töten. Meine Mutter hat ihn versteckt gehalten. Als ich an dem Tag nach Hause kam, hörte ich aus dem offenen Fenster Schreie. Ich versteckte mich beim Schuppen im Gebüsch und sah, wie im Zimmer drinnen ein Tschetschene mit dem Gewehrkolben auf meinen Bruder einschlug. Es waren mehrere, alle mit Kalaschnikows. Den Bruder konnte ich nicht sehen, er lag schon am Boden. Und dann hat sich meine Mutter mit dem Messer auf sie gestürzt. Dem kleinen Küchenmesser zum Kartoffelschälen. Einer von denen hat sie gegen die Wand gestoßen, das Gewehr gegen ihren Kopf gehalten und abgedrückt. Dann sind sie rausgekommen, haben das Haus mit Benzin aus einem Kanister begossen und angezündet. Dann standen sie da und haben zugeguckt, wie es brannte. Mein Bruder hat noch gelebt, ich habe ihn schreien hören. Ich hatte Angst, dass sie mich sehen und auch umbringen.
Frage: Reden Sie weiter, erzählen Sie, was dann geschah.
Antwort: Dann sind sie weggegangen. Und ich hockte da, bis es finster wurde. Ich wusste nicht, was tun und wohin. Ich bin dann zu einer russischen Wachpostenstelle an der Straße nach Shali. Ich dachte, die Soldaten könnten mir irgendwie helfen. Aber die haben selber bloß Angst, sie jagten mich weg. Ich wollte ihnen erklären, was passiert war, aber sie schossen in die Luft, damit ich mich verzog. Ich hab die Nacht draußen in irgendeinem zerstörten Haus verbracht. Mich anschließend nach Russland durchgeschlagen. Und von da nach hier. Dort möchte ich nicht leben.
Frage: Sind damit alle Gründe genannt, weshalb Sie um Gewährung von Asyl bitten?
Antwort: Ja.

Frage: Beschreiben Sie Ihren Reiseweg. Durch welche Länder sind Sie gekommen und mit welchen Verkehrsmitteln?
Antwort: Je nachdem. Mit Zügen. S-Bahn und Eisenbahn. Über Weißrussland, Polen, Deutschland.
Frage: Hatten Sie Geld, um Fahrkarten zu erwerben?
Antwort: Woher denn? Ich bin schwarzgefahren. Hab mich von den Kontrolleuren ferngehalten. In Weißrussland bin ich einmal geschnappt und während der Fahrt aus dem Zug geschmissen worden. Ich hatte Glück, dass der Zug gerade langsam fuhr und dass da eine Böschung war. Ich bin gut gefallen, ohne mir was zu brechen. Hab mir nur an Glasscherben das Bein aufgeschlitzt. Hier, sehen Sie. Dann hab ich auf dem Bahnhof übernachtet, eine Frau gab mir Pflaster.
Frage: Welche Dokumente haben Sie beim Grenzübertritt vorgewiesen?
Antwort: Keine. Ich bin immer nachts zu Fuß rüber.
Frage: Wo und auf welche Weise haben Sie die Schweizer Grenze überschritten?
Antwort: Hier in … wie heißt das noch mal …
Frage: Kreuzlingen.
Antwort: Ja. Ich bin ganz normal an der Polizei vorbei. Die kontrollieren nur Autos.
Frage: Womit haben Sie Ihren Lebensunterhalt bestritten?
Antwort: Mit nichts.
Frage: Was soll das heißen? Haben Sie gestohlen?
Antwort: Je nachdem. Manchmal ja. Was hätte ich tun sollen? Man hat doch Hunger.
Frage: Haben Sie sich in der Vergangenheit politisch oder religiös betätigt?
Antwort: Nein.
Frage: Sind Sie vorbestraft? Wurde gegen Sie ermittelt?
Antwort: Nein.
Frage: Haben Sie schon einmal in einem anderen Land einen Asylantrag gestellt?

Antwort: Nein.
Frage: Haben Sie in der Schweiz eine Rechtsvertretung?
Antwort: Nein.

Während der Drucker das Protokoll ausspuckt, bleiben alle stumm. Der Junge polkt an seinen abgekauten schwarzen Fingernägeln. Seine Jacke und die schmutzigen Jeans riechen nach Zigarettenrauch und Urin.

Zurückgelehnt sitzt Peter auf seinem Stuhl und schaukelt, dabei sieht er aus dem Fenster, wo Vögel ein Flugzeug überholen.

Ich male Kreuzchen und Kästchen in meinen Block, ziehe Diagonalen hindurch und schwärze die entstandenen Dreiecke so, dass ein regelmäßiges Relief entsteht.

An den Wänden ringsum hängen Fotos. Der Schicksalslenker ist ein fanatischer Angler. Hier hält er auf Alaska einen dicken Fisch bei den Kiemen, dort irgendein karibisches Tier am kräftigen Haken, der aus dem Riesenrachen ragt.

Hinter meinem Kopf hängt eine Weltkarte. Übersät mit farbigen Stecknadelköpfen. Schwarze Nadeln stecken in Afrika, gelbe in Asien. Weiße Nadelköpfe ragen aus den Balkanländern, Weißrussland, der Ukraine, Moldawien, Russland und dem Kaukasus. Nach dieser Befragung wird ein weiterer hinzukommen.

Nadelstichtherapie.

Der Drucker verstummt und blinkt rot – das Papier ist alle.

Hochwerter Nabuccosaurus!

Ihr erhieltet von mir schon ein flüchtiges Kärtchen, das mehr und Näheres in Aussicht stellte. Nun denn!

Nach vollbrachtem Tagwerk hinter schwedischen Gardinen kehrte ich heim. Aß Makkaroni. Las nochmals Eure Botschaft, die mich so höchlich erfreut hat. Mein Blick ging aus dem Fenster. Wind trieb die Dämmerung heran. Es regnet in Strömen. Unten auf dem Rasen liegt ein roter Schirm, wie ein klaffender Schnitt in der Grashaut.

Aber der Reihe nach.

Es geschieht wahrlich nicht jeden Tag, dass der Postbote unsereins mit Botschaften aus fremden Landen verwöhnt. Noch dazu solchen! Zwischen Rechnungen und Reklame die freudige Überraschung: ein Brief von Euch, worin Ihr Euren Staat, den Staat des großen Nabuccosaurus, bis ins Kleinste beschreibt: seine ruhmreiche geografische Vergangenheit, Ebbe und Flut der Geschichte, Sitten der Flora und Gebräuche der Fauna, Vulkane, Gesetze, Katapulte und die kannibalischen Gelüste der Bevölkerung. Wie zu erfahren war, hat es sogar Vampire bei Euch da unten und Draculas! Und Ihr führt also das Zepter. Sehr erfreut.

Zwar wimmelt es in Eurem Schreiben von grammatischen Fehlern, aber was tut das zur Sache! Fehler korrigieren, das lässt sich lernen, doch solcherart Botschaft wird mir von Euch gewiss kein zweites Mal zuteil. Kaiser werden furchtbar schnell erwachsen und vergessen ihre Reiche.

An der beigelegten Karte Eures Inselimperiums, dem gediegenen Werk begabter kaiserlicher Kartografen, vermag ich mich gar nicht sattzusehen. Wisst Ihr was, ich werde sie mir hier an meine Wand pinnen! Dann kann ich immer schauen und rätselraten, wo zwischen all den Bergen, Wüsten und Seen, Filzstiftfeldern, -wäldern und -metropolen Ihr wohl gerade seid. Und was Ihr so treibt? Seid Ihr schon umgezogen aus der Sommerresidenz ins Herbstpalais? Oder schlaft Ihr schon? Eine unversenkbare Flotte behütet Euren Schlaf: Sieh an, sieh an, Triremen und Unterseeboote umkreisen in Kiellinie die Inseln.

Und welch ruhmreicher Name für den wohltätigen Herrn! In bunten Lettern geschrieben! Ich habe ja so meine Vermutungen, wie Ihr drauf kamt, doch die behalte ich für mich.

Nun bittet Ihr in Eurem Sendschreiben, Einblick zu erhalten in unseren Staat, der Euch fern und Euren Erdkundlern und Entdeckungsreisenden noch unbekannt ist. Wie könnte ich dieses Begehren unbefriedigt lassen!

Was also gibt es über unser Reich zu sagen? Es ist ein gelobtes, gastliches, wolkenkratzendes Land. Gemessen an der Fläche, sind drei Jahre im Galopp keine Entfernung. Gemessen an der Zahl der Mücken pro Körper der Bevölkerung in schlaflosen Stunden, sucht es seinesgleichen. Gemessen spaziert die Katze auf der Mauer.

Unsere Karte ist reich an weißen Flecken, vor allem wenn es schneit. Die Grenzen sind so weit, man weiß gar nicht, was eigentlich dahinter kommt. Die einen sagen: der Horizont. Anderen Quellen zufolge die Schlusskadenz der Engelsposaunen. Verbürgt ist jedoch, dass wir ungefähr nördlich der Hellenen liegen, an den Ufern des Himmelsozeans, über den nun wieder *unsere* unversenkbare Wolkenflotte in Kiellinie zieht.

Flora ist einstweilen noch vorhanden, von der Fauna sind nur die Wipfel der Bäume da draußen übrig, die aussehen wie Schwärme von Jungfischen. Der Wind scheucht sie.

Unsere Fahne ist ein Chamäleon, die Gesetze lassen sich drehen, von Vulkanen ist mir persönlich nichts bekannt.

Die hauptsächliche Frage, an der sich die imperialen Geister hier seit Generationen scheiden, ist: Wer sind wir und wozu? Bei aller Augenscheinlichkeit – die Antwort ist vage. Von vorne sind wir Sarmaten, von der Seite Hyperboreer, also entweder Orotschen oder Tungusen. Und jeder ist ein Ministerium für sich. Pardon, Mysterium wollte ich schreiben.

Woran die Leute hier glauben, ist primitiv, doch nicht ohne Poesie. Manche glauben felsenfest, die Welt wäre eine große Elchkuh und der Wald ihr Fell, darin die wilden Tiere als Parasiten hausen und die Vögel darüber als schwirrendes Ungeziefer. So sieht sie aus, die Herrin des Universums. Und fällt es ihr ein, sich an einem Baum zu scheuern, dann hebt das große Sterben an.

Kurzum, dieses Reich hat irgendwer zur besten aller Welten erklärt, und Euer ergebener Diener ist in ihr – das wolltet Ihr doch wissen: ob nicht zufällig der Chef vom Ganzen …? – nein, kein Chef. Aber wie sag ich es meinem lieben Nabuccosaurus, welchen Geschäften wir hier nachgehen? Ich will einmal so sagen:

Selbst diese ängstlich schwärmende Fischbrut draußen vor dem Fenster, nicht ahnend, dass sie nur Laub ist im Wind – selbst die glaubt, dass da für jeden einer sei, der auf ihn wartet, an ihn denkt und ihn von Angesicht kennt: jedes Äderchen, jedes Tüpfelchen. Davon bringt sie keiner ab. Und so kommen sie gekrochen aus allen erdenklichen Welten, aus jedem Dorf ein Hund: Raubeine und Mimosen, Märtyrer und Angehörige, Linkshänder und Rechtshänder, Racketeers und Taxidermisten. Keiner versteht keinen. Und hier leiste ich Dienste. Meines Zeichens Dolmetsch in der Flüchtlingskanzlei des Ministeriums für Paradiesverteidigung.

Jeder möchte was erklären. Hofft darauf, angehört zu werden. Dafür sind wir da, Petrus und ich. Ich dolmetsche die Fragen und Antworten, Petrus schreibt auf und nickt: Aha, und das soll ich Ihnen glauben. Petrus glaubt keinem. Stellt sich zum Beispiel eine hin und sagt: »Ich bin eine einfache Hirtin, Findelkind, kenne meine Eltern nicht, ein armer Ziegenhirte hat mich aufgezogen, Dryas mit Namen.« Und schon geht es los, vom Hölzchen aufs Stöckchen: Bäume voller Obst, Felder voller Korn, Wein an den Hängen, Herden auf den Wiesen, überall das sanfte Zirpen der Zikaden und der Früchte süßer Wohlgeruch. Und dann: Piratenüberfall, feindliche Invasion. Gepflegte Fingernägel leuchten auf im Licht des Feuerzeugflämmchens. »Ich bin auf dem Dorf groß geworden, das Wort Liebe habe ich nie einen sagen hören. Und Spiralen gab's für mich nur im Sofa. Ach, mein geliebter Daphnis! Man hat uns getrennt, uns Unglückselige! Ein Stress am andern. Mal will eine tyrische Clique sich prügeln, mal bläst Besuch aus Methymna sich auf. Daphnis hat mich zu den Kunden begleitet, als Leibwächter. Die Frisur entscheidet mit, wie der Tag läuft und letztlich das Leben. Sehen Sie, was die mit meinen Zähnen gemacht haben? Meine Zähne taugen so schon nicht viel. Die hab ich von Mama. Sie erzählte immer, wie sie als Kind den Putz vom Ofen gepolkt und gegessen hat. Kalziummangel. Genauso hab ich, wie ich mit Janotschka schwanger war, den Lehrern am Institut die Kreide geklaut und geknabbert. Liebe ist wie der

Mond – wenn sie nicht zunimmt, nimmt sie ab –, aber die neue ist wie die alte, immer derselbe Mond.« – »War es das?«, fragt Petrus. »Ja.« – »Dann hätten wir hier«, sagt Petrus, »noch Ihre bildschönen Fingerabdrücke« – und zeigt sie ihr. »Wie? Was soll das heißen?«, fragt sie und ist baff. »Das soll heißen, dass wir in unserer schönen Reichskartei Ihre schmutzigen Finger drinhaben.« Und schmeißt sie achtkant raus. Noch aus dem Fahrstuhl hört man sie brüllen: »Ihr seid doch keine Menschen, ihr seid doch feuchter Lehm! Geformt hat man euch wohl, doch etwas einzuhauchen vergaß man!«

Ein anderer wiederum bringt keinen vernünftigen Satz zustande. Sprudelt aber wie ein Wasserhahn. Ich strenge mich an herauszukriegen, was er da kollert, derweil richtet Petrus die Dinge auf seinem Schreibtisch fein säuberlich aus – als wollte er, Tischvorsteher sozusagen, die Parade seiner Bleistifte und Zahnstocher abnehmen. Er kriegt die Zeit bezahlt. Keine Eile. Petrus ist ein ordnungsliebender Mensch. Und dieser GS schwätzt von irgendeinem Sesam, brüllt, dass es sich gefälligst öffnen soll. Stammelt was von weißen Kreidezeichen am Tor, später sind es rote. Will uns weismachen, er hätte still und friedlich in seinem Schlauch gesessen, und dann plötzlich – zack, siedend Öl von oben. Da schaut her!, brüllt er, ist das eine Art?! Siedendes Öl auf einen lebendigen Menschen? Für einen abschlägigen Bescheid genügt es, Unstimmigkeiten in den Aussagen des Räubers zu finden. Also greift Petrus hinter sich in sein schlaues Regal, nimmt ein Büchlein zur Hand, und nun kommt der Stein ins Rollen. Sag mir doch mal, mein Bester, wie viel Kilometer sind es von deinem Kaff Bagdadowka bis in die Hauptstadt? Und wie steht der Piaster aktuell zum Dollar? Werden in dem Land, das dich verlassen hat, außer dem Tag der Unbefleckten Empfängnis und dem Tag des ersten Schneemanns noch weitere Nationalfeiertage begangen, und wenn ja, welche? Welche Farbe haben die Straßenbahnen? Die Wasserschläuche? Und ein Laib Borodinobrot kostet wie viel?

Oder es kommen beispielsweise Hebräer, entlassen aus babylonischer Gefangenschaft, mit dem Freiheitschor aus *Nabucco*, dritter Akt, auf den Lippen, und unser Tischvorsteher fragt sie: »Welche Sprache wird im Königreich der Chaldäer gesprochen?« – »Akkadisch!«, kommt die Antwort. »Und wie heißt der Tempel für den Gott Marduk in Babylon?« – »Esagil!« – Und der Turm daselbst?« – »Etemenanki.« – »Und welcher Göttin ist das nördliche Tor geweiht?« – »Ischtar, der Göttin der Venus. Wohingegen die Sonne von Schamasch verkörpert wird und der Mond von Sin. Nergal ist der Mars. Im Saturn sehen die feigen Babylonier Ninurta, Nabu im Merkur, und Marduk selbst ist eine Verkörperung des Jupiter. Von diesen sieben Astralgöttern rührt übrigens die Siebentagewoche her. Hätten Sie's gewusst?« – »Hier stelle ich die Fragen! Uneheliche Tochter des Nebukadnezar, neun Buchstaben, der zweite ein B.« – »Ja, halten Sie uns denn für blöd? Abigaille natürlich!«

Vor Petrus war Sabina Tischvorsteherin. Im Gegensatz zu ihm hat sie allen geglaubt. Keine Fangfragen aus dem allwissenden Büchlein gestellt. Nie den Stempel *Prioritätsfall* benutzt. Darum wurde sie entlassen. Petrus setzt ihn auf beinahe jede Akte. Gleich vorn auf Seite eins. Das bedeutet: beschleunigtes Verfahren in Anbetracht naheliegender Abweisung. Der GS unterschreibt das Protokoll, sagt Auf Wiedersehen, schenkt dem Schicksalslenker sein untertänigstes Lächeln, auch dem Dolmetsch und dem Wächter mit der Hellebarde, der ihn abholt, hofft, dass nun endlich alles gut wird – und kaum ist die Tür zu, setzt Petrus, peng, seinen Stempel aufs Papier.

Das war kein Job für Sabina. Manchmal, wenn der Dolmetsch mit ihr in der Pause ins Café gegenüber ging, kam sie ins Klagen: dass sie nach der Arbeit, zu Hause beim Abendessen, die Frau vor sich sehe, die bei der Befragung weinend erzählt hatte, wie man ihrem Sohn die Fingernägel ausriss, und der Junge ohne Fingernägel saß nebenan im Warteraum. Kinder werden getrennt von ihren Eltern befragt.

»Du darfst hier mit niemandem Mitleid haben«, sagte Sabina einmal. »Mir aber tun sie alle leid. Du musst abschalten können, zum Roboter werden, Frage-Antwort, Frage-Antwort, Formular ausfüllen, Protokoll unterschreiben, und ab damit nach Bern. Sollen die entscheiden. Nein, ich muss mir eine andere Arbeit suchen.«

Sabina war aber auch ein ausgesprochenes Tischvorsteherküken. Nach ihrer Entlassung zog sie ans entgegengesetzte Ende des Reiches und schickte dem Dolmetsch von da eine merkwürdige Postkarte. Aber das ist alles nebensächlich. Vielleicht erkläre ich es später mal. Oder auch nicht.

Sieht so aus, als wären wir ein wenig abgeschweift, mein hochwerter Nabuccosaurus.

Was lässt sich noch zum Ruhme unseres Imperiums sagen? Auch wir haben hier, stellt Euch vor, U-Boote und Wüsten, sogar einen Dracula haben wir – keinen Vampir, einen echten. Wie überhaupt alles echt ist hier.

Ja, was noch? Es ist dunkel geworden. Die Wunde im Gras hat sich geschlossen.

Ach so, was ich zu sagen vergaß: Kannibalismus ist auch bei uns noch nicht ausgestorben, und der uns alle aufzufressen droht, ist kein Geringerer als der Monarch höchstselbst, oder ist es eine Monarchin, ich habe länger nicht im höfischen Adressbuch nachgesehen, und sowieso hängt das Geschlecht von der Sprache ab, jedenfalls gibt es den einen Herodes den Großen, aber sonst, wenn man nicht ständig daran denkt, ist das Leben hier ein lustig Liedlein, das mir heute Morgen in der Straßenbahn einer angehängt hat, während er am Bahnhof ausstieg.

Lustig auch, sich vorzustellen, wie Ihr diesen Brief in ein paar Jahren zugestellt bekommt und Euch vielleicht gar nicht mehr entsinnen könnt, einstmals der Kaiser dieses wunderbaren, an meine Wand gepinnten Imperiums gewesen zu sein …

Stift, Notizblock, Wasserglas. Sonnenschein draußen vorm Fenster. Das Wasser im Glas wirft einen schillernden Sonnenkringel an die Decke – das ist schon kein Kringel mehr, sondern ein ausgewachsener Schwimmring, und für einen Moment sieht es aus wie ein großes Ohr. Oder ein Embryo. Die Tür geht auf. Der Nächste.

Frage: Führen Sie kurz die Gründe aus, weshalb Sie um Gewährung von Asyl bitten.
Antwort: Ich war Zollangestellter an der kasachischen Grenze. Militärs beförderten Drogen in ihren Autos, und mein Chef hatte mit ihnen einen Deal. Wir sollten vor alledem die Augen verschließen, ganz normal abfertigen. Ich schrieb einen Brief an den FSB. Ein paar Tage später wurde meine Tochter von einem Auto angefahren. Ich bekam einen Anruf. Das sei nur eine Vorwarnung gewesen, hieß es.

Frage: Führen Sie kurz die Gründe aus, weshalb Sie um Gewährung von Asyl bitten.
Antwort: Bei den Gouverneurswahlen unterstützte ich aktiv den Kandidaten der Opposition, nahm an Protestmeetings teil und sammelte Unterschriften. Ich wurde aufs Polizeirevier bestellt, ich sollte gefälligst aufhören, Enthüllungen über die Gebietsleitung in die Welt zu setzen. Mehrmals wurde ich von Milizionären in Zivil verprügelt. Meinem Asylantrag habe ich medizinische Gutachten über einen Kieferbruch, einen Armbruch und weitere Prügelfolgen beigefügt. Wie Sie sehen, bin ich invalid und kann keiner Arbeit nachgehen. Meine mitgereiste Ehefrau hat Magenkrebs.

Frage: Führen Sie kurz die Gründe aus, weshalb Sie um Gewährung von Asyl bitten.
Antwort: Ich bin aidskrank. In unserer Stadt haben sich alle von mir losgesagt. Selbst meine Frau und die Kinder. Infiziert wurde ich im Krankenhaus, bei einer Bluttransfusion. Ich habe alles

verloren: Arbeit, Freunde, mein Zuhause. Ich habe nicht mehr lange zu leben. Ich dachte mir, wenn ich schon sterben muss, dann hier bei Ihnen, unter menschlichen Umständen. Sie werden mich schon nicht rauswerfen.

Frage: Führen Sie kurz die Gründe aus, weshalb Sie um Gewährung von Asyl bitten.
Antwort: Es war einmal im rechtgläubigen Muntenien ein Woiwode mit Namen Dracula. Einmal ließ ihm ein türkischer Pascha durch Gesandte ausrichten, er solle sich ihm unterwerfen und dem christlichen Glauben abschwören. Während die Gesandten mit dem Woiwoden sprachen, nahmen sie ihre Mützen nicht ab, und auf die Frage, warum sie den hohen Herrn in dieser Weise beleidigten, sprachen sie: So ist es, Herr, in unseren Landen nun einmal Sitte. Da befahl Dracula seinen Dienern, den Gesandten die Mütze am Kopf festzunageln, und sandte ihre Leichname retour mit der Botschaft, es gebe nur einen Gott, aber die Sitten seien verschieden. Der erboste Pascha kam mit einer riesigen Armee gegen das rechtgläubige Land gezogen, ein Morden und Plündern hob an. Der Woiwode Dracula sammelte seine nicht sehr zahlreichen Heerscharen, überfiel die Muselmanen des Nachts und tötete gar viele von ihnen, schlug die übrigen in die Flucht. Am nächsten Morgen ließ er seine Kämpfer, so sie am Leben geblieben, zum Appell antreten. Wer seine Wunden vorne trug, dem erwies er höchste Ehre und hieß ihn einen Recken. Wer aber am Rücken wund war, den ließ er pfählen und sprach zu ihm: Du bist kein Mann, du bist ein Weib. Wie der Pascha davon hörte, zog er mit seinen verbliebenen Truppen ab und wagte das Land kein weiteres Mal zu überfallen. So lebte der Woiwode Dracula in seinen Landen hin. Nun war es aber so, dass es in Muntenien zu jener Zeit eine große Zahl an Bettlern, Krüppeln, Kranken und Siechen gab. Und da er nun sah, wie viele in seinem Land unglücklich waren, hieß er sie alle zu sich kommen. Und es kamen Unglückselige, Krüppel und Waisen sonder Zahl, die der hohen Gnade gewärtigten, und

ein jeder sprach zu ihm von seinen Fährnissen und Nöten: Der eine hatte sein Bein verloren, der andere ein Auge eingebüßt, dem Dritten ward der Sohn getötet, der Vierte hatte einen Bruder, der aufgrund eines ungerechten Urteils schuldlos im Kerker einsaß. Und der Jammer war groß, und ein großes Stöhnen ging über das ganze muntenische Land. Da hieß Dracula sie alle miteinander in ein großes Haus einziehen, das eigens dafür errichtet worden war, und ließ ihnen erlesene Speisen und Getränke im Überfluss vorsetzen. Man tafelte und war fröhlich. Und er kam zu ihnen und sprach: »Was könntet ihr noch wollen?« Und alle erwiderten ihm: »Ach, das wisst nur Ihr, hoher Herr, und Gott allein. Tut, was der liebe Gott Euch eingibt!« Also sprach er zu ihnen: »Wollt ihr, dass für euch alles Leid in diesem Jammertal ein End hat, dass keine Not an gar nichts mehr ist, ihr nicht mehr weinen müsst ob eines verlorenen Beines oder eines ausgeflossenen Auges, eines toten Sohnes und eines unrechten Spruchs?« Und sie, in Erwartung eines Wunders, antworteten so: »O ja, das wollen wir, Herr!« Da hieß er das Haus zusperren, mit Stroh umlegen und anzünden. Und es ward ein gewaltiges Feuer, und alle verbrannten darin.

Hochwerter Nabuccosaurus!

Ich habe im Briefkasten nachgesehen – wieder nichts von Euch.

Wir murren nicht. Bestimmt habt Ihr andere Sorgen. Schließlich sind es Staatsaufgaben, die Eurer harren. Hoffentlich müsst Ihr nicht gerade jemandem den Krieg erklären oder habt unliebsamen Besuch von Außerirdischen. Auf alles muss man ein Auge haben. Da bleibt keine Zeit zum Schreiben.

Bei uns ist alles beim Alten.

Das Universum wächst sich aus. Der Dolmetsch tut, was des Dolmetschs ist.

Zu Hause gleich alles zu vergessen, was tagsüber gewesen ist, das funktioniert nicht. Man trägt es bei sich.

Diese Menschen, diese Reden – man wird sie nicht los.

Und dabei ist es immer dasselbe. Was könnte es im Dolmetschdienst Neues geben? Alles läuft in eingefahrenen Gleisen. Alles in der höheren Orts beglaubigten Form. Jede Frage erfolgt nach Schema F, jede Antwort genauso. Bei der Standardeinweisung schont Petrus inzwischen seine Stimme, lässt sie den Dolmetsch für den verschüchterten GS vom Blatt übersetzen. Also liest der Dolmetsch vor: »Guten Tag! Schön, dass Sie da sind! Treten Sie ein, bitte schön, lassen Sie uns gemeinsam diesen endlos langen Tag verkürzen! So setzen Sie sich doch, Stehen macht nicht klüger, wie man sagt, gewiss sind Sie müde von der Reise. Ich lasse gleich den Samowar aufstellen! Und die Stiefel, die stellen wir hierhin, näher zum Ofen. Nun, wie gefällt Ihnen unser bester aller weißen Flecken auf der Landkarte, wo der Mensch ist, was er ist, und spricht, wenn er schweigt? Ach, Sie haben noch gar nichts davon gesehen? Na, das wird schon noch! Wollen Sie sich vielleicht lieber hier herüber setzen, vom Fenster weg? Nicht dass Ihnen noch kalt wird? Sagen Sie Bescheid, wenn es zieht? Fein. Wo waren wir stehen geblieben? Ah ja. Hier kreuzen alle möglichen Leute auf, wissen Sie. Verlottert, nicht sehr gescheit, mit schlechten Zähnen – und lügen wie gedruckt. Behaupten, sie hätten ihre Dokumente verloren – und das nur, damit man sie nicht gleich wieder zurückschickt. Erzählen Schauergeschichten von sich. Andere als schauerliche kommen hier gar nicht vor. Und das in allen Einzelheiten. Halten einem ihre Elefantenpatschhände unter die Nase, in die ihnen angeblich flüssige Vaseline gespritzt worden ist. Gruselmärchen und Räuberpistolen. Die lassen Sachen vom Stapel, man könnte sich hinsetzen und einen Kriminalroman schreiben. Als hätte die Mama ihnen nie beigebracht, dass man immer die Wahrheit sagen muss. Schinden Mitleid. Wollen ins Paradies. Schöne Märtyrer! Aber um Mitleid geht es nicht. Es geht um die Klärung von Sachverhalten. Will man ihnen den Zutritt zum Paradies verwehren, muss man unbedingt rauskriegen, wie es sich wirklich verhält. Aber wie soll man das rauskriegen, wenn die Leute mit den Geschichten, die sie auftischen, verwachsen sind. Da steigt man nicht dahinter. Also hilft nur eins: Wenn man schon nicht hinter die Wahrheit kommt, sollte man zumindest hinter die Unwahrheit kommen. Die Vorschrift besagt, dass unglaubhafte Aussagen Anlass geben, diesen Stempel hier zum Einsatz zu bringen. Also geben Sie sich gefälligst ein bisschen Mühe beim Ausdenken Ihrer Legende, und vergessen Sie nicht: Details sind das Allerwichtigste! Zum Beispiel die Sache mit der Auferweckung – wer hätte ihr Glauben geschenkt, wäre da nicht der in die Wunde gelegte Finger gewesen oder der gebratene Fisch, den man gemeinsam aß? Aber von dem Stempel mal ganz abgesehen – Hand aufs Herz: Ist die Welt denn tatsächlich so schwarz, wie ihr sie malt? Schaut euch doch mal um! Da die Gewitterwolken, wie sie bäuchlings durch den Staub gekrochen kommen. Dort drüben auf der Bank hat jemand gegessen und die Zeitung liegen gelassen, jetzt hockt da ein Spatz und pickt Buchstaben. Und auf dem Wehr, seht ihr, blitzt ein Flaschenhals, die Flasche ist zerbrochen, schwarz ragt der Schatten vom Mühlrad. Der Flieder riecht nach billigem Parfüm und glaubt, dass alles gut wird. Selbst die Steine leben, vermehren sich durch Bröckeln … Aber das ist wie den Mäusen gepfiffen, ihr hört ja gar nicht zu. Kennt nur die eine Platte: überfallen, gefesselt, in den Wald verschleppt, verprügelt und liegen gelassen. Vielleicht hatten die Prügel ja ihren guten Grund? Schulden zum Beispiel – muss man die begleichen oder nicht? Na also. Oder diese zwei Knaben, die wir neulich an einem Tag hier hatten, die haben sich gemeinsam gestellt: Der eine behauptete aus einem Kinderheim bei Moskau zu kommen und der andere aus Tschetschenien. Acht Tage später hat die Polizei ihre Pässe geschickt, die hatten sie in einer Betonröhre neben den Eisenbahngleisen versteckt, Arbeiter haben sie zufällig gefunden. Beide aus Litauen. Auf Urlaub in der Schweiz. Hotels sind teuer, und so hatten sie ein Dach überm Kopf und freie Kost. Außerdem ergab die Knochenanalyse, dass beide weit über sechzehn waren. Stempel eins, Stempel zwo. Oder der Antrag einer Familie: Vater, Mutter, Tochter Jerusalems. Gaben vor, Flüchtlinge aus Judatin zu sein – außerstande, die Verfolgungen durch die Urslawen zu ertragen. Das sind, sagen sie, keine Urslawen, das sind wahre Faschisten. Gott erlöse die Juden, und wenn das nicht geht, dann wenigstens die Gojim! Sie fingen an zu erzählen, wie sie von den Christen malträtiert worden waren: Mann und Frau hatten sie die Vorderzähne ausgeschlagen und die Tochter, die noch keine zwölf war, vergewaltigt. Petrus befragte jeden einzeln, wie es sich gehört. Papa und Mama sagten so ziemlich dasselbe aus, wie einen auswendig gelernten Text: briefliche Drohungen, nächtliche Anrufe, Überfall auf offener Straße vor der Haustür et cetera. Dann wurde das Mädchen hereingebeten. Durch die offene Tür konnte man sehen, wie die Kleine sich bei Mama anklammerte, nicht hereinwollte, aber die Mama sagte: Geh nur, hab keine Angst. Sie kam herein, setzte sich auf die Stuhlkante. Petrus hielt ihr ein Täfelchen Schokolade hin, zur Aufmunterung sozusagen, er hatte für diesen Zweck immer ein paar davon im rechten Schreibtischkasten liegen. Das beinhalten die Vorschriften zwar nicht, aber was ließe sich dagegen sagen? Und nun stellte Petrus die Frage, wie man es denn zu Hause mit der Religion halte, und das Mädchen gab zur Antwort: Ei gewiss, wir gehen immer in die Kirche, und bekreuzigte sich brav, zur Bekräftigung. Da hat das Mädel vor Schreck etwas durcheinandergebracht. Wahrscheinlich ist der Herr Vater ein Großhändler in Nöten, und mit den urslawischen Geschäftspartnern ist nicht zu spaßen. Für ihr Gesuch haben sie sich eine Nullachtfünfzehn-Legende ausgesucht, auf Nummer sicher, nach dem Motto: Will da etwa einer den Judäern das Mitgefühl versagen? Wird schon klappen, werden sie sich gedacht haben, zumal fehlende Vorderzähne sich schlecht simulieren lassen, und auch die Vergewaltigung des Kindes entsprach laut medizinischem Gutachten den Tatsachen. Stempel… Und erst, wenn es ans Unterschreiben des Protokolls geht – was man da nicht alles erlebt! Der eine nickt nur devot, wie um zu beteuern: Wir sind ungebildete Leute und unterschreiben alles; der andere möchte unbedingt noch die Orthografie der Ortsbezeichnungen abgleichen. Wieder ein anderer, erschienen mit einem Packen Bescheinigungen aus allen nur erdenklichen Klapsmühlen, Kittchen und Knochenflickereien, tat kund, er traue auf dieser Welt niemandem mehr, und verlangte eine schriftliche Übersetzung des Protokolls – die mündliche genüge ihm nicht, und was er nicht zuvor selbst gelesen habe, unterschreibe er schon aus Prinzip nicht. Dafür bekam er von Petrus gleich den Stempel. Am liebsten hätte er noch einen Sitzstreik veranstaltet. Die Wache musste gerufen werden und mit der Hellebarde fuchteln. So einer steht auch in unserer nächstenliebenden Gesellschaft mit einem Bein in der Knochenflickerei. Na, und der Vierte hätte gern im Protokoll stehen, dass hier bei uns schönes Wetter ist, nicht zu warm und nicht zu kalt, während die vier Jahreszeiten bei ihm zu Hause Winter, Winter, Winter und nochmals Winter heißen. Den Trick kennen wir. Sich als Winteropfer einschleichen, und dann: zappzarapp! Wie oft hatten wir das schon: Man lernt sich kennen beim Interview – und kann drauf warten, sich irgendwann auf dem Polizeirevier wiederzusehen, denn auch dort verdient der Dolmetsch sein Brot. Nanu, wen haben wir denn da? Alte Bekannte! Beim Diebstahl ertappt. Dann geht das Scheingeplänkel wieder los: Nein, den Direktor vom Migros-Markt haben wir nicht gebissen am Kassenausgang, und wenn doch, dann nur, weil der uns gewürgt hat … Nun gut, zurück zu unseren Hammeln, wie der Franzose sagt. Seht euch doch mal an! Schon grauhaarig, und immer noch auf der Flucht! Wo habt ihr euern Pass? Das wisst ihr nicht? Aber wir wissen es: im Schließfach am Bahnhof. Oder im Flüchtlingsheim beim netten Nachbarn, der war schon vor euch hier. Ihr lasst euch auf euern ausgedachten Namen mit Spesen ausstatten, inklusive Genehmigung zur Nutzung von Postpferden zu amtlichem Behufe, und anschließend spaziert ihr hier raus und holt als Erstes eure Pässe wieder. Stimmt's? Und wenn ihr euch eingerichtet habt im warmen Nest, geht's auf Tour: Geklaut wird, was zu klauen geht, und das Geklaute billig weiterverhökert. An langen Fingern bleibt viel kleben. Dem lieben Gott die Zeit stehlen und den Leuten das Portemonnaie. In der Not klaut der Teufel das Weihwasserbecken. Und erzählt uns nur nix von wegen Arbeit! Auf euereins hat man gerade gewartet! Hier gibt's auch ohne euch genug Arbeitsuchende. Viele sind berufen, ihr Deppen, und wenige auserwählt. Bei uns in den Geschäften klaut ihr, auf euern Flohmärkten schlagt ihr's los – das ist eure ganze Arbeit. Diebstahlsicherungen? Ach was. Sagt bloß, ihr wisst nicht, wie man Taschen präpariert? Ganz einfach: Man nehme Aluminiumfolie und klebe sie innen an, dann entsteht etwas wie eine Reflexionshülle, und kein Alarm wird ausgelöst. Du kannst raustragen, so viel du lustig bist. Und verschickst es an deine Leute. Wie? Na, zum Beispiel mit der Post. Man kann ja Geschenksendung draufschreiben, Gebrauchtwaren oder sonst einen Quatsch. Wichtig ist vor allem der Absender. Da sucht man sich im Telefonbuch eine möglichst ehrenwerte Adresse, am besten gleich irgendeinen Wohltätigkeitsverein. Dann kommt niemand auf falsche Gedanken. Alles klar? Was soll das heißen: geht schief? Es gibt nichts Gutes, außer man tut es! Ihr wäret nicht die Ersten und nicht die Letzten! Also sagt gefälligst die Wahrheit und nichts als die Wahrheit! Und denkt daran, euern Geschichten, die einem das Blut in den Adern gefrieren lassen, glaubt schon lange keiner mehr, das Leben besteht doch wohl auch noch aus Liebe und Schönheit, ich schlafe, aber mein Herz wacht, da ist die Stimme meines Freundes, der anklopft: Tu mir auf, liebe Freundin, meine Schwester, meine Taube, meine Fromme!, denn mein Haupt ist voll Tau und meine Locken voll Nachttropfen. »Fühlen Sie sich über Ihre Rechte und Pflichten ausreichend in Kenntnis gesetzt wie auch darüber, dass ins Paradies sowieso keiner vorgelassen wird?« – GS: »Ja.« – Petrus nimmt dem Dolmetsch das Blatt mit dem Begrüßungstext wieder ab. »Noch Fragen?« GS: »Mögen die Sprecher fiktiv sein, das Gesagte ist wahrhaftig. Wahrheit gibt es nur dort, wo es etwas zu verbergen gibt. Gut, die Leute sind vielleicht nicht echt, aber die Geschichten sind es! Wenn sie im Kinderheim nicht den mit den aufgeworfenen Lippen vergewaltigt haben, dann einen anderen! Und die Story von dem verbrannten

Bruder und der getöteten Mutter hat der junge Litauer irgendwo aufgeschnappt. Ist es wichtig, wem genau sie passiert ist? Sie bleibt authentisch, so oder so. Leute sind hier nebensächlich, es geht um die Geschichten, die entweder echt oder unecht sind. Man muss eine echte Geschichte erzählen, das ist es. So wie sie sich abgespielt hat. Nichts dazuerfinden. Wir sind, was wir sagen. Ein frisch gehobeltes Schicksal ist wie eine Arche, prallvoll mit Menschen, die keiner haben will. Alles Übrige ist die Sintflut. Was im Protokoll über uns steht, das werden wir sein. Aus Worten geboren. Verstehen Sie doch: Gottes Idee eines Flusses ist der Fluss.« – Petrus: »Dann kommen wir jetzt zur Sache.« Und los geht's mit Frage, Antwort, Frage, Antwort. Derweil weht es Schneeflocken zum Oberfenster herein. Wie das? Eben war Sommer, und nun liegt Schnee. Durch das Fenster schaut man auf den Hof, wo ihn irgendein Schwarzer unter Polizeiaufsicht mit einer großen eisernen Schaufel vom Fußweg schippt. Das dünne Blech schrammt den Asphalt – nicht anders als in Moskau. Und eben trifft der zweite Schwung fröstelnder GS zur Befragung ein: Überwiegend Schwarze und Asiaten, eingemummt in Jacken und Schals, trampeln über den frischen Schnee, und irgendjemandes Kind, ein kleiner Araber oder Kurde, vielleicht auch Iraner, wer kennt sich da aus bei Fünfjährigen, müht sich eifrig, eine Handvoll Schnee zusammenzuschieben und einen Schneeball daraus zu formen, die Mama zischt ihn an und zerrt an seiner Hand. Frage, Antwort, Frage, Antwort. Dann ist Pause, Kaffee aus dem Plastikbecher. Blick durch ein anderes Fenster auf einen anderen Hof, auch hier Schnee, kleine Negerlein werfen Schneebälle. Aber diese Kinder hatten wir doch eben erst, oder ist schon wieder ein Jahr vergangen? Und wieder Frage, Antwort, Frage, Antwort. Als ob man Selbstgespräche führt. Sich selbst Fragen stellt. Sich selbst Antworten gibt.

Vor dem Einschlafen versucht der Dolmetsch ein wenig zu lesen, um auf andere Gedanken zu kommen. Er möchte sich, bevor er das Licht löscht und das Kissen aufs Ohr legt, noch einmal ans andere Ende des Reiches träumen: an Kyros' Seite marschieren, den Euphrat zur Rechten, in fünf Tagesmärschen fünfunddreißig Parasangen durch ödes Gebiet. In diesem Landstrich war der Boden ganz eben, glatt wie das Meer, aber voll von Wermutpflanzen. Was sonst noch an Gehölz und Schilfpflanzen dort wuchs, war alles wohlriechend wie Gewürz. Ein Baum stand nirgends, aber alle möglichen wilden Tiere, sehr viele wilde Esel und zahlreiche Strauße gab es dort, aber auch Trappen und Rehe. Diese Tiere wollten die Reiter mehrmals verfolgen. Wenn aber einer die Esel verfolgte, liefen sie voraus und blieben dann stehen; denn sie liefen viel schneller als die Pferde. Wenn sich die Reiter wieder genähert hatten, taten sie das Gleiche. Daher war es nicht möglich, sie zu fangen, außer wenn die Jäger sich in Zwischenräumen aufstellten und sich bei der Jagd ablösten. Das Fleisch der gefangenen Tiere war ähnlich dem Hirschwildbret, nur etwas zarter. Einen Strauß fing niemand; die verfolgenden Reiter gaben es bald auf; denn weit enteilte er auf der Flucht, wobei er sich der Füße zum Lauf bediente und sich mit den Flügeln, die er wie ein Segel gebrauchte, vom Boden hob.

Er klappt das Buch zu, will einschlafen, da fängt im Kopf der Kreisel wieder an: Frage, Antwort, Frage, Antwort. Wieder geht es um irgendwelche falschen Milizionäre, die nur darauf aus sind, die Tür aufzubrechen, die Wohnung zu stürmen, das Unterste zuoberst zu kehren, Nieren zu prellen, einen Arm zu brechen oder eine Rippe. Und Petrus hat eine Frage: Sie sind als Kind mit Ihren Eltern auf dem Schwarzmeerschiff *Rossija* gefahren und entdeckten überall da, wo man es am wenigsten vermutete, zum Beispiel an den Deckenlüftern, in erhabenen Frakturbuchstaben die Inschrift *ADOLF HITLER?* Antwort: Stimmt. Frage: Ihr Sohn kroch einmal, als Besuch da war, aus Langeweile unter den Tisch und zog den Gästen der Reihe nach die Pantoffeln von den Füßen, und die Füße tasteten blind suchend auf dem Parkett herum? Antwort: Stimmt. Frage: Ihrer Mutter hat man, als sie aufgebahrt lag, einen Papierstreifen auf die Stirn gelegt, worauf ein Gebet stand, und Ihnen kam plötzlich der Gedanke: Wer soll das bloß lesen und wann? Antwort: Stimmt. Frage: In Perm gibt es ein Flüsschen mit Namen Styx? Das über Nacht zugefroren war? Sie warfen einen Knüppel auf das Eis, er hüpfte immer weiter, und das Eis hatte so einen hohlen und luftigen Klang? Antwort: Stimmt. Und wohin kraulte des Nachts nur immer dieses Mädchen, einen Arm nach vorn unter das Kissen gestreckt, den anderen nach hinten geworfen, Handfläche nach oben, und Sie hätten diese Hand so gern geküsst, fürchteten aber, das Mädchen zu wecken?

Gegen Morgen erwachte der Dolmetsch schweißgebadet und mit pochendem Herzen: Er hatte von der Galpetra geträumt, und alles lief ab wie damals: dass er in ihrem Unterricht saß, zur Tafel gerufen wurde … Als wären nicht Jahrzehnte Leben dazwischen gewesen! Nun lag er da, die Hand am Herzen, starrte an die allmählich heller werdende Decke und suchte sich zu fassen.

Wieso musste er immer noch Angst vor ihr haben?

Was genau in dem Traum passiert war – er hatte es sofort vergessen, nur die alte Schulangst, sie klang nach.

Und was das Unangenehme an solchen Träumen ist: Man weiß nie, in welchem Reich man aufwacht und als wer.

Der Dolmetsch hatte den Computer schon ausgeschaltet und schaltete ihn nun wieder ein, um aufzuschreiben, wie er sich schlaflos herumgewälzt hatte und unversehens die Erinnerung an die Exkursion aufgetaucht war, die Galina Petrowna – von allen Galpetra genannt – mit uns nach Ostankino ins Museum für die Kunst der Leibeigenen machte. Es war erst September, hatte jedoch schon geschneit, Apollo von Belvedere posierte inmitten der kreisrunden Grünanlage im Schnee. Wir warfen mit Schneebällen nach ihm. Alle wollten dorthin treffen, wo das Feigenblatt war, keiner schaffte es, und dann brüllte die Galpetra uns an, und wir gingen zur Führung ins Museum. Ich entsinne mich an den Hall in den kalten, dunklen Sälen, die vielen von der Zeit gedunkelten Gemälde an den Wänden. Die hellen, unscharfen Fenstervierecke auf dem gebohnerten Parkett ließen an Eisschollen denken. Und wir fegten mit Riesenfilzpantoffeln über den Schuhen wie Schlittschuhläufer umher, versuchten dem Vordermann auf die Fersen zu treten, damit er hinfiel. Die Galpetra zischte uns an und verteilte Kopfnüsse. Als wäre es gestern gewesen, sehe ich sie vor mir mit ihrem dunklen Damenbärtchen über den Mundwinkeln, im lila Wollkostüm, ein gehäkeltes weißes Mohairmützchen auf dem Kopf, Winterstiefel mit halb offenem Reißverschluss, damit die Beine nicht so schwitzten, und über den Stiefeln die Museumspantoffeln wie lappländische Schneeschuhe. Von den Darlegungen des Museumsführers weiß ich noch, dass, wenn die leibeigenen Ballerinen im Theater schlecht getanzt hatten, sie hinterher im Pferdestall bei geschürztem Rocke gezüchtigt wurden. »Bei geschürztem Rocke« – wohl deswegen in Erinnerung geblieben. Und wie der Donner vorgeführt wurde, entsinne ich mich: Wenn die Handlung auf der Bühne ein Gewitter vorsah, wurden Erbsen in eine riesige Holzröhre geschüttet. Diese Attraktion war Bestandteil der Führung; irgendwer, den man nicht sah, kippte von oben eine Tüte Erbsen in das Rohr. Vor allem aber weiß ich noch, dass mir während dieser Führung jemand flüsterte, unsere Galpetra bekäme ein Kind. Die Vorstellung, unsere alterslose schnurrbärtige Klassenlehrerin könnte schwanger sein, erschien mir damals vollkommen abwegig. Unvorstellbar. Denn dazu hätte, so viel wusste man, passiert sein müssen, was zwischen Mann und Frau passiert. Frau, wohlgemerkt – nicht unserer Galpetra! Ich starrte der alten Jungfer, die in der Schule einen wütenden Kampf gegen Lidschatten und Wimperntusche führte, auf den Bauch und konnte nichts bemerken – die Galpetra war so dick wie immer. Ich konnte und wollte es nicht glauben, denn unbefleckte Empfängnis kam nicht infrage, doch der Satz: »Die ganze Schule weiß, dass sie bald in Schwangerschaftsurlaub geht!« überzeugte mich. So standen wir und lauschten, wie die Erbsen sich in ein fernes Donnergrollen verwandelten, in der Galpetra wuchs etwas auf unerklärliche Weise, durch das Fenster und den fallenden Schnee konnte man den Fernsehturm Ostankino sehen, und Apollo Belvederski schritt durch den Schnee darauf zu, ohne Spuren zu hinterlassen.

Dem Dolmetsch ist es an diesem tungusisch trüben Morgen beschieden, als Dolmetsch in einer Einzimmerwohnung gegenüber dem Friedhof aufzuwachen. Vielleicht sind deswegen die Mieten hier nicht ganz so hoch. Aber das Grün dort drüben ist ganz normales Grün. Üppig, bauschig, fiedrig. Und das Radio berichtet an diesem Morgen überall, und nicht nur in der Nachbarwohnung, mit munterer Stimme von den Morden und Raubüberfällen der vergangenen Nacht. Das Krematorium ist unscheinbar, wie irgendeine Villa am Hang. Man sieht es nie qualmen, obwohl dort natürlich – wie überall hierzulande – emsig gearbeitet wird. Das liegt an den Filtern. Im Schornstein sind Filter eingebaut, um den Regen nicht zu verschmutzen.

Von der Katze auf der Mauer schrieb ich schon.

Die Nachbarn bekam der Dolmetsch lange Zeit gar nicht zu Gesicht. Nur ihre Wäsche war zu sehen. Gewaschen wird im Keller, wo mehrere Waschmaschinen stehen. Sie sind fast immer belegt, und auf den Leinen in den Trockenräumen harren verwaschene Socken, gestopfte Altweiberstrümpfe und Vorkriegsunterhosen ihrer gewohnten Inhalte.

Vorkrieg? Von welchem Krieg ist die Rede?

Etwas an diesem Haus kam dem Dolmetsch sonderbar vor, als er vor einem, nein, schon vor anderthalb Jahren hier einzog. Er begriff nicht sogleich, was an dem riesigen Gebäude anders war. Als Erstes fiel die hartnäckige Stille auf und dass keine Kinderstimmen zu hören waren. Erst nach einer Weile kam ihm zu Bewusstsein, dass es im Haus ausschließlich Einzimmerwohnungen gibt, in denen alte Leute wohnen. Verwaschene Socken und Strümpfe in wandelnder Form sozusagen.

Der Dolmetsch wohnt parterre, eine Tür geht auf den Rasen hinaus. Dort liegt beständig etwas herum. Jetzt zum Beispiel, im tropfenschillernden Gras direkt vor dem Fenster, eine nasse, ausgequetschte Colgate-Zahnpastatube.

Die Nachbarn zu beiden Seiten sieht man nicht, doch zu hören sind sie. Der eine hat einen Schlüsselbundanhänger, der auf Pfeifen reagiert, mit dem pfeift er sich eins. Der rechte führt zwitschernde Selbstgespräche. Er ist nachtaktiv, sommers wie winters in Unterhemd und langen Unterhosen. Einmal, als der Dolmetsch gegen zwei Uhr morgens nach Hause kam, fegte sein Nachbar das Trottoir.

Die Zahnpastatube stammt aus dem sechsten Stock. Seit er hier wohnt, regnet es die verschiedensten Dinge auf den Rasen vor seinem Fenster, und beileibe keinen Müll. Einmal fiel ein Telefon herab, dann wieder komplette Bettwäschegarnituren, ein Radioapparat, Lebensmittel, Schöpfkellen, Flaschenöffner, diverser Bürokram: Notizblöcke, Schachteln mit Büroklammern, Briefumschläge. Nicht jeden Tag kommt etwas geflogen, manchmal eine Woche gar nichts, und dann, aus heiterem Himmel, eine Schere. Der Dolmetsch hat alles in schwarzen Plastikmüllsäcken gesammelt und, was er gebrauchen konnte, kurzerhand eingesteckt: Gefunden ist gefunden. In der Tischschublade liegen allerlei Himmelsbleistifte, Himmelsklebstoff, eine Himmelsschere. Und der Dolmetsch hat lange nicht gewusst, wer das alles herabwirft und aus welchem Grund. Bis der Rasen eines windigen Tages ganz mit weißen Blättern bedeckt war – wie unter einem Papierbaum im Herbst. Stimmzettel! Man muss wissen, hierzulande wird alle naselang ein Referendum angesetzt. Die Zettel waren adressiert. An: Frau Eggli. In: der besten aller Welten. Der Dolmetsch ging nachschauen zur Tafel mit den Namensschildern, und es passte: Frau Eggli wohnt genau über ihm im sechsten Stock. Er stieg hinauf und klingelte: Vielleicht hatte es ja Zugluft gegeben und die Papiere von ihrem Fensterbrett geweht. Er wollte sie zurückbringen. Lange machte niemand auf. Der Dolmetsch wandte sich zum Gehen, da hörte er ein Schlurfen hinter der Tür. Schließlich öffnete sie sich einen Spalt. Als Erstes fuhr ihm ein beißender Geruch in die Nase, dann konnte der Dolmetsch eine Frau im schummrigen Türspalt ausmachen, die schätzungsweise achthundert Jahre alt war. Er wunderte sich, wie ein derart ausgemergeltes Geschöpf so viel Geruch absondern konnte. Er bat um Entschuldigung für die Störung und brachte die Rede auf die Stimmzettel, die ihr wohl aus dem Fenster gefallen seien, er bringe sie zurück. Die Alte schwieg. Er fragte, nach einem Blick der Vergewisserung auf das Klingelschild: »Sie sind doch Frau Eggli, oder?« – »Nei, das bin i nöd!«, nuschelte sie zahnlos und knallte die Tür zu. Dann also nicht, entschied er. Vielleicht ist sie als Säugling jemandem untergeschoben worden. Und immer noch fällt gelegentlich etwas von oben herunter.

Vorher hat der Dolmetsch in einem anderen Haus gewohnt, und das nicht allein, sondern mit Frau und Sohn. Doch es ergab sich, dass seine Frau jetzt die Frau eines anderen ist. Dergleichen kommt vor in unserem Reich wie in allen übrigen auch. Nichts Außergewöhnliches.

»Wie geht's?«, fragt der Dolmetsch seinen Sohn am Telefon jedes Mal.

»Gut«, antwortet der Sohn darauf immer.

Zu Weihnachten, als der Dolmetsch sich am Telefon erkundigte, ob das übersandte Geschenk – ein Zauberkasten – denn gefiel, sagte der Sohn: »Alle kriegen nur von einem Papa Geschenke, ich krieg von zweien welche. Cool, was?«

»Cool«, gab der Dolmetsch zurück.

Außerdem schickt der Junge mitunter lustige Briefe, denen Zeichnungen beiliegen. Einmal hat er sich ein Land ausgedacht und eine Landkarte dazu gezeichnet.

Der Dolmetsch hat sie mit Reißzwecken an der Wand befestigt.

Frage: Sie geben also an, Asyl für Ihre viel geplagte, verwundete Seele zu suchen, die die Torturen und Erniedrigungen leid ist, die Armut und das Banausentum, den Plebs und den Pöbel und die allerorts lauernde Gefahr, zum Spielball und Opfer des Bösen zu werden – als läge auf Ihrem Geschlecht wie auf allen übrigen ein unausrottbarer Fluch, und wie einst Ihre Großmütter und Großväter gelitten, so leidet auch die heutige Generation, und so werden leiden die noch Ungeborenen bis ins siebte Glied und gelegentlich darüber hinaus. Als Corpora Delicti brachten Sie bei: einen durch die Lochzange eines unausgeschlafenen Kontrolleurs entwerteten Fahrschein für die Strecke Romanshorn–Kreuzlingen, eine Seite aus einem Schulheft mit irgendwelchen Krikelkrakeln darauf und einen bis zur Fadenscheinigkeit abgetragenen Körper. Aber der Reihe nach. Fürs tägliche Brot – Sie hatten ja Familie und die alte Mutter am Hals und eine Schwester, die ewig nicht unter die Haube kam – verdingten Sie sich als Leibwächter bei einem Journalisten mit florierender TV-Show, einem cleveren Giftzwerg, den die Leute jedoch vergötterten, da er in ihre Hütten und Paläste einen Funken Licht und Hoffnung brachte. Dem Mann war, Gott weiß woher, brisantes Material über den Ursprung des Bösen in die Hände gespielt worden. Es ging um eine Nadel. Die Nadel war in einem Ei verborgen, das Ei in einer Ente, die Ente in einem Hasen, der Hase in noch irgendwem, und alles zusammengenommen steckte in einem Diplomatenkoffer. Und der Plan des furchtlosen Journalisten war es, den Koffer vor laufender Kamera auszupacken, die Nadelspitze abzubrechen und das Böse zu vernichten. Die Mächtigen dieser Welt (das Böse denkt ja immer, dass es das Gute sei und das Gute demzufolge das Böse) sahen dem Treiben natürlich nicht tatenlos zu. Unser Held bekam anonyme Drohbriefe, die er vor aller Welt verlas und anschließend in kleine Schnipsel zerriss, womit er den unsichtbaren, doch allgegenwärtigen Feinden seine Verachtung demonstrierte. Und eines Abends im Schneetreiben, Sie hatten sich gerade bis zum nächsten Morgen von ihm verabschiedet, bestieg er sein Auto, das wie in einem Futteral aus nassem Schnee steckte, mit ihm seine neue Frau, von der alten hatte er sich – ein halbes Jahr vor diesem breiigen Matsch, den die Scheibenwischer von seiner Windschutzscheibe schoben – scheiden lassen, und Sie dachten noch in dem Moment: Den sehe ich nun nie wieder, doch Ihre Gedanken gingen keinen etwas an, und das war im Übrigen schon immer so gewesen. Die beiden saßen im Auto, hatten die Heizung eingeschaltet und wünschten sich, während es drinnen langsam warm wurde, glücklich zu sein und lange zu leben und gemeinsam, möglichst am selben Tag und zur selben Minute, zu sterben. Vergiss doch die Wahrheit, sagte sie, wozu brauchen wir die, Slawik, Liebster, ich habe Angst um dich und um mich. Ich flehe dich an, lass die Finger davon! Er hatte die Antwort schon auf den Lippen, da flog das Auto in die Luft. Die Ermittler gingen von einem Versehen aus, man habe den Sprengstoff wohl einfach ins falsche Auto gepackt; also wurden die Personalien sämtlicher Besitzer eingeschneiter BMWs eruiert, die ihre Wagen an diesem Matschabend vor dem Fernsehzentrum Ostankino abgestellt hatten, wo unter jeder Parkplatzlaterne fluffige Schneepyramiden gewachsen waren. Auch nach dem Koffer mit der Wahrheit wurde gesucht, vergeblich. Die Exfrau des zu Tode Gekommenen, in ihrer Weiblichkeit gekränkt und mit Füßen getreten, hatte den Verräter ihrer Liebe noch zu seinen Lebzeiten aus ihrem Unbewussten zu drängen versucht; von Zeit zu Zeit rief sie bei ihm an, ohne einen Ton zu sagen … oh, wie sie sich gleichen, all die Einsamen, Verlassenen, die ihre Wut in den Telefonhörer schnauben, um sie zu ersticken! Vor Angst, den Verstand zu verlieren, ging sie zum Psychotherapeuten und heulte zwei Stunden lang – sie hatten doch so viele Jahre miteinander verbracht! Der Therapeut – er hatte ein Glasauge und die Gewohnheit, es mit der Hand zu beschirmen – wartete geduldig ab, bevor er den Vorschlag machte, sie solle ihr zurückliegendes glückliches Leben als einen Videofilm betrachten, den sie zu Ende geschaut habe, nun empfehle er ihn noch ein zweites Mal ganz entspannt und mit geschlossenen Augen im Schnelldurchlauf anzusehen – was für eine lächerliche Zappelei, zum Küssen schlugen die Nasen wie Schnäbel gegeneinander, kopuliert wurde mit der Emsigkeit von Feldhamstern –, um die

Kassette anschließend aus dem Gerät zu nehmen und in den Müllschlucker zu werfen. Wir haben im Haus keinen Müllschlucker, antwortete die Frau. Als sie schließlich erfuhr, was passiert war, heulte sie von Neuem los, doch diesmal ganz anders: Sie durfte sich jetzt eingestehen, ihn zu lieben, durfte an die gute Zeit zurückdenken und diese Erinnerungen genießen. Es waren Wonnetränen nun, die die Seele reinwuschen und Erleichterung brachten. Solange er am Leben gewesen, hatte sie seiner nur in der Vergangenheitsform gedenken können – als wäre er tot; nun war es geschehen, er war tatsächlich gestorben, sie musste sich nicht mehr verstellen. Einmal, als sie in die leere Wohnung kam, spürte sie, dass in ihrer Abwesenheit jemand da gewesen war. Alle Gegenstände lagen an ihrem Platz, doch das Gefühl war sonderbar zwingend. Da die müden Beine schmerzten, streckte sie sich auf dem Bett aus und nahm plötzlich den Geruch auf ihrem Kopfkissen wahr: Es war sein Rasierwasser. Er hatte sie also aufgesucht. Und das war gar nicht verwunderlich: Die Seele eines ermordeten Mannes will diese Welt nicht verlassen, da eine ihn liebende Frau in ihr zurückbleibt, die seines Schutzes bedarf. Wir möchten so gern glauben, dass uns nahestehende Menschen, wenn sie aus dem Leben geschieden, doch nicht ganz für uns verloren sind, sondern irgendwo in der Nähe, sodass sie uns in schweren Momenten beistehen können … Viel ist schon geschrieben worden über die Relativität des Todes: wenn sich plötzlich herausstellt, dass ein Toter lebt – und mit ihm alle, die je eines natürlichen oder unnatürlichen Todes gestorben sind. Denn die Graswurzeln leben fröhlich weiter, wissen nicht einmal, dass das Gras schon zerkaut ist. Ein andermal beim Nachhausekommen fand sie auf dem halb blinden, von Altersflecken überzogenen Großmutterspiegel eine schwungvolle Inschrift mit Lippenstift vor – von seiner Hand. Darin teilte der Tote ihr mit, der Mörder seien Sie. Was ja nicht fernliegt: dass man einen Mord dem Leibwächter überlässt. Den Gärtner zum Bock macht sozusagen. So ist es am einfachsten und sichersten, das leuchtet jedem ein. Und Sie fänden sich unversehens zwischen Hammer und Amboss wieder. Den Auftrag anzunehmen hätte Folgen, ihn abzulehnen bekäme einem genauso schlecht. Den Schwarzen Peter hatten nun Sie. Auch Tote können selbstverständlich irren, aber … So nehmen die Ermittlungen eine neue Wendung. Der Mord an dem Journalisten wird Ihnen zur Last gelegt. Sie sehen sich gezwungen unterzutauchen. Die Geschichte gewinnt an Fahrt; um sich von dem Verdacht reinzuwaschen, müssen Sie wohl oder übel den wahren Mörder finden, und besser noch: die ganze unter die Räder gekommene Wahrheit ans Licht befördern. Das ist nun schon ein richtiger Krimi. Unterdessen hatte die Exfrau des Ermordeten einen Termin bei einer Wahrsagerin. Vor ihr hatte übrigens eine Frau dort gesessen, die darum bat, ihre Familie von einem Fluch zu erlösen: Binnen eines einzigen Jahres war ihr plötzlich und unerwartet der Mann verstorben, die Tochter samt Schwiegersohn und Enkelkind bei einem Autounfall ums Leben gekommen, der andere, von Geburt an schwer kranke Enkel mithin zur Waise geworden, zu alledem hatte die Wohnung gebrannt. Im Zimmer der Wahrsagerin duftete es nach Weihrauch, und der alte Baum vor dem Fenster barg unter seiner Rinde Aufzeichnungen, die ein Käfer ins Holz gefressen hatte und in denen er sein Käferleben beschrieb, keiner würde sie jemals lesen. Nachdem die Wahrsagerin das vereinbarte Honorar im Umschlag entgegengenommen und nachgezählt hatte, gab sie ihr auf die Frage, wie man am besten in Kontakt zu einem Ehegatten tritt, der nicht mehr am Leben, aber trotzdem da ist, eine Internetadresse: Dort würde sie, sobald der erste Stern am Himmel erschien, mit ihm chatten können. Zur angegebenen Stunde befand sich in dem Chatroom nur ein einziger Besucher. Er. Und sie interessierte nur eine einzige Frage, ihr Zeigefinger hämmerte sie steif in die Tastatur: Liebster, warum hast du mich verlassen? In seiner Antwort war vom Code eines Schließfachs am Weißrussischen Bahnhof die Rede, doch sie beharrte auf ihrer Frage: Ich möchte nur wissen: warum? Aber lassen wir die beiden eine Weile allein und schauen, wie es Ihnen inzwischen erging. Nach Hause, wo man Ihnen gewiss schon auflauerte, konnten Sie nicht mehr. Sie hatten Angst, dass man Ihrer Frau und dem Sohn etwas antun könnte, auch wenn das Kind schon groß und gar nicht von Ihnen war, was für die Liebe und den Fortgang der Geschichte absolut keine Rolle spielt, Sie fuhren also zu einem alten Freund aus Armeetagen, der als Kind nicht genug mit Zinnsoldaten gespielt hatte und deshalb ein Panorama der Schlacht von Waterloo in Zinn zusammentrug. Eine Armeefreundschaft wiegt mehr als alles Übrige, so schien es Ihnen. Menschen, die einander einmal so überaus nah gewesen, suchen diese verflossene Nähe noch nach vielen Jahren wiederzufinden, auch wenn sie inzwischen ganz andere sind – vergleichbar etwa dem Wasser, das einmal in einer Vase war und längst zu Dampf oder Regen geworden ist. Sie berichteten, der Freund rauchte und hörte zu, zwei Ströme Rauch aus seinen Nasenflügeln prallten in den Makkaroniteller. Die Sache war aussichtslos, so viel verstand er, und dass er, wenn er Ihnen half, selbst dabei draufgehen konnte – doch gerade das reizte ihn. War es Dostojewski, der gesagt hatte, sein Leben zu opfern sei vielleicht das leichteste von allen Opfern? Am nächsten Morgen zog Ihr Freund sein gestreiftes Matrosenhemd an und begab sich zur Exgattin des Journalisten, um über sie mit dem Geist des Toten in Kontakt zu treten und Aufschluss über den Verbleib des verschollenen Diplomatenkoffers zu erhalten. Die Angestellten der Wäscherei gegenüber hatten Schüsse gehört und die Polizei verständigt, und als die diensthabende Einheit dem Stau der Rushhour endlich entronnen und vor Ort angelangt war, griff sie sich unseren edlen Helden und vermochte ihm während des kurzen, verzweifelten Handgemenges ein paar silberne Teelöffel in die Tasche zu schieben; umsonst seine Beteuerungen, er habe die Frau tot auf dem Bett vorgefunden, die Nase ins Kissen vergraben, mit einer Kugel im Herzen. Er hatte sich auf sie gestürzt in der Hoffnung, sie wiederbeleben zu können – darum klebte ihr Blut an ihm. Dann hatte er ihr die Pistole aus der Hand gezogen, die jemand hineingelegt hatte, damit es wie Selbstmord aussah, und der Kontrollschuss ins Bein war losgegangen, weil die Pistole entsichert gewesen war und Ihr Freund mit Waffen nicht umzugehen verstand. So erklären sich ihr Blut und die Schmauchspuren an ihm und seine Fingerabdrücke an der Pistole. Aber das ist unwichtig, wichtig ist nur, dass Ihr treuer Freund vor seiner Verhaftung noch den Code und die Schließfachnummer vom Bildschirm des laufenden Computers abgelesen und Ihnen telefonisch übermittelt hatte, sodass Sie zum Bahnhof fahren und den unseligen Diplomatenkoffer an sich nehmen konnten. Die Verhaftung des gänzlich unschuldigen, Ihretwegen in die Bredouille geratenen Mannes verleiht der Handlung immerhin eine gewisse Spannung und Dramatik. Da liefen Sie nun mit dem Bösen im Koffer die Straße lang und überlegten, was zu tun war. Hinter Ihnen klingelten und klirrten Gläser, Sie wandten sich um. Eine alte Frau zerrte einen Schlitten mit Kinderbadewanne über den Asphalt, randvoll mit leeren Flaschen. Junge Mütter mit Kinderwagen saßen in der Grünanlage und diskutierten, wie man einen Säugling am besten abstillt, die eine erzählte, ihre Mutter habe beim Säugen des jüngsten Geschwisters die Brustwarze mit Senf bestrichen, und der Kleine, der schon zu sprechen anfing, habe das Gesicht verzogen und gesagt: Mama pfui bä-bä! Bekommt ein Kind zu lange die Brust, lernt es spät zu sprechen und wird sich damit schwertun. Der Rentner, der sie vom Fenster aus beobachtet hatte, ging in die Küche, riss ein Kalenderblatt ab und seufzte: Ach, morgen wird Puschkin erschossen. Gegen Mittag wurde der Schnee mürbe und schwammig, die Schneewehen sahen aus wie von Termiten zerfressen, und unter dem Holunderbusch war die angetaute Kruste ganz pickelig. Vor dem Eingang zum Restaurant vollführte der Schwarze in Livree ein kleines Tänzchen und blinzelte froh in die Sonne, die Goldknöpfe blinkten. Bestimmt war er einmal ins Land gekommen mit der Absicht zu studieren. Im Kindergarten riss die Tante, als endlich alle auf den Töpfchen saßen, das Fenster auf, damit die Zahl der Erkältungsfälle zu- und die Zahl der anwesenden Kinder abnahm. In der Auslage der Konditorei hing ein

Reklameschild schief, auf dem stand: *Gestern noch ein Tropfen Schleim, morgen wirst du Asche sein.* Die kleinen Löwen im Zoo, die von einer Hündin gesäugt wurden, spielten ausgelassen. Die Friseurin im Friseurladen hatte nach dem Mittagessen einen Schluckauf, während sie daran dachte, dass sie abends wieder Gitarre üben würde – sie legte immer Schaumstoff unter die Saiten, um lautlos an ihren Akkorden basteln zu können. In der Kunstschule gegenüber posierte ein Aktmodell mit über die Genitalien gezogener Socke, da es keines dieser speziellen Säckchen mit Schnüren besaß. Das Kreuz auf der Kirchturmspitze war mit Ketten gegen das Davonfliegen gesichert. Der Gottesdienst war schon vorbei, Frauen in Kopftüchern hatten vor dem Durchgang zum Altar ein Seil gespannt und wischten missmutig den verschmutzten Fußboden. Der Bettler in der Vorhalle wusste, dass Kahlköpfige weniger bedacht werden, darum trug er beständig eine Mütze. Im Wohnheim für behinderte Kinder klopfte die Erzieherin die Matratzen im Mädchenschlafsaal ab, grub in Betten und wühlte in Nachtschränken auf der Suche nach der verbotenen Wimperntusche, dabei hing die begehrte Schachtel an einem Faden draußen unterm Fenster. Auf dem Markt wurden Senfgurken aus Aquarien verkauft. Ein unrasierter Kaukasier polierte seine Äpfel mit einem schmutzigen Lappen blank. In der Schule wurde Gogol durchgenommen. Der junge Lehrer erklärte den Schülern, die Flucht der Nase sei eine Flucht vor dem Tod und ihre Rückkehr ein Zurück zur alten Lebens- und Sterbensordnung. Ein verliebtes Pärchen fuhr mit dem Bus ein Kind zeugen, aneinandergeschmiegt im Gedränge, mit allen Fahrgästen auf dem hinteren Podest auf und nieder hüpfend – zu Hause dann, mit der duftenden Kaffeemühle in der Hand, dachte sie: Mein Gott, wie einfach es doch ist, glücklich zu sein! – während er beim Öffnen der Sardinenbüchse, den Deckel auf den Schlüssel wickelnd, sich vorkam, als zöge er das Uhrwerk dieser Welt auf. Doch außerdem musste jemand die Rinderhälften ausladen, die reiffunkelnd im Kühlwaggon an den Haken hingen; drinnen frostiger Nebel, rings um die Glühbirne ein rauchig glimmender Lichtreifen. Und keiner in der Stadt kannte mehr das Geheimnis der eng anliegenden weißen Beinkleider der Leibkavallerie Seiner Majestät: Die musste man nämlich nass anziehen und am Körper trocknen lassen. In Ihrer Verzweiflung begaben Sie sich zu einem bekannten Philanthropen und Bürgerrechtler, nennen wir ihn den Wind, baten um eine Audienz. Saßen im Vorzimmer, Ihre Finger trommelten auf das Kunstleder des Koffers. Der Wind war der Einzige auf der großen, weiten Welt, der Ihnen helfen konnte, die Wahrheit publik zu machen und das draußen grassierende Böse zu bestrafen. Irgendwer musste doch in dieser Livesendung, im Beisein aller, dem Bösen die Nadelspitze abbrechen! Aber so dachten wahrscheinlich viele, das Wartezimmer saß voll mit irgendwelchen Flüchtlingen aus Zentralasien in löchrigen, ausgeblichenen Umhängen. Es handelte sich um eine alte Villa, auf die eine Petrolbank seit Langem ein Auge hatte. An den Decken viel antiker Stuck – und dass Apollon, Gott der Künste, die Kinder der Niobe eins nach dem anderen niederstreckte, wundert heutzutage keinen mehr, auch nicht, dass er die Mutter zuletzt in Stein verwandelte, so war deren Leid ein Ende gesetzt. Das Warten war allerdings umsonst: Der Wind verschwand auf geheimnisvolle Weise aus seinem Büro, man fand seine Leiche im benachbarten Park, an einem Ast hängend – da war es wieder, das allseits geliebte Mysterium des verschlossenen Raumes. Und auch wenn sich die Presse in hilflosen Mutmaßungen über Mystik und übersinnliche Mächte erging, die Sache war einfach: Drei Obdachlose, Ex-Panzersoldaten, pikiert ob der vielen Blasphemien, die der Staat durch die Liberalen zu erleiden hatte, wollten ein Zeichen der Rache setzen. Aufgrund besonderer Kennzeichen – ihre faulenden Zahnstümpfe irrlichterten in der Dunkelheit – wurden sie später unschwer wiedererkannt. Außerdem erzählten sie mit Vorliebe davon, wie es Anfang 1938 in Leningrad auf einmal bergeweise Bananen gab. Und einer von ihnen soll gesagt haben: Wenn man wüsste, dass es keinen Tod gibt, dass man gar nicht stirbt, sondern nur »übergeht« in ein anderes Leben, also gar nicht ernsthaft, sondern nur so »als ob«, dann fände er das unwürdig, sterben müsse man in Würde, wie ein Mann, im Bewusstsein, dass es den Tod wirklich gibt ... Zugetragen hat sich die Sache jedenfalls so: Einer sah zufällig im Vorbeigehen den Wind am offenen Fenster stehen und gab einen Schuss aus einer alten Duellpistole ab; der Wind dachte seltsamerweise gerade an Turgenjews Stiefel, die er vor vielen Jahren im Museum gesehen hatte. Die Stiefel standen tot und verschrumpelt in der Vitrine, man mochte nicht glauben, dass sie einmal gelebt, nach Fuß und Leder gerochen hatten, und nach der Jagd hatte man Hafer hineingeschüttet, weil der die Feuchte herausholt, anschließend wurden sie zum Lüften nach draußen getragen und eingeteert. Auf den Schuss hin lehnte der Wind sich aus dem Fenster und sah nach unten, worauf der zweite obdachlose Panzerfahrer aus der darüberliegenden Etage eine Schlinge über ihn warf und straff zog, den alten Mann zu sich nach oben zerrte und zum anderen Fenster wieder rausschmiss, das nach hinten lag, ein kleiner Park im goldenen Abendlicht, vom Mauersegler durchstrichen wie die schwungvolle Unterschrift unter ein Todesurteil, wo der dritte Geselle den toten Wind an den Ast hängte. Die Dunkelheit brach zügig herein. Mit dem Vorortzug fuhren Sie nach Podlipki, wo Ihre alte Mutter wohnte und auch Ihre Schwester, die Russischlehrerin war. Auf dem Bahnhof wurde über Lautsprecher unentwegt verkündet, das Leben sei ein gespannter Bogen und der Tod der abgeschossene Pfeil. Im Zug, der stickig und überheizt und dessen Scheiben beschlagen waren, hielten Sie den Koffer an sich gepresst und malten sich aus, wie Mutter und Schwester jetzt am Tisch saßen und Nachrichten guckten, Tee dazu tranken und Quarkpfannkuchen aßen; eben wurde gezeigt, wie ein mit Geiseln voll besetzter Bus in Nasran explodierte, Menschenteile schwebten kunstvoll in Zeitlupe, wie große rote Schneeflocken. Der ganze Zug las Krimis. Das war verständlich. Ein Kriminalroman setzt voraus, dass vor dem ersten Verbrechen, bis zum Auftauchen der ersten Leiche eine Art ursprüngliche Harmonie auf Erden herrscht. Die ist nun verletzt, und der Kommissar wird, indem er den Mörder ausfindig macht, die Weltordnung wiederherstellen. Das ist die althergebrachte Funktion eines Kulturhelden. Er ist furchtlos. Hegt keine Zweifel, wo das Gute ist und wo das Böse, denn das Gute siegt am Ende immer und unfehlbar: Siegt es, dann ist es das Gute. Gelesen wird ja überhaupt nur, weil es einen graust, wie eine Mücke durch das Leben zu schwirren – unsichtbar, unhörbar, umnachtet. Ein Kriminalroman ist der gleiche Horror wie das, was in den Zeitungen steht, nur mit dem Unterschied, dass er gut ausgeht. Er kann gar nicht anders. Erst einmal Komplikationen, Ängste, Aufregung, Tränen, Verluste, aber zu guter Letzt hat man es hinter sich. Wie im Märchen: Das böse Höllentier hat die Insel erobert und herrscht über die Menschen – bevor sie recht beschrieben und zu Ende gezeichnet sind, hat es ihnen schon die Köpfe abgebissen. Die Menschen leben in Furcht, aber sie leben; was sollen sie anderes tun. Bis eines Tages der Held erscheint, platzend vor Wagemut und fernöstlicher Weisheit, der tritt dem bösen Tier in die Eier. Wohingegen man die Zeitungen lieber gar nicht aufschlägt. Da geht es nicht mehr um Nachrichten, sondern um die Auflistung besonders krasser Verbrechen, die einem das Herz im Leibe gefrieren lassen und Wasser auf die Mühlen der öffentlichen Meinung kippen: Jüngsten Umfragen zufolge ist die Allgemeinheit erstens für die Einführung öffentlicher Hinrichtungen im Falle der Vergewaltigung ihrer Kinder und zweitens für die Scharia, die vorschreibt, Dieben die Hand abzuhauen – wenn der noch mal kommt und will was klauen, weiß er gar nicht womit. Neben Ihnen saß eine hässliche junge Frau, der überall Haare wuchsen, wo keine hingehörten, und die nachts vor Sehnsucht nach Liebe verging, sie las ein Buch über die Sekte der Sadduzäer. Sie schielten hinüber und überflogen ein paar Zeilen, darin hieß es, die Sadduzäer seien der Ansicht gewesen, dass weder mit ewiger Seligkeit für die Gerechten noch mit ewigen Qualen für die Gottlosen zu rechnen sei, man dementierte das Dasein von Engeln und von Dämonen wie auch die künftige Auferstehung der Toten. Na, dann sind wir wohl die wahren Sadduzäer!, dachten Sie mit einem stillen Seufzer, da fuhr der Zug schon in Podlipki ein. Durch das Fenster sah er flüchtig einen Hund im Gleisbett liegen, den Kinder an die Gleise angebunden hatten; das, was von ihm übrig war. Von der Bahnstation hätten Sie mit dem Bus weiterfahren können, doch Sie beschlossen zu Fuß zu gehen und ein bisschen frische Luft zu schnappen. Vor dem Fünfgeschosser angekommen, sahen Sie die Omas auf der Bank neben dem Eingang sitzen, grüßten und dachten: Wenn ich eines Tages totgeschlagen werde, dann sitzen die hier da und hecheln wie üblich die Einzelheiten des Begräbnisses durch – was für ein Sarg und ob die Witwe ordentlich geheult hat. Sie betraten das Haus, und anstatt wie sonst immer die Treppen hinaufzujagen, um nicht die Gerüche aus den Ecken einatmen zu müssen, ließen Sie sich Zeit beim Treppensteigen, Stufe um Stufe, wie ein Luchs ins Dunkle spähend und lauschend. Sie hörten die leeren Spritzen unter Ihren Füßen knirschen. Schließlich blieben Sie ganz stehen. Oben, auf dem nächsten Treppenabsatz, standen welche und unterhielten sich leise. Das Gespräch brach ab, sowie Sie stehen blieben. Ein Abzug spannte sich mit leisem Klicken. Und Sie begriffen, dass da jemand auf Sie wartete, und an dieser Stelle begann eine Naturbeschreibung. Es war ein stiller Sommermorgen. Die Sonne stand schon ziemlich hoch am klaren Himmel, aber die Felder blitzten noch im Tau; aus den eben erwachten Tälern wehte es duftige Frische, und im feuchten, noch recht stillen Wald sangen die Morgenvögel. Über die Wolkenbilder im Staubecken flitzten Himmelsläufer. Eine vom Blitz gefällte Espe, schiefrig. Um die am Sonnenstrahl klebende Libelle ein glasiger Nimbus. In der Eichenkrone hausten Zecken. Eine Ulme war bronzen erglüht. Der Wind hatte der Fichte einen Scheitel gekämmt. Bei Dante ist der Wald eine Ansammlung verwunschener Sünder. Das verdorrte Wiesengras knisterte unter den Füßen. Vom Zirpen der Grillen dröhnten die Ohren. Das Flüsschen schlich sich an wie ein Indianer, zerrte die

Wasserpflanzen an den Haaren. Niemand kommt auf den Gedanken, dem Himmel Namen anzuhängen, obwohl auch er, nicht anders als die Ozeane, seine Meere und Engen, Gräben und Rücken hat. Das Klicken des Abzugs war von einer leeren, herumliegenden Bierdose gekommen. Das Gespräch auf dem Treppenabsatz wurde wieder aufgenommen, jemand fuhr fort, über eine Hündin mit menschlichen Augen zu reden. Die ihr Herrchen auf Anhieb verstand. Geradezu wie ein Mensch sei einem dieses Tier vorgekommen, nur eben mit Fell und vier Beinen. Aber nachdem sie Welpen geworfen habe, müsse etwas mit ihr vorgegangen sein. Er sei dazugekommen, wie sie ihren Hündchen die Köpfe abbiss. Da habe sich etwas ausgerenkt in der Natur, so etwas könne es nicht geben, so etwas dürfe nicht sein. Er habe sich gezwungen gesehen, sie zu erschießen. Das ging noch mal gut!, dachten Sie erleichtert und liefen weiter. Oben angekommen, zogen Sie Ihren Schlüssel, schlossen die Wohnungstür auf – und prallten zurück, entsetzt und geschockt von dem Anblick, der sich Ihnen bot. Wie spätere Untersuchungen ergaben, waren die Bewohner des Viertels gegen drei Uhr morgens durch eine Folge grässlicher Schreie aus dem Schlafe geschreckt worden, doch hatten die Nachbarn, eingeschüchtert von den wilden, räuberischen Zeiten, lieber die Decke über den Kopf gezogen. Das Zimmer befand sich in wüstester Unordnung – die Möbel zertrümmert und in alle Richtungen verstreut. Auf einem Stuhl lag ein blutbeschmiertes Rasiermesser. Am Kamingitter klebten zwei oder drei lange, dicke Strähnen grauen menschlichen Haares, das ebenfalls mit Blut besudelt und scheinbar mit den Wurzeln ausgerissen worden war. Auf dem Fußboden fanden sich vier Napoleondors, ein Ohrring aus Topas und zwei Säckchen alte Gedenkrubel, die hierzulande von allen Automaten als Fünffrankenstück angenommen werden, das mit Wilhelm Tell. Auf dem Fensterbrett ein zerschlagenes Dreiliterglas mit dem Kefirpilz, der inzwischen vertrocknet und eingeschrumpelt war. Von Ihrer Mutter und der Schwester keine Spur; da man aber auf der Feuerstelle eine ungewöhnliche Menge Ruß bemerkte, suchte man im Schornstein nach und zog – o Graus! – die Leiche der Schwester mit dem Kopf nach unten heraus; sie war bis zu beträchtlicher Höhe in die enge Öffnung hineingezwängt worden. Der Körper war noch ganz warm. Bei näherer Untersuchung bemerkte man mehrere Hautabschürfungen, die zweifellos durch die Gewalt verursacht worden waren, mit der der Leichnam erst in den Schornstein hochgeschoben und dann wieder herabgezogen worden war. Das Gesicht wies viele schwere Kratzwunden auf und der Hals dunkle Quetschmale und tiefe Eindrücke von Fingernägeln, so, als sei das Mädchen erwürgt worden. Das Interessanteste aber war, dass man die Schwester in einem Raum auffand, der von innen verschlossen gewesen war, auch die Fensterriegel waren vorgeschoben. Noch ein Locked-Room-Mysterium! Wir sind gespannt, wie Sie sich diesmal herauswinden wollen. Nach einer gründlichen Durchsuchung aller Teile des Hauses, wobei nichts weiter entdeckt wurde, gelangte man auf den Hof, wo ein Müllhaufen vor sich hin stank; seit es taute, ging dieser Verwesungsgeruch von ihm aus, und richtig, hier war es, wo man die Leiche der alten Dame fand. Der Kopf war vom Rumpf fast vollständig getrennt und fiel ab, als man den Körper aufzuheben versuchte. Rumpf und Kopf waren fürchterlich verstümmelt – Ersterer so sehr, dass er kaum noch etwas Menschenähnliches an sich hatte. Im Zimmer ließen sich Spuren zuhauf finden: an den Quarkpfannkuchen, die die Mörder angebissen hatten, musste ihr Speichel kleben; Zigarettenkippen mit Lippenstift; im Aschenbecher ein abgebranntes Streichholz; Gläser mit Fingerabdrücken; auch mehrere Fußspuren, jedoch ausschließlich von einem rechten Schuh, Größe fünfundvierzig – waren die Täter einbeinig? Dennoch ergaben sich für das ermittelnde Team letztlich keine schlüssigen Indizien und Anhaltspunkte, und das auf der Einsatzkonferenz verlesene Pressebulletin beschrieb den Täter als riesigen, grausam wütenden Orang-Utan, der durch das Fenster getürmt sein musste, worauf dieses wieder zuschlug und sich selbsttätig verriegelte. Der Kürze halber – es ist ja bald Mittagszeit, der Magen knurrt schon, und wir sind erst am Anfang, daher ruft auch die Beschreibung der Morde an Menschen, von denen wir nichts Rechtes wissen, kaum eine Regung hervor, weder besonderes Mitleid noch Zorn oder heftigen Protest, also Augen zu – nein, auf! – und durch; der Kürze halber, wie gesagt, lasse ich ein paar weitere Missgeschicke rund um das Köfferchen weg: den verschlüsselten Brief; die Zwillinge, zum Verwechseln ähnlich; die Geheimgänge; das von außen eingeschlagene Fenster – weil nämlich die Splitter drinnen liegen, sonst wäre es umgekehrt; und auch wenn die Frage offenbleibt, warum der Hund erst so spät anschlug, ob der Täter ihm womöglich bekannt war, komme ich gleich zu Ihren abschließenden Aussagen und zur finalen Verfolgungsjagd, bei der die etwas schwächlich aufgezäumte Story ihren Höhepunkt erlebt. Sie fliehen mit dem Diplomatenkoffer, dessentwegen sich das ganze Tamtam überhaupt ereignet, über ein Feld mit rosa blühendem Buchweizen und blauem Flachs, aber stopp, an dieser Stelle stockten Sie und gaben korrigierend zu Protokoll, dass Ihnen doch eher ein staubiger Weg durch ein Erdbeerfeld erinnerlich sei, aufgrund der Hitze sei der Erdbeergeruch sehr intensiv gewesen. Hinter Ihnen die tödlichen Verfolger – die Ordnungshüter von der einen Seite, die Mafia von der anderen, auch wenn es zwischen denen, wie Ihnen klar sein dürfte, keinen Unterschied gibt – und vor Ihnen auf einmal ein Fluss, randvoll gefüllt mit Zeit, mit vielen Spiegelbildern obenauf. Ein Baumknorren ist hüfttief ins Wasser gestiegen und fängt mit dem ausgestellten Ellbogen einen Kohlweißling. Hinter den Büschen ein Junge, der angelt. Wirft den Haken weit aus, das biegsame Ende der langen Rute pfeift durch die Luft, der Köder klatscht auf das Wasser, Kreise breiten sich aus in der Zeit. Ein Tischtennisball kommt durch sie ins Hüpfen, während er gemächlich-gemessen ans Ufer treibt. Irgendwo ein Stück flussabwärts knurrt ein Wolf, meckert eine Ziege, dazu das Knarren einer Rudergabel. Am Ufer Gestrüpp, von Mücken umschwärmt. Die Spinne fängt Morgenfrische in ihren Netzen, legt sich einen Vorrat davon an für den Herbst. Einmal angetippt, rollt die Kühle die Spinnfäden entlang in den Himmel. Ein paar majestätische Wolken hängen reglos über dem Fluss, im Vordergrund schleppen die Datschenbewohner säckeweise Kohlköpfe vom Feld. Wer sich nicht erwischen lässt, ist kein Dieb, so das Gesetz, das sie mit der Muttermilch aufgesogen haben. Jemand hat den Deckel eines Konzertflügels in seinen Zaun eingebaut. In dessen Schatten ringelt sich ein Schlauch, vom Wasser schwer. Was das Pärchen da im Sand am gegenüberliegenden Ufer treibt, ob sie sich küssen oder künstlich beatmen, ist von hier aus schlecht auszumachen. Darüber nachzudenken bleibt auch gar keine Zeit, denn die Eingreiftruppe hinter Ihnen ist schon in Hörweite: »Der Herrgott weiß, wohin er uns führt, wir erfahren es am Ende des Weges!«, schreien sie, und: »Nicht dass das Leben einmal enden muss, ist das Schreckliche, sondern dass es womöglich nie wieder anfängt!«, skandieren ihre gellenden Stimmen im Chor. Sie ziehen Ihre Schuhe aus, damit das Schwimmen leichter fällt, und steigen mit einem Bein ins schwarze Wasser, es geht sogleich bis zum Knie. Halme glitschen unter der Sohle, Blasen steigen auf und platzen, es riecht faulig. Sie ziehen das zweite Bein nach; schaukelnd und über die Wellen hüpfend kommt der kleine weiße Ball genau auf Sie zugeschwommen. Sie werfen sich ins Wasser. Doch das Ufer, das zunächst nur ein paar Schwimmzüge entfernt scheint, will offenbar Fangen mit Ihnen spielen, Sie schwimmen und schwimmen, und es bleiben immer dieselben paar Züge bis zum Ufer. Die Kräfte erlahmen schnell, das Kraulen geht ja nur mit einer Hand, und der Diplomatenkoffer zieht Sie hinab zum Grund. Strampelnd schlucken Sie Wasser, und über Ihrem Kopf schlagen die Wellen zusammen. Sie öffnen die Augen: gelbe Wand mit Algenzweiglein und Sonnenkreis in funkelnder Trübnis. Sie kämpfen noch ein Weilchen weiter, bis schlagartig eine unerhörte Leichtigkeit von Ihnen Besitz nimmt. Alle Sorgen fallen ab, es ist fantastisch. Wieso habe ich mich eigentlich so abgestrampelt, schießt es Ihnen durch den Kopf, wenn alles so leicht und wunderbar ist!

Gerettet wurden Sie von Kapitän Nemo und seiner *Nautilus* und am anderen Ufer abgesetzt, in Romanshorn, um genau zu sein. Dort kauften Sie sich diese Fahrkarte hier und bestiegen den Zug nach Kreuzlingen. Sie setzten sich so ans Fenster, dass Sie auf den Bodensee blicken konnten, sahen nach, wie viel Geld noch in Ihrer Brieftasche war, und stießen dabei auf die Zeichnung Ihres Sohnes, diese Krakelei, die er Ihnen zum Geburtstag gefertigt hatte, seither tragen Sie den Fetzen Papier bei sich; kahle Bäume zogen am Fenster vorüber, nach rechts geneigt wie die Buchstaben in einer weiblichen Handschrift, und Sie begriffen, da hatte Ihre Frau Ihnen einen Brief geschrieben: Ich liebe Dich und warte sehnsüchtig, stand da. Sie schlummerten ein – und dann musste es beim Aussteigen schnell gehen, im letzten Moment sprangen Sie auf den Bahnsteig, und erst dort fiel Ihnen ein, dass Sie den Diplomatenkoffer vergessen hatten, und außerdem alle Dokumente, die Ihre Identität nachweisen könnten, aber da war es zu spät, der Zug schon weg. Ist das alles richtig so?
Antwort: Ja. So ungefähr. Ich weiß nicht. Kann sein, dass ich das eine oder andere durcheinandergebracht habe. Sie müssen entschuldigen, es ist die Aufregung.
Frage: Beruhigen Sie sich doch. Sie haben es ja hinter sich. Mögen Sie einen Schluck Wasser? Ich kann verstehen, dass das alles nicht leicht für Sie ist.
Antwort: Vielen Dank! Aber ehrlich, ich hab mir Mühe gegeben, alles genau so zu berichten, wie es war. Und nun sehen Sie, was herausgekommen ist dabei.
Frage: Das macht nichts. Jeder erzählt, so gut er kann.
Antwort: Nichts daran ist ausgedacht, alles genau so gewesen. Glauben Sie mir?
Frage: Ob ich Ihnen glaube oder nicht, was ändert das.
Antwort: Vielleicht kam Ihnen das alles, wie soll ich sagen, viel zu konstruiert vor, das mit dem Kamin und den Wolken und den geklauten Kohlköpfen, aber es war, wie ich es erzählt habe, warum sollte ich etwas dazuerfinden?

Frage: Machen Sie sich keine Gedanken! Hier kriegt man noch ganz andere Geschichten serviert. Alles ist gut. Und dass es manchmal wie ein Krimi klang, kommt daher, dass man möchte, dass es gut ausgeht, das sagten Sie ja selbst. Nur darum geht es.

Antwort: Darum geht es, ganz genau. Das ist mein sehnlichster Wunsch: dass alles gut ausgehen möge. Wird es das, sagen Sie?

Frage: Hören Sie mal. Sie sind doch ein erwachsener Mann, mit Grau an den Schläfen. Es müsste Ihnen doch längst klar sein, dass das, was Sie hier erzählen, für die Entscheidungsfindung schlussendlich nicht von Belang ist!

Antwort: Was soll das heißen, nicht von Belang? Wieso nicht? Was ist denn sonst von Belang?

Frage: Ja, was dachten Sie! Als ob es irgendeine Rolle spielte, wer da Kohl vom Feld klaut und wo der Koffer abgeblieben ist. Er ist weg, und fertig. Geben Sie es zu, Sie glauben doch selbst nicht an die Ente und den Hasen und diese rostige Nadel?

Antwort: Natürlich nicht.

Frage: Na also.

Antwort: Aber ich frage mich, was ansonsten von Belang ist.

Frage: Sagen Sie, das mit der Kritzelei und der schrägen Handschrift aus Bäumen am Ufer, entspricht das der Wahrheit?

Antwort: Ja.

Frage: Lieben Sie sie?

Antwort: Ist das jetzt wichtig fürs Protokoll?

Frage: Ich wundere mich immer wieder über eure Naivität. Kreuzt hier auf und glaubt, jemand könnte was mit euch anfangen. Aus allen Löchern kriecht ihr vor, man kommt mit den Befragungen gar nicht hinterher. Für wen soll das gut sein, frage ich mich. Und glaubt dabei an jeden Mist. Hier saß einer, grau wie Sie, sah Ihnen sogar ähnlich, so ein bisschen abgeschabt und verbraucht, mit den gleichen ausgeblichenen Augen, wie verwaschen, der behauptete, er hätte in einer dieser kostenlosen Zeitungen gelesen, wir wären alle schon mal auf der Welt gewesen und gestorben. Und wiedererweckt würden wir vor Gericht und müssten berichten, wie wir gelebt haben. Das heißt, der Bericht ist unser Leben, sagt der, und es genügt nicht, alles haarklein zu beschreiben, man muss es vorführen, zur besseren Verständlichkeit, jede Kleinigkeit ist wichtig, jedes Ding, das in deiner Hosentasche klimpert, jedes vom Wind geschluckte Wort, jedes Schweigen. Das funktioniert wie eine Art Lokaltermin, bei dem die Chronologie der Ereignisse rekonstruiert wird: Ich stand hier, am Küchenfenster, hinter der mit Eisblumen bedeckten Scheibe, hab durch ein gehauchtes Loch nach unten auf den Hof gespäht und zugesehen, wie einer mit einer gelben Kehrichtschaufel sein Auto freischippte, das über Nacht eingeschneit war, und währenddessen kam sie aus dem Bad, in den Morgenmantel gehüllt, um das nasse Haar ein Handtuch geschlungen, schaltete den Föhn ein, nahm das Handtuch ab und begann die Haare zu föhnen, wobei sie mit den Fingern durch die Strähnen fuhr, und ich fragte: Willst du ein Kind von mir?, und sie darauf: Was sagst du? Ich kann dich nicht verstehen! Und dabei muss man zeigen, wie man am Fenster gestanden hat, muss das Glas auf der Haut spüren, den Föhn hören, ihr verwuscheltes, nasses Haar vor sich sehen und wie die Finger hindurchfahren, und auch die gelbe Schaufel im Schnee muss man sich vorstellen können. Vor diesem Gericht hat es keiner eilig, alles will bis ins Kleinste dargelegt sein, für einen Abend braucht man einen Abend Zeit und für ein Leben ein ganzes Leben. Und so wird in aller Ruhe rekonstruiert, wie es wirklich war: den einen Tag Federwolken, den nächsten Haufenwolken. Gerüche, Geräusche – absolut exakt. Und du demonstrierst, wie einmal ein Steinchen in deinen Grützbrei geraten war, und ein Stück Zahn brach ab: Hier, der gelbe Splitter, sehen Sie? Oder das Erbrochene auf dem Fußboden des U-Bahn-Wagens, dem man anroch, dass dieser Mensch Nudeln gegessen hatte. Und wie du dich einmal im Schlaf verliebtest, glücklich erwachtest, es war noch nicht hell – da, hören Sie es, wie der Hausmeister mit der Schneeschaufel über den Asphalt schrappt?

Antwort: Aber das ist doch da draußen auf dem Hof der frierende Neger, der den Schnee zusammenscharrt! Und seine kleinen Negerlein machen dort drüben eine Schneeballschlacht!
Frage: Der will auf dasselbe hinaus, sehen Sie. Alles hat echt zu sein, sogar die Geräusche. Kurzum, das Leben – ein einziger Bericht. Und nichts lässt sich verheimlichen. So wurde ich geboren, so habe ich meine Jahre verbracht, und so starb ich … Das ist freilich alles großer Quatsch, in Wahrheit läuft es ganz anders. Man kann doch nicht so naiv sein zu glauben, irgendjemand wäre bereit, Ihnen ein Leben lang zuzuhören. Aber entschuldigen Sie, davon wollte ich gar nicht reden.
Antwort: Daraus wird also nichts?
Frage: Eher schlüpft ein Kamel durch ein Nadelöhr, das wissen Sie doch.
Antwort: Dann war es das? Kann ich jetzt gehen?
Frage: Nein, nicht doch, warten Sie! Setzen Sie sich.
Antwort: Wie ich sehe, haben Sie einen interessanten Job. Beinahe wie ein Untersuchungsrichter: was, wie, woher und wohin, warum und wieso. Fakten auf den Tisch. Lass sehen, wo ich dir was anhängen kann.
Frage: Wenn das so einfach wäre. Ein Untersuchungsrichter hat eine Leiche, ein Beil, Indizien, Gegenüberstellungen, Identifizierungen. Und trotzdem bleibt es bis zuletzt spannend, wer die Giftfische in den Pool gesetzt hat. Ein Rätsel! Ein Geheimnis! Hingegen hier: Wo gibt es ein Geheimnis?
Antwort: Das fragen Sie? Was ist mit uns? Die wir früher unser Leben gelebt haben und jetzt vor Ihnen sitzen? Sind wir etwa kein Geheimnis?
Frage: Nur insofern, als man sich fragt, wieso ihr überhaupt auf der Welt seid. Die unbefleckte Empfängnis ist immer noch ein Grund zum Staunen, keiner mag daran glauben, während die befleckte niemanden aufregt. Das ist das Geheimnis: Alles ist schon mal da gewesen, nur ihr habt uns noch gefehlt, und auf einmal seid ihr hier. Und dann wieder weg, für immer. Der Rest ist bekannt.

Antwort: Was ist bekannt?

Frage: Alles. Was war und was sein wird.

Antwort: Wem bekannt?

Frage: Wie erkläre ich Ihnen das am besten … Stellen Sie sich vor, man lädt Sie nach Nigger Island ein. Sie sind angenehm überrascht, rechnen damit, dass etwas Erfreuliches dort auf Sie zukommt, wozu sollte man Sie sonst einladen? Sie fahren hin und träumen von Liebe. Und im Zug die Dame am Fenster gegenüber hat eine Haut wie unreife Vogelbeeren im Juli. Sie so anzustarren ist Ihnen allerdings peinlich, also wenden Sie den Blick ab und schauen die ganze Zeit aus dem Fenster – wo der Abendhimmel in gleicher Farbe leuchtet: unreife Vogelbeeren! Da orientiert sich ein Sonnenuntergang am Teint einer jungen Frau. Und dann, schon am Meer, das Wasser irgendwie seifig und der Wind verrümpelt von Möwengeschrei. Bachstelzen balancieren mit trippelnden Füßchen den Saum entlang. Der ans Ufer gespülte Tang ist zu riechen. Eine Anlegestelle, nicht groß. Wellen schlagen ihr gegen die Pfähle, werfen mit Schaum nach Ihnen wie mit Weinbeeren. Auf den eisernen Geländern hocken Möwen. Ab und zu weht es eine herunter, sie schwingt sich kurz in die Luft und landet gleich wieder. Gekreisch voller Schwermut. Himmel und Meer verschmelzen, so als schaute man durch eine beschlagene Scheibe, doch bald erscheint der Horizont wieder – eine dünne Linie, wie mit Lineal und spitzem Bleistift gezogen. Und Sie, frisch eingetroffen, finden an der Wand Ihres Zimmers einen Abzählreim vor. Da steht alles drin. Auch die schneeballwerfenden Negerlein vor dem Fenster sind vermerkt. Auch Sie. Denn Sie sind ja eins von den kleinen Negerlein, gehen zum Baden ins Meer, gehen unter, werden gerettet von Kapitän Nemo. Der lädt Sie ein zu sich in seine Kabuse, lässt Sie an allen Rädchen und Kurbelchen drehen, Knöpfe und Hebel, Riegel und Schieber betätigen, erklärt, was wozu da ist, drückt Ihnen seine schweißige, speckige Kapitänsmütze auf den Lockenkopf. Verstehen Sie, was ich meine?

Antwort: Ich bin ja kein Kind mehr. Der Abzählreim ist das Entscheidende, das habe ich mit der Zeit begriffen. Es war mir nur anfangs nicht klar.
Frage: Außerdem sind alle Geschichten schon hundertmal erzählt worden. Und Ihre Geschichte, das sind Sie.
Antwort: Was habe ich denn für eine?
Frage: Egal. Die simplen, banal-sentimentalen gehen immer gut, nach dem Motto: Erst war ich Prinzessin, dann Aschenputtel.
Antwort: Ich und Aschenputtel?
Frage: Das ist doch bildlich gesprochen. Metaphorisch!
Antwort: Hätten Sie das gleich gesagt ... Was bin ich denn für ein Aschenputtel.
Frage: Na gut, wenn Sie Aschenputtel nicht mögen, dann eben etwas anderes. Irgendeine schlichte Tour, die die Situation zuspitzt und die Spannung zum Knistern bringt: einer gegen alle, ein Guter inmitten von Bösen, so in der Art. Ein durch die Untergrundbahn surfender Ritter, Kämpfer für Gerechtigkeit, Beschützer der Benachteiligten, Tröster der Waisen und vor allem der Witwen, selbst zu Unrecht verfolgt und für die Schuld anderer büßend. Billig, aber zuverlässig: Das personifizierte Gute, das seine Fäuste zu gebrauchen weiß, weckt unweigerlich Sympathien, und alle fiebern mit, dass es den Sieg erringen möge.
Antwort: Aus mir wird schwerlich ein Ritter, das müssen Sie zugeben ...
Frage: Na und? Das ist doch ein alter Kindertraum von Ihnen: furchtloser Wahrheitssucher zu sein! Wenn ich groß bin, werd ich Detektiv, haben Sie gesagt. Verbrechern das Handwerk legen, das Böse bestrafen. Oder gleich in die Taiga gehen als ein Robin Hood, Touristen das Geld abknöpfen, das sie sich unrechtmäßig zusammengescheffelt haben – mit rechten Dingen hat noch keiner gescheffelt –, und alles dem Kinderheim vermachen. Oder Kapitän Nemo sein, der sein U-Boot als Ramme benutzt, die Bösen zu versenken und die Guten zu retten!
Antwort: Weiß ich nicht mehr. Was einer so träumt.

Frage: Aber Sie werden doch noch wissen, wie Sie einmal am Rand einer Grube saßen, oder war's ein Steinbruch, irgendein steiler Hang, und plötzlich schrie da unten ein Kind. Sie sind auf der Stelle runter – und dann war's eine Katze.

Antwort: Richtig, ich saß mit den Jungs auf der Müllkippe am Feuer. Eine Riesenkippe, da wurde der Müll aus der ganzen Stadt hingekarrt. Es gab zerbrochene Schallplatten, die man segeln lassen konnte. Oder zerschlissene Wärmflaschen, aus dem Gummi konnte man prima Schleudern bauen. Durchgebrannte Glühbirnen explodierten wie Granaten. Wir saßen ums Feuer, und die Älteren unter uns erzählten vom Jugendknast. Das war das Ärgste, wo man hinkommen konnte, und wir kriegten erzählt, was dort geht und was nicht. Wenn man zum Beispiel in Einzelhaft sitzt und nichts zu rauchen hat – was tut man? Sie haben die Rinde von den Birkenruten im Reisigbesen geklaubt und getrocknet. Und um die zu rauchen – Streichhölzer gab's nicht –, haben sie die Watte aus den Kissen und Matratzen gezupft und auf die Lampe gelegt, irgendwann fing die an zu glimmen. Aber das war noch gar nichts. Gruselig hörte sich an, was sich »Anmeldung« nannte, daran erinnere ich mich noch. Da schlagen sie mit nassen Handtüchern auf dich ein, in die Dominosteine geknotet sind. Schreien darfst du auf keinen Fall. Und dann kommt die Hauptprüfung, ein Spiel zum Thema: Was willst du mal werden? Pilot oder Panzerfahrer steht zur Auswahl. Hast du dich für Pilot entschieden, musst du auf die obere Pritsche klettern und springen. Kopfüber, versteht sich, sonst wär's ja kein Flug – und Flieger wolltest du doch werden? Also flieg gefälligst, steh ein für dein Wort, das wiegt dort schwer. Und wer lieber Panzerfahrer werden will, der muss Anlauf nehmen und gegen die Stahltür rennen, mit dem Kopf als Rammsporn. Von seinem Wort zurücktreten, das ging nicht. Dann wurde man augenblicklich zur Schnecke gemacht. Nur wer volle Pulle Anlauf nahm und nicht bremste, der wurde akzeptiert und bekam vielleicht im letzten Moment ein Kissen zwischengeschoben. Da musste man

durch, ohne mit der Wimper zu zucken. Mit dem Kopf gegen die Stahltür.
Frage: Sie waren in Afghanistan?
Antwort: Wie kommen Sie darauf?
Frage: Rein deduktiv. Wie Sherlock Holmes. Da braucht Watson bloß zur Tür reinkommen, und Holmes sagt ihm auf den Kopf zu, dass er in Afghanistan war. Einer, der logisch zu denken weiß, kann aus einem Wassertropfen auf den Atlantik oder die Niagarafälle schließen, ohne eins von beiden je gesehen oder davon gehört zu haben. Und hier waren es die Fingernägel des Doktors, die Jackenärmel, Schuhe, Kniefalten in den Hosen, die Schwielen an Daumen und Zeigefinger, der Gesichtsausdruck und die Hemdmanschetten, die Bände sprachen. Außerdem die Schussverletzung am linken Arm, aus einer vorsintflutlichen Waffe. Der Enkel hat geladen, der Opa geschossen. Elementar, Watson! In Ihrem Fall sind es die Gesetze des Genres. Erst Afghanistan, dann der raue Alltag in Friedenszeiten: Man hat mit der Ungerechtigkeit zu kämpfen, der Korruption, all dem Übel. Wird unschuldig verknackt. Hinterher ist man ganz von der Rolle, gebrochen, zum Killer geworden. Verlorene Generation. Zinkjungen. Helden und Opfer eines fremden Krieges. He, hallo, sagen Sie, ich bin Kriegsveteran, hab mein Blut für euch vergossen! Und kriegen zur Antwort: Wir haben dich da nicht hingeschickt.
Antwort: Das gehört nicht hierher.
Frage: O doch. Schon weil alles hierher gehört, jedes Wort ist wichtig, haben Sie doch selbst gesagt. Wenn schon ein Kamel durchs Nadelöhr soll. Apropos, wissen Sie noch, auf dem Militärtransport damals – der zog sich hin, bei glühender Hitze –, als Sie endlich Ihr erstes Kamel sahen, mussten Sie plötzlich an Ihren Vater denken. Er war Lokführer seinerzeit und erzählte gern, wie er eines Tags in aller Frühe einen Zug durch die Steppe nach Mittelasien beförderte, und auf einmal erblickte er vor sich auf der Strecke Kamele, die den Tau von den Gleisen leckten. Ihr Vater ließ das Signalhorn ertönen, die Kamele stoben auseinander, nur eines

flüchtete nicht seitwärts, sondern nach vorn, zwischen den Gleisen. Der Zug konnte nicht mehr stoppen, Ihr Vater überfuhr das Kamel, erinnern Sie sich?
Antwort: Ja, aber woher wissen Sie das?
Frage: Woher, woher! Sie wissen doch: Wenn über eine alte Mär mal endlich Gras gewachsen ist, kommt sicher ein Kamel daher, das alles wieder runterfrisst. Und wo es nicht durchs Nadelöhr geht, flieht es vor Ihrem Vater die Gleise lang.
Antwort: Das geht Sie alles gar nichts an. Weder das Kamel noch mein Vater.
Frage: Na, dann eben nicht. Wie Sie wollen. Wo kein Kläger ist, ist auch kein Richter … Als ob Sie nicht selbst wüssten, dass außer mir keiner auf dieser ganzen finsteren Welt sich für Ihren Vater und dieses Kamel interessiert. Aber gut, fahren Sie fort. Jetzt ist sicher der dritte Trinkspruch dran!
Antwort: Was denn nun wieder für ein dritter Trinkspruch?
Frage: Na, der für die Toten, was sonst? Sie werden jetzt gleich erzählen, wie Sie gerade zum dritten Mal auf die Toten trinken wollten, als plötzlich Schüsse fielen. Sie schauten durch das Nachtsichtgerät, wer da schießt – und es war derselbe alte Mann mit seinem Enkelsohn, der Ihnen am Morgen die Melone gebracht hatte, wofür Sie ihm ein paar Konserven abgaben. Der Alte schießt, und der Knirps lädt nach – dieselbe Waffe, mit der Doktor Watson verwundet wurde. Helden und Opfer waren Sie eben nur bei sich zu Hause, hier waren Sie Okkupanten, Mörder. Und das war kein fremder Krieg, sondern Ihrer.
Antwort: Ist nicht wahr. Das hatte alles nichts mit mir zu tun. Zuerst gar nichts. Als wir ankamen, war es Winter, kein Schnee, aber der Wind ging durch bis auf die Knochen, wir froren in den Wattejacken, und dort gehen sie barfuß. Ich hab damals zum ersten Mal gesehen, wie Holz kiloweise verkauft wird. Genau abgewogen, mit viel Streiterei. Die Häuser in den Kischlaks sind gewissermaßen aus Sand gebaut. Bauern laufen in zerschlissenen Kitteln herum, nirgends Frauen, vor den Läden kauern Männer,

die genauso gut Bettler sein könnten wie Ladeninhaber. Und was es nicht alles gab in den Regalen: japanische Tonbandgeräte, Fernseher, Uhren in allen Varianten, französische Parfüms. Es war zu Anfang keine besondere Feindseligkeit festzustellen. Nur alles sehr fremd. Ich weiß noch, wie fassungslos wir waren, als wir einen Dekkaner hinter seinem Ochsengespann mit dem Pflug herlaufen sahen, und an den Hörnern des Ochsen baumelte ein Kassettenrekorder, aus dem schwermütige Musik plärrte. Und dann kriegst du allmählich mit, dass doch alles ganz anders ist: Die kleinen Jungs sind keine kleinen Jungs, die Bauern keine Bauern. Da rennen diese barfüßigen Bengel hinter unserem Schützenpanzer her und rufen: Schurawi, gib Bakschisch! Die erste Zeit haben wir denen noch Konserven hingeworfen: Schmalzfleisch, gezuckerte Milch. Dann hab ich meinen ersten Toten gesehen, der war nicht älter als zwölf und hatte neun Kerben am Gewehrschaft – neun von unseren Jungs auf dem Kerbholz, hieß das. Und wie dann immer mehr Kameraden zu Tode kamen, oft solche, mit denen man sich gerade angefreundet hatte, da ging das los. Dass man diese Rachegelüste bekam. Besonders für diejenigen von uns, die sie gefangen nahmen – was sie denen antaten. Und man hatte schreckliche Angst, selber in diese Lage zu geraten. Wohingegen die Gefangenen, die *wir* machten, den Eindruck erweckten, als freuten sie sich darauf, den Löffel abzugeben. An den ersten erinnere ich mich noch gut: Verwundet, dreckig, die Hände mit Stacheldraht auf dem Rücken gefesselt, saß er vor uns und strahlte absolut keine Angst aus. Die Schicksalergebenheit in Person. Entrückt und gelassen. Das wirkte auf uns ziemlich deprimierend. Und wir ließen uns hinreißen. Einer versetzte ihm einen Tritt, der Nächste einen Stoß mit dem Gewehrkolben, es steckte regelrecht an. Später kriegten wir mit, dass es die letzte Kugel war, der sie gefasst und mit Würde entgegensahen, während sie eine panische Angst vor einem unblutigen Tod hatten: ersäuft, erwürgt oder erhängt zu werden. Also ließen wir sie unter die Räder kommen, drückten sie unter Wasser – all das, was sie am meisten fürchteten.

Da fingen sie endlich an zu winseln, zu brüllen und zu zappeln. Was uns erst recht enthemmte. Die Arme wurden mit dem Turbantuch zusammengebunden, oftmals nach hinten gestaucht zur sogenannten »Schwalbe«, bei der der Gefangene weder Arme noch Beine rühren konnte. Unsere Anspannung war so gewaltig und so permanent, dass man sich irgendwie abreagieren musste. Wenn wir gerade nicht im Einsatz waren, wohnten wir in Containern, und es war klar, dass man den Nachbarn täglich irgendeinen Streich zu spielen hatte. Einmal schmierten wir ihnen die Decke mit süßer Milch ein – du kannst dir nicht vorstellen, wie viele Fliegen da saßen … Dafür hängten sie uns einen Waschkübel über die Tür – beim Eintreten ergoss er sich über dich. Oder der Reaktionstest: Eine von diesen Übungsgranaten wurde grün angestrichen und in die Bude nebenan geworfen – um zu sehen, wie sie reagierten. Zum Totlachen! Der eine versteckte sich unterm Laken, der andere hinter einer Zeitung. Ohne solche Scherze hält man es nicht aus. Denn nachts gibt es Alarm, und keiner weiß, wohin es geht. Einmal riegelten wir mitten in der Nacht einen Hohlweg ab und warteten, ohne zu wissen, auf wen. Dann kam da eine Karawane mit Packeseln. Wir das Feuer eröffnet. Dabei waren es Bewohner eines Kischlaks, die Äpfel zum Markt brachten. Man hatte sie gewarnt von wegen Polizeistunde, sie waren trotzdem losgegangen. Um rechtzeitig auf dem Basar zu sein. Und wie wir da also hinkamen und sahen die verstreuten Äpfel, rund und reif und schön, das war so bitter, diese friedlichen Zivilisten da liegen zu sehen, aufgrund eines Irrtums. Niemand von uns hat sich nach den Äpfeln gebückt. Kein einziger wurde aufgehoben. Die blieben da liegen.
Frage: Aber die sind lange verfault, nichts ist davon übrig!
Antwort: Ich weiß. Dort sind sie verfault. Aber hier liegen sie noch auf dem blanken Fels und lachen dich an, als wäre in ihnen Licht.
Frage: Was meinen Sie mit hier?
Antwort: Sie sagten doch selbst, dass wir hier alle miteinander auf dieser Negerleininsel sind. Da, wo wir nicht sind, haben die

Dinge eine Form, hier haben sie ihr Wesen. Oder habe ich Sie falsch verstanden? Dort oben in dem Tal sind die Äpfel verfault, hier auf der Insel können sie nicht verfaulen. Gar nichts geschieht mit ihnen. Sie liegen da.
Frage: Und damals wurde Ihnen klar, dass Gut und Böse sich gern einmal ineinander verkehren?
Antwort: Nein. So weit war ich noch nicht. Ich wusste nur, da ist einer, der dich führt. Und vielleicht in Sicherheit bringt. Etwas wie ein gutes Omen oder ein Talisman. Früher bei der Armee war es üblich, vor einem Einsatz frische Wäsche anzuziehen, hier war es umgekehrt: Vor dem Kampf durfte man sich weder waschen noch rasieren, und bloß kein Wäschewechsel, sonst war man ein toter Mann. Es gibt da bestimmte Tabus – was man auf keinen Fall tun darf, wenn man den Tod überlisten will. Das ist, als schlösse man mit ihm einen Vertrag: Dies und das tue ich nicht, und du wirst mich heute verschonen. Wenn zum Beispiel ein Verwundeter, halb ohnmächtig vielleicht, im umnachteten Zustand, sich in den Schritt greift, dann heißt das, er wird sterben. Das darf also keinesfalls passieren. Man muss seine Hände so halten, dass es nicht dazu kommt. Man darf nicht die Sachen eines Gefallenen tragen, man darf sich nicht auf seinen Platz setzen. Man darf, will man zeigen, an welchem Körperteil ein anderer verwundet ist, nicht auf sich selbst deuten … Überdies hat jeder noch so seinen Privatzauber, bestimmte Regeln, die nur für ihn gelten und unter allen Umständen geheimzuhalten sind. Ich habe Toten nie etwas abgenommen, nicht einmal eine Uhr. Und dabei festgestellt, dass auch jeder andere, sobald er diese meine Regel verletzte, dem Tod geweiht war. Bis ich irgendwann merkte: Das ist alles Blödsinn. Einem jeden widerfährt das, was im Abzählreim über ihn steht, nichts anderes.
Frage: Und das Negerlein erlebte tatsächlich seine Entlassung und kehrte zurück auf jenes Inselfleckchen, wo der Himmel fahl ist, die Züge am liebsten morgens ankommen und die Luft in den Kirchen zum Schneiden dick ist von Atemluft und Stoßgebet?

Antwort: So ungefähr. Die ersten Tage war alles seltsam. Du gehst die Straße lang und ertappst dich dabei, immer rauf zu den Dächern zu sehen. Bei jeder Fehlzündung eines Motors möchtest du dich flach auf den Rasen schmeißen. Aber dann begann die Zeit »danach«. Ein Alltag, der einem absolut nicht normal vorkam. Wo man ständig versucht war, in die Räder zu greifen. Alle sahen zu, dass sie irgendwo unterkamen, Geld verdienten. Ich kriegte so einiges angeboten. Aber ich war zu stolz, zu ehrlich, zu naiv. Eine Zeit lang arbeitete ich als Wächter auf einem Markt. Bis ich begriff, so geht es nicht weiter. Zu viel Abschaum um mich her. Eine Säuberung stand an.
Frage: Und der Alltag wurde zur Arena, wie man Ihnen schon beim Einstellungsgespräch bedeutete: Das Licht kämpft gegen die Finsternis. Und erst dachten Sie, Sie wären dort nicht allein, es gäbe viele an Ihrer Seite, ein ganzer Ritterorden von Lichtträgern, die mit ihren kleinen Taschenlampen gegen die Bestie der Finsternis ankämpften. Mit der man ja erst mal fertig werden muss, wenn man doch im Dunkeln so gar nichts sieht. Wo man hinspuckt – überall dieses Scheusal mit seinen zahllosen Köpfen. Ihren Ärmel zierte sogar ein Abzeichen, auf dem ein Negerlein dem Ungeheuer seinen Stablampenstrahl in den Rachen stößt, bis die Mandeln leuchten. Kurzum: Das Negerlein ging zu den Bullen. Stimmt's?
Antwort: Was fragen Sie, wenn Sie's doch wissen.
Frage: Was ich weiß, das weiß ich aus dem Abzählreim. Während Sie eine Geschichte zu erzählen haben. Der Abzählreim behauptet, Negerlein hätten alleinstehenden alten Leuten ihre Wohnungen abgekauft und sie anschließend ermordet. Ihr erster Fall. Wissen Sie noch?
Antwort: Und ob. Ich dachte, in Afghanistan hätte ich genug gesehen. Das hier war ein simpler Mord in einer ganz normalen Wohnung. Als wir hinkamen, war da so ein bestialischer Gestank, dass man ihn einfach nicht zum Fenster hinausbekam. Ein Teller mit vergammelten Kartoffeln, von grauem Moos überwuchert.

Ein leeres Kefirglas mit Rissen in den weißen Wänden. Und mitten im Zimmer auf dem blutüberströmten Parkett lag die alte Frau in Frotteebademantel, rosa Leggings und zerrissenen Strümpfen. Ein Bein irgendwie unnatürlich verrenkt. Das runzlige Gesicht grün, schmerzverzerrt. Da stieg mir ein Kloß in die Kehle und zwang mich dazu, die Wohnung für eine Minute zu verlassen. Rauchend stand ich auf dem Treppenabsatz und wartete, dass ich mich wieder einkriegte.

Frage: Und auf der Rückfahrt, während die Scheinwerfer im nächtlichen Nebel stocherten, der zottig und zerzaust war – kein Wunder, es war ja das Fell des Untiers –, debattierten die Lichtträger über einen Zeitungsartikel, der die Frage behandelte, ob man in hoffnungslosen Fällen Sterbehilfe gewähren sollte oder nicht. Und man kam zu dem Schluss, dass es bestimmt besser wäre … diese alte Schnapsdrossel vorhin zum Beispiel, die ihre Wohnung für einen Apfel und ein Ei verkauft hatte, die wäre wohl sowieso auf der Straße gelandet und in der Nähe der Mülltonnen erfroren, und überhaupt hatte man mit Obdachlosen genug Ärger.

Antwort: Noch dazu hatte sie nur einen Hof weiter gewohnt als ich. Am übernächsten Tag, als ich dienstfrei hatte, lief ich beim Brötchenholen am Müllplatz vorbei und sah, wie man ihr Bett und einen Packen Wäsche heraustrug. Als ich fünf Minuten später zurückkam, war irgendein Typ in Filzpantoffeln schon dabei, die Füße von dem Bett zu schrauben, eine Frau mit Lockenwicklern stand daneben und erteilte Anweisungen, der Wäschesack war verschwunden.

Frage: Um es auf den Punkt zu bringen: Indem Sie bei der Polizei anfingen, machten Sie Ihr Leben sozusagen zum Kriminalroman, zu dem täglich eine Seite hinzukam. Jeden Morgen nach dem Frühstück schaute man in den Abzählreim, was für heute anlag, und spätestens nach dem Mittagessen bewahrheitete sich das.

Antwort: Ach was, von wegen Kriminalroman! Ein Blick in den Abzählreim, und du wusstest: Betrunkene auf der Straße, irgendwo einen Familienkrach oder randalierende Kids, das ist dann schon der ganze Roman. Einmal gab es einen Fall, da kamen irgendwelche Bengels auf die Idee, sie könnten eine Zugentgleisung verursachen, um den Leuten anschließend die Wertsachen abzuknöpfen, so erklärten sie es hinterher. Also wurden auf einem durch Wald führenden Streckenabschnitt die Schrauben gelockert. Außerdem fiel ihnen ein, die Signalanlage außer Betrieb zu setzen, indem sie die Drähte, die unter den Gleisen hindurchführten, mit der Kneifzange kappten. Nur die großen Kontermuttern kriegten sie nicht auf. Da mussten sie erst zu einem von ihnen nach Hause in die väterliche Werkstatt, den großen Spezialschraubenschlüssel holen, und als sie den anschleppten, wurden sie von einem Streckenwärter entdeckt. Ich hab die Jungs gefragt: Sagt mal, die Leute in dem Zug, hätten die euch kein bisschen leidgetan? Da haben die nur gegrinst. So viel zum Thema Kriminalroman.

Frage: Aber Sie haben doch bestimmt öfter mal jemanden verhaftet?

Antwort: Klar. Das erste Mal weiß ich noch: Wir sind nachts in eine Wohnung eingedrungen, haben die Kinder geweckt, die anfingen zu schreien, die Frau im Morgenmantel, völlig verschreckt, schluckte gleich Tabletten, und der, um den es ging, total nervös, ging im Schlafanzug zum Kleiderschrank, um sich anzuziehen, dabei stieg er vor der Teppichkante aus den Pantoffeln, und wie er den Teppich verließ, fuhr er mit den Füßen wieder hinein.

Frage: Und das Untier? Wo war das Untier? Mit dem hatten Sie doch zu kämpfen vor!

Antwort: Wo das Untier war? Sie sagten doch schon: Es bestand aus Nebel. Kam bis unter die Fenster geschlichen und rieb sich das Fell am Balkongitter. Und wir gingen mit Razzien dagegen vor. Mussten ja was vorweisen. Nach jeder Razzia hatten wir ein Protokoll zu schreiben. Damit man sah, die Razzia war nicht umsonst gewesen. Dabei war da nichts außer Nebel. Mein Partner in der Schicht lehrte mich, wie es ging: An normalen Tagen auf Streife schrieb man für jede Art Vergehen Protokolle im Voraus, ließ das Datum offen und konnte dann, wenn eine Razzia angesagt war, das nötige Protokoll aus dem Tresor ziehen und nachdatieren. Aber damit hatte ich nur am Anfang zu tun. Später kam ich in eine Sondergruppe. Daddy holte mich zu sich. Daddy, so nannten wir ihn alle.

Frage: Diese Gruppe war damit befasst, besonders schwerwiegende Verbrechen unter den Teppich zu kehren?

Antwort: Ja. Aber das bekam ich erst später mit.

Frage: Erzählen Sie von Daddy.

Antwort: Ach, was soll man von dem groß erzählen. Hat sich in Luft aufgelöst.

Frage: Erzählen Sie nur! Er hat Sie immerhin geliebt. Nur Töchter zu Hause, immer von einem Sohn geträumt. Und da kamen Sie mit Ihrem störrischen Charakter.

Antwort: Er hatte ja seinen Spitznamen danach. Dass er von allen in der Gruppe der Vater hätte sein können. Die wandelnde Legende der Abteilung. Man durfte annehmen, dass der Alte noch weiland dem türkischen Sultan einen Brief geschrieben hatte und die falschen Dimitris gejagt, erst Grigori Otrepjew und dann den Schelm von Tuschino. Es hieß, er habe einmal eine alte Frau aus einem Eisloch gerettet. Die sei aber anschließend wieder hineingestiegen. Sie war in einer Sekte und glaubte, wenn sie an einem Seil von einem Eisloch zum anderen tauchte, so quasi als Neutaufe, dass dann ein neuer Mensch aus ihr würde, die alten Sünden blieben zurück im alten Leben, und man tauchte als Neugeborenes im neuen Leben auf. Jedenfalls, als ich mitbekam, worum es wirklich ging, da stöberte ich im Archiv nach den von Daddy zur Strecke gebrachten Fällen. Und wollte meinen Augen nicht trauen. Gleich, nach welcher Kladde ich griff, ich brauchte nur ein bisschen blättern, und es war sonnenklar: Auftragsmord! Sagen Sie selbst: ein Mensch in Handschellen, dem jemand den Kopf abgebissen hat. Und geht als Selbstmord zu den Akten. Wobei auf den beiliegenden Fotos überall Krallenspuren zu erkennen sind. Ganz klar von dem Untier! Ich konnte nicht widerstehen und bin zum Tatort gefahren, da gab es eine

Blutspur. Im frischen Schnee! Ich folgte ihr, sie führte mich quer über die Straßenbahngleise zum Haus am Platz. Wo alle städtischen Institutionen unter einem Dach versammelt sind: Polizei, Gericht, Bürgermeisteramt, Post und Sparkasse. Es heißt genau so: Haus am Platz. Wo man geruhsam seinen löslichen Kaffee trinkt, während draußen vor dem Fenster die Straße in Auflösung ist. Und die Spur führt geradenwegs die Stufen hinauf ins Haus hinein. Gut sichtbar für jedermann. Alle sind Zeugen. Ich frage die Leute: Seht ihr denn das nicht? Und sie nicken: Jaja, das Untier. Ich schrieb einen Bericht: So und so, ich beantrage, den Fall zur Nachermittlung zurückzuverweisen.
Frage: Fühlten Sie sich als Held?
Antwort: Nein. Oder höchstens ein bisschen. Was ich getan hatte, wurde mir erst hinterher klar. Damals passierte es sozusagen im Eifer des Gefechts. So als wäre ich tatsächlich als Krimiheld zum Leben erwacht. Und das Aufstehen am Morgen machte auf einmal Spaß. Das war etwas anderes, als Streife zu fahren von einer Kneipe zur anderen! Damals war ich noch der Auffassung, dass im Leben ständig etwas passieren muss.
Frage: Wurde der Fall wieder aufgerollt?
Antwort: Ja, nur nicht so bald. Erst mal rief Daddy mich zu sich. So erschrocken hatte ich ihn noch nie gesehen. Der Abzählreim sah ihn in den Armen eines großen Teddys …
Frage: Drei kleine Negerlein gingen am Zoo vorbei, das eine hat der Bär umarmt, da waren's nur noch zwei …
Antwort: … Er dachte, es wäre so weit.
Frage: Was hat er gesagt?
Antwort: Er sagte: Wir essen Rindfleisch. Die Kuh frisst Gras. Das Gras frisst uns.
Frage: Das war alles?
Antwort: Nein. Hätte der Stein ein Bewusstsein, fügte er noch hinzu, dann dächte er wohl, er fiele aus freien Stücken zur Erde. Und dächte er das nicht – er fiele trotzdem.
Frage: Hat er denn nicht herumgeschrien? Gedroht?

Antwort: Nein. Er saß am Fenster, schaute auf den Platz hinaus und sprach, als wäre er mit sich allein. Gestern habe ich meiner Frau beim Kohlhobeln geholfen, sagte er. Und in der Nacht konnte ich nicht schlafen. Lag da mit offenen Augen. Draußen vorm Fenster hobelten die Äste den Mond. Ich musste immerzu an dich denken. Das geht nicht gut aus mit dir! ... Dann seufzte er und sagte: Manchmal passe auch ich nicht ganz zwischen Mütze und Schuh. Aber da man nun mal im Hier und Jetzt lebt, sollte man es besser wie ein Fluss halten, weißt du. Der fließt und ahnt nicht, dass er im Winter zufrieren muss. Und kommt der Winter, friert er zu. Man muss im Einklang mit der Zeit leben, Tolja. Nicht über die Ufer treten.
Frage: Was sagten Sie darauf?
Antwort: Nein, Pawel Jefimowitsch, sagte ich, man muss im Einklang mit sich selbst leben!
Frage: Warum sind Sie denn so hart mit dem Alten umgesprungen? Er wollte doch nur Ihr Bestes.
Antwort: Das ist mir schon klar. Er war nahe am Heulen. Du bist wie ein Sohn für mich, sagte er, meinst du, ich kann dich nicht verstehen? Ich war auch einmal jung, mit Wut im Bauch und Gerechtigkeitsgefühl. Wollte all diese schrecklichen, unmenschlichen Verbrechen aufklären. Mich wohl auch um die angekohlten Papierreste kümmern, eruieren, wer wo gewesen war in jenem regnerischen Augenblick, da draußen die Postbotin auf dem Fahrrad vorbeifuhr mit einer Plastiktüte auf dem Kopf, wollte rauskriegen, wer die Äste abgebrochen hatte an dem alten Erdbeerbaum, der vor dem Fenster des Bibliothekszimmers blühte! Meinst du, mir wäre es nicht darum zu tun gewesen, die ganze Insel von dem Gesindel zu säubern oder wenigstens unser nettes kleines Zarjowokokschaisk, die Schweine einzufangen, die Brut zu ersäufen? Aber dann bekam ich schlüssig erklärt, warum zu viel Eifer schadet. Und dass es gar keine Rolle spielt, wer der Mörder war. Wen interessiert das, wenn doch ohnehin jeder weiß, dass es sich um einen durchschnittlichen, erbärmlichen,

nichtswürdigen Menschen handelt! Wenn's nicht Petrow war, dann eben Sidorow. Hör zu, Tolja, ich war Soldat und hab in der Wüste gedient, da haben wir aus Langeweile Skorpione gefangen. Man fing sie und warf sie in einen Ring aus Feuer. Wir Idioten hofften mit anzusehen, wie sie Selbstmord begehen – sich den Giftstachel ins eigene Genick setzten. Aber nein, kein einziger kam auf die Idee, alle wollten sie leben bis zum Letzten, lieber verbrannten sie bei lebendigem Leibe. Verstehst du? Und ich verstand immer noch nicht. Ich hab Blut, Schmerz und Tod zur Genüge gesehen, sagte ich. Ich hab auch selbst getötet, Schuldige und Unschuldige. Mich kann keiner mehr schrecken. Wenn sie mich umbringen – von mir aus. Dafür muss ich mich meines Lebens nicht schämen. Da hat er mich angebrüllt: Ein Küken bist du! Ich dagegen hab eine Frau und drei Töchter zu Hause! Das Kostbarste auf der Welt! Dich kann keiner mehr schrecken, sagst du? Halbstarkes Gerede! Halte du erst mal das Händchen deines eigenen Kindes in der Hand, dann sprechen wir uns noch mal! Danach griff er sich ans Herz. Ich stürzte zu ihm hin, er krächzte: Verpiss dich, Rotznase! Wir riefen seine Frau an, sie kam, wir brachten ihn gemeinsam nach Hause. Dort legten wir ihn aufs Sofa. Warten Sie, sagte sie zu mir, gehen Sie nicht gleich wieder, ich koche uns noch eine Tasse Tee. Die Kinder waren nicht zu Hause: die Ältere in der Uni, sie studierte Informatik, die jüngeren noch nicht aus der Schule zurück. Tomatensetzlinge standen in abgeschnittenen Milch-Tetrapaks auf den Fensterbänken, an den Wänden hingen Fotografien. Sie fing an, mir von all den Verwandten zu erzählen. Sein Vater war Priester gewesen, bis er krank wurde und erblindete; der Sohn musste ihn lange Zeit verleugnen und gab in Fragebögen an, sein Vater wäre Kriegsinvalide; immer musste er fürchten, dass die Sache ans Licht kam. Seine Großmutter mütterlicherseits hatte vier ihrer Kinder begraben – Söhne allesamt; dich hab ich anstelle von vieren, sagte sie zu ihm. Im Krieg, während der Zeit der Evakuierung, bewahrte ihn seine Mama vor dem Verhungern – sie war als Melkerin untergekommen und stahl Milch für ihn, die sie in einer am Bauch verborgenen Wärmflasche transportierte. Vor ihrem Tod, schon als sehr alte Frau, mahnte sie ihn: Begrab mich bloß nicht mit den Ringen, nimm sie ab, die werden sowieso geklaut, verkauf sie lieber! Und Daddys Frau selbst, als sie ihre Jüngste stillte, hatte so viel Milch, dass sie immer mit dünnem blauem Strahl ein Glas damit füllte, das deckte sie mit Mull ab und rief aus dem Fenster nach den Älteren, die wollten die Milch aber nicht trinken, sie war ihnen zu warm und zu süß; also trank die Mutter sie selbst, damit das gute Zeug nicht verkam.

Frage: Und was wurde aus dem wiederaufgenommenen Fall?

Antwort: Die Selbstmordversion wurde fallen gelassen. Dafür beschuldigte man nun die Frau des Opfers – angeblich hätten die beiden in Scheidung gelegen, und er habe ihr nichts überlassen wollen. Sonst ziehen sich solche Fälle oft über Monate hin, und die Leute schmoren in der U-Haft, aber hier ging alles ganz schnell: Verhandlung. Urteil. Straflager.

Frage: Und die Zeugen? Es gab doch Zeugen?

Antwort: Die gab es, aber alle sind ausgestiegen. Hätten Sie Lust, Zeuge in so einer Sache zu sein – mit allen Konsequenzen?

Frage: Ich weiß nicht.

Antwort: Da sehen Sie.

Frage: Wie ging es weiter?

Antwort: Ich ging nach Hause.

Frage: Wo eine kleine, schwache Frau auf Sie wartete. Und Sie, groß und stark, hatten es nötig, von ihr gehalten zu werden?

Antwort: Anscheinend ja. Ich wäre ein typischer Mann, hat sie einmal gesagt: von außen ein Bunker, von innen ein Kinderzimmer.

Frage: Wie kam es, dass sie, die fast noch ein Mädchen war, mit Ihnen, dem erwachsenen Mann, umging wie mit einem Kätzchen?

Antwort: Sie ist ja nur äußerlich ein Däumelinchen. Ich hab sie im Affenkäfig aufgelesen, bei der Bahnhofsmiliz, meine ich. Da war sie betrunken abgeliefert worden. Unsere Jungs wollten ein bisschen Spaß mit ihr haben und sie dann laufen lassen, ohne Protokoll, tat einem ja leid um das Mädel. Ich sagte zu ihnen: Hände weg – das ist meine. Und nahm sie mit nach Hause. Hab sie erst mal unter die Dusche gestellt. Stand da und schaute zu, wie ihr die Wimperntusche in schwarzen Bächen über Brust, Bauch und Beine rann. Ihre Brüste waren klein, nicht größer als zwei aufgeblasene Bäckchen, aber mit kräftigen, abstehenden Warzen wie zwei Stachelbeeren. Und ihre Küsse waren so gierig, dass die Zähne anstießen. Sie blieb dann bei mir.

Frage: Aber Sie liebten sie doch?

Antwort: Ja. Ich weiß nicht. Wahrscheinlich dachte ich das. Vorher hatte ich ja noch mit keiner was Richtiges gehabt. Sie hat mir alles beigebracht. Und schrie dabei jedes Mal so, dass die Nachbarn ans Heizungsrohr klopften. Einmal, wie ich hinterher aufs Klo ging, Hände waschen – die waren in ihr gewesen, in allen Öffnungen –, und ihre ganzen Flakons vor dem Spiegel aufgereiht sah, da dachte ich: Die ist doch anders als alle anderen. Da meinte ich schon etwas über Frauen zu wissen, von Afghanistan her. Dort fuhren sie alle gern hin: Ausland immerhin, bezahlt wurde mit Schecks. Die konnten sie für eine Wohnung ansparen und noch irgendwas mitbringen: Klamotten, einen Fernseher, gab's ja alles nicht. Man darf nicht vergessen, was das für Zeiten waren – da ging alles nur unter der Hand weg, über geschlossene Verteiler. Und auch wenn du keinen Namen hattest, ein Niemand warst, du wolltest ja trotzdem wie ein Mensch leben. Also fuhren sie alle diesen Schecks hinterher in den Krieg – zur Arbeit in den Hospitälern, in den Magazinen, im Wäschereikombinat. Taten sich mit irgendeinem Oberst zusammen oder einem Fähnrich, was ungefähr gleichbedeutend war, der Fähnrich hatte unter sich ein Magazin, während ein Oberst seinen Fähnrich ins Magazin schicken konnte, irgendwas holen. Gewohnt wurde im Wohnheim, »Katzenhaus« hieß das. Aber mit uns gemeinen Soldaten gaben diese Frauen sich natürlich nicht ab – wozu auch? Was hätte so eine von uns absahnen können? Einen zerrissenen Fußlappen vielleicht? Und darum kam es mir so vor, als wäre Lenka von anderer Art. Wer war ich denn? Ein Niemand, Bulle mit niedrigstem Gehalt. Und trotzdem blieb sie an mir kleben, schlug unmerklich Wurzeln bei mir. Und sie war gut drauf. Erzählte lustige Geschichten. Darüber, wie sie von ihren altgläubigen Eltern abgehauen war, in einer Spinnerei gearbeitet hatte – gesundheitsgefährdend, der Staub vom Faden ging auf die Lunge, aber immerhin gab es einen Wohnheimplatz. Irgendwann war sie dort weggegangen und als Kellnerin in einem Café untergekommen. Dazu gab es die Geschichte, wie sie sich manchmal den Dreck von den Nagelrändern gepult und unter das Speiseeis gemischt hatte, darüber konnte sie sich zerfetzen vor Lachen. Mir gefiel, wie sie die Unterlippe nach vorn schob und sich die Haare aus den Augen pustete. Sie fand Arbeit in einem Frisiersalon – da kam ich auch ständig dran. Kaum dass es ein bisschen nachwuchs, war ich wieder fällig. Von ihr die Haare geschnitten zu kriegen war ein einziges Behagen. Und außerdem sah ich ihr gerne beim Schminken zu. Wollte immer genau wissen, wozu dieses gut war und wozu jenes. Lachend zeigte sie es mir: Schau her, damit die getuschten Wimpern noch länger aussehen, muss man mit Puder und Seife beigehen. Die Enden ihrer Wimpern waren zu kleinen Stacheln verklebt. Einmal kam ich spät vom Dienst, betrat das Zimmer und fand sie schlafend vor, den Kopf unter der Decke, nur die Haare flossen über das Kopfkissen. Die Jungs in der Abteilung versuchten mich zu warnen: Däumelinchen von ihrer Art wären mit den Gedanken flink wie Eidechsen, aber so eine schnitte sich ins fremde Leben wie ein Messer, tief bis ans Heft. Ich gab nichts darauf. Die sind bloß neidisch, dachte ich. Und das waren sie ja auch. Einmal unternahm ich mit ihr eine Bootsfahrt. Zum See führte ein Pfad zwischen Brombeerhecken hindurch. Lenka trug einen langen, weiten Rock, grellbunt, aus irgendeinem leichten, luftigen Stoff. Der blieb an einem Brombeerzweig hängen und riss ein bisschen ein. Lenka war untröstlich wie ein Kind. Lenka, mach dir nichts draus, sagte ich zu ihr, ich liebe dich doch. Das hatte ich noch nie zu irgendwem gesagt.

Frage: Hatten Sie vor zu heiraten?
Antwort: Ja. Aber dazu kam es nicht mehr. Das Aufgebot war schon bestellt, das Hochzeitskleid ausgesucht, sie lag mir in den Ohren, weil sie mit mir ins Atelier gehen und es anschauen wollte, ich hatte immer keine Zeit dazu.
Frage: Aber dem Däumelinchen war es nach dem Abzählreim beschieden, einen Kröterich zu heiraten.
Antwort: Und so kam es auch. Was ich natürlich erst später erfuhr.
Frage: Sie sind also nach Hause gekommen.
Antwort: Genau. Ich kam an dem Tag nach Hause, und augenblicklich hing sie an meinem Hals. Flüsterte mir ins Ohr, und es klang irgendwie sonderbar, ganz ernst: Wie lange du mich hast warten lassen! Wir setzten uns zum Abendessen. Sie warf unter dem Tisch einen Pantoffel ab, streichelte mit dem Fuß meinen Knöchel. Tolja, ist irgendwas passiert?, fragte sie mich. Nein, nein, alles in Ordnung, sagte ich lächelnd, iss nur. Sie stand auf, kam um den Tisch herum, setzte sich mir auf den Schoß. Ihre Hände packten meine Ohren – diesen Griff mochte sie, meinen Kopf wie ein Lenkrad zu drehen – schaute mir ins Gesicht und sprach: Ich spüre doch, dass etwas ist. Was ist passiert, sag! Da erzählte ich ihr alles: von dem Untier, den Spuren im Schnee.
Frage: Wie reagierte sie?
Antwort: Sie erschrak. Etwas muss geschehen, sagte ich zu ihr. Sonst kommt keiner lebend davon. Diese Bestie beißt allen den Kopf ab. Lenka, sag, was soll ich bloß tun?, jammerte ich, legte die Arme um sie. Sie schmiegte sich fest an mich: Mein Liebster! Du bist doch stark, du kannst alles! Geh raus auf den Platz, knie nieder, schlag ein Kreuz zum Kirchturm hin und sag, du wärst nur ein Härchen in ihrem Fell. Dann wird alles gut.
Frage: Und Sie?
Antwort: Ich fühlte mich auf einmal sehr einsam. Nie zuvor hatte ich dieses Gefühl so heftig empfunden: dass ich allein war. Selbst in ihren Armen. Mutterseelenallein.

Frage: Hatten Sie mehr von ihr erwartet?
Antwort: Ja. Was wahrscheinlich falsch und blöd war, aber ich hatte anderes erhofft, als sie schreiend aus der Küche rennen zu sehen, ins Wohnzimmer rüber: Mag sein, dass es mir an Gehirn fehlt, rief sie, aber ich habe eine Gebärmutter und möchte ein Kind von dir gebären! Von einem Vater, der bei mir ist und mich liebt! Dann brach sie in Tränen aus. Ich ging weg und verbrachte die Nacht auf dem Revier. Warf mich auf der Holzbank von einer Seite auf die andere, grübelnd, was zu tun war. Am Morgen rief mich Daddy zu sich und schickte mich auf eine sinnlose Dienstreise. Geh dahin, weiß nicht wohin, hol mir das, ich weiß nicht was.
Frage: Aber damit hat er Sie gerettet! Aus der Schusslinie genommen. Bis sich alles beruhigt und gelegt haben, vergessen sein würde.
Antwort: Gut möglich. Heute denke ich das auch. Als ich nach Hause kam, war Lenka weg. Und das war mir recht – ich mochte sie gar nicht sehen. Ich begann zu packen, fahren musste ich so oder so. Es klingelte an der Tür. Ich machte auf, da stand eine Frau, nicht mehr ganz jung, dem Anschein nach intelligent, mit Hut und Reisetasche. Wie sich herausstellte, war es die Mutter der Frau, die man aufgrund der Revision verurteilt hatte. Was wollen Sie?, fragte ich. Ihnen nur einmal in die Augen sehen, weiter nichts. Ich schlug ihr die Tür vor der Nase zu.
Frage: Und so kamen Sie dem Dienstreiseauftrag nicht nach, sondern begannen auf eigene Faust zu ermitteln, weil Ihnen immerzu diese Frau vor Augen stand, und Sie hielten es für Ihre Pflicht, deren Tochter aus dem Gefängnis zu holen? Ein Guter gegen das versammelte Böse? Ein einsamer Held gegen die Nebelwand? Und das Untier war in Ihnen?
Antwort: Nein. Oder wahrscheinlich doch. Das heißt, es war alles noch anders. Ich fuhr in dieses Weiß-nicht-wohin, und tatsächlich stand mir die ganze Zeit diese Frau vor Augen, ihr Blick. Losgefahren bin ich im Winter, am nächsten Tag war Frühling um mich

her. Ich lag auf der obersten Pritsche und sah durch das Fenster, wie die Bäume es trieben. Die Gedanken verhakten sich immer wieder an diesem Brombeerzweig. Und am nächsten Morgen war schon kein Frühling mehr, sondern Sommer, oder besser gesagt: gar nichts. Wüste. Aber keine aus Sand. Steinwüste. Ich ging über Steine und suchte das Weiß-nicht-was. Nachts sah ich Feuerschein in der Ferne und ging nachschauen, wer da war. Erst vermutete ich ein Zigeunerlager, dann dachte ich, wo sollen hier Zigeuner herkommen, wohl eher Flüchtlinge. Fuhrwerke standen da und Pferde. Ein großes Camp. Es war spät, wahrscheinlich schliefen schon alle. Aber nein, am Feuer saß noch wer. Ich ging näher. Vom Aufflackern des Feuers wurde der schwarze Menschenschatten davor kürzer. Ich ging noch näher und staunte: Da saßen mehrere Personen, die angezogen waren wie alte Griechen. Sie sprachen auch mit fremden Zungen. Bestimmt wurde hier ein Film gedreht. Das kommt in letzter Zeit häufig vor: Bei denen ist alles teuer, hier ist es billig zu haben. Da kommen sie eben her.

Frage: Aber Raum und Zeit sind brüchig, verschlissen, hinfällig. Die bleiben irgendwo hängen – und sei es an Ihrem Brombeerzweig –, schon reißt etwas ab. Und aus solchen Löchern kann wer weiß was gerutscht kommen, selbst alte Griechen passen da hindurch.

Antwort: Kann sein. Keine Ahnung.

Frage: Wurden Sie bemerkt?

Antwort: Einer sprang auf, als er meine Schritte hörte, spähte in meine Richtung, konnte mich aber im Dunkeln nicht sehen. Ich ging meiner Wege. In dieser Nacht begriff ich, was zu tun war. Alles hing an dem Abzählreim. Ich musste ihn anhalten. Oder wie soll ich sagen … Ich musste mich quer stellen vor ihm.

Frage: Sie wollten verhindern, dass die Negerlein dem Haifisch begegneten? Vier kleine Negerlein, die sahen einen Hai, eins kam zu nah, der Hai macht' schnapp!, da waren's nur noch drei?

Antwort: Ja, ich musste sie aufhalten. Damit das Ganze zum Stillstand kam. Damit alles anders wurde. Damit ich dieser Frau in die Augen schauen konnte. Damit ihre Tochter freikam. Damit man nichts und niemanden zu fürchten hatte. Damit das Leben einfach und gut war.

Frage: Sie wussten aber doch, dass eins der Negerlein den Abzählreim schon einmal hatte anhalten wollen – ganz wie der Text es vorschrieb …

Antwort: Fünf kleine Negerlein sah'n den Gerichtsvollzieher, das eine hat er mitgenommen, da waren's nur noch vier!

Frage: … und deswegen vor Gericht kam und ins Lager, dort wurde es fertiggemacht, weil es ein Bulle war.

Antwort: Ja. Ebendarum musste der Abzählreim gestoppt werden.

Frage: Aber wie wollten Sie das anstellen?

Antwort: Ganz einfach. Ich musste mich nur auf den Platz stellen und sagen: Ich bin kein Härchen in deinem Fell!

Frage: Ja, aber …

Antwort: Unterbrechen Sie mich nicht! Ich fuhr also mit dem Zug zurück. Meine Mitreisenden im Abteil aßen die ganze Zeit: Auf einer Zeitung lagen angeknackte Eier, eine geplatzte Tomate, an der Brotkrumen klebten, Salz in einer Streichholzschachtel. Und von dieser auf dem kleinen Tisch ausgebreiteten Zeitung, die feucht und speckig war, las jemand einen Artikel vor, aus dem hervorging, dass unsere Insel zwar den Spitzenplatz in der Anzahl der Abtreibungen pro Kopf der Bevölkerung einnimmt, in den Gefängnissen aber keine der Inhaftierten auf ihr Kind verzichtet – alle tragen es aus, alle sind scharf darauf, schwanger zu werden, von einem Wärter oder sonst wem, unbefleckte Empfängnis sozusagen. Ein Mann, der mir gegenübersaß, sagte, während er eine Kartoffel in das Häufchen feuchtes Salz tunkte, das sich genau auf diesem Artikel, auf besagten Frauen also, befand, ein Kind sei für die ja nur ein Mittel zur Erhöhung der Verpflegungsration, arbeiten müssen sie dann auch nicht mehr, und vor allem gebe es bei Mutterschaft eine Aussicht auf Amnestie, da seien sie immer als Erste dran. Und dann kämen die aus dem Lager, und die Mehrzahl dieser Mütter, so die Statistik, würden ihre Kinder in der Freiheit verstoßen. Danach begann er von seinem Freund zu reden, einem Geistlichen, der habe eine Hündin mit menschlichen Augen besessen. Der reinste Mensch, nur eben mit Fell. Und aus heiterem Himmel habe die ihren Welpen die Köpfe abgebissen, da habe der Pope sie erschossen. Er nippte vom Tee und sagte, aus dem Fenster blickend: Was soll man von einem Land erwarten, in dem Mütter ihre Kinder töten? Gerade fuhr der Zug langsam über eine Brücke; unten auf dem zugefrorenen Fluss trampelten zwei – er und sie – Buchstaben in den Schnee, riesengroß, damit man sie lesen konnte von Weitem, aus den durchkommenden Zügen, so wie jetzt gerade aus unserem Fenster.

Frage: Und was haben sie in den Schnee getrampelt? Welche Worte?

Antwort: Das weiß ich nicht. Sie hatten gerade erst begonnen, da war der Zug schon vorbei.

Frage: Aber das ist doch wichtig!

Antwort: Ich konnte schließlich nicht den Zug anhalten deswegen!

Frage: Na schön. Sie kamen also zurück, stiegen in die Straßenbahn, fuhren zum Haus am Platz.

Antwort: Ich kam zurück, stieg in die Straßenbahn, fuhr zum Haus am Platz. Von der Haltestelle kommend, sehe ich schon von Weitem, dass Daddy am Fenster steht und winkt. Er ruft etwas, das nicht zu hören ist, klopft mit den Fingerknöcheln gegen die Scheibe, gestikuliert. Er hat gesehen, dass ich ohne Erlaubnis zurückgekehrt bin, und weiß Bescheid. Ich habe die Mitte des Platzes erreicht, da kommt er aus dem Portal gerannt und schreit: »Anatoli! Was fällt dir ein! Sei still! Tu's nicht! Du änderst nichts, reißt dich nur selber rein!« Er fegt die Stufen herab, der Eingang liegt genau unter den Gerichtsfenstern. Und just in diesem Augenblick fliegt aus einem der Fenster eine massive Uhr und trifft ihn voll. Ein Bär aus weißem Marmor, das Zifferblatt auf dem Bauch.

Frage: The big bear.

Antwort: Genau. Ich rannte hin. Der Alte atmete noch, genauer gesagt, er röchelte, beinahe ein Pfeifen. Und schaute mich an. Der Blick wollte sagen: Ich weiß Bescheid, aber zu reden hat keinen Zweck mehr. Das Begräbnis fand erst am Dienstag statt – wegen der Obduktion und weil dann Wochenende war. Es kamen viele, alles Leute von uns, die Chefs waren da und auch ein paar Veteranen. Die Witwe und die drei Töchter mit schwarzen Kopftüchern. Es war bitterkalt, darum trugen sie Pelzmützen, darüber die Tücher. Auch die Männer standen alle in Mützen mit Ohrenklappen da, oder besser gesagt, sie standen nicht, sondern traten und hüpften auf der Stelle, um sich aufzuwärmen. Der Sarg rutschte aus den Seilen und kam senkrecht zu stehen, sodass er noch einmal herausgezerrt und wieder hineingesenkt werden musste. Das Grab war schon zuvor ausgehoben worden, der starke Frost hatte erst letzte Nacht eingesetzt, alles war vereist, es konnte nicht zugeschaufelt werden. Man versuchte die Erde mit Spaten und Brecheisen zu lockern – das Grab konnte doch unmöglich offen bleiben. Daddy zeigte noch aufgebahrt Haltung wie zur Parade. Eine Frau neben mir – keine Ahnung, wie sie zu ihm stand – bemerkte seufzend: Ach, Pascha, du bist auch im Sarg noch fesch. Nicht wie ein Toter, wie ein Bräutigam schaust du aus! Während ich ihn betrachtete, fiel mir eine Sendung im Fernsehen ein, in der es geheißen hatte, dass man die Toten früher sitzend begrub: in Embryonalstellung, die Beine zur Brust gezogen, wie um auf eine Wiedergeburt zu verweisen. Das Grab als Gebärmutter. Die Grablegung eine Kopulation mit der Erde, sie wird durch den Menschen befruchtet. Daddy war der Erde Bräutigam, darauf lief es hinaus. Was für uns eine Beerdigung war, das war für ihn eine Hochzeit. Darum wäscht man die Toten und staffiert sie aus, als ginge es ans Heiraten. Selbst der kleine Kranz auf Daddys Haupt erinnerte an die Krone im orthodoxen Trauungsritual. Und besagte Griechen in früherer Zeit hatten die Vorstellung, dass die Toten nach ihrer Vermählung in den Gräbern fortlebten, sich von dem ernährten, was man ihnen brachte, den Wein tranken, den man über ihnen ausgoss. Bei uns heutzutage ist das nicht viel anders: Man muss nur einmal auf die Gräber nebenan schauen, was da so alles hinters Kreuz gelegt wird: Äpfel, Bananen … An der Stelle besann ich mich. Wo bin ich mit den Gedanken, mein Gott! Hier stehen drei junge Frauen, deren Vater ich auf dem Gewissen habe …

Frage: Und dann?

Antwort: Hab ich beim Leichenschmaus einen Wodka auf seinen Seelenfrieden gekippt, dazu einen Pfannkuchen gegessen. Und bin in die Straßenbahn gestiegen. Zum Platz. Da stieg ich aus und sagte, was zu sagen war. An der Haltestelle. Ich bin kein Härchen!, hab ich gesagt.

Frage: Und was geschah?

Antwort: Alles wie im Abzählreim vorgesehen. Gericht. Urteil. Lager.

Frage: Der Richter hatte einen roten Fleck an der Stirn, sein Talar war ein purpurner Duschvorhang und die Perücke ein graues Wollknäuel?

Antwort: Woher wissen Sie das nun wieder?

Frage: Ich habe geraten. Und die Verhandlung war ordnungsgemäß? Ohne Vorkommnisse?

Antwort: Alles mustergültig.

Frage: Und was hat er gesagt, der in dem Duschtalar?

Antwort: Was kann ein Richter schon sagen? Er sagte, jede Heimsuchung läutere die Seele, verschärftes Leid könne sie nur stählen, und die Wahrheit sei sowieso nicht zu erschauen, dabei erblinde man nur, eigentlich wollten die Menschen füreinander das Beste und brächten es doch nicht fertig. Will Ihnen das denn nicht in den Kopf?, brüllte er auf einmal. Das ist kein Ene, mene, muh, das ist die Kraft des Lebens, wollen Sie sich der in den Weg stellen? Und ich darauf: Brüllen Sie mich nicht so an. Ich bin kein Härchen mehr in euerm Fell. Weder euer Gericht erkenne ich an noch ein nach euerm Abzählreim gestricktes Leben. Macht mit mir, was ihr wollt. Da wurde er fuchtig: Manche Schlauberger täuschen sich, wenn sie meinen, das Universum wäre wie ein Stiefel so einfach beschaffen. Nein: Hier ein Fell, da eine Schwarte, dort die Blutspur über die Straßenbahngleise, und da hinten ragt ein Katzenschwanz steil aus dem Schornstein vorm Wintersonnenuntergang. Nur einen positiven Helden, den gibt es nicht! Woher auch, in dieser Welt? Es mag in Romanen vorkommen, dass so einer dem Bösen in die Eier tritt, aber wir sind hier nicht im Roman! Und wer bist du, dass du gegen den Abzählreim anstinkst? Der die Welt zusammenhält! Da hast du es schwarz auf weiß: Das Negerlein sträubt sich und sagt zum Abzählreim, nein, ich will nicht zu den Haien, wird am Schlafittchen gepackt, und hopp. Es muss mit, ob es ihm gefällt oder nicht. Da gehen schließlich alle hin! Und wer nicht gehen will, der fliegt und küsst dem Untier die Klöten! Verstanden, du Clown? Dann verlas er das Urteil, das aus einem einzigen Satz bestand: Nur Barbaren glauben an den Kampf des Guten gegen das Böse. Und fügte von sich aus hinzu, es sei vollkommen zwecklos, einen Wilden gesprächsweise überzeugen zu wollen, dass seine Holzpuppe nicht der liebe Gott ist, sondern nur ein Puppe. Und im Hinausgehen sagte er noch: Entschuldige die Maskerade, Alter – aber du weißt ja, nicht die Perücke macht den Mann.

Frage: Und das war die ganze Verhandlung?

Antwort: Genügt das nicht?

Frage: So wurde dem Recht also zum Sieg verholfen.

Antwort: Ich bekam noch ein letztes Wort mit der Mutter und der Schwester zugestanden, dann ging es zum Transport. Lenka ist nicht erschienen.

Frage: Das konnten Sie ihr wohl nicht verzeihen?

Antwort: Zuerst nicht, nachher schon. Es fing sowieso ein völlig anderes Leben an. Du bist neu, hast noch den Geruch der Freiheit an dir, von nichts eine Ahnung, musst alles erst lernen. Und keiner sagt dir was, keiner gibt einen Tipp. Du steckst dir den Löffel in die obere Jackentasche – schon ein Fehler, denn daran erkennt man den Büßer. Oder du kommst in den Speisesaal, setzt dich auf eine Bank – ganz falsch, das ist der Tisch, an dem die Büßer essen.

Frage: Aber was wollen Sie denn? Eine Welt ohne Büßer? Leute, die wegen einer Gruppenvergewaltigung von Minderjährigen verurteilt sind, kommen ins Lager und werden dort erniedrigt – gut, das mag Gewalt sein, andererseits doch auch höhere Gerechtigkeit, etwa nicht? Aug um Aug. Nicht jeder mag ans Jüngste Gericht glauben. Also hat man schon auf Erden für seine Taten einzustehen. Und Sie waren nun mal Bulle. Da scheint alles seine Richtigkeit zu haben. Abgesehen davon, sind Büßer auch Menschen und leben ihr Leben. Für alles hat es letztlich eine Ordnung. Parias sind ein Teil davon. War es bei Ihnen anders?

Antwort: Nein. Bei uns in der Zone gab es ungefähr tausend Mann, davon waren fünfzehn bis zwanzig Büßer. Sie saßen an gesonderten Tischen, schliefen aber in den Baracken für alle. Dass einer nirgends etwas zu suchen hatte als in der ihm zugewiesenen Baracke, war strengste Vorschrift – die galt für Büßer ebenso wie für jeden anderen. Aber es gab zum Schlafen eine spezielle Büßerecke. Diese Leute werden natürlich gebraucht. Zum Kloschrubben und Appellplatzfegen. Selber sind sie schmutzig und stinken. Und jeder, der vorbeikommt, muss ihnen einen Tritt verpassen – weshalb sie bemüht sind, gar niemandem vor die Füße zu geraten. Dass sie schmutzig sind, hat seinen Grund. Sich zu waschen ist für sie nämlich ein Problem. Weil so einer doch schließlich nicht gemeinsam mit dem normalen Häftling ins Badehaus gehen kann. Und überhaupt ist es für sie heikel, sich in der Zone zu bewegen. Nehmen wir an, Sie sind ein Büßer und gehen gerade die Treppe rauf ins obere Stockwerk der Baracke, da kommt Ihnen einer entgegen. Sowie Sie ihn sehen, müssen Sie sich, Rücken zur Wand, in eine Ecke drücken und warten, bis er vorbei ist; eine auch nur zufällige Berührung mit dem vollwertigen Häftling ist unter allen Umständen zu vermeiden, und wenn der andere das Gefühl hat, dass Sie diese Regel nicht streng genug befolgen, dann wird er nach Ihnen treten. Ein Tritt ist erlaubt. Den Büßer mit Fäusten zu berühren wäre erniedrigend, die Füße sind gerade gut genug. Und draußen auf dem Platz darf keiner etwas vom Boden aufheben. Hat man etwas fallen gelassen, hat man Pech gehabt. Aufheben geht nicht, denn dort waren ja die Büßer am Fegen gewesen. Gehst du in den Speisesaal und lässt dort versehentlich deinen Löffel fallen, dann ist dieser Löffel verloren. Und pass ja auf, dass dir keine »Verpestung« unterläuft, das ist das Wichtigste. Wenn dir dein Essnapf in der Kammer zu Boden fällt, dann gilt er als verpestet und ist hin. Man kann danach unmöglich aus ihm essen. Oder wenn beim Essen irgendein Bissen runterfällt, muss man gleich sagen: Zum Glück auf 'ne Zeitung gefallen!, obwohl da natürlich gar keine Zeitung ist.

Frage: Aber Sie sind doch kein kleiner Junge mehr. Ich muss Ihnen nicht sagen, dass hinter alledem ein tieferer Sinn steckt. Hygiene! Die ist lebensnotwendig. Und gelebt wird auf der Insel überall. Also alles ganz natürlich …

Antwort: Sag ich doch. Darum belegen sie die Pritschen gleich neben der Tür, dann ist die Gefahr, dass sie etwas verpesten, geringer. Auch wenn es natürlich trotzdem unweigerlich dazu kommt. Nehmen wir nur die Pritschen, auf denen Büßer schlafen. Ist einer von denen eines Tages nicht mehr da, entlassen oder verlegt oder was weiß ich, dann steht die Pritsche leer; manchmal sehr lange. Obwohl die Lagervorschriften besagen, dass unbelegte Pritschen wegzuräumen und ins Magazin zu schaffen sind. Die Frage ist nun: Sind diese Pritschen immer noch »verpestet«, nachdem sie eine Weile im Depot gestanden haben? Daran scheiden sich die Geister. Denn auf diesem Wege kann jeder beliebige Häftling an sie geraten. Außerdem wird endlos darüber gestritten, ob Eisen verpestet sein kann oder nicht … Einmal musste ich mich übergeben und fand einen Büßer, der die Kotze für mich wegmachte. Danach beschloss ich aus purer Menschlichkeit, dem Mann das Leben etwas leichter zu machen; gab ihm hin und wieder ein bisschen Brot oder was zu rauchen. Wobei das ganz klar seine Grenzen hatte: Niemals hätte ich ihm dergleichen in die Hand gegeben. Ich legte es auf den Boden und sagte: Da hast du. Und plötzlich sah ich diese Ergebenheit in seinen Augen. Absolut hündisch.

Anders lässt es sich nicht sagen. So schaut ein geprügelter Hund, wenn man ihn hinterher wieder streichelt. Na he!, hieß es gleich, da hast du ja wen gefunden zum Bedauern. Sieh dich vor! Hund bleibt Hund. Muss bloß einer drauf kommen, ihm zu sagen, er soll dich im Speiseraum anspucken – dann hast du den Salat… Was wahr ist, ist wahr. Auch unter den Parias gibt es Hierarchien. Und alle fürchten den, der bei den Büßern der Bestimmer ist. Wenn der dich auf dem Kieker hat, dann gehörst du schon morgen dazu. Dazu muss er nur einem seiner Fußabtreter befehlen, dich vor aller Augen zu küssen. Dann hilft es nicht, diesen Fußabtreter hinterher zu verprügeln, in den Dreck zu treten, ihm die Knochen zu brechen – von nun an bist du selber einer.
Frage: Sagen Sie, worauf kommt es dort am meisten an?
Antwort: Worauf es ankommt? Ach, das ist dort nicht viel anders als hier: Die Familie ist das Wichtigste! Das sind ja im Grunde Menschen wie Sie und ich. Du brauchst in der Welt einen Ort, wo du dazu gehörst, wo du gemocht wirst. Auch dort lebt man also familiär, aus einem Topf. In der Familie beschützt man sich gegenseitig; ist einer krank, wird er gepflegt; gegebenenfalls wird er aus dem Strafarrest in Empfang genommen. Die Familie ist verpflichtet, Anschaffungen für dich zu tätigen, dich beispielsweise mit Tee zu versorgen. Der Mensch braucht Wärme. Ein Lächeln. In der Zone ist Lächeln verboten. Ein Lächeln gilt als versuchte Speichelleckerei. Kommt dir jemand mit einem Lächeln, dann wirst du ihn instinktiv abweisen, weil du eine Tücke dahinter vermuten musst, eine Infamie. Und dabei ist es so wichtig, einmal jemanden anzulächeln! Du liegst nachts wach und denkst an ein Spiel, das du als Kind, wenn du nicht einschlafen konntest, mit dir selber spieltest. Erst mal eine Hand zum Wärmen unter die Decke, die andere greift an etwas Kaltes. Und dann beginnt das Spiel: Es waren einmal zwei Männlein, die wanderten auf Fingerbeinen über Kniehügel, durch Deckenfaltentäler, auf Kissen; der eine ging in die Irre, der andere lief sich die Füße wund, den Verlorenen wiederzufinden. Und immer wurde die kalte Hand

am Ende von der warmen gefunden, und die Männlein waren heilfroh und herzten sich. Die heiße Hand wärmte die kalte und rettete ihr so das Leben, nahm sie mit zu sich unter die Decke: wärme, wärme! … Noch dazu musste ich die ganze Zeit an Lenka denken. Wie sie die Unterlippe vorschiebt und sich die Strähne von den Augen pustet. Wie ich sie in die Badewanne setze und wasche, mit dem Schwamm grad wie ein kleines Kind, ins Handtuch hülle, kämme, zu Bett trage. Gleich mehrmals träumte ich, ich käme frei und nach Hause, es ist schon spät, ich schließe die Tür auf, gehe auf Zehenspitzen ins Zimmer und sehe sie schlafen, den Kopf unter die Decke gezogen, nur die Haare fließen über das Kopfkissen. Dann aufzuwachen und in der Baracke zu liegen ist grässlich.

Frage: Und wie war die Verpflegung?

Antwort: Auf das Fressen kommt es nicht an. Aber wissen Sie, worauf noch? Auf das Wort.

Frage: Welches?

Antwort: Nein, überhaupt. Was man sagt. Für jedes Wort trägt man die Verantwortung. Im Grunde gibt es dort kein anderes Gesetz als das Wort, für das du einzustehen hast. Nehmen wir an, du bist neu in der Zelle. Das Essen ist knapp, aber Esser sind viele, mittags und abends herrscht immer Gedränge. Du hast jemanden angestoßen, die Suppe ist ihm aus dem Napf geschwappt. Natürlich ist es aus Versehen passiert. Aber »aus Versehen« ist ein Wort, das dort nicht existiert. Du hast den Mann um sein Essen gebracht! Also bietest du ihm deins an: Tut mir leid, hier, iss mal. Und kriegst zur Antwort: Deinen ranzigen Fraß soll ich fressen? Er hat dich ranzig genannt, was gleichbedeutend mit Büßer ist. Und wenn du das unerwidert lässt, hast du dir deinen Platz selbst zugewiesen. Man hat dich beschuldigt; weist du die Beschuldigung nicht von dir mit allem, was in dir steckt, dann heißt das, sie ist rechtens. Und keiner wird dir dabei helfen. Du musst dich selbst verteidigen. Eine Prügelei ist unausweichlich, und du musst sie bis zum bitteren Ende führen. Denn hast du dich einmal einverstanden erklärt mit diesem einen Wort – dann *bist* du es. Dann *müssen* dich die anderen erniedrigen. Und du hast nichts mehr zu lachen. Ein Wort, was ist das schon, werden Sie sagen …

Frage: Aber jemand muss einem als Neuem doch erst einmal erklären, was man darf und was nicht.

Antwort: Keiner erklärt dir irgendetwas. Es lässt sich ja gar nicht erklären. Das ist wie Luftholen. Du atmest, und sie strömt ein. Fragst du erst: Darf ich …?, dann musst du die Frage gar nicht zu Ende stellen, die Antwort ist: Nein. Der Mensch darf nur das, was er für sich als machbar erachtet. Einfacher gesagt: Du darfst alles – nur dass du für alles, was du tust und sagst, die Verantwortung trägst. Für jeden Schritt und jedes Wort. Ich habe erst dort begriffen, wo Freiheit anfängt. Freiheit ist nicht da, wo kein Stacheldraht ist, nein. Freiheit ist da, wo keine Angst ist. Freiheit ist, wenn dir keiner vor den Karren fahren kann. Weil du nichts zu verlieren hast. Du hast dein Wort gesprochen und wirst dafür aufs Ganze gehen.

Frage: Sie haben sich dort frei gefühlt?

Antwort: Ein Mal ja. Und zwar richtig. Die Chefs wussten Bescheid über mich: wer ich bin, woher ich kam. Und so bestellten sie mich zu sich und sagten: Du bist von jetzt an unser Zuträger. Wenn nicht, liefern wir dich aus. Und in dem Moment fühlte ich mich auf einmal so frei wie nie zuvor im Leben. Ich bin kein Härchen!, habe ich zu ihnen gesagt.

Frage: Und? Warum sprechen Sie nicht weiter?

Antwort: Was gäbe es noch zu sagen?

Frage: Was geschah daraufhin?

Antwort: Das wissen Sie doch. Warum stellen Sie so unnötige Fragen.

Frage: Verstehe. Sie mögen nicht davon erzählen, wie es war.

Antwort: Nein.

Frage: Das müssen Sie auch nicht, wenn es Ihnen schwerfällt. Ich übernehme einfach die betreffende Stelle aus dem Abzählreim ins Protokoll.

Antwort: Schreiben Sie, was Sie wollen.
Frage: Gut, ich schreibe so: Einen starken und gesunden Mann kleinzukriegen ist gar nicht so einfach. Sie wurden in den Strafarrest gesteckt. Nachts, Sie waren gerade eingeschlafen, legte man Ihnen ein mit Sperma besudeltes Handtuch aufs Gesicht. Sie sprangen auf – doch ehe Sie die für den Notfall gebunkerte Rasierklinge zu fassen kriegten, ging ein schwerer Gegenstand auf Ihren Kopf nieder. Der Sanitärbereich der Zelle ist durch ein halbhohes Blechschild mit Querbalken abgetrennt, über diesen Balken wurden Sie gezwungen, und einer nach dem anderen verging sich an Ihnen. Anschließend wurde Ihnen noch der Besenstiel in den After getrieben. Ein paar Tage lagen Sie auf der Krankenstation, bis die Blutungen im Dickdarm aufhörten. Korrekt?
Antwort: Von mir aus.
Frage: Dann, als die Rückführung in die Zone bevorstand, schlitzten Sie sich auf, ist das richtig?
Antwort: Ja. Und wenn schon! Ich wollte nicht zurück. Ich wollte ins Kreiskrankenhaus überwiesen werden. Ein paar Wochen zuvor hatte ein Typ das gemacht und war abtransportiert worden. Aber in meinem Fall tauchte der stellvertretende Koloniechef und sogenannte Operativleiter auf, warf einen kurzen Blick auf mich und sagte: Krankenhaus kommt nicht infrage. Der Arzt wurde gerufen, der mich gleich auf dem Korridor zunähte, dann wurde ich zurück in den Arrest verfrachtet. Da schnitt ich mich wieder auf. Etwas findet sich in so einer Zelle immer, womit man sich schneiden kann. Ich zerschlug die Glühbirne und schlitzte mir die Bauchdecke auf. Die Schnitte muss man so legen, dass die Därme austreten, in solchen Fällen ist den Haftärzten das Risiko zu groß, die Sache selbst in die Hand zu nehmen. Doch wieder kam der Stellvertreter: Und wenn du uns hier verreckst – wir fahren dich nirgendwohin. Ich bekam Handschellen angelegt, der Bauch wurde notdürftig verarztet, dann ließ man mich, ans Heizungsrohr gekettet, allein.
Frage: Suchten Sie den Tod?

Antwort: Nein, wieso? Ich wollte leben. Lag da, halb weggetreten, und hatte mitten in der Nacht das Gefühl, dass jemand gekommen war. Es war wieder der Stellvertreter. Er ließ sich auf den Schemel fallen und sagte: Du wirst mich für eine Bestie halten. Versetz dich in meine Lage. Glaubst du, du tust mir nicht leid? Mensch! Dass einer so weit geht, sich selbst die Gedärme aus dem Bauch zu rupfen. Aber denk mal nach: Wenn ich dich jetzt in die Klinik schaffen lasse, dann schnippeln sich unter Garantie noch zwanzig auf! Ich darf nicht nur an dich denken, es geht auch um die anderen! Denen allen musste ich zeigen, dass die Nummer nicht zieht. Das Schneiden muss aufhören, die Selbstverstümmelung! Von wegen Bestie. Ich hol euch Idioten von der Schippe!
Frage: Trifft das zu?
Antwort: Er hat mir das Leben gerettet.
Frage: Hat er Sie doch in die Klinik bringen lassen?
Antwort: Das nun nicht. Darum geht es auch gar nicht. In der Nacht hab ich im Fieber halluziniert und immerzu vor mir gesehen, wie ich mit dem Jungen, Romka, den Weihnachtsbaum schmücke. Ich hab ihn auf meinen Schultern sitzen, und er hängt dieses ganze Spielzeug an die oberen Zweige. Oder wie ich ihn nach dem Baden ins Laken wickele und auf das Sofa werfe, in den Kissenberg, um ihm die Nägel zu schneiden – die sind nach dem Baden ganz weich, die Zehenkuppen prall und trotzdem runzlig. Und wie ich ihn dann, schon schlafend, ins Bettchen lege, und im großen Bett nebenan wartet die Frau auf mich, die Einzige, heiß Geliebte, und flüstert: Komm endlich!
Frage: Moment mal. Frau und Kind? Die hatten Sie doch damals noch gar nicht!
Antwort: Das ist es ja. Die hatte ich damals noch nicht. Ich weiß auch nicht, wie ich Ihnen das erklären soll. Diese Menschen, die mir das Wertvollste sind auf der Welt, die gab es noch nicht, doch war ich um ihretwillen schon bereit, bis zum Äußersten zu gehen. Um mit dieser Frau zusammenzuleben, ganz normal, tagaus, tagein. Mit ihr zu verwachsen. Und damit der Sohn mir

zum Geburtstag ein Krakelbild malt und mit großen, unsicheren Buchstaben *FÜR PAPA* dazuschreibt. Weil diese Krakel womöglich das Allerwichtigste sind im Leben.

Frage: Mit diesen Krakeln hat man Sie also geködert?

Antwort: Ja.

Frage: Die Freiheit hatten Sie nicht mehr nötig?

Antwort: Nein.

Frage: Und sind deshalb freigelassen worden?

Antwort: Ja. Ich schrieb ein Gnadengesuch: Bin doch ein Härchen. Abzählreim ist o.k. Demnächst im Haifischbecken. Kuss und Gruß. Mehr nicht.

Frage: Und wie ging es weiter?

Antwort: Weiter wie im Abzählreim. Das Negerlein klinkte sich ein als Härchen im Fell. Verdiente ganz ordentlich. Heiratete.

Frage: Und worin bestand Ihre Arbeit?

Antwort: Früher, da gab es so eine Gepflogenheit, wissen Sie: Wenn ein König begraben wurde, hat man an seinem Sarg auch gleich seine Lieblingskebse, seinen Mundschenk, seinen Pferdeknecht, seinen Falkner, seinen Beschließer und seinen Koch ins Jenseits befördert. Kurz gesagt: alle, die für sein Wohlsein gesorgt hatten. Den Kindern in der Schule erklärt man es so, dass ein König auch im Jenseits nicht auf Bequemlichkeiten verzichten möchte. Aber es gibt ja gar kein Jenseits, und das weiß jedes Kind. Dass der lebende König der Entourage seines toten Vorläufers den Garaus macht, tut er nicht für ihn, sondern für sich. Damit das jetzige Personal sich keine Illusionen macht. Das schafft sozusagen eine Sicherheits- und Fürsorgegarantie.

Frage: Wussten Ihre Mitmenschen von dieser Arbeit?

Antwort: Als ich Geld zu verdienen anfing, wollte ich meiner Mutter ein Geschenk machen. Was hatte sie denn in ihrem Leben schon gesehen? Sie war im Kinderheim aufgewachsen, hatte all die Jahre in einer Gummifabrik gearbeitet. Immer wenn ich als Kind irgendein Spielzeug erbetteln wollte, brachte sie die Rede auf das Heim. Dort hatten sie keine Schulhefte gehabt, zum Schreiben musste gebrauchtes Papier herhalten, manchmal taten es sogar Zeitungsränder. Tinte gab es auch keine – Ruß aus dem Ofen wurde in Wasser gerührt. Und die Kinder klauten einander das bisschen, was sie hatten, der Stärkere dem Schwächeren: Schreibfedern, Bleistifte, Brot. Wollte ich meine Suppe nicht essen, erzählte sie, dass man ihr an ihrem ersten Abend im Heim einen Napf Suppe vorgesetzt hatte, in der tote Fliegen schwammen; den habe sie verschmäht. Aber das kam nie wieder vor, sie lernte zu essen, was auf den Tisch kam, leckte den Teller aus, auch wenn der Nachbar hineingespuckt hatte. Im Krieg wurde das Heim nicht evakuiert, die Heimleitung war einfach auf und davon, nur die Kinder und die Tanten waren geblieben. Die Deutschen verlangten das Verzeichnis der Heimkinder zu sehen, die Tanten gaben es ihnen und griffen sich erst hinterher an den Kopf: In den Listen war ja die Nationalität vermerkt. Die Deutschen kamen wieder und sammelten die Kinder ein, die als Juden in den Listen standen. Erst hieß es, ins Getto, aber später erfuhr man, dass sie erschossen worden waren. Mir war, was sie berichtete, schon damals so fern wie das Märchen vom König Drosselbart; für sie war es gestern gewesen. Auch von der Arbeit in der Gummifabrik erzählte sie ab und zu: Da hatte sie Schuhleisten in den Gummi zu tauchen, in der Galoschenfertigung. Als mein Vater gestorben war, konnte sie während der Arbeit ihre Tränen nicht zurückhalten, sie tropften auf den Leisten. Das, so wusste sie, bedeutete Ausschuss, wo eine Träne hinfiel, hielt sich kein Gummi – aufhören zu weinen konnte sie trotzdem nicht. Außerdem war die Lüftung schlecht, Vergiftungserscheinungen machten sich bemerkbar, besonders bei denen, die mit dem Kleber hantierten. Fing eine an zu lachen, so lachte kurz darauf das ganze Band. Dann musste man es schnell abschalten und die Leute besänftigen, zur Ruhe kommen lassen. Ich fuhr also zu ihr – da lebte sie noch allein, erst später zog sie zur älteren Tochter, meiner Schwester, nach Podlipki. Die ist Lehrerin, man kann mit ihr nicht normal reden, immer kommt sie gleich auf ihre Schule zu sprechen, und was das für Zustände

seien, mit diesen ganzen Drogen. Da möchte man doch gar keine Kinder mehr kriegen, sagt sie, wozu ziehe man die groß, wenn dann irgend so ein Drecksack des Wegs kommt und bietet ihnen im Treppenhaus die Spritze an. Solche, die unsere Kinder an die Nadel bringen, gehören an den Galgen, jawohl! Öffentlich! Auf den Marktplätzen! Ich fahre also zu meiner Mutter, im guten Anzug, teure Uhr, die Schuhe alleine kosten so viel, wie ihr ganzes Fließband wohl im Leben nicht verdient hat. Mutter, sage ich, sieh mal, ich hab dir eine Reise nach Ägypten gekauft. Du setzt dich ins Flugzeug und guckst dir die Welt an! Da heult sie gleich wieder los. Ich nehme sie in den Arm, streichle ihren Kopf, sie ist im Alter geschrumpft, ihre Nase stößt in meinen Bauch. Mutter, frage ich, was hast du denn? Ach, Tolik, mein Söhnchen, das war doch nicht nötig, ich hab doch alles, was ich brauche, Hauptsache, dir geht es gut, dann bin ich zufrieden. Aber wieso denn, Mutter? Bedenke, Ägypten! Das ist die Wiege der Zivilisation! Pharaonen! Pyramiden! Mumien! ... Sie ist jedenfalls nirgends hingefahren. Auf ihrem Fensterbrett hatte sie ein großes Einweckglas stehen mit einem Kefirpilz darin. Sie schlug mir jedes Mal vor, auch einen zu züchten, aber ich hatte keine Lust, mich mit diesen Gläsern zu beschweren. Zumal mein Besuch immer bloß fünf Minuten dauerte. Das nächste Mal!, vertröstete ich sie und war schon wieder weg. Sehe sie noch in der Tür stehen mit dem Glas in der Hand.
Frage: Sie haben eine Frau mit Kind geheiratet. Kennen Sie dessen Geschichte?
Antwort: Nein. Die Vorgeschichte hat mich nicht interessiert. Ich habe auf diesen Menschen – meine Tanja – so lange gewartet, dass alle Geschichten darum herum unwichtig sind. Und auch sie hat auf mich so lange gewartet, dass alles Übrige keine Rolle spielt. Was zählt, ist: einzuschlafen und zu wissen, dass sie neben mir liegt, mich anschaut, den Kopf auf den Ellbogen, den Ellbogen ins Kissen gestützt. Oder ihre Hand zu nehmen und mir vor die Augen zu legen. Morgens vom Bügelgeruch zu erwachen: Sie bügelt, und ein duftender Dampf steigt vom Bügelbrett auf. Ich rufe sie von

der Arbeit aus an, frage: Gibt's was Neues? Ja, sagt sie, ich liebe dich noch mehr. Wenn ich verreisen musste, packte sie meine Tasche und verstaute kleine Zettel darin: Ich küsse dich, oder: Ich sehne mich, komm bitte recht bald wieder. Oder: Halt dich gerade! Keine krummen Rücken! Oder: Heute wirst du von mir träumen. Sie wusste, wie man sich in fremde Träume schleicht.

Frage: Und mit dem Kind, war das nicht schwierig? Ein fremdes, immerhin …

Antwort: Romka? Den mochte ich vom ersten Moment an. Er war natürlich zuerst etwas bockig. Verkroch sich in eine Ecke und schwieg. Meine Frau hat erzählt, mit fünf habe er ihr eröffnet, sie später einmal zu heiraten. Er konnte es nicht ertragen, wenn sie mit einem fremden Mann sprach – gleich gab es Szenen, Hysterie, Tränen. Ein echter Beschützer. Er ließ nichts auf sie kommen. Einmal an der Bushaltestelle ging er mit seinen kleinen Fäusten auf einen Betrunkenen los. Wollen wir Seifenschiffe bauen?, habe ich ihn gefragt. Wir legten uns eine kleine Flotte zu: Schlachtschiffe, Zerstörer, U-Boote. Man nimmt ein Stück Seife, schneidet es in fingerdicke Scheiben. Daraus schnitzt man mit einem alten Rasiermesser den Rumpf, Deckaufbauten, Geschütztürme, Rettungsboote. Masten und Kanonenrohre aus Draht. Das Tauwerk aus Bindfäden. War die Seife etwas abgetrocknet, konnten wir die Schiffe mit schwarzer Tusche anpinseln. Und schon schwamm ein komplettes Flottengeschwader auf dem Tisch, U-Boote inklusive! Romka war nicht loszueisen davon. Ach, könnte man doch reingehen in die Offiziersmesse!, jammerte er ein ums andere Mal. Seiner roten Haare wegen sagte ich manchmal aus Spaß Feuerlocke zu ihm, da blies er die Backen auf. Als wir aufs Standesamt gingen, adoptierte ich ihn bei der Gelegenheit gleich mit. Kaum hat er buchstabieren gekonnt, las er alle Schilder vor, an denen wir vorüberkamen. Auch die Adoptionsurkunde nahm er her und las sie in abgehackten Silben vor. Dann fragte er: Wie ist das, Tolja, bist du jetzt mein Papa? Was heißt: jetzt?, fragte ich zurück. Das war ich doch schon vorher. Jetzt haben wir's schriftlich.

Frage: Aber Ihrer Frau lag viel daran zu erzählen, was damals passiert war?
Antwort: Vermutlich. Ich denke, ja. Und es hat sie gequält, dass sie es nicht konnte. Ich habe darum auch nicht nachgefragt.
Frage: Würden Sie es wissen wollen?
Antwort: Ja. Sie hat ja auch gewollt, dass ich es erfuhr. Es konnte nur keiner außer ihr davon erzählen. Oder wissen Sie, was damals geschah?
Frage: Nein. Über sie weiß ich nichts. Ich weiß nur von den Negerlein. Und dem Hai. Sie fuhren ans Meer. In der Nähe war ein Dorf mit anderen Negerlein. Die dazukommenden waren angehalten worden, auf der Hut zu sein. Sie war also vorgewarnt. Aber dort in dem Dorf gab es ein Negerlein, das war ganz anders. Bei jeder Begegnung erkundigte sich Ruslan, so hieß der Knabe: Ist dir auch keiner aus unserem Dorf zu nahe getreten, Tanja? Gib mir unbedingt Bescheid, wenn etwas sein sollte. Die Menschen sind verschieden, wie du weißt! Manchmal brachte er ihr Obst aus seinem Garten mit. Dabei sagte er, man erzähle sich so dies und das über die Negerlein aus seinem Dorf, das sei ihm peinlich und ärgere ihn, aber nicht alle seien so. Am letzten Tag lud er sie zum Picknick ans Meer. Ein Freund aus seiner Armeezeit war gekommen, und das – Gastfreundschaft, Männerfreundschaft – galt den Negerlein als heilig. Tanja begriff, dass sie die Einladung unmöglich ausschlagen konnte. Denn das hätte ihm gezeigt, dass sie seinesgleichen als Unholde ansah, denen man nicht trauen konnte. Also fuhr sie hin und nahm eine Freundin mit, Ljudmila. Die fand an Ruslan großen Gefallen. Was Ihrer Tanja ja nicht anders ging. Ich darf mich keinesfalls in ihn verlieben, hatte sie sich gesagt – und schon war es geschehen. Während ihr dieser Armeefreund gleich gar nicht gefiel. Die roten Haare, die kalten Augen, die unangenehme Stimme. Außerdem schrillte bei ihr gleich die Alarmglocke: Ruslan sprach mit diesem Rotkopf Negerleinsprache, man verstand Bahnhof. Sie kamen an ein Flüsschen und richteten sich am Lagerfeuer ein, aßen Schaschlyk, tranken Wein. Ruslan gab

Trinksprüche aus – auf die Mutterliebe, auf die Gesundheit der Kinder, die wir einmal haben werden –, nach denen das Glas jedes Mal ganz auszutrinken war. Da merkte sie schon, dass Gefahr im Verzug war. Aber hätte sie jetzt aufstehen und weglaufen sollen? Sie saßen wie die Lämmer in Erwartung der Schlachtbank. Ljudmila bekam schon gar nichts mehr mit, grölte nur vor Lachen und rief: He, warum bist du so komisch? Tanja, entspann dich! Schließlich fuhren sie zurück – spätabends, es war längst dunkel. Alles noch mal glimpflich abgegangen. Aber da bogen sie plötzlich ab – sie hätten geradeaus gemusst, hier ging es zum Meer. Kommt, lasst uns noch ein bisschen sitzen, so ein schöner Abend!, redeten die Jungs auf sie ein. Sie fuhren bis an die Küste heran. Und auf einmal waren Ruslan und Ljudmila weg, verzogen sich in den Wald, zuerst hörte man noch ihr Lachen, dann war es still und Tanja mit dem Rothaarigen allein. Das Negerlein versuchte sie zu küssen, wollte ihr das T-Shirt ausziehen. Sie stieß es weg. Es kam wieder, hatte seine Hände überall. Nein!, sagte sie zu ihm. Da schlägt ihr das rothaarige Negerlein plötzlich die Faust ins Gesicht, mitten auf die Nase. So ist sie noch nie von irgendwem geschlagen worden. Sie blutet, spürt aber keinen Schmerz, spürt gar nichts, ist wie gelähmt. Und er macht erst einmal keine Anstalten, sie zu vergewaltigen, reißt ihr nicht die Kleidung vom Leib, schlägt einfach immer weiter zu: Sie soll Ja sagen, ja, ich will auch! – Nein!, schreit Tanja. Da tritt er sie in den Bauch. Sie krümmt sich und denkt noch: Wie kann das sein? Den ganzen Abend benehmen sie sich wie Menschen, und plötzlich: ein Tritt! In den Bauch! Mann, tut das weh! Und er fragt sie schon wieder: Willst du es? Sie schüttelt den Kopf. Er zischt sie an: Wie lange willst du mich noch zum Narren halten? Packt eine Flasche beim Hals, zerschlägt sie an einem Stein, kommt und sagt: Jetzt zerschneide ich dir das Gesicht. Da packt sie das echte Grausen. Diese Furcht war es, mit der er ihren Willen brach. Sie hörte auf, Mensch zu sein, war gar nicht mehr da – an ihrer Stelle ein gehetztes Tier, winselnd vor Schmerz und vor Angst, dass es gleich noch mehr wehtun könnte.

Ja, ich will, sprach dieses Tier aus ihr. Worauf er sich an Ihrer Tanja nach Strich und Faden verging. Hinterher kroch sie zum Bach, sich zu waschen. Währenddessen kamen Ruslan und Ljudmila zurück – glücklich und zufrieden. Tanja war dreckig, blaue Flecke überall im Gesicht. Was war denn hier bei euch los? Nichts, gab sie zur Antwort. Alles in Ordnung.
Antwort: Warum erzählen Sie mir das?
Frage: Sie sollen wissen, was gewesen ist.
Antwort: Wollte sie abtreiben?
Frage: Nein. Ihrer Mutter sagte sie nur, sie sei in den Ferien am Meer gewesen und schwanger geworden, nun wolle sie das Kind zur Welt bringen. Sie standen in der Küche. Die Mutter rauchte und schwieg. Sie war schon krank und hätte nicht rauchen dürfen, doch darüber sprach sie nicht, zu niemandem. Schließlich löschte sie die Zigarette unter dem laufenden Wasserhahn, na schön, sagte sie. Bring das Kleine zur Welt, und wir werden es lieb haben. Der liebe Gott muss wissen, was er wem auflädt. Das Enkelchen auf den Armen zu wiegen hat sie gerade noch geschafft. Was ist mit Ihnen?
Antwort: Entschuldigen Sie, weil ich gerade das Telefon sehe … Mir kam nur eben der Gedanke: Wenn Tanja jetzt hier anriefe – Wunder gibt es immer wieder auf dieser Welt – und mich fragte: Was gibt's Neues? –, dann wüsste ich, was antworten. Ja, würde ich sagen, ich habe dich *noch* mehr lieb.
Frage: Wollten Sie ein Kind mit ihr?
Antwort: Natürlich. Wir wollten es beide. Erst hat es lange nicht geklappt, sie wurde einfach nicht schwanger, und ich dachte schon, dass bei mir irgendwas nicht stimmt, sie hatte ja ein Kind. Aber dann klappte es auf einmal doch. Es geschah genau an dem Tag, als sie die duftende Kaffeemühle an die Brust drückte und ich die Sardinenbüchse öffnete. Wir kauften in der Apotheke einen Test, sie ging gleich auf eine Toilette damit – wir waren auf dem Gogol-Boulevard spazieren, es war Winter, Schnee, überall waren Schlitterbahnen angelegt. Sie kam, nahm Anlauf und schlitterte

wie ein kleines Mädchen, laut lachend, mit den Armen rudernd, mir direkt in die Arme. Ohne ein Wort, ich verstand sie auch so.
Frage: Wussten Sie da schon von ihren Nierenproblemen?
Antwort: Wie konnte ich? Damals war ja noch alles gut. Ich erinnere mich, wie wir gemeinsam in der Schwangerenberatung waren, ich hatte unbedingt mitgewollt, keine Ahnung, wieso. Plötzlich bangte ich um sie. Und mir gefiel es dort ganz und gar nicht. Als Erstes wurde Tanjas Krankengeschichte aufgenommen. Als wäre die Schwangerschaft eine Krankheit! Und zum Arzt musste man ein Handtuch und Pantoffeln mitbringen oder Plastiktüten über die Schuhe ziehen. Einmal sahen wir im Fernsehen eine Sendung über Meeresgeburten. Es wurde gezeigt, wie Schwangere ans Meer fuhren und darin gebärten. Das wurde zur Nachahmung empfohlen, man bekam eine Telefonnummer gezeigt, wohin man sich wenden konnte. Hinterher fragte Tanja auf einmal: Wollen wir das nicht auch machen? Aber es war wohl doch so eine Art Sekte, die Frauen wurden dort angehalten, ihre Nachgeburt zu essen – wie Hunde. Hab keine Angst, sagte ich, Geld ist genug da, das brauchen wir bloß auf den Tisch zu legen, dann läuft die Sache. Tanja verkühlte sich die Nieren und musste liegen, verbrachte eine Woche im Bett, nahm viel Flüssigkeit zu sich, schwoll an, als bekäme sie Zwillinge. Sie kam sich auf einmal hässlich vor, legte sich darum eifrig gebrauchte Teebeutel auf die Augen, das sollte helfen gegen die Ödeme. Oder Gurkenscheiben. Aber nur, wenn ich nicht da war, sie wollte nicht, dass ich sie so sah: mit Gurken vor den Augen.
Frage: Und der Sohn? War er eifersüchtig?
Antwort: Im Gegenteil. Romka freute sich, ein Brüderchen oder Schwesterchen zu kriegen. Ich weiß noch, wir lagen eines Abends zu dritt auf dem Bett und streichelten ihren Bauch – ich von der einen, Romka von der anderen Seite. Wachse, wachse, Schwesterchen!, sagte ich, und Romka darauf: Wachse, wachse, Brüderchen! Ich wollte ein Mädchen, er hoffte auf einen Jungen. Zur Ultraschalluntersuchung hieß es dann, es würde ein Junge. Hurra!,

rief Romka, gewonnen! Der Bildschirmausdruck kam hinter Glas und aufs Bücherregal. Du wachst morgens auf, ein paar Minuten, bevor der Wecker klingelt, schaust: da das Köpfchen, da ein Ärmchen – ein Bild wie aus dem Kosmos übertragen, mit allerlei Funkstörungen. Gruß aus dem Raumschiff, in dem es zu uns unterwegs ist von jenem anderen Planeten her, wo es all die Tausende und Millionen Jahre zugebracht und auf uns gewartet hat. Dann wurde sie auf einmal in die Klinik eingewiesen, zur Sicherung der Schwangerschaft, so wurde gesagt. Sie konnte ohne Bücher nicht leben und nahm mehrere mit, kam aber kaum zum Lesen, weil die Weiber im Zimmer unentwegt quasselten. Ich besuchte sie jeden Tag, wir spazierten auf dem Klinikflur auf und ab, bis ich losmusste, Romka aus dem Kindergarten holen. Sie schlug das Buch auf, an dem sie gerade las, und fragte: Pass auf, hier steht, der menschliche Körper streckt sich in die Zeit und füllt damit allen Raum. Wie ist das gemeint? Ich zucke mit den Schultern. Woher soll ich das wissen? Wenn es so dasteht, wird es schon stimmen. Das können die besser beurteilen. Verstehst du es denn?, frage ich. Nein, bis jetzt noch nicht. Aber das kommt noch! Dann kommt es bei mir vielleicht auch noch!, lache ich. Wir sehen eine Schwester den Boden wischen. Die Angst hört im Leben nicht auf, knurrt sie vor sich hin. Erst haben wir Angst, schwanger zu werden, dann vorm Gebären, und hinterher ängstigen wir uns um unser Kind bis ins Grab.

Frage: Und als sie nach Hause kam, hatte sie das Kind verloren?

Antwort: Ja. Sie hatte seine Bewegungen vermisst. Und tatsächlich war das Kind gestorben – in ihrem Bauch.

Frage: Hat man Ihnen erklärt, was passiert war?

Antwort: Ja, aber ich begriff davon nicht viel. Ich hatte Angst um Tanja. Sie nahm es sehr schwer. Und ich wusste nicht, was ich ihr sagen sollte. Ich hätte sie trösten wollen, besänftigen, aber das ist in solch einer Situation nicht drin. Ich sagte nur immer: Wir haben doch uns, das ist die Hauptsache. Und Romka. Und wir werden noch ein Kind haben. Unter Garantie! Du wirst sehen!

Frage: Was haben Sie dem Jungen gesagt?

Antwort: Was soll man da sagen? Die Wahrheit: dass das Brüderlein gestorben ist. Nicht auf die Welt gekommen. Tanja nahm Romka manchmal mit in die Kirche, zur Sonntagsschule. Er kam dann wieder mit Sprüchen wie: Zu sagen, dass es keinen Gott gibt, ist dasselbe, wie Kindern weiszumachen, dass sie keine Eltern haben und nie welche hatten. Diesmal kam er und sagte: Er ist gar nicht tot! Er ist irgendwo und wartet auf uns! Bei Romka hatte ich immer die Befürchtung, dass er es nicht leicht haben würde – dass andere Jungs ihn verprügeln könnten oder so. Wenn es um seine Mama ging, war er kämpferisch bis an den Rand der Hysterie, aber Kindern gegenüber verhielt er sich ängstlich und scheu wie ein Reh. Er schwamm zum Beispiel auch nicht gern im Teich – aus Angst, Kaulquappen zu verschlucken oder von Blutegeln ausgesaugt zu werden. Und sein Mitleid mit allem und jedem war grenzenlos. Einmal im kalten Winter brachte er einen Vogel mit nach Hause, den er unterwegs aufgelesen hatte, hart und tiefgefroren – in der Annahme, wenn man ihn auftaute, müsste er wieder zum Leben erwachen. Fantasie hat er! Kann wunderbar mit sich selbst spielen. Zwei Teekessel zum Beispiel mit ihren aufragenden Schnepfen waren zwei Elefanten, ein großer und ein kleiner, die sich unterhielten. Oder als wir mal miteinander in der Sauna waren, mit viel Hitze und viel Lärm, da sagte er auf einmal: Papa, mach mal so! – legte sich die Hände flach auf die Ohren, nahm sie wieder weg, legte sie wieder auf – das ergab ein schmatzendes Geräusch. So standen wir zu zweien und schmatzten mit den Ohren. Abends brachte ich ihn immer zu Bett und las etwas vor. Wir haben alles mögliche gelesen, von *Robinson Crusoe* über *Gulliver* und *Münchhausen* bis zu Jules Verne. Ganz allein bastelte er ein Seifen-U-Boot für Kapitän Nemo. Und wir hatten ein Einschlafritual: Einer musste raten, wo der andere am nächsten Morgen am liebsten aufwachen würde. Auf einer unbewohnten Insel oder wo noch. Einmal wollte er von mir erraten haben: auf Käpten Nemos Boot aufwachen, und das Brüderchen ist dort. Meistens

schlief ich schneller ein als er. Dann kam Tanja irgendwann herein, fand mich schlafend und Romka im Bett sitzend, wie er mit Lego spielte oder ein Buch anschaute. Die Furcht, das alles zu verlieren, ließ mich nicht los. Wenn ihnen nun irgendetwas passiert? Alles Mögliche wäre doch denkbar. Ich habe Angst um sie.
Frage: Alles wird gut.
Antwort: Ach ja?
Frage: Glauben Sie mir. Alles halb so wild.
Antwort: Meinen Sie?
Frage: Ich weiß es.
Antwort: Woher wollen Sie das wissen?
Frage: Irgendwann nimmt alles immer ein gutes Ende. So ist es doch jedes Mal: erst große Aufregung, Angst, Kummer, Tränen, Verluste, und zu guter Letzt hat man es hinter sich. Und mag manchmal gar nicht mehr glauben, was alles gewesen ist. Wie ein schlechter Traum. Aus und vorbei.
Antwort: Neulich träumte mir hier, wie wir wieder in unserem Bett liegen, Romka kommt zu uns unter die Decke gekrochen, wir streicheln von zwei Seiten Tanjas Bauch, und ich frage sie: Ja sag mal, ist es denn gar nicht tot? Und Tanja sagt: Aber nein, horch doch mal! Und ich streichle ihren Bauch und will mein Ohr anlegen und habe auf einmal solche Angst, es könnte alles nur ein Traum sein, und in ihr steckte doch nur der Tod, und gleich wachte ich auf und wäre wieder in der kalten Zelle, in Handschellen, und müsste morgen früh, notdürftig vernäht, zurück in die Baracke …
Frage: Aber nicht doch! Kein Grund zur Panik, alles ist gut, alles liegt hinter Ihnen. Sie haben nichts mehr zu fürchten! Alles Übel, das einmal war, ist nur ein Albtraum gewesen, gleich werden Sie aufwachen, und zwar genau dort, wo Sie im Ratespiel mit Ihrem Sohn aufwachen wollten: in der Offiziersmesse aus Seife – das wollten Sie doch, nicht wahr? Tanja wird da sein und Romka auch. Und sein Brüderchen hat dort schon auf Sie gewartet. Dazu Ihre Mutter. Und die Schwester. Alle, die Ihnen lieb und teuer sind.

Und was den menschlichen Körper angeht, der sich in die Zeit streckt und so allen Raum mit seiner Liebe ausfüllt – das wird auf einmal alles ganz einfach und sonnenklar sein. Romka wird sich nicht wieder einkriegen: ein ganzes Unterseeboot! Alles darf man anfassen, an allen Kurbeln und Rädchen drehen, Tasten und Knöpfe drücken, Riegel und Ventile schieben, Hebel umlegen … Und Käpten Nemo leibhaftig wird ihm seine schweißige, speckige Mütze auf den Kopf stülpen, die ist innen noch ganz heiß.

Am Morgen rückten die Heerscharen gegen Babylon vor. Schon war es um die Zeit, da sich der Markt füllte, und der Rastplatz war nahe, wo Kyros haltmachen wollte, als Pategyas, ein tüchtiger Perser aus seinem Gefolge, in vollem Galopp auf schweißbedecktem Pferd heranjagte. Allen, denen er begegnete, schrie er persisch und griechisch zu, der Großkönig nahe mit einem großen Heer, zur Schlacht gerüstet. Kyros hörte ihn an und sprach: »Das Reich meines Vaters, Männer, reicht nach Süden bis in das Gebiet, wo die Menschen wegen der Hitze, nach Norden, wo sie wegen der Kälte nicht mehr wohnen können. Wenn wir siegen, so muss ich meine Freunde zu Herren über diese Gebiete machen. Daher fürchte ich nicht so sehr, ich könnte nicht genug besitzen, was ich jedem meiner Freunde geben kann, wenn das Unternehmen gelingt, als vielmehr, ich könnte nicht genug Freunde haben, denen ich etwas schenken kann.«

Kyros sprang vom Wagen, legte den Panzer an, bestieg sein Pferd und ergriff die beiden Speere. Den anderen befahl er, sich ebenfalls zu bewaffnen und in ihre Reihe zu treten. Kyros ging als Einziger unbedeckten Hauptes in die Schlacht.

Schon war es Mittag, und noch immer zeigten sich die Feinde nicht. Als es aber Nachmittag wurde, sahen sie einen Staubwirbel, der einer weißen Wolke und später, in großer Entfernung am flachen Horizont, einer dunklen Wolke glich. Als sie näher kamen, blitzten auch hie und da Erz und Lanzen auf, und die Schlachtreihen wurden sichtbar. Vor ihnen fuhren in geraumen Abständen voneinander die sogenannten Sichelwagen. Ihre Sicheln waren von den Achsen weg seitwärts gebogen und diejenigen unter den Wagenkörben zur Erde hinab gerichtet, sodass sie alles zerhauen konnten, was ihnen in den Weg kam. Indessen rückte das Barbarenheer gleichmäßig vor, das griechische aber hielt noch an derselben Stelle und suchte die Schlachtreihe aus den immer noch heranrückenden Abteilungen zu bilden. Kyros ritt in einigem Abstand von seinem Heer die Front entlang und hielt Ausschau nach beiden Seiten, zu Freund und Feind hinblickend. Und als Klearchos ihm riet, sich hinter den Kämpfenden zu halten und nicht selbst der Gefahr auszusetzen, soll Kyros geantwortet haben: »Was sagst du, Klearchos? Du rätst mir, der ich nach der Königswürde strebe, mich ihrer unwürdig zu zeigen?« Nicht mit Geschrei, sondern in größtem Stillschweigen, mit ruhigem, festem Schritt rückten die Truppen des Feindes langsam an.

Mein hochwertester Nabuccosaurus!

Heute Nacht kommt die Post vorbei, so möchte ich Euch ein paar Zeilen zu Papier bringen.

Ich weiß nicht, wie es bei Euch ist – hier bei uns geschieht es nachts, dass sich die Worte bilden, aus dem Sprachnebel ausfällen. Wortstaub verwandelt sich auf irgendeine Weise (wie genau, haben wir mal in der Schule gelernt, ist aber alles längst wieder vergessen: war es mithilfe des Liebigkühlers oder infolge von Klimaschwankungen?) zu Kernlein, die einem auf der Zunge liegen.

Vielleicht liegt es auch nur am Gesetz der Schlaflosigkeit.

Apropos, erhieltet Ihr denn meine vorige Botschaft, in welcher ich von der Waldschnepfenjagd, einer Hochzeit ohne Bräutigam, einem zerrissenen Liebesbrief auf dem mondlackbeschichteten Konzertflügel, vom Krieg, vom Ball, von einem Duell und einem Universitätspförtner berichtete, welch Letzterer mit Stopfen von Laborgefäßen ein kunstfertiges Damespiel zelebrierte, erhieltet Ihr die? Ich bin es wahrlich leid, auf die Post zu schimpfen! Man bemüht einen Eilboten, bittet auch wirklich zu eilen, kitzelt mit der Fingerspitze die ausgestreckte Riesenpranke des hünenhaften Postmeisters: Verehrtester, bitte, aus alter Freundschaft, an Dankbarkeit soll es nicht fehlen … – doch er, anstatt seine gut im Futter stehenden Schlittenhunde einzuspannen, schickt irgendwelche Klepper los. Und hinter der Tundra kommt die Taiga. Wo es allenfalls über das Eis der zugefrorenen Tunguska geht – falls sich zufällig einer auf den Weg macht.

Es wäre demnach nicht verwunderlich, wenn Ihr diese meine Botschaft mit Neuigkeiten erst nach vielen Jahren erhieltet. Bei uns ist es gerade halb eins. Und dieses mein Halbeins überträgt sich auf Euch. Im Übrigen hatte ich wohl bereits mitgeteilt, dass hier – in all unserer Grenzenlosigkeit – mit der Zeit etwas nicht stimmt.

Mein Halbeins ist vollgestellt mit Bananenkisten. Unausgeräumt, noch vom Umzug her. Sie stehen längs der Wand. Da hatte ich sie vorläufig hingestellt, für die ersten Tage, um sie hernach auszupacken, und diese ersten Tage dehnten sich, saugten ganze Jahreszeiten auf, den natürlichen Schneekreislauf und das Sirren der Mücken.

Sie sind für Umzüge wie geschaffen. Bei Denner bekam ich damals ein paar sehr gute mit. Neulich aber nun benötigte ich etwas, ohne eine Vorstellung, in welcher es steckte, musste also alles durchsuchen. Allen Kram: alte Notizbücher, Zeitungen und Zeitschriften, Konzepte, Ausschnitte, Abschriften, Ägypten vor dem Sande, eine ausgefallene Plombe, das Vierspringerspiel auf der Annitschkow-Brücke, Einkerbungen spitzer Absätze im Parkett.

Apropos Ägypten: Es fand sich in den Kisten Schrifttum aus jener Prähistorie, da der Dolmetsch Junglehrer für kleine Orotschen und Tungusen war – und das für einen Hungerlohn, weshalb er nach Schulschluss noch private Nachhilfe erteilte. Damals hatte der Junglehrer gerade seine erste Erzählung in einer Zeitschrift veröffentlicht und geglaubt, dass die Welt davon aus den Angeln gehoben würde, was aber, gegen alle Erwartungen, nicht geschah. So leicht lässt sich die Welt zum Glück nicht aus den Angeln heben.

Dafür, zum Trost gewissermaßen, kam eines verregneten Wintertages – der halbe Winter war schon vorbei, doch Frost und Schnee ließen auf sich warten, die weggeworfenen Neujahrstannen lagen auf dem Hof im welken Gras – ein Anruf aus einem jener Verlage, die sich seinerzeit in beinahe jedem Souterrain aufgetan hatten: ob der Junglehrer nicht für eine Biografienreihe über eine einstmals berühmte Romanzensängerin schreiben wolle?

Als er ihren Namen hörte, sah er augenblicklich die Kellerwohnung im Starokonjuschenny Pereulok vor sich und den vorsintflutlichen elektrischen Plattenspieler mit dem kaputten Tonarm, den sein Vater, ein alter U-Boot-Matrose, mit blauem Isolierband umwickelt hatte. Auf ihm ließ der künftige Junglehrer unermüdlich seine Kinderschallplatten mit Cipollino, dem Zwiebelchen, und dem Riesenmilizionär Onkel Stjopa laufen, der Vater wiederum seine alten, schweren schwarzen Scheiben, wofür die Geschwindigkeit von 33 auf 78 umzustellen war. Schelm und Lümmel, der er war, hörte der Junglehrer in spe es natürlich mit Vorliebe umgekehrt: Dann zwitscherte Signor Pomodoro in den höchsten Liliputtönen, während die Frauenstimmen auf des Vaters Platten wie Onkel Witja klangen – das war der Nachbar, dem im Krieg ein Geschoss den Unterkiefer aufgerissen hatte, weshalb, so hieß es, ein Silberröhrchen in den Hals operiert worden war.

Der Exmatrose hatte eine Platte jener Sängerin besessen; immer wenn er betrunken nach Hause kam, legte er sie auf. Mama floh zu Nachbarn oder in die Küche, er knallte die Tür hinter ihr zu, nahm den künftigen Junglehrer in den Zangengriff seiner Arme, ließ sich mit ihm auf dem Sofa nieder (hier schliefen sie alle drei; die Frau pflegte den Jungen, obwohl der sein eigenes Bettchen hatte, als Schutzschild zwischen sich und den Mann zu legen) und begann von irgendeiner Sosja zu erzählen, die ihm die Platte geschenkt habe, als das U-Boot nach dem Krieg in der Basis von Lipawa lag. Für Sosja interessierte sich der künftige Junglehrer nicht sehr, er bat von den Melonen zu erzählen. Und der Vater gedachte seiner Jugend, als er mit den Jungs Melonen von den

Eisenbahnwaggons geklaut hatte, grüne und gelbe. Der künftige Junglehrer ließ das Ganze wie einen Film vor sich ablaufen: Gerade bremst der Zug seine Fahrt, da nimmt der Held, sein Vater, Anlauf und springt auf das Trittbrett des Melonenwagens, pirscht sich, flach an der rüttelnden Wand klebend, vor zu den lockenden Luken knapp unterm Dach und wirft eine Melone nach der anderen vom fahrenden Zug. Manchmal platzen die Melonen beim Aufprall, explodieren wie Granaten. Schließlich springt er geschickt ab, genau in der Mitte zwischen zwei Masten, kugelt die Böschung hinab … Da war der künftige Junglehrer sehr stolz auf seinen Vater und die Melonen.

Und noch jetzt, da ich dies alles schreibe, kriege ich auf einmal schrecklichen Appetit auf Melone – so als wäre ich es und nicht der Vater, der da an der dröhnenden Waggonwand hängt, unterwegs zur offenen Luke, hinter der es dunkel ist, doch ich weiß schon, dass keine Wassermelonen dort drinnen sind, sondern Zuckermelonen, denn ich kann die reifen gelben Schalen riechen.

Über diese Sängerin von der Schallplatte, der er manchmal die Stimme von Onkel Witja mit dem Silberröhrchen in der Kehle verpasst hatte, sollte der Junglehrer nun ein Buch schreiben. Wie sich herausstellte, lebte sie noch, obwohl jedermann annahm, sie wäre längst tot. Dem Verlag waren ihre Tagebücher und Erinnerungen angeboten worden. Nun sollte er sie treffen und ihre Berichte auf Band aufnehmen.

Selbstverständlich erklärte sich der arme Junglehrer anstandslos dazu bereit, zumal ein Vorschuss in Aussicht gestellt wurde – sagenhafte dreihundert Dollar, eine Summe, die er in der Schule im ganzen Jahr nicht verdiente. Komischerweise erinnere ich mich, dass, während er telefonierte, zwei Mädchen draußen auf dem Hof Neujahrsfest spielten: Sie hatten einen halb abgenadelten Tannenbaum mit silbernen Lamettafetzen in einen Haufen Dreck neben den Mülltonnen gesteckt und bescherten einander, steckten sich mit leeren Händen Geschenke zu, die niemand außer ihnen sah.

An dem Tag, als er zur Vertragsunterzeichnung bestellt war, setzte heftiger Frost ein, alles war erstarrt und vereist: die Straße, der Fahrdamm, die Straßenbahn. Den Menschen wuchs Grau an die Schläfen, Bärte wurden versilbert, jeder trug seinen Atem wie Zuckerwatte am Stiel vor sich her. Die große, dichte Dampfwolke vor dem Eingang zur Metro war von Weitem zu sehen. Über den Türen, dem Schild mit dem Stationsnamen sowie auf Giebel und Säulen war das Eis schon einen halben Meter dick gewachsen.

In dem Keller, der den Verlag beherbergte, zog es aus allen Löchern. Die Fenster waren dick bereift, man saß in Mänteln. Die Lektorin, die sein Buch betreute, stand auf einem Stuhl und deckte die Ritzen zwischen Fenster und Rahmen mit breitem Klebeband ab. Hinten an ihrem Rock haftete ein weißer Faden, und der Junglehrer ertappte sich bei dem Wunsch, ihn behutsam abzunehmen und um den Zeigefinger zu wickeln, um der Verehrtesten den Bräutigam weiszusagen wie in dem alten Kinderglauben – jede Wicklung ein Buchstabe: Alexander, Boris … Die Dame zog den Kopf in den Schal, hustete und schniefte ins Taschentuch, das sie sich vor die Nase hielt, und befahl, sie ja nicht anzusehen.

»Ich bin ein schrecklicher Anblick. Schauen Sie lieber auf den Berg Sinai!«

Auf einem Kalender an der Wand waren irgendwelche sonnenbeschienenen Gipfel zu sehen. Tatsächlich quoll der Lektorin der Eiter aus den Augen, also blickte der Junglehrer gehorsam auf den Berg Sinai. Dort herrschte Mittagsglut, die heiße Luft flimmerte und waberte.

Während der künftige Biografieschreiber das Vertragsformular ausfüllte, klagte die Dame unter fortwährendem Schniefen, wie schwer es sei, mit älteren Herrschaften zu arbeiten, und führte das Beispiel eines Filmregisseurs an, über den in dieser Serie gleichfalls ein Buch entstand und der immer vergaß, dass sein Sohn längst tot war. »Wo ist eigentlich Wasja?«, fragte er in Abständen. Einkaufen, war die Routineantwort. Dann schien der alte

Mann für eine Weile befriedigt und fuhr fort, über seine Jugend zu erzählen, und das in allen Einzelheiten.

Die Tagebücher durfte der Junglehrer nicht mit nach Hause nehmen, nur xerokopieren, doch er sah die Hefte noch am gleichen Tag auf dem eiskalten Ledersofa im frostigen Verlagskorridor durch, neben einer mickrigen Grünpflanze, die wohl nur deshalb noch nicht erfroren war, weil sie ständig mit warmem Rauch angeblasen und ihr Kübel als Aschenbecher benutzt wurde. Die Finger waren steif vor Kälte, außerdem hatte er Handschuhe anziehen müssen, mit denen es sich schlecht blätterte, die Seiten rutschten weg und wollten sich nicht wenden lassen, ein paarmal entglitten die kostbaren Hefte sogar seinen Händen und flogen auf den dreckigen Fußboden – zum Glück immer dann, wenn gerade keiner auf dem Flur war.

Die Tagebücher in den altmodischen, verschiedenfarbigen Umschlägen rochen genau wie die Zigarettenkippen im Kübel, doch durch diesen kalten Mief schlug der Geruch einer auf dicht beschriebenen Seiten abgelagerten Zeit. Außerdem duftete es schwach nach Frau – nach alter Frau, um genauer zu sein, irgendein altes Parfüm. Die Tinte war verblasst; zwischendurch hatte sie auch mit Bleistift geschrieben. Manche Eintragungen waren datiert, andere nicht. Die Schrift war eher flüchtig zu nennen und änderte sich immerzu: seitenweise wie gestichelt, dann wieder krakelig. Einige Stellen waren mit dicker schwarzer Tusche zugeschmiert. Es gab auch freie Blätter dazwischen – so als hätte etwas nachgetragen werden sollen. Dahinter setzten sich die regellosen Eintragungen fort. Ein paar Seiten waren herausgerissen. Nach der Nummerierung der Hefte, fehlten drei davon ganz.

Steif vor Kälte kehrte der Junglehrer ins Lektoratszimmer zurück und nahm die Betrachtung des sonnenüberfluteten, vor Hitze vergehenden Berges Sinai wieder auf. Wie gut, dachte er, dass gerade dort sich der betörend blaue Himmel aufgetan hatte und dem gesalbten Volk die Gesetzestafeln übergeben worden waren und nicht in der Dampfwolke vor dem vereisten Zugang zur

Moskauer Metro. Derweil instruierte ihn die verschnupfte Lektorin, mit dem Besuch bei der Heldin nicht zu säumen, denn sie sei weit über die neunzig und bringe auch schon alles durcheinander, habe ihre Absenzen, doch zwischendurch gebe es Lichtblicke, solch einen müsse man abpassen, um mit ihr zu reden. Vor längerer Zeit habe sie angefangen, ihre Memoiren zu schreiben, sei aber nie über die Kindheit hinausgekommen, irgendwann habe sie es ganz aufgegeben.

»Das kann Ihnen als Hilfestellung dienen«, sagte die Dame, »aber erwarten Sie nur nicht zu viel davon. Ich habe es zu lesen versucht – nicht umwerfend. Das Wichtigste ist, sie zum Reden zu bringen … Nun nicken Sie doch wenigstens mal!«

Der Junglehrer nickte brav und schob sich die Hundertdollarscheine – dergleichen hatte er nie zuvor in Händen gehabt – lässig in die Hosentasche.

»Wie soll ich Ihnen erklären, was mir vorschwebt«, fuhr sie fort. »Sinn und Zweck des Buches ist sozusagen eine Auferstehung aus der Gruft: Man hielt sie für tot, sie war von allen vergessen, und nun sagen Sie zu ihr wie weiland Jesus zu Lazarus: Komm heraus! Verstehen Sie?«

»Jaja«, nickte er, »was gibt es da nicht zu verstehen!«

In der Metro fühlte er mehrmals nach, ob die gelobten Scheinchen noch an Ort und Stelle waren. Er fragte sich, ob man ihm sein Glück nicht ansah, und bekam Angst, man könnte ihm das Geld im schweißigen Gedränge des Fußgängertunnels aus der Tasche ziehen.

Noch in der Nacht las der angehende Biograf den Packen Kopien ihrer Tagebücher und Erinnerungen ein erstes Mal. Tatsächlich verlor sich die Alte in unnötigen Einzelheiten, erging sich in Beschreibungen von Leuten, die sonst keinen interessierten; für das Buch, das man bei ihm bestellt hatte, schien das alles kaum von Nutzen zu sein.

Am nächsten Tag in der Schulpause wählte der Junglehrer die Nummer, die er vom Verlag erhalten hatte. Bella Dmitrijewna gehe es im Moment gesundheitlich nicht gut, sie könne nicht empfangen, wurde ihm gesagt. Man bat in einer Woche wieder anzurufen. Eine Woche später die gleiche Auskunft. Schließlich kam die Verabredung aber doch zustande, und er machte sich auf den Weg zum Trjochprudny Pereulok.

Der Frühling war angebrochen; auf dem von Autos – rostigen Ladas und Westwagen, verkrustet vom Moskauer Dreck – zugeparkten Hof kam aller Müll, der sich den Winter über angesammelt hatte, unter dem Schnee hervorgekrochen. Das Codeschloss am Eingang funktionierte nicht, der Fahrstuhl war außer Betrieb, er musste die mit Bauschutt, Altpapier und Heringsköpfen vollgemüllten Treppen hinauf. Der typische Moskauer Treppenhausgeruch aus Urin von Mensch und Katze sowie feuchtem Putz. Auch die Wohnungsklingel ging nicht. Der Junglehrer klopfte. Erst wurde ausgiebig durch den Spion geschaut, dann öffnete sich die Tür einen Spalt. Die alte Frau sei letzte Nacht ins Krankenhaus eingeliefert worden. In der Finsternis des Korridors konnte er nur Hände ausmachen, bemehlte Hände. Während der Junglehrer mit diesen weißen staubenden Mehlhänden sprach, ging ihm auf, dass aus dem Buch über die Sängerin wohl nichts werden würde.

Noch mehrmals läutete er an dieser Tür. Seine Heldin kehrte aus dem Krankenhaus zurück, doch sie zu behelligen hatte wohl keinen Sinn mehr – die lichten Momente blieben aus. Ob er es nicht wenigstens einmal versuchen dürfe, fragte er.

»Sie erkennt ja gar niemanden«, lautete die Antwort. »Wären Sie so freundlich, junger Mann, einen alten, kranken Menschen in Frieden zu lassen? Das gehört sich doch wohl!«

Einige Zeit verging. Dann erfuhr der Junglehrer, dass man von der geplanten Biografienreihe, für die er sein Buch hatte schreiben sollen, vorläufig ganz Abstand nahm. Dann ging eine große Bank krachen, und mit ihr verschwand der Verlag von der Bildfläche. Noch vieles andere kam dazwischen, und der Stapel unnützer Kopien, in einer Brötchentüte steckend, lag jahrelang in einer Plastiktüte unter einem Stapel von Büchern und Papieren.

Als Bella Dmitrijewna starb, war er schon Dolmetsch in fernen Landen. Von ihrem Tod erfuhr er zufällig, als er einmal in Moskau war. Es hatte ein festliches Begräbnis gegeben, Zeitungsartikel und Fernsehberichte. Und der Zufall wollte es auch, dass der Dolmetsch sich einmal, in Erledigung ganz anderer Dinge, auf dem Trjochprudny wiederfand. Hof und Haus waren kaum wiederzuerkennen, alles wie geleckt, vor den frisch gewaschenen, in der Junisonne blitzenden Limousinen lungerten ein paar kurz geschorene Muskelmänner in teuren Anzügen. Zwei junge Mütter hatten ihre Kinderwagen stehen lassen, um ein paar Zweige vom blühenden Fliederbusch zu brechen. Der Dolmetsch stand in all dem Duften und Knacken und zögerte. Dann entschloss er sich hineinzugehen. Das Codeschloss war kaputt. Im renovierten Treppenhaus der Geruch von frischer Farbe, dem sich die vorigen – Katze, Pisse, feuchter Putz – schon wieder beimischten.

Er klingelte an der Tür. Es öffnete dieselbe Frau, mit der der Junglehrer vor Jahren gesprochen hatte. Nur dass jetzt ein Handy in ihren Mehlhänden steckte. Wahrscheinlich war die Wohnung schon verkauft, im Korridor stapelte sich Umzugsgut. Der ungebetene Gast begann sich zu erklären: Man habe vor Zeiten miteinander telefoniert, weil er ein Buch über Bella Dmitrijewna habe schreiben wollen, er sei sogar ein Mal hier gewesen …

»Was wollen Sie?«, fiel die Frau ihm ins Wort.

Er wusste selbst nicht recht, was er wollte und warum er gekommen war. Von dem alten, bandagierten Plattenspieler am Starokonjuschenny, Signor Pomodoro, Onkel Witjas Stimme und dem Geruch von Melonenschale zu reden ging wohl nicht an.

»Waren Sie bei ihrem Tod zugegen? Wie ist sie gestorben?«, fiel zu fragen ihm ein.

Die Frau lächelte säuerlich.

»Wollen Sie die Version für die Presse oder wie es wirklich war?«

»Wie es wirklich war, natürlich«, sagte er achselzuckend.

»Dann passen Sie auf: Die selige Bella hat auf ihre alten Tage nicht mehr scheißen gekonnt – was will man auch verlangen mit hundert Jahren! Und plötzlich mitten in der Nacht höre ich einen gewaltigen Schlag. Ich zu ihr rein: Da war die Nachttischlampe, die auf dem Schemel stand, zu Boden geknallt und die Birne geplatzt, Bella Dmitrijewna war aus dem Bett gefallen und hatte sich – Gott verzeih mir – von oben bis unten eingeschissen. Und die Seele war in den Himmel entfleucht, Gott hab sie selig.«

Ein Ferkel mit lustigem Schwänzchen rennt in der Küche umher. Ich spiele mit ihm, wir sind Freunde geworden. Es grunzt so ansteckend! Bald grunzen wir im Duett, quietschen vor ferkeliger Lust. Dann sehe ich es auf dem großen Teller im Esszimmer wieder, mit immer noch lustig geringeltem Schwanz. Ich heule und möchte am liebsten aus dem Zimmer rennen. Am schrecklichsten war, das weiß ich noch, als man mir das abgeschnittene Schwänzchen auf den Teller legen wollte – zur Beruhigung!

Das dürfte die erste Begegnung mit dem Tod in meinem Leben gewesen sein.

Wie alt war ich da? Drei? Vier? Nein, nicht ich natürlich, ich altes, vertrotteltes Ding. Ich spreche von jenem fernen Mädchen.

Fünftes Kind, Nachzügler, schon nicht mehr gewollt.

Ich entsinne mich, wie Sascha, der Älteste von uns, Scharlach hatte und in Quarantäne kam. Ich unterhalte mich mit ihm durch die geschlossene Tür. Der Bruder behauptet, dass die Haut von ihm abgeht, ich will es nicht glauben, und er schiebt Fetzen davon durchs Schlüsselloch.

Njusja, wie ich meine geliebte Schwester Anna nenne, sitzt und büffelt Mathematik, rechnet, die Nase im Lehrbuch, Beispielaufgaben. Ich lasse mich nicht von ihr vertreiben, sie nimmt mich auf den Schoß, und ich sitze ganz still, sehe ihre Feder Zeichen malen, die rätselhaft sind und wunderbar. Njusja erzählt mir was von Abziehen und Zusammenzählen. Zu Ostern gehen wir auf den Friedhof, und auf einmal entdecke ich, dass da lauter Pluszeichen über den toten Menschen stehen.

Mama geht mit uns Jüngeren, Mascha, Katja und mir, in die französische Konditorei auf dem Bolschoi-Prospekt. An den auf der Zunge zergehenden Törtchen gefällt mir besonders der Name: Pitifuhr. Das Sprudelwasser heißt bei uns Krabbelperlen – wegen der vielen Bläschen und weil es die Zunge kitzelt.

Kommt es zu Streit und Rauferei, legt Mama Wert darauf, dass wir uns vor dem Schlafengehen wieder vertragen – damit das Böse nicht über Nacht bleibt.

Mamas Parfüm heißt *Muguet de mai.*

Bei Tisch darf man weder zappeln noch albern, die Hände gehören keinesfalls auf die Knie, sondern auf den Tisch, und das nicht irgendwie, sondern so, dass beide Zeigefinger den Tellerrand berühren. Seine Majestät tun es genauso, heißt es.

Mama sagt, dass jeder Mensch im Leben ein Mal einen Baum pflanzen und einen Brunnen graben muss. Jedes Kind hat in unserem Vorgarten sein Streifenbeet, da pflanzen wir etwas und gießen fleißig. Ich komme jeden Tag und sehe nach, wie meine Erbslein sich ans Licht kämpfen, wie die grünen Sprösslinge wachsen. Eines Nachts klettern irgendwelche Lausbuben aus Temernik über den Zaun und zertrampeln alles. Mama will uns überreden, neu anzupflanzen, aber ich mag nicht mehr.

Morgens trägt Mama den Mantel mit den weiten Ärmeln, in die hinein den Kopf zu stecken Spaß macht. Nach dem Frühstück trinken die Erwachsenen Kaffee, und wir Kinder kriegen von Mama ein Stück Zucker auf dem Löffelchen kredenzt, eingetunkt in den schwarzen Kaffee in ihrer Tasse. Ich versuche Mama die Hand abzulecken, denn sie nennt mich immer eine Schmeichlerin, ich verstehe: Speichlerin und will dem gerecht werden.

Ich mag es, wenn Mama Briefe schreibt, dann darf ich manchmal am Zeilenende das Ausrufezeichen setzen.

Oft spielt uns Mama aus Tschaikowskys *Kinderalbum* vor. Das Begräbnis der Puppe ergreift mich dabei immer am meisten. Ich sehe noch vor mir, wie ich meine Puppe Lisa hernehme, die die Augen auf- und zuklappen kann, sie in eine Schachtel lege, und dann weine ich, weil sie gestorben ist. Irgendwann wird mir langweilig ohne sie. Ich will die Schachtel öffnen, falle mir aber selbst in den Arm: Nein, sage ich, das geht nicht, Lisa ist tot, sie ist nicht mehr da. Aber alles sträubt sich in mir gegen diese Unmöglichkeit: Wieso soll das nicht gehen? Da ist sie doch, meine geliebte Lisa, mit ihren herrlichen strohblonden Locken, ihren rosa Bäckchen, ihrem Seidenkleidchen, und schon klappt sie die Augen auf und kommt aus der Schachtel geklettert, als wäre nichts dabei! Nur zu, liebe Lisa! Es gibt keinen Tod!

Und es kommt der Tag, da ich meine Lisa einem Mädchen zum Spielen überlasse, und im Streit kriegt das Mädchen einen Wutanfall und drückt der Puppe die Augen aus; darauf kann man in dem hohlen Porzellankopf mit den schwarzen Augenhöhlen die Glaskugeln kollern hören.

Die Küche ist das Reich der Njanja, unserer Kinderfrau, die zu der Zeit auch noch das Amt der Köchin versieht. Hier empfängt sie außerdem ihre Verehrer. Des Abends tauchen sie auf: Polizisten, Matrosen mit Ziehharmonikas … Das Wort Ausbeutung ist mir damals noch nicht geläufig, aber das ist es, was die Njanja mit ihnen treibt. Mal müssen sie vorm Haus den Teppich ausklopfen, mal die Fußböden bohnern. Wobei sie sich für letztere Tätigkeit lieber von professionellen Fußbodenreinigern den Hof machen lässt. Einmal pro Monat erscheinen sie, werden in der Küche eifrig beflirtet und bewirtet. Für Mama ist dieser Tag ein Albtraum, sie verlässt das Haus; mir hingegen gefällt es außerordentlich, wenn das Unterste zuoberst gekehrt wird, und der Geruch von Bohnerwachs ist wunderbar.

An Geburtstagen steht die Njanja schon in der Tür und wartet, dass du aufwachst, dann kriegst du, wenn du die Augen aufschlägst, dein erstes Geschenk.

Zu Vierzigheiligen, am neunten März, bäckt sie Lerchen mit gespreizten Flügeln – wie im Flug! – und Rosinenaugen. Wir essen nicht alles auf, die Köpfe überlassen wir den Eltern, pulen nur die Augen heraus, lassen uns die süßen Rosinen schmecken. »Fliegt, ihr Lerchen, schnell herbei, schafft heran den warmen Mai!«, rufen wir, und: »Schickt den Winter in den Tod, der uns wegfraß alles Brot – kommt, befreit uns aus der Not!« Zwar kommt bei uns täglich ein frisch gebackenes, duftendes Weißbrot auf den Tisch – doch in diesem Augenblick scheint es mir wirklich so, als wäre nach dem ewig langen Winter kein Krümel mehr im Haus zu finden, und einzig die lieben Lerchen könnten uns noch retten. Bevor sie in die Röhre geschoben werden, steckt die Njanja in die eine oder andere eine Münze oder ein Ringlein hinein. Und jedes Mal landet die begehrte Lerche bei mir – anscheinend hat die Njanja sich gemerkt, wo sie die Kopeke hineingesteckt hat, und mir das betreffende Brötchen vor die Nase geschoben. Ich bilde mir ein, dass die vierzig Heiligen etwas mit Ali Babas vierzig Räubern zu tun haben müssen, und höre mit Staunen, dass es bei dem Feiertag um die vierzig Märtyrer von Sebaste geht; ich sehe die Njanja in der Kirche mit spitzem Finger auf eine dunkle, alte Ikone deuten, auf der ich nichts erkenne außer einer Weintraube von Köpfen mit Heiligenschein; und die Njanja wispert mir die Geschichte ins Ohr, wie die armen Märtyrer sich in der grimmigen Kälte ganz nackt hatten ausziehen müssen und zu Eis gefroren.

Ich mag den Kirchengeruch von Lampenöl und Weihrauch, und das besonders im Winter, wenn es draußen kalt ist und der Wind pfeift. Weihrauch wird angezündet, so erklärt die Njanja, damit der liebe Gott etwas Gutes zum Riechen hat. Ich bin mir gewiss, dass der liebe Gott hier in der Kirche wohnt, und die Njanja bestärkt mich in diesem Glauben – wo es doch draußen gerade so bitterkalt ist, jeder hat sein Zuhause, und die Kirche ist das Haus, wo Er sich aufwärmen kann.

Für die Zeit von Weihnachten bis zum Dreikönigsfest malt sie an alle Türen und sonstigen Gegenstände mit Kreide ein weißes Kreuz gegen das Unreine. Dann wird alles mit geweihtem Flusswasser besprengt, wonach kein Teufelszeug einem mehr etwas anhaben kann – denn nach Weihnachten ist der liebe Gott hocherfreut, dass ihm ein Sohn geboren ward, schließt alle Türen auf und schickt die Teufel in die Wüste.

In der Welt der Njanja sind Teufel oder Engel nicht weniger real als Strümpfe und Gummischuhe. Und gleich ihr hege auch ich keinen Zweifel, dass dem Menschen von Geburt an ein Teufel und ein Engel zur Seite stehen, die dich keine Minute aus den Augen lassen; der Engel steht rechts von dir, der Teufel links – deswegen darf man nie nach rechts ausspucken, und zum Schlafen muss man sich auf die rechte Seite legen, das Gesicht dem Engel zugewandt, damit man nichts Schlechtes träumt. Der Engel notiert sich alle deine guten Taten, der Teufel die bösen, und wenn ein Mensch stirbt, dann wird der Engel mit dem Teufel streiten, wem die sündige Seele zufallen soll. Klingt dir das linke Ohr, dann weißt du: Das kleine Teufelchen ist eben beim Satan gewesen, die Sünden abladen, die du im Laufe des Tages schon begangen hast, und nun ist es zurück auf seinem Posten und wartet auf die nächste günstige Gelegenheit, dich zu verführen. Bei Gewitter sucht der Teufel sich vor den Blitzpfeilen hinter dem Menschen zu verstecken. Und dann kann es passieren, dass der Prophet Elias in seinem Kampf mit den bösen Mächten auch einmal einen Unschuldigen tötet. Darum sollte man immer, wenn es blitzt, ein Kreuz schlagen.

Vor dem Einschlafen stelle ich mir vor, wie mein Schutzengel ausschaut. Bestimmt sind seine Flügel weiß wie Schnee, weich und duftig wie der Quast, mit dem Mama sich pudert.

Auf dem Weg irgendwohin sehen wir, wie Straßenjungen Steine in einen Busch werfen. Die Njanja ist aufgebracht, so geht das nicht, schnaubt sie, es sind überall Engel in der Luft, die so ein Stein treffen kann. Im Gebüsch sehen wir im Vorbeigehen etwas zappeln. Die Jungs warten mit den Steinen in der Hand, dass wir verschwinden. Ich erkenne in den Büschen einen Vogel, eine Taube mit gebrochenem Flügel. Wir nehmen sie mit. Bis zum Abend wohnt sie bei uns in der Küche, am anderen Tag ist sie weg. Gesund geworden und fortgeflogen, sagt die Njanja zu mir. Ich glaube ihr nicht, halte aber den Mund. Vor dem Einschlafen stelle ich mir vor, wie ich meinen Schutzengel pflege, falls er einmal mit gebrochenem Flügel auftaucht.

Irgendwo unter den Dielen wohnt der Hausgeist, ein unsichtbarer Mieter, der alles Lebende behütet. Den Hausgeist zu sehen ist dem Menschen nicht gegeben, aber hören kann man ihn und sogar berühren, besser gesagt: seine Berührung spüren. Wenn er spricht, klingt das wie rauschende Blätter, und nachts streichelt er die Schlafenden mit samtweicher Pfote.

Die Njanja lehrt mich, wie man betet, in ihrer Andachtsecke hat sie viele Ikonen, von denen die Dreihändige Gottesmutter mir die liebste ist. Immer wieder lasse ich mir von ihr erzählen. Als Herodes das Christkind umbringen wollte und die Gottesmutter darum mit ihm nach Ägypten floh, waren zwischendurch einmal Räuber hinter ihr her. Mit dem Kind auf den Armen rannte sie und rannte, da war auf einmal ein Fluss im Weg. Sie warf sich ins Wasser, um ans andere Ufer zu schwimmen und den Verfolgern zu entrinnen. Doch wie hätte sie schwimmen sollen, mit dem Kind auf dem Arm? Einhändig kraulen? Also betete die Gottesmutter zu ihrem Sohn: Mein geliebter Sohn, gib mir eine dritte Hand, sonst bin ich zu schwimmen außerstande. Das Kind erhörte die flehentliche Bitte, und der Mutter wuchs eine dritte Hand! Mit ihr schwamm es sich gut, und als sie am anderen Ufer aus den Fluten stieg, war sie gerettet.

Mir graut vor dem Jüngsten Gericht, ich weiß sogar schon, wann es geschehen wird: am Sonntag vor der Butterwoche. Eines kalten Winterabends, als vor dem Fenster ein glutroter Sonnenuntergang aufzieht, denke ich, es ist so weit – laufe in die Küche und gebe der Njanja die Karamellen und Kringel zurück, die ich stibitzt und versteckt habe.

Das Blut bei Schnittwunden zu stillen, helfen Spinnweben am besten, so meint die Njanja. Einmal nehme ich, ohne zu fragen, Papas Klappmesser zur Hand – und schon sprudelt das Blut aus dem Finger. Die Njanja flitzt in den Schuppen und sammelt Spinnweben aus den Ecken, legt sie auf die Wunde und bindet einen Lappen darum. Papa hält das für einen bösen Aberglauben. Wütend brüllt er die Njanja an, als er davon erfährt. Er möchte die Wunde mit Jod versorgen, das lasse ich aber nicht zu und heule so lange, bis er die Njanja um Verzeihung bittet. Die sitzt eine Weile und schmollt, dann schlägt sie, unter Tränen, ein Kreuz über ihm, und Friede kehrt ein, wenn auch nicht für lange.

Als Papa Ostern aus der Kirche nach Hause kommt, empört er sich, dass alle, so auch ich, vom selben Löffel die heiligen Sakramente empfangen haben. Der beste Weg, um krank zu werden! Die Njanja protestiert: Das Kind sei doch getauft!

Ich weiß noch, wie er einmal erzählte, dass er als Kind Flöte gespielt habe, und einmal habe der Lehrer ihm sein Instrument aus der Hand genommen, etwas darauf vorgespielt und es ihm wiedergegeben, danach musste Papa sich die Flöte an den Mund setzen, das brachte er nicht über sich und habe das Spielen bald ganz sein lassen.

Dann: die Wasserweihe. Die Njanja ist von der Heilkraft geweihten Wassers überzeugt; je früher am Tag man es schöpfe, desto wirksamer sei es. Massen drängen sich um das Eisloch, schieben einander beiseite: Hausfrauen ebenso wie Fabrikarbeiter, viel alte Leute. Jemand bekommt an Ort und Stelle die wehen Augen ausgewaschen; eine Frau flößt einem kranken Kind Wasser ein, in dem Eisbrocken schwimmen. Ich habe Angst vor der kopflosen Menge, fürchte erdrückt zu werden, fange an zu heulen. Die Njanja, hochrot im Gesicht und zerzaust, nimmt mich auf die Arme und nötigt mich zu einem Schluck direkt aus der Flasche. Es zieht mir die Wangen zusammen. Dann gehen wir nach Hause. Die Njanja trinkt ein paar Schlückchen, mit dem Rest besprengt sie das Haus – das bewahrt uns vor Unglück und vorm bösen Blick, so weiß sie. Beim Zubettgehen erzählt sie mir, in der Nacht vor der Weihe bade Jesus Christus leibhaftig in dem Wasser, welches hierdurch sanft in Bewegung gerate; gehe man um Mitternacht zum Eisloch und warte ein wenig, könne man eine Welle sehen – dann sei Jesus Christus ins Wasser getaucht.

Darüber kann Papa, der unversehens in der Tür steht und zuhört, nur lachen. Wie kann ein Wasser für den Menschen gesund sein, in dem räudige Ferkel gebadet werden?, fragt er.

Kaum denke ich an Papa, spüre ich einen Zitronengeschmack auf der Zunge – er trank immer frisch gepressten Zitronensaft und ließ auch die Kinder welchen trinken. Nach dem Mittagessen im sonnigen Esszimmer treten wir nacheinander vor ihn hin und bekommen ein Schnapsgläschen voll verabreicht. Die Sonnenstrahlen brechen sich im Schliff des Gläschens und tanzen durch das Zimmer, über Decke und Wände.

Ich weiß, dass ich Papas Liebling bin. Manchmal nimmt er mich irgendwohin mit, ohne die Schwestern. Zum Beispiel zu einem seiner Bekannten – da gibt es ein Boot auf Rädern, aber mit echten Rudern dran. Ich rudere damit über den breiten Korridor.

Papa ist ein stadtbekannter Fachmann für Hautkrankheiten, er arbeitet im städtischen Krankenhaus, hält aber auch zu Hause Sprechstunden ab, vor allem für Angehörige der guten Gesellschaft, die die Öffentlichkeit in solch heiklen Angelegenheiten scheuen. Einmal komme ich, unbeaufsichtigt gelassen, auf die Idee, in seinem Schrank nach Bilderbüchern zu suchen; kurze Zeit später entdeckt man mich auf dem Parkett sitzend in Betrachtung farbiger Darstellungen männlicher Geschlechtsorgane mit allen möglichen, kräftig kolorierten Geschwüren. Danach schaue ich eine Zeit lang mit heimlichem Ekel auf jeden vorübergehenden Mann, der doch anscheinend dort unten so gräuliche Wunden mit sich herumträgt. Das Grausen verstärkt sich, wenn ich an Papa oder meinen Bruder Sascha denke. Unvorstellbar, dass ihnen solch grässliche Geschwulst zwischen den Beinen wächst!

Von nun an hat Papa immer ein paar unschuldige Bilderbücher bereitliegen. Zum Beispiel hat er das komplette Programm des Moskauer Verlags I. Knebel abonniert; als ich später zum ersten Mal in die Tretjakow-Galerie komme, habe ich das Gefühl, in meine Kindheit einzutauchen.

Papa interessiert sich für Geschichte, bezieht entsprechende Fachzeitschriften und fährt einmal im Sommer mit uns Kindern zur Ausgrabung einer altgriechischen Siedlung. Das alte Griechenland, so zeigt sich, ist gleich nebenan: Die Stadt Tanais, von griechischen Siedlern aus Kertsch gegründet, liegt am Don, bei der Kosakensiedlung Jelisawetowskaja. Ich erinnere mich nur an sengende Mittagshitze, irgendwelche Gruben und Hügel in größerer Ferne, mitten in der Steppe. Während der Vater etwas über Philosophen und Weinbauern, Peplen und Chitone erzählt, bin ich nur am Jammern, vergehe fast vor Hitze und Durst. Ich kann es nicht erwarten, dass wir dieses Tanais, diese Ansammlung von Gruben und verstreuten Steinen, wieder verlassen. Ich glaube an keine alten Griechen. Und als ich höre, die Stadt befinde sich an der Grenze der damaligen Welt, zwischen Kultur und Unkultur, Licht und Dunkel, und sei von den Barbaren zerstört worden, da wundere ich mich, dass die Temerniker Jungs, die unsere Blumen zertrampelt haben, auch diese Stadt auf dem Gewissen haben sollen; Mama hat sie gleichfalls Barbaren genannt. Mein Hirn durchblitzt eine kindliche Ahnung: Ob nicht vielleicht auch wir eines Tages als alte Griechen angesehen werden, die inmitten von Barbaren gelebt haben?

In einer Kalesche, deren Sitzbrett so von der Sonne aufgeheizt ist, dass ich mir den Allerwertesten verbrenne, fahren wir dann eine Ewigkeit bis zu dem skythischen Grabhügel, in dem die Wissenschaftler Gold gefunden haben. Ich bin nahe am Einschlafen, mir wird schwummrig von der glühenden Sonne. Ich will das Gold sehen, aber auch hier erwartet mich eine Enttäuschung. Irgendwelche Leute sind da, die Papa komische Schalen in die Hand geben, das ist alles, was ich noch weiß. Abgesägte Schädeldecken, wie sich herausstellt, die als Aschenbecher benutzt wurden. Das sei die Rache für Fürst Swjatoslaw gewesen, so wurde gescherzt, aus dessen Schädel die Petschenegen sich einen Trinkbecher machten. Vater hat von da an eine dieser Schalen auf seinem Schreibtisch stehen, obwohl er Nichtraucher ist.

Großen Spaß macht es mir, mich nachts aus dem Zimmer zu schleichen, ins elterliche Schlafgemach hinüber, und in ihr Bett zu kriechen. Das ist so ein Spiel: Mama versteckt mich unter ihrer Decke, Papa spürt mich auf und will mich vor die Tür setzen, spricht von irgendwelchen Mysterien, zu denen Kinder nicht zugelassen seien. Ich verwechsele das Wort und sage: Ministerien. Da lachen sie, Mama trägt mich kopfschüttelnd zurück in mein Bett im Kinderzimmer.

Erst viele Jahre später erfahre ich, dass Papa zu der Zeit bereits eine andere Familie hatte.

In die Kirche ging er selten, auf den Friedhof so gut wie nie. Es machte ihn fuchsig zu sehen, wie die Leute ihren Toten den Osterbesuch abstatten: ihnen zur Auferstehung Christi gratulieren, indem sie dreimal das Kreuz küssen, sie mit Eiern bewirten, die sie in die Erde graben, Pfannkuchen, die sie auf die Umrandung legen, das Grab mit reichlich Wodka begießen. Hingegen begeisterte ihn die Idee des Krematoriums, das eine Erfindung der Deutschen war. Er hatte einen Artikel in der *Niwa* gelesen und zeigte ihn herum, dort war die Beschaffenheit der Öfen genauer erläutert. »Ach, wenn ich doch das Rostower Krematorium noch erleben könnte!«, beliebte er zu scherzen.

Dabei war er ein tiefgläubiger Mensch, wie mir scheint, und ich weiß nicht, wie er all das miteinander in Einklang brachte. Einmal, da konnte ich schon das Alphabet und war munter am Lesen, kam ich an eine gewisse Bibelstelle: *Ich will wieder zu dir kommen über ein Jahr, und siehe, so soll Sara, dein Weib, einen Sohn haben – und sie waren beide, Abraham und Sara, alt und wohl betagt, also dass es Sara nicht mehr ging nach der Weiber Weise. Darum lachte sie bei sich selbst – doch da sprach der Herr zu Abraham: Sollte dem Herrn etwas unmöglich sein?*

Auch ich wollte es lustig finden, so wie Sara. Ich las die Stelle dem Vater vor. »Ich wüsste nicht, was es da zu lachen gibt«, sagte er.

Meine Großeltern habe ich alle nicht gekannt, sie starben vor meiner Geburt.

Jedes Frühjahr besuchen wir den Jahrmarkt in Nachitschewan. Der liegt an der Georgijewskaja, wo die armenische Georgskirche steht. Dort, auf der Brache zwischen Rostow und Nachitschewan, wird ein riesiges Volksfest abgehalten, eine ganze Woche lang. Ich entsinne mich der Schaukeln und Karussells, behängt und bemalt mit fantastischem Getier, das sich im Kreis dreht, und die Drehorgel spielt dazu. Eine Schaubude gibt es, an deren Eingang Clowns und Mimen das Volk zum Eintritt animieren. Wir kaufen Halwa und Apfelsinen, Kwas und allerlei Schleckereien.

Viele Jahre später erfahre ich, dass Armenier und Griechen auf Katharinas Geheiß von der Krim deportiert und in der Wildnis der Steppen ihrem Schicksal überlassen wurden. Tausende starben. *Von den dankbaren Armeniern,* steht am Katharina-Denkmal in Nachitschewan geschrieben. Russische Kinder, wenn sie ein Marienkäferchen gefangen hatten, sangen: »Marienkäfer, bring mir Glück! Bring vom Brot ein Stück! Ob aus der Mitte oder vom Rand, nur nicht verbrannt!« Armenische hingegen: »Marienkäfer, zeig mir den Weg bis zur Krim!« … Aber das kommt alles später, jetzt bin ich auf dem Jahrmarkt und esse Koz Helva, das ist Halwa mit Nüssen. Beißt man ab, so löst sich das zwischen den Fingern verbleibende Stück nicht gleich von den Zähnen, sondern zieht sich in die Länge, bis das Ende einem Elefantenrüssel gleicht.

Während einer Prozession – wir gehen die Straße lang und singen von Jesus Christus – begegnen wir einer alten Frau mit einem Jungen. Ich sehe, wie die Frau dem Kind eilig ihr Tuch über den Kopf wirft, damit es uns nicht sieht. »Hast du gesehen? Das tut sie, damit er sich nicht an uns beschmutzt!«, schnaubt die Njanja gehässig. So höre ich zum ersten Mal von den Juden.

Die Njanja erzählt, wie die Juden an ihrem Feiertag Opfer bringen: Die Männer wirbeln einen gefesselten Hahn um ihren Kopf herum, die Frauen ein Huhn, dabei bitten sie Gott, die Strafen für die Sünden der Betenden an dem Tier auszulassen. »Ts-ts«, macht die Njanja und schüttelt das Haupt, »am Ende waren es Hahn und Hühner, die den Heiland ans Kreuz genagelt haben!« Außerdem erfahre ich von der Beschneidung und dass das Blut dem Jungen nach dem Schnitt von einem gewissen Mohel abgesaugt wird. Mir wird bange. Und ich frage mich, was genau dem armen Jungen da abgeschnitten wird!

Mit der Zeit werden es immer mehr Orte, wo ich lieber nicht hingehe. Auf dem Markt wird einmal in meinem Beisein ein Dieb geschnappt und verprügelt. Ich bin mit Mama und Njusja da. Mama führt uns rasch weg vom Geschehen, damit wir nichts mitbekommen. Nach einiger Zeit kehren wir zurück, um die restlichen Einkäufe zu erledigen. Ich sehe, wie ein Knecht Sand über eine Blutpfütze streut.

Außerdem ist mir der Markt durch die Hundefänger verleidet. Sie streuen Pillen aus, die mit Strychnin vergiftet sind. Nicht nur einmal müssen wir mit ansehen, wie ein Hund unter Qualen stirbt. Aber davon nimmt die Zahl der herrenlosen Hunde nicht ab, denn prompt kommen Köter aus Nachitschewan herübergetrottet – Rute steil aufgerichtet, Zunge seitlich heraushängend – und nehmen das frei gewordene Revier in Beschlag. Und werden in Nachitschewan Hunde vergiftet, wechseln Rostower Exemplare an ihre Stelle.

Ich bin sechs Jahre alt. Ich lerne neue Wörter kennen: Streik, Revolution, Pogrom.

Njusja und Mascha, die schon ans Gymnasium gehen, kommen eines Morgens zurückgeflitzt und berichten, es habe mitten im Unterricht Geschrei auf der Straße gegeben und dann Schüsse. Jemand habe in das Fenster der Aula geschossen, wo die Porträts des Zaren und seiner ganzen Familie hängen, man kann sie von der Straße aus gut sehen. Der Unterricht fällt jetzt öfter aus, weil die Lehrer wegen des Streiks nicht rechtzeitig zur Stelle sind.

In der Stadt gibt es Unruhen. Alle haben sorgenvolle Mienen. Keiner mag mir etwas erklären. Ich höre, die Juden hätten auf eine Prozession geschossen und einen Jungen getötet, der die Ikone vorantrug. Der Junge tut mir schrecklich leid, ich weine und bin untröstlich.

Als Nächstes brennt der Neumarkt. Eine schwarze Rauchsäule steht über der Stadt; weil Windstille herrscht, ist sie kerzengerade, wie der Stiefel eines gigantischen Riesen.

Ständig höre ich das Wort Pogrom. Aufgeregt tuschelt die Njanja mit irgendwem: Heißt ein weißes Kreuz am Tor, dass hier demnächst ein Pogrom bevorsteht, oder dass gerade nicht? Die Njanja stellt Ikonen und Kreuze in die Fenster, postiert sich selbst mit einer vorm Tor. Ich werde unter Aufsicht von Katja und Mascha gestellt und im Kinderzimmer festgehalten. Dann wird Sascha vermisst, er ist in die Stadt gelaufen, große Aufregung um ihn, Mama schluckt Beruhigungstropfen. Papa ist die ganze Zeit im Krankenhaus. Njusja, als wäre nichts, setzt sich ans Klavier und fängt an zu üben, sie will ans Konservatorium, um einmal eine berühmte Pianistin zu werden. Sie solle sofort aufhören, wird ihr gesagt. »Ich kann doch nicht die Stunde schwänzen wegen irgendwelcher Halunken!«, schreit sie.

Mama kommt in unser Zimmer mit einem fremden schwarzhaarigen Mädchen an der Hand. Es heißt Ljalja. Ist ganz verschreckt und zittert. Mama erklärt uns, dass Ljalja Jüdin ist. Das Wort ist schrecklich, das Mädchen aber nicht, im Gegenteil, sie tut uns gleich furchtbar leid. Man hat ihr eingeredet, es hätte gar keinen Jesus Christus gegeben – die Arme! Wir versuchen ihr klarzumachen, dass es ihn selbstverständlich gegeben hat. Sie fängt an zu weinen. Mama, die hereinschaut, denkt, wir hätten Ljalja beleidigt, und ist böse auf uns.

Später wird Ljalja meine beste Freundin. Ihr Bruder Efrem Zimbalist, zehn Jahre älter als sie und Geiger, reist nach Amerika aus und wird ein bekannter Musiker.

Der Pogrom hält ein paar Tage an. Sascha taucht zwischendurch auf und verschwindet wieder, obwohl Mama ihn anfleht, nirgends hinzugehen, überall in der Stadt wird geschossen. Im Kinderzimmer erstattet er Bericht, was er gesehen hat. Der Leichnam des zuerst getöteten Jungen ist durch die Straßen getragen worden. Aus dem Fenster einer Apotheke hat man Flaschen mit

Schwefelsäure auf die Straße geschmissen. Der Bruder behauptet zwei abgehackte Finger gefunden zu haben, sie seien im Brillenetui. Als er sich anschickt, es aufzuklappen, um sie uns zu zeigen, rennen wir schreiend davon. Er lacht.

Es ist uns verboten, ans Fenster zu gehen, aber eine von uns Schwestern hält immer dort Wache; heimlich und auf alles gefasst, lugen wir hinaus. Immer wieder kommen Leute vorbei, meist im Laufschritt, mit irgendwelchen Sachen auf den Armen. Bauern mit Melonenhüten sind mir in Erinnerung, Fabrikarbeiter mit gewagten Kopfbedeckungen jedweder Fasson; einer schleppt einen Stapel Schirmmützen. Ein Junge in abgerissenen Klamotten trägt eine nagelneue Gymnasiastenmütze. In der Nähe ist ein Hutladen gewesen.

Am Abend hören wir Papa, aus dem Krankenhaus kommend, berichten, wie viele Leichen den Tag über eingeliefert worden seien, schwer verunstaltet, mit Knüppeln, Steinen und Spaten erschlagen.

Schließlich werden wir wieder auf die Straße gelassen. Nun sind Mengen von Menschen unterwegs, um die zerstörten Läden zu begaffen. Wir stehen vor der ausgebrannten Synagoge. Nebenan das Haus des Advokaten Wolkenstein ist gleichfalls geplündert und ausgebrannt. Mir schwant, dass es dieses Haus gewesen sein muss, wo ich mit Papa zu Besuch war und mit dem Boot auf Rädern fuhr. Beim Gedanken an das Boot bin ich außer mir: Es wird doch nicht mit verbrannt sein? Ängstlich sehe ich mich um. Was, wenn einer von denen, die neben mir die Straße langlaufen, dieses wunderbare Boot kaputt gemacht und verbrannt hat?

Das Leben geht weiter. Einmal stelle ich die Frage, warum ich eigentlich Isabella heiße. Zu Ehren einer spanischen Königin, antwortet Papa. Das gefällt mir. Ich spiele, dass ich die spanische Königin bin. Genauer: Ich als Einzige weiß, dass ich in Wirklichkeit sie bin. Es kommt nicht auf das lange Kleid an, das aus Mamas Schal besteht, nicht auf die Krone, die ich mir aus Goldpapier bastele, entscheidend ist das heimliche Wissen: Ich bin die Königin. Gewissenhaft, durch ausgiebiges Waschen lege ich die langen, bis zu den Ellbogen reichenden Ballhandschuhe aus Seifenschaum an.

Die Schwestern büffeln Geschichte, ein vertrauter Name klingt mir in den Ohren, ich höre genauer hin. O mein Gott! Plötzlich erfahre ich, dass Königin Isabella von Spanien die Juden verfolgt hat. Wie kann das sein? Das ist ganz unmöglich! Meine Königin – und Pogrome? Die abgeschnittenen Finger im Brillenetui fallen mir wieder ein – es gab sie, Sascha hatte nicht gelogen. Wortlos knöpfte Papa sie ihm ab, nahm sie am nächsten Morgen mit in die Klinik.

Ich laufe schnurstracks zu Papa, stürze in sein Arbeitszimmer, frage mit bebender Stimme nach Isabella. Nur er kann mir noch helfen, er ist meine letzte Hoffnung. Papa ist nicht allein, er hat Sprechstunde, ein fremder Mann sitzt am Tisch. Ich muss damit rechnen, dass Papa mir zürnt, mich aus dem Zimmer schickt, aber er nimmt mich bei den Händen und erklärt mit ruhiger Stimme: »Ja, es ist wahr. Isabella hat einen solchen Befehl erlassen. Aber man darf nicht vergessen, dass sie im selben Jahr Kolumbus auf Reisen schickte, und der hat Amerika entdeckt. Hätte sie Kolumbus nicht entsandt – wer, wann und wo bitte schön hätte dieses Amerika dann entdeckt? Es gäbe Amerika womöglich bis heute nicht! Das muss man sich vorstellen! …« Ich weiß nicht, wieso, aber Kolumbus und der Gedanke, das von ihm entdeckte Amerika könnte nicht vorhanden sein, beruhigten mich tatsächlich ein wenig.

Dabei sind mir Kolumbus und die Verfolgungen der spanischen Juden gar nicht wichtig. Mir geht es nur darum, dass ich meinen wunderbaren, klugen, bezaubernden Papa lieb habe und weiß, dass er mich lieb hat, und nichts außer meiner Liebe zu ihm und seiner zu mir spielt eine Rolle.

Was mir von diesem schrecklichen Jahr außerdem noch in Erinnerung ist? Kanonendonner. Ein dunkler, kalter Dezember. Das Wort Temernik fällt immer wieder, Grauen klingt mit. Es ist gefährlich, auf die Straße zu gehen, denn da ist Temernik. Sascha und die Schwestern dürfen nicht zur Schule gehen – wegen Temernik. In der Stadt ist eine regelrechte Schlacht entbrannt: Eine Batterie der Kosaken schießt vom alten jüdischen Friedhof aus auf Temernik. Im Morgengrauen erschüttert eine ungeheure Explosion die Stadt: Eine Granate ist in die Kantine der Landmaschinenfabrik Aksai eingeschlagen, wo sich ein Munitionslager befand. Viele Menschen sterben – jemand erzählt, er hätte Leichenteile samt Kleidern in den Bäumen hängen sehen.

Sehe ich auf der Straße Menschen in schmutzigen Sachen und mit mürrischen Gesichtern, dann weiß ich, das ist Temernik. Sonntags, wenn sie betrunken sind, wird es noch furchtbarer. Zu Fastnacht gehe ich mit meinen Schwestern aufs Volksfest, aus dem ein wahres Schlachtfest wird – verschiedene Enden von Temernik prügeln aufeinander ein. Wir suchen das Weite.

Im Frühling kommen die Zigeuner in die Stadt. Sascha und seine Freunde gehen das Lager besichtigen. Die Zigeuner hätten einen Igel mit einem Strohhalm aufgeblasen, bis die Haut mitsamt den Stacheln abplatzte, dann hätten sie ihn mit Lehm eingeschmiert und gebraten, so erzählt er. Wir glauben ihm nicht, doch die Erwachsenen bestätigen, dass Igelbraten eine Lieblingsmahlzeit der Zigeuner sei. Ich verkünde, dass ich Zigeuner nicht mag. »Du isst doch auch Hühnchen«, wendet Mama ein. »Und die Zigeuner essen eben gerne Igel.« Meine geliebten Hühnerkeulchen, wie die Njanja sie mir brät, mit einer Serviette um den Knochen gewickelt, bekomme ich nach diesem Gespräch eine Zeit lang nicht runter.

Die Njanja und Papa kriegen sich wegen der Herkunft der Zigeuner in die Haare. Die Njanja will gehört haben, dass es sich bei den Zigeunern um Juden handelt, die mit Moses aus Ägypten ausgezogen seien, nur eben als ein abtrünniger, fluchbeladener Zweig der Judäer, die dem Propheten nicht gehorchten und weiter das Goldene Kalb anbeteten, und dass sie bei den Juden immer die dreckigste Arbeit zu verrichten gehabt hätten, in der Schmiede vor allem, und die Nägel, um Jesus ans Kreuz zu schlagen, die hätten sie geschmiedet. Dafür seien sie vom lieben Gott gestraft worden, Vertriebene auf ewig zu sein.

Alles Unfug, widersprach Papa. Sie stammen aus Indien, aber in Wahrheit wisse niemand etwas Genaueres über sie, da sie über kein Schrifttum verfügen. Wenn man das Geschehene nicht aufschreibe, sagt Papa, dann gehe alles dahin; nichts, was bleibt – so als wäre nie etwas gewesen. »Weißt du noch, was vor einem Jahr gewesen ist?«, fragte er mich. Ich weiß nicht mal mehr, was gestern war, geschweige vor einem Jahr. »Siehst du!«, fährt Papa fort. »Deshalb muss man Tagebuch führen und alles aufschreiben.«

Und Papa schenkt uns allen schöne Hefte, um Tagebuch zu führen – sogar mir, die ich gerade erst schreiben lerne.

Wie ich mit Njusja auf dem Weg in die Konditorei bin, macht sich in der Nikolskaja eine Zigeunerin an uns heran. »Ich kann weissagen, wer euer Bräutigam sein wird!« Ihre Röcke sind staubig und grellbunt, sie greift nach uns mit schmutzigen Händen. Njusja wehrt lachend ab: »Ich hab schon einen!«, sagt sie. So erfahre ich zum ersten Mal von Kolja, Njusjas künftigem Mann. Die Zigeunerin hängt sich an uns wie eine Klette, lässt nicht locker. »Na schön!«, gibt Njusja nach, »du kannst ja mal für meine Schwester weissagen!« Ich knabbere an einer saftigen Birne, die wir gerade an einem Stand gekauft haben. Die Zigeunerin nimmt meine klebrige flache Hand und liest. Ich erfahre, dass ich ein langes Leben haben werde. Königin sein werde. Ein Ritter wird um meine Hand anhalten, mit wahrer Liebe bis ins Grab, und ein Goldkind brächte ich auch zur Welt. Dann nimmt sie mir die angebissene Birne ab und bespuckt sie flugs von allen Seiten. Hält sie mir wieder hin: »Da hast du! Jetzt wird alles, was ich sagte, wahr.« Ich ziehe die Hände hinter den Rücken. So geht die Zigeunerin davon mit meiner Birne, ihre Röcke wirbeln Staub auf.

Von nun an gehen die Gedanken vor dem Einschlafen zu meinem Ritter und dem Goldkind, das ich einmal zur Welt bringen werde. Wie Kinder auf die Welt kommen, weiß ich schon, auch wenn ich mir nicht vorstellen kann, wie das Kind aus einem so kleinen Loch herausfinden soll.

Sascha liest mit Vorliebe Ritterromane. Zum Schulfasching trägt er Harnisch und Helm, die er aus Pappe gebastelt und mit Silberpapier beklebt hat.

Das Tischgespräch beim Abendtee dreht sich um Puschkin und sein Duell. Mama hasst Natalie. Ich hasse sie auch: Ihretwegen musste Puschkin sterben. Es fällt der Satz, Puschkin sei ein wahrer Ritter gewesen. Ich kann ihn mir in Harnisch und Visier nicht vorstellen und muss lachen. Papa erklärt: »Um ein Ritter zu sein, muss man nicht unbedingt einen Eisenpanzer tragen. Ritterlichkeit ist ein Seelenzustand.« – »Bist du ein Ritter, Papa?«, frage ich ihn. Er lächelt verschämt. Mama springt auf und läuft aus dem Zimmer. Sie, die immer so sanft und ausgeglichen ist, sehe ich zum ersten Mal aus der Fassung geraten. Unter dem Siegel der Verschwiegenheit teilen mir meine Schwestern kurz darauf mit, dass wir ein kleines Brüderchen haben, das aber nicht Mama zur Welt gebracht hat.

Zeichnen macht mir irgendwie keinen Spaß – allein schon der weiße Buntstift kommt mir ausgesprochen lächerlich vor –, doch spiele ich für mein Leben gern Theater. Wir kriegen ein Spielzeugtheater gekauft: eine große Schachtel mit Giebelfassade und einem Vorhang, der sich heben lässt. Seitlich sind Logen aufgemalt, in denen fein angezogene Kinder sitzen, die Mode muss noch aus der Puschkinzeit stammen. Im Inneren die Bühnenbilder: Hintergrund- und Seitenkulissen für ein Stück in fünf Akten, frei nach dem Märchen vom goldenen Fischlein. Das erbauliche Fischlein langweilt uns allerdings schon nach kurzer Zeit, sodass wir uns eigene Dekorationen und handelnde Figuren auszudenken beginnen. Katja und Mascha schneiden und kleben, ich stelle die Figuren auf und spreche und singe sie beinahe alle. Für die Kleinen – *ich* bin ja schon groß! – aus der Bekanntschaft veranstalten wir Aufführungen. Draußen ist Winter, es ist dunkel und kalt, doch hier drinnen bei uns kann man einen Zauberwald mit duftenden Blüten sehen. Die Kleinen lauschen atemlos.

Im Sommer veranstalten wir dann ein richtiges Theater, nicht bloß mit Puppen. Zwischen zwei Birken wird ein Seil gespannt, darüber kommt ein Laken als Vorhang. Wir tragen Stühle und Schemel herbei und laden die Kinder aus der Nachbarschaft ein. Kommoden, Kisten und Kartons werden durchwühlt, entwendet wird alles, was auch nur irgendwie theatertauglich scheint: Hüte, Handschuhe, Schirme und Decken.

Am allermeisten Spaß macht mir jedoch das Singen. Und nicht einfach bloß singen, sondern dabei auch noch spielen, *wovon* ich singe. Ein Dauerbrenner ist *Auf der alten Chaussee nach Kaluga*. Ich stelle dar, wie dieser Mordskerl mit seinem Morgenstern am Meilenstein neunundvierzig herumspaziert, dann wechsle ich in die weibliche Rolle:

Da trat aus dem Walde ein Weiblein
Vertieft in ihr frommes Gebet
Und auf ihren Armen ein Knäblein
Der nährenden Brust zugedreht.

Den Säugling gibt meine Puppe. Die Leidenschaften kochen hoch, breitbeinig stiefele ich umher, führe vor, wie der grimmige Räuber die arme Frau bei den Zöpfen packt und tötet! Und als der Unhold dabei ist, meine Puppe zu töten, und im nächsten Moment vom Blitz erschlagen wird, da stürze ich nieder und singe auf dem Boden liegend das Ende vom Lied:

So ward mit der Wucht dieses Pfeiles
Dem Unhold sein Handwerk gelegt!
Der Räuber zu Füßen der Fichte
Sich nimmermehr rühret noch regt.

Mama gefallen meine Galavorstellungen nicht, und ich frage mich warum. Dafür ist Papa jedes Mal hin und weg, ganz gleich was ich da wieder fabriziert habe, nimmt mich in die Arme, küsst mich ab, nennt mich die Königin von Rostow und ganz Nachitschewan. Sein Bart kitzelt beim Küssen. Immer wenn

Gäste da sind, bittet mich Papa etwas vorzusingen. Ich bin alles andere als publikumsscheu, im Gegenteil, allein vor mich hinzusingen reizt mich nicht, ich brauche Leute, die Anteil nehmen. Alle sagen, die Natur habe mich mit einer besonderen Stimme gesegnet, alle sind sie begeistert, welch vollen Brustton die Stimmbänder dieses doch noch so kleinen Mädchens hervorbringen.

Nicht sattsehen kann ich mich an Papas Bildbänden mit Gemälden russischer Künstler und ertappe mich irgendwann dabei, dass ich mich in die dargestellten Figuren hineinfantasiere. In ihre Haut schlüpfe. Die Zarentochter Sofia zum Beispiel. Ich stelle mich im Zimmer auf wie sie, lasse das gelöste Haar auf die Schultern fallen, verschränke die Arme vor der Brust, grolle auf ich weiß nicht wen. Sie ist eingesperrt – genau wie ich manchmal im Kinderzimmer, wenn ich etwas angestellt habe. Nur der erhängte Strelitze vor dem Fenster macht mir Bange. Ich frage Sascha nach den Strelitzen. Er erzählt mir alles haarklein: von dem Aufstand, vom Fenster nach Europa. »Kapiert?« – »Jaja.«

Es war erstaunlich, was ich damals alles kapiert zu haben glaubte. Jetzt hingegen, als alte Frau, die ihr Leben hinter sich hat, kapiere ich gar nichts mehr. Sieht so aus, als wäre das Leben ein Weg vom Verstehen zum Nichtverstehen.

Was den erhängten Strelitzen angeht, muss ich keine Angst haben, meint Sascha noch: Strelitzen gibt es längst keine mehr, der Kopf wird niemandem mehr abgehauen, die Zeiten haben sich geändert.

Wie Sascha ermordet wurde, darüber ein andermal.

Antwort: Wieso ein Handschuh?

Frage: Die Geschichte ist die Hand, Sie sind der Handschuh. Sie werden von den Geschichten an- und ausgezogen. Geschichten sind Lebewesen, müssen Sie wissen.

Antwort: Und was ist mit mir?

Frage: Sie gibt es noch nicht. Ein weißes Blatt, sehen Sie.

Antwort: Aber hier bin ich doch! Extra hergekommen. Ich sitze vor Ihnen. Gucke aus dem verschneiten Fenster. Der Schneesturm hat sich gelegt. Alles weiß! Ich sehe die Fotos an der Wand: Da halten Sie einen bei den Kiemen. Und diese Landkarte, seltsam. Ich kann die Umrisse der Erdteile gar nicht erkennen. Mehr Igel als Karte. Hat sich durch das Erdbeer- und Heidelbeergestrüpp gekämpft, Beeren auf die Stacheln gespießt.
Frage: Bis jetzt ist hier noch niemand.
Antwort: Wie, niemand? Und wer wirft dort den Schatten an die Wand? Sehen Sie die gespreizte Hand? Jetzt einen Hundekopf. Wau, wau! Und wenn wir noch eine Hand dazunehmen … ein fliegender Adler, schauen Sie. Und hier ein Wolf, der mit den Zähnen klackt.
Frage: Alles nicht das Wahre. Hund, Wolf, das ist alles nicht echt. Ihre Geschichte ist der Bräutigam, und Sie sind die Braut. Die Geschichten suchen sich einen Menschen aus und gehen um mit ihm.
Antwort: Aha. Na gut. Dann schreiben Sie. Ich wollte meiner Frau nichts davon sagen, aber sie hat gespürt, dass etwas nicht stimmt. Ich gab mir Mühe, so zu tun, als wäre nichts, als wäre alles im Lot. Dann stellte sich heraus, dass sie durch eine Freundin schon von allem wusste. Ihr hatte meine Frau am Telefon erzählt, ich käme abends immer so schlecht gelaunt nach Hause, sie kriegte nur bissige Antworten von mir. Ja, weißt du denn nicht?, eröffnete ihr die Freundin, dein Mann sitzt in der Tinte, er hat Schulden gemacht, und das nicht zu knapp, die Uhr tickt schon … Sie sagte zu mir kein Wort, lief los auf eigne Faust, suchte Leute auf, wo sie lieber nicht hätte hingehen sollen, dort wurde ihr bedeutet, sie solle sich nicht in Dinge einmischen, die sie nichts angingen. Während ich mich bis zuletzt beherrschte, auf alle ihre Fragen nur Witze machte, es irgendwie sogar fertigbrachte, ihr vorzugaukeln, alles wäre halb so wild. Aber dann kam der Zusammenbruch, ich betrank mich, um zu vergessen, und hinterher ging es mir so dreckig, dass alle Dämme brachen und ich auspackte: dass ich das

Geld von der einen Bank abgehoben und auf eine andere überwiesen hatte, die von irgendwelchen Tschetschenen ausgenommen wurde, sodass ich mir, um schnellen Umsatz zu machen, woanders Geld leihen musste, dabei gelinkt wurde ... Sie verstand nur so viel, dass alles Geld futsch war, dass von Tag zu Tag mehr Zinsen aufliefen und dass man mir ans Leder wollte. Was hätten die davon, dich umzubringen?, rief sie verzweifelt. Von Toten kriegt man doch erst recht nichts zurück! – Du begreifst anscheinend gar nichts!, brüllte ich zurück. Dabei hatte ich sie nie zuvor angebrüllt. Wohnung verkaufen, Datscha, Auto – alles zwecklos, es hätte bei Weitem nicht gelangt, und Freitag war Zahltag.
Frage: Nicht das Wahre.
Antwort: Verstehe.
Frage: Woher kommen Sie? Aus einem Land, wo in den Betten gestöhnt und ansonsten geschwiegen wird? Wo es nur schmutzige Wörter gibt und keine sauberen?
Antwort: Ich möchte einfach nur frei sein. Frei vom Schicksal, frei von Vaterländern.
Frage: Ist denn schon Freitag?
Antwort: Ja.
Frage: Wem gehörte die Bank: den Tungusen oder den Orotschen?
Antwort: Den Orotschen.
Frage: Was wussten Sie über diese Leute?
Antwort: Nicht viel. Sie glauben, die erste Frau auf Erden wäre in eine Bärenhöhle gefallen und hätte hernach Zwillinge geboren: einen Bären und einen Menschen. Die zwei Brüder wuchsen heran, einer schlug den anderen tot, und die Welt nahm ihren Lauf. Als der Junge ein Mann war, ging er auf die Jagd.
Frage: Wie ging es weiter?
Antwort: Ein großer Elch entführte die Sonne, und der Jäger wollte sie ihm abjagen.
Frage: Gelang es ihm?
Antwort: Nein. Oder vielmehr doch. Sie sind sehr weit abgekommen. Der Elch rennt bis heute den Himmel entlang mit der angebissenen

Sonne im Maul. Kommt immer wieder. Da hat ein Möbius auch den Himmel auf seine Art zusammengeklebt. Und die Milchstraße ist die Skispur des Jägers. Dort oben wird nämlich auch Ski gelaufen. Überall Loipen. Der Jäger läuft im Kreis, mal auf der sichtbaren Seite des Möbiushimmels, mal auf der unsichtbaren. Es gibt drei Welten: Eine Oberwelt, unser Winterland und eine Unterwelt, das sogenannte Mlywo, welche die wichtigste ist. Wenn die Menschen in der Oberwelt Tierfelle zu Schuhen und Kleidern vernähen, fällt der Verschnitt zur Erde und verwandelt sich in Füchse, Hasen und Hörnchen. Die Oberweltmenschen halten die Seelen der Menschen an Fäden, genauso die Oberweltbäume die Baumseelen, die Gräser die Grasseelen. Reißt so ein Faden aus irgendeinem Grund ab, dann wird der Mensch krank und stirbt, der Baum verdorrt, das Gras welkt. In die Oberwelt gelangt man über ein Loch im Himmel, *njangnja sangarin* geheißen, es ist der Polarstern. In der Unterwelt aber, dem Mlywo, unterscheidet sich das Leben in nichts von der Erdenwelt, der gleiche Winter – nur dass die Sonne scheint, wenn auf der Erde Nacht ist, und wenn es tagt, geht dort der Mond auf. Das Winterland geht über ins Mlywo – oder besser gesagt, der Mensch, der ins Mlywo abtritt, nimmt den Winter mit. Dort wird das gleiche Winterleben gelebt: Jagen und Fischen, Schlitten bauen, Gespanne flicken, Kleider nähen. Man heiratet, wenn der auf Erden verbliebene Gemahl selbiges tut, gebiert Kinder, wird siech und stirbt – was nichts anderes heißt, als auf der Erde wiedergeboren zu werden, mitten in den Winter hinein, als Frau oder Mann. Im Mlywo ist alles genauso und doch nicht gleich. Der lebende Mensch ist für die Bewohner dort unsichtbar, seine Worte nimmt man wahr als Knacken im Herdfeuer.

Frage: Heißt das, in dem Mlywo gibt es auch diesen Raum hier, wo an den Wänden Fische geangelt werden und auf dem Stuhl Menschen, wo die Büroklammern in Reih und Glied liegen und die Karte vernadelt ist, wo Geschichten zurückgelassen werden und Menschen entlüftet, und eine Schneelandschaft fläzt sich auf dem Fensterstock?

Antwort: Das weiß ich nicht. Wir sind ja keine Orotschen. Wir glauben an nichts als an den Winter.
Frage: Und wie fing bei euch die Welt an?
Antwort: Auch bei uns waren einmal zwei Brüder. Aber vorher ist überall Wasser gewesen. Nichts als Wasser, nirgends ein Ort zum Leben. Dann kam der Winter, das Wasser gefror, und das Festland entstand.
Frage: Und die Brüder?
Antwort: Der eine war gut, der andere böse. Der eine hat aus Schnee die Tungusen gebaut, der andere die Orotschen.
Frage: Und das Mlywo?
Antwort: Das Mlywo ist, was es ist.
Frage: Und die beiden in den Winter Hineingeborenen – wer waren die nun? Daphnis und Chloe?
Antwort: Ja. Chloe ist Orotschin, Daphnis Tunguse.
Frage: Jetzt also Ziegen, Schafe, Panflöte? Mitten im Winter?
Antwort: Der Liebe ist noch keiner entkommen, und das wird so bleiben, solange es Schönheit gibt und Augen, sie zu sehen.
Frage: Aber welche Frau möchte schon für ein paar Äpfel einen Hirten zum Mann?
Antwort: Sie wissen doch, es ist wie eine Krankheit. Dem Menschen geht es mies, den Viren blendend, sie haben ein Zivilisationshoch … Genauso ist es mit der Liebe. Von Essen und Trinken wollte Chloe nichts mehr wissen, nachts lag sie schlaflos, und ihre Herde versäumte sie; bald lachte sie, bald kamen ihr die Tränen, nun schlief sie, dann sprang sie wieder auf, ihr Gesicht war blass und plötzlich wieder flammend rot. Nicht einmal ein Rind, das von einer Bremse gestochen ist, leidet solche Not. Starrer Blick, schwimmende Tapeten. Gewiss bin ich jetzt krank, aber was es für eine Krankheit ist, weiß ich nicht: Ich fühle Schmerz und habe doch keine Wunde; traurig bin ich, und doch ist mir kein Schaf umgekommen. Sie schließt die Augen, und die Zehen ertasten die Stoßkante zwischen den Tapeten.

Frage: Aber es ist doch Winter. Der Frost dringt durch bis zum Häkchen am Büstenhalter. Und einen Schneemann will keiner heiraten, auch wenn es eine Frau ist.
Antwort: Das Mlywo hat etwas, das ist dem Winter über. Sie haben sich Tausend Jahre nicht gesehen. Immer nur so ein Sehnen! Plötzlich begehrten sie einander. Und der Eisgang brach los. Eines Nachts wurde das ganze Städtchen wach von diesem Rollen und Grollen: Das Eis trieb den Fluss hinab. Am Morgen kamen alle zu sehen, wie der Weg, auf dem sie gestern noch spaziert waren, sich in Bewegung gesetzt hatte. Drei Tage lang krachte das Eis und knirschte, dicke, glasige Schollen, die zerbarsten, sodass kiloschwere Splitter flogen; sich aufbäumten, übereinanderrutschten, ans Ufer gekrochen kamen, nahe daran, die Häuschen wegzuschieben, die sich hinter der Uferkante duckten. Der Eisgang türmte Klippen auf, die von Wagehälsen bestiegen wurden; sie erklommen die obersten Spitzen und kamen vorübergeschwommen wie auf einem riesigen, funkelnden Schiff. Und unter diesen verwegenen Typen war Chloe. Sie hatte die Mütze vom Kopf gerissen, die Haare flatterten im Wind.
Frage: Während sie auf der Eisscholle vorübertrieb, flog Chloe die Mütze weg. Chloe der Mütze hinterher. Daphnis Chloe hinterher.
Antwort: Ich sehe schon, das ist immer noch nicht das Wahre.
Frage: Man muss nichts dazuerfinden. Es ist alles schon da. Winterland, Mlywo …
Antwort: Wenn es doch aber genau so gewesen ist? Sie brach ein, er zog sie am Kragen aus dem Wasser, ihr Retter. Als Säuglinge waren sie beide vertauscht worden. Ein prophetischer Traum hatte ihnen die Zukunft gewiesen, vom ersten bis zum letzten Schnee. Bei ihr war es irgendeine Dame, die ihr an der Tür zum Schulhort auflauern, wortlos einen Ring in die Hand schieben und in einem teuren Auto davonfahren würde. Ihm, während er noch aufrecht unter dem Tisch hindurchliefe, würde ein Haufen Geld von unbekannt aufs Sparbuch überwiesen, aber dann kämen die Reformen,

und alles wäre Asche. Die Kinder wüchsen heran, die Hormone begännen verrücktzuspielen. Liebe, Triebe, Hiebe. Sie würde bei einem Schafe schwören, dass sie sich aufheben wird für ihn, und zu ihm sprechen: Du aber schwöre mir bei dieser Herde und bei jener Geiß dort, die dich genährt hat, Chloe nicht zu verlassen, solange sie dir treu bleibt, sündigt sie aber gegen dich, dann sollst du sie fliehen, hassen und totschlagen wie einen Wolf. Da fasst er mit der linken Hand eine Ziege, mit der anderen einen Bock und schwört, solange ihn Chloe liebe, wolle auch er sie lieben, wenn sie aber einen andern dem Daphnis vorziehe, wolle er nicht sie, sondern sich selbst umbringen. Da freut sie sich, und jetzt glaubt sie ihm, wie Mädchen es eben tun und weil sie als Hirtin die Ziegen und Schafe für die eigentlichen Götter der Schäfer und Ziegenhirten hält. Dann werden die beiden durch Räuber entzweit, und Chloe heiratet den Räuberhauptmann, der eine Warze auf der Oberlippe hat. Im Winter wird sie Tauben füttern – es herrscht Frost, die Taubenbeine sind wie Zweiglein so dünn. Daphnis hinwiederum, in der Annahme, Chloe wäre tot – er hat ja die Alarmklingel der Straßenbahn gehört, das rostige Kreischen der Bremsen, die Schreie der Passanten, hat den Körper in einer Pfütze Blut liegen sehen, reglos, nur eine Hand zuckte noch –, begibt sich auf Wanderschaft, kommt in die Hauptstadt, wird das Zimmer mit einem Medizinstudenten teilen, der von früh bis spät über seinen Büchern sitzt, zwischendurch dann und wann den ungeküssten Hirtenleib abhört und abklopft. Den *musculus cremaster* wird Daphnis sich merken. Einmal wird er auf seinem Klappbett liegen, die Hände unter dem Kopf verschränkt, auf die Eisblumen am Fenster schauen, sonnenfunkelnde Farnwedel und Hieroglyphen, und an sein Volk denken: dass es wohl jener mit den Hörnern im Gestrüpp festhängende Widder sei, den Abraham an Isaaks statt geopfert; derweil kommt der Mitbewohner verdrossen von der Prüfung zurück, er konnte einen bestimmten Muskel nicht finden, und der Professor habe ihn noch verhöhnt: Erstaunlich, erstaunlich, so ein großer Muskel, und kommt bei

Ihrer Leiche nicht vor, gratuliere, junger Mann, diesen Fall hatten wir noch nie! Bald darauf wird Daphnis von Lykainion begehrt werden, der Krankenschwester, die medizinischen Alkohol aus dem Operationssaal stiehlt und auf dem Schwarzmarkt tauscht. Sie hat einen langen Zopf.

Frage: Moment mal!

Antwort: Ja?

Frage: Sie wurden alle beide vertauscht, sagten Sie?

Antwort: Ja. Was ist daran verwunderlich?

Frage: Wo gibt's denn so was!

Antwort: Mein Gott, wieso nicht? Sie wurde im Palast vertauscht, er auf der Säuglingsstation.

Frage: Was denn für einem Palast?

Antwort: Warum fragen Sie nicht: was für einer Säuglingsstation? Da sieht man's mal wieder! Die Leute wollen immer nur wissen, wie so etwas in Palästen vor sich geht, auf gebohnertem Parkett, wo die Kriegsveteranen, insbesondere die einbeinigen, auf dem Empfang ins Rutschen kamen, sich aneinander festhalten mussten, während der König von Preußen wahnsinnig schnell aß, und immer wenn er mit einem Gang fertig war, wurden auch bei allen anderen die Teller ausgetauscht. Und keiner interessiert sich für das Kreiskrankenhaus: Der diensthabende Arzt war abwesend und die Nachtschwester sturzbetrunken. Zuerst war die Aufnahme überhaupt verweigert worden; erst als man das Dach der Geburtsklinik zu reparieren versprach, lenkten sie ein. Medikamente gab es schon lange keine mehr, was überhaupt geliefert wurde, verkaufte die Chefärztin anderswohin oder – auf dem Umweg über Verwandte – an ihre Patienten zurück. Alles musste man von zu Hause mitbringen: Bettwäsche, Kittel und so weiter. Husten wurde mit Hundefett behandelt, das man von eingefangenen herrenlosen Hunden gewann. Hören Sie?

Frage: Entschuldigen Sie, ich war mit den Gedanken woanders. Sehen Sie doch mal, da hinten die Antenne vor dem Sonnenuntergang, gleicht sie nicht einem in Bernstein eingeschlossenen

Insekt? Ach nein, lassen Sie, ich habe mich einfach verguckt. Aber was soll dieses Vertauschen für einen Sinn haben?
Antwort: Was für einen Sinn, fragen Sie? Der Vater ist zwar Kaiser, aber Äthiopier, und das Kind ist weiß. Der Vater wird die junge Mutti zur Rede stellen, was soll sie sagen? Dass sie im Moment der Zeugung eine schneeweiße Andromeda geschaut hat? Die reinste Aethiopika, Alter!
Frage: Na schön. Und in der Klinik?
Antwort: Dort war es umgekehrt. Da kam kein Orotsche heraus, sondern ein kleines Negerlein! Was tun? Ha, auf einmal brennt es! In Zarjowo-Sajmischtsche entglomm ein Feuer, die halbe Stadt brannte ab dabei. Ist ja auch eine furchtbare Dürre gewesen! In dem Tohuwabohu hat man sich ein fremdes Kind geschnappt, dessen Mutter gerade in den Flammen umgekommen war – und ab durchs Fenster. Das eigne Kind dem Schicksal überlassen. Und alle Urkunden sind verbrannt. Die Ermittlungen ergaben, dass nachlässiger Umgang mit offenem Feuer zum Brand geführt hat: Irgend so ein dummes Huhn, das zwar nur einmal pro Monat ein Ei legte, aber täglich seine Frisur auffrischte, hatte in der Eile vergessen, den Bunsenbrenner auf dem Tisch abzustellen, mit dem sie die Lockenwickler erhitzt hatte; Mullgardinen vor dem Fenster, die ein Luftzug bauschte, berührten die Flamme und entzündeten sich. Nur dass unser Volk, martialisch, wie es nun mal ist, einen Sündenbock braucht: Die Schauspieler seien an allem schuld gewesen! Diese nun – verhinderte Künstlertheatergrößen allesamt – kamen schlaftrunken, in bloßer Unterwäsche aus dem Gasthaus gestolpert. Wie vor den Kopf geschlagen, rafften sie ihre Koffer zusammen, luden sie auf einen Karren und kämpften sich durch den brennenden Ort zum Fluss. Feuersturm, eine Helligkeit wie am helllichten Tag. Gejammer und Geschrei allenthalben, viele Betrunkene. Die Feuerwehr ging als Erstes daran, die Kneipen und Schnapslager zu löschen, die Großstädter interessierten sie herzlich wenig. Sehr bald aber wurden die Schauspieler aufgehalten: Habt ihr auch kein Diebesgut auf euerm Karren? Im Nu

waren sie umzingelt von Weibern, die, erzürnt und verbittert, weil nunmehr ohne Dach überm Kopf, mit Kleinkindern am Rockzipfel, dem Pferd in die Zügel fielen, nach ihren Männern riefen: Kommt her, wir haben sie, die Brandstifter, das sind sie, schlagt zu! Nur feste! Man kann es diesen armen, ausgebrannten Frauen gar nicht krummnehmen. Die Schnapsnasen kamen gerannt, gingen den Großstädtern an die Gurgel, rissen sie in den Dreck. Frauen, die gerade Wasser schleppten, droschen mit den Eimern auf sie ein. Schlugen sie zu Tode. Die entstellten Leichname wurden zum Fluss gezerrt und versenkt. Eine spuckte einem Toten in den offenen Mund.

Frage: Hinterher stellte sich heraus, dass sie es gar nicht gewesen waren?

Antwort: Natürlich nicht. Aber was da einmal vom Zaun gebrochen war, ließ sich schwer aufhalten. Die Bauern steckten gleich noch die Getreidevorräte der Herrschaft in Brand. Die riesigen Schober brannten zwei, drei Tage hindurch, machten die Nächte zum Tag – man hätte im Schein der Flammen lesen können.

Frage: Aber Sie sprachen doch vorhin selbst von einem Bunsenbrenner, Lockenwicklern?

Antwort: Das haben sich die Kriminalisten alles aus den Fingern gesogen, um ihre Leute rauszuhauen. So ist das bei den Orotschen – eine Hand wäscht die andere. Eine wollte mal ihr Haus verkaufen. In der Nacht, bevor die Käufer kamen, brach Feuer aus, die ganze Bude brannte ab. Den roten Hahn hat ihr die eigene Verwandtschaft aufs Dach gesetzt, die nicht wollte, dass sie den Reibach macht – lieber sollte sie genauso arm dran sein wie sie. Was gibt es da nicht zu verstehen?

Frage: Und wie hat es sich tatsächlich zugetragen?

Antwort: Wie es sich tatsächlich zugetragen hat, wird keiner je erfahren. Ein Hauptmann a.D. verliebte sich in eine Kanaille wie diese Chloe, die lammfromm tat, verließ seine Frau, die sich mit ihm ein Leben lang von Garnison zu Garnison, durch halb Sibirien geschleppt hatte, verdammte den erwachsenen Sohn, der eine solche Behandlung der Mutter nicht hinnehmen wollte und dass ihm das Erbe – ohnehin nicht sehr beträchtlich, trotzdem – vor der Nase weggeschnappt wurde, verjuxte mit dieser kleinen Bettakrobatin sein ganzes Erspartes, und dann schob sie ihm in seinen *Jüdischen Krieg* anstelle des Lesezeichens, an die Stelle, wo von Antiochos' Tod die Rede ist und dass sein Sohn, gleichfalls Antiochos geheißen, den Thron erbte wie auch den Hass auf die Judäer, einen Zettel, darauf stand sinngemäß, mit vielen orthografischen Fehlern: Ich habe dich wirklich geliebt, und du warst tatsächlich mein Allererster und nicht etwa, wie du damals dachtest, dass ich mir mit der Gewandnadel in den Finger stach, damit es auf das Laken tropft. So eine bin ich nicht. Aber jetzt liebe ich einen anderen. Du weißt ja selbst, mein Lieber, mein Einziger, mein Schnorchelchen, wie so was zugeht: Plötzlich fährt ein solcher Wirbelwind dich an, packt dich am Kragen und schleudert dich in den Himmel, da wirst du gar nicht erst gefragt. Er fand den Zettel, las ihn, nun ja, es blieb ihm ja nicht mehr viel an Jahren, bei dem schwachen Herz. Das Häuschen kam unter den Hammer. Immerhin hatte er eine ziemlich hohe Versicherung laufen. Der Hauptmann ging zum heiligen Nikolaus beten, fiel vor der Ikone auf die Knie: O du, auf dessen Namen ich getauft bin, hilf mir, zeige mir einen Ausweg! Hob den Kopf und sah das Flämmchen einer Opferkerze flackern. Ging in einen Laden und kaufte eine Kerze, gute zwei Pfund schwer. Ging nach Hause, probierte, überschlug: Pro Stunde brennt die Kerze einen Zoll ab. Er maß den Kerzenschaft – es ergab achtzehn Stunden ungefähr. Er stellte sie unter die Treppe, umgab sie mit allerlei brennbarem Plunder, goss Petroleum dazu. Entzündete den Docht, bekreuzigte sich und fuhr nach Moskau – Herr, alles liegt nun in Deinen Händen! Gegen zwei Uhr nachts musste die Kerze heruntergebrannt sein, so rechnete er sich aus. In Moskau fuhr er ins feine Jar, trank Champagner, ging gegen eins auf die Toilette, begegnete auf dem Gang einem Mann, dem er die Faust ins Gesicht schlug. Skandal, Polizei. Ein Protokoll wurde aufgesetzt: Heute Nacht um die und die Zeit ist

Sünder Soundso, der Liebe schuldig, handgreiflich geworden und zur strafrechtlichen Verantwortung zu ziehen. Zur selben Stunde stand das Haus schon in Flammen. Gegen drei Silberlinge Entgelt bekam der Mann vom Reviervorsteher eine Kopie des Protokolls gleich in die Hand. Die Versicherungsprämie wurde umstandslos ausgezahlt. Das Geld schickte er alles dem Sohn. Behielt nichts für sich. Keinen Rubel. Keine Kopeke.

Frage: Vertauscht, nun ja, kann sein. Vielleicht sind wir das ja alle.

Antwort: Aber das geschah alles erst später. Neun Monate davor hatte es eine unbefleckte Empfängnis gegeben.

Frage: Ach was.

Antwort: Darüber schrieben sogar die Zeitungen.

Frage: Sie meinen die Geschichte mit dem Rohr?

Antwort: Jawohl. Daphnis' Mutter arbeitete auf einer Schiffswerft. Da war ein Rohr zu entrosten. Von außen kein Problem, aber es sollte auch von innen geschehen. Das Rohr war gerade so dick, wie ein Mensch breit ist. Sie kroch auf allen vieren erst ganz hinein und dann rückwärts, Stück für Stück mit gerecktem Hinterteil wieder hinaus. Zuletzt war der Hintern schon draußen, sie selber noch drin. Und da geschah es. Sie zuckte und zappelte, kam freilich nicht aus den eisernen Fängen, schrie, ihre Stimme verwehte es ans andere Rohrende, Kamineffekt. Als es vorbei war, kroch sie nach draußen, zog sich den Slip hoch, Wollschlüpfer, dicke Strumpfhosen, Wattehosen – und nirgends einer zu sehen. Schnee fiel. Nicht einmal frische Spuren gab es, nur alte, überpuderte. Es schneite Riesenflocken, wie Kinderhände so groß. Von wegen goldene Strahlen, goldener Regen, Schwäne und Tauben, das gibt es nur bei den anderen – bei uns fällt im Winter Schnee.

Frage: Augenblick mal, das geht jetzt in die falsche Richtung. Auf die Art geraten Sie schnell in graue Vorzeiten: bis zu jenem Urahn, der einmal zu einer Traubenkur am Genfer See weilte und Paganini kennenlernte, welcher damals schon an allgemeiner Entkräftung und beginnender Lähmung des Atemapparats litt und sich beim Sprechen mit zwei Fingern die Nase zuhielt, was einigermaßen komisch wirkte, während die Vorfahren einer anderen, inzwischen ausgestorbenen Linie zur selben Zeit Krebse fingen: Sie nahmen eine tote Katze, hackten ihr die Pfoten ab und steckten die in die Krebshöhlen.

Antwort: Sie haben recht. Zeit ist im Winter eine rutschige Angelegenheit. Der Fuß kommt ins Schlittern, und es ist ungewiss, wo und wann man aufklatscht. Hast du nicht gesehen, steckst du im Russisch-Türkischen Krieg! Und kannst von Glück reden, wenn nur in den Schneewehen am Schipkapass. Schlimmerenfalls hockst du in einem Loch, dessen Namen keiner kennt, wo Zeitungen, wenn überhaupt, im Bündel eintreffen. Du greifst nach der jüngsten Ausgabe, Mascha!, brüllst du deiner Alten ins Ohr, General Ganezki hat Plewna eingenommen, hörst du, Mascha? Osman Pascha hat sich bedingungslos ergeben! Während sie, die wie immer alles der Reihe nach liest, dich missmutig anzischt: Kannst du nicht abwarten? Da bin ich noch lange nicht, ich bin erst vor Dolni Dubnik, da belagern sie demnächst die Festung.

Frage: Hören Sie, so kommen wir im Nu auf die alten Griechen! Dann ist Xenophon nur eine Frage der Zeit. Aber vorher muss es noch eine Schlacht geben, die Hellenen müssen den Paian anstimmen, das werden Sie doch wohl einsehen? Wir müssen in die andere Zeitrichtung! Alles schön der Reihe nach! Wir waren im Mlywo. Ja?

Antwort: Wir *sind* im Mlywo, hier hat die Zeit keine zwei Enden, sie ist überhaupt schwer zu begreifen, und draußen ist Winter.

Frage: Wie ging es weiter?

Antwort: Sie wurden von Räubern überfallen. Das heißt wir, Chloe und ich. Wir oder ihr, das ist einerlei. Sind doch sowieso alle vertauscht worden. Du bist gar nicht du. Ich bin nicht ich. Wir sind nicht wir. Sie sagten ja selbst, wir seien nur Handschuhe. Fäustlinge, die der Geschichte im Winter übergestülpt werden, als Schutz gegen den Frost.

Frage: Hm … Wir sollten wohl mal eine Pause einlegen.

Antwort: Was wollen Sie damit sagen? Glauben Sie mir nicht, dass wir von Räubern überfallen wurden?
Frage: Ich weiß nicht. Wer ihr wirklich seid, kriegen wir sowieso nicht raus. Ihr kommt hier rein in mein Fischkabinett, erzählt etwas, das nicht ist und nie war, stottert, ächzt, schnieft, greint mir was vor, zeigt ärztliche Bulletins, krempelt Hosen und Pullover auf, um Narben vorzuweisen – als ließe sich so besser glauben, dass ihr am Haken gehangen habt. Ihr bittet um Wasser, wischt euch Rotz und Tränen mit Papiertaschentüchern ab, von denen immer ein Päckchen vor euch auf dem Tisch liegt, wisst nicht, wohin mit den Händen, knabbert an den Nägeln, polkt Splitter aus den Fingern, kratzt einen Mückenstich am Knöchel auf, aber in Wirklichkeit gibt es euch gar nicht. Da lob ich mir die alten Griechen! Schon von hier oben aus dem zweiten Stock kann man sehen, dass das Heer der Barbaren wie eine dunkle Kruste die Erde überzieht. Und hier die Reihen der Hellenen, in gespannter Erwartung verharrend, noch stehen die Krieger Schild bei Fuß. Der Lakedaimonier Klearchos hält den rechten Heeresflügel am Euphrat, Proxenos, der Boioter, schließt sich an, Menon mit den Thessaliern hält den linken Heeresteil der Griechen. Kyros steht mit seinen Barbaren noch weiter links. Durch die Reihen der Phalanx geht ein Raunen hin wie ein Windstoß, da macht die Parole zum zweiten Mal die Runde: Zeus, der Retter und Sieg! Die letzten quälenden Minuten vor der Schlacht dehnen sich ins Unerträgliche. Schon waren die stumm heraufziehenden Perser kaum mehr zwei Stadien entfernt, als die Griechen den Paian anstimmten und gegen den Feind vorzurücken begannen. Als beim Vormarsch der linke Teil der Schlachtreihe vorauswogte, begann der zurückbleibende Teil im Lauf nachzueilen; zugleich erhob sich das Kriegsgeschrei, das sie dem Enyalios zu Ehren anstimmen, und nun rannten alle. Die Soldaten schlugen mit den Schilden gegen die Speere, um den Pferden Schrecken einzujagen. Die Armeen prallten zusammen, fuhren ineinander und verhakten sich wie zwei Kämme.

Antwort: Sie denken wohl, als Handschuh habe ich von nichts eine Ahnung? Null? Ich bin ein Handschuh, mag sein – aber ein denkender! Meinen Sie, ich wüsste nicht, dass Winterland das Eine ist und Mlywo etwas ganz anderes? Im Winterland weht es das Leben bei Rot über die Straße wie Pulverschnee, hopp und weg; im Mlywo ist der Schnee vom vergangenen Jahr da – nass und pappig, lässt sich gut zu einer lockeren, duftigen Kugel rollen, mit Eschensamen inwendig, außen erdbeschmiert, als Baustein für eine Burg. Die unzugänglich sein soll. Uneinnehmbar. In dieser Burg ist alles Mögliche gelagert, auch ein Vorrat an Schneebällen, um die Jungs von der Straße zu vertreiben, in der die Orotschen wohnen. Was im Winterland war, das ist alles dahin. Im Winterland geht alles vor die Hunde. Der Sommer, die Kindheit. Ihre beiden zum Beispiel, Daphnis und Chloe, wurden als Kinder in ein und denselben traurigen Zoo geführt. Da schwimmen Brotrinde und Bonbonpapiere in einem Becken voller Entengrütze. Klebriges Eis läuft die Unterarme hinab. Im Affenzwinger wird gerammelt. Sägespäne, uringesättigt. Penetranter Tiergeruch. Durchgedrehte Raubkatzen in rostigen Käfigen, gepeinigt von Hitze und Melancholie. Die Kassiererin in der Bude, auch sie schon halb irre vor Enge und Bedrängnis, tobt hinter ihrer Luke. Und dann, als das Tauwetter einsetzte, ist dieser ganze Winterlandzoo mitsamt Tieren, Käfigen, Gerüchen und der Kassiererin in der Bude dahingeschmolzen. Alle tot: die Tiere, die Gerüche, die Kassiererin. Dagegen hier, im Mlywo, ist alles so geblieben, wie es war, Zoo bleibt Zoo, weder den Tieren noch der im schwarzen Wasser gammelnden Brotrinde und dem Eis an den Handgelenken wird etwas geschehen, die Kassiererin in ihrer Bude wird allzeit toben und niemals sterben. Im Winterland ist womöglich gar keine Chloe mehr da, im Mlywo füttert sie ihre Puppe mit Papierfetzen wie immer. Auf dem Friedhof wachsen Walderdbeeren, doch die Oma hat gesagt, was hier wächst, soll man nicht pflücken und essen, denn das ärgert die Toten, und sie könnten sich rächen; dort auf dem Friedhof, zwischen Toten und Grabsteinen, kommt sie sich auf einmal unerhört lebendig vor. Am ersten Ferientag hüpft sie von der Vortreppe in den Garten und landet mit dem nackten Fuß auf einem im Gras liegenden Rechen. Sie bastelt aus einem Schuhkarton ein Haus, schneidet eine Tür aus, steckt eine Hand hinein, klopft mit der anderen an und fragt: Darf ich reinkommen? – lässt die andere Hand aber nicht ins Haus. Sie hat ein Stück Eierkuchen auf die Gabel gespießt und hält es Mama hin, stößt ihr die Gabel aus Übermut in den Mund, dass die Zinken in den Gaumen stechen und Blut fließt. Sie sehnt sich danach, dass der Vater sie ins Bett bringt und erzählt, wie die Pantoffeln, stellt man sie fein ordentlich vor das Bett, des Nachts in wunderbare Länder laufen und Träume von da mitbringen, die sie den Kindern unters Kopfkissen legen. Sie lernt das Tauchen – Oma ist dagegen, Opa sagt: Tauchen ist gesund! –, und wenn ein Mädchen genauso stark und furchtlos sei wie ein Junge, das könne im Leben nicht schaden. Den Schlüssel legt sie immer unter den Ziegelstein links von der Außentreppe, da, wo der Phlox steht; als sie einmal den Stein anhebt, ist da ein Tausendfüßler. Nachts versucht der Heckenrosenstrauch seine Zweige durch das Fenster zu schieben. Ihr wächst die linke Brust, die rechte aber nicht. Sie betrachtet sich im Spiegel: Eklig, das alles, und der Finger riecht nach Zoo. Sie denkt: Wo bin ich ich und wo nicht? Ist die Haut die Grenze? Ist sie nur mein Doppelgänger? Ist sie der Sack, in den sie mich gesteckt haben, um mich irgendwohin zu schleppen? Was bleibt von mir, wenn man den Körper abrechnet? Auf der Datscha kommt, wenn man nach ihm pfeift, ein pickliger Hütejunge über den Zaun gestiegen. Er ist verlegen, weil er ihren Augen ansieht, dass sie mitbekommen hat, wie er gestern Nacht, als sie ins Bett ging, im Fliederbusch saß und spannte. Es gibt Federballschläger, aber keinen Federball. Sie probieren es mit Kiefernzapfen. Die fliegen weg mit hellem Klang, man sieht sie nie wieder. Ein Tischtennisball findet sich an. Der Wind weht ihn gleich in die Brennnesseln. Was starrst du? Geh und hol ihn! Er geht hin, saugt geräuschvoll Luft ein, die Nesseln brennen. Peitscht mit dem

Schläger auf das fiese Grünzeug ein. Schiebt den Ball in die Hosentasche, und sie gehen zum Fluss. Vom knarrenden, morschen Steg spucken sie, über das regenfeuchte Geländer gebeugt, ins brackige Wasser der Kljasma. Im Sonnenkegel darüber ist ein geballter Mückenschwarm zu sehen. Spucken sie gleichzeitig, bildet sich auf dem Wasser eine auseinanderlaufende Acht. Ins Geländer sind Namen geschnitzt, die mit dem Holz vor sich hin gammeln. Er will das Messer hervorholen, dabei springt ihm der Tischtennisball aus der Tasche, stippt gegen den Balken und klatscht aufs Wasser – genau in Chloes Spiegelbild, da, wo das weiße Höschen schimmert. Aber das ist nicht Daphnis. Daphnis ist der, der nicht einschlafen kann und zusieht, wie die Mutter sich im Dunkeln entkleidet, den Unterrock auszieht, der dabei blaue Funken schlägt. Seine Freunde und er haben sich eine eigene Waffe ausgedacht: ein Stehaufmännchen hergenommen, ins schwere Ende einen Nagel eingeschlagen, den Nagelkopf abgesägt, den Schaft spitz gefeilt. In den Hohlkopf des Männchens kam ein kreuzförmiger Schnitt, dahinein steckten sie Pappstreifen als Leitwerk. Schleudert man dieses Gerät wie einen Stein, schlägt der Nagel auf zehn Schritt Entfernung glatt durch ein Brett. Die Großmutter flickt die Löcher in seinen Hosen und brummt, heutzutage könne keiner mehr den Hals voll genug kriegen, dagegen seinerzeit im Lager … Dort war sie nach der Entlassung freiwillig als Feldscherin geblieben. Es gab in der Nähe ein Kinderheim, aus dem die Kinder ständig zu ihnen in die Zone gelaufen kamen, um zu betteln, etwas zu essen oder Kleider; aus Mitleid hat sie den Toten die Jacken ausgezogen und den Kindern gegeben. Einmal ist er mit seiner Klasse im Museum gewesen, da gibt es ein Bild: *Der letzte Tag von Pompeji*, auf dem man die Leute kurz vor ihrem Tod sehen kann, wenige Minuten noch, dann sterben sie. Übers Jahr sind sie noch mal da gewesen, und die Todgeweihten auf dem Bild haben immer noch ihr letztes Stündlein gefristet. Alljährlich am ersten September gibt es eine rituelle Prügelei zwischen den Schulen – mal siegen die Orotschen, mal die Tungusen. An Feiertagen gehen alle zum festlichen Schamanenritual. Der Oberschamane der Region steht auf der Tribüne vor dem Denkmal in der zentralen Grünanlage. Das Denkmal besteht aus einer Figurengruppe aus Granit: der Held, der von ihm gerettete Kommandeur und ein Pferd. Jemand hat bei irgendeiner Gelegenheit einmal einen Kommandeur gerettet, hat ihn auf seinem Rücken vom Schlachtfeld getragen, dann schlugen sich die beiden zu den eigenen Leuten durch, zwei Tage ohne Wasser, bis der Held irgendwo ein paar Schlucke für den Kommandeur besorgen konnte; selbst trank er Pferdepisse. Nach der Séance spricht der Schamane, immer noch schwer atmend, die Schellentrommel wie einen Fächer wedelnd, ins Mikrofon: Alle seid ihr auf der Suche nach etwas. Und dann zeigt sich: Es braucht nicht mehr als ein bisschen Winter, um glücklich zu sein. – Von einer Nachbarin erfährt der Junge vom Mlywo. Ihre Brillengläser sind so dick, dass es aussieht, als wären die Augen hineingeschliffen, und wenn sie die Brille abnähme, dann die Augen gleich mit. Daphnis zu ihr: Mlywo, das gibt es doch gar nicht. Das ist doch alles Winterland. Darauf sie: Doch, doch, man kann es nur von hier nicht sehen. Alles Entlegene scheint nicht zu existieren, Gott zum Beispiel oder das Huhn, dessen Federn bis zur Hühnerauferstehung in deinem Kopfkissen stecken, oder meinetwegen irgendwelche Feuerländer. Sie sind einfach nur sehr weit weg. Da braucht es schon eine *Beagle*, um hinzugelangen. Hier, lies mal! – Die Mutter hat sich müde von der Arbeit nach Hause geschleppt, wäscht sich die Hände, die blau sind vom Blech der Konserven, die sie geöffnet hat; sie verdient als Reinigungskraft in einer Sonntagsschule der Kirche dazu, und wenn dort humanitäre Hilfe eingeht, werden die Büchsen vor der Verteilung geöffnet, andernfalls würden sie weiterverkauft und das Geld versoffen. Der Sohn pubertiert in einer Einzimmerwohnung mit ihr, es gibt kein Intimleben. Nebenan baut ihr Betrieb gerade Hochhäuser. Sie hat sich in die Warteliste eingetragen; nichts bewegt sich. Also hat sie den Jungen ins Ferienlager geschickt und sich entschlossen. Sich etwas Nettes angezogen,

geschminkt und parfümiert, so geht sie zum stellvertretenden Direktor in die Sprechstunde. Er ist kurz angebunden: Lassen Sie den Antrag da – um gleich noch anzufügen, er müsse natürlich selbst vorbeikommen und sich von ihren Wohnverhältnissen überzeugen. Am vereinbarten Tag steht er mit Diplomatenkoffer vor der Tür. Der Tisch ist schon gedeckt, Dmitri Dmitrijewitsch!, flötet sie. Sie kommen von der Arbeit und werden hungrig sein, stärken Sie sich erst mal, ich hab Kohlrouladen gezaubert, koche ganz gut, und zumal für so einen Gast! Er klappt den Koffer auf und zieht eine Flasche Kognak hervor. Sie stellt Gläser auf den Tisch, er schenkt aus. Trinken wir, liebe Tatjana Kirillowna ... ach, wissen Sie, nicht auf die Wohnung, die spielt hier keine Rolle, nein, trinken wir auf ... Jemand hat mal behauptet, dass jeder Mensch ein Loch von der Größe Gottes in seiner Seele habe, das ist natürlich Quatsch, aber ... jeder hat so ein Loch von der Größe der Liebe! ... Auf ihr bringt er sich mit ordinären Flüchen in Stimmung, erschlafft dann schnell, wälzt sich herunter wie ein Sack, atmet schwer und schluckt krampfhaft, eines ihrer langen Haare ist ihm in die Kehle geraten, es lässt sich weder verschlucken noch aushusten, er schiebt den Finger so tief in den Schlund, dass er sich beinahe übergeben muss. Schließlich liegen sie Bein an Bein, die Oberschenkel kleben aneinander: Verzeihen Sie, Dmitri Dmitrijewitsch, ich schwitze sehr! Er fängt an, den Schweiß von ihr abzulecken. Kriecht ein zweites Mal hinauf ... Die Zweizimmerwohnung bekam sie.
Frage: Die Streitwagen der Perser kommen zurückgerast, mitten ins Gewühle des gegnerischen Heeres, fegen die Reihen auseinander, das Blut derer, die unter die Radsicheln geraten, spritzt. Die Barbaren weichen und fliehen. Da verfolgen die Griechen sie nach Kräften, mahnen einander jedoch, nicht wild draufloszurennen, sondern in Schlachtordnung zu folgen. Als Kyros sieht, wie Klearchos die gegenüberstehenden feindlichen Abteilungen besiegt und verfolgt, freut er sich und wird bereits von den ihn Umgebenden als Großkönig begrüßt. Kyros stürzt sich mit sei-

nem Gefolge ins Schlachtgetümmel, dahin, wo in den Strahlen der bereits untergehenden Sonne der goldene Adler am langen Lanzenschaft prangt. Als Kyros nun den Großkönig erblickt und den ihn umgebenden Heerhaufen, da kann er plötzlich nicht mehr an sich halten, sondern stürmt mit dem Ruf: Ich sehe meinen Mann! auf Artaxerxes los, denn er mag die Gelegenheit, mit dem Bruder die Kräfte zu messen, nicht versäumen. Er schleudert seinen Speer auf den König und trifft ihn durch den Panzer hindurch in die Brust, sodass die Spitze zwei Fingerbreit eindringt und der König von dem Aufprall vom Pferde stürzt. Während in seiner Umgebung Flucht und Panik einsetzt, rafft er sich auf und erreicht mit wenigen einen nahe gelegenen Hügel und rastet. Den Kyros, der unter die Feinde gerät, trägt sein unbändiges Pferd weit hinweg, während er bei schon einbrechender Dunkelheit von den Feinden nicht erkannt und von seinen Freunden gesucht wird. Von Stolz geschwellt über seinen Sieg und voll von Leidenschaft und wildem Mut, sprengt er durch die Reihen mit dem Ruf: Aus dem Wege, elendes Pack! Doch ein herbeieilender junger Perser namens Mithridates trifft ihn mit seinem Speer in die Schläfe neben dem Auge. Da durch die Verwundung ein starker Blutverlust eintritt, wird Kyros schwindlig und ohnmächtig und stürzt, und das Ross läuft davon und tollt herum, und die über und über mit Blut bedeckte Satteldecke, die vom Rücken des Pferdes gerutscht ist, nimmt Mithridates' Diener an sich.

Antwort: Nein, das stimmt alles nicht! Man muss ganz anders anfangen! Wissen Sie was? Streichen Sie alles Bisherige! Wir müssen da einsteigen, wo es am interessantesten ist. Wo Daphnis etwas mit Lykainion hat und Chloe mit Pan. Ha! Genau da! Also, Daphnis hatte einen Nachtjob im Fleischkombinat, er entlud Kühlwagen mit Rinderhälften. Einmal kam er heim in sein Kämmerlein, das er sich mit dem Medizinstudenten teilte, der Morgen graute, die rosenfingrige Eos, die Frühgeborene, hatte sich noch kaum erhoben, der Mediziner nicht da, aber Lykainion. Er fand die Krankenschwester auf seinem Bett liegend vor, lasziv hingestreckt, die Augen von Liebe umflort, das gelöste Haar auf dem Bett ausgebreitet, es zur Hälfte bedeckend. Mit Chloe, vergaß ich zu sagen, war er bis dahin noch nicht weit gekommen: Sie hatte sein Haar den Myrten verglichen und er sie die Syrinx blasen gelehrt, aber wenn sie anfing, in das Rohr zu hauchen, riss er es ihr weg und ließ selbst die Lippen über die Halme laufen; und scheinbar zeigte er ihr, was sie falsch gemacht hatte, in Wirklichkeit aber küsste er Chloe mithilfe der Syrinx recht schicklich ab; später küssten sie einander, umarmten sich und lagen beisammen, standen aber wieder auf, ohne mehr getan zu haben. Auch vergaßen sie das Essen nicht und tranken Wein, den sie mit Milch gemischt hatten. Lykainion rauchte und sprach: Du liebst Chloe, Daphnis. Das habe ich heute Nacht von den Nymphen erfahren. Im Traum erzählten sie mir auch von deinen gestrigen Tränen und befahlen mir, dir zu helfen und dich zu lehren, was man tun muss, wenn man liebt. Das sind aber nicht Küsse und Umarmungen und das, was Widder und Böcke tun; du liebst die Worte; Worte sind für dich süßer als Küsse. Dabei verderben sie nur alles. Komm her! Er wollte etwas sagen, doch sie legte ihm die Hand auf den Mund: Ich weiß schon alles! Als sie sich von ihm erhob, tropfte das Sperma aus ihr auf seinen Bauch. Sie nahm es mit der hohlen Hand auf, verrieb es auf ihrer Brust. Die beste Creme!, sagte sie lächelnd. Dann stand sie auf, hüllte sich in ihr Haar und trat zum Fenster, wobei es auf dem Parkett seltsam klackte. Sie riss die Vorhänge auf. Nun erst bemerkte er, dass sie Ziegenhufe hatte. Sie kam zurück, setzte sich aufs Bett, warf sich die Haare auf den Rücken und schlug die Beine übereinander. Rauchte noch eine Zigarette, wippte mit dem Huf. Einen Strahl Rauch ausstoßend, sagte sie: Ich bin gewiss nicht, was du denkst. Nicht die mit dem Zopf, auch nicht die mit der Sense. Ich bin eine Schwester der Barmherzigkeit. Die Barmherzigkeit und ich, wir sind Schwestern. Was tut's, dass ich Paarhufer bin? Bei dir sind einfach noch nicht alle Gefühle im rechten Maß, manche müssen erst noch wachsen. Du wirst viele Frauen lieben – mehr, als deine Flöte Halme hat.

Glaub mir das, denn ich bin älter als Kronos und alle Zeit. Und Daphnis nimmt die Suche nach seiner Chloe wieder auf; ein denkender Handschuh ist immer schon verloren. Das sieht dem Winterland ähnlich, dass ein verlorener Handschuh nach Ich-weiß-nicht-wohin geht und Ich-weiß-nicht-was sucht. Während im Mlywo alles ganz überschaubar zu sein hat. Hier der Anfang, da das Ende. Alles vorherbestimmt durch einen prophetischen Traum. Denn nicht die Weissagung ist für den Gang der Dinge erheblich, sondern die Flucht nach Ägypten, die zur Weissagung führt. Und wird am Ende geweissagt, dass wir nach Winterland zurückkehren, dann tun wir das eben. Ja, wirklich, das gehört alles ganz anders aufgezogen! Den Handschuh austauschen *und* die Geschichte! Also, dann wollen wir mal. Als Erstes die handelnden Personen. Im Winterland, wenn es taut, kann so ein Fäustling, in eine Pfütze gefallen, sich die Verwandlung in einen Waschlappen vielleicht noch leisten, ehe die Nachtfröste ihn hart wie Stahl machen. Im Mlywo ist für Waschlappen von vornherein kein Platz! Hier setzen sich die Handschuhe unerreichbare Ziele und gehen mit einer Beharrlichkeit, die kein Sterblicher an den Tag zu legen weiß, darauf zu – wie der Jägersmann, der den Elch verfolgt, den Sonnendieb. Nur so wird man eine Sternenloipe hinterlassen! Daphnis muss das Unmögliche versuchen, dem Reich des Gutbösen die Stirn bieten und es bezwingen, er ganz allein! Nur im Winterland sind Handschuhe am liebsten beisammen, machen sich gemeinsam flach, um in eine Tasche gesteckt zu werden – hier hingegen wird alles auf eine Karte gesetzt! Daphnis muss nicht nur in einem stecken gebliebenen U-Bahn-Wagen Geburtshilfe bei einer betrunkenen Obdachlosen leisten, die hier zufällig niederkommt, muss die Nabelschnur mit dem Taschenmesser durchschneiden, das er vorher mit dem Rest aus der Wodkaflasche dieser Frau desinfiziert hat, muss den neuen U-Bahn-Bürger in sein Jackett hüllen – das kann jeder, nein: Von seinem Wagemut, seinem Augenmaß, seiner Flinkheit, seinem Nachdruck, seiner Bürde an Wissen, vor allem aber seiner Aufopferungsbereitschaft (und das nicht für irgendeine Chloe, sondern etwas Gewichtigeres, Unsterblichkeit zum Beispiel oder jenen Denkmalkommandeur, der lieber verdurstet wäre, als Pferdepisse zu trinken), von ihm also wird etwas ungleich Wichtigeres abhängen, zum Beispiel: Soll dieses Konstantinopel, sollen Bosporus und Dardanellen wieder den Orotschen gehören oder nicht? Alaska? Die Aktion muss selbstverständlich kurz vor Ausbruch eines Krieges erfolgen – damit es auch wirklich alle angeht. Und Daphnis opfert sich: Beim Verlassen des Fahrstuhls urplötzlich im Epizentrum des Weltgeschehens stehend, vereitelt er das Attentat auf den englischen Gesandten und rettet Tausende Leben vor den Schlachtfeldern eines überflüssigen Krieges! Ein liebendes Herz ist stärker als jedes gutbösartige Imperium! Oder wenigstens könnte er seine Haut zu retten versuchen, was nicht weniger menschlich ist. Dort, im Winterland, kann Daphnis seine Chloe sitzen lassen und über alle Berge fliehen, sich hinter den Kartons auf dem Tieflader verkriechen, Schlaftabletten schlucken, zwei Plastikflaschen im Arm, eine zum Trinken und eine zum Pissen, dort geht das, aber hier im Mlywo muss er nach Ich-weiß-nicht-wo gehen und das Ich-weiß-nicht-was finden, um den Tod zu zwingen, und das bis Freitag. Und das wird er, keine Bange! Aber noch etwas spielt eine Rolle: Welcher Held ließe sich vorstellen ohne eine genaue Beschreibung seines Äußeren? Dieser Hirtenjunge und sein Hirtenmädchen sind doch so leicht mit anderen Hirtenkindern zu verwechseln! Personen müssen aufs Tapet, die man im Kopf behält – nicht wie auf einer Winterland-Cocktailparty, wo einem fünfzehn Leute auf einmal vorgestellt werden, und hinterher kann man sich an keinen Namen und keine Nase erinnern! Mit Daphnis' Äußerem haben wir kein Problem, da genügt es, wenn Sie mich anschauen – aber Chloe, wie soll ich sie beschreiben? Am besten so: Vergegenwärtigen Sie sich das Porträt einer jungen Frau des florentinischen Malers Lorenzo di Credi (1459/60–1537), Öl auf Holz, im Metropolitan Museum – man nimmt nicht die Haupttreppe, sondern die nächste, geht durch das Mittelalter ganz durch und dann nicht auf Tizian zu, sondern gleich links ab, da hängt es neben der Tür zur ersten Etage, aber aufpassen, man übersieht es leicht und geht dran vorbei. Das ist ihr genaues Abbild. Sie ist im Halbprofil dargestellt, trägt ein schwarzes Kleid und hält einen Ring zwischen den Fingern, der anscheinend noch eine wichtige Rolle spielen wird, da er in dieser Geschichte schon zum zweiten Mal auftaucht. Und noch eins ist wichtig: Bei dieser Fülle von handelnden Personen sollte man von Anfang an zu verstehen geben, wer die Hauptrolle spielt, damit erst gar kein Durcheinander entsteht und jemand denkt, es ginge um das Wort. Hier haben wir Chloe. Nicht bloß eine, die sagt, man dürfe das Böse nicht in sich festhalten, denn davon bekomme man Krebs, also müsse man sich seiner entledigen, es weitergeben. Nicht bloß eine, die in den Sumpf stieg, Binsen pflückte, sich einen Grillenkäfig flocht und über dieser Arbeit ihre Schafe vergaß. Nein! Es ist die, deren Brustwarzen abstanden wie zwei Stachelbeerchen, die, die im Café heimlich Schmutz von den Fingernagelrändern gepult und dem Speiseeis beigegeben. Sie war es, die gerufen hatte, sie habe keinen Verstand, aber eine Gebärmutter und wünsche daher in Liebe ein Kind zu gebären. Oder nein, das wird sie erst noch rufen, später, wenn sie sich eine andere Geschichte über die Faust stülpt, vorerst spricht Chloe so: An Gott glauben nur die, die im Morgen leben, ich aber lebe ganz im Heute. Ich bereue nicht im Geringsten, diesen Weg gewählt zu haben – er hat mich frei und stark gemacht. Und das Mlywo bewirkt an Chloe wahre Wunder! Ist sie im Winterland nicht eben schön, so hier noch viel hässlicher, ihr Hass ingrimmiger, ihre Liebe leidenschaftlicher. Ist sie dort schon zu nichts nütze, so hier erst recht, und will desto mehr geliebt sein, und die Einsamkeit bei Nacht ist im Mlywo noch unerträglicher als im Winter. Und sie ist vor niemandem verpflichtet, eine Idealfigur abzugeben – makellose Handschuhe langweilen nur. Im Friseurladen mit den Köpfen reicher Tussis beschäftigt, könnte sie einen Groll auf das Leben hegen und meinen, sie zartes Eintagsküken wüsste das Geld doch viel besser zu gebrauchen als diese alten Schachteln. Ist das Objekt der Missgunst jung und schön, wird der Unmut davon nicht geringer, im Gegenteil. Und wer könnte die arme Chloe im Grunde seiner Seele nicht verstehen? Einmal, als sie ihre Kundin für einen Moment allein lässt und an dem teuren Pelzmantel auf dem Bügel am Haken vorbeikommt, zieht sie kurz und unauffällig die Klinge des Rasiermessers darüber hin. Keiner kommt darauf, sie auch nur zu verdächtigen. Und all diese Bahnhofsgeschichten! Sie genoss geradezu ihre selbst geschneiderte Rolle, steigerte sich hinein: engelhaftes Waisenkind, auf der Müllkippe des Lebens gelandet. Zum Studium angereist, beraubt worden, vergewaltigt – so die Legende. Ihr gediegenes Make-up – sie ist gelernte Visagistin – wird überschminkt. Eine Spur Blau an die unteren Lider, um eine leichte Erschöpfung anzudeuten, die der Schönheit und Attraktivität keinen Abbruch tut. Der makellosen Maniküre werden winzige Trauerränder verpasst. Die prallen Lippen etwas bleicher getönt. Leicht derangiertes Outfit, nicht abstoßend. An sichtbarster Stelle – der schmalen Schulter – klafft die Ärmelnaht, darunter ist eine kleine Schürfwunde zu erkennen. Nur im Winterland heiratet Chloe jedes Mal den Spatz in der Hand, im Mlywo strebt sie nach Unerreichbarem. Daphnis muss bis Freitag das Geheimnis der Unsterblichkeit finden und sie – Daphnis. Und jedes Mal, wenn sie denkt, da ist er ja, mein Lieber, mein Einziger, mein Schnorchelchen – in ihren Armen, da ist es wieder nicht Daphnis, sondern Pan, der hat die Pitys geliebt, hat die Syrinx geliebt, nie hört er auf, die Dryaden zu plagen, und lässt den Nymphen keine Ruhe. Einmal, sie weidete Ziegen, spielte und sang, trat Pan als Daphnis vor sie hin und wollte sie zu seinen Wünschen bereden, versprach, all ihre Ziegen sollten Zwillinge werfen, sie gab ihm, was er begehrte, und er, befriedigt, vollführte noch ein paar federnde Sprünge durch das Zimmer, als wäre es ein Boxring, markierte auch ein paar Schläge gegen einen unsichtbaren Rivalen. Brust und Schultern glänzten wie ein Harnisch vor Schweiß. An einem Nagel über dem Sofa hingen die Boxhandschuhe, im Schrank hinter Glas standen Siegerpokale. Daphnis, rief sie, mein Geliebter! – Warum hast du nicht gesagt, dass es dein erstes Mal war, Dummchen!, sagte Pan. Chloe, den Irrtum gewahrend, reagierte nüchtern. Gib mir die Handschuhe! Pan, belustigt ob so viel jungfräulicher Keckheit, half Chloe sie anzuziehen, sie waren groß und schwer wie Ledersofarollen. Er hob die flache Hand: Schlag zu! Aber Chloe schlug ihm überraschend nicht auf die Hand, sondern ins Gesicht, und gleich noch mal und noch mal, so hart sie konnte, wütend und verzweifelt. Verdutzt sprang Pan zurück, befühlte seine Nase, dann lachte er: Aber hallo! Er fing an, ihren Vorstößen auszuweichen, dabei sprang er kreuz und quer durch den Zimmerring, mit Seitfallschritten mal nach links, mal nach rechts, dabei gab er ihr einen Klaps auf den Hintern. Weiter so! Immer feste! Dass sie keine Treffer mehr im Gesicht landen konnte, entfachte ihre Wut. Sie fegte versehentlich ein Glas vom Tisch. Die Vase vom Fernseher schon mit Absicht. Dann ging sie zu den Scheiben der Vitrine und den Pokalen über. Mit einem Kinnhaken setzte Pan sie außer Gefecht. Verheult, die Hand am schmerzenden Jochbein, trollte sie sich nach Hause. Legte sich Schnee auf die Wange. Aus dem grauen Himmel rieselte es leicht und hell. Unterwegs ging sie noch in einen Laden, Milch für die Katze kaufen. Chloe hatte eine Katze, die es liebte, wenn Besuch kam und sie sich von Hand zu Hand schmeicheln konnte. Jetzt, solange keiner anwesend war, sprang sie ins Fenster, machte es sich in der offenen Luke bequem und fing mit der Pfote Schneeflocken. Dann gähnte sie – und keiner war da, der ihren großen, gerippten Katzenrachen bestaunen konnte. Alles Unsichtbare übt einen Reiz aus. Und wenn man vom Handschuh spricht, muss man das Sichtbare ebenso wie das Unsichtbare von ihm wissen. Denn von diesem Unsichtbaren gilt es zu berichten. Chloe nicht vor sich zu haben und doch alles von ihr zu wissen, jede Kleinigkeit, auch wie sie zur Tunguska Wasser holen geht und das Beil mitnimmt, um die Eisschicht aufzuhacken, die das Loch schon wieder bedeckt. Um nicht ständig gehen zu müssen, haben Chloe und ihre Mutter kubanische Zuckersäcke voll mit Eisbrocken in der Kälte der Scheune liegen, damit füllen sie ein Fass in der Küchenecke, worin das Eis dann vor sich hin taut. Und kurze Zeit nach dem Eisgang kann man das Haus schon wieder nicht mehr ohne Mückennetz verlassen. Man zieht Wattesklamotten an, fettet sich mit Wagenschmiere ein. Geht man in den Wald, ist schon auf dem Weg dorthin das dichte, monotone Sirren zu hören. An windigen Tagen treibt es die Mückenwolken bis in den Ort herein. Sie kleben an den Mauern wie ein Belag, man könnte meinen, dem Haus wäre ein Fell gewachsen. Drei-, viermal während des Sommers müssen die Räucherfässer zum Einsatz kommen: In einem löchrigen Kanister wird trockene Rinde mit Spänen entzündet; wenn es richtig brennt, kommen Moosbatzen und feuchte, harzige Tannenzweige darauf. Ein schwerer, beißender Rauch entsteht. Und trotzdem hat man bis zu den ersten Frösten Mücken in der Suppe schwimmen. Aber sagen Sie, wen in aller Welt interessieren diese Klitschen? Überlassen wir Waldhütten und sonstige Pestilenz dem Winter! Nein, die Handlung muss weiter nach Süden verlagert werden, der Süden dämpft bekanntlich das Denken, schärft indes die Sinne. Da, sehen Sie den Sonnenuntergang in der gläsernen Drehtür des Nobelhotels am Pontos Euxeinos pulsieren? (Für Ungebildete: Gastliches Meer heißt das.) Ist schon angenehmer, in einer Stadt mit unseren Helden mitzufiebern, die einmal die zweitwichtigste nach Athen gewesen, nicht umsonst heißt es bei Strabon, der Handel in Dioskurias sei mithilfe von dreihundert Übersetzern bewerkstelligt worden. Und was finge man an ohne den Strandfotografen in Shorts und Sombrero, mit Äffchen auf der Schulter und einem aufgeblasenen gelben Gummikrokodil unterm Arm? Oder wir begeben uns auf den Basar von Damaskus, wo es Knaben beinahe umsonst zu kaufen gibt, ihnen ist beigebracht, was man sich nur wünschen kann, man kriegt sie auf Wunsch sogar kastriert. Nachsaison auf Kreta, wenn Mandarinen und Apfelsinen in den Parks zuhauf unter den Bäumen liegen, aber nicht schmecken. Mit dem Regen dort lässt sich reden. Und wenn tatsächlich nur noch bis Freitag Zeit ist – wozu säumen? In die Spur! Aufs Geratewohl! Wir brauchen etwas, das den Tod abwehrt, irgendein Amulett oder einen Spruch. Magische Worte. Du sprichst sie aus – und der Tod kann dich nicht mehr schrecken. Daphnis geht aus dem Haus. Auf dem Hof ist alles weiß vom Schnee, der über Nacht gefallen ist. Straßenbahnen verkehren nicht, Züge haben Verspätung. Es schneit in dichten, betulichen Flocken den Schnee vom vergangenen Jahr. In dem Schneetreiben könnte man denken, der große Neubau stiege vor einem auf wie ein Zeppelin. Wenn er am Gynaikeion vorbeikommt, wird jemand von drinnen gegen das Fenster trommeln. Daphnis wird innehalten und schauen: Es ist Lykainion, sie winkt, ruft etwas durch die Luke, es klingt wie: Komm schnell her, ich muss dir etwas Wichtiges sagen. Daphnis schüttelt den Kopf. Keine Zeit! Mit einem Ruck reißt Lykainion die für den Winter verklebten Fensterflügel auf, dass es knallt. Schreit: Jeder Augenhöhle ein Auge wiederzugeben, jedem Schädel einen Menschen, das ist unmöglich! Doch ich weiß ein Geheimnis! Komm her! Sie lehnt sich heraus, wirft ihren Zopf aus dem Fenster wie ein Tau. Was zögerst du? Sie stemmt sich mit den Armen ins Fensterbrett, um festeren Halt zu gewinnen. Greif zu und klettere herauf, mein Lieber, mein Einziger, mein Schnorchelchen! Daphnis macht, dass er aus der Stadt kommt, er läuft und läuft, bis unter dem Schnee hervorsprießt das grüne, grüne Gras, denn alles Verborgene wird offenbar. Und Daphnis wird immer weitergehen. Das Band der Straße ist vom Schatten des Laubwerks durchbrochen wie eine Spitzenborte. Das Aufblitzen eines Mauerseglers. Eine Schnecke im Wettlauf mit ihrem Schatten. Wasser fristet seine Tage in einer Pfütze. Steinchen in der Sandale. Vielarmige Eiche. Sonne sinkt, dick aufgetragen. Eine Laubhütte. Man kann sich ins Heu wühlen zur Nacht. Kopekenmond blinkert. Daphnis wird sich mit dem Kopf in die Richtung betten, aus der er gekommen ist, mit den Füßen zur Sternenloipe. Nachts fressen ihn die Mücken beinahe auf. Unruhiger Schlaf, in Schweiß gebadet. Daphnis wälzt sich die ganze Nacht, erwachen wird er am Morgen mit den Füßen nach da, von wo er gekommen, und mit dem Kopf zur Sonne, die ewig den bockenden Elch hinter sich herzieht. Daphnis wird aufstehen und weitergehen, staunen über die Landschaft, die ist wie auf links gedreht. Je näher er der Heimatstadt kommt, desto mehr nimmt sein Staunen zu. Schon zeigen sich Kirchtürme, Kuppeln und Giebel, da kommt ihm von der Stadt her ein Mann mit blutigem Kopf entgegen, der etwas in der geballten Faust stecken hat. Wirklich erstaunlich, wie sehr diese Stadt der meinen gleicht!, wird Daphnis denken. Und seinen Schritt beschleunigen. In der Stadt aber geschah zu der Zeit, da Daphnis abwesend war, das Folgende. Der Sommer hatte Einzug gehalten. Zwei orotschische Maurer arbeiteten bei einem Tungusen, der war gerade im Tempel zum Beten, als es regnete. Bei Regen werden jene Fäden sichtbar, die sich von den Oberbäumen zu den Bäumen, vom Obergras zum Gras, von den Obermenschen zu den Regenschirmen ziehen. Und während der Tunguse nicht zu Hause war, sahen die Orotschen im Lagerkeller viel güldenes und silbernes Geschirr liegen und bekamen Lust, es zu stehlen. Und so taten sie es. Kletterten in den Keller und nahmen alles Gold und Silber an sich, das sie dort finden konnten. Und der zuerst wieder herausgekrochen kam, sagte sich: Warum die Beute teilen? Ich könnte doch genauso gut alles einheimsen! Gedacht, getan: Trat vor seinen Kollegen, als der sich durch das enge Schlupfloch nach oben zwängte, und schlug ihm den Hammer so auf den Kopf, dass er tot hinfiel. Der Orotsche schnappte die ganze Beute und machte sich aus dem Staub. Als es zu regnen aufgehört hatte und Dampf aus dem Sand am Fluss aufstieg, kam der Hausherr zurück und sah im Keller einen toten Mann liegen. Der arme Tunguse ward geschüttelt vor Angst. Was tun? Erst wollte er die Leiche heimlich beiseiteschaffen, damit keiner davon erfuhr, denn er fürchtete die Rache der Orotschen sehr. Doch da lief der Mörder, nachdem Gold und Silber versteckt waren, bereits wieder durch die Straßen und rief: Die Tungusen haben einen Orotschen abgestochen! Kommt schnell herbei! Die Tungusen haben einen Orotschen abgestochen! Sogleich fand eine aufgebrachte Meute sich am Ufer der Tunguska ein, wo Bitterkeit und Hoffnung in kärglichen Hüttchen beieinander wohnten, und wollte dort ein Gemetzel abhalten. Da brachten die Tungusen auf einer Trage ihren Schamanen heraus. Bei seinem Anblick wurde die Menge still. Was habt ihr vor, Unselige?, hob er an mit schwacher Stimme, wobei man doch jedes Wort verstand; selbst der Fluss schien innezuhalten. Wollt ihr eines Toten wegen die Lebenden niedermetzeln? Da ist einer gestorben – na und? Was ist dabei? Wen könnte eines Menschen Tod überraschen? Das Leben ist eine Saite, und der Tod ist die Luft. Ohne Luft lässt sich keine Saite zum Klingen bringen. Außerdem ist er ja nicht endgültig fort, nur gerade ausgeflogen. Und dass den Mord kein Tunguse beging, ist ohnehin klar. Aber ich sehe, ihr braucht irgendwelche Beweise. Die sollt ihr gleich haben! Also hört: In dem Haus haben zwei orotschische Maurer gearbeitet. Während es regnete, sind sie in den Keller hinabgestiegen. Als es zu regnen aufhörte, ist das Fädchen, das einen von ihnen mit dem Himmel verband, gerissen. Das ist alles. Und nun soll der Tote selbst zeigen, wer sein Mörder ist. Bringt ihn her! Also geschah es: Man trug den Orotschen mit dem eingeschlagenen Schädel herbei, legte ihn dem Schamanen vor die Füße. Die Menge wich zurück. Der Alte schaute in die Runde, sah Chloe in den hinteren Reihen der Orotschen stehen. Er winkte sie zu sich. Die Menge trat beiseite, bildete eine Gasse. Chloe blickte sich erschrocken um und trat nach vorn. Sie war nervös, schob beständig die Unterlippe nach vorn und blies sich die Haare von den Augen. Der Alte hielt ihr seine Hand hin, Handfläche nach oben, als wartete er, dass sie etwas drauflegte. Chloe verstand nicht, sah sich um, zuckte die Schultern, lächelte verstört. Den Ring!, sagte der Alte. – Welchen Ring?, fragte sie. – Na, den besagten! Was hätte er in dieser Geschichte sonst zu suchen? Er ist das gesuchte Amulett, was dachtest du! Chloe versuchte den Ring abzuziehen, vor Schreck bekam sie ihn nicht gleich herunter. Sie musste sich erst die Haut um den Finger nass lecken. Schließlich kam der Ring gerutscht, der Alte legte ihn dem

Toten in die Hand, schloss diese zur Faust. Die Menge hielt den Atem an. Der Tote wurde lebendig. Die Menge ächzte auf. Der Tote erhob sich und hielt Ausschau nach seinem Mörder. Fand ihn schnell, auch wenn er sich hinter fremden Rücken verkrochen hatte. Du bist mein Mörder!, schrie der Tote. Die verblüffte Menge warf sich mit Gebrüll auf den Übeltäter, um ihn in Stücke zu reißen, der Tote indes nutzte die allgemeine Aufregung, um unbemerkt unterzutauchen. Und nun läuft Daphnis durch die Straßen, alles kommt ihm bekannt vor, nur die Brücken scheinen niedriger – das Wasser ist nach den Regenfällen angestiegen. Plötzlich sieht er das Gynaikeion. Aus dem Fenster beugt sich eine, die wie Lykainion aussieht. Jemand klettert am Zopf zu ihr hinauf. Alles genauso, aber zugleich anders. Alle sind wie ausgetauscht. Daphnis fällt ein, er könnte sich einfach im Schlaf auf die andere Seite gedreht haben, und nun ist er in seiner Stadt. Er geht zu dem Haus, wo Chloe wohnt. Äußerlich dasselbe. Auch die Gerüche im Treppenhaus stimmen überein. Die gleiche Klingel. Chloe öffnet – sieht aus wie Chloe, nur irgendwie fremd. Zu wem wollen Sie?, fragt sie. Daphnis sieht einen Polizeimantel mit Schulterklappen im Flur am Haken hängen. Er weiß nicht, was er sagen soll. Eine männliche Stimme aus der Küche: Wer ist da? Was will er? – Weiß nicht, wohl wieder ein Bettler, antwortet Chloe über die Schulter. Stimme: Tritt ihm in den Arsch, das Essen wird kalt! – Aber erkennst du mich denn nicht?, bringt Daphnis mit trockenen Lippen hervor. Chloe verneint. Ich bin doch dein Daphnis!, sagt Daphnis. Chloe: Sind Sie verrückt? Daphnis ist mein Bräutigam, der sitzt dort in der Küche und ruft mich zum Essen. Ich hab ihn lange genug gesucht, mein ganzes Leben lang, und bin froh, ihn gefunden zu haben! Wir wollen heiraten – so wie in einem Traum geweissagt, wenn auch in einer ganz anderen Geschichte. Daphnis: Aber in der sind wir doch! Ich muss bis Freitag ein Mittel gegen den Tod gefunden haben. Und ich dachte, vielleicht ist es der Ring? Von dem du erzählt hast, weißt du nicht mehr, da kam irgendein Schulhort vor. Chloe zieht schnell die Hand hinter den

Rücken. Alles Unsinn, sagt sie, die Unsterblichkeit fängt zwischen den Beinen der Frau an. Mit diesen Worten schließt Chloe die Tür. Wozu, ließe sich natürlich fragen, diese Fülle nebensächlicher, überflüssiger Personen? Die Geschichte ist klein, sie langt nicht für alle. Gut, die wichtigen Handschuhe kommen nicht aus ohne all die Kellner, Zeitungsverkäufer, Pförtner, Hotelboys, Strandfotografen, Küchenstimmen und Polizeimäntel, wer will das bestreiten. Es ist angerichtet! – den Auftritt muss man ihnen einfach lassen. Das Übrige wozu? Nehmen wir noch einmal diesen Fotografen: schwarz-gold blitzender Mund, das reinste Niello. Wer braucht den? Wozu müssen wir von seiner Ahnung wissen und der über all die Jahre anhaltenden Angst, es könnte plötzlich an der Tür klingeln, und auf der Schwelle stünde seine Tochter, die er nie gesehen hat, als erwachsene Frau? (Wie alt sie inzwischen ist, muss er sich immer wieder an den Fingern abzählen.) Wozu wissen, dass er irgendwann einmal Äpfel fotografieren wollte wie Man Ray, und es kam nichts dabei heraus? Wenn er auf seiner Frau liegt, stellt er sich die vor, die vorigen Sommer bei ihnen auf der Datscha wohnte, sieht wieder mit geschlossenen Augen, wie sie den hinabgerutschten Slip mit dem einen Fuß vom Knöchel des anderen streift, sieht ihre kräftigen Gesäßbacken von der Berührung zurückzucken und sich zusammenkneifen, dass keine Zungenspitze dazwischen passt, sieht, wie sie vor ihm pinkelt, mit stoßweisem Strahl, und der Sand feucht und hart wird. Die Frau des Fotografen weiß längst, dass ihr Mann sie hintergeht – manchmal nachts, den Kopf auf den Ellbogen gestützt, schnuppert sie an ihm und riecht fremdes Parfüm, doch sie hat sich mit der Rolle der Gehörnten, aber Klügeren abgefunden. An der Wand hängt das Foto ihres kleinen Bruders: Soldat, ein Held, in Ausübung seines Dienstes ums Leben gekommen, in Wahrheit aber im Straßengraben an seinem Erbrochenen erstickt. Daneben ein Foto der Drillinge, die ihre Schwester geboren hat. Drüben hinterm Zaun hört man die aserbaidschanische Nachbarin mit dem Briefträger reden, sie spricht schlecht Russisch – über einen Monat, wollte sie sagen, heraus kam: ein Mond und ein bisschen. Den Sommer über haben sie ihre Zimmer früher immer an Urlauber vermietet; einer von ihnen, ein Dozent aus Kursk, war dabei, ein Wörterbuch zu erstellen, schnitt sich an einer Scherbe am Strand den Fuß auf, fuhr mit dem Bus ins Krankenhaus, der Bus verunglückte, blieb auf einem Bahnübergang stecken, und nachher fanden sich diese Blätter mit den Wortkolonnen auf den Marmeladengläsern wieder – wie in alten Zeiten schraubte seine Frau keinen Deckel auf, sondern deckte einen Bogen Papier darüber und wickelte eine Schnur darum. Einmal hatte ein Bildhauer die gesamte untere Etage belegt, er arbeitete im Garten, plötzlich ein Regenguss. Bitte helfen Sie mir, die Büste muss auf die Terrasse, schnell! Sie schleppten sie zu zweit, er glitt aus, die Büste ging zu Bruch. Sein Sohn hat einen mathematischen Verstand: In irgendeiner zufälligen Zahlenfolge, sagen wir einer Autonummer, sieht er zum Beispiel neunzehn hoch drei. Im Gedächtnis geblieben ist dem Fotografen, wie einmal ein Onkel, Mutters Bruder, zu Besuch war – der ging kein einziges Mal baden, zog nie das Hemd aus; schließlich erhaschte er, damals noch Kind, einen Blick durch den Spalt der Badtür und sah, dass der Onkel zwei Paar Brustwarzen hatte. Die oberen beiden sahen aus wie weibliche Brüste (er war ziemlich dick), darunter gab es noch zwei ganz kleine. Von der Terrasse aus kann man die Sonne untergehen sehen. Einmal schwamm eine große schwarze Wolke davor und ließ einen einzigen Strahl hindurch, der wie ein Ruder aussah. Das Haus hat er der Witwe eines Moskauer Tierarztes abgekauft, der sich nach Erreichen des Rentenalters am Meer niedergelassen hatte, die unteren Zimmer vermietete und den Urlaubern abendelang aufzählen konnte, was er in seinem Leben für Tiere zu verarzten gehabt – nämlich vor dem Krieg erst ausnahmslos Pferde und später auch Schweine, welche von Kantinen und Gaststätten zur Mast gehalten wurden, sowie Kaninchen. Im Krieg wieder nur Pferde. Nach dem Krieg Ferkel, Kühe, Ziegen und Hühner. Selbst am Arbat wurden Tiere gehalten und in der Gorkistraße – auf Höfen, Dachböden, in

Badewannen. Während der großen Tollwut 1952/53 waren es Hunde. Zu den Weltjugendfestspielen 1957 Tauben, Schwäne und Enten von den Teichen. Dann zunehmend Hunde und Katzen. Beim Zeitunglesen delektierte sich der alte Veterinär vornehmlich an Katastrophenmeldungen, so wie Alexander Blok einst am Untergang der *Titanic* – als Beweis, dass der Ozean noch existierte. Und von alledem will keiner mehr etwas wissen: weder von dem Tierarzt, der schon im Jahr der Moskauer Olympiade starb, noch vom Fotografen selbst, wie er mit seinem gelben Krokodil unterm Arm den Strand langspaziert, noch von seinem Sohn, dem Mathematiker, der sich in ein Mädchen aus gutem Hause verliebte, eine Studentin vom Physikalisch-Technischen Institut, überaus klug, nur leider taub. Flüstert er ihr seine Liebe ins Ohr, fragt sie nur: Was? Als sie ihren ersten Hörapparat bekam, sagte ihr der Doktor, wenn sie sich die Haare wachsen ließe, wäre das Gerät gar nicht zu sehen. All das kann man vergessen. Zumal dann der Krieg kam und das Haus abbrannte und der Fotograf und alle anderen schon tot sind oder noch sterben werden. Wozu von ihnen erzählen? Man hätte diesen Fotografen von vornherein weglassen sollen mitsamt seinem Strand, der noch wie eingerollt dalag am frühen Morgen und so still, dass man von den Bergen herab irgendwelche unverständlichen Rufe hören konnte, etwas wie: Thalatta! Thalatta! Solchen wie ihm (für zwei flotte Nadelstiche von der einen Seite auftauchend und dann wieder urplötzlich von der anderen, wie an einem Möbiushimmel) hat man es zu verdanken, dass die Welt sich ins Unendliche verzweigt, wie Kraut und Rüben aus dem Vorjahrsschnee herauswächst, den Überfall der Räuber immer weiter vor sich herschiebend. Die kommen deshalb in dem prophetischen Traum auch gar nirgends vor. Und dabei lohnt es, ehrlich gesagt, nicht mal, die prophetischen Träume zu Ende zu gucken. Wichtig ist, wenn man prophetisch träumt, dass man rechtzeitig aufwacht. Damit weiter nichts passiert. Am besten, man wacht zur Handschuhhochzeit auf. Chloe bricht sich den Absatz – ein schlechtes Omen – und weint die ganze Zeit, während der Priester vor dem

Analogion von ihr verlangen wird, zu frohlocken wie Rebecca. Der Chor stimmt einen Psalm von David an: Und sehest deiner Kinder Kinder! Friede über Israel! Während Daphnis, ganz verschwitzt in dem neuen, unbequemen Anzug, mit einem unangenehmen Kribbeln in den wachsbetröpfelten Fingern, denkt: Was hat das hier mit Israel zu tun? Und dann kommt der Raubüberfall.

Frage: Als Kyros mit Not und Mühe wieder zu sich kommt, versuchen einige wenige Eunuchen, die gerade zur Stelle sind, ihn auf ein anderes Pferd zu setzen und in Sicherheit zu bringen. Da er jedoch dafür zu schwach ist und lieber zu Fuß gehen will, fassen sie ihn unter den Armen und führen ihn, der noch immer halb ohnmächtig ist und taumelt, aber Sieger zu sein glaubt, da er hört, wie die Fliehenden König Kyros! rufen und um Schonung bitten. Währenddessen mischen sich einige Leute aus Kaunos, armseliges, kümmerliches Volk, das sich zu niedrigen Dienstleistungen dem Heer des Königs angeschlossen hat, unter die Begleiter des Kyros in dem Glauben, es seien Freunde; sowie sie aber die roten Röcke über den Panzern sehen – alle königlichen Truppen tragen weiße –, erkennen sie sie als Feinde. Da traut sich einer von ihnen, von hinten seinen Speer auf Kyros zu schleudern. Die Ader in der Kniekehle wird zerrissen, Kyros stürzt, schlägt mit der verwundeten Schläfe gegen einen Stein und stirbt. Wie Artaxerxes vom Tod des Bruders erfährt, fasst er, da auch Truppen in großer Menge sich wieder um ihn sammeln, neuen Mut und steigt, rings von Fackeln umleuchtet, von dem Hügel herab. Tritt an den Leichnam heran, dem nach einer persischen Sitte die rechte Hand und der Kopf abgeschlagen worden sind, lässt sich den Kopf bringen, fasst ihn an dem langen und dichten Haar und zeigt ihn denen, die noch im Zweifel und auf der Flucht sind.

Antwort: Bis Freitag war kaum noch Zeit. Wir mussten schleunigst etwas tun. Händchen haltend saßen wir in der Küche und schwiegen. Sie schaute aus dem Fenster. Und auf einmal sagte sie: Schon Dezember, und immer noch kein Schnee. Und dann … Aber Sie hören mir ja überhaupt nicht zu.

Frage: Nach der Schlacht schickte der König, weil er wünschte, dass alle Menschen glauben und sagen sollten, er selbst habe seinen Bruder getötet, dem Mithridates, der den Kyros zuerst getroffen hatte, Geschenke und hieß die Überbringer sagen: Hiermit ehrt dich der König, weil du die Satteldecke des Kyros gefunden und abgeliefert hast! Zwar fühlte Mithridates sich gekränkt: Von wegen Satteldecke! Ihm gebührte die Ehre des Siegers! – ging aber schweigend davon. Zu einem Gastmahl geladen, erschien er mit dem Kleid und dem Goldschmuck angetan, den er von dem König empfangen hatte. Als es dann ans Trinken ging, sagte der vornehmste der Eunuchen der Königsmutter Parysatis zu ihm: Was für ein schönes Gewand hat dir der König da gegeben, was für schöne Ketten und Armbänder, und der Dolch ist sehr wertvoll. Was ist es denn für eine glänzende und große Tat, mein Lieber, eine vom Pferde gefallene Satteldecke zu finden und abzuliefern? – die Eitelkeit des Mannes reizend, der schon durch den Wein geschwätzig und unbesonnen geworden war. So sprach Mithridates, ohne sich noch zurückzuhalten: Redet Ihr, was Ihr wollt, von Satteldecken und solch dummem Zeug! Ich aber sage Euch ausdrücklich, dass von dieser Hand Kyros getötet worden ist! Ich habe das Auge zwar um ein weniges verfehlt, aber die Schläfe getroffen, durchbohrt und den Mann vom Pferde gestürzt, und an dieser Wunde ist er gestorben. – Die anderen, die das Unglück und den Tod des Mithridates schon vor Augen sahen, schlugen sie zur Erde, der Gastgeber aber sagte: Mein lieber Mithridates, lasst uns jetzt trinken und essen, dem Schutzgeist des Königs huldigen und Gespräche unterlassen, die unserm Stand nicht gebühren. – Hierauf berichtete der Eunuch Parysatis über das Gespräch, und sie Artaxerxes. Der König war aufs Höchste empört und befahl daher, dass Mithridates »mit den Mulden« hingerichtet werden sollte. Dieses Verfahren ist das folgende: Sie nehmen zwei Mulden, die so gearbeitet sind, dass sie aufeinander passen, und legen den Delinquenten in der einen auf den Rücken; dann legen sie die andere darauf und befestigen sie so, dass der Kopf, die Hände und die Füße draußen bleiben, der ganze übrige Körper aber verdeckt ist, geben dem Menschen zu essen, und wenn er nicht will, zwingen sie ihn dazu, indem sie ihm in die Augen stechen; hat er gegessen, so gießen sie ihm als Getränk ein Gemisch aus Honig und Milch in den Mund und über das Gesicht. Dann drehen sie seine Augen immer gegen die Sonne, worauf ein Schwarm von Fliegen sich auf ihn setzt, sodass das ganze Gesicht von ihnen bedeckt ist. Und wenn er innerhalb der Mulden macht, was Menschen, die essen und trinken, notwendig machen müssen, so erzeugen sich aus dem Unrat infolge des Verrottens und der Fäulnis Maden und Würmer, die in den Körper eindringen und ihn verzehren. So wurde Mithridates siebzehn Tage lang gequält und starb dann endlich, denn er war nun einmal da gewesen, und seine Existenz ließ sich nicht rückgängig machen, wie auch ein geworfener Speer sich nicht abfangen lässt.

Antwort: In jener letzten Nacht liebten wir einander wie nie zuvor. Eine Stunde oder zwei war ich ganz von Sinnen. Als ich wieder zu mir kam, graute draußen schon der Morgen, und es lag Schnee. Ich stand leise auf, um sie nicht zu wecken. Kleidete mich an, zog den Mantel straff, rückte die Mütze zurecht. Warf noch einen Blick ins Schlafzimmer. Ein Fuß schaute unter der Decke hervor. An der Ferse eine Narbe, da war sie als Kind einmal in einen Rechen gehüpft. Vorsichtig zog ich die Wohnungstür hinter mir zu, lief nach unten. Steckte aus Gewohnheit einen Finger in den Briefkasten. Die Haustür klappte hinter meinem Rücken ins Schloss. Der ganze Hof war weiß, es schneite immer noch. Eine frische, weiße Morgenhaut. Jemand versuchte mit einer gelben Kehrschaufel sein Auto auszugraben, das sich in einen Schneehaufen verwandelt hatte. Wegen der Verwehungen fuhr keine Straßenbahn. Im Gänsemarsch strebten die Menschen schräg über die Brache zur Metrostation – es gab schon einen Trampelpfad. Der Schnee deckte alles zu: den Spielplatz, die Mülltonnen. Und gleich darauf schneite es so sehr, dass die Straße dem Blick ganz entschwand. Alles weiß. Alles stumm. Winter.

Ich werde ins Bilinskaja-Gymnasium eingeschult, das sich im Chachladshew-Haus am Taganroger Prospekt befindet. Das Haus steht bis heute, ein Schuhgeschäft, das alle Rostower kennen.

Zur Aufnahmeprüfung, während ich vor dem Priester das Vaterunser herunterrattere, mache ich vor Aufregung einen Knicks statt der gebotenen tiefen Verbeugung.

Eigentlich fängt das Gymnasium im Schreibwarenladen von Iossif Pokorny auf der Sadowaja an. Es genügt zu sagen: »Bilinskaja, Klasse 1«, und schon wird eine Tüte für mich gefüllt mit sämtlichen Lehrbüchern, dazu Hefte, Farben, Pinsel in den geforderten Größen, Radiergummi, Federn und Federkästchen. Um vorzuführen, wie weich die Eichhörnchenschweifhaare sind, fährt der Verkäufer mir mit dem Pinsel über den Wangenknochen.

Morgens werde ich von Mama gekämmt, sie flicht mir die Zöpfe so straff, dass es die Gesichtshaut nach hinten zieht und ich den Mund nicht mehr zukriege, die Augen werden zu Schlitzen wie bei einem Chinesen. Bevor wir, meine Schwestern und ich, uns auf den Schulweg machen, verteilt Mama Küsschen, ordnet die Bänder an den Schürzen, steckt jeder von uns fünfzehn Kopeken fürs Mittagbrot zu. Das Geld geben wir schon unterwegs für Süßigkeiten aus, Lutschbonbons oder ein Stück Halwa vom Straßenhändler, die postieren sich extra in der Nähe der Schule.

Hinter der Schultür steht der Pförtner in betresster Uniform. Der alte Mann ist für die Annahme und Ausgabe der Lehrermäntel zuständig sowie für das Klingelzeichen am Stundenanfang und -ende, die Zeit liest er von der großen Standuhr im Vestibül ab. Wenn er nichts zu tun hat, sitzt er in seinem Eckchen mit einem Buch in der Hand – man sagt über ihn, er sei Tolstoianer, esse kein Fleisch und habe nach der Lektüre des *Leinwandmessers* seine Knochen dem Anatomiekabinett des Gymnasiums vermacht.

Zu spät kommen sollte man nicht – Punkt halb neun wird die Garderobe abgeschlossen, und mit Mantel darf man sich im Klassenraum nicht sehen lassen. Ich kann mich sogar noch an die

Nummer meines Garderobenhakens erinnern: 134. Dieselbe stand auch auf dem himbeerroten Samtfutter der Gummiüberschuhe.

Aber wozu weiß ich sie eigentlich noch? Wen könnte die Nummer eines nicht mehr vorhandenen Hakens in einer nicht mehr vorhandenen Garderobe interessieren? Nie mehr werde ich meinen abgetragenen, von den Schwestern übernommenen Mantel an diesen Haken hängen. Nie mehr im Winter nach Schulschluss in die Garderobe hinunterlaufen, in die verhassten dicken Hosen steigen und sie unter das Schulkleid zerren, die Kapuzenbänder zubinden, bevor ich nach Hause gehe. Nach Hause, wo ist das! Nichts von dem, was mich damals anging, ist mehr da. Nichts und niemand.

Oder vielleicht doch. Ich hab sie jedenfalls vor Augen, die Aula im ersten Stock, wo, wenn die Sonne hereinscheint, die Fensterumrisse sich so wunderlich über das Parkett schlängeln. Der Morgen beginnt stets mit allgemeinem Beten. Dann gibt Juli Pawlowitsch Ferrari, der Musiklehrer, am Flügel die Töne vor, ein G und ein H, für den zweistimmigen Gesang. Wir singen *Himmlischer König* und *Hilf Deinem Volk, o Jesu Christ* und *Gottesmutter Jungfrau*. Der liebe gute Juli Pawlowitsch! Gleich am ersten Tag fällt ihm meine Stimme auf, er bittet mich, nach dem Unterricht noch zu bleiben. Von nun an werde ich zu allen Gottesdiensten und Konzerten des Gymnasiums auftreten.

Wie sich zeigt, reicht das im Geschäft für Schulbedarf Gekaufte bei Weitem nicht aus. Zum Glück habe ich Schwestern, die erfahren genug sind und mir beibringen, dass eine Gymnasialschülerin, die etwas auf sich hält, nicht nur Lehrbücher und Hefte hat, sondern auch ein Poesiealbum; dass ein rosa Löschblatt im Heft ein Zeichen von Geschmacklosigkeit und beinahe schon Armut ist, es gehört sich, Löschpapier in anderen Farben zu kaufen und mit Band und üppiger Schleife an den Heften zu befestigen. So nehme ich mir das Recht heraus, auf alle Mädchen in der Klasse mit armseligem rosa Löschpapier verächtlich herabzublicken. Das betrifft zum Beispiel meine Banknachbarin, ein gold gelocktes Mädchen mit breiter Nase. Die hatte einmal Krylows Fabel von den beiden Hunden – Hektor, »des Hauses treuer Hüter«, und Joujou, »ein Bologneser, der ihm wohlbekannt« – so ausdrucksvoll vorgetragen, dass ihrer über die Augen wuchernden Lockenpracht wegen der Name Joujou an ihr hängen blieb. Ich weiß noch, wie ich ihr gnädig ein Blatt »anständiges« Löschpapier überließ und wie sie deswegen bitterlich zu weinen anfing.

Während es mir heute, nach allem, was war, fantastisch vorkommt, geradezu märchenhaft, dass irgendwelche idiotischen Löschblätter einem das Leben vergällen konnten!

Joujou muss kein Schulgeld bezahlen, weil ihre Mutter arm ist. Alle wissen über sie, dass kein Vater im Haus ist, weil die Mutter von Jugend an Gouvernante bei diversen Herrschaften war.

Befreundet bin ich mit Mila, die von allen Mischka genannt wird. Ich mag sie ihrer Waghalsigkeit wegen. Mischka möchte Schiffskapitän oder Afrikaforscher werden, und in der Kirche schlägt sie ausschließlich für Seefahrer und Weltreisende ihr Kreuz. Alles an ihr gefällt mir, sogar das tintenbeschmierte Lineal. Im Vorraum zur Toilette neben den Waschbecken hängt hoch unter der Decke eine Stange mit einem langen, zur Schlaufe zusammengenähten Handtuch, an dem man ziehen muss, um sich abzutrocknen. Mischka krallt sich daran fest und schaukelt im Kreis wie an einem Laufkarussell auf dem Jahrmarkt. Wahrscheinlich war sie federleicht, sonst hätte die Stange nicht gehalten.

In der großen Pause in der Aula renne ich Mischka hinterher, das Parkett ist glatt wie eine Schlitterbahn. Ich pralle gegen den Flügel, verliere das Bewusstsein und komme erst im Kabinett der Schuldirektorin Sinaida Georgijewna Schirjajewa wieder zu mir. Sie klatscht mir etwas Nasses, Ekliges gegen die Schläfen, man kann gar nicht anders, als zur Besinnung zu kommen. Vor der Direktorin fürchten sich alle. Ihre trockenen Lippen küssen mich. 1920 wird sie an Cholera sterben.

Die Verhältnisse in der Klasse sind nicht leicht zu durchschauen. Ich schreibe Natascha Martjanowna, die von allen geliebt und Tala genannt wird, einen Zettel: *Liebes Talalein, lass mich deine Freundin sein.* Die Antwort klingt verwundert: Ob ich denn nicht wisse, dass Tusja ihre Freundin sei? Ich hasse Tusja. Sie ist feige und überhaupt ganz abscheulich, außerdem kurzsichtig. Sitzt in der ersten Reihe und kann trotzdem nichts erkennen. Brillen waren zu der Zeit eine große Seltenheit, und sie fürchtete verspottet zu werden. Erst nach eindringlichen Ermahnungen der Schulleitung erscheint sie zum Unterricht mit einer Brille, die sie noch hässlicher macht.

Eine weitere Freundin ist Ljalja. Ihr wachsen große braune Augen. Sie ist die Schönste in der Klasse, alle beneiden sie. Außerdem ist sie vom Morgengebet und vom Religionsunterricht befreit.

Jede Klasse steht in der Kirche an ihrem angestammten Platz – die Jüngeren vorn, die Älteren hinten, das Aufrücken in eine höhere Klassenstufe zieht einen Platzwechsel in der Kirche nach sich. Neben jeder Klasse stehen ein paar Stühle, auf die die Schwächeren unter uns von den Anstandsdamen gesetzt werden und ein bisschen ausruhen können, denn der Gottesdienst ist lang. Die Freundinnen behaupten, in einem bestimmten Moment der Liturgie, nachdem der Priester etwas ganz Bestimmtes gesagt hat, könne man sich heimlich etwas wünschen, und der Wunsch gehe in Erfüllung. Alle stehen und warten, keine möchte die Worte verpassen, um im rechten Moment den heimlichen Wunsch zu denken.

Könnte man diese Wünsche heute einsammeln und erfüllen!

Den Religionsunterricht erteilt Vater Konstantin Moltschanow. Er ist ein kundiger und passionierter Bienenzüchter. Listige Mädchen wissen, wie man in der Stunde ganz beiläufig etwas über Bienen, Bienenwaben oder Bienenlarven fragt, und er erzählt und lässt sich hinreißen, den Rest der Stunde dem Wunder der Biene zu widmen. Beim Klingelzeichen schaut er ertappt, beschwichtigt sich aber selbst sehr schnell mit dem Gedanken, dass Bienen ja schließlich auch Gottes Geschöpfe seien.

Einmal spricht er von der Auferstehung der Toten, und Mischka stellt ihm eine Frage, die alle verblüfft: Wie können wir von den Toten auferstehen, wenn unsere Leiber doch von den Würmern gefressen werden und die Würmer von den Vögeln, die Vögel fliegen in alle Winde, und am Ende frisst sie auch irgendwer?

Vater Konstantin verschlägt es für einen Moment die Sprache, dann antwortet er: »Angenommen, ein Schuster näht einen Stiefel, und dann nimmt er ihn wieder auseinander und lässt den einen Teil in Afrika fallen, den anderen in Amerika, den dritten in Asien oder am Nordpol, und dann sammelt er die Teile wieder ein, so wird er keine Mühe haben, sie zusammenzusetzen und den alten Stiefel wiederherzustellen. Und genauso wird der liebe Gott nach unserem Tod, wenn unser Leib zu Himmel, Erde, Baum und Wasser geworden, alle Teile wieder vereinen.«

Die Würmer haben Vater Konstantin längst aufgefressen, die Vögel diese Würmer längst aufgepickt, sie sind in alle Winde geflogen. Himmel, Erde, Baum und Wasser haben diese Vögel aufgesogen. Möge Gott deiner Seele Friede schenken, Bienenfreund!

Natalja Pawlowna, die Anstandsdame, wird hinter ihrem Rücken respektlos Natallje genannt. Natallje, die Kanaille! Keiner mag sie, denn sie ist böse und nachtragend, und dann ist da noch das riesige Muttermal auf ihrer Wange. Sie ist klein und dick, trägt, um größer zu wirken, eine turmartige Frisur und hohe Absätze. Ihre Stimme ist allzeit scharf und schrill, so als müsste sie die Wörter wie Nüsse knacken. Selbst ihr Lob klingt nach Schimpfen. Einmal gibt sie uns in Vertretung für einen erkrankten Lehrer irgendeine Aufgabe; wir sind beschäftigt, sie sitzt da und schreibt beflissen. Zwischendurch schaut Frau Schirjajewa, die Direktorin, herein und ruft sie hinaus auf den Flur. Während die beiden draußen hinter angelehnter Tür miteinander reden, reckt Mischka, die in der ersten Bank direkt vor dem Lehrertisch sitzt, den Hals und liest vor, was Natallje geschrieben hat. Es ist ein angefangener Liebesbrief: *Mein geliebter Wolodetschka! Ich möchte Dir die Füße küssen, die Füße, jawohl!* Als Natallje zurückkommt, merkt sie daran, wie still es ist, dass etwas nicht stimmt. Sie sieht ihren Brief auf dem Tisch liegen, ergreift und knüllt ihn, blickt erschrocken in die Klasse. In dem Moment platzt eines der Mädchen als Erstes heraus, und schon krümmen sich alle vor Lachen. Auch ich pruste los, weil es ein Unding ist, sich unsere Natallje vorzustellen mit ihrer puterroten Visage, wie sie einem Wolodetschka die Füße küsst. Plötzlich löst sie sich aus ihrer Starre, rennt zur Tür, stoppt – wahrscheinlich fällt ihr ein, dass sie draußen noch der Direktorin in die Arme laufen könnte. Also verzieht sie sich in eine Ecke und bricht in Tränen aus. Unsere Natallje, diese gemeine, verhasste Person – sie heult! Leise, untröstlich. Uns bleibt das Lachen im Hals stecken, allen ist auf einmal mehr nach Heulen zumute. Da klingelt es. Natallje dreht sich um, ihr Gesicht ist verheult, die gesunde Wange genauso rot wie die versehrte. Sie schnäuzt sich ins Taschentuch und sagt, zum ersten Mal nicht im Nussknackerton, sondern leise, beinahe flüsternd: »Geht jetzt.«

Die Mädchen glauben, dass unser Zeichenlehrer Wladimir Steinbuch hinter Wolodetschka steckt. Vor dessen Stunde kommt der alte Schuldiener und zieht ein großes grünes Tuch über Wandtafel und Tisch. Herrn Steinbuch kann man schon auf dem Korridor hören – beständig brummelt er etwas vor sich hin, flucht auf irgendwen. Er kommt herein, nickt kurz, ohne uns anzuschauen, zieht die Falten des Tuches glatt und stellt seine geometrischen Gipsfiguren auf das Tuch. Er ist alt und hässlich, mit feuchter Klumpnase und wulstiger Unterlippe. Wie jemand Lust haben könnte, diese Füße in den alten Halbstiefeln zu küssen, ist vollkommen unerfindlich. Es heißt, er habe in seiner Jugend in Italien studiert und als Künstler Erfolg gehabt, bevor er irgendeiner Fürstin wegen, die ihn ewig hingehalten und dann doch weggeschickt habe, dem Suff verfallen sei. Das haben die jüngeren Mädchen von den älteren aufgeschnappt und erzählen es weiter. Manchmal kommt es vor, dass der Zeichenlehrer sich vergisst, mitten im Unterricht anfängt zu knurren und die Faust gegen irgendwen draußen vor dem Fenster zu schütteln. »Mal ihnen eine Bauernauspeitschung auf dem Kreisrevier, dann klatschen sie Beifall … Aber die können mich mal!«, stößt er mit gepresster Stimme hervor, und der zwischen Zeige- und Mittelfinger gesteckte Daumen prallt gegen die Fensterscheibe, während die Unterlippe sich noch weiter vorschiebt.

Deutsch haben wir bei Eugenia Woltschanezkaja – bei uns heißt sie »Eugenie mit langem i«. Sie duldet nicht den kleinsten Mucks in der Klasse, nicht einmal den Bleistift anzuspitzen ist während der Stunde erlaubt. Und mit ihrer Stimme ließe sich Glas schneiden. Sie wird gefürchtet, nicht geliebt. Man erzählt sich über sie, dass sie von Eltern einmal eine Bonbonniere geschenkt bekam, in die fünfundzwanzig Rubel eingelegt waren. Der Hass auf Eugenie überträgt sich auf die Partizipien und Artikel, auf denen sie herumreitet. Das bedrückt mich umso mehr, als Papa, wenn es zu Hause Haferflocken der Marke Herkules zu essen gibt, seit je den gleichen Witz reißt: Wieso Herr Kules und nicht Frau Kules? Wohl darum hatte ich mir, bevor ich ins Gymnasium kam, das Deutsche immer als eine lustige Sache ausgemalt.

Dafür sind wir alle verliebt in unsere Französin, auch wenn die anderen Lehrerinnen und unsere Anstandsdamen sie nicht ausstehen können. Marija Iossifowna Martin hebt sich ab von den anderen, die allesamt in Dunkelblau und Schwarz herumlaufen: Sie trägt grellfarbene Blusen, einen Rotfuchs um die Schultern und eine rote Perücke auf dem Kopf. Im Unterricht singen wir *Sur le pont d'Avignon* und tanzen dazu Reigen. Dabei hüpft sie durch den Gang zwischen den Bänken, als wären wir tatsächlich auf der berühmten Brücke in einem wunderbaren Ort namens Avignon, der nicht von dieser Welt ist. Einmal bringt Marija Iossifowna ein Foto davon mit, und wir wundern uns, dass diese Brücke – die einzige, auf der nichts anderes getan wird, als zu singen und zu tanzen – in der Flussmitte abbricht. Nach dem Unterricht wird unsere Französin von ihrem Verehrer abgeholt, einem Offizier, der am Schultor auf sie wartet.

Am meisten quäle ich mich mit Arithmetik und überhaupt allen exakten Wissenschaften. Beim Abendbrot versucht Papa mir die Rätselaufgabe von dem Mann, dem Boot, dem Wolf, der Ziege und dem Kohlkopf zu erklären und diesen ganzen Überfahrten von Ufer zu Ufer. Dabei sehe ich immer nur die großen Augen der Ziege vor mir, kann mir den Wolf lebhaft vorstellen, den Kohl und den Fluss und auch den Mann, der bestimmt schon wütend auf mich ist, denn zu Hause warten Frau und Kinderlein seit einer Ewigkeit auf ihn …

Bald fangen bei uns die Schwärmereien an. Briefchen hin und Briefchen her, Seufzen und Schmachten ohne Ende, ein Mädchen nach dem anderen reißt es hin. Auch ich verfalle dieser Krankheit. Das Subjekt meiner Anbetung ist Nina Rokotowa aus der obersten Klasse, Pädagogik-Vorstufe, mit einem dicken Zopf, der bis unter den Gürtel reicht. Nina erscheint mir als ein überirdisches Wesen. In der Pause wandeln die Schülerinnen untergehakt den Korridor entlang. Ich versuche so zu gehen, dass ich unmittelbar hinter ihr bin. Vor meiner Nase baumelt ihr Zopf, in den eine weiße Seidenschleife gebunden ist. Nina erörtert mit ihrer Freundin die Schlägerei auf der Eisbahn. Das ist Schulgespräch: Ihretwegen haben zwei Achtklässler des Knabengymnasiums sich duelliert, sind mit den Schlittschuhen aufeinander losgegangen! Mischka, die zu der Zeit auf der Eisbahn war und darum Augenzeugin des Geschehens, hat erzählt, dass man die Streithähne schon beinahe getrennt hatte, als es dem einem doch noch gelang, dem anderen mit der Kufe seines Schuhs die Wange aufzuschlitzen, es floss viel Blut, der Schüler wurde ohnmächtig ins Krankenhaus transportiert. Und alles nur wegen der Liebe! Zu ihr, meiner Nina! Ich laufe ganz dicht auf, erhasche das Ende ihres schweren Zopfes, küsse es. Nina erlaubt sonst niemandem, ihr Haar zu berühren – nur mir allein!

Die ganze Welt ist verliebt, so kommt es mir vor. Alle Mädchen im Gymnasium sowieso. Auch meine Schwestern. Katja frönt – anhand von Bildpostkarten – der Liebe zum Flieger Kusnezow, welcher in seiner Blériot – leicht wie ein Schmetterling, so stand es in den Zeitungen – am Himmel schwebt. Mein Bruder Sascha ist gegen Kusnezow und für Haber-Włyński und seine Farman. Die Standpunkte werden leidenschaftlich verteidigt, Tränen fließen. Als Kusnezow ein Schaufliegen in Rostow veranstaltet, kommt es zum Massenauflauf. Die ganze Stadt strömt auf das Flugfeld hinterm Balabanow-Park. Auf der Skobelewskaja ist kein Durchkommen, auch nicht auf der Gimnasitscheskaja. Alle Plätze innerhalb des umzäunten Versuchsgeländes, für die man bezahlen muss, sind restlos gefüllt, Schaulustige in dichter, regloser Menge umlagern den Zaun, die Leute hängen an den Toren, hocken auf den Dächern, drängen sich auf den Balkons. Dem Publikum wird bekannt gegeben, dass der Flug nach dem Reglement des Nationalen Aeroklubs durchgeführt und dann als gültig anerkannt wird, wenn das Flugzeug sich mindestens drei Minuten in der Luft hält. Kusnezow, von frenetischem Beifall begrüßt, setzt sich in seine Blériot, die tatsächlich wie ein Schmetterling aussieht. Das Flugzeug rollt an, löst sich für einen Moment vom Boden, fällt aber gleich wieder herab und bleibt auf dem rechten Flügel liegen. Das Publikum wird damit vertröstet, dass die Eintrittskarten für den nächsten Flugversuch in ein paar Tagen, wenn Propeller und Tragfläche repariert sind, ihre Gültigkeit behalten. Aber auch eine Woche später hat der Luftpionier kein Glück, legt kurz nach dem Abheben eine Bruchlandung hin und verlässt die Stadt ruhmlos, mit seiner zertrümmerten Blériot im Schlepptau. Das lässt Katjas Liebe zu Kusnezow erkalten. Dafür hat Sascha Grund zum Frohlocken, denn kurze Zeit später ist es Haber-Włyński, der mit seiner Farman in Rostow weit länger als drei Minuten über Park und Publikum kreist.

Auch Mascha hat ihre Liebesgeschichte: Boris Müller, der Sohn des Deutschlehrers im Knabengymnasium, macht ihr den Hof. Ich nehme lebhaften Anteil an der Affäre, bin der Schwester beim Austausch der »Kassiber« behilflich. Ein unbekannter Kitzel ergreift mich: Ich überbringe nicht einfach bloß Zettel, ich diene der Liebe! Mascha fragt mir Löcher in den Bauch: Wie nahm er den Brief entgegen, was sagte er und in welchem Tonfall, nachdem er ihn gelesen, wie war sein Gesichtsausdruck? Ist Boris bei uns zu Besuch, schließen sich die beiden mitunter in Maschas Zimmer ein, und ich muss sie mit einem verabredeten Signal warnen, wenn Mama auftaucht. Hinter der Tür sind erregte Stimmen in gedämpfter Lautstärke zu hören, fast scheint es, als stritten sie sich. Dann ist es plötzlich still. Worüber kann man so lange schweigen?

Boris will Offizier zur See werden. Seine Briefchen voller Liebesschwüre schreibt er in Schönschrift, so regelmäßig wie Bienenwaben.

Boris und Mascha gehen in den Kinematografen und nehmen mich mit. Ein Farbfilm über Schmetterlinge, ich komme aus dem Staunen nicht heraus. Das sei von Hand gemacht, erläutert Boris: Arbeiterinnen in der Filmfabrik malen die Bilder einzeln aus und verderben sich die Augen dabei, werden blind davon. Dieser simple Zusammenhang bringt mich aus der Fassung: Jemand muss erblinden, damit wir schöne Schmetterlinge zu sehen kriegen!

Boris ist Lutheraner, und einmal beim Spaziergang zu dritt schauen wir in eine protestantische Kirche. Ich bin erstaunt, dass die Leute dort im Sitzen beten.

Mascha wird nicht müde, sich im Spiegel zu betrachten, dreht sich dabei so, dass die Hügelchen auf ihrer Brust gut zu sehen sind. Sie macht sich Sorgen, dass bei ihr nichts wächst. Dafür wächst es schon bei mir, was wirklich noch etwas früh ist.

Ich sehe, dass die Schwester in ihrem geheimen Kalender irgendwelche Tage umkringelt, frage sie unvermittelt danach – und das ausgerechnet in dem Moment, wo Boris zu Besuch ist: Sie wollen gerade zu ihm gehen, um zu musizieren, sind beim Aussuchen der Noten. Kaum habe ich gefragt, merke ich mit Schrecken, dass es wohl die falsche Frage war. Mascha läuft rot an, Boris ebenso. Mit Wucht haut die Schwester mir das Notenbuch auf den Kopf, rennt in ihr Zimmer und kommt nicht wieder heraus. Boris klopft, sie macht nicht auf. »Dumme Gans!«, zischt er durch die Zähne, dann geht er. Ich weiß bis heute nicht, ob sich das auf mich bezog oder auf Mascha.

Am selben Unglückstag stolpert Mascha beim Tischdecken und schlägt sich die Lippe an der Tischkante auf. Das Blut ist schwer zu stillen. Die nächsten Tage läuft die Schwester mit einem Pflaster unter der Nase herum beziehungsweise weigert sich überhaupt, ihr Zimmer zu verlassen. Sie fürchtet, jemand könnte sie mit diesem Gesicht sehen. Immer wieder bricht die Hysterie bei ihr aus, sie wäre nun missgestaltet, und es hätte sich ein für alle Mal mit der Liebe. Wir versuchen Mascha zu besänftigen, doch sie will auf niemanden hören. »Raus hier!«, brüllt sie mich an. Ihr kommt es so vor, als wäre ich an allem schuld. Ich weiß, dass ich nichts dafürkann, und verstehe, dass ich trotzdem schuldig bin. Unter Tränen erzähle ich Mama, was vorgefallen ist. »Die Frau wird von der Natur einmal monatlich daran erinnert, dass sie Mutter werden kann«, lautet ihre Antwort. Zum ersten Mal habe ich das Gefühl, dass Mama mich nicht versteht. Nichts zu machen. Die unschöne Narbe bleibt Mascha ein Leben lang.

Bruder Sascha kann über unsere Liebeleien nur lachen, doch auch er ist verliebt, und zwar unglücklich. Er schreibt jemandem Briefe. Wenn er sich manchmal über Frauen äußert, geschieht das von oben herab, mit Verachtung. Ich spüre, dass er etwas weiß, wovon wir keine Ahnung haben. Ich traue mich nicht, ihn danach zu fragen. Sehe nur, dass Papa ihm hin und wieder verstohlen, sodass Mama es nicht sieht, drei Rubel zusteckt.

Auch Njusja ist verliebt, sie hat sogar schon einen Bräutigam, ihren Kolja, aber fast keine Zeit, sich mit ihm zu treffen, denn sie übt stundenlang Klavier. Njusja ist der Stolz und die Hoffnung der Familie, fährt sie doch zum Studium nach Petersburg, ans Konservatorium, und wird mit Sicherheit einmal eine weltberühmte Pianistin werden. Die Einzige, die daran zweifelt, ist wohl sie selbst.

Ich musiziere zu Hause. Mal gibt Mama mir Stunden, mal Njusja, ganz unsystematisch. Njusja schlägt die Klavierschule von Franz Hünten auf, fängt an, mir das Notensystem zu erklären, wird es aber bald leid, die Lehrerin zu spielen, und übergibt an Mama – nicht ohne zuvor noch mit dem gehässigen Verdikt, eine Konzertpianistin werde sowieso nicht aus mir, schon wegen der kleinen Hände (ich greife mit Mühe eine Oktave), Tränen zu verursachen. Auf die richtige Handhaltung achtet bei mir niemand, ich strenge mich an, mit meinen schwachen Fingern möglichst laute Töne zu produzieren, Mama lobt meinen »Anschlag«. In Wirklichkeit sind derlei Lektionen für meine Klavierhand fatal, aber das Lernen macht mir Freude, und kaum habe ich den Bassschlüssel kapiert, beginne ich selbstständig, Liedchen in Akkorde zu zerlegen.

Eines Tages kommt die Königin zum Gastspiel nach Rostow. Nicht die von Spanien, nein, die einzig wahre: die Wjalzewa. Alles spricht von ihr. In der Schule wird über sie erzählt, die Knöpfe an ihren schicken hohen Schuhen seien Brillanten. Mein Bruder Sascha, der ihr mit seinen Kameraden vor dem Hotelausgang am Taganroger Prospekt auflauert, berichtet, sie habe Autogrammkarten in die Menge geworfen und sei dem ausbrechenden Tumult gerade so entkommen. Vater erzählt beim Abendbrot, in jeder Universitäts- oder Hochschulstadt, wo sie gastiere, gehe die Wjalzewa zum Rektor und wolle wissen, wer von den Studenten sein Hörgeld schulde, dem schreibe sie einen Scheck aus. Auch auf dem hiesigen, von den Stadtvätern ihr zu Ehren ausgerichteten Empfang habe sie gefragt, wo man denn in Rostow studiere. »Aber bei uns gibt es ja dergleichen nicht!«, ereifert sich Vater, schmeißt gar die Gabel auf den Tisch dabei. »Absolut nichts! Schwarzes Loch!«

Mama bleibt kühl. »Ein Zimmermädchen!«, macht sie die Herkunft der »Unvergleichlichen« verächtlich.

Alle am Tisch protestieren, am lautesten ich. Endlos lassen meine Schwestern und ich zu Hause die Schallplatten mit den Aufnahmen der Wjalzewa laufen. Ich kann ihr ganzes Repertoire auswendig singen.

Papa geht zum Konzert der Wjalzewa ins Asmolow-Theater und kann nur einen von uns mitnehmen, er hat nur zwei Karten. Wir ziehen das Los. Das Glück aus Saschas Mütze … es ist mir hold! Ich schlafe die ganze Nacht nicht und quäle mich durch den Tag, kann den Abend nicht erwarten. Schließlich sitzen wir im überfüllten Theater. Ausverkauft bis auf den letzten Platz! Mal frenetisch applaudierend, mal atemlos der göttlichen Stimme lauschend, liegt der Saal ihr zu Füßen. Wir haben gute Plätze, trotzdem kann ich das Gesicht der Wjalzewa nicht recht erkennen – der Tränen wegen, die mir aus den Augen strömen. Ich giere nach jedem Augenblick: jeder Geste, jeder Pose, wie sie sich verbeugt, den Beifallssturm über sich ergehen lässt. Die Luft ist wie ein Schwamm so vollgesogen mit Hingabe und Verehrung für die »Unvergleichliche«. Huldvoll nimmt die Königin die Liebesbekundungen entgegen. Lässt es zu, dass man sie liebt. Ich schaue Papa an, sehe das Glühen in seinen Augen. Und weiß von Stund an alles über mich. Beim Einschlafen stelle ich mir den Tag vor, da ich meinen Namen in Großbuchstaben an den Plakatsäulen prangen sehe, und schlafe glücklich ein.

In der Nikitskaja, wo wir wohnen, liegt der Seiteneingang zum Freilichttheater Palermo, das im Sommer Gartenkonzerte veranstaltet, der Haupteingang liegt um die Ecke. Hier gastieren Königinnen von etwas niedererem Rang: Nina Tarassowa, Marija Judina, Jekaterina Jurowskaja. Wir bohren ein Loch in den Zaun und sind ganz Ohr. Das heißt, ich sehe auch aufmerksam hin und präge mir ein, was ich zu der Zeit für die Hauptsache halte: Wie verbeugt man sich vor den Leuten, wenn diese begeistert applaudieren? Zu Hause vor dem Spiegel übe ich alle möglichen Varianten. Einmal gehe ich über den Kirchplatz und erschrecke, da plötzlich Beifall aufbrandet: Es ist ein Taubenschwarm, aufgescheucht von einer vorüberfahrenden Kalesche. Mich überkommt ein unerhörtes Glücksgefühl, so sicher bin ich mir auf einmal, dass alles genauso kommen wird – die von Blumen überhäufte Bühne, die Ovationen, die Vorhänge. Dankbar verneige ich mich vor den Tauben.

Papa kauft Schallplatten. Wir Mädchen lassen alles stehen und liegen, drehen wie im Fieber die Kurbel des Grammofons, lauschen wieder und wieder den geliebten Stimmen, bis Mama über Kopfschmerzen klagt. Wenn das Grammofon schweigt, dann singe ich. Kann einfach nicht anders – da doch alles in mir singt und will heraus!

Nach Möglichkeit verpassen wir kein einziges Konzert im Palermo. Tagsüber gibt es dort viele Fliegen und abends Mücken, das Publikum wedelt die ganze Zeit, und auch der Dirigent scheint sich mit seinem Stöckchen der aufdringlichen Blutsauger erwehren zu wollen. In der Pause verlassen die Männer den Pavillon, um zu rauchen, die Damen sowie Kinder in Begleitung ihrer Muttis und Gouvernanten stehen vor der Toilette Schlange. Ich betrachte sie alle und denke: Noch wissen sie nichts von mir. Ich aber trage sie schon im Herzen. Und das nicht, weil auch sie mich einmal lieben werden, nein: einfach so. Ich liebe sie, und basta.

Das Vergangene ist nicht mehr da, aber wenn man es erzählt, kann man die Wörter über Tage dehnen oder umgekehrt ganze Jahre in eine Handvoll Buchstaben stopfen.

Mit dem Versetzungszeugnis in der Tasche komme ich glücklich und stolz nach Hause.

Gleich noch einmal: Versetzungszeugnis!

Und noch einmal …

Erinnerungen sind undatiert, ohne Zeit und Alter. Zum Beispiel erinnere ich mich, wie meine Freundin, die schöne Ljalja, mir das Küssen beibringt. Anstatt Hausaufgaben zu machen und auszurechnen, wie viel Tuch ein Kaufmann abschneiden muss, der anscheinend von alleine nicht drauf kommt, küssen wir uns, bis die Lippen platzen. Ich wüsste gar zu gern, von wem Ljalja diese Fertigkeiten hat, sie schweigt sich darüber aus. Am Ende beichtet sie doch: von ihrer Cousine in den Weihnachtsferien. Was spielt es für eine Rolle, wann das gewesen ist, wie alt ich war, in welcher Klasse, welchem Jahrhundert, auf welchem Planeten! Wichtig ist nur, dass ich alles vor mir sehe, als wäre es jetzt: Ljalja neben mir auf dem Sofa, ein besonderer Anblick im Licht der tief stehenden Sonne, alles an ihr ist orange, sie versucht sich mit dem Taschentuch einen Tintenfleck von der Hand zu reiben, das Tuch ist in dem Abendlicht auch orange, jetzt kommt aber noch Violett hinzu, von der Tinte. Ljalja befeuchtet das Tuch mit Spucke, verreibt den Fleck, spuckt wieder und reibt, nun sind auch Lippen und Zunge tintenschwarz. Und nichts wird die Tinte je von ihren Lippen wischen können – weder die Zeit noch der Tod.

Schließlich verliebe ich mich zum ersten Mal »richtig«, in einen erwachsenen Mann. Genauer gesagt in sein Foto, das ich im *Ogonjok* gesehen habe, mit der Unterschrift: *Fürst Jussupow, Graf Sumarokow-Elston* – in weißen Hosen, mit einem Tennisschläger in der Hand und strahlendem Lächeln. Ich spüre auf den ersten Blick: Das ist er, mein Auserwählter, mein Ritter. Das Schicksal wird dafür sorgen, dass wir uns begegnen, dessen bin ich mir sicher. Wie und wann, ist ganz egal. Das Schicksal wird es einzurichten wissen, es führt uns zusammen, treibt uns einander unweigerlich in die Arme. Im Schulbuch gibt es eine Zeichnung: Zwei Achtergespanne sollen die Magdeburger Halbkugeln auseinanderzerren, die nicht verschraubt sind, nur die Luft ist zwischen ihnen herausgepumpt. Der Kutscher peitscht mächtig auf die Pferde ein, aber die Halbkugeln kleben wie Pech und Schwefel aneinander, nichts kann sie trennen. Solch eine Liebe wird zwischen uns sein, das weiß ich. Keine Kraft auf Erden wird uns auseinanderreißen können.

Es gibt auch welche, die verlieben sich in mich – doch welch ein himmelweiter Unterschied zwischen diesen meinen Rostower Kavalieren und Fürst Jussupow, Graf Sumarokow-Elston! Zum Beispiel stellen mir die Nasarow-Zwillinge aus dem Stepanow-Gymnasium nach, zwei tumbe Feuerköpfe mit abstehenden Ohren. Sie lassen niemanden auch nur in meine Nähe kommen. Dafür, dass ein Junge aus ihrem Gymnasium ein paar Runden mit mir auf der Eisbahn gedreht hat, verpassen sie ihm eine »Abreibung im Dunkeln« – werfen ihm in der Garderobe Mäntel über den Kopf und verprügeln ihn.

Über Zwillinge weiß Papa zu sagen, dass es sich um einen Fehler der Natur handelt – einen harmlosen zwar, aber einen Fehler. Überließe man die zwei sich selbst, entwickelte sich der eine unweigerlich zum Führer und der andere zum Geführten, einer wäre dem anderen über. Ich merke, wie der Kampf um Vorherrschaft zwischen ihnen unentwegt ausgefochten wird. Einmal im Winter, in der Schlucht im Park von Nowoposjolki, wo zwei Schlittenbahnen aufeinander zuführen, veranstalten die Nasarows eine Mutprobe: Sie fahren mit ihren Schlitten von zwei Seiten gegeneinander. Wer zuerst Angst kriegt und ausweicht, hat verloren. Alles bleibt stehen und schaut, wie die beiden frontal aufeinander zurasen, Aug in Aug – wer als Erster zwinkert, wird ausweichen. Im letzten Moment kommt einer von beiden in der ausgefahrenen Schneerinne ins Schleudern und fliegt zur Seite. Wäre diese Rinne nicht gewesen, die beiden hätten sich wohl die Köpfe eingeschlagen.

Zu Anfang kann ich die beiden überhaupt nicht auseinanderhalten, nach einiger Zeit sehe ich keine Ähnlichkeit mehr zwischen ihnen, so unterschiedlich sind sie. Aber Liebe empfinden könnte ich für den einen so wenig wie für den anderen. Undenkbar! Einmal, als wir gemeinsam zu einer Namenstagsfeier eingeladen sind, passt einer der beiden, Semjon, den Moment ab, um mit mir allein im Zimmer zu sein. Nun müsste er sich eine Unterhaltung einfallen lassen. Aber er kriegt einen roten Kopf, schwitzt und schweigt.

Im Mai spazieren die zwei unter den Fenstern unseres Gymnasiums auf und ab, beide in gleichen weißen Leinenhemden mit zugeknöpftem Kragen, die Augen unverwandt auf die Fenster gerichtet, aus denen wir Schülerinnen hinausschauen, bis der eine in seiner Selbstvergessenheit mit voller Wucht gegen einen Telegrafenmast knallt.

In den Sommerferien fahren ihre Eltern mit ihnen nach Deutschland. Hinterher, als sie nach ihren Erlebnissen in Europa gefragt werden, fällt den Zwillingen nur die Nürnberger Festung ein und die Folterkammer* darin, mit der Eisernen Jungfrau und einer Kollektion weiterer Folterwerkzeuge, da konnten sie nur staunen: stählerne Scheren zum Abschneiden der Zunge, Nadeln zum Ausstechen der Augen, Späne, die unter die Fingernägel getrieben und angezündet wurden, dergleichen mehr. Besonders beeindruckt – sodass sie davon nur flüsternd berichten und nur den Jungen ins Ohr, aber so, dass alle es hören – sind sie von den Klammern zum Quetschen jener Körperteile, die bei Männern besonders empfindlich sind.

Aber einmal erweisen sich die Nasarows als unsere Retter, nämlich als Mischka, Tusja, ich und ein paar andere Freundinnen aus dem Gymnasium den Jahrmarkt in Nachitschewan besuchen. Da werden wir von ein paar betrunkenen Handwerksburschen aus Temernik belästigt – und die Nasarows, die sich an meine Fersen geheftet haben, lassen sich tapfer auf eine Prügelei mit ihnen ein. Von da an nehmen wir die Nasarows immer mit auf unsere Spaziergänge im Park von Nowoposjolki, wo man sich vor Rowdys kaum retten kann, und die beiden stecken Messer und Schlagringe ein.

Seltsam ist die Welt eingerichtet: Pjotr und Semjon, die Zwillinge, scheuen sich nicht, mir zuliebe jemanden abzustechen, doch ich liebe nicht sie, sondern ein Foto, ein Fleckengemisch aus Schwarz und Weiß, und das alles ist zu einfach, als dass man es erklären könnte.

Beim Überlesen des bis hierhin Geschriebenen fällt mir auf, dass ich noch gar nichts über Tante Olja, Mamas jüngere Schwester, erzählt habe, die manchmal aus Petersburg zu Besuch kam.

Mit klappernden Absätzen flog sie herein in unsere Mädchenzimmer, die sich bei ihrem Erscheinen in öde, staubige Kämmerchen verwandelten. Forsch, duftend, mit einem Wort: Hauptstädterin. Wie die Kletten hingen wir an ihr auf dem Sofa, überhäuften sie mit Küssen, dass ihr die Luft wegblieb. Sie hatte

* im Original deutsch (Anm. d. Ü.)

Geschenke für alle dabei, und immer war es etwas so Nutzloses, Unpraktisches, dass Mama tadelnd den Kopf schüttelte. Aber das Überflüssigste ist ja zugleich das Schönste: all diese Federn, Haarspangen, Bildchen, Fächer … Man muss zefiroso leben, sagte Olja. Und genau so atmete, ging, aß und lachte sie auch – zefiroso, das heißt: luftig und leicht wie ein Hauch. Manchmal stellte sie verblüffende Fragen. »Was wäre dir lieber: ein gutes Essen von hässlichem Geschirr zu essen oder eins, das nicht schmeckt, von schönem?«

Eines Abends nach dem Essen trage ich die für die Schule auswendig gelernte Fabel *Die Grille und die Ameise* vor, mit verteilten Rollen. Im Vorgefühl dessen, dass gleich alle applaudieren und meine schauspielerischen Talente feiern werden, schwinge ich mich auf zur letzten Pointe. Den belehrenden Zeigefinger zur Decke streckend, deklamiere ich: »So, du sangst? Dann tanze jetzt!« Aber Tante Olja wartet das Ende gar nicht ab, springt auf und fällt mir ins Wort: »Alles falsch! Alles ganz anders, Bellalein!«, ruft sie und setzt mir auseinander, wie man den Sinn der Fabel recht zu verstehen hat. »Die Grille ist lustig und nett, sie hat so gelebt, wie man dieses Leben unbedingt leben sollte: fröhlich sein und singen, sich am blauen Himmel ergötzen und an der lieben Sonne, selbstlos sein und auf die Selbstlosigkeit anderer hoffen! Sie hat der Schönheit gedient, verstehst du? Die Ameise hingegen ist ein Nichtsnutz, geizig wie alle Reichen, spießig und gemein!«

Tante Olja brachte uns das Tagebuch der Bashkirtseff mit. Es war beinahe eine Art Bibel für sie, abendelang las sie uns daraus vor. *Was die Menschen sich ihrer Nacktheit schämen lässt, ist, dass sie sich nicht für vollkommen halten. Wäre man sicher, dass man weder einen Fleck auf der Haut noch einen schlecht ausgebildeten Muskel noch missgestaltete Füße hätte, so würde man unbekleidet einhergehen, ohne sich zu schämen … Darf man zögern, etwas Schönes zu zeigen, worauf man stolz sein kann?* Sie sei in der Schweiz gewesen, erzählte Tante Olja, am Luganer See, und habe dort ein paar Wochen in einer Kolonie gelebt, wo alle nackt herumgelaufen seien – Männlein und Weiblein. Im Weiteren empörte sie sich darüber, dass nicht einmal in der Kunst die männlichen Genitalien abgebildet würden, wegen angeblicher Anstößigkeit, dabei handele es sich um das Allerheiligste. Das Mysterium des Daseins und der Sinn des ganzen Weltenbaus! Jesus Christus, so führte sie aus, sei nackt ans Kreuz geschlagen worden, wie bei einem verurteilten Sklaven üblich, erst später haben die Popen alle wahrheitsgetreuen Kruzifixe vernichtet und Christus bekleidet!

Unsere alte Njanja hörte durch die offen stehende Tür mit. »Dass du dich nicht schämst!«, kommentierte sie erbost und spuckte aus. Sie mochte Tante Olja nicht und solche Reden schon gar nicht, sie seien für uns verderblich, meinte sie.

Auch Mama missfielen diese Gespräche, aber einfach hinausgehen, ohne etwas zu sagen, mochte sie auch nicht, versuchte zu widersprechen: »Olja, was erzählst du bloß wieder! Es gibt doch eine natürliche Scham, dem Menschen sind von Natur aus Grenzen gegeben, die das Untere vom Oberen scheiden, und es gibt letzten Endes moralische Schranken, geheiligt durch tausendjährige menschliche Erfahrung, durch Gesetze, Religion, letzten Endes!«

Erregt sprang die Tante auf, lief im Zimmer auf und ab und setzte zu einer Beweiskette an: Von alters her, in allen Religionen habe das als vollkommen natürlich gegolten, sei sogar ins Zentrum der Verehrung gestellt worden, im Altertum habe es den Priapos-Kult gegeben, ein Gott sei das gewesen! – und erst das Christentum habe alles auf den Kopf gestellt, weil es das, was lebendig sei, nicht ertragen könne, und überhaupt sei es eine Religion des Todes und von daher gar nicht lebensfähig, bald sterbe es von ganz alleine ab, sei schon halb tot … »Man muss doch bloß mal in die Bibel gucken«, ereiferte sich Tante Olja, »selbst dort bezeichnet man es als das Heiligste, um darauf zu schwören, und greift dabei richtig hin. Als Abraham seinen Diener losschickt, eine Frau für Isaak zu suchen, da sagt er zu ihm: ›Lege deine Hand unter meine Hüfte und schwöre mir bei dem Herrn, dem Gott des

Himmels und der Erde.‹ Und also legte der Knecht seine Hand da hin und schwur! Da könnt ihr mal sehen!«

Das alles sprach Tante Olja zu meinen großen Schwestern, aber ich saß eingerollt im Sessel dabei und merkte es mir gut. Ich schwärmte für sie, und zugleich tat sie mir leid, denn wie die Schwestern sagten, war sie, trotz vielerlei Affären, allein. Tante Olja war einmal verheiratet gewesen, doch dann starb ihr Kind. Sie verließ ihren Mann und blieb fortan ohne Familie.

»Und sowieso sind wir am falschen Ort geboren«, fuhr Tante Olja fort, während sie sich eine Papirossa anzündete und die Fensterklappe aufriss. Besoffenes Geschrei und Hundegebell drangen mit der kalten Luft aus dem Dunkel der Nacht herein. »Nicht hier, sondern irgendwo am warmen Meer hätte man zur Welt kommen sollen und in einem ganz anderen Zeitalter, am besten im alten Griechenland, wo man die Liebe noch liebte, keine Angst hatte, sich zu verlieben, wo das Leben deftig und natürlich war und nicht deftig und unnatürlich wie hier und jetzt. Und deftiger als das Leben in euerm Temernik dürfte das Leben in Hellas kaum gewesen sein!«

Ich mochte Tante Olga, weil sie immer so merkwürdige Dinge sagte. Ich wusste, dass Jesus die Menschen geheißen hat, einander zu lieben. Sie aber beschwerte sich über das Christentum: »Als ob man im Menschen das eine vom anderen scheiden könnte – den Leib von Gott! Genauso gut ließe sich behaupten, Blüte und Wurzel wären zweierlei Geschöpfe!«

Papa hörte sich schweigend an, was Tante Olja sagte, ließ nur selten eine Bemerkung fallen. Einmal, als vom Ursprung der Religion die Rede war, sagte er, am Anfang sei gewiss nicht die Liebe gewesen, sondern die Jagd: Man musste das Tier töten, um zu überleben. Also habe, wer auf die Jagd ging, jenen großen und starken Jäger mitgenommen, der beim Töten eine Hilfe war. »Nicht doch«, entgegnete Tante Olja. »Gott fing an mit jener Frau, deren Kind krank war, und keiner konnte helfen, ihr blieb nichts, als die Hände gen Himmel zu heben und zu beten.«

Während ich Tante Olja zuhörte, wanderten meine Gedanken zum Stadtrand hin, wo die Werkstätten der Wladikawkaser Eisenbahnen waren: stinkende Kneipen, überall Schnapsleichen, die in ihrem Erbrochenen lagen oder im Blut. Vor den Türen der Lokale Frauenkreischen, verbissene, besoffene Schlägereien. Von alledem – den Flüchen, dem Schmutz, den Leuten – ging Trostlosigkeit aus, Elend, Aberwitz. Dagegen behauptete Tante Olja, man müsse mit der Welt wie in den Flitterwochen leben, sich täglich neu ins Leben verlieben, denn liebend begegne man den Dingen, als sähe man sie zum ersten Mal. »Ein Leben lang im Honigmond«, schärfte Tante Olja uns ein. »Sich mit allem vermählen: jedem Baum, dem Himmel, den Büchern, allen Menschen auf der Welt, der schönen Blume – und mit der kalten Luft, die zum Fenster reinkommt, auch!«

Mein hochwerter künftiger Ex-Nabuccosaurus!

Hurra! Ich bekam eine Postkarte von Euch! Wie tröstlich der Anblick Eurer Handschrift für den, der im Königreich hinter den sieben Bergen, in der Hauptstadt der Hauptstädte weilt. Zu erfahren, dass bei Euch alles in Ordnung ist. Es betrübt den Dolmetsch freilich ungemein, dass Ihr keine Lust habt, zur Schule zu gehen. Aber sagt selbst: Wer hat die schon? Dafür hat man später etwas, woran man sich erinnert.

Auch wenn man das übrigens gar nicht will – es geschieht von allein. Glaubt mir. Das ist so mit allem Vergangenen.

Nehmen wir zum Beispiel jene Galpetra, die ich in einem der früheren Sendschreiben erwähnte. So viel Zeit ist vergangen – ich weiß nicht einmal, ob sie noch lebt –, doch sie kommt mir beständig in die Quere.

Ich weiß nicht, wie es bei Euch in der Schule um die Disziplin steht, aber bei uns, in Galpetras Stunden, herrschte immer eine mustergültige Stille. Und das, obwohl man sie an den Klotüren nackt, mit Schnurrbart und schweren Titten gezeichnet finden konnte – ein Akt kindlicher Rache. Mehr traute sich keiner.

Beliebt war sie jedenfalls nicht, weder bei den Kindern noch bei den Lehrern.

Galpetras Lieblingsheld war Janusz Korczak. Hatten wir etwas angestellt, und sie las uns die Leviten, kam sie früher oder später auf Korczak. Und wurde eine ganz andere dabei, das Brüllen hörte auf, selbst die Stimme veränderte sich. »Wie hätte er die Kinder allein im plombierten Waggon in die Gaskammer fahren lassen sollen?« Dabei erzählte sie immer dasselbe, mit den gleichen Sätzen. Alle kannten es auswendig. Und jedes Mal traten ihr Tränen in die Augen, wenn sie zu der Stelle kam: »Und so geschah es am fünften August neunzehnhundertzweiundvierzig, dass Janusz Korczak seine Waisenhauskinder auf die Straße führte. Sie reihten sich zur Kolonne, entrollten die grüne Fahne des König Maciuś und machten sich auf ihren letzten Weg. Korczak selbst lief, zwei Kinder an den Händen, voran.« Und das Ende ging so: »Wisst ihr überhaupt, für wen er das Leid auf sich nahm? Sein Leben hingab? Für euch! Ihr aber …« Kam ihr irgendein belesener Schlaumeier damit, dass Korczak gar nicht Korczak, sondern Goldszmit hieß, war sie beleidigt. Ein Jude? Von wegen! Sie nahm ihn gegen diese Verunglimpfung in Schutz: Das sei zu allen Zeiten so gewesen, dass, wenn einmal ein Mensch mit Anstand auf die Welt gekommen sei, man ihm sofort einen jüdischen Namen angehängt habe …

Der Schlaumeier wollte auf etwas ganz anderes hinaus, aber das war in dem Moment schon nicht mehr zu klären.

Die Galpetra unterrichtete Botanik und Zoologie, auf den Fensterbrettern im Klassenzimmer standen Töpfe mit allen möglichen Pflanzen. Von jeder wusste sie den lateinischen Namen. »Pflanzen sind Lebewesen, aber ihre Namen haben sie aus einer toten Sprache«, pflegte sie zu sagen. »Seht her, das hier ist in südlichen Ländern ein Unkraut, das überall wächst. Bei uns eine Zimmerpflanze. Ohne menschliche Liebe und Wärme überwintert sie bei uns nicht.«

Vom Schulstoff habe ich mir als Einziges gemerkt, dass es Nacktsamer und Bedecktsamer gibt.

Aber Erinnerungen gibt es. Und der Dolmetsch muss sich fragen, wozu er die gebrauchen kann.

Einmal lief die Galpetra mit einem Zettel am Rücken über den Schulflur. Das Klotür-Piktogramm mit den Riesentitten. Jemand hatte es im Pausengedränge mit Klebeband anzuhängen vermocht. Eine Sekunde lang hatte der künftige Dolmetsch erwogen, hinzurennen und den Zettel abzureißen oder wenigstens zu sagen, sie solle sich von hinten begucken. Aber das ging schnell vorbei.

So solltet auch Ihr, mein hochwerter künftiger Ex-Nabuccosaurus, in die Schule gehen, damit Euch hinterher aller Mist wieder einfallen kann, Kryptogamen und Klozeichnungen, denn daraus besteht das Ganze nun mal.

Ich schreibe Euch vom Dach. Dem des Istituto Svizzero, hier gibt es eine Terrasse mit Blick auf die Ewige Stadt. Ganz Rom wie auf der flachen Hand. Die freilich sehr groß sein müsste.

Hier nun meine Ansichtskarte: Rechter Hand, über der Villa Borghese, ist wieder der blaue Luftballon aufgestiegen, bemalt wie eine alte Montgolfiere. Links, etwa über der Piazza Venezia, dröhnt ein Hubschrauber, klebt am Himmel wie eine Fliege am Leimstreifen, die brummt und kommt nicht vom Fleck. Ein Meer aus Kuppeln und Dächern bis an die Albaner Berge. Und geradeaus, über Sankt Peter, kreiselt ein dunkler, lebhafter Fleck. Ein riesiger Vogelschwarm! Mal zieht er sich zusammen, wird dichter und dunkler, mal dehnt er sich und schwillt, verwirbelt und verschwurbelt sich. Als flöge da ein großer schwarzer Strumpf am Himmel, der sich in einem fort umstülpt. Wo kommen diese vielen Vögel her?

Auf dem Dach also sitzt der Dolmetsch, versitzt dort den halben Tag. Dann geht er nach unten. In dem großen Gebäude ist es still. Statuen betrachten schweigend die Gemälde. Alles – Wände, Treppen, Säulen – ist aus weißem Marmor. Wie aus Zucker geschnitzt. Tatsächlich ließ diese Villa einmal ein Schweizer Zuckerfabrikant errichten, der Rom auf einer ihm dargereichten Hand liegen sehen wollte. Jetzt befindet sich hier das Schweizer Institut. Hinter jeder

Tür sitzen Stipendiaten und sind den ganzen Tag am Werkeln. Ein Künstler hat den Dolmetsch gleich am ersten Abend in sein Atelier eingeladen und ausführlich über sein Projekt erzählt: ein großer Magen, der Bern verdaut. Er konnte es sogar als Animation auf seinem Computer vorführen. Ein anderer Künstler lud ebenfalls ein und zeigte, wie er Lampenbrote* baut: Er bohrt ins große weiße Brot ein kleines Loch, durch das er das Weiche herauspult, montiert eine Lampe hinein und hängt es an die Decke. Der Künstler schaltete das Licht aus, sie saßen im Dunkeln, und über ihren Köpfen leuchtete das Brot. Im dritten Atelier, in einem Turm mit Rundblick über ganz Rom, riss eine Künstlerin sich ein Haar aus dem Kopf und drapierte es so auf einem Stück Seife, dass sich eine Weltkarte daraus ergab. Eine solche Weltseife bekam der Dolmetsch sogar von ihr geschenkt.

Der Dolmetsch hat den Laptop in sein Zimmer gebracht und geht auf die Via Ludovisi hinunter. Die Gerüche einer römischen Straße sind: Benzin, Kaffee aus der offenen Tür einer Bar, Weihrauch und Kerzenwachs aus der Kirche, Parfüm aus einer Boutique, Urin und feuchter Kalk aus einem Hausflur. Stimmengewirr: Passanten versuchen ihren *telefonini* etwas zu erklären. Ein tollwütiger Hund hat irgendwo einen Motorroller gebissen, und jetzt grassiert die Seuche, hat auf Autos und Busse übergegriffen, die wie besengt dahinrasen. Selbst die Gullydeckel sind übergeschnappt, dünken sich Gott weiß wer – wo man hintritt, steht: *S. P. Q. R.* Senatus Populus Que Romanus. Aus dem Deckel im Kopfsteinpflaster steigt ein dicker, schwerer Dampf, der die von Rollern verstellte Straße zuschmiert. Da klafft eine Lücke in der Straßenlandschaft. Ein Riss. Oder hat man diesem Rom schon Löcher in den Bauch geguckt?

Über den Köpfen schwebt der Zeigestock eines Stadtführers mit einem rosa Tüchlein daran. Der Dolmetsch folgt ihm. Der Stock führt ihn zur Piazza Barberini. Mitten auf dem Platz ein Triton,

* im Original deutsch (Anm. d. Ü.)

der in eine Muschel pustet, er bläst die Backen auf, hinter jeder steckt eine Apfelsine. Die Fontäne hat einen glatten Mittelscheitel. Hier wurden früher einmal Tote zur Identifizierung ausgelegt. Das Wasser plätschert auf das Pflaster.

Gerüche und Geräusche sind römisch, aber die Farbe der Häuser ist ganz Moskauer Art. Die alten, einzeln stehenden Häuser in der Siwzew Wrashek zum Beispiel mit dem blätternden Putz und dem bröselnden Stuck hatten genau diesen warmen, behaglichen Farbton.

Die Via Sistina entlang zu Gogol. Auch die Hausnummern sind durchgedreht. Angeordnet in einer Reihenfolge, wie sie sich nur in Rom denken lässt. Da ist es, Nummer 125. An der Tür hängen Namensschilder. Jetzt wohnt hier ein gewisser De Leone. Die Fenster der oberen Etage. Jemand schaut hinter der Gardine vor. Unten der Eselstall. Wenn Ihr wüsstet, wie freudig ich aus der Schweiz geflohen und in mein Italien geflogen bin, das geliebte, das schöne – das meine! Das mir niemand auf Erden wieder nehmen wird! Hier bin ich geboren. Russland, Sankt Petersburg, der Schnee, die Schufte, die Behörde, der Lehrstuhl, das Theater – alles nur geträumt! …

Klingeln? Ein alter Mann öffnet. Als er hört, zu wem der Fremde will, gibt er einstudiert Auskunft: Gogol sei nicht da, er sei verreist, wann er zurückkomme ungewiss, und sowieso sei er nach Rückkehr von einer Reise zumeist bettlägerig und empfange nicht.

Ein Stadtführer mit Bambusstöckchen über dem Kopf führt die Straße zur Trinità dei Monti. Wie eine Motte flattert das angebundene weiße Läppchen über dem Geschiebe.

Die Spanische Treppe, gewebt aus Armen, Beinen, Rümpfen, ein lebender Gobelin, entlaufen aus den Vatikanischen Museen … Ein Schwarzer drängt den Pärchen seinen Rosenstrauß auf. Aufziehbare Plastiksoldaten kriechen einem um die Füße, brüllen etwas in ihrer Plastiksprache, zielen und schießen auf geknüllte Papiertaschentücher, zerquetschte Plastikbecher. Eine alte Frau mit Krückstock hockt gekrümmt auf einer Marmorplatte, streckt die Hand aus, murmelt etwas, zu verstehen ist nur *prego* und *mangiare,* die schmutzigen Finger vom Tremor geschüttelt. Sie könnte dem Fußgängertunnel an der Moskauer Metrostation Elektrosawodskaja entstammen, nur mit zwei eingepaukten Wörtern Italienisch.

Der Dolmetsch setzt sich auf die Stufen, blickt hinunter auf die Menge rund um den Barcaccia-Brunnen, die Via Condotti, deren Ränder wie von einem Brei aus Köpfen überschwemmt sind. Als stünde irgendwo ein Topf und kochte Köpfe, kocht und kocht, und keiner ist, der ihm Einhalt geböte: »Töpfchen steh!« – also quillt der Brei über den Rand, und alle Straßen sind schon überschwemmt.

Der Dolmetsch schaut auf die wintergrauen Dächer, auf die trüben Dezemberwolken.

Vor ein paar Jahren hat der Dolmetsch nicht allein auf diesen Stufen gesessen.

Leukippe und Kleitophon. Pyramus und Thisbe. Dolmetsch und Isolde.

Der Dolmetsch war hier mit seiner Isolde. Da war ihrer beider Kind gerade ein Jahr alt, sie hatten es der Großmutter überlassen und waren für ein paar Tage hierhergeflogen. Es war dringend einmal nötig gewesen, der winzigen Wohnung mit ihren Säuglingsgerüchen zu entkommen, Isolde zu entführen aus dem gewohnten häuslichen Trott, der einen unmerklich deprimieren konnte, leise um den Verstand bringen – weg von Stillplänen, Papierwindeln, Waschmaschinen, Badewannen, schlaflosen Nächten. Wenigstens für ein paar Tage nicht die geplagten, unausgeschlafenen Eltern sein, sondern die, die sie zuvor gewesen: Mann und Frau, die einander lieben.

Es war spätabends, als sie auf die Spanische Treppe kamen und eine Hochzeitsgesellschaft antrafen, dasselbe Brautpaar, das sie schon im Lateran gesehen hatten. Die Nachtbraut saß, noch im Brautkleid, auf den Stufen, spielte Gitarre und sang *Yesterday.* Der Bräutigam sang, die Gäste sangen. Und die ganze Spanische Treppe sang mit: »I believe in yesterday…«

Seither sind nur ein paar Jahre vergangen, und Rom ist anders, obwohl alles an seinem Platz steht, die Statuen nicht davongelaufen sind. Dieselben blätternden Palazzi mit Scharten von abgefallenem Stuck. Die Figuren obenauf, von Weitem wie sich aufbäumende Rieseninsekten – ganz wie damals. Dieselben Katzen, die unter den Autos Zuflucht suchen. Derselbe Dreck auf den Straßen, dasselbe von Moosgrün überwucherte Marmorwappen über der Tür und dieselben rostigen Gitter in den dunklen, längst erblindeten Fensterquadraten. In der bemoosten, efeuumrankten Barockmuschel dasselbe Plätschern. Und doch alles anders.

Von jenem ersten Rom hat sich der Eindruck von Regen und Sonne erhalten. Die Bluse klebt pitschnass an ihrem Körper, mit spitzen Fingern zupft Isolde sich den Stoff von der Haut. Das Geräusch der Reifen auf dem noch nassen, schon wieder sonnenfunkelnden Pflaster – ein ganz besonderer Klang, voller Schmatzen und saftigem Pfeifen. Flüssiges, gleißendes Sonnenlicht an den nassen Wänden, an Laub und Steinen. Alles dampft – die Gehwegplatten, die tropfnasse Wäsche oben auf den Leinen, die Rücken der Statuen. Nach dem Regen ist die Luft für ein paar Minuten scharf, duftig und frisch, ehe sie wieder aufgeheizt wird und Abgase das Atmen schwer machen.

Museen, Galerien, Kirchen – von früh bis spät in die Nacht. Gedunkelte Leinwände, vergoldete Altäre, Marmorleiber.

Das Rom der Körper. Sie sind überall – steinern, nichtsdestoweniger fleischlich. Mann, Frau, manchmal halb Tier. Muskeln, Brüste, Brustwarzen, Nabel, Pobacken – an Dioskuren, Imperatoren, Madonnen, Tritonen, Göttern, Faunen, Heiligen. Schenkel, Knöchel, Waden, Fersen, gespreizte Zehen.

Dieses Rom liegt in Scherben.

Die Eidechse zum Beispiel, die da schräg über die Mauer das Weite gesucht hat, sich unter einem Blatt versteckt, sodass nur der Schwanz noch zu sehen ist, ein winziger Halbmond – wo war das gewesen? In irgendwelchem Ziegelschutt, zwei Finger dünne Schicht.

Plötzlich erneut Regen – es sprüht zur offenen Tür der Trattoria herein. Ein richtiger Platzregen, mit brodelnden Bächen auf Straße und Gehweg. Unter einem Auto lugt eine rote Katze hervor, die dort Zuflucht gesucht hat. Der Dolmetsch bestellt Lasagne und *due bicchieri di rosso.* Isolde zeigt ihm, wie man auf Italienisch anstößt. *Cento giorni come questo!,* muss man dazu sagen.

Sie trinken darauf, dass dieses Sprühen bis an ihre nackten Beine, das Prasseln des Regens, die rote Katze, der Italiener am Nebentisch, der sein *telefonino* zwischen Ohr und Schulter geklemmt hat, weil es sich so leichter gestikulieren lässt – dass all dies sich Hundert Mal wiederholen möge. Das Restaurant ist hier gleich um die Ecke, in der Via della Croce. Sie saßen lange dort, matt und fußlahm. Speisekarte nur auf Italienisch, sie tippten mit dem Finger auf den verschmierten Karton, und der Kellner erläuterte, indem er auf sich zeigte: aha, Leber. Und das? Er klopfte sich auf den Schenkel – Filet, sollte das wohl heißen. Und das? Er presste die Ellbogen gegen die Hüften und wedelte mit den Händen, als wären es Flügelchen: *piccione, piccione!*

Damals in Rom erst, nach einem hektischen Jahr voller Sorgen und Nöte – Job finden, Wohnung finden, das Leben mit einem Kleinkind organisieren –, fiel ihm auf, wie schön Isolde nach der Geburt geworden war. Er erkannte es, als sie durch den Hotelflur gingen; sie hatten sich umgezogen und wollten irgendwo in der Stadt zu Abend essen, sie schritt voraus und sagte etwas, er blickte auf ihr Haar, als sähe er es zum ersten Mal, den Ausschnitt des Kleides, und wie ihre Schenkel schwangen, ihren Gang in Stöckelschuhen. Sie sagte etwas, halb zu ihm umgewandt auf dem schummrigen, engen Flur, und alle paar Schritte ließen die Glühbirnen an der Decke ihr Gesicht verwandelt erscheinen: mal das von zu Hause vertraute Profil, mal ein fremdes, unbekanntes, das er berühren und küssen wollte.

Sie aßen dann im Ulpia zu Abend, auf einer Terrasse direkt über dem Trajansforum. Es dunkelte schon, bauchige Kerzen in Glasbechern brannten auf den Tischen. In der Tiefe, acht bis zehn Meter unter ihnen – hier bemisst sich die Zeit nach Metern –, lagerte das antike Rom, genauer gesagt, was davon übrig war. Jede Ruine war einzeln beleuchtet. Säulen lagen umher wie abgenagte Markknochen. Beim Warten auf das bestellte *carré di agnello* tranken sie Wein und lasen einander aus dem Stadtführer vor; sie hätten gern durchschaut, was vor zweitausend Jahren wo genau gewesen war, doch bei all diesen Foren: Foro Vespasiano, Foro Augusto, Foro Cesare, Foro Nerva, den Überblick zu behalten war unmöglich, eins ging ins andere über, zumal, wie zu erfahren, ein großer Teil dieser Foren unter Mussolini wieder überbaut worden war. Der Dolmetsch schaute Isolde an, und jetzt, im Kerzenlicht, fiel ihm zum ersten Mal auf, dass ihre Nasenspitze wippte, wenn sie sprach oder aß. Komisch, das hatte er bis dahin übersehen.

Sie versuchten dem Stadtführer zu entnehmen, wer oder was hinter dem Namen des Restaurants steckte: War diese Ulpia eine Göttin? Eine Stadt? Eine Menschenfrau? Doch das Büchlein gab nichts her. Irgendwo da unten schrien Katzen, die in der großen, mittlerweile zugewachsenen Grube unsichtbar Katzenhochzeit feierten. Dass ausgerechnet hier vor Zeiten die abgehackten Hände Ciceros an die Rostra genagelt und öffentlicher Beaugenscheinigung zugänglich gemacht wurden, mochte man nicht glauben. Die angenagelten Hände – und diese Riesengrube, leer, überwuchert vom grünen, grünen Gras, ein Katzenreich … Es wollte irgendwie nicht zusammenpassen.

Isolde zog die Sandaletten aus und legte ihre Füße unter dem Tisch auf des Dolmetschs Knie. Während er zuhörte, was sie über die Trajanssäule vorlas, auf der, von Scheinwerfern angestrahlt, aus irgendeinem Grund Petrus stand, streichelte er unter der Tischdecke ihre Zehen. Man konnte meinen, dass es schneite – wie aus einem aufgerissenen Daunenkissen rieselten mit einbrechender Nacht haufenweise Nachtfalter in die Straßen von Rom, überall flatterte es: vor den Straßenlampen, den Fenstern, den Scheinwerfern der Autos und denen, die die Ruinen anstrahlten. Auch sie wurden umkreist, die Motten wollten sich partout in die Kerzenflamme stürzen, Isolde vertrieb sie mit ihrem Buch.

Leicht beschwipst von Chianti und Grappa, gingen sie zurück ins Hotel. Vorher standen sie noch eine Weile und betrachteten die Reliefs an der berühmtesten Säule der Welt: Hier kehren die römischen Kundschafter mit den abgeschlagenen Köpfen der Daker heim, da sind die Daker dabei, sich zu ergeben, Frauen und Kinder haben ihre Häuser verlassen, Römer mitsamt ihrem Vieh ziehen ein, hier sticht ein Daker sich selber ab, um den Römern nicht lebend in die Hände zu fallen, dort küsst ein Soldat Trajan die Hand, ein Stück weiter oben setzen dakische Frauen mit Fackeln die nackten Leichen römischer Soldaten in Brand, darüber sehen wir Römerköpfe aufgespießt an den Mauern dakischer Befestigungen, noch darüber Römer beim Bäumefällen und wieder irgendwelche aufgespießten Köpfe, und endlos so fort, spiralig immer weiter hinauf, ein Symbol für Bewegung, Fortschritt, und ganz oben steht ein alter Mann, reglos, hat Angst, sich zu rühren, die Balance zu verlieren, und sowieso kann er sich nicht erklären, wie er hinaufgekommen ist in diese Höhe – nur ja nicht hinabschauen, sonst wird ihm schwindlig.

Die Stadt voller Nachtfalter, um jede Laterne ein großes Kreisen, in Massen stürzten sie auf das Pflaster herab, tot und immer noch weiterflatternd, Straßenjungen zündeten sie mit ihren Feuerzeugen an. So ähnlich hatte der Dolmetsch als Kind brennende Streichhölzer an die Wehen von Pappelflaum gehalten, wenn Moskau unter diesem Flaum begraben lag wie unter Schnee … Hier brannte Mottenschnee.

Selbst in der Nacht war es noch heiß, das Hotelzimmer, als sie ankamen, stickig. Isolde drehte das kalte Wasser am Waschbecken weit auf und hielt Hände, Handgelenke, Ellbogen unter den prasselnden Strahl. Der Dolmetsch schlang die Arme um sie, hob sie hoch, trug sie quer durch das Zimmer und legte sie auf das Bett. Ihre nassen, kalten Arme zogen ihn an sich. Das Wasser rauschte weiter aus dem Hahn. »Geh mal zudrehen!«, flüsterte Isolde.

»Das ist der Regen vor dem Fenster«, erwiderte der Dolmetsch.

An jenem ersten Tag in Rom hat der Dolmetsch sie immerzu angeschaut: die Frau, die er so gut kannte, täglich an seiner Seite hatte, und die ihm zugleich so unbekannt erschien. Das ist das Glück, dachte er. Hören, wie ihre Zähne beim Trinken gegen das Glas stoßen, zusehen, wie auf ihrer Brust ein nasser Fleck wächst, nachdem sie sich mit Wasser begossen hat. Ihre Gerüche erschnüffeln. Sie roch an jenem Tag nach den neuen Sandaletten – nach Schuhgeschäft, Leder, Leim, Schweiß, Deo. Auf dem Hotelbett liegen und durch den Türspalt im Badspiegel sehen, wie sie halb nackt herumläuft, mal ohne Rock, mal ohne Bluse. Sehen, wie sie den engen Büstenhalter richtet. An Wangen und Händen die winzigen Stiche spüren – sie hat sich vor Tagen die Beine rasiert, jetzt sind die Haare wieder ein wenig gesprossen und stacheln. Und nachdem Isolde in die Wanne gestiegen ist und die Dusche angestellt hat, sieht sie aus wie in Wasser gekleidet.

In jener Nacht vor dem Einschlafen massierten sie sich gegenseitig die pflastermüden Füße. Dazu lagerten sie, seitlich aufgestützt, Kopf an Fuß. Der Dolmetsch rieb die duftende Lavendelsalbe in ihre Fersen, in die Narben an ihren Beinen – Spuren der Operation nach dem Unfall –, und Isolde erzählte, wie sie als kleines Kind auf einer Autofahrt mit ihren Eltern durch die Hitze der persischen Wüste gebettelt habe: »Mama, hol mir Kälte!« – und die Mama habe die Hand aus dem Fenster geschoben, eine Weile draußen gelassen und dann eine Handvoll Außenluft in das aufgeheizte Wageninnere geholt, die sie auf dem Nacken des Mädchens verstrich.

Im Schlaf warf Isolde die Decke von sich, ihre schweißbedeckte Haut glänzte im Mondlicht. Und wieder dachte der Dolmetsch darüber nach, wie viel es eigentlich braucht zum Glücklichsein: die leichte Trunkenheit – vom Grappa, von Rom, von der Liebe, vom hellen Mond vor dem Fenster, der durchhängt, als wäre er der Schwanz einer Eidechse, die sich hinter der Wolke wie unter einem Blatt verkriecht; neben dieser Frau einschlafen und wissen, morgen ist wieder ein Tag, und noch dazu ein Tag in Rom, wo man spürt, die Zeit ist knapp und kein Augenblick zu verlieren, nichts wie hinein ins Gewühl dieser Stadt!

Jene Nacht wurde der Dolmetsch von Mücken gepiesackt und erwachte. Ihr Sirren und das Jucken der Stiche verhinderten, dass er wieder einschlief. Er machte Licht, ging mit dem Stadtführer auf Jagd, hinterließ blutige Flecken an der Tapete. Danach konnte er erst recht nicht einschlafen. Er hob die Decke vom Boden auf, wickelte sich hinein. Lehnte sich über den Fensterstock und hielt den Kopf hinaus auf die Straße, die da, menschenleer noch und endlich kühl, im Dämmerlicht vor sich hin träumte. Gegen Morgen regnete es wieder, alles glänzte frisch, im nassen Kopfsteinpflaster spiegelten sich Straßenlampen, Schaufenster, Leuchtreklamen, das Aushängeschild der Bar. Und alles roch; selbst Fensterstock und Hauswand verströmten ganz spezielle römische Odeurs.

Der Dolmetsch dachte an Tristan.

Vor dem Dolmetsch war Tristan an Isoldes Seite gewesen. Sie hatten sich geliebt und waren auch immer nach Italien in den Urlaub gefahren.

Einmal auf der Fahrt in die Ferien geschah der Unfall. Auf der Strecke zwischen Orvieto und Todi, oberhalb des Tibers, wo es viele Kurven gibt. Aus einer kam ihnen ein Lastauto entgegengeflogen.

Tristan fuhr. Er war sofort tot. Vom Lenkrad zerquetscht.

Isolde überlebte. Mit sechzehn Brüchen.

Es vergingen einige Jahre, und sie heiratete den Dolmetsch; jetzt waren sie es, die einander liebten und gemeinsam nach Italien in den Urlaub fuhren.

Und einmal setzte sich der Dolmetsch an den Computer, um irgendeine Übersetzung zu machen. Damals hatten sie noch einen gemeinsamen Computer. Auf der Liste der zuletzt geöffneten Dateien entdeckte der Dolmetsch eine mit merkwürdigem Namen. Isolde hatte den Abend zuvor damit gearbeitet. Der Dolmetsch wusste, dass man nicht heimlich in Briefen oder Dateien anderer Leute liest. Und öffnete die Datei.

Es war ein Tagebuch. Ihr Tagebuch.

Erst wollte der Dolmetsch die Datei schnell wieder schließen.

Dann fing er an zu lesen.

Es war ein seltsames Tagebuch. Isolde trug nicht jeden Tag etwas ein, nicht einmal jeden Monat. Sondern nur, wenn es ihr schlecht ging.

Der Dolmetsch las die Einträge, weil er wissen wollte, was der Mensch, mit dem er das Leben teilte, vor ihm zu verbergen hatte.

In Zeiten, da zwischen ihnen alles im Lot war, hatte sie nichts eingetragen. Solche Tage kamen in dem Tagebuch einfach nicht vor. Nur wenn es wieder einmal nicht zum Aushalten schien, wenn sie an ihrem Leben mit dem Dolmetsch zu ersticken drohte, setzte sie sich an den Computer, öffnete die Datei und schüttete ihr Herz aus. Streitigkeiten, die der Dolmetsch längst vergessen hatte, lebten hier fort, so wie sie niedergeschrieben worden waren: frisch erlebt, unverwunden, unverziehen.

Merkwürdig außerdem, dass dieses Tagebuch an Tristan gerichtet war.

Der Tote erfuhr auf diesen Seiten Isoldes Liebe, während sie für den Dolmetsch nichts als Schmähungen, Gereiztheit und Verbitterung übrig hatte.

Worte, einander an den Kopf geworfen, um wehzutun, standen hier vermerkt; was sie sich hinterher zugeraunt hatten, fehlte.

Der Dolmetsch beschloss, Isolde nicht zur Rede zu stellen und auch nie wieder zu lesen, was nicht für ihn bestimmt war.

Beim Buchen der Fahrkarten und Hotelplätze für Rom hatte er sich gewundert, dass Isolde unbedingt in dieses Hotel wollte, an dem doch augenscheinlich nichts Besonderes war. Erst jetzt in dieser Nacht, den Kopf hinaus in den Regen haltend, kam der Dolmetsch darauf, dass sie vielleicht mit Tristan in diesem Hotel gewesen war. Ein absonderlicher Einfall, den er sogleich von sich wies.

Der Dolmetsch legte sich wieder hin, konnte aber noch lange nicht einschlafen, weil er die ganze Zeit an Tristan denken musste, mit dem Isolde immerhin in Rom gewesen war. Er ließ den Tag Revue passieren, und plötzlich fiel ihm ein, sie könnte mit Tristan ganz genauso angestoßen und *Cento giorni come questo!* gesagt haben. Vielleicht hatten sie genauso zusammengesessen, womöglich in derselben Trattoria – warum sonst hatte sie ihn dorthin geführt? –, und draußen hatte es geregnet, sie hatten auf ihre Lasagne gewartet, Chianti gesüffelt, der vielleicht in denselben Krüglein kredenzt worden war …

Immer mehr Einzelheiten fielen ihm ein, Kleinigkeiten, deren heimlicher Sinn sich ihm nun erst erschloss. Sie waren in Fiumicino gelandet und brauchten Zugfahrkarten nach Rom. Es gab Fahrkartenautomaten, an denen man mit Karte bezahlen konnte.

»Lieber nicht! Sonst schluckt er sie noch. Das hatte ich schon mal«, sagte Isolde.

An der Kasse stand eine lange Schlange, also steckte der Dolmetsch seine Kreditkarte in den Automaten – und prompt geschah es: Ticket *und* Karte blieben verschwunden. *Benvenuto all'Italia!* Der Dolmetsch hielt beim Automaten Wache, während Isolde auf Hilfesuche ging. Sie spricht ein bisschen Italienisch. Die Angestellten hinter den Schaltern konnten ihr nicht helfen. Wer hätte helfen können, war nicht da. So standen sie vor dem Automaten und warteten, ohne recht zu wissen, worauf. Isolde begann die Nerven zu verlieren, der Dolmetsch versuchte sie zu beruhigen: Das sei doch nicht weiter schlimm, alles werde sich klären, dabei war er selbst kurz davor, seine Bank anzurufen und die Karte sperren zu lassen. »Gottverdälli!«, fluchte Isolde immer wieder.

Schließlich kamen irgendwelche Italiener, die den Automaten aufschlossen, und der Dolmetsch erhielt seine Karte zurück. Sie kauften die Fahrkarten an der Kasse und bestiegen den Expresszug zum Termini. Und jetzt, mitten in der Nacht, verfiel er auf den Gedanken, dass es Tristans Kreditkarte gewesen sein musste, die der Automat schon einmal unversehens geschluckt hatte.

Vor Zeiten empfing Rom seine Gäste am Paradeeingang, der Porta del Popolo, heute wird man über einen Hintereingang geschleust, zuckelt durch irgendwelche schmutzigen Vororte dem Bahnhof entgegen. Unverwandt sah der Dolmetsch auf der Fahrt zum Termini aus dem Fenster, hielt Ausschau nach Rom und blickte doch nur in hässliche, unwirtliche Hinterhöfe. Das Erste, was er beim Verlassen des Bahnhofs zu Gesicht bekam, war ein McDonald's. *Ecco Roma?* Nein, nein, besänftigte ihn Isolde, Rom fange da an, wo man seinen ersten Espresso im Stehen trinke, in irgendeiner Bar. Also betraten sie eine, die schmal und tief war und wo der fauchende Kaffeeautomat wie in einer Höhle wohnte, tranken im Stehen ihren ersten Espresso, so andächtig, als wäre es ein Zauberelixier, und siehe da: Rom fing an. Nun ging es dem Dolmetsch durch den Kopf, dass bestimmt Tristan so zu ihr gesprochen hatte: »Rom fängt da an, wo man seinen ersten Espresso im Stehen trinkt, in irgendeiner Bar.«

Nach dieser Nacht in Rom gingen dem Dolmetsch die einfachsten Dinge auf, über die er zuvor gar nicht nachgedacht hatte. Zum Beispiel mochte es Isolde, wenn man ihr die Fingernägel an den verschiedensten Stellen in die Kopfhaut drückte. Das war gut gegen Kopfschmerzen, und es half wach zu werden, wenn man zeitig aufstehen musste. Wahrscheinlich stieg einem so das Blut in den Kopf; eine besondere Klarheit, Nüchternheit war die Folge. Auch dem Dolmetsch behagte es, wenn Isolde morgens ihre Nägel in seinen Kopf drückte – zuerst ganz sanft, dann immer kräftiger. Und als sie in der stickigen, schweißigen Metro von Rom auf die Bahn warteten, die ewig nicht kam, und Isolde tat der Kopf weh, da setzte sie sich auf eine Bank, der Dolmetsch stellte sich hinter sie und fing an, ihren Kopf zu massieren, mit ausgefahrenen Krallen, die bewährte Methode. Sie schloss die Augen und schnurrte.

»Hat *er* sich das ausgedacht?«, fragte er sie.

Das Schnurren hörte auf, sie öffnete die Augen.

»Was meinst du?«, fragte sie.

In dem Moment fuhr die Metro ein, graffitiüberzogen. Isolde hatte seine Frage nicht verstanden oder nicht verstehen wollen, und der Dolmetsch ließ es dabei bewenden.

Sie irrten durch die Vatikanischen Museen und landeten in einer langen, menschenleeren Galerie. Weiße Skulpturen reihten sich längs der Wände. Leblose Leiber: Arme, Beine, Köpfe, Brüste, Bäuche, sämtlich aus der Erde gegraben und nun zur Identifizierung hier aufgestellt. Vasen, Sarkophage, Reliefs – und wieder Menschenkörper, manche ohne Augen, ohne Arme, ohne Beine, kastriert. Oder mit Blättern vor den Stellen, wo die Geschlechtsorgane hingehörten. Was nicht zu bemänteln gewesen – mit dem Hammer abgeschlagen. Einem dieser muskelbepackten Blinden fasste Isolde – nicht ohne sich umzusehen, ob jemand schaute – an die Stelle, wo nichts mehr war.

»Diese Idioten! Was müssen sie das Leben gehasst haben. Warum bloß?«

Irgendwann waren alle diese Statuen Götter oder Menschen gewesen, dann hatten sie sich zu Salzsäulen verwandelt, nun standen sie hier. Marmorleichen in Reih und Glied, wie eine Ehrenwache zum Empfang im Totenreich. Isolde fiel ein, wie sie zu erwecken waren: indem man jedem eine Geschichte anhängte. »Schau, der da war abergläubisch. Zog strikt zuerst die linke Sandale an und dann die rechte. Der Arzt hat ihm gegen die Schwindsucht eine Eselsmilchkur verschrieben, jeden Morgen um sechs trank er ein großes Glas. Außerdem war sein Hintern stark behaart.« Auf die Art dachten sie sich für jeden etwas aus. Dieser hier zum Beispiel – eine römische Kopie vom verlorenen griechischen Original – sang sehr gern; tat er es, blähten sich seine Nasenflügel. Einmal, auf dem Nachhauseweg, sang er zufrieden vor sich hin, da kam ihm einer entgegen und sagte: Du fährst hier singend deiner Wege und weißt nicht, dass dein Haus abgebrannt ist mitsamt der Frau, alles futsch. Und als Kind hatte ihm seine Mama beigebracht: Bevor du aufs Klo gehst, such dir Blätter von Kletten und anderen Büschen am Wegrand, reiß sie ab und nimm sie mit. Und die da – auch eine römische Kopie vom verschollenen griechischen Original – liebte einen verheirateten Mann und scheute sich davor, mit ihm glücklich zu sein, vermochte ihr Glück nicht zu genießen, weil sie wusste: Jedes Glück hat seinen Preis, und als sein Kind krank wurde, wusste sie gleich, woher das kam. Und der Krieger dort, auch er eine römische Kopie, kehrte unversehrt heim aus dem Krieg – die Frau war froh, dass er am Leben war, die Kinder freuten sich über die Geschenke. Und Zähne hatte er, damit hätte er einen Nagel durchbeißen können. Und einmal schlug er sich einen Fingernagel blau. Der Nagel wuchs nach, das Blaue kroch nach vorn. Und auf einmal wünschte er sich innig: Wenn das Blaue den Rand des Fingernagels erreicht, möge etwas Schönes passieren. Es klappte nicht. Das Blaue erreichte den Rand des Fingernagels nicht.

So liefen sie herum und erweckten die Toten. Und nun ging dem Dolmetsch der Gedanke nicht aus dem Kopf, Isolde könnte dieses Spiel schon einmal mit Tristan gespielt haben, und er hätte es sich ausgedacht, Arm in Arm wären sie durch die nicht enden wollende Galerie mit den toten Standbildern gelaufen und hätten den Marmortorsi kleine Portionen Leben eingehaucht.

Es gab dort auch einen Sarkophag, darauf lagen Mann und Frau, seitlich aufgestützt, Kopf an Fuß. Er mit gestutztem Bart, sie mit einer Frisur aus vielen kleinen Löckchen. Lächelnd blickten die beiden sich an. Eben hatten sie einander die lebensmüden Füße massiert. Nun würden sie gleich miteinander einschlafen und gemeinsam wieder erwachen.

Nahezu alle Skulpturen waren Kopien irgendwelcher verloren gegangener Originale. Auch der Apollo von Belvedere. Der für den Dolmetsch natürlich nur eine Kopie jenes verschneiten Apollos in Ostankino war, den er einst mit Schneebällen beworfen hatte.

Der Dolmetsch erzählte Isolde von Galpetra und dem Apollo von Ostankino, sie lachte darüber.

Monat für Monat hatte die Galpetra ihre Klasse in irgendein Museum geführt, meistens ins Puschkin-Museum an der Wolchonka. Einmal waren sie am *David* vorbeigekommen, die Augen der Mädchen hingen an seiner Leistengegend, sie wisperten und kicherten, und er war unangenehm berührt von dem Metallbolzen, der in Davids Rücken steckte, damit er nicht umfiel; das roch nach irgendeinem Betrug, zumal die Museumsführerin nicht müde wurde zu betonen, es handele sich bei allem, was da stand, nur um Kopien.

Vor der Kopie des Laokoon sagte sie: »Seht nur, wie wunderbar der antike Bildhauer das Leid in das Antlitz des Vaters gemeißelt hat, der mit ansehen muss, wie seine beiden Söhne sterben!«

Vom Original hieß es, dass es sich in Italien befinde, im Vatikanischen Museum, und der Dolmetsch wusste noch, wie die Galpetra geseufzt hatte: »Hach, wenn man da mal durchs Schlüsselloch linsen könnte …«

Ob es noch Fragen gebe, wurde gefragt, und der künftige Dolmetsch in seiner Schuluniform mit den blank gewetzten Knien und Ellbogen hatte eine: »Wieso werden denn hier nur Kopien gezeigt? Im Museum muss doch alles echt sein!«

Alles Echte sei nun mal in Italien, hatte die Führerin erklärt, und außerdem seien diese Kopien äußerst exakt, praktisch so gut wie Originale, und mit diesen Worten führte sie die Gruppe in den nächsten Saal.

Und nun war der Dolmetsch in Rom, und wieder sah er sich umgeben von Kopien: die Skulpturen in den Vatikanischen Museen ebenso wie Berninis Engel auf der Ponte Sant' Angelo und Marc Aurel auf dem Hügel des Kapitols und der ägyptische Obelisk vor der Santa Trinità dei Monti – alles Kopien, und das Echte musste man wieder woanders suchen.

Selbst der Tiber schien nur eine schlechte Kopie zu sein von dem Original, das nicht mehr da war. Von der Brücke schauten Isolde und der Dolmetsch hinab auf brackiges totes Wasser, auf die flachen Randstreifen mit der dicken, rissigen Schlammkruste, und irgendwie wollte es einem nicht in den Kopf, dass dieser rastlose braune Strom mit den grauen Schaumkronen jener Tiber sein sollte, in dem eines sonnigen Oktobertages Konstantin der Große unter Zuhilfenahme des Kreuzes den Heiden Maxentius ertränkt hatte, worauf das Christentum die Welt eroberte. In dieser Jauche?

Und es stellte sich heraus, dass auch der Dolmetsch nur die Kopie eines verlorenen Originals war.

Das Reiseführerkapitel über den Lateran lockte mit der Heiligen Treppe, die aus dem Palast des Pontius Pilatus stammt, und den Häuptern von Petrus und Paulus, die in der päpstlichen Basilika aufbewahrt sind, also brachen sie dorthin auf. Stiegen in den Schacht der Metro hinab, wo man kaum Luft bekam, und Isolde sagte, sie sei müde und ginge eigentlich lieber wieder in irgendeinem Park spazieren – so wie am Tag zuvor, als sie in der Villa Borghese gewesen waren. In einer abgelegenen Allee irgendwo an der Rückseite des Stadions hatten sie eine freie Bank gefunden, der Dolmetsch legte sich längs, den Kopf auf Isoldes Schoß, die Wange in ihren weichen Bauch gedrückt. Isolde wühlte in seinen Haaren. Wind kam auf, die Schatten der Äste flogen über ihr Gesicht, ihre nackten Schultern, über das Gras, den sandigen Weg, den Marmor der Statuen. Im Liegen las der Dolmetsch aus dem Reiseführer die Passage über einen Triumphbogen vor: dass der eine Kaiser dafür Statuen und Reliefs vom Triumphbogen eines anderen geklaut hatte.

»Schau, dort ist auch ein Triumphbogen!«

Da standen Pinien: dicht aneinandergedrängt, Schulter an Schulter, unter ihren Achseln der Himmel.

Das war den Tag zuvor gewesen, nun waren sie unten in der Metro, und Isolde fragte: »Liegt dir viel daran, diese Treppe und diese Köpfe zu sehen?«

»Ja.«

»Und du meinst, die sind echt?«

»Davon würde ich mich gern überzeugen.«

Sie bestiegen den graffitibesprühten U-Bahn-Wagen, in dem es stickig war und rappelvoll.

Während der Fahrt erzählte Isolde vom Religionsunterricht damals in der Schule und wie sie das alles gehasst hatten. Der Dolmetsch wiederum erzählte, sie hätten antireligiöse Propaganda in der Schule gehabt. Und ausgerechnet bei besagter Galpetra! So wusste der Dolmetsch schon als Kind Bescheid, dass es keinen Gott gab – weshalb ihm, dem Schüler von damals, geplagt von Pickeln, frühzeitiger Behaarung, fehlender Liebe und der Angst vor dem Tod, so viel daran lag, ihn zu finden. Oder wenigstens etwas Ähnliches. Die Klasse starb jedenfalls vor Langeweile, wenn die Galpetra sich darüber ausließ, dass Gott eine Erfindung der Popen sei, um naiven, ungebildeten Menschen leichter blauen Dunst vormachen zu können, und das Jüngste Gericht habe man sich ausgedacht, um anderen die Sünden, die man selbst begeht, zu verbieten, und dergleichen mehr, was in diesen Stunden eben so gesagt werden musste. »An den lieben Gott glauben, das bringen nur alte Weiber fertig«, sagte die Galpetra. »Das Christentum ist eine Religion von Sklaven und Selbstmördern. Ein Leben nach dem Tode gibt es nicht und kann es nicht geben: Alles Lebendige stirbt einmal, und jegliche Auferstehung ist ein Ding der Unmöglichkeit. Gäbe es Gott, so gäbe es den Tod nicht, und da es ihn gibt, kann es keinen Gott geben – das ist die einfache Logik.« Isolde lachte. Im Religionsunterricht sei das gerade Gegenteil behauptet worden: Gott existiert! – aber sterbenslangweilig sei auch das gewesen.

Und dann standen Isolde und der Dolmetsch vor dem Gebäude mit der Inschrift *Sancta sanctorum*, gingen hinein. Gleich unten, links vom Eingang, gab es ein Modell des Palastes von Pontius Pilatus unter Glas, an dem sich erkennen ließ, wo genau die Treppe gewesen war. Man hatte sie von Jerusalem nach Rom überführt, die Stufen waren mit Holz verkleidet, und an den Stellen, wo das Blut Christi auf sie getropft war, gab es Glasfenster. Isolde und der Dolmetsch standen unter der Treppe und schauten zu, wie die Menschen niederknieten und auf Knien die Treppe erklommen. Jeder kroch auf seine Art. Manche hopp-hopp, an anderen vorbei, manche wiederum lange auf jeder Stufe verweilend, die blank polierten, halb schon durchgewetzten Planken mit der Stirn berührend und jede einzelne küssend. Eine Frau schaute unentwegt hinter sich und zog ihren Rock zurecht. Eindrucksvoll war ein Mädchen, ganz jung noch, das im Rollstuhl herangetragen wurde; man half ihr auf die unterste Stufe, und von da kraxelte sie aus eigener Kraft, mit gespreizten Beinen, man sah, wie schwer ihr jede Bewegung fiel. Nach ihr kam eine Gruppe Schüler, die fröhlich lärmend, unter allgemeinem Schubsen die Treppe erklomm; den Staub der Sohlen an den Nachfolgenden abzuwischen schien dabei besonderen Spaß zu machen. Und während er mit Isolde vor dieser Treppe stand und zuschaute, wie die Schüler das invalide Mädchen überholten, tippte jemand dem Dolmetsch an die Schulter. Zunächst achtete er nicht darauf, in der Menge der Touristen wurde man ja immerzu angestoßen. Doch die Berührung wiederholte sich. Er wandte sich um und erblickte die Galpetra. Sie trug immer noch dieselbe Mohairmütze und dasselbe lila Strickkostüm. Sogar die Stiefel standen wieder halb offen und steckten in Museumspantoffeln. Derselbe Schnurrbart, derselbe Bauch. Sie wies mit dem Kopf in Richtung Treppe.

»Worauf wartest du noch? Kriech los!«, befahl sie. Und fügte mit tadelndem Kopfschütteln hinzu: »Du wolltest mir damals nicht glauben …«

Der Dolmetsch konnte nicht anders, als das Erlebnis sogleich Isolde zu berichten, doch die verstand nicht.

»Du hast eine Bekannte getroffen?«

Da war die Galpetra schon wieder weg.

Sie gingen sich die Köpfe anschauen.

Während sie den Platz überquerten, tönte von irgendwoher Musik, ein Liedchen auf Italienisch mit dem Kehrreim *amore, amore, amore*, und den Dolmetsch mutete es schon seltsam an, dass sie jetzt gleich den Kopf (oder immerhin einen Schädelknochen, das war kein großer Unterschied) jenes Mannes zu sehen bekämen, der Ihm während der vierten Nachtwache entgegengegangen war – über den See: den Fuß über den Bordrand gehoben hatte und auf die Welle gesetzt.

In der Kathedrale drängten sich die Touristen wie überall, aus den Lautsprechern murmelte es Latein. Sie ließen sich in der Menge treiben, der Dolmetsch hatte keine Ahnung, wo der Kopf sein mochte. Die Strömung schob sie zum Kiosk am Eingang. Isolde fragte die Verkäuferin auf Italienisch. Die zeigte auf eine der Postkarten vor sich: darauf ein Altar, turmartig, ganz in Gold und Marmor, wie eine Illustration zu dem russischen Märchen vom goldenen Hahn. Der Fingernagel der Verkäuferin, grün und voller Sternenflitter, tippte auf die Karte und zeigte nach oben: zum Altar gehen und nach oben blicken, sollte das wohl heißen.

Jetzt begriff der Dolmetsch auch, warum sie nicht gleich hatten sehen können, wonach sie suchten: Sie waren durch einen Seiteneingang hereingekommen, nicht durch das Hauptportal. Nun drängten sie von der Mitte her durch die Menge in Richtung Altar. Dort waren im zweiten Geschoss des Märchenturms, hinter einem goldverschnörkelten Gitter, tatsächlich zwei Büsten zu sehen. Der Dolmetsch versuchte genauer hinzusehen, doch da ließ sich nur vage etwas rosig Pausbäckiges, Fettglänzendes, Schwarzmähniges erkennen. Die Lautsprecher waren zum Italienischen übergegangen, was gleich einen deutlich muntereren Eindruck machte, jedes zweite Wort war *amore*. Über den schmalen Beichtkabinen gab es rote Lämpchen, die beständig aus- und wieder angingen. Eine japanische Reisegruppe zwängte sich vor ihnen durch die Menge – voranschwebend ein Skistock mit grünem Wimpel am oberen Ende.

»Zufrieden?«, fragte Isolde. »Gehen wir!«

Bevor sie gingen, verharrten sie kurz an der Sakristei links vom Eingang – dort fand gerade eine Trauung statt. Sie spähten durch das Gitter. Der Pater hielt seine Ansprache vor dem sitzenden Brautpaar. Wie er mit den Armen fuchtelte, sah lustig aus. Ihm schienen die Worte nicht zu genügen; ganz auf die italienische Art beschwor er das junge Paar mit inbrünstigen Gestikulationen, einander zu lieben, bis dass der Tod sie scheide, und noch darüber hinaus.

Isolde und der Dolmetsch traten ins Freie und holten den Stadtplan hervor, mit dem sie durch Rom liefen. Der Plan war alt und abgenutzt, mit Rissen an den Falten, außerdem schon einmal in den Regen geraten, er bestand nur noch aus Fetzen. Aber einen neuen mochte Isolde nicht kaufen, sie sei an diesen gewöhnt, sagte sie. Wahrscheinlich ist sie damals damit durch Rom gelaufen, mit Tristan, dachte er.

Ganz in der Nähe musste sich San Clemente befinden, die Kirche, in der Kyrill begraben lag – jener Kyrill, nach dem die Schrift ihren Namen hat, ohne die im Leben des Dolmetschs gar nichts ginge.

»Lass uns hingehen!«, schlug der Dolmetsch vor, doch Isolde protestierte: Ihr täten die Füße weh, sie gehe nirgends mehr hin, sagte sie.

Sie setzten sich in ein Straßencafé.

»Warst du beim vorigen Mal dort?«

»Nein.«

Der Dolmetsch suchte sie zu überreden: Es sei gar nicht weit, zehn Minuten in Richtung Kolosseum, wo sie in die Metro steigen und zum Hotel fahren konnten. »Die neuen Sandalen reiben«, hielt Isolde dagegen. »Und sowieso ist mir unbegreiflich, was einen dazu treibt, sich alle diese wundersam zusammengewachsenen Ketten, sonst wo aufgelesenen Späne und unklar wessen Gebeine anzugucken!«

Der Dolmetsch wusste, warum er unbedingt dorthin wollte.

Er musste sie Tristan entführen – weg aus deren beider Rom, in ein anderes.

Der Dolmetsch erzählte ihr von Kyrill. Weil er ihr etwas erzählen wollte, was Tristan bestimmt nicht gewusst hatte. Und dem Dolmetsch kam es auf einmal so vor, als erzählte er es nicht ihr, sondern ihm. He, Tristan, jetzt erzähl ich dir was, ätsch, das weißt du noch nicht! Das alte Chersones heißt heute Sewastopol, und hier, mein lieber Tristan, fängt eine Welt ohne dich an. Da wo der heilige Clemens ertränkt wurde, dritter römischer Papst und Schüler von Petrus, als Märtyrer, da wurden während des Bürgerkrieges Offiziere ertränkt. Sie bekamen alte Anker und sonstiges Altmetall oder Steine angebunden, manche um den Hals, manche um die Füße – so wurden sie ins Wasser geworfen. In irgendwelchen Memoiren hatte der Dolmetsch gelesen, die Taucher, die später an der Stelle den Meeresgrund untersuchten, seien sich vorgekommen wie in einem Wald: Die toten Körper strebten aufwärts und standen, da sie nicht loskamen, senkrecht, manche kopfüber, manche kopfunter, und der Strömung wegen alle schräg nach derselben Seite, wie Windflüchter; bei einem hatten sich die Hemdzipfel gelöst und flatterten an ihm wie Flügel. Und an ebendieser Küste war einst Kyrill vorbeigekommen, dem die Kyrilliza, des Dolmetschs Buchstaben, aus den Wolken in den Schoß gefallen war. Der Empfänger der Himmelszeichen berichtete den Leuten in Chersones von dem Martyrium, welches Clemens widerfahren war; sie wussten nichts mehr davon und glaubten ihm nicht. Da schwamm Kyrill zu besagter Stelle und begann zu suchen, denn er wollte die Chersonesier überzeugen. Der Meeresspiegel hatte sich in den Jahrhunderten seit Clemens gesenkt, das Meer war zurückgewichen, eine Sandbank hatte sich gebildet. Kyrill suchte im Sand, konnte zunächst nichts finden, die Chersonesier machten sich lustig über ihn. Kyrill ließ sich nicht beirren, schaufelte weiter, denn er war ja nicht auf Knochen aus – wen interessieren die? Es ging nicht um Rippen und Schädel an sich, es ging um den Beweis. Eine Rippe, blank gescheuert von Sand und Meer, sollte in der Sonne aufglänzen, das war es. Ein Beweis musste herzu, dass es Gott gab und also keinen Tod. Dafür taugte nur ein Wunder. Und das Wunder geschah, etwas glänzte im Sand, blinkte in der Sonne – eine Rippe. Blendend weißes Gebein. Man grub weiter, fand den Kopf und alles Übrige. Am verblüffendsten war der Duft. Gerüche, das ist Gottes Sprache, so viel wusste man. Diese wohlriechenden Gebeine trug Kyrill also nach Rom. Und wurde später selbst an gleicher Stelle begraben wie Clemens. Vermutlich hatten auch seine Knochen diesen Duft.

»Schon wieder Knochen!«, seufzte Isolde. »Na schön, gehen wir hin.«

Sie blieben noch einen Moment in dem Café sitzen, tranken Espresso aus winzigen Tässchen wie aus Eischalen, bevor sie sich nach San Clemente aufmachten. Unterwegs müsse sie aber unbedingt noch in eine Apotheke, Pflaster kaufen, so Isoldes Bedingung. Es fand sich aber keine Apotheke auf dem Weg; Isolde hinkte, als sie ankamen. In stummer Verärgerung betrat sie mit ihm die Kirche, setzte sich auf eine Bank und verkündete, in die Gruft komme sie nicht mit.

Der Dolmetsch ging allein nach unten.

Er wandelte unter den spärlich beleuchteten Gewölben einher und war nun seinerseits wütend auf Isolde, mehr noch auf sich, dass er sie mit der Blase am Fuß in diese Kirche geschleppt hatte; sie hätten genauso gut morgen oder übermorgen herkommen können.

Überall lagen zerbrochene Steine herum. Die Luft war klamm. Touristengruppen schoben sich vorbei, die noch ein Stockwerk tiefer gelotst wurden, wo sich in ebenso feuchten, düsteren Grüften eine Mithraskultstätte befand. Der Dolmetsch kraxelte ihnen nach – nichts als feuchte Trümmer auch dort.

In der Düsternis der Gänge stieß er dann endlich auf Kyrills Grabmal, das sich etwas abseits befand. Auf der Steinplatte lagen Papierblumen, dick mit Staub bedeckt. Die Wände ringsum waren voller Gedenkplaketten – darauf verewigt allerlei vergessene Herrscher, die ihre Dekrete in kyrillischer Schrift erlassen hatten.

Auf einmal stand Isolde vor ihm, die, den Stadtführer in Händen, doch noch heruntergekommen war.

»Da bist du ja!«, sagte Isolde. »Ich hab oben gesessen und gelesen. Pass auf: Hier gibt es überhaupt keine sterblichen Überreste von Kyrill. Die haben sie 1798 rausgeschmissen, da war hier ein Aufstand, sämtliche Knochen flogen auf die Straße. Und es hat auch keinen Märtyrerpapst Clemens gegeben, oder besser gesagt, es gab zwei: Der eine Clemens war tatsächlich Märtyrer, aber Konsul und nicht Papst, der andere war Papst, aber kein Märtyrer. Und erst später hat die Legende sie zu einem verschmolzen. Außerdem steht hier noch, dass Petrus neuesten wissenschaftlichen Erkenntnissen zufolge überhaupt nie in Rom gewesen sein soll!«

Eine Gruppe Japaner zog vorüber, ohne zu säumen. Sie wurden ins Mithräum geschleust. Sorgsam hoben sie beim Gehen die Füße, um nicht auf dem buckeligen Lehmfußboden ins Stolpern zu geraten. Einer nach dem anderen verschwanden die Touristen in dem schmalen Gang, der in die benachbarte Gruft führte. Isolde und der Dolmetsch stiegen wieder hinauf und traten auf die Straße, wo ihnen nach dem Odem der Unterwelt selbst dieser benzingeschwängerte Wind wie Frischluft vorkam, und liefen langsam, mit häufigen Pausen in Richtung Kolosseum. Isolde hinkte und hielt sich an ihm fest.

Auch hier ein Verkaufsstand am anderen. Sie blieben vor einem mit Rom-Stadtführern in allen Sprachen stehen. Der Dolmetsch griff nach einer russischen Ausgabe, blätterte. Zeigte sie Isolde mit einer Geste wie: Schau her, was die hier für einen Mist anbieten, nichts als Bilder mit Unterschriften, für etwas Ordentliches reicht es wohl nicht. Derweil kam der Verkäufer gesprungen, sprach in Italienisch auf ihn ein, rühmte das Buch augenscheinlich über den grünen Klee, versuchte es dem Dolmetsch aufzuschwatzen, geradezu aufzunötigen, tippte mit dem Finger auf die Abbildungen: Sieh doch, die schönen Bilder! Der Dolmetsch wollte ihm das Buch in die Hand drücken und stellte sich dabei ungeschickt an, das Buch fiel zu Boden. Isolde sprang herzu und hob es auf, lächelte den Verkäufer an. Er solle gefälligst auch lächeln und um Entschuldigung bitten, zischte sie den Dolmetsch an.

»Wie, er dreht mir irgendeinen Dreck an, und ich soll gute Miene machen?«

»Ja«, sagte Isolde. »Höflich zu lächeln ist das Mindeste.«

»Warum sollte ich das?«

»Darum.«

»Das sehe ich überhaupt nicht ein.«

»Solltest du aber.«

Als sie sich ein Stück von dem Stand entfernt hatten, fuhr Isolde ihn an: »Du bist ein Grobian!«

»Aha. Da war Tristan wohl anders«, brach es aus ihm hervor.

Isolde blieb stehen. Sah dem Dolmetsch in die Augen. Staunen in ihrem Blick, Kränkung und Schmerz. Abrupt drehte sie sich um und hinkte davon. Sie hätten zur Metro gemusst, Isolde ging in die entgegengesetzte Richtung, zurück zum Lateran.

Der Dolmetsch wollte ihr nachstürzen, sie aufhalten, bei der Hand nehmen – stattdessen wandte er sich um und ging auf das Kolosseum zu. Lief dahin und versuchte sich einzureden, dass alles halb so schlimm war – sie konnten einander ja nicht entrinnen, abends im Hotel würden sie sich wiedersehen.

Der Gehweg war mit Bonbonpapieren, alten Fahrscheinen, zerquetschten Plastikflaschen übersät. Der Dolmetsch hielt die Fetzen des Stadtplans in Händen. Er schmiss sie weg.

29. September 1914. Montag

Heute hatte ich einen grässlichen Traum! Man schämt sich, ihn niederzuschreiben. Ich bin den Flur von unserem Gymnasium entlanggeschwebt – und zwar nackt.

Am Morgen war ich mit Tala bei den Ignatjews. Wir haben wieder Mullbinden geschnitten und gewickelt, aber nicht mehr von Hand wie früher. Wir bekamen kleine Maschinen zum Bindenschneiden, auch zum Wickeln gibt es jetzt ein spezielles Gerät, nur verpackt wird noch von Hand. Alles sehr bequem, und man kann viel mehr schaffen!

Draußen ist es kalt, mal Sonne, mal Regen.

Ich habe gelesen, was ich heute vor einem Jahr hier eintrug. Was war ich da noch für ein Kind!

30. September 1914. Dienstag

Mascha hat von Boris einen Brief bekommen und las ihn uns vor. Nicht alles. Manches, und wahrscheinlich das Interessanteste, wird sie weggelassen haben, denn zu hören bekamen wir nur ausführliche Beschreibungen von Schulstunden, den Tagesablauf, wie das Essen ist und wie das Wetter. Sein Vater und er haben ihren Namen ändern lassen. Sie heißen jetzt nicht mehr Müller, sondern Melnikow*. Sobald Boris als Marineoberfeldwebel entlassen wird, will er Mascha zu sich holen und sie heiraten. Als sie beim Vorlesen an diese Stelle kam, wurde sie ganz rot! Der Abend war herrlich, wir haben noch lange gesessen und geredet, und in der Nacht kam Mascha tränenüberströmt zu mir ins Bett gekrochen – sie hatte geträumt, Boris ginge mit seinem Schiff unter. Ich wollte sie trösten und musste selber heulen.

Aber wie könnte der liebe Gott einem alles nehmen, ehe er überhaupt etwas gegeben hat?

Das kann natürlich nicht sein.

Wie ich Mascha beneide – sie liebt ihren Boris so sehr!

1. Oktober 1914. Mariä Schutz und Fürbitte

Liebe ist ein Ich-weiß-nicht-was, das ich-weiß-nicht-woher kommt und ich-weiß-nicht-wie endet. Madeleine de Scudéry

Morgen fängt endlich die Schule wieder an. Ich hatte solche Sehnsucht nach Mischka, Tusja und allen, selbst unseren Lehrern! Die Räumlichkeiten des Bilinskaja-Gymnasiums werden als Lazarett gebraucht, darum gehen wir nun in die Petri-Realschule in der Bolschaja Sadowaja, gegenüber vom Großen Moskauer Hotel. Unterrichtet wird umschichtig, die Gymnasiastinnen vormittags, die Realschüler nachmittags.

Heute morgen schien noch die Sonne, jetzt regnet es kräftig.

* abgeleitet von russ. *melnik,* der Müller (Anm. d. Ü.)

3. Oktober 1914. Freitag

Auf der Schulbank fand ich meine Initialen mit dem Messer eingeritzt. So was Blödes!

Die Mädchen schreiben sich Briefchen mit den Realschülern, die sie unter ihre Bänke legen. Tala und ich, wir finden das blöd! Alle reden nur von den Nachmittagsklassen und wer in wen verknallt ist. Alle miteinander fliegen sie auf Terjochin. Dieser Pfau! Dieser Hohlkopf! Ich habe keine Lust, mehr Worte darüber zu verlieren.

Mascha ist in die Gemeinde der Barmherzigen Schwestern eingetreten und hat einen Achtwochenkurs belegt. Sie will unbedingt an die Front, zur kämpfenden Truppe, und hat Angst, dass sie zu spät kommt: dass, während sie noch die Ausbildung macht, der Krieg schon wieder aus sein könnte. Sie lernt, Verbände anzulegen, läuft ständig ihren Mitmenschen hinterher und will sie verbinden. Keiner in der Familie hat Lust dazu. Also plagt sie unsere arme Njanja damit. Die sitzt gerade wieder fügsam mit verbundenem Kopf auf ihrem Küchenschemel und geduldet sich, bis Mascha den Verband mit dem in ihrem Buch verglichen hat.

Gestern hatte Mascha ihren ersten Tag im Lazarett. Als sie nach Hause kam, hat sie sich eine Ewigkeit gewaschen und mit Kölnischwasser bespritzt. Wollte den Krankenhausgeruch loswerden. Bei Tisch hat sie nichts gegessen. Sie versprach Tala und mir, dass sie uns einmal ins Hospital mitnehmen will. Den Verwundeten etwas vorzulesen und vorzusingen wäre erlaubt.

6. Oktober 1914. Montag

Heute kam ein Brief von Njusja aus Petrograd. Sie schreibt über ihr Studium am Konservatorium und dass der Krieg in der Hauptstadt überall zu merken ist. Im Mariinski-Theater werden vor jeder Vorstellung die Hymnen der alliierten Mächte abgespielt. Erst die russische, dann die Marseillaise, dann *God Save The King*. Wie lange man da wohl stehen muss? Wagner und überhaupt alle Deutschen haben sie ganz aus dem Repertoire genommen. Und in den großen Geschäften hängen neuerdings Schilder: *Bitte nicht deutsch sprechen!* Sogar in der deutschen Abteilung der Öffentlichen Bibliothek gibt es jetzt diesen Aushang: *Bitte kein Deutsch!* In der Straßenbahn, mit der Njusja zum Konservatorium fuhr, hat irgendein alter Herr in gewollter Jugendlichkeit einer Dame seinen Platz angeboten und aus alter Gewohnheit auf Deutsch »Bitte, nehmen Sie Platz!« gesagt. Den haben sie gleich aus der Bahn geworfen! Wie grauenvoll!

8. Oktober 1914. Mittwoch
Die Welt dreht durch! Erst letzte Woche lasen wir in der Zeitung, in Petrograd habe sich eine Gymnasiastin mit einer Ikone in den Händen aus dem Fenster gestürzt. Und heute haben wir bei strömendem Regen, unter Schirmen, Dmitri Poroschin aus dem Belowolski-Knabengymnasium beerdigt, den Sohn eines Untersuchungsrichters. Er hat sich mit seines Vaters Revolver erschossen! Ljalja behauptet, er wäre in die Geliebte seines Vaters verknallt gewesen. Was man doch aus dem Munde unserer höheren Töchter für Unsinn hören kann!

10. Oktober 1914. Freitag
Die Liebe ist eine Verräterin. Sie kratzt euch bis aufs Blut wie eine Katze, auch wenn ihr nur mit ihr spielen wolltet. Ninon de Lenclos
Wo Tala das nur immer alles herhat!

Die Nasarow-Zwillinge sind heimlich an die Front gegangen. Sie haben einen Brief dagelassen. Und an wen? An Tusja natürlich! Sie fand ihn unter ihrer Bank und war schrecklich stolz. Bevor sie ihn zur Direktorin brachte, hat sie ihn in der Pause allen vorgelesen. Sie wollen entweder unter einem Eichenkreuz begraben sein oder mit dem Georgskreuz an der Brust heimkehren, schreiben die Brüder.

Tusja ist vor Stolz beinahe geplatzt!

14. Oktober 1914. Dienstag

In der Pause habe ich mit anderen Mädchen aus dem Fenster zugesehen, wie Talas Bruder Shenja Martjanow unten auf dem Hof Barrenübungen machte. Womöglich ist er es, der überall meine Initialen einritzt? Ach, Unsinn. Aber heute am Fenster hatte ich irgendwie Gänsehaut an Armen und Beinen.

Shenja ist so geschickt in den Stand gesprungen wie ein Zirkusathlet, hat sehr schön die Arme ausgebreitet und stolz zu uns heraufgesehen. Die Mädchen haben ihm Beifall geklatscht. Ich bin rasch vom Fenster zurückgetreten, weil ich dachte: Vielleicht hält er nach mir Ausschau? Hab die Nase ins Buch gesteckt. Darin ging es um Cicero.

Den halben Abend habe ich mich im Spiegel beguckt. Zu Hause behaupten sie alle, ich wäre eine Schönheit, aber was muss ich sehen: eine Kartoffel anstelle der Nase, Pausbacken, grässliches Kinn, hässliche Stirn. Und erst die Augen! Diese Wimpern! Diese Brauen! Alles so jämmerlich unvollkommen! Wie soll einer das lieben und begehren? Und dann noch dieser bescheuerte Unterricht. Wozu brauche ich Cicero, mein Gott! Das Forum! Was geht mich das alte Rom an? Und Numa Pompilius, was soll mir der?

19. Oktober 1914. Sonntag

Wir waren zur Messe. In der Kirche sah ich die Mutter der Nasarows. Sie kniete auf dem Boden. Kam hinterher nicht hoch, man musste ihr aufhelfen. Sie tut mir so leid. Von den Zwillingen gibt es keine Nachricht.

22. Oktober 1914. Mittwoch

Am Gymnasium fand ein Bittgottesdienst zu Ehren der Kasaner Gottesmutter statt. Gebetet wurde für die Befreiung Russlands von den Deutschen so wie damals von den Polen. Ich fand es peinlich, wie unsere Mädchen die ganze Zeit die Köpfe zusammengesteckt und geschwätzt haben über Gott weiß was. Alle sind sie ständig neu verliebt und zeigen einander gegen Schweigegelübde ihre Tagebücher, worin steht: Seit heute bin ich nicht mehr in N. verliebt, sondern in X. Dazu nicht bloß das Datum, sondern die genaue Zeitangabe. Was sind das bloß für Kinder!

Ich zeige keinem etwas. Dieses Tagebuch ist einzig für mich da und für niemanden sonst. Vielleicht, dass ich es mal jemandem zeige, den ich wirklich liebe. Bei Tala und Ljalja und denen allen ist es doch keine wahre Liebe! Wahre Liebe geht anders!

Vorhin habe ich wieder die Maria Bashkirtseff vom Bord genommen und in der Mitte aufgeklappt, eine meiner Schwestern hat dort etwas mit Bleistift angestrichen: *Ich ähnele einem geduldigen, unermüdlichen Chemiker, der nächtelang über seinen Retorten hockt, um nur ja nicht den ersehnten Augenblick zu verpassen. Mir scheint, es könnte jeden Tag geschehen; ich denke nach und warte… Sorgenvoll frage ich mich immer wieder: Ist es so weit?*

Genauso horche auch ich immerzu in mich hinein: Ist es so weit?

Anscheinend nicht… Nein. Nein!

Unten am Rand der Seite hat wer dazugeschrieben: *Liebe ist das größte Glück, das es gibt. Selbst unglückliche Liebe.* Es ist Maschas Handschrift. Ist ihre Liebe zu Boris etwa unglücklich? Was wäre ich froh, auch nur ein Zipfelchen davon zu haben. Wie sehr ich sie beneide!

29. Oktober 1914. Mittwoch

Maniküre ist jetzt am Gymnasium die neueste Mode: Alle schnippeln an ihren Nagelhäuten herum, lassen sich lange Nägel wachsen, feilen sie schön zurecht.

Ich habe so hässliche Hände!

Gestern ging in der Klasse das Licht kaputt, der Elektriker musste kommen. Er schleppte eine lange Klappleiter an, kletterte bis unter die Decke, hantierte dort oben – und ich merkte auf einmal, wie die Mädchen vor ihm schöntaten und kokett. Wie ich das verachte! Und alles nur, weil ein junger Mann in der Klasse war!

31. Oktober 1914. Freitag
Die Eugenie ist krank, und wahrscheinlich ist es etwas Ernstes, weil Boris' Vater für sie den Deutschunterricht übernommen hat. Ich habe ihn schon früher einmal gesehen, als ich mit Mascha bei ihnen zu Besuch war. Damals fand ich ihn sehr lustig und sympathisch, er hat ausgiebig Fruchtbonbons spendiert. Vor der Klasse ist er ein ganz anderer: mürrisch und unzugänglich. Deutsch haben wir sowieso schon gehasst, wegen der Eugenie und wegen des Krieges, und jetzt kommt noch dazu, dass man ihm den Namenswechsel verübelt, von Müller zu Melnikow. Alle sehen darin nur Feigheit und Karrierismus. Nach dem Unterricht in der Garderobe sagten die Mädchen hässliche Dinge über ihn, äfften ihn nach, wie er uns die deutsche Aussprache beizubringen versucht. Es stimmt, er hat schlechte, schief stehende Zähne, aber muss man den Mann deswegen verhöhnen? Ich spürte auf einmal einen solchen Zorn in mir! Was sind das für Freundinnen! Ein Schwarm gehässiger Krähen! Und laut und deutlich hörte ich mich sagen: »Er hat den Namen nicht aus Feigheit gewechselt, sondern weil er sich für seine Nation schämt!« Da wurde es still. Alle schauten mich an. Ich drehte mich um und ging. Auf der Straße wurde mir mit einem Mal furchtbar schlecht. Ich bekam Angst, sie könnten mich von nun an boykottieren. Aber zu Hause überkam mich noch eine ganz andere Angst – die Angst vor der Angst. Bin ich denn wirklich so kleinmütig, dass ich mich fürchte, allein dazustehen? Dafür schäme ich mich bodenlos. Ich bin wie die anderen, jawohl. Um keinen Deut besser. Sogar schlimmer. Denn deren Spott über den Lehrer kam von Herzen, während ich erst für ihn eintrat und hinterher darüber erschrak.

Außerdem habe ich den Eintrag von Mittwoch noch einmal gelesen. Wie komme ich dazu, mich so über andere zu verbreiten, Verachtung zu äußern, wo ich doch nicht besser bin? Wer sagt denn, dass ihre Koketterie den Elektriker meint? Um den geht es nicht! Sie wollen überhaupt gefallen, sich die Menschen um sich her gewogen machen. Sie möchten, dass alle Welt sie liebt! Auch noch der letzte Elektriker! Und so bin ich auch.

Wie furchtbar!

4. November 1914. Dienstag

Heute war ein prächtiger Sonnentag. Ich habe Tala zum Spazierengehen abgeholt. Sie musste sich erst noch umziehen und ließ sich dafür wie immer viel Zeit, beinahe eine geschlagene Stunde. Während ich auf sie wartete, steckte Shenja den Kopf aus seinem Zimmer und rief mich zu sich hinein. Ich folgte der Einladung, und er zeigte mir die Kupfervitriolkristalle, die er seit zwei Monaten auf dem Fensterbrett gezüchtet hat. Wahre Edelsteine! So etwas habe ich noch nie gesehen! Shenja ist schon ein erstaunlicher Kerl. Dann kam endlich Tala herunter, und wir konnten losgehen.

Und nun liege ich im Bett und kann nicht einschlafen, muss immerzu an ihn denken. Sehe seine Augen vor mir, die kräftigen, muskulösen Arme, die schlanken Beine in den Kniestrümpfen. Er hat schöne Hände, trotz der Verbrennungen von den Reagenzien. Und am Jochbein hat er eine Narbe – sie stammt von einem Schlagring. Er hat sich im Park von Nowoposjolki mit Temerniker Rowdys angelegt. Er ist stark und unerschrocken!

Dieses Gefühl … Das wird es doch nicht sein? Doch nicht etwa er? Nein, nein, nein.

Heute morgen auf dem Weg ins Gymnasium habe ich an der Ecke Taganrogski wieder die verrückte Alte mit dem Häubchen gesehen. Sie kann den Harn nicht halten, es ist grauenvoll. Steht da und macht unter sich eine Pfütze. Und plötzlich spricht sie mich an. »Hast du deine Hausaufgaben gemacht?«, fragt sie mit Totenstimme. Die hallt mir noch jetzt in den Ohren. Alt zu werden muss schrecklich sein!

11. November 1914. Dienstag

Eine ganze Woche lang habe ich hier nichts eingetragen, weil nichts passiert ist.

Aber heute hat unsere Joujou etwas verzapft!

Nach dem Unterricht hat sie im Chemiekabinett ein großes Karbolsäurekristall geschluckt! Wer hätte das gedacht von unserem grauen Mäuslein?! Ein romantischer Selbstmord sieht aus der Nähe alles andere als romantisch aus. Die arme Joujou wälzte und krümmte sich in ihrem Erbrochenen, beschmiert von oben bis unten: Kleid, Schuhe, Strümpfe, selbst die Bänder in den Haaren. Man konnte die Nudeln erkennen, die sie gegessen hatte, es war widerwärtig! Man brachte sie in Papas Klinik zur Magenspülung.

Großes Rätselraten: Wer ist derjenige, welcher? Joujou ist so verschwiegen!

Es gibt drei Typen von Frauen: Köchinnen, Gouvernanten und Prinzessinnen.

12. November 1914. Mittwoch

Selbst heute roch es in der Klasse noch nach Joujou, obwohl die ganze Nacht gelüftet worden war. Ihr geht es gut. Wahrscheinlich wird man sie auslachen, wenn sie wieder auftaucht! Die Arme. Und verliebt ist sie angeblich in Shenja Martjanow. Meinen Shenja! Ich weiß nicht, ob ich es glauben soll. Ljalja behauptet es, aber vielleicht will sie mich bloß fuchsig machen? Das sähe ihr ähnlich. Und so was nennt sich beste Freundin!

Schrieb ich: meinen Shenja? Wieso eigentlich?

Im Unterricht betrachtete ich die ausgestopften Tiere in den Wandschränken, die Gläser mit den in Spiritus eingelegten Fröschen, die idiotischen Büsten aus Pappmaschee, welche Vertreter unterschiedlicher Rassen darstellen sollen: ein Chinese, ein Inder, ein Neger … Und auf einmal dachte ich: Alles ganz einfach. Ich bin vermutlich ein Krüppel. Unfähig zu lieben, wie es aussieht. Ich kann's einfach nicht. Alle können es, bloß ich nicht. Man wird mich wohl genauso ausstopfen wie diese Viecher, als Ausstellungsstück. Wer liebt schon so eine? Gewiss keiner.

17. November 1914. Montag. Weihnachtsfastenzeit
Der erste Schnee. Und was für welcher! Ganz Rostow ist eingeschneit.

Ich musste den Wintermantel anziehen, der, wie sich zeigt, übers Jahr zu eng geworden ist.

Heute wurde ich nach Schulschluss noch aufgehalten, alle Mädchen waren schon weg, und wie ich auf den Hof trete, ist da eine Schneeballschlacht der Realschüler im Gang, und ich muss mittendurch. So ganz allein, das war zum Fürchten. Ich tapfer losgelaufen. Kriege einen Schneeball an die Schulter! Dazu gemeines Gelächter. Bloß nicht umdrehen!, denke ich. Zähne zusammengebissen und weitergegangen. Da höre ich es hinter mir trappeln. Einer kommt mir nachgerannt. Es ist Kosljaninow aus der obersten Klasse. Als er heran ist, brummt er: »Verzeihen Sie bitte.« Ich war so baff, dass ich nicht wusste, was ich sagen sollte. Danach bekam ich gleich gute Laune! Schwebte nach Hause, stellte mich, angezogen wie ich war, vor den Spiegel. Rote Wangen, glühende Augen. Meine Augen sind wirklich wunderschön! Ich glaube, ich bin doch ganz hübsch!

Die Njanja wollte maulen von wegen, ich hätte so viel Schnee reingebracht – ich hab sie einfach geküsst!

22. November 1914. Samstag
Alle sagen, einen so zeitigen Winter hätte es noch nie gegeben.

War mit Shenja eislaufen. Er trug meine Schlittschuhe, schnürte mir gar noch die Stiefel. Welche Wonne! Beim Laufen hielten wir uns bei den Händen. Alles schaute. Mehrmals fuhren wir an Joujou vorüber. Jedes Mal tat sie, als sähe sie uns nicht! Anschließend saßen wir noch auf einer Bank. Shenja erzählte lustige Sachen über seine Mitschüler. Was hab ich gelacht!

Was ist das? Was ist mit mir? Bin ich verliebt?

Kaum hingeschrieben, jagt das Wort mir einen großen Schreck ein. Verliebt.

23. November 1914. Sonntag

Ja, mir scheint, es ist so weit. Ich bin verliebt. So lange habe ich darauf gewartet, dass ich es nicht zu glauben wage. Kann das wirklich wahr sein? Ach, ich will mir lieber nichts vormachen. Das ist alles noch nicht richtig echt. Nein!

Heute habe ich Shenja nur von Weitem gesehen. Er sah zu mir herüber. Lächelte. Natürlich liebe ich ihn! Ich! Liebe! Ihn! Shenja ist so besonders! Gar nicht wie die anderen.

Am Abend kam Viktor vorbei. Auch er angesteckt von der allgemeinen Raserei. Zwar hat man ihn nicht einberufen, weil er der einzige Sohn in der Familie ist, doch er glüht vor Patriotismus und hat sich als Freiwilliger zur Reserve gemeldet, Stufe eins. Vollkommen unmöglich, ihn sich im Felde vorzustellen, bei einem Angriff, halb blind und unbeholfen, wie er ist. Er steckte schon in Uniform: Feldbluse, Stiefelhosen, Mantel und Käppi. In Soldatenkleidung tatsächlich kaum von denen zu unterscheiden, die da immer in Reih und Glied von dannen ziehen. Er sagt, seine Mutter sei sehr beunruhigt, weil er als niederer Rang in den Soldatenkasernen wohnen müsse.

25. November 1914. Dienstag

Gewisper vor meiner Tür. Mama zu Vater: Mit mir stimme etwas nicht, ich sitze schon den dritten Tag und lese in der Bibel. Wenn einer die Bibel liest, heißt das ja wohl noch nicht, dass er krank ist!, erwiderte Vater gereizt. Mama zischte etwas Ungehaltenes und kam herein, setzte sich vor mich, legte mir die Lippen an die Stirn und sagte, ich solle doch nicht immerzu zu Hause sitzen, müsse auch einmal an die frische Luft, spazieren gehen. Ich aber schüttele nur den Kopf und warte, dass sie wieder geht, damit ich die Stelle wieder lesen kann, wohl zum hundertsten Mal. Als könnte man sich davon losreißen: *Ich schlafe, aber mein Herz wacht. Da ist die Stimme meines Freundes, der anklopft: Tu mir auf, liebe Freundin, meine Schwester, meine Taube, meine Fromme! Denn mein Haupt ist voll Tau und meine Locken voll Nachttropfen.*

27. November 1914. Donnerstag
Heute habe ich für die Verwundeten gesungen. Nach dem Unterricht gingen Ljalja, Tala und ich ins Hospital in unserer alten Schule. Wir liefen durch die Klassen, die jetzt Krankensäle sind, und fragten, ob wir für irgendwen Briefe nach Hause schreiben sollen. Manche Soldaten freuten sich, baten Platz zu nehmen, ließen uns nicht gleich wieder gehen. Anderen war es im Gegenteil peinlich, sie zogen sich zurück. Einer ist an der Harnblase verletzt, kann schlecht gehen und nur mit Flasche. Ich sah, dass die Flasche voll war, wollte sie ihm abnehmen und zur Toilette bringen, er errötete und ließ es nicht zu. Was wiederum mir peinlich war. So was Dummes. Was ist denn Peinliches dabei!

In jedem Krankenzimmer wurde ich aufgefordert zu singen. Meine Stimme heile ihre Wunden besser als jede Medizin, behaupteten sie!

Ein rothaariger Bursche hat beide Hände verloren. So ein Spaßvogel, den man gernhat, der alle um sich her in einem fort zum Lachen bringt. Stolz berichtete er von der Zerschlagung des österreichischen Heeres und dass die gebürtigen Slawen unter den Österreichern gar keine Lust zum Kämpfen zeigen, kompagnieweise freiwillig in Gefangenschaft gehen. Wir fütterten ihn mit dem Löffel, er konnte ja nicht alleine essen.

Als er dann noch erzählte, wie er bei sich zu Hause Welse angelte – »Solche Riesen!«, sagte er und spreizte die abgebundenen Stümpfe –, da konnte ich gerade noch an mich halten. Jetzt aber nicht mehr. Ich schreibe und heule.

Shenja sah ich heute nicht. Was, wenn er mich nicht mehr liebt? Oder habe ich mir das alles überhaupt nur ausgedacht?

2. Dezember 1914. Dienstag
Heute! Ist es passiert!

Er hat mich geküsst!

Ich holte Tala ab wie üblich, wir wollten zusammen ins Lazarett. Ich war etwas zu früh. Gar nicht absichtlich, es ergab sich. Shenja war allein zu Hause. Er fragte, ob ich die Kristalle noch mal sehen wolle. Ich trat ans Fenster, da hat er mich von hinten umarmt. Und geküsst: auf den Hals, auf das Ohr und auf die Wange!

Aber ich … könnte mich in den Arm beißen! Hab nur blöd vor mich hin gestarrt und kein Wort herausgebracht! Wie versteinert! Keine Hand konnte ich rühren und keinen Fuß. Meine Augen hingen an dem blöden Kupfervitriol wie festgeklebt! Im Kopf nur der eine Gedanke: Mein Gott, jetzt küsst er mich, und ich stehe da wie behämmert! Dabei hätte ich mich so gerne umgedreht, die Arme um seinen Hals gelegt und ihn wiedergeküsst! Auf den Mund! Und am liebsten auch noch auf die Narbe an seinem Jochbein, keine Ahnung, warum – aber ich konnte nicht!

Und dann ging unten die Haustür. Tala! Ich riss mich los und eilte aus dem Zimmer, sie hat nichts mitbekommen.

Wir gingen ins Lazarett. Tala schwätzte irgendwas, ich hörte nicht hin und hatte keine Augen für gar nichts. Alles in mir klang, es zerriss mich fast vor Glück. Ich konnte das törichte Lächeln auf meinem Gesicht spüren.

Und jetzt ist mir ganz bang ums Herz. Was muss er von mir gedacht haben!

Im Lazarett war ein Junge frisch eingeliefert worden, der einen Knallfrosch von der Straße aufgelesen und angezündet hatte, das Ding ist in seinen Händen explodiert und hat ihm das Gesicht verätzt. Während der Arzt die verbrannte Haut abzog und den Verband anlegte, fing der Vater des Kindes plötzlich zu schluchzen an, schniefte und fand sein Taschentuch nicht. Ich reichte ihm eine Serviette und umarmte diesen fremden Mann, küsste ihn gar auf die Wange und an die Schläfe, raunte ihm irgendwas Tröstliches ins Ohr.

Auch das ein Kuss, eine Umarmung! Warum ging das hier, mit einem fremden Menschen, so einfach und mit dem geliebten so schwer?

Dem geliebten … Wie gut sich dieses Wort anfühlt, mein Gott.

3. Dezember 1914. Mittwoch

Herrje, wie sehr ich ihn liebe!

Ja, ich weiß es jetzt: Das ist es, worauf ich die ganze Zeit gewartet habe. Das Wahre. Ich bin so glücklich!

Ich denke pausenlos an ihn. Meinen Shenja! Er ist so besonders. Wird einmal ein bedeutender Chemiker werden. Heute auf der Eisbahn war ich außer Puste und musste mich in den Schnee setzen, während er vor mir Pirouetten drehte. Er kann so vorzüglich Schlittschuh laufen! Und was hasse ich diesen Rowdy aus Temernik – ein kleines Stück höher nur, und er hätte die Schläfe getroffen!

Joujou spricht nicht mehr mit mir. Soll sie. Das ist meine Liebe! Mein Glück und nicht ihres! Es können nicht alle gleichzeitig glücklich sein.

Alle meine Freundinnen haben ihre Liebschaften, nur Mischka ist solo. Aber sie leidet absolut nicht darunter, tut zumindest so. Hört sich die Gespräche der Mädchen mit Geringschätzung an, fährt lieber auf Schlittschuhen die vereiste Rodelbahn hinunter – im Stehen! Nicht mal jeder Junge traut sich das. Ist ja auch heikel. Man kann sich leicht eine blutige Nase holen!

Die Kutscher im Schnee sehen wie Weihnachtsmänner aus.

Man sagt, zu Weihnachten wird es noch mehr schneien und stürmen.

6. Dezember 1914. Samstag

Zum Namenstag Glück und Gesundheit allen, die Nikolai heißen, und vor allem dem einen, von dem Russlands Sieg abhängt!

Viktor ist zurück. Es hat ihn nicht lange gehalten. Er hat der Kommission erklärt, er könne nichts sehen, und sie haben ihn gehen lassen. Der Drill, die rohen Sitten und der Gestank seien ihm zuwider gewesen, sagte er ganz erbost, und: »Ich bin da hingegangen, um die Heimat zu verteidigen. Aber alles, was ich gelernt habe, ist, wie man Generäle grüßt.« Das meinte er ganz ernst, es kam aber so komisch heraus, dass alle lachten. Viktor schien zuerst eingeschnappt, aber dann führte er in erschöpfender Ausführlichkeit vor, wie man strammzustehen und bei Erscheinen eines Generals zu salutieren hat. Dabei schraubte er die Augen so heraus, dass man sich hätte totlachen können!

Katja ist jedenfalls selig. Hielt den ganzen Abend Viktors Hand, so als fürchtete sie, er könnte wieder weglaufen. Was sie nur an ihm findet? Er ist doch ein Clown!

Mein Shenja dagegen, was für ein Unterschied! Er ist so ganz anders. Klug, tiefsinnig, aufrichtig. Was für interessante Sachen er mir heute wieder erzählt hat über den Chemiker Lavoisier! Als man ihn auf der Guillotine köpfte, soll Robespierre gesagt haben: Die Revolution braucht keine Chemiker.

Was muss dieser Robespierre für ein Schwachkopf gewesen sein!

11. Dezember 1914. Donnerstag

Warum, warum bloß hat mich dieser Sabugski so auf dem Kieker! Weil ich von seiner Geometrie nichts kapiere? Die begreift doch keiner! Ljalja nicht und Tala auch nicht. Nicht mal Mischka! Und die sind auch nicht dümmer als ich! Wenn Sabugski zu schimpfen anfängt, sagt er, wir seien zu doof zum Dividieren und gäben ihm den Rest. Dabei kann er es einem nur nicht ordentlich erklären!

Heute hat Sabugski den großen Zirkel abgebrochen. Um trotzdem einen Kreis an die Tafel zu zeichnen, hat er den Lappen genommen, das eine Ende gegen die Tafel gedrückt und ans andere ein Stück Kreide gehalten. Das fanden wir zum Lachen. Da hat er die Wut gekriegt und beim Anschreiben einer Formel den Punkt mit solcher Wucht gesetzt, dass die Kreide in Stücke brach. Neues Gelächter. Und wer wurde zur Tafel gerufen? Ich natürlich. Und er hat mich wieder zum Heulen gebracht. Das kann er! Wenn er dich aufruft und stumm ansieht mit diesem verächtlichen Blick – du möchtest im Erdboden versinken!

Dazu kommt, dass ihm seitlich an der Nase eine hässliche Warze wächst. Mit magnetischer Wirkung, man muss immerzu hingucken, ob man will oder nicht.

Papa arbeitet jetzt auch noch in der Stadtverwaltung, kümmert sich um die Evakuierten, den ganzen Tag ist er unterwegs. Heute war ich mit ihm in der Irrenanstalt. Während er dort irgendwen abkanzelte, schaute ich einer Hilfsschwester zu, wie sie den Boden wischte, es roch streng nach Chlor, und neben ihr stand ein Patient, der aber ganz normal aussah, mit intelligentem Gesicht. Auf einmal ergriff er die Hände der Frau, die schmutzig von dem Lappen waren, und küsste sie. Ich war verblüfft.

Eben ist dieser Kuss mir wieder eingefallen, und mir wurde ganz anders. Es muss furchtbar sein, so die Kontrolle über sich zu verlieren. Sich selbst zu verlieren. Behüte Gott, dass ich nicht eines Tages einen Tagebucheintrag mit »zigster Märzember« beginne.

12. Dezember 1914. Freitag

Heute ist im Lazarett etwas Grässliches passiert. Ich schrieb für Jewrjushichin, den erblindeten Mann mit dem dicken Augenverband, einen Brief in sein Dorf, an die Eltern und die Braut. Wir saßen auf dem Korridor am Fenster. Er bat darum, meine Hand berühren zu dürfen, streichelte sie mit seinen festen, erdigen Fingern. Dann wanderten die Finger nach oben, und plötzlich griff er mir an die Brust. Ich erschrak und war völlig konsterniert, während er versuchte, mich zu umarmen und an sich zu pressen. Ich war nahe daran zu schreien, hielt aber an mich. Schüttelte seine Hand ab, sprang auf und rannte weg. Auf der Straße überkam mich die Scham. Gern hätte ich Shenja davon erzählt, aber das ging nicht. Mir wurde auf einmal klar, dass es Dinge gibt, die man unmöglich jemandem erzählen kann.

13. Dezember 1914. Samstag

Ich bekam von Shenja einen Zettel: Er sei ab vier alleine zu Hause. Bis halb vier hielt ich es aus, dann düste ich los. Näherte mich dem Haus und starb fast vor Angst, ich könnte Tala und ihren Eltern in die Arme laufen.

Wir haben im Dunkeln auf dem Sofa in der guten Stube gesessen und uns geküsst.

Jawohl!

Was für ein Gefühl! Nein, es ist einfach unbeschreiblich! Ich bin glücklich! Wie gut er küssen kann!

Kaum hatte ich das geschrieben, war es mit der Ruhe vorbei – ich liege schon die halbe Nacht wach und frage mich: Bei wem hat er so gut küssen gelernt?

16. Dezember 1914. Dienstag

In der Schule haben wir Weihnachtsgaben für die Front gesammelt, Tabaksbeutel, Taschentücher und so weiter. Mir kam der Gedanke, derjenige, der mein Taschentuch bekommt, könnte ausgerechnet der Kerl aus Temernik sein, mit dem Shenja sich geschlagen hat.

Im Lazarett gibt es einen Verwundeten, dem sie ein Bein abgenommen haben und der darüber den Verstand verloren hat. Als Mascha ihm seine Krücke brachte, knallte er ihr das Holzding mit voller Wucht gegen das Bein. Jetzt hat Mascha einen großen blauen Fleck.

27. Dezember 1914

Zum ersten Mal so traurige Feiertage. Ich fühle mich so elend! Die Martjanows sind in die Ferien gefahren. Zwei Wochen, die ich Shenja nicht sehe!

Ich war mit den Mädchen im Alexandergarten von Nachitschewan, dort fand ein Volksfest mit Musik statt. Wir sind Achterbahn gefahren. Massen von Leuten.

Zwischendurch dachte ich immer wieder: Was soll mir das alles, ohne ihn an meiner Seite?

Am Abend orakelten wir: Rings an den Rand einer Schüssel mit Wasser klebten wir mit Kügelchen aus gekautem Brot Zettel, auf denen unsere sehnlichsten Wünsche standen. Dann wurde eine Nussschale mit einem brennenden dünnen Opferkerzenstummel zu Wasser gelassen. Das Boot war in Richtung Schüsselrand zu blasen. Wessen Zettel verbrannte, dessen Wunsch würde in Erfüllung gehen. Noch dazu musste man Obacht geben, dass man die Kerze nicht ausblies – das brachte Unglück. Ich schrieb nur ein einziges Wort auf den Zettel, das aber keiner erfahren darf, weil es sonst nicht klappt. Ich habe überlegt, ob ich es wenigstens ins Tagebuch schreiben kann. Beschloss jedoch, lieber kein Risiko einzugehen. Abgemacht war, nur ganz sachte zu blasen, aber dann pusteten wir doch aus voller Brust, und die Nussschale kenterte. Unser Schiff sank! Wir lachten und bespritzten uns gegenseitig mit dem Wasser aus der Schüssel. Bis ich merkte, dass Mascha sich in eine Ecke verkrochen hatte und alleine dasaß, die Augen voller Tränen. Sie hat natürlich gleich gedacht, es müsste ein schlechtes Omen sein für ihren Boris, der demnächst in See sticht. Sie tat mir so leid! Ich ging hin, setzte mich zu ihr, nahm ihre Hand und streichelte sie. »Mascha, Schwesterherz, was fällt dir ein! Alles wird gut!«

Aber woher will ich wissen, dass alles gut wird? Was überhaupt wird? Das weiß ich ja nicht mal für mich selber.

Shenja, wo bist du? Wie geht es dir? Denkst du an mich?

1. Januar 1915.
Silvester. Zuerst saßen wir zu Hause beieinander, dann ging jeder seiner Wege. Papa und Mama gingen schlafen, Sascha irgendwohin zu Freunden, die Schwestern genauso. Sie wollten mich mitnehmen, aber ich erfand eine Ausrede. Jetzt hocke ich in der Neujahrsnacht allein herum und blase Trübsal. Zum ersten Mal im Leben ein Glas Sekt getrunken. So gern hätte ich mit Shenja angestoßen und mit Tala, aber die sind weit weg. Ihr Onkel hat ein Gut im Gouvernement Jekaterinoslawsk, in einem Ort namens Sokolowka, da verbringen sie immer ihre Ferien.

Viel Zeit verbrachte ich heute mit dem Ankleiden: zog mein blaues Kleid an, steckte eine Brosche an, band eine schöne Schleife. Immer mit der Frage im Kopf: Wozu? Er sieht es ja doch nicht. Und wieder ein Orakel: Als es zwölf schlug, musste jeder seinen

Zettel mit einem Wunsch verbrennen und die Asche schlucken, damit er in Erfüllung geht. Sogar Papa und Mama wurden genötigt mitzumachen. Aber irgendwie kam keine Stimmung auf. Ich habe wieder dasselbe Wort aufgeschrieben. Hinterher sangen wir, die Münder schwarz von der Asche. Und plötzlich hielt ich es wieder nicht mehr aus. Ohne Shenja ist alles öde, blöd und sinnlos. Ich ging in mein Zimmer, und das Fest war zu Ende, alles lief auseinander. Mir scheint, etwas stimmt nicht mit unserer Familie. Papa ist seit einiger Zeit sehr verändert. Mama und er reden kaum noch miteinander.

Ich liebe ihn! Ich liebe ihn! Ich liebe ihn!

Ach, könnte ich doch jetzt in diesem wunderbaren Sokolowka sein!

2. Januar 1915

Die Njanja hatte ihren Patensohn zu Besuch. Ein schöner junger Mann, dem eine Hand fehlt. Er ist Schreiber, und es hat ihm an der Front die rechte Hand abgerissen, nun lernt er mit der linken zu schreiben.

Ich lese wieder einmal in der Bashkirtseff. Mein Gott, es ist erst ein Jahr her, dass ich das las – und verstand nichts! *Es scheint mir, als wenn ich in dieser Welt zum Glück geschaffen wäre. Mach mich glücklich, o mein Gott!* Da ist von mir die Rede! *Ich bin geschaffen für Triumphe und Erregungen; also das Beste, was ich tun kann, ist, dass ich Sängerin werde.* Tatsächlich kommt es mir nun ganz so vor, als wäre ich das. Sie und ich – derselbe Mensch, und sie ist gar nicht tot. Denn ich lebe ja! *Künste, Musik, Malerei, Bücher, Welt, Kleider, Luxus, Trubel, Ruhe, Lachen, Traurigkeit, Melancholie, Spott, Liebe, Kälte, Sonnenschein; alle Jahreszeiten, alle Witterungen, die ruhigen Ebenen Russlands und die Berge um Neapel; den Schnee im Winter, den Regen im Herbst, den Frühling mit seinen Torheiten, die ruhigen Tage im Sommer und die schönen Nächte mit ihrem Sternenglanz* – das ist es doch, was *ich* über alles in der Welt liebe! Und meinen Shenja. Den kannte sie nur nicht.

3. Januar 1915
In der Zeitschrift *Niwa* ganz hinten sind Listen gefallener Offiziere abgedruckt. Vor jedem Namen ein Kreuz, das aber aussieht wie ein Kreuzass.

Da findet ein furchtbarer Krieg statt, und wir schreiben Fragebögen zu Liebesdingen voneinander ab. Wie schrecklich die Welt doch eingerichtet ist. Wichtiger als alle Kriege der Welt erscheint auf einmal folgende Frage: *Ein König hatte eine Tochter, die einen einfachen Mann aus dem Volke liebte. Als der König davon erfuhr, entbrannte sein Zorn, und er wollte ihn hinrichten. Die Prinzessin weinte und flehte ihren Vater an, welcher daraufhin so entschied: In der Zirkusarena sollten zwei Türen angebracht werden. Hinter der einen lauerte ein gefährlicher, hungriger Tiger, hinter der anderen eine schöne Frau. Der Geliebte würde hereingeführt werden und aufs Geratewohl eine der beiden Türen öffnen müssen. Öffnete er die Tür mit dem Tiger, bedeutete das den sicheren Tod. Öffnete er die andere Tür, bekäme er die Schöne zur Frau, dazu einen Haufen Geld und die Erlaubnis, mit ihr ein Schiff in ein fernes, schönes Land zu besteigen. Die Prinzessin wusste, wo der Tiger war und wo die Frau. Das Volk versammelte sich im Zirkus, der Verurteilte wurde hereingeführt und bat die Prinzessin mit einem flehenden Blick um Hilfe. Das verliebte Mädchen litt Höllenqualen, wurde abwechselnd rot und blass und zeigte schließlich auf eine Tür. Was war dahinter?*

Natürlich die Frau, gab ich aufrichtig zur Antwort, denn wahre Liebe kennt keinen Eigennutz und würde dem anderen nie ein Leid wünschen. Doch dann in einer schlaflosen Nacht fiel mir ein, wie wir einmal zu dritt – Tala, Ljalja und ich – bei Tala zu Hause saßen und Shenja von Ljalja gebeten wurde, ihr irgendeine Aufgabe zu erklären, worauf die beiden sich in seinem Zimmer einschlossen … Es läuft wohl doch auf den Tiger hinaus.

Mein hochwertester Nabuccosaurus!
Nichts Neues von Euch – nur das eine Kärtchen. Dabei schicke ich Euch jeden zweiten Tag meine römischen Ansichten. Na macht nichts, vergesst es, alles ist gut.

Jene Karte übrigens, o Wunder, ist in null Komma nichts hier eingeschwebt.

Ich frage mich, wann dieses mein Sendschreiben wohl in Eure Hände gelangt?

Solche Briefe brauchen oft sehr lange, zumal wenn man sie gar nicht abschickt.

Unabgeschickte Briefe kommen sicherer an.

Unabgeschickte Briefe haben die Eigenart, die Zeit zu durchstoßen. Ohne alle Marken und Stempel sind sie ruck, zuck in Euren Händen. Über viele Sommer und Winter hinweg lässt es sich vom Wetter reden – ich jetzt und hier, Ihr ebenfalls jetzt und hier. Wie sieht es aus bei Euch? Hat sich das Universum ausgedehnt? Und welcher Wochentag ist? Welche Hemisphäre draußen vor dem Fenster?

Vielleicht habt Ihr ja selbst schon Familie, ein Kind. Ist es ein Sohn?

Ich bin mir sicher, Ihr werdet ihm eines Tages den Zaubertrick zeigen, den Ihr von mir habt, und ich habe ihn von meinem Ex-U-Boot-Matrosen. Ich sehe uns noch vor mir, als wäre es jetzt: Wir gehen am Sonntag zum Haareschneiden, ich flenne ein bisschen herum, weil ich Angst vor der Haarschneidemaschine habe, er zieht mich an der Hand hinter sich her, und auf einmal sagt er: Ein Zaubertrick, sieh her! Und das Wunder geschieht. Vor meinen Augen, in Blitzesschnelle, wächst mein Vater zum Riesen. Nimmt die Straßenbahn an der Haltestelle von den Gleisen, stellt sie auf seine Handfläche und streckt sie mir hin.

Kein sonst wie bemerkenswertes Kunststück, könnte man meinen, doch ich denke, auch Euer Sohn wird es eines Tages seinem Kind vorführen. Wird zum Riesen werden und ihm die Straßenbahn, das Haus oder den Berg hinhalten auf der flachen Hand.

Und vielleicht ist das ja schon der ganze Trick.

Wochen und Monate vergingen, in denen der Dolmetsch manchmal, wenn Isolde nicht zu Hause war, ihren Computer einschaltete (inzwischen hatten sie jeder einen eigenen Laptop) und die neuen Einträge las.

Dabei fühlte der Dolmetsch sich wie ein Dieb.

Und er war ja auch einer.

Manchmal trug sie einfach nur Bruchstücke aus ihrem Vorleben ohne den Dolmetsch ein. Vom Italienurlaub zum Beispiel.

Und weißt du noch, unser Streit damals in Pisa? Ich sprang aus dem Auto und knallte die Tür zu. In der Hoffnung, sie ginge kaputt. Du fuhrst los, wutentbrannt, stinksauer, ließest mich stehen. Dort wurde gerade der Rasen gemäht, es roch nach frisch geschnittenem Gras und Benzin. Auf dem Platz standen überall Touristen mit ausgestreckten Armen, die Hände wie in die Luft gestemmt, Fotopose: den Turm vor dem Umfallen bewahrend. Ich ging in die Kirche und setzte mich auf eine Bank, da ich sowieso nicht wusste wohin. Hier war es kühl, während draußen Hitze herrschte. Ich schloss die Augen – das Kreischen der Rasenmäher drang durch das offen stehende Portal, und selbst der scharfe Geruch von frisch gemähtem Gras. Ich saß da und dachte an dich und daran, wie sehr ich dich liebe. Und dass ich so sitzen und warten würde, bis du kommst. Ich wusste, du würdest wiederkommen und mich finden.

In ihrem Tagebuch las der Dolmetsch nur, wenn sie Streit miteinander hatten. Und das geschah jetzt immer öfter.

Der Dolmetsch war sich darüber im Klaren, dass Isolde nachprüfen konnte, wann die Datei zum letzten Mal geöffnet worden war, doch er traute sich nicht, einen Programmierer aus seiner Bekanntschaft zu fragen, wie sich das umgehen ließ.

Merkwürdig zu lesen außerdem, dass Isolde, wenn sie mit dem Dolmetsch schlief, sich vorstellte, es wäre Tristan, der sie umarmte.

Es war also Tristan und gar nicht der Dolmetsch, der sie nachts küsste und in sie eindrang.

Einmal kam Isolde nach Hause, während der Dieb an ihrem Computer saß, doch er schaffte es noch, alles auszuschalten, weil sie als Erstes auf die Toilette ging.

Einmal las der Dolmetsch einen neuen Eintrag, in dem stand, ihr Sohn ähnele Tristan auf seinen Kinderbildern.

Darauf fing der Dolmetsch an, in Isoldes Regalen, ihren Fotoalben und -schachteln zu wühlen, um diese alten Bilder zu finden. Sie hatte sie ihm schon einmal gezeigt, doch damals waren sie ihm gleichgültig gewesen, er erinnerte sich nicht. Jetzt betrachtete er jedes Foto eingehend, um herauszufinden, ob diese Ähnlichkeit tatsächlich bestand.

Einmal im Jahr versammelten sich bei ihnen Isoldes und Tristans Freunde zu dessen Todestag.

Der Zufall wollte es, dass sich Isolde und der Dolmetsch am Vorabend eines solchen Treffens wieder einmal einer Bagatelle wegen in die Haare bekommen hatten. Es wurde sogar Porzellan zerschlagen. Kaum war Isolde aus dem Haus, schaltete der Dolmetsch ihren Computer an, öffnete die Datei und las:

Heute bin ich ins Kinderzimmer schlafen gegangen. Hörte das Kind im Schlaf schnaufen und stellte mir vor, es wäre Dein und mein Sohn. Ist es ja auch. Dein Kind, nicht seines.

Als Isolde von der Arbeit kam, ging der Dolmetsch zu ihr und umarmte sie, wie er es immer tat nach einem Streit, um sich zu versöhnen.

»Friede?«, sagte er, wie sie es immer sagten.

Lächelnd vergrub sie ihr Gesicht an seiner Brust.

»Danke! Ich hatte schon Angst, dass es heute zwischen uns so weitergeht.«

»Alles gut!«, sagte der Dolmetsch und lächelte.

Die Gäste kamen. Isolde hatte Raclette vorbereitet. Die Stimmung war gelöst, es wurde viel geredet.

Der Dolmetsch ging den Sohn zu Bett bringen, las ihm zum Einschlafen noch die Geschichte vom schlauen Urfin und seinen Holzsoldaten vor. Das Kind hätte längst schlafen müssen, doch es wollte immer noch mehr hören, und der Dolmetsch las und las.

Er wollte ja auch gar nicht zu denen hinaus.

Schließlich war der Sohn eingeschlafen, der Dolmetsch löschte das Licht, lag in der Dunkelheit und lauschte auf das Schnaufen des Kindes.

Als er hinauskam, waren sie schon beim Dessert. Das Gespräch drehte sich um Russland, Tschetschenien. Der Zahntechniker zwackte sich eine Weintraube ab und fragte den Dolmetsch, wie ein Mensch fühlt, der nicht zu einem kleinen Volk wie den Schweizern oder Tschetschenen gehört, sondern zu einer großen Nation von … – hier stockte er – Invasoren wäre das falsche Wort, auch nicht Unterdrückern, sondern, wie solle er sagen – er drehte die Beere zwischen den Fingern und fand das passende Wort nicht, dabei sah er den Dolmetsch lächelnd an, als erwartete er Hilfe.

»Du meinst, wenn man zu den Russen gehört«, half er.

Der Techniker lachte und warf sich die Weinbeere in den Mund. Kauend riss er die nächste ab.

»Du verstehst doch, was ich meine!«

»Natürlich.«

Der Dolmetsch verteilte den Rest Wein aus der Flasche und ging in die Küche, die nächste zu holen. Als er wiederkam, brachte er die Rede auf die Videos, die die Tschetschenen zu drehen pflegten. Jemand hatte ein paar kurze Ausschnitte im Fernsehen gesehen. Befreundete Journalisten aus Moskau hätten ihm eine Kassette geschickt, sagte der Dolmetsch.

»Du wirst doch nicht etwa!«, fiel ihm Isolde ins Wort.

Der Dolmetsch zog sie an sich und küsste sie auf den Hals.

»Natürlich nicht.«

Aber die Gäste bedrängten ihn.

»Ach, zeigt doch mal!«

Der Dolmetsch suchte sie davon abzubringen: Besser nicht, diese Aufnahmen seien aus gutem Grund von keinem Sender gezeigt worden, nicht mal in Russland.

»Noch ein Grund mehr, sie zu zeigen! Bitte!«

Besonders der Zahntechniker wollte unbedingt sehen, was er nicht sehen sollte.

Der Dolmetsch trug die Teller in die Küche, Isolde kam ihm nach und sagte leise, sodass es nebenan keiner hören konnte: »Warum willst du mir den Abend verderben?«

»Ich? Wie kommst du darauf?«, antwortete der Dolmetsch.

Am Ende steckte die Kassette im Rekorder, alle setzten sich zurecht, und der Dolmetsch schaltete ein.

Zuerst äußert jemand flehentlich die Bitte, ihn freizukaufen: ein Soldat, offensichtlich ein Gefangener, ganz jung noch, schmutzig und ausgezehrt; dann wird ihm ein Finger abgeschnitten, und er wimmert nur noch. Der Finger wird ausgiebig vor das Objektiv gehalten.

Danach hält irgendein Ausländer, der englisch spricht, ein Schraubglas mit einer dunklen Flüssigkeit in die Kamera, es ist sein blutiger Urin, man habe ihm die Nieren kaputt geschlagen, klagt er und kriegt im nächsten Moment von hinten eine Stahlrute übergezogen, er zuckt und schreit.

Isolde schaute nicht zu, sie war zum Rauchen auf den Balkon gegangen.

Nach den ersten Bildern stand einer der Gäste auf und folgte ihr hinaus.

Dem gefangenen Soldaten soll die Kehle durchgeschnitten werden. Er sucht sich loszureißen, röchelt: »Nicht! Nein!« Kippt nach unten aus dem Bild. Wird wieder hereingeholt. Schwarze Hand mit verkrümmten Fingern auf rotem Gesicht.

Noch einer der Gäste stand auf und verließ wortlos das Zimmer.

Ein alter Mann bekreuzigt sich gelassen in Richtung Kamera und sagt: Sie werden mich gleich töten, und was ich noch sagen wollte: Ich liebe euch sehr, dich, Shenja, und dich, Aljoscha, und dich, Witenka! Dann wird ihm der Kopf abgeschlagen. Die anschließende Sekunde wird nicht der Kopf gezeigt, sondern der

Hals in Großaufnahme, er ist dick, mindestens Größe 45 – und zieht sich plötzlich zur Faust zusammen, die Luftröhre springt hervor, und es folgt ein Schwall schwarzes Blut.

Sie saßen nur noch zu zweit vor dem Fernseher, der Dolmetsch und der Zahntechniker. Saßen da und sahen zu, wie eine Frau vergewaltigt wird, die die ganze Zeit schreit: »Tut dem Kind nichts! Tut nur dem Kind nichts!« Mit dem Feuerzeug werden die Haare zwischen ihren Beinen abgesengt, dann wird ihr eine Glühbirne eingeführt und der Kolben zerdrückt. Die Frau kreischt, ächzt, krümmt sich am Boden. Blut strömt. Ein bärtiger Mann mit Sonnenbrille schiebt ihr grinsend den Pistolenlauf in den Anus und drückt ab.

»Das reicht«, sagte der Zahntechniker. »Mach das aus!«

Der Dolmetsch schaltete den Fernseher ab und ging in die Küche Tee kochen. Die Gäste verzogen sich recht bald.

Isolde ging in dieser Nacht wieder ins Kinderzimmer schlafen. Anstelle von »Gute Nacht« sagte sie:

»Ich hasse dich.«

26. August 1915. Mittwoch

Heute auf dem Skating Rink machte mich mein Bruder mit seinem neuen Freund, dem Studenten Alexej Kolobow, bekannt, der mit der ganzen Universität aus Warschau evakuiert worden ist. Ljalja und ich drehten gerade ein paar Runden, da sah ich, wie mir von Weitem jemand winkte, von einem der kleinen Tische, die um die Bahn herumstehen. Ich fuhr an die Bande, Sascha stellte uns einander vor. Das Orchester spielte so laut, dass man schreien musste. Er hat fantastische blaue Augen, eine schöne schmale Hand, und es war lustig, wie er errötete, als er sie mir gab. Ich schlug ihm vor, mit auf die Piste zu kommen, er lehnte ab. Er kann nicht Rollschuh laufen. Es wurde schnell unbehaglich und ein bisschen langweilig mit den beiden. Mir fiel nicht ein, worüber wir reden sollten. Langweilig ist wohl nicht das rechte

Wort, es war eher beunruhigend irgendwie. Ich wollte schleunigst flüchten, mich verkriechen. Bin wieder in die Bahnmitte gedüst, mitten ins Gewühle.

Und jetzt beim Schreiben frage ich mich, was da eigentlich in mich gefahren ist. Vielleicht, vielleicht …

27. August 1915. Donnerstag

Die Martjanows sind zurück. Bin Shenja begegnet. Frage mich, was ich an ihm finden konnte.

Papa kam mit der Landkarte, und wir machten Kartenschau. An der Front sieht es immer schlechter aus – Polen ist verloren, ganz Litauen und Weißrussland. Papa und Sascha verfolgen den Rückzug anhand der Karte von Tag zu Tag. Rostow ist von Flüchtlingen überschwemmt.

Nachts kam mir Shenja in den Sinn, ich musste wieder daran denken, wie er mir den Versuch zeigen wollte, bei dem der Magnet durch ein Blatt Papier hindurch Eisenspäne zu einer symmetrischen Zeichnung ordnet, und ich ihm sagte, dass ich ihn nicht mehr liebe – wie er dann dastand: elend, deprimiert, hilflos, mit dem Magnet und dem Blatt Papier in Händen.

Mag sein, ich bin ein schlechter Mensch. Aber er tut mir nicht im Geringsten leid. Besser gesagt, er tut mir natürlich leid, aber dieses Mitleid lässt ihn nur noch kläglicher erscheinen.

In Alexej bin ich nicht verliebt. Das merke ich. Das weiß ich.

29. August 1915. Samstag

Nach den Ferien trudeln alle wieder ein und erzählen einander ihre Sommerabenteuer – größtenteils erfundene, nehme ich an.

Alle staunen wir über Mischka. Im Sommer hat sie einen jungen Juristen kennengelernt, seine Mutter hatte eine Datscha in der Nachbarschaft gemietet. Er erklärte ihr, dass er sie liebe. Nächstes Jahr, nach Abschluss der Universität, werde er sie heiraten. Tags darauf kam seine Mutter an, eine stolze, respektable Frau, und fiel vor ihr – vor Mischka! – auf die Knie. Flehte sie an, ihrem Sohn einen Korb zu geben. Beschwor sie: Sie seien doch beide noch jung und passten sowieso nicht zueinander, und Mischka würde sich in ihren Kreisen bestimmt nicht wohlfühlen. Und er müsste sich ihrer genieren und unglücklich sein. Zuletzt teilte sie mit, sie seien tief verschuldet, und ihm sei bereits eine Braut versprochen, die reich und schön sei, eine Dame von Welt, und wenn Mischka ihren Sohn tatsächlich liebe, so müsse sie um seines Glückes willen auf ihn verzichten. Mischka hat ihm einen Abschiedsbrief geschickt, in dem sie schrieb, sie würden sich von nun an nie wieder sehen, er sei frei, doch sie liebe ihn ewiglich.

Ich weiß nicht, ob ich das alles glauben soll. Bis jetzt hat Mischka jedenfalls noch nie gelogen.

Bin im Lazarett gewesen.

Regenwolken, grau wie Krankenkittel.

Mir ist schwer ums Herz. Dachte die ganze Zeit an Alexej. Er ist mit Sascha befreundet und kommt darum hin und wieder zu Besuch, schenkt mir jedoch keinerlei Beachtung. Ich ihm natürlich auch nicht. Entweder er ist schüchtern oder langweilig. Vermutlich Letzteres.

31. August 1915. Montag

Petja Nasarow ist wieder aufgetaucht. Hat sich sehr verändert, ist erwachsener geworden. Von Sjoma hieß es zuerst, er sei gefallen, aber dann kam eine Karte über das Rote Kreuz. Er ist in deutscher Gefangenschaft.

4. September 1915. Freitag

Heute war Alexej wieder da. Wäre er doch lieber nicht gekommen! Ich war gerade erst aus der Schule zurück – noch nicht umgezogen, in dem grässlichen braunen Kleid und der schwarzen Schürze – Tintenfleck an der Hand! Wir prallten in der Diele aufeinander – ich aus der Toilette kommend, vor Schreck, dass er mich so sieht und womöglich das Geräusch der Toilettenspülung hinter mir hört, völlig konfus, zwinkernd, mit verschwitzten Händen – kriege kein Wort heraus. Während Sascha und er gleich etwas zu besprechen haben in meiner Gegenwart – nämlich dass im Treppenhaus ihrer Universität ein Briefkasten aufgestellt worden sei mit der Aufschrift: *Sexuelle Umfrage* – man soll anonyme Auskünfte über sein Geschlechtsleben einwerfen. Ich stand da, puterrot, wie eine Idiotin. Mir schossen die Tränen. Wie der Blitz war ich weg.

Ich hasse mich!

8. September 1915. Mariä Geburt
Aus meinem Bruder ist ein richtiger Mann geworden. Er schabt sich das Kinn.

Alle sind sie erwachsen – Katja, Mascha …

Und ich? Gehe nun in die Absolventenklasse des Gymnasiums. Und was muss ich feststellen? Ich werde angebetet! Habe eine Verehrerin in einer der unteren Klassen. Musja Swetlizkaja ist in Liebe zu mir entbrannt und sucht dem Überschwang ihrer Gefühle auf jede erdenkliche Weise Ausdruck zu geben. Läuft mir in der Pause nach wie ein Hündchen, schmiegt sich an, küsst mir die Hände! Anfangs gefiel mir das, aber mit der Zeit geht es auf die Nerven. Und vor allem kann ich sie überhaupt nicht loswerden! Heute Morgen auf dem Schulweg kaufte ich ihr ein Täfelchen Schokolade mit Cremefüllung, die gleiche, die ich als Kind so mochte, in dem bunten Papier mit den zwei Laschen. Zieht man an der einen, springt neuerdings das boshafte Konterfei von Kaiser Wilhelm hervor, zieht man die andere, erscheint der gelockte Schopf des Donkosaken Kosma Krjutschkow, dieses Tausendsassas. Als ich die Tafel Musja schenkte, hätte sie vor Glück beinahe losgeheult.

Ach Gott, wenn ich doch auch jemanden so lieben könnte!

10. September 1915. Donnerstag
Das Wetter ist grauenvoll.

Alexej war wieder da. Ich scheine Luft für ihn zu sein. Danke, gleichfalls! Er missfällt mir immer mehr. Was ist das – Hochmut?

Wichtigtuerei? Glaubt er, ich wäre noch nicht reif für ihre hochtrabenden Reden?

Ich verzichte!

12. September 1915. Samstag

Nun ist es passiert. Ich bin verliebt! Und wie! Natürlich war ich es vom allerersten Augenblick an, damals auf der Rollschuhbahn. Wollte mich bloß vor mir selbst verstecken – aus Furcht, mich zu verletzen, mir wehzutun. Das mit Shenja war eine Albernheit. Kinderei! Shenja ist ein Kind, ein kleiner Junge. Ich wusste einfach noch nicht, was Liebe heißt!

Alexej! Aljoscha! Welch schöner Name!

Was für ein wundervoller Tag!

13. September 1915. Sonntag

Heute mit Aljoscha im Elektrotheater Renaissance gewesen, *Stenka Rasin* gucken. Ich habe dagesessen und gar nichts mitbekommen – restlos gefangen von seiner Nähe, seiner Hand auf meiner Hand.

Wie er mich zu küssen versteht! Erst mit ihm, mit meinem Aljoscha, habe ich erfahren, was der Kuss eines Mannes ist! Das ist unvergleichlich! Seit zwei Tagen bin ich wie im Fieber.

Und noch etwas Hochwichtiges: Auf dem Nachhauseweg erzählte mir Aljoscha, die Studenten hätten einen Theaterzirkel gegründet und bereiteten eine Wohltätigkeitsveranstaltung vor. Er selbst tritt nicht auf, ist nur für die Beleuchtung zuständig. Ob ich nicht mitspielen wolle, hat er mich gefragt. Herr im Himmel! Mitspielen? Ich? Und das auch noch mit Aljoscha? Ich sterbe vor Glück! Was denn aufgeführt werden soll, habe ich gefragt. Es steht noch nicht fest. Kostrow wird der Regisseur sein, der am Studio des Künstlertheaters gelernt hat.

So sieht's aus. Fehlt nicht mehr viel, und ich bin Schauspielerin!

Wahrscheinlich sollte ich mich dafür schämen, doch es drängt mich, auf der Bühne zu stehen, im Zentrum der Aufmerksamkeit, ich möchte Applaus bekommen, möchte die Wellen der

Zuneigung und Begeisterung spüren, wie sie mir aus dem Saal entgegenschlagen. Das ist töricht, gewiss, aber ich kann nichts dagegen tun.

Außer der Frauenakademie ist auch das Naueninstitut für Medizin aus Warschau hierher evakuiert worden. Tala und Ljalja wollen sich dort anmelden. Sie möchten, dass ich mitkomme.

Aber nein, ich kenne meinen Weg. Ich werde singen. Ich will es, und nichts wird mich daran hindern – kein Krieg und kein Erdbeben, nicht mal die Sintflut! Wie viele Jahre habe ich auf den Moment gewartet, die Gelegenheit, diese Welt für mich zu erobern! Und nun? Soll ich von mir aus verzichten? O nein, in *diesem* Leben werde ich singen und nicht aufs nächste damit warten!

Oder ans Theater gehen.

Was bin ich glücklich! Mein Aljoschenka!

17. September 1915. Donnerstag

Heute hatten wir Zoologie. R. R. brachte ein Skelett mit in den Unterricht – unsere zarten Mägdelein kreischten vor Schreck, und als wären sie damit zu beruhigen, verkündete der Lehrer, es handele sich um das Skelett unseres Hausmeisters dazumal am Bilinskaja-Gymnasium, der als alter Tolstoianer seinen Körper der Bildung und Wissenschaft vermacht habe. Ich wusste nicht mal, dass er gestorben ist. Nach dem Umzug des Gymnasiums war er irgendwie verschwunden, es hieß, er sei nach Nowotscherkassk zu seiner Schwester gezogen.

Der Herr schenke seiner Seele Ruh. Dem Leib ist ja doch keine beschieden.

Im Profil erinnert R. R. an ein Nagetier. Ziemlich widerlich. Widerlicher noch als Sabugski – und auch er hält uns alle a priori für Schwachköpfe. In der ersten Stunde führte er einen Versuch vor. Es ging darum, dass nicht der liebe Gott das Sonnensystem erschaffen hat, sondern – schaut her … – und er rührte mit dem Teelöffel in einem Wasserglas, in dem sich ein Tropfen Fett befand. Von der geschwinden Drehung wurde der große Tropfen gesprengt und teilte sich in mehrere kleine – ein anschauliches Bild für die Entstehung des Sonnensystems mit den Planeten. »Alles klar?« – »Ja.« – »Noch Fragen?« – »Nein.« – Da wurde er wütend. »Wer hat damals den Löffel gerührt, hättet ihr fragen müssen, ihr Neunmalklugen!«

»Ihr Neunmalklugen«, sagt er nur, um das Wort Hornochsen zu vermeiden.

Es heißt, die Direktorin wäre in ihn verliebt.

Shenja ist wirklich noch ein richtiges Kind. Er sah mich auf der Straße und kam an, wollte etwas sagen, stand dann aber nur stumm vor mir und drehte hilflos seine Gymnasiastenmütze in den Händen.

Alexej dagegen – wie erwachsen, klug und originell er doch ist. Wie belesen. Was er alles weiß! Man erfährt von ihm so viel Interessantes. Zum Beispiel weiß ich jetzt, dass das Theater*spielen* eine Idee der Franzosen war, während es im Theater der alten Griechen hieß: *ago*, das heißt ich handle, lebe. Von daher auch das Wort Agonie.

So ist es. Theater ist für mich kein Spiel, es ist das Leben – und der Tod.

Ich kann nicht einschlafen. Stecke die Nase ins Kissen und sehe ihn lächeln und wie er mich küsst. Heute fiel ihm eine Wimper ins Auge. Ich leckte sie ihm mit der Zungenspitze heraus.

19. September 1915. Samstag

Nun ist es beschlossen: Wir bringen den *Revisor!* Ich spiele die Marja Antonowna.

Kostrow trägt die Nase allerdings ziemlich hoch und verlangt von uns, seine Ratschläge zu befolgen wie Gottes Gebote. Als wären wir hier am Künstlertheater und er Stanislawski. Andererseits ist er wirklich klug und eine ausgesprochene Begabung. Und dass wir das alles so ernst nehmen, gefällt mir.

Er ist ein Künstler, wie er im Buche steht. Weiß alles über das Theater. Als ihm einmal zufällig eine Seite aus dem Textbuch rutschte und zu Boden fiel, hat er sich sofort draufgesetzt. Das sei ein alter Schauspielerglaube, erklärte er. Versäumt man es, sich auf ein heruntergefallenes Textblatt zu setzen, wird die Rolle ein Reinfall.

Tala nimmt es mir übel, dass ich keine Zeit mehr habe, mit ihr ins Lazarett zu gehen. Oder ist es wegen Shenja? Sie liebt ihren Bruder so sehr!

Wahrscheinlich ist es schlecht von mir, dass ich mich gegen die Betreuung der Verwundeten und für das Theater entschieden habe. Aber kann die Kunst den Menschen nicht genauso gut eine Hilfe sein? Bin mir nicht sicher, muss darüber noch mal nachdenken. Aber dort auf den Proben ist es so spannend! Im Lazarett dagegen immer dasselbe.

Beim Überlesen des letzten Absatzes dachte ich gerade: Was bin ich doch egoistisch! Habe allen Grund, mich vor Tala zu schämen.

Heute nach der Probe, im allgemeinen Aufbruch, erzählte Kostrow die lustige Geschichte, wie während der Dreharbeiten zur *Verteidigung von Sewastopol* auf einmal Bauern aus der Gegend mit Bittgesuchen und Beschwerden ankamen. Sie hatten die Schar von Leuten in betressten Uniformen gesehen und gemeint, es müssten hohe Beamte sein. Auch Kostrow, der eine Generalsuniform trug, wurde von einer alten Frau bedrängt, die unter Tränen irgendeine Bitte vortrug. Sie wollte einfach nicht glauben, dass er gar kein General war. Um den Abbruch der Dreharbeiten zu verhindern, musste man die Bauern von der Polizei vertreiben lassen.

Zu Hause nach dem Abendessen erzähle ich von der Probe, und Papa fragt: »Wisst ihr, was in dem Stück das Entscheidende ist?« – »Die Entlarvung des Regimes?« – »Nein.« – »Die stumme Szene?« – »Nein.« – »Ja, was denn dann?« – »Das Entscheidende ist, wie Bobtschinski dem Zaren ausrichten lässt, es gebe einen Pjotr Iwanowitsch Bobtschinski.« – »Warum soll das das Entscheidende sein?« – »Das kann man nicht erklären. Das weiß man, oder man weiß es nicht.«

Mitunter kann Papa ein ziemliches Ekel sein!

Ich küsse dich, Aljoscha! Gute Nacht!

3. Oktober 1915. Samstag

Lange her, dass ich zum letzten Mal hier etwas eintrug! Finde einfach keine Zeit dafür. Bin die ganze Zeit mit Aljoscha zusammen und im Theater. Tue fast nichts mehr für die Schule. Da muss ich mich unbedingt ranhalten, sonst gibt es schlechte Noten, und das wäre peinlich!

Langsam finde ich in meine Rolle hinein. Zu Hause laufe ich in Kostüm und Maske herum. Als die Njanja mich so sah, lachte sie. Das machte mich wütend, ich schmiss die Tür. Dieses dumme alte Weib!

Versuche mich in die Rolle zu vertiefen, den Charakter der Figur zu ergründen. Ich bin ja in Chlestakow verliebt. Wie komme ich bloß dazu? Was ist der Grund? Er ist doch erbärmlich, ein Blender, ein Säufer! Ein Idiot, letzten Endes! Es ist so unwahrscheinlich! Aljoscha – ja, den liebe ich. Das ist mir begreiflich. Er ist so ganz anders. Klug, charmant, taktvoll und zärtlich. Schön und männlich. Dieser schöne Mund, die Nase, die Stirn. Und erst die Hände! Allein in die Hände könnte man sich verlieben!

Aber für die Arbeit an meiner Rolle ist das alles untauglich. Ich brauche irgendwelche »Angriffspunkte«. Etwas, das mir nahe und verständlich genug ist, um mich »hineinverlieben« zu können.

Und wieder stelle ich mir Petrow vor, was unser Chlestakow ist – sein dümmliches Gesicht mit den abstehenden Ohren – es kommt nichts heraus dabei. Nein, das wird nichts, denn ich denke die ganze Zeit nur an Aljoscha, der heute bei uns zu Abend essen wird. Ich sitze am Fenster und blicke auf die Straße: Herbst, Kälte, Regen, Pfützen.

Und plötzlich überfällt mich die idiotische Idee, ich könnte im nächsten Moment sterben, und dieses Pflaster da unten, der halb entlaubte Baum, der nasse Hund, der vorüberläuft, und dieser regenverhangene Himmel über Rostow – das wäre es dann gewesen. Mein ganzes Leben. Was für ein Albtraum …

Da kommt er!

Ich schreibe abends zu Ende.

Aljoscha hat interessant davon erzählt, wie er mit seinen Eltern und dem kleinen Bruder bei Kriegsausbruch in Deutschland war und alle Russen nach der Schweiz ausgewiesen wurden. Leute, die dort Jahre gelebt hatten, bekamen vierundzwanzig Stunden Zeit, um zu packen! Mit dem Schiff überquerten sie den Bodensee, der große Katschalow war mit an Bord! Dann ging es weiter über Italien und auf dem Seeweg bis Griechenland.

Wo er schon überall war! Ich dagegen bin noch nie aus diesem verfluchten Rostow rausgekommen. Leonardos Abendmahlfresko an der Wand eines Mailänder Klosterspeisesaals, so weiß er zum Beispiel zu berichten, stirbt langsam vor sich hin! Es ist mit Ölfarben gemalt, und die Farbschicht löst sich in dünnen Blättchen vom Untergrund, rollt sich und fällt ab. »Wie furchtbar!«, entfuhr es mir. »Tausende Menschen sterben in den Schützengräben, und ihr regt euch auf über Farben!«, erwidert Sascha, dieser Grützkopf – das Wort werfe ich ihm gleich einmal an den Kopf, woraufhin wir in Streit geraten, doch meinem klugen Aljoscha gelingt es, uns äußerst taktvoll wieder zu versöhnen!

Von Saloniki wurden sie mit der Eisenbahn nach Serbien weiterverfrachtet. Und das unentgeltlich, denn alles russische Blut floss ja um Serbiens willen. Der Schaffner hatte statt der Fahrkarten nur den Pass mit dem russischen Wappen sehen wollen. Ganz teilnahmsvoll habe der Serbe die Russen angeschaut, was sie sich ja nun wahrlich nicht verdient hatten, so Aljoscha. »Haben wir etwa Blut vergossen? Wir sind doch bloß geflüchtet, haben gemurrt ob der Beschwerlichkeiten und des fehlenden Geldes und uns um einen freien Sitzplatz gestritten!«

Dann kamen sie nach Bulgarien und von da nach Rumänien, wo sie das Schiff bestiegen und auf der Donau in Richtung Schwarzes Meer fuhren. Es ähnele dort dem Unterlauf der Wolga, sagte Aljoscha. »Und Ismail? Sie müssen doch an Ismail vorbeigekommen sein!«, fragte Papa. Aljoscha bejahte lachend: Ganz zufällig, weil er zum Rauchen an Deck gewesen sei, habe er es gesehen. »Ismail sieht ungefähr aus wie unser Barkassenhafen drüben am Don!« – »Nicht größer?« – »Nein.«

Ich bin müde. Mehr zu schreiben fehlt die Zeit und die Kraft.

Aljoschenka! Ich liebe und küsse dich! Bis morgen!

5. Oktober 1915. Montag

Wieder dieser Sabugski! Der bringt mich noch ins Grab! Heute schrieben wir eine Klassenarbeit, er tigerte durch die Klasse und passte auf, dass niemand abschrieb. Jedes Mal, wenn er vorüberkam, blieb er hinter meinem Rücken stehen, spähte über meine Schulter ins leere Heft und zischte: »Na, fabelhaft! Na, fabelhaft!« Ich musste mich zusammenreißen, um nicht loszuheulen. Er beugte sich so tief über mich, dass ich seinen ekelhaften Atem spürte. Einmal schien es mir sogar, als berührte er meine Haare – wahrscheinlich musste er sich sehr zurückhalten, mich nicht am Zopf zu packen und zu ziehen. Und dabei kratzt er sich beständig diese Warze …

Nachtrag nach dem Abendessen. Ich erzählte gerade von meinem Peiniger, und Papa sagte, Sabugski habe im vorigen Jahr seine Frau begraben, die – und auch das Kind – bei der Geburt gestorben sei. Das wusste ich nicht. Warum sind die Menschen so gemein? Warum bin ich es?

9. Oktober 1915. Freitag

Heute war ich bei Aljoscha, er wollte mich seinen Eltern vorstellen. Es war schon ein bisschen heikel. Aljoscha meinte hinterher, ich hätte ihnen gefallen! Sehr sympathische Leute. Haben die ganze Welt gesehen, in verschiedensten Ländern gelebt. Sein Vater erzählte, wie er 1894 das furchtbare Erdbeben in Konstantinopel überstand, als binnen zwei Minuten zweitausend Menschen starben. Außerdem habe er hoch oben an der Mauer der Hagia Sophia die Spur der blutigen Hand gesehen, die jener Sultan dort hinterließ, der nach der Belagerung der Stadt über Berge von Leichen in die Kathedrale eintritt.

Und warum war ich noch nirgendwo? Gott, wie gerne würde ich die Welt sehen!

Aljoschas Eltern sprachen viel von Warschau, wo sie so viele Jahre verbracht haben. Die Polen hätten die Russen noch nie gemocht, erzählten sie, selbst bei den Verkäufern in den Geschäften, wenn sie das Russische hörten, hieß es gleich: Nix verstehn russki, und fragte man einen Passanten nach dem Weg, wurde man als »Moskal« in die falsche Richtung geschickt. Ich sagte dazu erst eine ganze Weile nichts, aber dann erklärte ich, wir Russen seien nicht in der Lage, etwas übel zu nehmen, verzeihen immer allen alles, und als Beispiel führte ich an, was Njusja in ihrem Brief geschrieben hat: Aus lauter Rücksicht auf die Polen würde unser Held in Glinkas *Ein Leben für den Zaren* neuerdings nicht mehr durch polnische Säbel sterben, sondern erfrieren. Da lachten alle, und ich war sehr irritiert, aber Aljoscha schaute mich so freundlich an, dass mir leichter wurde und ich ins Gelächter einstimmte.

Sein kleiner Bruder ist ein sehr netter Junge, aber ein schrecklicher Quälgeist, ewig kam er in Aljoschas Zimmer gerannt und wollte nicht in seines gehen. Aljoscha versprach ihm einen Zaubertrick, denn nur so war Timoschka zu bestechen, damit er das Zimmer verließ. Also goss Aljoscha Wasser ins Buddeleimerchen und wirbelte es auf dem Hof so im Kreis, dass das Wasser nicht herauslief, wenn es umgekehrt in der Luft hing.

Wir küssten uns und sprachen übers Theater; dann wollte er etwas über das Lazarett wissen, in das ich gehe. Da war ich aber schon eine Ewigkeit nicht mehr, was mich beschämte. Aljoscha sagte, der Gedanke, dass andere im Krieg seien, während er es sich im Hinterland gemütlich mache, quäle ihn sehr. Er ist ausgemustert. Sein Großvater mütterlicherseits sei Deutscher, erzählte er noch.

Ich hatte früher keine Vorstellung, was ein echtes, starkes Gefühl ist! Jetzt liebe ich. Jetzt ist es echt, das weiß ich.

12. Oktober 1915. Montag

Shenja macht Ljalja demonstrativ den Hof – mir zum Hohn. Soll er. Ich kann darüber nur lachen.

13. Oktober 1915. Dienstag

Heute hat Aljoscha gesagt, dass er an die Front will. Mich grauste. Er will als Freiwilliger gehen. »Ich habe kein Recht, unbefleckt zu bleiben in dem allgemeinen Dreck.«

Ich habe Angst.

15. Oktober 1915. Donnerstag

Heute habe ich Mama endlich gesagt, dass ich Schauspielerin werden will und nach dem Gymnasium an die Moskauer Schauspielschule gehe. Zuerst war sie sprachlos, dann brach es aus ihr hervor. Ich solle ja nicht glauben, dass sie mich gehen lasse, brüllte sie, die Strudel des Bohemelebens würden mich verschlucken, so drückte sie sich aus. Daraufhin erklärte ich ihr, dass ich das geruhsame bürgerliche Leben, bestehend aus Lug und Trug und Langeweile, für weitaus schlimmer halte – und dass ich mein Leben der Kunst weihen möchte. Sie stürzte zum Büfett, ihre Tropfen holen. »Was weißt du schon vom Theater! Alle träumen davon, eine Jermolowa oder Sawina zu werden, und was geschieht? Sie werden die Mätressen gut betuchter Mäzene und spielen arme Bauersfrauen mit Tausendrubelringen im Ohr. Oder Theaterschindmähren mit vierzig Rubeln Gnadenbrot!« Ich hatte gewusst, dass sie dagegen sein würde, und war auf Tiraden dieser Art gefasst. Aber was dann kam, das werde ich ihr nie verzeihen! Ich war schon im Gehen, da brüllte sie mir hinterher: »Guck dich doch mal im Spiegel an! Wie kann man mit *dem* Aussehen auf die Idee kommen, Schauspielerin werden zu wollen?«

Ich bin ein garstiger, ein abscheulicher Mensch. Denn ich hasse meine Mutter!

Aljoschenka, du fehlst mir gerade so sehr!

17. Oktober 1915. Samstag

Papa ist ein Goldstück! Mein lieber, guter, kluger Papa! Wir haben den halben Abend zusammengesessen und geredet. Er hat gesagt, ich darf Stunden bei der Kolzowa-Seljanskaja nehmen, er bezahlt es! Ich darf es nur nicht der Mutter verraten. Mein wunderbarer Papa, ich liebe dich sehr!

Am Dienstag ist die erste Stunde.

18. Oktober 1915. Sonntag

Heute bin ich zu spät zur Probe losgegangen, gespurtet wie verrückt, gestolpert – und das Textbuch klatschte zu Boden. Hilfe! Ich mich natürlich gleich draufgesetzt – mitten auf dem schmutzigen Trottoir. Die Leute haben mich angeguckt wie eine arme Irre. Ich aber saß da und musste verschnaufen, bevor ich aufsprang und weiterlief. Und ich war fast pünktlich!

Aljoscha sah heute sehr schlecht aus. Hat sich erkältet, nieste immerzu. Ich wollte ihn nach Hause schaffen, aber er hat tapfer bis zum Ende der Probe durchgehalten.

Katjas Viktor spielt Dobtschinski und Bobtschinski – das ist der Einfall unseres Regisseurs, beide vom selben Akteur spielen zu lassen. Viel muss Viktor gar nicht spielen – er *ist* Bobtschinski und Dobtschinski in einer Person.

Die Ogloblina ist bis über beide Ohren verliebt in Kostrow – errötete wieder andauernd, verhaspelte sich im Text. Kostrow hielt es am Ende nicht mehr aus und explodierte, kam auf die Bühne gerannt, brüllte sie an: »Du trittst hier auf – wo kommst du her, frage ich dich? Aus welchem Leben? Was geschah hinter den Kulissen? Was tatest du dort? Schliefst du? Dann komm gefälligst verschlafen heraus, mit schlurfenden Pantoffeln, schleifenden Rockschößen! Du hattest ein Leben hinter der Bühne – bring es mit!« Sie natürlich gleich in Tränen aufgelöst. Er musste sie um Vergebung bitten. Fiel sogar auf die Knie, als sie sich anschickte, ganz zu gehen. Ein Irrenhaus!

19. Oktober 1915. Montag

Mit Aljoscha im Renaissance gewesen. Interessanter Film, aber wenn man ihn nacherzählen will, kommt Blödsinn heraus. Der Bildhauer Mario hat eine Braut, trifft sich aber noch mit seiner Exgeliebten Stella. Aus der Hochzeit wird nichts, und Mario in seiner Verzweiflung geht ins Kloster. Dort arbeitet er an einer Statue. In dieser Zeit taucht eine fröhliche Gesellschaft im Kloster auf, der Stella angehört. Sie erkennt Mario und versucht ihn zu verführen: »Ich sehe, du kannst mich nicht vergessen. Die Züge der Statue sind doch meine!« Da ergreift er den Hammer, zerschlägt erst die Skulptur, erschlägt dann Stella und stürzt sich vom Felsen.

Als wir hinauskamen, regnete es. Ganz Rostow unter Schirmen und in Galoschen. Ich schmiege mich an Aljoscha und denke: Irgendwie ging es da nicht um Liebe in diesem ganzen Zinnober. Liebe ist das hier: er und ich.

Ob es Aljoscha wirklich ernst meint, in den Krieg ziehen zu wollen? Mich einfach sitzen zu lassen? Was fällt ihm ein!

20. Oktober 1915. Dienstag

Eben komme ich von der Kolzowa-Seljanskaja. Nina Nikolajewna ist eine höchst ungewöhnliche Frau! Alt und immer noch schön, graziös, klug obendrein. Sie hat alle gekannt!

Aber wie ungerecht die Welt doch eingerichtet ist: Niemand kann das alles mehr gebrauchen! Ihr ganzes Leben, all ihre Erfahrung, all ihre Schönheit, all ihre Worte, ihr Wissen, ihre Erinnerung an Menschen, ihre Geschichten – das alles wird mit ihr verschwinden!

Über die Kadmina, die berühmte Sängerin, mit der sie in jungen Jahren befreundet war: »Das Dummchen! Hat sich auf der Bühne mit Streichhölzern vergiftet wegen einer abgewiesenen Liebe!«

Über sich selbst: Sie sei vom Theater weggegangen, weil sie nicht als komische Alte enden wollte.

Über ihren Partner auf der Bühne: »Er darf keine schweißigen Hände haben.«

Über ihren Künstlernamen: Als sie Schauspielerin wurde, habe die Verwandtschaft mütterlicherseits sie genötigt, den Namen zu ändern, um den Ruf der Familie nicht zu beflecken. »Mir kam es darauf an, die Initialen beizubehalten, damit ich nicht auch noch die Wäschezeichen und die Monogramme auf den Teelöffeln ändern lassen musste.«

Und zu mir sagte sie noch: »Du hast Talent, Kindchen! Aber das genügt nicht. Auch Fleiß genügt nicht. Auch nicht die Liebe zum Theater. All das reicht noch nicht aus. Das Leid muss an deine Tür geklopft haben. Du musst alles am eigenen Leibe erlitten und erfahren haben – auch das, was man lieber nicht erfahren möchte.«

Wozu Leid? Ich will kein Leid!

Sie hat auf ihrem Fensterbrett einen großen Topf stehen, in dem außer Erde nichts ist. »Was soll das sein, Nina Nikolajewna?«, fragte ich. »Ich habe einen Zitronenkern gepflanzt, als Orakel: Wenn er austreibt, werde ich noch lange leben. Eine Altersdummheit.«

Auf der Kommode steht eine Fotografie: der Schauspieler Seljanski, ihr zweiter Gemahl, ein sehr hübscher Mann. Als sie sah, dass ich ihn betrachtete, lachte sie. Erzählte, dass er ein Trinker war, und was für einer. Als er irgendwas angestellt hatte und deswegen vor Gericht stand, sagte sein Anwalt vor der Verhandlung zu ihm: »Äußern Sie ja kein eigenes Wort! Nur das, was ich Ihnen hier aufgeschrieben habe! Das lernen Sie auswendig und spielen es vor!« Er wurde freigesprochen. »Die Rolle seines Lebens!«

Und sie hat mir Chlestakow auseinandergesetzt. Alles ganz einfach! Ich verliebe mich gar nicht in Chlestakow, sondern in Petersburg – das wahre, das ferne Leben! Und wenn nicht in Petersburg, dann einfach in die Liebe an sich. Ich bin verliebt in die Liebe! So wird mir gleich alles klar!

Sie erinnert sich noch an Sarah Bernhardts Ankunft in Odessa. Man suchte die französische Berühmtheit ihrer jüdischen Abstammung wegen zu obstruieren, auf der Deribassowskaja warf gar jemand einen Stein auf ihre Kutsche. Ein dürres, rothaariges Geschöpf sei die Bernhardt damals gewesen. Alles sprach von ihrer Exzentrik: Sie schlafe in einem Sarg, laufe im Pierrotkostüm durch das eigene Haus. »In Wirklichkeit war sie nur ein herausgeputztes Äffchen. Und auch mit ihrer hochgelobten Stimme konnte sie der Jermolowa nicht das Wasser reichen!«

Ich hörte ihr zu und dachte bei mir: Vielleicht ist das nur der Neid einer verkrachten alten Existenz? Weil die eine den großen Erfolg, den Weltruhm für sich hat, während die andere in irgendeinem Rostow auf ihrem kärglichen Altenteil hockt? Obwohl vielleicht nicht weniger talentiert als die berühmte Bernhardt? Wie geht das zu? Warum sind die einen vom Schicksal verwöhnt und die anderen gestraft?

Liebes Schicksal! Sei nett zu mir, bitte! Was kostet es dich, gnädig zu sein? Gib mir alles!

24. Oktober 1915. Samstag

Was ich heute morgen beim Erwachen als Erstes sah: Stäubchen auf einer Rutschbahn aus Licht! Sonne und Staub ergaben zusammen eine Bahn quer durchs Zimmer, die so fest gebaut und gut gefedert aussah, dass man am liebsten heruntergerutscht wäre!

Wunderbar, so aufzuwachen, in sich zurückzukehren von irgendwoher – Seid gegrüßt, liebe Arme, liebe Beine! Nehmt euch meiner an! – und dabei zu wissen: Die Liebe wartet auf mich!

Aljoschenka! Meine Sonne! Wie sehr ich dich liebe! Wie habe ich ohne dich leben gekonnt? Ohne deine blauen Augen! Die sich so verwandeln können! Ich liebe es zuzusehen, wie sie ihre Farbe wechseln: Mal schimmern sie lapislazuliblau, im nächsten Moment grau, und manchmal, wenn die Pupillen sich weiten, werden sie ganz schwarz.

Mit Shenja war alles so kompliziert: sich anzukuscheln, zu küssen … Mit Aljoscha ist alles leicht und gut! Schrecklich nur, dass ich ihm nicht alles zu zeigen vermag, meine ganze Zärtlichkeit, Liebe und Ergebenheit …

Wie schön es ist, aufzuwachen und zu wissen: Heute sehe ich ihn!

4. November 1915. Mittwoch

Hausaufgaben von Nina Nikolajewna: Allein zu Hause (eigentlich müsste ich aufräumen), stelle ich mir vor, ich wäre in Diensten bei einer zänkischen Frau Baronin, die mir ständig murrend nachläuft und der man nichts recht machen kann. Tu dies, poliere jenes! Ich führe Selbstgespräche.

Aber dann wanderten die Gedanken von alleine wieder zu ihm. Und nun sitze ich und schreibe es einfach hin: dass ich ihn liebe.

5. November 1915. Donnerstag

Soll ich lachen oder heulen? Das Stück verlangt von mir zu fallen »wie mit der Sense gemäht«, und das übe ich nun schon den ganzen Abend in meinem Zimmer, trainiere das Fallen – bis Mama erschrocken hereinkommt: »Ist was passiert?«

7. November 1915. Samstag

Aljoschas Mutter ist Epileptikerin. Wir saßen in seinem Zimmer, als der kleine Bruder nach ihm rief. Wir rannten hinunter, da lag sie am Boden und hatte einen Anfall, lang hingezerrt wie eine auf unsichtbaren Bogen gespannte Sehne. Schaum trat ihr aus dem Mund – ich wischte ihn mit dem Taschentuch ab, während Aljoscha ihren Kopf hielt. Die Augen verdreht. Sie hat sich eingenässt und lag hinterher da wie tot.

Armer Aljoscha! Es hat ihn sehr mitgenommen.

14. November 1915. Samstag

Heute ist etwas Grässliches passiert. Das mir in seiner ganzen Tragweite wohl noch gar nicht bewusst ist. Habe nur das Gefühl, als wäre mein Innerstes schon ganz davon ergriffen.

Wir begannen die Probe wie gewöhnlich mit Übungen. Zu spielen war, dass einer von uns soeben seine Geliebte getötet hat. Der Mord ist im Zimmer nebenan geschehen, der Mörder kommt gerade heraus. Mehrfach rutschten wir vor Lachen unter den Tisch – besonders als Viktor den Mörder spielte und so tat, als hätte er sein Opfer zerstückelt und aufgegessen. Und dann gab mir Kostrow dieselbe Situation vor: dass ich gerade nebenan meinen Geliebten ermordet habe. Ich ging auf den Korridor, wo mich urplötzlich eine Lähmung ergriff: Ich und gemordet? Meinen Geliebten? Welchen Geliebten? Morden – wie soll das gehen? Den Geliebten – wie das denn? Ist Aljoscha mein Geliebter? Man ruft von drinnen nach mir, ich rühre mich nicht. Begreife, dass ich so etwas nie, nie werde spielen können. Nicht können und vor allem – nicht wollen. Wo ich denn bleibe, fragt Kostrow missmutig. Ich ziehe mich mit einem Scherz aus der Affäre. »Ich hab ihn vergiftet«, rufe ich, »und mich selber anschließend auch, jetzt liege ich tot neben ihm.«

Alle lachen, nur mir ist mit einem Mal ganz bang.

Was, wenn ich am Ende doch keine Schauspielerin bin?

17. November 1915. Dienstag

Lese den letzten Eintrag und schaudere vor mir selbst: was ich hier für ein dummes Zeug zusammenschreibe! Heute hat Aljoscha gesagt, dass er an die Front geht. Es ist beschlossene Sache. Er hat es bis zuletzt hinausgezögert, mir etwas zu sagen, um mich nicht zu verstimmen.

Ich war bei Nina Nikolajewna und konnte mich nicht konzentrieren. Sie merkte sofort, dass mit mir etwas nicht stimmt, und war sehr unzufrieden.

»Jede Schauspielerin ist darauf aus, eine richtige Frau zu spielen – eine, die verliebt und unglücklich ist.« Das verstehe ich nicht. Das ist nicht wahr. Das darf nicht sein. Wieso darf eine richtige Frau nicht verliebt und glücklich sein?

Während sie mir vor dem Spiegel etwas vorführte – sie hat einen im Wohnzimmer, dreiflügelig, riesengroß, man kann sich in voller Größe und aus jedem Winkel sehen –, schaute ich ihr zu und dachte: so eine alte Frau und niemandem etwas wert. Gott behüte, dass ich einmal so alt werde. Da sagte sie, als hätte sie meine Gedanken gelesen: »Als ich noch jung und schön war wie du, hab ich das Alter gefürchtet – so hat der liebe Gott mich gestraft.« Und nach einer Pause: »Besser alt sein als tot. Aber das kannst du noch nicht verstehen.«

Ich sprach meinen Monolog und musste auf einmal heulen – wegen Aljoscha. Nina Nikolajewna wurde zornig, schlug mit der flachen Hand auf den Tisch. »Echte Tränen weinen, das darf nicht passieren!«, schrie sie mich an. »Das Publikum soll glauben, dass du weinst, aber du darfst es niemals wirklich tun!« Ich war außerstande weiterzumachen, versuchte auch gar nicht erst zu erklären, wieso, sagte zur Entschuldigung nur, ich fühlte mich nicht gut, und ging.

18. November 1915. Mittwoch
In einer Woche ist er fort.

Aljoscha, mein Bräutigam. Ich, seine Braut. Heute haben wir es seinen Eltern gesagt. Die Mama hat geweint, sie ist immer noch schockiert, dass Aljoscha an die Front geht; der Vater hat mich geküsst und sehr schön und gewählt gesprochen. Mich seine Tochter genannt. Als er uns mit der Ikone den Segen geben wollte, hielt er sie verkehrt herum, was nur der kleine Timoscha merkte, der zu prusten anfing, daraufhin mussten alle lachen. Es war so unkompliziert und angenehm!

Sobald ich dieses blöde Gymnasium hinter mir habe, lassen wir uns trauen.

Mama möchte ich es noch nicht sagen, Vater auch nicht. Später, nicht jetzt. Denn ich weiß, es endet wieder mit Gezeter und Baldrian. Das will ich nicht.

Aljoscha brachte mich nach Hause, unterwegs betraten wir die Alexander-Newski-Kathedrale. Es war voll, viele Auswärtige. Die Stadt ist ja mit Flüchtlingen überfüllt, von überallher kommen sie an: Armenier aus dem Süden, die sich vor den Türken in Sicherheit bringen, Galizier aus dem Südwesten, Polen, Ukrainer und Juden (denen man jetzt außerhalb der Ansiedlungsrayons zu wohnen gestattet) aus dem Westen und Balten aus dem Nordwesten.

Wir standen mit Kerzen in Händen, und ich malte mir aus, wie wir hier die Ehe schließen würden. Ließ den Blick wandern – über die Kerzen, die Fresken der Wasnezows, das Fußbodenmosaik, die Marmoraltäre und -ikonostasen, die kanadischen Pappeln draußen vor den Fenstern, das hallige Gewölbe, den Duft von Weihrauch und geschmolzenem Wachs – und schloss mit ihnen allen einen heimlichen Bund: dass wir wiederkommen. Dass sie auf uns warten.

Aljoscha beugte sich an mein Ohr und machte mich darauf aufmerksam, wie der Priester den Mütterchen, wenn sie vor ihn hintraten, das Kreuz gegen den Mund schlug, während

Mitten im Satz zirpte das Handy.

»Baumann, Direktion für Soziales und Sicherheit.«

Alles klar: Sie suchen einen Dolmetscher.

»Grüezi, Herr Baumann. Kann ich Ihnen helfen?«

»Wir haben einen Dringlichkeitsfall, hätten Sie jetzt Zeit zu kommen?«

»Nein, Herr Baumann, es tut mir leid, aber ich kann nicht.«

»Schade. Es ist eben sehr dringend. Und ich kann niemanden finden. Vielleicht könnten Sie sehr kurz bei uns vorbeikommen? Ich habe da einen jungen Mann bei mir, ich muss ihm etwas mitteilen. Aber er versteht nichts, weder Deutsch noch Englisch.«

»Es geht wirklich nicht, Herr Baumann. Ich bin jetzt in Rom.«

»In Rom? Schön! Wissen Sie was, vielleicht könnten Sie ihm etwas per Telefon ausrichten? Nur ein paar Worte. Der junge Mann steht hier neben mir, ich gebe ihm den Hörer, und Sie sprechen kurz mit ihm.«

»Gut. Was soll ich ihm sagen?«

»Also, er heißt Andrej. Es geht um zwei Brüder, Asylsuchende aus Weißrussland, aus Minsk. Sagen Sie ihm, dass sein Bruder Viktor gestern um 18 Uhr vor dem Durchgangszentrum in Glatt bewusstlos aufgefunden wurde. Er lebte noch, aber starb auf dem Weg ins Spital. Es ist nicht klar, was passiert ist. Entweder hat ihn jemand aus dem Fenster gestoßen, oder es war ein Selbstmord oder ein Unfall, die Ermittlungen laufen noch. Alles zeugt davon, dass er betrunken war. Er ist vom dritten Stock mit dem Hinterkopf auf den Asphalt gefallen. Wir haben versucht, Andrej das zu erklären, aber er hat nichts verstanden. Das ist alles.«

»Gut, Herr Baumann, geben Sie ihm den Hörer.«

Der Hörer sprach zu mir mit verschreckter, ganz jungenhafter Stimme:

»Hallo?«

»Andrej, pass mal auf. Dein Bruder Viktor …«

»Ist was mit ihm passiert?«

Die Stimme im Hörer war ganz leise geworden.

Ich sagte, was zu sagen war.

Eine Zeit lang schwieg es im Hörer. Dann war ein seltsamer Laut zu hören, etwas wie Schluckauf.

»Hallo, Andrej, hörst du mich?«

Gepresst, durch den Schluckauf:

»Ja.«

»Gib Herrn Baumann den Hörer.«

Dann wieder die muntere Polizistenstimme:

»Baumann.«

»Ich habe es ihm gesagt, Herr Baumann.«

»Merci vielmals! Und schönen Tag noch!«

»Ihnen auch.«

Aljoscha beugte sich an mein Ohr und machte mich darauf aufmerksam, wie der Priester den Mütterchen, wenn sie vor ihn hintraten, das Kreuz gegen den Mund schlug, während er es den jungen Mädchen ganz sanft an die Lippen legte.

Erst fand ich die Bemerkung ungehörig, doch dann schien es mir lächerlich, ihm wegen dieser Bagatelle gram zu sein. Wenn er nun umkommt, mein Gott! Wie könnte ich weiterleben? Und neuerlich wurde mir so bang ums Herz, dass die Knie einknickten und ich mich an Aljoscha festhalten musste, um nicht zu fallen.

20. November 1915. Freitag
Namenstagsfeier bei Anja Trofimowa. Es wurde getanzt und gelacht. Ich bin aufs Klo geflüchtet, hab mich eingeschlossen und geheult. Wie könnte ich fröhlich sein, da er doch in drei Tagen abreist – vielleicht für immer!

22. November 1915. Sonntag
Morgen geht Aljoscha an die Front.

Wir sind durch die Straßen gelaufen, uns war kalt, wir sind in den Kinematografen gegangen. Ich habe nichts gesehen – nur den zappelnden blinden Strahl in der Finsternis. Es war seltsam, ja, absurd – morgen fährt er an die Front, und wir sitzen hier und gucken irgendwelchen Quatsch. Ich zog ihn am Arm: »Lass uns gehen!« Wir sind rausgegangen, ohne den Film zu Ende zu sehen.

Ich weiß nicht, soll ich das jetzt aufschreiben.

Ich schreibe es auf.

Wir sind zu uns gegangen. Hinauf in mein Zimmer. Ich hab die Tür von innen verriegelt. Das Licht ausgemacht. Ihn umarmt und gesagt: »Nimm mich, Aljoscha!« So standen wir, mitten im Zimmer, lagen uns in den Armen. Er sagte, er könne so nicht. »Ich möchte es! Sehr!«, sagte ich. Beide waren wir ängstlich und gehemmt. Nein, ich schreibe doch lieber nichts.

Ich verstehe gar nicht, was passiert ist. Ich weiß nur, dass ich alles falsch gemacht habe!

Es ist mir sehr schwer ums Herz. Es war peinlich und hat wehgetan. Es ging irgendwie nicht. Er lief weg, ohne ein Wort der Erklärung. Was nun? Was habe ich falsch gemacht?

Aljoscha, ich liebe dich sehr, und mir ist so elend und bang!

23. November 1915. Montag

Heute haben wir Aljoscha an den Zug gebracht. Alle waren mit am Bahnhof, viele verschiedene Bekannte. Der Zug stand weit hinten im Gelände, da, wo die Bahnsteige schon zu Ende sind, wir mussten ein Stück zwischen den Gleisen gehen. Ich wartete die ganze Zeit, dass Aljoscha zu mir kommt, aber entweder stand er von Freunden umringt oder bei seinen Eltern. Nach dem, was gestern war, fühlte ich mich so unwohl und unsicher, dass ich mich nicht traute hinzugehen. Schließlich kam er, wir umarmten uns. Ich konnte ihm nicht in die Augen sehen. Ringsum viele Frauen: Die einen verabschiedeten ihre Söhne oder Brüder, die anderen ihre Geliebten, überall flossen Tränen, nur ich stand wie eine Salzsäule. Schmiegte mich an seinen Militärmantel und sah irgendwie teilnahmslos den Soldaten zu, wie sie über Planken in den Waggon hineinliefen. Wie die Planken sich unter ihnen bogen.

Und als sich hinterher alles verlief, da konnte ich mit einem Ohr jemanden wispern hören: »Er kommt vielleicht nicht wieder, und sie vergießt keine Träne« – damit war ich gemeint. Ich weiß sogar, wer das sagte.

Dann kam ich nach Hause, und das große Heulen fing an.

Aljoschenka, wie soll das jetzt gehen ohne dich?

Er hat mir zum Abschied eine Uhr geschenkt, mit einer Strähne von seinem Haar im Deckel.

24. November 1915. Dienstag

Tag eins ohne Aljoscha.

Katharinentag. Vormittags gab es eine literarisch-musikalische Matinee für die unteren Klassen, abends ein Festkonzert für die oberen. Ich bin nicht hingegangen.

Komme gerade von Nina Nikolajewna. Trug den Monolog »Ich bin allein« vor und brach mehrmals ab, musste immer wieder neu ansetzen: »Ich bin allein …« Dabei dachte ich: So ein Quatsch, ich bin überhaupt nicht allein und nicht dort, wo das Stück mich haben will, sondern in dem Zimmer hier, das streng nach alter

Frau riecht. Vor mir auf dem Tisch eine Karaffe Wasser, das erst eine Weile stehen und sich mithilfe eines hineingeworfenen Silberlöffels läutern muss, sonst mag die alte Frau, die Kindchen zu mir sagt, es nicht trinken. Und unversehens erscheinen mir all die auf der Bühne zu sprechenden Worte wie Lügen, wie grober Unfug. Derweil beginne ich von vorn: »Ich bin allein …«

Und da begriff ich: Was ich hier lerne, ist nicht die große Kunst. Ich lerne lügen. Das war mir auf einmal sehr zuwider, ödete mich an. Recht und schlecht leierte ich den Text herunter und machte, dass ich wegkam.

Setzte mich hin, einen Brief an Aljoscha zu schreiben. Wusste nicht, was ich schreiben sollte. Wollte schreiben, wie sehr ich ihn liebe, konnte aber nicht. Ich werde noch wahnsinnig. Was habe ich falsch gemacht? Ich war es, die am letzten Abend alles verdorben hat! Was mag er jetzt von mir denken?

Dabei wollte ich ihn nur küssen und kosen, lieb haben, wollte ihn glücklich sehen mit mir! Warum ist alles so schrecklich danebengegangen? So voller Pein! Pein und Schmerz und Unbehagen!

Von Aljoscha noch nichts.

27. November 1915. Freitag

Von Aljoscha noch nichts.

Sowie ich an jenen Abend denke, daran, wie ich die Bluse aufknöpfte, seine Hand ergriff und an mich zog, überkommt mich wieder unerträgliche Scham! Wie er sich genierte, wie er sich quälte, weil es bei ihm nicht klappen wollte! Wie wir uns dann wieder anzogen, es mieden, einander in die Augen zu sehen …

Verzeih mir, Aljoscha, ich bin an allem schuld!

1. Dezember 1915. Dienstag

Nina Nikolajewna erzählte heute vom Gastspiel des berühmten Meininger Hoftheaters in Moskau und dass es bei einer Szene, die im Wald spielte, plötzlich von der Bühne herunter nach Kiefern roch.

Ich habe beschlossen, nicht mehr zu ihr zu gehen.

Von Aljoscha immer noch nichts. Nach allem, was geschehen ist, wird er mir wohl nicht mehr schreiben.

4. Dezember 1915. Freitag

Endlich ein Brief von Aljoscha!

Was habe ich gewartet, nun ist er da, ich konnte den Umschlag nicht gleich öffnen, las immer wieder die Adresse – die Schrift, von seiner Hand.

Liebes! Geliebtes! Ach so fernes!

Meine Augen flogen über die Zeilen, verschlangen sie – drei Seiten! – suchten nach dem Hauptsächlichen, und das Hauptsächliche kam ganz zum Schluss: *Nun sind wir getrennt, und ich weiß erst jetzt richtig, wie viel Du mir in diesem Leben bedeutest, wie stark meine Liebe zu Dir ist und wie unbedeutend, im Vergleich zu meiner Liebe, die Angst zu sterben und dieser ganze Krieg!*

Während ich die Zeilen aus seinem Brief abschreibe, rückt Aljoscha mir ganz nahe, so als säße er bei mir, schaute mir über die Schulter. Als wären wir vereint: durch die Worte! Buchstaben!

Ich habe Dir schon einen Brief von unterwegs geschickt, wer weiß, ob Du ihn bekommen hast. Mir geht es gut. Nichts habe ich bekommen, Aljoscha! Gar nichts!

Ich sitze in einem Unterstand, der einmal ein Keller war, das Haus ist zerstört. Auf dem Tisch ein Flasche… leider nur Milch, Brot und eine Kerze. Heute haben wir nur am Morgen geschossen. Ich halte als Einziger die Stellung. Die Offiziere sind alle ins Dorf gegangen.

Ich habe ganztägig Dienst – als Adjutant hat man nicht so wahnsinnig viel zu tun, darf sich aber nicht vom Telefon entfernen. Manchmal schläft man ein, und dann schellt es neben dem Ohr, man wacht auf, horcht und rennt los, dem Kommandeur Bescheid zu geben.

Gestern Abend um zehn wurde der Anflug eines Luftschiffs gemeldet. Ich ließ sogleich alle Lichter löschen, und Minuten später fing ein schrecklicher Kanonendonner an. Am Sternenhimmel war ein einzelner kleiner rot blinkender Stern aufgetaucht, in dessen Umkreis explodierten die Granaten. Bald war das Luftschiff direkt über uns. Die Luft war von grässlichem Knattern erfüllt, dazu das Schwirren der Geschosse. Ein Kugel- und Splitterregen setzte ein, der einen Klang erzeugte wie die Milch beim Kuhmelken, nur anhaltender. Zahllose Explosionen in großer Nähe des Schiffskörpers, der sich im Feuerschein abzeichnete, zigarrenförmig, schwarz.

So geht das drei Seiten weiter. Ich las es an die Hundert Mal. Lieber Gott im Himmel, behüte und beschütze ihn!

Erst jetzt, nachdem er weg ist, an einem Ort, wo er täglich, stündlich vom Tode bedroht ist, kann ich recht ermessen, was Liebe ist, und wie sehr ich darin versagte, ihn zu lieben und meine Liebe und Zärtlichkeit zu beweisen, all das, was ich für ihn empfinde – ich konnte ja nicht einmal von meiner Liebe sprechen! Plötzlich ist mir klar, wie weit unter ihm ich stehe, wie wenig würdig ich seiner bin und wie sehr schuldig vor ihm, da ich ihm so wenig Liebe geschenkt!

Heute auf dem Heimweg vom Lazarett (einer der Verwundeten dort ist gestorben), es war schon dunkel und grimmig kalt, stellte ich mir mit Grausen vor, auch Aljoscha könnte – Gott bewahre! – inzwischen verwundet sein, läge just irgendwo in einem Lazarett im Sterben oder im finsteren Schützengraben oder einfach im Schnee und riefe nach mir – und mein Herz krampfte sich zusammen: Er kommt nicht zurück! Er kommt nicht wieder! Und die Schuldige wäre ich – denn meine Liebe müsste ihn retten, doch er hat so wenig davon abbekommen, dass es zur Rettung nicht genügt …

Ich bin schuld, dass ich ihn nicht so lieben konnte, wie er es verdiente.

8. Dezember 1915. Dienstag

Es ist Abend. Ich sitze im Unterstand vorm Telefon, von dem ich als Divisionsadjutant nicht weichen darf. Manchmal klingelt es.

Der Krieg ist überhaupt nicht das, was Ihr Euch darunter vorstellt. Klar, es fliegen Granaten, aber nicht gerade im dichten Hagel, und so viele Leute kommen nicht um dabei. Der Krieg hat seinen Schrecken verloren, und überhaupt: Kann die Welt, wie sie ist, einen schrecken? Letzten Endes lassen sich die winzigsten Bagatellen zum Horror aufblasen. Kommt eine Granate geflogen, und du stellst dir vor, wie du getroffen wirst, stöhnst, im Dreck krauchst – dann kann dir natürlich angst werden. Aber wenn du die Dinge nüchterner betrachtest, siehst du ein: Es kann dich treffen, ja, aber was willst du machen? Vor Angst schlottern? Dich quälen vor der Zeit? Solange du lebst, atme tief durch.

Ich möchte mich nicht brüsten, doch meine Angst hat nachgelassen, sie ist beinahe ganz weg. Wäre ich bei der Infanterie, dann hätte ich sicher auch die Ängste eines Infanteristen auszustehen, von denen es einige mehr gibt. Das Einzige, womit ich den Befürchtungen meiner Mutter entgegenkommen konnte, war, dass ich zur Artillerie gegangen bin und nicht zur Infanterie. Ein Artillerist verachtet die Granate, doch er fürchtet die Kugel, so hat es ein Offizier unserer Batterie formuliert. Bei den Infanteristen ist es umgekehrt. Da kannst Du mal sehen, was für komische Ängste wir hier haben.

Ich denke immerzu an Dich, mein Liebes, und fühle meine Liebe zu Dir mit jedem Tag wachsen und stärker werden. Sag, wie ergeht es Dir?

11. Dezember 1915. Freitag

Heute in der Schule wurde über Turgenjews Rudin Gericht gehalten. Rudin könne nicht lieben, er wolle es gar nicht, vor der großen, wahren Liebe kriege er das Zittern, ereiferte sich Mischka; sie redete sich so in Rage, dass sie zuletzt herausplatzte: Diesen Rudin müsste man erschießen! Da mussten alle lachen.

Mitten in der Nacht bin ich aufgewacht und konnte nicht wieder einschlafen. Dachte an Aljoscha.

12. Dezember 1915. Samstag

Gestern war es zum ersten Mal richtig knapp. Die Granate schlug zwei Schritte neben mir ein. Gott hielt die Hand über mich. Ein Camouflet! Das ist ein Geschoss, das beinahe lotrecht einschlägt und sich tief in die Erde bohrt. Dort krepiert es, ohne das Erdreich auszuheben, nur ein bisschen Rauch tritt hervor. Camouflets kommen selten vor – Glück gehabt.

Du schriebst, dass Du in unserer Kirche für mich beten warst – da siehst Du, es hat geholfen.

Und weißt Du, was das Lustigste ist? Das, woran ich gerade dachte, als die Granate einschlug. Wahrscheinlich glaubst Du, Dein Held gerierte sich, den Blick himmelwärts, wie ein gewisser Andrej Bolkonski auf dem Schlachtfeld von Austerlitz oder so ähnlich. Nichts dergleichen! Meine Gedanken hingen den kleinen Handwärmflaschen an, die man sich hier für die Manteltaschen ausgedacht hat: mit Samt ummantelte Metallkörper, in denen glühende Kohlestückchen stecken. Daran siehst Du, wie gut es ist, dass ich für dieses Mal am Leben geblieben bin. Mit so einem Quatsch im Kopf zu sterben wäre doch traurig.

Den ganzen Tag schweben »Würste«, Fesselballons zur Feldaufklärung, am Horizont. Die konnte ich heute von einem Aussichtsposten aus beobachten – wir haben ein prächtiges Zeissfernrohr.

Das Schwierigste ist die erzwungene Untätigkeit. Den Kopf irgendwie zu beschäftigen ist unerlässlich. Heute zum Beispiel hätte ich liebend gern etwas Mathematisches gelesen und überdacht. Bedauerte es, nicht Granvilles Elemente der Differenzial- und Integralrechnung *dabeizuhaben. Ich habe schon Mama darum gebeten, mir das Buch zu schicken. Einstweilen muss ich mit dem vorliebnehmen, was mir an Lektüre unterkommt. Manchmal habe ich Glück. Neulich zum Beispiel lieh ich mir bei einem Offizier der 2. Batterie ein populär abgefasstes Buch zur drahtlosen Telegrafie und saß darüber bis zum Abend. Am Morgen dann hatte ich für dieses Vergnügen zu zahlen: Stellte mich beim Anzünden der Zigarette äußerst ungeschickt an, das »Sicherheits«zündholz sprang mir direkt ins Auge und versengte die Hornhaut. Es bildete sich ein weißes Bläschen, das Auge geht nur mit Mühe zu öffnen. Der Arzt von der hiesigen Eisenbahn sah es sich an und sagte mir, ich hätte noch Glück gehabt, denn in solchen Fällen entstünde nicht selten ein Loch. Merkwürdigerweise war am selben Tag auch mein Freund Kowaljow vom Pech betroffen, mit dem ich mich in letzter Zeit viel abgebe, nachdem er mir zunächst anmaßend und nicht sehr gescheit vorgekommen war, in Wirklichkeit ist er eine gute, gerade Seele – ihm also passierte es beim Verdünnen von Spiritus, dass er, um den Alkoholgehalt zu prüfen, ein Streichholz an das Gesöff hielt, und es gab eine Stichflamme, die ihm Hände, Hals und Lippen verbrannte, sodass er nun überall Brandblasen hat. Du siehst, die Leute hier bringen es auch ohne jeden Krieg fertig, sich zu verstümmeln.*

13. Dezember 1915. Sonntag
Ich führe beinahe gar kein Tagebuch mehr, weil ich all meine freie Zeit darauf verwende, Briefe an Aljoscha zu schreiben.

Dafür lege ich seine Briefe hier ein – so führen Aljoscha und ich nun ein gemeinsames Tagebuch! Vor einem Jahr waren es noch Blümchen, die ich hier zwischen die Seiten legte, mein Gott! Nun sind es Aljoschas Briefe.

Es hat die ganze Nacht geschneit, die Stadt sieht hübsch aus, festlich und frisch. Aber gleich denke ich wieder: Wie mag es dort aussehen, in den Stellungen? Er muss doch frieren. Und schon kann der Anblick von Schnee keine Freude mehr in mir wecken.

Genauso in der Schule. Ich muss nur an Aljoscha denken, prompt schrecke ich aus der ganz anderen Zeit, in der ich gerade stecke, alte Griechen oder so, wieder auf: Was soll mir Hellas? Wozu hat dieser Homer dermaßen viele Seiten über irgendein Troja vollgeschrieben? Jede Zeile aus Aljoschas Briefen wiegt mehr! Welch eine Qual, in die Schule zu gehen und diese doofen, nutzlosen Stunden abzusitzen! Was hat das für einen Sinn – wenn ich doch ihm um den Hals fallen möchte und nicht kann?

Einen Brief habe ich geschrieben, der sehr speziell ist. Darin stehen Dinge, über die ich noch mit niemandem sprach. Ich habe beschlossen, ihn nicht abzuschicken. Stellte mir vor, wie Aljoscha heimkehrt und wir ihn gemeinsam lesen: auf seinem Sofa liegend, Schulter an Schulter, Schläfe an Schläfe.

14. Dezember 1915. Montag

Heute unternahmen wir eine Dienstfahrt in die Stadt. Wir kamen durch mehrere kleine Orte. Überall herrscht Verwüstung. Auf Straßen und Höfen liegen kostbare Möbel herum, kaputte Nähmaschinen, Grammofone.

Beim Verlassen des Stabes hörte ich vom Hauptplatz her Militärmusik – da war ein Begräbnis im Gange. Irgendein General, aufgebahrt auf der Lafette. Und plötzlich interessierte es mich, wie der Sarg auf dem Gerät befestigt ist. Immerhin bin ich ja Artillerist, könnte also auch so zu Grabe getragen werden. Stellte mich dazu und guckte. Kannst Du mal sehen, mein Liebes, auf was für Dummheiten man hier verfällt. Anschließend war ich in der Kirche. Der Diakonus rief Gott an und bat, »unserem Christenheer den Sieg zu schenken«. Aber sind die anderen denn nicht auch Christen? Mir fiel mein deutscher Großvater ein. Er hat mich gelehrt, das Vaterunser zu beten.

Bestimmt wird jetzt, zu dieser Minute, in den deutschen Schützengräben jenseits des Wäldchens irgendwer ein Gebet sprechen und den lieben Gott darum bitten, seinem Christenheer den Sieg zu schenken. Ist also der, der am Ende Sieger bleibt, der Christlichere von beiden?

Mit Dir kann ich mich über Gott und die Welt unterhalten; dagegen hier, in den Gräben, wird das Eigentliche niemals besprochen. Die Leute rauchen, essen und trinken, reden über irgendwas – Stiefel zum Beispiel. Du kannst Dir nicht vorstellen, wie sich gebildete Menschen stundenlang über dieses Thema auslassen können! Womöglich belauscht der Tod schon ihre Gespräche – und ihnen fällt ein, dass es vor dem Krieg Stiefel gab, die so eng waren, dass man sie nicht ohne Hilfe der Ordonnanz ausziehen konnte, nicht mal den Finger bekam man von oben hineingeschoben. Und ewig lässt sich darüber streiten, ob man besser Talkum oder Kolophonium verwendete. Sich austauschen darüber, wer welcherart Brettchen – mit Aussparung für den Absatz! – dabeihatte für den Fall, dass keine Hilfe zur Hand war. Und über die Geschichte, wie die Stiefel vor der Parade auf den Fuß genäht und anschließend wieder aufgetrennt worden waren, kann man herzlich miteinander lachen. Weißt Du übrigens, was gerade in Mode kommt? Der letzte Schrei sind Stulpenschnürstiefel, wie Offiziere der Luft- und Panzerstreitkräfte sie tragen. Aber das sind alles bloß Träume, wir hier haben gewöhnliche russische Filzstiefel an den Füßen oder Burki, das sind warme kaukasische aus schwarzem Filz.

Abends vor dem Einschlafen fiel mir der Rjasaner Oberleutnant bei Gogol ein, der nicht einschlafen konnte, ohne noch einmal seine neuen Stiefel betrachtet zu haben. Und ich dachte mir: Wenn wir alle, die wir heute den ganzen Abend über Stiefel geredet haben, längst von der Bildfläche verschwunden sind, wird dieser Oberleutnant noch da sein und sich Nacht für Nacht an den »kühn und zierlich« geformten Absätzen erfreuen.

Ich hatte mich schon hingelegt und das Nachtgebet gesprochen, aber schlafen ging nicht – also habe ich die Kerze wieder angezündet und schreibe weiter. Obwohl ich gar nicht weiß, mein Täubchen, was ich Dir noch schreiben soll.

Ein Soldat hat mir ein Gebet beigebracht, das er neunmal am Tag spricht – in der Überzeugung, dass ihm so nichts passieren kann. Es geht so: Gottvater voraus, Gottmutter in Mitten und ich hinterdrein. Was den Göttern, das geschehe mir.

Nun sage auch ich jeden Morgen neunmal hintereinander dieses Gebet auf. Und wisse: Wenn wir beide uns eines Tages wiedersehen, dann hat das Soldatengebet gewirkt!

16. Dezember 1915. Mittwoch

Heute im Unterricht hat Sabugski mich wieder ständig so ekelhaft angestarrt und mit den Fingern seine Warze geknetet. Da ist mir auf einmal so elend geworden! Aljoscha will ich davon gar nicht schreiben.

Ich saß in der Klasse, und es überkam mich wie ein Schlag: Was tue ich hier? Wozu? Ich bat, hinausgehen zu dürfen. Auf den Fluren war es still, überall lief der Unterricht. Ich ging nach unten und kam dazu, wie der Hausmeister ein Telefongespräch führte. Ich wollte es nicht mit anhören, doch er sah mich nicht, wähnte sich allein und telefonierte mit einem seiner Kammerzofenliebchen, riss schmutzige Zoten und verabredete ein Stelldichein …

Wie unerhört geschmacklos und armselig das alles ist, wie widerwärtig.

Mein Aljoschenka, wo bist du? Wann sehen wir uns wieder?

Nach der Schule ging ich in die Kirche, Sankt Mariä Geburt am alten Postplatz. Ich suche täglich mehrere Gotteshäuser auf, um für Aljoscha zu beten. Mit mir Frauen zuhauf: Mütter, Ehefrauen, Schwestern und Bräute. Alle stehen wir da und flehen um das Eine: Gott, beschütze und behüte sie!

18. Dezember 1915. Freitag

Vorgestern wurde das Munitionslager der 3. Batterie von einer Bombe getroffen. Die gelagerte Munition ging aber nicht in die Luft, wie zu erwarten gewesen wäre. Die Granaten wurden wie Kegel auseinandergeschleudert, mehr geschah nicht. Von Sabotage ist die Rede, Spionen in den rückwärtigen Diensten. Paradoxerweise hat diese Sabotage vielen das Leben gerettet. Wie verworren der liebe Gott doch die Welt gemacht hat!

Oberleutnant Kowaljow – ich schrieb Dir wohl schon von ihm – hat mir aus dem Kaukasus Stiefel mitgebracht. Langschäfter, weich und federleicht, obwohl sie nur zwölf Rubel kosten.

Demnächst schicke ich Dir ein Foto von mir zu Pferde.

Deine Briefe lese ich immer wieder. Lege die Lippen an Deine Worte auf dem zerknitterten Papier, küsse Deine Hand, die diese Worte schrieb. Küsse und warte geduldig, dass wir uns wiedersehen. Denn das werden wir doch, nicht wahr? Es kann doch unmöglich sein, dass wir uns nie mehr wiedersehen?

20. Dezember 1915. Sonntag
War bei Aljoschas Eltern zu Besuch. Es zog mich in sein Zimmer, wo jetzt der kleine Timoschka haust, der mir gleich ein Zauberkunststück vorführte: Man reibt ein Stück Siegellack mit einem Lappen so lange, bis Papierschnipsel daran springen und kleben bleiben. Er ist eifrig damit beschäftigt, Männlein aus Papier auszuschneiden, kleine Soldaten. Das klappt noch nicht so gut, weil er noch nicht gerade schneiden kann, mal schneidet er ein Bein ab, mal eine Mütze mitsamt Ohr. Ich ging ihm ein bisschen zur Hand.

Dann lief ich nach Hause; der anhaltende Krieg füllt die Straßen mit Krüppeln – man könnte meinen, auch sie wären ungeschickt mit der Schere ausgeschnitten: Hier fehlt ein Arm, da ein halbes Bein …

Lieber Gott, mach, dass Aljoscha heil und unversehrt zu mir zurückkehrt!

21. Dezember 1915. Montag
Nun bin ich schon so lange an vorderster Front, und erst gestern hatte ich mein erstes richtiges Gefecht. Alles zuvor Gesehene und Erlebte, ach so Bedeutende, was ich Dir schilderte – Kinkerlitzchen.

Wir waren zwecks Verstärkung zu den Stellungen des benachbarten Regiments aufgerückt und erwarteten den Befehl zum Vorstoß, als wir uns plötzlich Auge in Auge den Deutschen gegenübersahen. Ich habe zum ersten Mal mit dem Gewehr auf einen Menschen geschossen. Mir mangels Erfahrung gleich beim ersten Schuss den Wangenknochen geprellt. Wir hatten gerade erst die Schützengräben bezogen, da wurde mir ein Verletzter entgegengetragen, und es war Wassilenko, der Soldat – ich schrieb Dir von ihm, Du erinnerst Dich? – der mir das Gebet beibrachte. Ich musste mich gegen die Grabenwand pressen, um ihn vorbeizulassen. Obschon mehr als einen Monat an der Front, sah ich zum ersten Mal einen aufgerissenen menschlichen Körper. Mir wurde übel, ich wäre am liebsten davongelaufen. Zum ersten Mal blitzte der Gedanke auf, Sterben könnte auch so vor sich gehen – mit viel sinnloser Quälerei davor.

Die Deutschen gingen zum Angriff über, es kam zum Kampf Mann gegen Mann. Ich habe niemanden getötet. Oder vielleicht doch, wer weiß. Ich weiß nur: Ich wäre ein toter Mann gewesen, hätte Kowaljow mich nicht gerettet. Ein Deutscher kam auf mich zugesprungen, hatte schon zum Bajonettstich ausgeholt, da schoss Kowaljow ihn mit dem Revolver nieder. Er stürzte. Der Schuss war in den Mund gegangen. Er presste sich die Hände auf die zerfleischte Wange. Aus dem Mund sprudelte das Blut. Er lag da und schaute uns an. Kowaljow ging hin und schoss dem Liegenden ins Auge. Der Deutsche lebte noch kurze Zeit, schaute uns mit dem linken Auge an, das Lid zuckte. Die blutigen Zahnstümpfe werde ich auch nicht vergessen.

Mein Liebes, was tue ich da, warum schreibe ich Dir das alles? Verzeih mir!

25. Dezember 1915.
Weihnachten. Grauenvoll. Entsetzlich. Zu Hause ist es unerträglich. Alle sind miteinander verzankt und verstritten. Und nicht einmal Aljoscha kann ich davon schreiben.

Papa hat sich mit Mama überworfen und ist auf und davon, zu seiner anderen Familie.

So saßen wir ohne ihn am Tisch und schwiegen uns an. Das Heiligabendessen – der Gerstenbrei ohne Milch und Butter, das Kompott mit Zimt und Rosinen – wollte nicht rutschen. Wir warteten auf den Stern, doch es fiel nur eine Menge Schnee.

Sascha, um überhaupt etwas zu sagen, behauptete, der Stern von Betlehem sei die Venus. Darüber zerstritten wir uns in kürzester Zeit, brüllten aufeinander ein. Ich fing an zu heulen und floh auf mein Zimmer.

Weihnachten, das Fest der Liebenden, der Familie. Wir sind schon lange keine Familie mehr.

Papa ist jetzt dort, bei seinem anderen Kind. Wahrscheinlich packen sie gerade Geschenke aus.

Aljoscha, ich kann nicht ohne dich sein! Das Leben ohne dich will mir so gar nicht gelingen!

29. Dezember 1915. Dienstag

Hurra! Heute erhielt ich das Päckchen von zu Hause und – nochmals hurra! – entnahm ihm den von Dir gestrickten Schal, klappte ihn auf und gewahrte auf einmal den Duft Deines Parfüms, den die Poren der Wolle in sich trugen – Deinen Duft! Den Duft meiner Geliebten aus einem sprechenden Schal! Das glaubt ja keiner, wie gerne ich Dich jetzt umarmen, mein Gesicht in Dein Haar vergraben, es beschnüffeln, einatmen, küssen würde!

Weihnachten müssen wir in den Stellungen verbringen. Sehr bedauerlich, dass aus dem Besuch der Christmette nichts wird.

Ich blätterte aufs Geratewohl im Evangelium, das mir Mama mitgegeben hat, las in den Offenbarungen des Johannes, und mir kam der Gedanke, die Apokalypse könnte ein Ausdruck der Angst vor dem eigenen Tod sein. Wenn alle zugleich sterben, ist das eine tröstlich ausgleichende Gerechtigkeit. Angst vor dem Tod hat mit der Kränkung zu tun, aus dem Leben zu scheiden, während andere weiterleben und zu sehen kriegen, was einem selbst auf ewig hinter der letzten Biegung verborgen bleibt. Das eigentlich Gemeine an der Apokalypse ist also vor allem, dass sie nicht eintreten wird.

Ich versuchte zu schlafen, es gelang wieder einmal nicht. Also sitze ich und kritzele die Gedanken aufs Papier, die dem Hirn die Nachtruhe versagen. Eigentlich ist die Apokalypse genau das, was wir hier haben, nur ein bisschen über die Zeit hin verwischt: tagtägliche Tortur in Eis und peitschendem Schnee, wo alle sterben, nur nicht auf einmal. Was im Grunde keinen Unterschied macht, wenn so oder so ganze Welten, Generationen, Imperien entfleuchen … Wo ist hier Byzanz? Wo sind die Römer und wo die Hellenen? Fehlanzeige. Keiner mehr da, weder Sieger noch Besiegte. Alles den Bach runter – nur ohne Theaterdonner, von wegen: »und der Himmel entwich wie ein eingewickelt Buch« – viel profaner. Der Mensch hat den Hang, aus allem eine Tragödie zu basteln, und groß muss es sein, Massenszenen, um des Effektes willen. Wenn man diesen Johannes liest, kommt man sich vor wie in einem Streifen von Chanshonkow & Co. im Kinematografen … Aber ich verplaudere mich. Schlaf, mein Täubchen! Schlafe ein! Ich wünsche Dir eine gute Nacht! Und küsse Dich gleich einmal, über all die vielen Werst in dieser Nacht hinweg, und bin also bei Dir!

10. Januar 1916. Sonntag
Nun sind es fast zwei Wochen ohne Brief von Aljoscha, und ich werde wahnsinnig. Zu alledem hatte ich heute Nacht einen grässlichen Traum, aus dem ich tränennass erwachte. Ich sitze mit ihm in einer Troika, wir fahren durch die frostige Winternacht. Ich spüre ihn ganz nah, seinen Atem, seinen Mund. Und es ergreift mich mit einem Mal der heftige, innige Wunsch, das Leben in vollen Zügen zu leben, mit allen Fasern meines Leibes, und das Klingeln der Glöckchen und das angenehme Knirschen des Schnees unter den Kufen wäre die schönste Begleitmusik bis in alle Ewigkeit. Doch plötzlich ist das alles weg, und ich bin allein. Werde wie einst als Kind irgendwohin kutschiert, die Wangen gegen den Frost dick mit Gänsefett eingeschmiert, das klebt und stinkt ganz abscheulich. Allmählich wird das Fett heiß und tropft ab. Vor mir die Kruppen der Pferde, die bereiften Schwänze. Ich sehe sie deutlich, rieche das Bärenfell, auf dem ich sitze, den Schweiß der Pferde und die Gase, die beständig ihren Bäuchen entweichen … Und dann wachte ich plötzlich auf und wusste: Er ist tot.

Es zerriss mir fast das Herz.

11. Januar 1916. Montag

Ein Brief von ihm! Er lebt! Er lebt! Er lebt!

Weihnachten mussten wir in den Stellungen verbringen – ganz unbehelligt von den Deutschen, am Heiligabend ebenso wie an den Feiertagen. Zu Heiligabend wurde in der Batterie ein Bäumchen vor die Unterstände gestellt und angezündet. Der Abend blieb windstill, die Kerzen wurden nicht ausgeweht. Unwillkürlich wanderten die Gedanken zu Euch nach Rostow. Ich konnte mir den Abend bildhaft ausmalen: Zuerst herrscht reges Treiben auf den Straßen, dann hört das Gedränge auf, und die Kirchenglocken heben überall zu schlagen an, ein großes, feierliches Klingen, die Vorabendmesse beginnt und anschließend die Christmette. Nach Beendigung kommt das Volk aus den Kirchen geströmt und verläuft sich in froher Feststimmung … Hier hingegen, bei uns wie bei den Deutschen, war es vollkommen still. Die Nacht war sternenklar, und die Stille fachte die Traurigkeit nur noch an, ließ das Getrenntsein von Euch noch stärker spüren. Ich musste an zu Hause denken, die Kindheit; wie man eine Lage Heu unter das Tischtuch breitete im Gedenken an Christi Geburt, und wie gut das Zimmer davon roch, ein Gemisch aus Heu und Fichtennadeln. Weihnachten war bei uns immer ein Fastentag, von morgens an und bis der erste Stern am Himmel erschien, wurde nicht gegessen. Hungrig hielt man des Abends Ausschau nach dem Stern, dann wurde an der Tafel Platz genommen. Es gab besondere Weihnachtspiroggen: weißer König (mit Reis), gelber König (mit Bohnen) und schwarzer König (mit Pflaumen). Während ich dies schreibe, läuft mir das Wasser im Mund zusammen, wie gern würde ich jetzt diese Piroggen naschen! Ich schlüge mir den Bauch damit voll!

Sei geküsst! Gute Nacht! Ich schreibe morgen weiter.

Hiermit beende ich den vorgestern begonnenen Brief und gebe ihn in die Hände eines Gelegenheitskuriers.

Mehr zu schreiben schaffe ich jetzt nicht, schicke den Brief so ab, wie er ist. Draußen scheint die Sonne, es ist kalt, der Schnee glitzert, und Spatzen fliegen mit schrillem Gezwitscher auf den frischen Haufen Pferdemist. Spatzenglück!

Frage: Beschreiben Sie Ihren Reiseweg.
Antwort: Ich ging hinaus und ging los, ohne zu wissen, wohin, so ging ich vierzig Tage.
Frage: Durch welche Länder sind Sie gereist?
Antwort: Ich kam in ein Land, wo Menschen mit Hundsköpfen leben. Sie, die Hundsköpfler, sahen mich an und taten mir nichts. Sie hausen mit ihren Kindern allerorts, bauen ihre Nester ins Gestein. Hundert Tage ging ich, ihr Land zu queren, dann kam ich ins Land der Pygmäen. Männer, Frauen, Kinder zuhauf liefen mir über den Weg. Ihr Anblick schreckte mich, ich meinte, sie könnten mich fressen. Also beschloss ich, mir die Haare auf dem Kopf zu zausen und stracks auf sie zuzugehen, denn liefe ich vor ihnen weg, so fräßen sie mich. Also verfuhr ich so, und sie – ihre Kinder schnappend, mit ihren Zähnen knirschend – liefen auf und davon. Und ich stieg auf einen hohen Berg, wo keine Sonne strahlt, kein Gehölz sprießt und kein Gras, allweil nur garstiges, zischendes, zähneknirschendes Getier. Die mit den Zähnen knirschten, waren Aspiden, Hydren, Wyvern und Basilisken. Auch andere Reptilien sah ich, deren Namen ich oft nicht wusste. So ging ich vier Tage, Zischen in den Ohren. Ich verstopfte sie mit Wachs, da ich das Schlangenpfeifen zu ertragen nicht imstande war.
Frage: Entspricht das der Wahrheit?
Antwort: Hier sehen Sie noch das Wachs in meinen Ohren. Alsdann ging ich noch weitere fünfzig Tage, ohne zu wissen wohin, und stieß auf eine Scholle von Eis, ellendick. Mich durchbeißend, querte ich das Land.
Frage: Wo, wann und wie überschritten Sie die Grenze?
Antwort: Ich kam an einen großen Fluss und trank mich satt an seinem Wasser, das war so süß, dass mir die Lippen klebten, süßer noch als Honig und Honigwaben. Und als die neunte Stunde schlug, ergoss sich Licht in diesen Fluss, siebenmal heller als das Tageslicht. Und Winde wehten in dem Land: Der Westwind war grün und der von Sonnenaufgang her fuchsrot, der von Norden aber rot wie frisches Blut und der von südwärts weiß wie Schnee.

Frage: Sind Sie sicher, dass alles so gewesen ist, wie Sie sagen?
Antwort: Jener Fluss war so breit als wie der Himmel, der sich darin spiegelte, so bodenlos tief wie ein huschender Augenblick. Und als ich mich anschickte überzusetzen, da schnaubte der Fluss und sprach: Hier ist kein Durchkommen für dich, kein Mensch kann meine Wasser queren. Sieh doch, was über den Wassern ist. Ich sah hin und erblickte eine Wand aus Wolken, die vom Wasser in den Himmel ragte. Und eine Wolke sprach: Kein Vogel dieser Welt durchdringt mich und kein Windhauch, geschweige ein anderer.
Frage: Wie sind Sie dann über die Grenze gelangt?
Antwort: Da betete ich zu Gott, dem Herrn, und zwei Bäume sprossen aus der Erde, die waren wunderhübsch geziert und voll duftender Früchte. Und der eine, diesseits am Ufer stehend, neigte sich herab zu mir, hieß mich in seinen Wipfel steigen, dann hob er mich empor und neigte sich hinüber zur Mitte des Flusses. Dahin kam ihm der andere Baum entgegen, nahm mich auf in seinen Wipfel, bog sich zur anderen Seite, setzte mich ab. Dergestalt erhoben sich die Bäume und brachten mich über den Fluss.
Frage: Na schön. Von mir aus … Aber wie alt sind Sie überhaupt? Sie haben hier »neunzehn Jahre« angegeben. Wie alt sind Sie wirklich?
Antwort: Ich war 165 Jahre alt, da zeugte ich meinen Sohn Methusalem, seither blieb ich noch 200 Jahre am Leben und bin jetzt 365 Jahre alt.
Frage: Wie ging es weiter?
Antwort: Die erste Nacht des Monats Nissan schlief ich. Und im Schlaf befiel mein Herz eine große Trübsal. Und weinend sprach ich im Traum, da ich den Grund für meine Trauer nicht zu fassen wusste: Was wird aus mir? Wachte auf, lag lange schlaflos, nass vom Schweiß. Wusste erst einmal nicht, wo ich war. Dann fiel es mir ein. Ich wollte weglaufen irgendwohin, da mir nun war, als wäre ich ein anderer, nicht ich selbst. Um mich her Schniefen und

Schnarchen. Irgendwo tropfte Wasser. In der Ferne ein vorüberfahrendes Auto. Plötzlich hörte ich eine Uhr. In ihrem Innern reges Leben. Ich setzte die Mütze auf, warf mir die Jacke um die Schultern, ging hinaus. Trat auf eine gefrorene Pfütze. Das Eis splitterte fächerförmig.
Frage: Und da, in jener Winternacht – ein April, in dem noch der Märzmoder steckte – hat das alles angefangen?
Antwort: Ich weiß nicht. Ich nahm die Mütze ab – der Schweiß war schnell getrocknet. In der Dunkelheit beim Wachpilz bewegte sich etwas. Jemand rief mich: Enoch, bist du's? – Ja, antwortete ich. Komm her! Ich hab eine Büchse Kondensmilch. Gezuckert! Ich ging hin, ohne zu wissen, wer das war. Er öffnete die Büchse mit dem Bajonett. Wir begannen das Zeug zu schlecken. Tunkten den Finger ein und leckten ihn ab.
Frage: Wieso ausgerechnet Enoch?
Antwort: So hieß ich seit eh und je: im Kindergarten, in der Schule, bei der Armee. Mein Nachname ist Enochin. Alle sagten Enoch zu mir.
Frage: Und wussten doch nichts von den Behältern der Wolken, den Behältern des Taus? Ganz zu schweigen von dem, was zwischen Verweslichkeit und Unverweslichkeit ist?
Antwort: Was meinen Sie? Ich verstehe nicht.
Frage: Schon gut. Wir haben nicht mehr viel Zeit – auf allen Schiffen, den fahrenden wie den gesunkenen, werden die Glasen geschlagen. Wissen Sie was, erzählen Sie doch gleich einmal davon, wie der Hosengummizug gegen den nackten Bauch klatschte, sonst werden wir hier nie fertig.
Antwort: Die ersten Tage in der Einheit gab es Prügel.
Frage: Das ist nicht außergewöhnlich, oder?
Antwort: Wir haben uns ja auch gar nicht gewehrt. Dass nach der Vereidigung noch härter zugeschlagen werden würde, auch ins Gesicht, das wussten wir schon. Vor der Vereidigung schlugen sie einen nicht ins Gesicht.
Frage: Sagen Sie, was war das für eine Einheit, wo stationiert?

Antwort: Eine ganz normale Einheit, nichts Besonderes. Mit zwei Kiefern am Tor, die da stehen wie Wächter, früher stand da ein ganzes Kiefernbataillon. Aber das ist nicht so wichtig. Wichtig ist nur, ich sitze eines Sonntags im Aufenthaltsraum vor dem Fernseher, da kommt dieser Sergej rein, Spitzname: der Graue, und brüllt: »Stillgestanden! Die Kaserne sieht aus wie ein Schweinestall! Marsch, marsch!« Ich im Laufschritt aufs Zimmer, da liegen die Soldaten auf den Betten, und meines ist ganz zerwühlt. Ich bringe es in Ordnung, der Graue geht hin und zerwühlt es wieder. So geht das eine volle Stunde. Alle haben ihren Spaß. Zwischendurch kriege ich Tritte von denen, die in der Nähe liegen. Und der Graue schnipst sich die ganze Zeit den Gummizug seiner Unterhose gegen den Bauch. Wir waren die Frischlinge, eben aus der Grundausbildung gekommen, in der ersten Nacht wurde uns der traditionelle Empfang bereitet: Man zwang uns, mit Handtüchern »den Winter auszutreiben«. Einer, der sich weigerte mitzutun, bekam einen Schemel über den Kopf. Und dann war da noch ein Fall …

Frage: Jaja, ich weiß, ich kenne eure Fälle! Gleich erzählen Sie mir, wie Sie morgens mit der Zahnbürste die »Landebahn« in der Kaserne schrubben mussten.

Antwort: Ach, Sie etwa auch?

Frage: Ja, was dachten denn Sie? Dass es andere leichter hatten? Dass die nicht auch den Abgängern die Betten machen mussten, die Kragenbinden einnähen? Putz- und Flickstube, wissen Sie noch? Kahl geschorene Dachse waschen und bügeln den Abgängern die Hemden. Der Graue trug seine nach der Mode der Altgedienten, mit diesen krassen Abnähern. Und plötzlich siehst du dich im gesprungenen, beschlagenen Spiegel, und in deinen Augen hockt die nackte Angst: nur keine Bügelspuren! Nur ja nichts versengen!

Antwort: Sagen Sie bloß, Sie hatten auch einen Grauen? Mit der Gewohnheit, sich den Gummi seiner blauen Unterhosen gegen den Bauch zu schnipsen?

Frage: Einmal, wie ich ihm die Binde in den Hemdkragen nähte, mir dabei in den Finger stach, und das auch noch so ungeschickt, dass ich ihm die Binde versaute mit einem winzigen Blutströpfchen – was da losging!
Antwort: He, das war doch ich, dem das passierte! Erst bekam ich einen Fausthieb in den Magen, und wie ich mich vor ihm krümmte und japste und spuckte, rammte er mir den Ellbogen ins Kreuz, dass ich umfiel. Dann noch den Stiefel – freilich nicht richtig, eher mit Augenmaß, um keine Brüche zu riskieren. Außerdem hatte er noch einen speziellen Dreh: mir die Arme mit einer Hand hinter den Rücken zu ziehen, die andere so über Mund und Nase zu legen, dass ich keine Luft mehr kriege, und zu warten. Bist du kurz davor wegzutreten, klappt er die Hand ein Stück auf, dass du einen Atemzug machen kannst, und sperrt wieder zu. Am Ende nimmt er sie weg und wischt sie ab – an den Stoppeln auf meinem Kopf.
Frage: Und wissen Sie noch, wie die in der Banja Ihren Pimmel sahen, klein und blass und ohne den geringsten Bewuchs, und lachten sich scheckig, kriegten sich nicht wieder ein? Das haben Sie denen hoffentlich nicht übel genommen? Bedenken Sie: zwei Jahre Kaserne, und nur an Badetagen, auf dem Weg durch die Stadt, lässt sich ein bisschen spannen auf das zivile Leben, das sowieso größtenteils aus verkleideten Offizieren besteht, und alle Frauen sind deren Frauen, und die Banja ist gleich ums Eck. Kein Wunder, wenn selbst das Laub unter den Füßen mit den Stiefeln anzubandeln scheint … Die Jungs sind doch das blühende Leben, also jedenfalls noch nicht tot, wovon sollen sie anders reden als von Frauen, der ganze Politunterricht handelt nur davon, wer ihn ihr wo am liebsten gleich einmal reinstecken möchte, während der Politoffizier in seiner roten Ecke, und neuerdings im schwarzen Talar, immer dieselbe Schote vom greisen, schlappen Spartaner erzählt. Angetreten, in den Krieg zu ziehen, wird er gefragt: Was willst *du* denn noch ausrichten? Und gibt grinsend zur Antwort: Und wäre ich nur dazu nütze, dass der Feind sich an mir sein Schwert stumpf

haut … Wie kann man bloß so viele Männer alleine miteinander lassen, ganz ohne Frauen! Auf so lange Zeit! Eine Schweinerei! Du liegst nachts da, Kopf unter der Decke, und würdest so gerne küssen, dich anschmiegen, eindringen … Stellst dir wer weiß was vor. Bis dein Lebenssaft, heiß und scharf, im Laken verendet. Und schlafen musst du hinterher im Kalten und Feuchten.

Antwort: Stimmt, alle haben sie nur das eine im Kopf. Und vielleicht noch das Saufen. Als ich zum ersten Mal Ausgang bekam, sagte der Graue zu mir: Du bringst eine Flasche mit rein. Wenn nicht, fick ich dich nächste Nacht vor versammelter Mannschaft in den Arsch. Kannst dir dein Loch schon salben!

Frage: Und? Brachten Sie ihm eine?

Antwort: Was blieb mir weiter übrig.

Frage: Am Tor wurde doch bestimmt gefilzt?

Antwort: Der Graue ist rausgekommen. Er war ja kein Untier. Hat mehr so gedroht. Und letztlich kann der Mensch es überall aushalten. Aber schwer war es schon. Kaum bist du eingeschlafen, kommt er besoffen reingetorkelt, und du musst hoch, ihm die Stiefel ausziehen. Er rülpst, und du weißt Bescheid: Salzgurken und Sauerkraut. Verbeugung!, brüllt er und will, dass du einen Diener vor ihm machst. Du tust es, und er: Tiefer, Scheißkerl, tiefer! Du überwindest dich und beugst dich noch tiefer, der Typ packt dich im Nacken und zieht dein Gesicht dicht vor sein Gesäß in den dunkelblauen Unterhosen. Verharrt einen Moment, konzentriert sich und furzt. Haste 'ne Nase genommen?, fragt er und lässt dich los. Ab ins Nest! Und du kletterst zurück auf dein Doppelstockbett und denkst vor dem Einschlafen an etwas Schönes. An Mama zum Beispiel. Wenn man doch aufwachte und zu Hause wäre, und ihre Quarkpuffer stünden fertig auf dem Tisch … Hier graut indes schon der Morgen, und du wirst geweckt vom Schrubber im Gesicht.

Frage: Aber Sie hätten sich drücken können?

Antwort: Einer bei uns hat das versucht – hat sich am Gürtel aufgehängt, aber so, dass er sich nicht erdrosselt – er dachte, er kriegt so den Paragrafen 7b – Psychopathie. Hat nicht gefruchtet. Der Alte hat ihn gezwungen, sich hinter der Kaserne einzugraben, und alle haben auf ihn gepisst.

Frage: Sie auch?

Antwort: Ich auch.

Frage: Warum?

Antwort: Sagen Sie bloß, das verstehen Sie nicht?

Frage: Doch, doch.

Antwort: Wozu fragen Sie dann.

Frage: Wie ging es weiter?

Antwort: Es kam der Tag, an dem ich in der Waffenkammer die MPi ausgehändigt bekam, gegen Unterschrift im Journal. Klammheimliche Freude! Ein Gefühl von Freiheit: Jetzt könntest du hergehen und deine Munition auf diese ganzen Typen ringsum verballern. Den Grauen vor allem. Nichts und niemand könnte dich hindern daran. Ich griff mir die Kalaschnikow und ging auf Streife, den Stacheldraht lang. Starrte in die Dunkelheit. Es hatte schon geschneit, dadurch war überall so ein fahles, kaltes Leuchten. Und dieses Knirschen unter den Füßen. Wie gerne hätte ich einen grünen Apfel genauso zwischen den Zähnen knirschen gehört. Ich lief vor mich hin, schaute hoch zu den Sternen, versuchte mich in den Sternbildern zurechtzufinden, dabei ist der Große Wagen das einzige, das ich kenne. Zwei Sterne fielen mir auf, die einen Doppelpunkt ergaben, und ich dachte: Das wird mein Sternbild, dieser Doppelpunkt. Und ich musste daran denken, wie der Graue den Aufbau der Welt erklärt hatte: dass alle Planeten nur Atome einer anderen, übergeordneten Welt wären. Und unsere Atome wiederum auch irgendwo Planeten. »Wenn ich jetzt hier ausspucke«, sagte der Graue, »dann reißen davon Tausende Galaxien, wie unsere Milchstraße eine ist, die Hufe hoch!« Vielleicht hatte der Graue ja recht damit, vielleicht ist das wirklich so. Ich lief da also vor mich hin, ganz in Gedanken, und jeden Moment konnte ein Wachhabender auftauchen oder der Unteroffizier vom Dienst. Und nach Dienstvorschrift

müsste ich dann, wie Ihnen bekannt sein dürfte: Halt! Wer da? schreien. Und wenn keine vorschriftsmäßige Antwort kommt, in die Luft schießen. Das wäre Schuss Nummer eins. Und wenn der andere auf diese Warnung hin nicht stehen bleibt, müsste ich die Schusswaffe gezielt gegen ihn anwenden.
Frage: Und? Wo ist das Problem?
Antwort: Man könnte ja auch erst auf denjenigen schießen und dann in die Luft. Die Frage ist, ob sich das im Nachhinein feststellen ließe, welche Kugel die erste war und welche die zweite?
Frage: Das ist alles Theorie. Erzählen Sie, wie Sie sich hinkauerten und den Lauf der durchgeladenen, entsicherten Waffe gegen sich richteten.
Antwort: Mir war in dem Moment, als hockte ich über der Latrine, und diese verschissene Grube, aus der es einem kalt an den Arsch zieht, wäre das Leben. Wo ich nun gleich hineinkippte. Und sie würden sich hinterher kaputtlachen über mich, auch in diesem Fall. Die finden ja alles zum Lachen.
Frage: Und just in dem Augenblick gab es den Donner?
Antwort: Ja, irgendwo in der Ferne gewitterte es, mit einem hallenden, rollenden Donner, so als liefe jemand über ein Garagenblechdach. Da, wo wir früher wohnten, sah man aus dem Fenster rechter Hand auf ein Fabriktor und linker Hand auf Garagen, da sind wir als Jungen immer drauf herumgeklettert. Die Dächer bogen sich, das Blech war rostig und mürbe. Mir gefiel es, wie das donnerte, wenn wir drüberweg trampelten. So als erzeugten wir ein fernes Gewitter. Die Garagenbesitzer tobten, versuchten uns zu fangen. Einmal veranstalteten sie ein Kesseltreiben. Wir sprangen von einem Garagendach hinüber aufs andere, ich hatte Pech, sprang zu kurz und fiel runter. Ich wurde hervorgezerrt und verprügelt. Die Mutter sah es durchs Fenster und kam gerannt. Die hätten mich totgeprügelt, wenn sie nicht gewesen wäre.
Frage: Es donnerte also am Himmel, als liefe einer übers Garagendach – und dann?

Antwort: Dann rief ich: Herr, wie hast du das wieder hinbekommen!
Frage: Und da wurden Sie zum Grauen befohlen, der saß in einem gynäkologischen Stuhl. Richtig?
Antwort: Ja, wir hatten die Keller eines alten Krankenhauses zu entrümpeln. Und da stand so ein verrosteter komischer Stuhl auf dem Hof. Selbiger. Der Graue hatte darin Platz genommen, Beine gespreizt, nur in Stiefeln und Unterhosen, und schnipste sich den Gummi gegen den Bauch.
Frage: Fanden Sie es nicht irritierend, nachdem Sie durch den Schnee gestapft waren, die scharfe kalte Nachtluft atmeten, den Grauen in bloßen Unterhosen anzutreffen?
Antwort: Darüber hab ich in dem Moment gar nicht nachgedacht. Ich bin zum Grauen befohlen, also gehe ich hin – da gibt es keine Fragen. Ich kam dazu, wie der Gagause verprügelt wurde. Das war so ein mickriger kleiner Moldawier, keine Ahnung, wie der zu uns geraten war. Die Gagausen, verkündete der Graue, seien gar kein richtiges Volk, nur die Nachfahren irgendwelcher türkischer Truppenteile, und Gagause bedeute aus dem Türkischen übersetzt Verräter. Jeder sollte hingehen und irgendwas mit ihm anstellen. Ich kickte ihm die Stiefelspitze gegen das Schienbein, er sprang auf, hielt sich das Bein vor Schmerz. Aber einen Verräter, den muss man nicht bedauern. Ob nun Gagause oder nicht.
Frage: Und was tat der Gagause?
Antwort: Nichts weiter. Hockte in einer Ecke und wimmerte ein bisschen, dann schleppte er wie alle die Krankenhausbetten auf den Hof.
Frage: Und dann?
Antwort: Dann fragte ich: Sag mal, Grauer, wie hast du diese Welt nur so hinbekommen?
Frage: Und er?
Antwort: Er ließ den Gummizug gegen seinen Bauch klatschen und gab zur Antwort: In jedem Batzen Spucke fliegt ein Universum. Es scheint ja nur so, als stünde der Glockenturm fest, und die Sonne

ginge hinter ihm unter. Seit Kopernikus' Zeiten wissen wir, dass die Sonne sich nicht vom Fleck rührt, während wir zum Teufel fliegen. Im Anfang war der Mensch, dann seine Spucke. Um mein Universum zu starten, musste ich erst einen Menschen schaffen. Sein Fleisch schuf ich aus dem kippenübersäten Fußboden hier, sein Blut aus rostigem Leitungswasser, seine Augen aus grünem Flaschenglas, die Knochen aus Bettgestellen, den Geist aus Wolken, die Sehnen und Haare aus dürrem Gras, den Puls aus Zugluft, den Atem aus Wind, die Fürze aus trockenem Schneetreiben. Und ich hieß ihn durch die Welt irren auf der Suche nach Gott, nach Fleisch und nach Weibern. Und dass die Spuren auf dem Weg davonliefen, und der Fuß bliebe zurück. Und vom Hund soll es heißen, dass er stirbt, und vom Menschen, dass er verreckt. – So sprach er.

Frage: Aber es muss Ihnen doch klar gewesen sein, wie schwer es ist, Herr der Welt zu sein! Fingernägel wollen auch leben, und sie können nichts dafür, dass Sie daran knabbern. Die Schildkröte wüsste gern, wie alles ausgeht, aber das Kind schmettert sie gegen den Asphalt, um zu erfahren, wie alles begann. Der Landmann bittet um Regen, der Seemann um günstigen Wind und klares Wetter, der General um einen Krieg, und der Soldat träumt davon, nach Hause zu kommen und die Achselklappen zum Fenster hinauszuwerfen.

Antwort: Wovon reden Sie da?

Frage: Davon, dass, sollten wir tatsächlich nur ein Atom im Auswurf eines Grauen sein und im Begriff, zum Teufel zu fliegen, auch in diesem Rotzuniversum eine Katze im Fenster sitzt und mit der Pfote Schneeflocken fängt. Und auch in dieser Welt gibt es einen Talmud, der davon erzählt, wie ein Kalb zu einem weisen Mann kam, traurig darüber, dass man es schlachten wolle, und der Weise sagt zu ihm: Geh, wohin man dich führt – dazu bist du geschaffen.

Antwort: Was denn für ein Katze? Was soll das alles heißen?

Frage: Das soll heißen, dass zuerst ich der Altgediente bin, und Sie sind der Dachs, und nachher ist es umgekehrt: Sie sind altgedient, ich bin Frischling. Und jemand muss uns Spunden ja zeigen, wo es langgeht! Die Sprache des Schicksals, sein Gurren, will erst einmal verstanden sein! Sind wir doch blind von Geburt an, sehen nichts, können den Zusammenhang der Ereignisse, die Verbundenheit der Dinge nicht erfassen – so stößt der Maulwurf, wenn er seinen Gang gräbt, gegen dicke Wurzeln und hält sie für unüberwindlich, die Krone, die von diesen Wurzeln genährt wird, geht über seine Vorstellung. Genauso kann sich der Trupp, der da im Eilmarsch, mit vollem Sturmgepäck, mitten im schneelosen Winter den Waldweg entlangzieht und einzelne nackte Äste aus dem Frühnebel hervortauchen sieht, die Krone nicht vergegenwärtigen: ihre Herbstfärbung, den Wind, das Rascheln ihres Laubes und dass sie wie ein Paar Lungen aussieht. Wirbeltiere und wirbellose Tiere reagieren auf ihre Umwelt verschieden – Erstere erhöhen ihre Temperatur, wenn die Umgebungstemperatur fällt, und frieren trotzdem; Letztere leben in beständiger Harmonie mit ihrer Umwelt, werden zu Eis, wenn der Winter anbricht, und tauen wieder auf, wenn es an der Zeit ist. Man muss warten können, sich gedulden, bis man »Vize« ist und von da an nicht mehr verprügelt wird, und ist man erst Abgänger, werden einem selbst die Hemden gewaschen, die Kragenbinden eingenäht, die Stiefel geputzt, die Fersen gekrault. Im Speisesaal packen wir uns die Teller so voll es geht, und was wir nicht schaffen, lassen wir stehen, freilich nicht ohne vorher hineingerotzt zu haben, damit es die Dachse, die noch so wenig von der Liebe wissen und schon so viel vom Hass, trotz Kohldampf verschmähen. Und setzt sich einer von den Spunden in unserem Beisein auf den einzigen Schemel in der Putz- und Flickstube, dann lassen wir den Gummizug gegen den Bauch klatschen und sagen: Ha, welch eine Beleidigung für einen Abgänger, und darum hat gefälligst jeder herzukommen und dem Tölpel in die Fresse zu spucken. Und keiner wird es wagen, sich uns zu widersetzen, ein jeder kommt und spuckt. Und darauf beruht das ganze fliegende Spuckeuniversum – sonst müsste die Welt zusammenbrechen, auseinanderrutschen, vom Winde verweht wie ein Stapel beschriebenes Papier über das Parkett.

Antwort: Muss das sein?

Frage: Es ist schließlich eine Initiation. Das Wunder der Verwandlung einer pickligen Raupe in einen perlmuttfarbenen Schmetterling! Die Aufnahme in die seltsame, unergründliche Welt der Erwachsenen! Das Ritual der Männlichkeit, das Sie durchlaufen müssen, um dieses Mysterium hernach durchs ganze Vaterland zu tragen, in alle Garagen, alle Betten hinein. Durch Spucken, Pissen, Furzen – na und? Jede Kultur hat ihre speziellen Hürden für werdende Männer. Da seid ihr nicht die Ersten und nicht die Letzten, die es traf. Kein anderer als Tacitus berichtet, im Stamme der Chatten habe ein Spund sich weder Kinn noch Oberlippe rasiert, ehe er nicht seinen ersten Feind getötet. Bei den Taifalen und Herulern hätten Sie keine Frau berühren dürfen, ohne zuvor einen Eber mit bloßen Händen erlegt zu haben! Und da können Sie noch von Glück reden, dass Ihnen nicht zwischen den Beinen herumgeschnippelt wird wie bei manchen anderen. Auf Sumatra werden die Jungen nicht nur beschnitten, sondern aufgeschlitzt – sie kriegen einen Schnitt in die Unterseite der Harnröhre, wonach sie wie die Frauen nur noch im Sitzen pinkeln können. Ganz klar, wozu das alles: Die jungen Krieger sollen ihre menschlichen Züge abschleifen und zu höheren Wesen – Wölfen, Bären oder Wildhunden – werden. Alles halb so schlimm also. Ein bisschen Qual muss sein. Entscheidend ist etwas anderes.

Antwort: Nämlich?

Frage: Schönheit.

Antwort: Das Klatschen von Hosengummi am Schmerbauch – was soll daran schön sein?

Frage: Wissen Sie noch, wie die Soldaten auf dem Hof des Krankenhauses mit einem ramponierten Gummiball Fußball spielten? Nach jedem Schuss hatte der Ball eine Delle, die sich langsam wieder ausbeulte – so als atmete der Ball, holte durch seine Löcher Luft ... Zuletzt hielt es auch den Grauen nicht mehr auf seinem

kranken Kinder – es war eine Waldschule für Tbc-Kranke – und sie uns. Irgendwann warf Lenka einen Schotterstein. Von da an waren auch wir unter Schotterbeschuss. Die Straße war asphaltiert worden, es gab Schotterhaufen. Ein richtiger Krieg. Ich schoss irgendwem ein Loch in den Kopf.

Frage: Wissen Sie, dass Sie einen Sohn haben?

Antwort: Ja. Aber ich weiß nichts über ihn. Hab ihn nie gesehen.

Frage: Erzählen Sie von der Mutter des Kindes.

Antwort: Von Lika habe ich hier geträumt, stellen Sie sich vor. Ich steh auf Wache, und auf einmal kommt sie an. Ich rufe laut: Halt, oder ich schieße! – und dazu im Flüsterton: Wo kommst du denn her? Sie kommt heran, küsst mich auf den Mund, legt mir die Hände auf die Schultern. Ihre Finger kommen mir vor wie Rangstreifen auf den Schulterstücken … So ein Quatsch. Damals bin ich am Seil ins Fenster ihres Wohnheimzimmers geklettert. Lika hat Witze gemacht, von wegen, es wäre ihr Zopf. Sie war Krankenschwester, machte ein Fernstudium. Manchmal kann ich nachts nicht einschlafen, so stark ist auf einmal der Wunsch, sie zu berühren, ihr Haar zu riechen. Und plötzlich sehe ich vor mir – wie leibhaftig! – ihre Knie rosa durch die schwarze Strumpfhose schimmern, und wie die strammen Schenkel den kurzen Rock zu einem Schirm entfalten. Einmal kam ich mit einem angebrochenen Fingernagel, und sie fürchtete um ihre Strumpfhose. Moment!, sagte sie und schnitt mir mit ihrer krummen kleinen Schere den Nagelrest ab.

Frage: Was hat Sie zu Ihnen gesagt? Irgendetwas von Belang?

Antwort: Einmal, als ich den Kopf auf ihren Bauch legte, da sagte sie plötzlich: In einem früheren Leben war ich deine Mama.

Frage: Und das mit den Schokoladentalern?

Antwort: Stimmt. Als Kind bekam sie einmal ein schönes Samttäschchen mit goldener Kette geschenkt, das mit Schokoladentalern in Gold- und Silberpapier gefüllt war. Sie fuhren mit der Eisenbahn. Sie wollte sich unbedingt mit der Tasche schlafen legen, doch es hieß, dann würde die Schokolade schmelzen, und

die Taler wären platt. In der Nacht aber wurden sie beklaut, alles Gepäck war weg – auch das Täschchen.
Frage: Noch was?
Antwort: Ja, mir ist noch in Erinnerung, wie sie sich mit einem Lappen die Stiefel putzte und sagte, in einer Stadt, wo man sich jeden Tag eine Salzschicht von den Schuhen reiben muss, könne man nicht leben.
Frage: Aber wie hat sie Ihnen gesteckt, dass sie noch einen anderen hatte?
Antwort: Sie sagte, die Liebe wäre so groß, dass sie nicht als Ganze existieren könnte. Sie wäre wie eine Apfelsine – rund und schön und doch aus einzelnen Stücken bestehend. Man käme nicht umhin, außer dem einen auch noch den anderen zu lieben und einen Dritten dazu, damit zusammengenommen die große Liebe dabei herauskommt. Die Menschen, die man liebte, wären alle viel kleiner, die Liebe passte nicht in sie hinein. Lika hatte so ein Heft, wo sie diverse Gedanken eintrug. Nicht ihre eigenen natürlich. Irgendwo hatte sie gelesen und in ihr Heft geschrieben, ein Baum werfe viel mehr Samen aus, als die Erde zum Keimen bringen könne, ein Bergbach halte sich ein riesiges Bett für das Frühjahrshochwasser in Reserve, und auch eine Seele könne sich entfalten, wenn es darauf ankommt. Und der Tag komme gewiss, an dem sie sich auftut … Liebe war das nicht, so viel weiß ich. Und wenn doch, dann eine Hassliebe.
Frage: Sie sollten sich da nicht so sicher sein.
Antwort: Themawechsel, bitte.
Frage: Wie Sie wollen. Aber haben Sie wenigstens verstanden, warum sie das Kind nach Ihnen benannte?
Antwort: Sie bringen mich immerzu durcheinander. Worüber sprachen wir gerade? Ich war dabei, Ihnen von der Grundausbildung zu erzählen, nicht wahr? Im Anschluss wurden wir nach Mosdok in Ossetien entsandt. Dort steckte man im Staub wie in einer Höhle.
Frage: Wie das?

Antwort: Da ist so viel Staub, den man mit dem Schützenpanzer aufwirbelt, dass er ringsum bis in den Himmel steigt und sich dort zusammenwölkt. Anschließend kommt das Zeug wieder runter – in die Haare, die Kleider, den Proviant. Nach kurzer Zeit kannst du die Leute nicht mehr unterscheiden. Die ersten Tage hatte sich mir der Staub dermaßen ins Gesicht gebrannt, dass ich beim Waschen nicht mit der Hand darüberfahren konnte, so höllisch tat das weh. Die Gesichter wurden zu dicken schwarzen Masken, aus denen nur das Weiße der Augen hervorleuchtete. Wochenlang gab es keine Möglichkeit, sich zu waschen, und wenn dann der Wasserwagen kam, zogen wir uns nackig aus und wurden mit dem Schlauch abgespritzt. Die Wäsche wurde gewaschen und nass, wie sie war, wieder angezogen. Kommen Sie mit dem Schreiben hinterher?
Frage: Ja.
Antwort: Und bei Regen wird der Staub in Minutenschnelle zu einer undurchdringlichen Schlammwüste. Alles ein Brei. Der Schlamm schluckt alles, jede Spur. Überall nur Matsch und Schlick. Der von den Panzern aufgewühlte fette Lehm klebt an den Sohlen, kiloschwer. Vor dem Zelteingang werden die Stiefel mit dem Feldspaten gesäubert, trotzdem wandern die Lehmfladen bis in die Betten, unter die Decken, das Zeug frisst sich in die Jacken, verstopft die Gewehrläufe. Jede Reinigung kann man vergessen: Kaum sind die Hände gewaschen, klebt alles wieder und glitscht. Man stumpft ab, wächst mit einer Schlammkruste zu, versucht sich in der warmen Jacke zu verkriechen, die Körperwärme zu erhalten. Die Hände stecken im Dreck wie in angegossenen Handschuhen. Das nasse Brennholz wird mit Dieselöl überschwappt, aus der Konservenbüchse direkt in den Ofen; durch das klamme Zelt ziehen ätzende, harzige Rauchschwaden.
Frage: Was ist Ihnen aus den ersten Tagen dort erinnerlich?
Antwort: Wie wir an den Kindern vorüberkamen. Eine Schar kleiner Jungen und Mädchen kam auf die Straße gelaufen. Wir lachten sie an, versuchten auch sie zum Lachen zu bringen, schnit-

ten Grimassen – keines der Kinder lächelte zurück. Und vor den verlassenen, abgefackelten Häusern zerrten hungrige Hunde an den Ketten und heulten. Anders die Hunde in Grosny, die waren fett, sie hatten genug Aas zu fressen.
Frage: Ist notiert. Weiter!
Antwort: Einmal schlugen wir unser Zelt in einem zerschossenen Haus ohne Dach auf, die Fensterhöhlen füllten wir mit Ziegelsteinen. Da stand ein Buddeleimer herum, in dem sich Wasser gesammelt hatte und gefroren war. Ich drehte das Eimerchen um, ein Topfkuchen aus Eis fiel heraus.
Frage: Weiter.
Antwort: Wir hatten immer solchen Durst, dass keiner die Tabletten zur Wasseraufbereitung, die der Feldverpflegung beilagen, wirklich benutzte, denn dann hätte das Wasser erst einmal vier Stunden stehen müssen. In der Zeit konnte einer verdursten. Also schöpften wir das Wasser mit der hohlen Hand direkt aus dem Fluss und tranken, eine zementfarbene Brühe.
Frage: Und wie schmeckte dieses Wasser?
Antwort: Wozu müssen Sie das alles wissen? Das Wasser roch nach faulen Eiern. Jemand meinte, Schwefelwasserstoff wäre gut für die Nieren. Das sagten wir uns also beim Trinken jedes Mal. Wozu sollte man diesen Geschmack der Nachwelt überliefern?
Frage: Fahren Sie fort.
Antwort: An die Frauen in den schief getretenen Latschen und knallbunten Kleidern kann ich mich erinnern. Die Flüchtlingsfrauen in Tschetschenien kleiden sich möglichst grell. Umwickeln sich den Kopf mit schönen bunten Tüchern. Wer trauert, trägt doch eigentlich Schwarz, aber sie wickeln sich in das Bunteste, was sie haben. Eine von denen, das weiß ich noch, lief hin zu dem, was von ihrem Haus übrig war, stand lange davor und starrte. Dann warf sie mir einen Blick zu und ging schweigend weg.
Frage: Sonst noch was?
Antwort: Wie der Graue zu Tode kam, das weiß ich auch noch genau.

Frage: Wo war das?
Antwort: In der Nähe von Bamut. Wir hatten gerade hinter einer Scheune gestanden und eine in den Ärmel geraucht, die Fluppe in den Tiefen der Jacke verborgen, da raunzte er: »Bleib, wo du bist, Enoch!«, und sprang auch schon um die Scheunenecke, den Riemen der Kalaschnikow ums Handgelenk gewickelt. Kurz darauf fielen Schüsse, und er kam zurückgekrochen mit aufgerissenem Bauch, die Gedärme hinter sich herschleifend – durch Stroh und Scheiße. Er starb auf der Stelle. Ich saß daneben und sah zu, wie das Blut sich mit dem Wasser der Pfütze unter ihm vermengte. Und den Himmel seh ich noch vor mir, Federwolken im Abendrot, wie gerippt.
Frage: Was empfanden Sie da, nach allem, was er Ihnen angetan hatte?
Antwort: Der Graue war ein guter Kerl. Ohne ihn wäre alles noch viel schlimmer gewesen. Die Entmenschung hatte brutal um sich gegriffen, er war der Einzige, der sich noch zusammennahm. Einmal nach einem Gefecht fiel uns ein Verwundeter in die Hände. Und wir hatten kurz zuvor erleben dürfen, was die mit unseren Verwundeten anstellten, so etwas hatte ich noch nicht gesehen: Zweien unserer Jungs hatten sie die Augen ausgestochen, die Ohren abgeschnitten, sämtliche Gliedmaßen ausgerenkt und umgedreht. In unserem Zorn banden wir ihn an den Schützenpanzer und schleiften ihn ausgiebig durch den knochenharten Lehm. Dann ließen wir ihn auf offener Fläche liegen, wollten ihn langsam in der prallen Sonne verrecken sehen. Der Graue ging hin und erschoss ihn. Aus Mitleid. Das missfiel allen, aber keiner wagte gegen den Grauen Einspruch zu erheben. Und dann so ein dämlicher Tod. Aber einen klügeren gibt es wohl nicht. Einmal schoss ich eine Panzerfaust ab und hantierte dabei so ungeschickt, dass der Abgasstrahl dem Grauen direkt ins Ohr schlug. Er rollte die Böschung hinunter, hielt sich die Nase zu, um den Druck aus den Ohren zu kriegen, schluckte. Ich dachte: Der bringt mich um! – aber nichts dergleichen. Er hat geflucht,

das war alles. Dort im Krieg war der Graue so was wie mein Bruder. Wir teilten miteinander das Fressen und wickelten uns in kalten Winternächten zu zweit in einen Teppich. Man schlief ja ganz verschieden, mal auf offener Straße, mal im luxuriösen Bett, ohne sich auszuziehen, in den schmierigen Jacken. Tut mir leid um ihn. Wenn es was zu saufen gab, kippte er seine Ration und hielt andächtig inne: Boah, das zieht rein! Als ginge der liebe Gott barfuß durch die Adern … Das ist nun alles so lange her, und trotzdem schrecke ich noch manchmal nachts hoch, weil mir so ist, als hätte ich einen Gummizug gegen einen Bauch klatschen gehört. Ich wache auf und frage in die Dunkelheit: Bist du es, Grauer?

Frage: War's das, oder kommt noch was?

Antwort: Überall Schmierereien. *Russenschweine*, stand an den Ruinen.

Frage: Haben Sie Zivilisten getötet?

Antwort: Zivilisten sind die nur tagsüber auf dem Basar, nachts wird mit dem Granatwerfer Jagd auf Verwundetentransporte gemacht. Einmal schnappten wir einen, der mit seiner Bazooka auf Jungs aus unserer Kompanie geballert hatte. Den fesselten wir mit Draht an seine Knarre, übergossen ihn mit Benzin und zündeten ihn an. Unsere Jungs waren im Auto verbrannt, das sollte er nun auch haben. Erst hat er uns wortlos hantieren lassen und so seine Verachtung gezeigt. Wie die Stichflamme hochging, hat er losgebrüllt.

Frage: Haben Sie auf Kinder geschossen?

Antwort: Wozu müssen Sie das wissen?

Frage: Um zu vergeben. Jemand muss es erfahren, damit er es Ihnen nachsehen kann.

Antwort: Wer seid ihr denn hier, dass ihr meint, ihr könntet Vergebung gewähren?

Frage: Ich bin nur Protokollant. Frage und Antwort. Damit von Ihnen etwas bleibt. Von Ihnen bleibt nur, was ich hier protokolliere.

Antwort: Das lässt sich sowieso nicht vergeben. Wie er da stand und sich den Rotz von der Nase wischte – die Mantelärmel rotzsilbern bis zum Ellbogen rauf. Noch ein ganzer Knirps. Wusste aber genau, dass wir Russen seinen Vater getötet hatten. Wenn er ein bisschen größer ist, wird er ihn rächen. Uns vergibt so einer garantiert nicht. Und sowieso bleibt ihm nur dieser Weg, wo sollte er sonst hin. Er hat gar keine Wahl. Einen von der Sorte griffen wir auf, der hatte Dutzende Patronen in der Tasche, die Kuppen der Geschosse abgefeilt, wenn die treffen, wirken sie wie Dum-dum-Patronen. Dieser Knirps mit den rotzsilbernen Ärmeln wird niemals groß werden und meinen Sohn vor die Knarre kriegen.
Frage: Weiter.
Antwort: Mir kann schon deshalb keiner vergeben, weil keiner es wagen wird, mich anzuklagen. Klar?
Frage: Wie ging es weiter?
Antwort: Hören Sie auf, mich anzutreiben.
Frage: Unsere Zeit ist wirklich fast um. Versuchen Sie sich noch an etwas zu erinnern, das Allerwichtigste nur.
Antwort: Was soll das sein?
Frage: Das spielende Kind auf der Straße, dem plötzlich der Kopf platzte – durch einen russischen Scharfschützen. Oder das Bombardement von Schali. Ein dreijähriges Mädchen spielte auf der Straße vor dem Haus, wo es wohnte, da kam ein Flugzeug geflogen, und hinterher gab es kein Kind mehr – im buchstäblichen Sinne. Sie haben anstelle des Kindes den kleinen Mantel begraben. Kind heißt auf Tschetschenisch *malik-du,* das lässt sich übersetzen mit: »Ein Engel ist da.«
Antwort: Was soll das? Sie müssen etwas verwechseln. Da war ich nicht dabei.
Frage: Was spielt das für eine Rolle? Erzählen Sie, wie Ihre Mutter nach Tschetschenien kam, um Sie zu suchen.
Antwort: Darüber weiß ich nichts.
Frage: Männer aus dem Wehrkreiskommando waren bei ihr zur Haussuchung erschienen und hatten ein Papier vorgewiesen mit

der Aufforderung, sie solle ihren Sohn »freiwillig zurückschicken«. Auf die Art erfuhr sie, dass sie einen UE zum Sohn hatte – so heißt das: unerlaubte Entfernung von der Truppe. Lief wie vor den Kopf geschlagen eure Gastellostraße lang und sagte sich: Lieber Gott, mach, dass er lebt und gesund ist, und wenn das nicht mehr geht, weil er tot ist, dann mach, dass sie ihn schnell getötet haben, ohne ihn zu quälen. Sie bat bei sich auf Arbeit um Urlaub und einen Vorschuss, um auf die Suche nach ihrem Sohn gehen zu können, die Antwort war: Da müssten Sie sich erst mal eine Bescheinigung von der Einheit besorgen, dass Ihr Sohn vermisst wird. Sie packte ihre Sachen und reiste quer durchs ganze Land nach Wladikawkas, von wo sie sich zum Stab der Einheit durchfragte. Dort hieß es nur: Finden Sie ihn und schaffen Sie ihn her. Ein paarmal fuhr sie zur Identifizierung: verkohlte Leichen, in riesigen Kühlkammern aufbewahrt, einer sah aus wie der andere. Der Major, der sie begleitete, sagte Mutter zu ihr und riet, einen von denen zu identifizieren. Sie verstand nicht – und wie hätte man es ihr erklären sollen? Es gab dort noch mehrere Frauen wie sie; sie wohnten zusammen und suchten ihre Söhne. Schworen sich, Tschetschenien nicht eher zu verlassen, bis sie ihre Kinder gefunden hatten, tot oder lebendig. Abends saßen sie beieinander und veranstalteten allerlei Zauber: zupften sich Haare aus dem Kopf, fädelten sie durch einen Ring, hielten sie übers Foto – hing der Ring still, hieß das, der Sohn war tot, pendelte er, war er am Leben. Tagsüber streiften sie durch die Dörfer. Da saß eine alte Tschetschenin vor ihrem zerstörten Haus hinterm Waschtrog, eine Russin ging zu ihr mit dem Bild: Mütterchen, hast du nicht zufällig mein Kind gesehen? Aber auf diesen Fotos sehen sie alle gleich aus. Ja, sagte die Alte, das ist der, der meinen Sohn getötet hat.

Antwort: Hören Sie …

Frage: Sie sind geflohen, um nicht tun zu müssen, was man von Ihnen erwartete, ja?

Antwort: So hören Sie doch! Ich wollte einschlafen und als ein anderer aufwachen. Ich wollte nicht mehr ich sein. Nicht mehr in meine Haut zurück, jedenfalls nicht an diesem Ort, zu dieser Zeit. Und da träumte mir nun, dass ich Wache stehe, und plötzlich erscheint sie. Ich brülle: Halt, oder ich schieße! – und flüstere: Wo kommst du denn her? Sie tritt vor mich hin, küsst mich auf den Mund und legt mir die Hände auf die Schultern, ihre Finger kommen mir vor wie Rangstreifen. Als ich erwachte, wusste ich nicht, wo ich bin. Ich war auf irgendeinem Schiff. Kein gewöhnliches, eher eins wie aus dem Museum. Um mich her merkwürdige Leute, Seefahrer. Jemand stieß mich an – wie sich herausstellte, war es der Schiffsherr, mit einem grauen und einem braunen Auge, ein Suffkopf und Mörder, der brüllte mich an: Was schläfst du! Wo der Herr doch einen großen Wind aufs Meer kommen ließ und ein großes Ungewitter sich erhoben hat, dass man meint, das Schiff würde zerbrechen!

Frage: Was für ein Schiff? Was für Seefahrer? Wohin ging die Fahrt?

Antwort: Eins, das von Japho gen Tharsis wollte und vor langer, langer Zeit sank, und die Seefahrer, falls sie je gelebt haben, sind schon lange, lange tot. Auf diesem Schiff ward die Glocke geschlagen, und der Kapitän brüllte mich an: dass die Schiffsleute Angst hätten und schrien, ein jeder zu seinem Gott, und das Gerät, das im Schiff sei, würfen sie ins Meer, damit es leichter würde. Und du liegst hier unten und pennst!, brüllte er. Steh auf, rufe deinen Gott an! Ob er nicht vielleicht unser gedenken wollte, dass wir nicht verdürben! Und von den Schiffsleuten sprach einer zum andern: Kommt, wir wollen losen, dass wir erfahren, um wessen willen es uns so übel geht. Und da sie losten, traf es mich. Da fragten sie: Sage uns, warum geht es uns so übel? Was ist dein Gewerbe, und wo kommst du her? Aus welchem Lande bist du, und von welchem Volke bist du? Und ich sprach zu ihnen: Ich bin ein UE. Mein Volk, in blauen Unterhosen und Kunstlederstiefeln, spielt Fußball mit einem Ball ohne Luft. Nachts bin ich raus. In der Dunkelheit beim Wachpilz bewegte sich was. Jemand rief: Komm her! Ich hab eine Büchse Kondensmilch. Gezuckert! Ich ging hin, ohne zu wissen, wer das war. Er öffnete die Büchse mit dem Bajonett. Wir begannen das Zeug zu schlecken. Tunkten den Finger ein und leckten ihn ab. Und er sagte, ich solle den nächsten Tag in irgendein Ninive gehen, das liegt bei Katyr-Jurt, zu einer Säuberungsaktion. Da wurde mir bang, wusste ich doch, ich war nicht mehr ich, sondern ein anderer. So sprach ich. Und die Seefahrer fürchteten sich, als sie sahen, vor wem ich auf der Flucht war. Geh!, flehten sie, geh schleunigst nach Ninive! Du fliehst doch vor dem Herrn! – Wer soll das sein?, fragte ich sie. Da wunderten sie sich noch mehr: Gott! Ohne den kein Leben wäre! – Macht mal halblang! Uns hat man was von einem Urknäuel erzählt, das soll irgendwann explodiert sein, und seither wächst das alles und breitet sich aus, der ganze Kosmos. Geht's darum, Schiffsleute? Darauf sie: Kann sein, so ungefähr. Am Anfang war die Liebe. So ein Liebesknäuel. Genau genommen noch gar keine Liebe, nur das Bedürfnis danach, denn da war ja noch keiner, den man hätte lieben können. Gott fühlte sich allein, und Er fror. Diese Liebe verlangte nach einem Exodus, einem Objekt. Gott suchte nach Wärme, Er verspürte ein Anlehnungsbedürfnis, hätte gern die Nase in so einen appetitlichen kindlichen Nacken vergraben, Fleisch vom Fleische – und so schuf Gott sich ein Kind, das wollte Er lieben: Ninive. Er nahm dazu einen bei Bamut getöteten Soldaten. Du kennst ihn, es ist der Graue. Aus dessen Leib schuf Er das Land. Aus dem Blut, das der Wunde entfloss, wurden Flüsse und das Meer. Berge aus den Gebeinen. Findlinge und anderes Gestein aus den Schneide- und den Backenzähnen. Aus dem Schädel das Firmament. Das Hirn ward zu Wolken, der Puls zur Zugluft, der Atem zu Winden, die Fürze zu Schnee. Aber das hat er dir selbst schon alles berichtet. Seine Haare wurden zu welkem Gras. So begann es mit Ninive. Für uns unvorstellbar, für Ihn vermutlich – einmal gespuckt, und fertig. Vielleicht sind wir alle ja nur Seine Spucke. Und ob du auf diesem Schiff als du selber aufgewacht bist oder nicht du selber, spielt wirklich keine Rolle. So sprachen sie. Ich erschrak. Und was soll nun werden? – Wir werfen dich jetzt

über Bord, und der Herr wird einem großen Wal befehlen, dich zu verschlucken, was freilich nur ein Übersetzungsfehler ist, du bist ja schließlich kein Plankton, aber egal. Jedenfalls hat dieser Walfisch einen gerippten Schlund. – Und dann? Wie komme ich nach Ninive? – Das wissen wir nicht. Unser Job ist es, zur See zu fahren, pünktlich zu glasen. Aber du wirst nach Ninive gelangen und dort alles Nötige tun. Irgendwas kommt noch dazwischen mit einem Baum, genau wissen wir das nicht mehr: Entweder er verdorrt aus heiterem Himmel, oder er ist schon dürr und fängt plötzlich an zu blühen … Kurzum, der Herr wird betrübt sein. Sollte mich nicht jammern Ninives, wird Er fragen, solcher großen Stadt, in welcher sind mehr denn hundertundzwanzigtausend Menschen, die nicht wissen Unterschied, was rechts oder links ist, dazu auch viele Tiere? Er wird ein Einsehen haben und die Stadt vernichten, um Mensch und Tier nicht länger zu quälen.
Frage: Es ist spät geworden. Draußen ist es schon dunkel, sehen Sie.
Antwort: Ich sagte zu ihnen: Nehmt mich und werft mich ins Meer, so wird euch das Meer still werden. Da schlugen sie wieder ihre Glocke und riefen: Sag bloß, du hast noch nicht kapiert, dass wir schon im Walfischbauch sind? Wo sein Gaumen doch so gerippt ist wie der Himmel über Bamut an jenem Tag. Der Himmel hat uns sowieso verschluckt. Wir sind sowieso alle im Innern des Fisches. Haben uns hier eingerichtet und leben unser bisschen Leben. Sehen tagtäglich über uns den gerippten Gaumenbogen – haben uns prima dran gewöhnt. Schon weil in dem Fisch alles so schön harmonisch ausbalanciert ist: Gestorben wird genauso viel wie geboren und geboren genauso viel wie gestorben – keiner mehr und keiner weniger, in dieser Buchhaltung geht immer alles auf, und das wird so bleiben. – Aber wo soll ich denn nun hin?, fragte ich. Ganz egal, war die Antwort, alle Wege führen dich nach Ninive. Geh, wohin du magst. Und das tat ich. Kaum war ich um die Ecke, sah ich mich von der Dämmerung überrascht. Ein Storch im Halbdunkel auf dem Dach – die Beine nicht zu sehen, es schien, als

hinge er in der Luft. Die Schneeballsträucher waren abgeblüht, das Jelängerjelieber hatte seine Knospen gegen Abend entfaltet. Ferner Glockenklang war zu hören, so als würde im Küchentrakt mit der Suppenkelle am Grunde eines großen Kübels gescharrt. Ein Zug in der Ferne – schnurgerade wie ein Schullineal. Ich lief lange eine Landstraße entlang, die Augen mit der Hand gegen die Scheinwerfer schirmend. Dann stand ich an der Bahnschranke und sah zu, wie Autos in unzüchtigen Stellungen vorbeitransportiert wurden, ein Lastwagen hinterrücks auf dem anderen. Der Sonnenuntergang verglomm, und im erstarrten Wasser eines Teiches schwammen die Wolken nicht als Film auf der Oberfläche, sie leuchteten aus der Tiefe. Ich sah genauer hin: Da spiegelten sich jene Federwolken als Himmelsschlund. Auf meiner Hand krabbelte ein verspätetes Marienkäferchen Richtung Ellbogen, kämpfte sich durch die Härchen, oder besser gesagt: ließ sich von ihnen wie von Wellen tragen. Das muss doch schon Ninive sein, dachte ich, wo ein heißer Tag mit einem Morgenguss beginnt, und wenn der Winter kommt, wird wieder alles schwarz auf weiß beschrieben; wo dem gesunden Menschenverstand noch ein anderer, ungesunder beigegeben ist und ihm sogar überlegen; wo selbst der Schnee Liebe ist, und der Mensch ist da, wo sein Körper ist.
Frage: Ich bin müde.
Antwort: Moment noch, es fehlt nicht mehr viel. Ich war in Ninive. Es erstaunte mich, dass dort alles ganz genauso war wie bei uns. Eine Katze fing mit der Pfote Schneeflocken, auf den Schiffen wurden die Glasen geschlagen, dem Fürsten Wassili stach sein Cousin die Augen aus, Mama verteilte kostenlos ihr Speiseeis, rollte sich ein und schlief. Ich bekam den Namen meines Vaters und mein Sohn den meinen. Rollender Donner war zu hören, entweder es nahte ein Gewitter, oder jemand rannte über die Dächer der Garagen. Ein abgebrochener Fingernagel blieb an Rock und Strumpfhosen hängen. Die Spunde im Flickraum nähten den Abgängern die Kragenbinden ein. Hunde hatten sich an Aas überfressen und kotzten. Im Spiegel lief die schief hängende Uhr verkehrt herum. Granaten

wurden in Keller geworfen. Mütter zeigten auf dem Markt Fotos herum, die in Zellophantütchen steckten. Ein Heckenschütze machte, dass aus einem Kopf roter Staub schlug. Die Abgänger spuckten in den Brei, den sie auf ihren Tellern gelassen hatten. Anstelle eines Kindes wurde sein Mäntelchen zu Grabe getragen. Kiefernzapfen und Schottersteine flogen über den Zaun. Jemand wurde aus Mitleid erschossen. In Stiefeln und Unterhosen wurde auf einem Krankenhaushof Fußball gespielt, der Ball hatte eine Delle. Er atmete schwer, von jedem gezielten Tritt blieb ihm die Luft weg. Und keiner wollte ein Einsehen haben, damit die Qualen ein Ende hatten. Aus Mitleid. Gott hatte doch sein Erbarmen mit Ninive in Aussicht gestellt, aber alles blieb beim Alten. Da sah ich den Grauen auf dem rostigen gynäkologischen Stuhl sitzen. Sein Zeigefinger befahl mich zu ihm. Ich ging hin, meine Stiefelsohlen schlurften über die Glassplitter auf dem Asphalt. Bist du's, Grauer? Ich dachte, sie hätten dich bei Bamut getötet? Er spuckte durch die Zahnlücke auf den Asphalt, verschränkte die Hände im Nacken und grinste. Dann könntest du ja wohl nicht mit mir reden, oder? Da fragte ich ihn: Grauer, bist du etwa der liebe Gott? Er spuckte noch einmal aus, kratzte sich die Achselhöhle und sagte: Wenn man's nicht weiß, muss man's halt glauben.

Frage: Glauben oder wissen, das kommt doch aufs selbe raus.

Antwort: Das habe ich ihm auch gesagt. Und gefragt: Herr, warum hast Du kein Erbarmen mit Ninive?

Frage: Und, was hat er gesagt?

Antwort: Hast du denn immer noch nicht begriffen, dass es keinen Gott gibt?, fragte er grinsend zurück und ließ den Gummizug seiner Unterhose gegen den Bauch knallen. Da hörte ich einen kurzen Pfiff. Wandte mich um. Sie stand unter der Akazie vor unserem Zaun – in einer Hand die Federballschläger, in der anderen den Tischtennisball. Schob die Unterlippe nach vorn, pustete sich den Pony von den Augen. Streckte mir den Ball entgegen und rief lächelnd: Komm!

Mariä Lichtmess
Ich habe das Tagebuch die ganze Zeit nicht angefasst. Es ist jetzt einen Monat her, dass Aljoscha tot ist. Ich war in der Alexander-Newski-Kirche. Hab eine Kerze für ihn aufgestellt. Stand an derselben Stelle wie wir beide damals. Hatte alles so im Blick wie damals mit ihm: die Wasnezow-Fresken, das Mosaik, die Ikonostase. Alles wie damals. Sogar derselbe Priester. Nur die Pappeln draußen sah man nicht, weil die Fenster zugeschneit waren. Und Aljoscha lebt nicht mehr.

Anschließend ging ich zu ihm nach Hause. Sergej Petrowitsch war nicht da. Tatjana Karlowna lag in ihrem Zimmer. Ich setzte mich ein Weilchen zu ihr, dann ging ich zu Timoscha hinüber. Ihm gefällt das lustige dicke Michelin-Männlein, aus Autoreifen zusammengesetzt, mit Rennfahrerkappe und -brille. Wo immer er es findet, wird es mit Buntstiften ausgemalt. Ich setzte mich dazu und malte ein bisschen mit. Timoscha kann schon wieder unbekümmert lachen und glücklich sein. Der Bruder hat für ihn aufgehört zu existieren.

Und er ähnelt Aljoscha so sehr!

Die Ahnung von seinem Tod, mit der ich an jenem Morgen erwachte, hat nicht getrogen. Am nächsten Morgen kam der Brief, ich las ihn und frohlockte: Aljoscha lebt! – aber das war ein Irrtum. So lebhaft malte ich mir die Sonne vor seinem Fenster aus, die Kälte, den glitzernden Schnee, das Spatzenglück… Und er war schon tot.

Auf dem Rückweg, in der Nikitinskaja, traf ich Nina Nikolajewna. Wir waren uns seither nicht wieder begegnet. Sie wusste von nichts. »Aber wer wird denn so belämmert durch die Gegend laufen!«, begann sie. »Man darf sein Innenleben nicht vor sich her tragen, dass jeder in einen hineinschauen kann. Gesicht zeigen! Sollen alle denken: Die kennt keine Nackenschläge, die ist es gewöhnt, dass ihr alle gehorchen: die Männer und die Verhältnisse!« Ich brach in Tränen aus, sagte ihr, dass Aljoscha gefallen ist. »Ach, du armes Kind!«, ächzte sie auf. Umarmte mich, weinte mit. Es gab eine Bank in der Nähe, wir setzten uns. Sie erzählte mir, wie der Mann, den sie in ihrer Jugend geliebt, zu Tode kam. In Skobelews Heer in Bulgarien. Ich war zutiefst gerührt, wie diese Frau, alt und weise genug, um zu wissen, wie es ist, den Nächsten zu verlieren, in diesem Moment die rechten, würdigen Worte fand! Bis sie urplötzlich wieder zu mäkeln anfing, ich hätte wohl keinen Spiegel zur Hand gehabt, als ich mein Mützchen aufsetzte, das sähe man. Und zum Abschied sagte sie: »Wenn du eine große Schauspielerin werden willst, musst du alles über die Liebe wissen – und ohne sie leben können.« Mein Gott! Anscheinend ging es ihr auch jetzt nicht darum, Trost zu spenden, sondern die Rolle des Trostengels zu spielen!

Ich will keine große Schauspielerin werden. Ich will meinen Aljoscha wiederhaben!

Vorhin wollte ich das Datum notieren und wusste nicht, welches. Sonnabend, so viel weiß ich.

Immer noch falle ich zuweilen urplötzlich in ein Loch, verliere mich. Heute irrte ich eine Weile durch die Wohnung, schaute aus dem Fenster in den Garten, wo wir die Dahlien im Herbst abzuschneiden versäumten, sie wurden platt gedrückt vom Schnee und blieben so, bis es taute, jetzt sind es nur noch braune, schlierige Klumpen. In dem Moment kam Mama nach Hause und nahm mir wortlos den Kochtopf aus den Händen. Mit dem war ich offenbar längere Zeit durch die Wohnung gerannt. Wenn ich mich hinlege, komme ich schwer wieder hoch. Wozu aufstehen, essen, reden, rausgehen? Lieber zählen die Augen noch einmal die Streifen auf dem Teppich. Eins, zwei, drei, vier, fünf. Siebenunddreißig, achtunddreißig. Eins, zwei, drei, vier, fünf. Und die Kehle ist so trocken, als hätte ich ein Glas Sand statt Wasser getrunken. Ich liege da, und mir gehen die Monologe durch den Kopf, die ich bei Nina Nikolajewna auswendig lernen musste. »Ich bin allein …« Ich hatte ja keine Ahnung, wovon da die Rede ist. »Ich bin allein …«

8. Februar 1916. Montag

Heute blieb ich in der Pause allein in der Klasse zurück. Die Fenster zum Lüften weit offen. Alles kam mir auf einmal so fremd und unbekannt vor. Was ist das um mich her? Wo bin ich? Zu welchem Zweck? Da schaute Musja zur Tür herein, meine Musja, und ich hatte wieder einmal vergessen, Süßigkeiten für sie zu kaufen. Sie kam zu mir gerannt, küsste und streichelte mich. Ich drückte sie, presste sie an mich, ganz fest.

Es hat wieder zu schneien begonnen.

9. Februar 1916. Dienstag

Heute ist mir etwas Arges passiert. Kostrow hat mich ausfindig gemacht. Sowie ich ihn sah, ahnte ich, worum es ging, und wusste sofort, ich würde ablehnen. Er sagte, die Ogloblina sei krank und in drei Tagen Premiere, zu der der große L. geladen sei, der gerade in Rostow gastiere. Er versuchte mich zu überreden, dass ich einspringe – es wäre die Rettung für ihn und für alle. Ich sagte Nein. Kostrow war so niedergeschlagen, dass mich auf einmal großes Mitleid überkam. »Na gut«, sagte ich. Kostrow schwebte selig von dannen. Seither bin ich außer mir. Was fällt mir ein? Wie komme ich dazu?

Das ist Verrat.

Aljoscha, Geliebter, morgen gehe ich hin und sage ab.

13. Februar 1916

Heute war die Premiere.

Wie seltsam das alles! Wie verworren! Kurz vor der Vorstellung, als ich beim Maskenbildner saß – extra vom Asmolow-Theater engagiert – und frisiert wurde, war ich nahe daran aufzuspringen und wegzulaufen, er musste mich mit Gewalt in den Sessel drücken, damit ich stillhielt. Alle rannten durch die Gegend wie übergeschnappt, brabbelten ihren Text vor sich hin. Kostrow drückte jedem einzeln die Hand und wünschte Hals- und Beinbruch. Zum Teufel!, muss man darauf sagen. Plötzlich der Gedanke: Was tue ich hier unter all diesen Verrückten in Faschingskostümen, mit angeklebten Schnurr- und Backenbärten? Was hat das für einen Sinn? Kostrow kam zu mir: »Und, Bellotschka? Alles in Ordnung?« Ich bezwang mich und nickte. Schloss die Augen, sagte mir ein ums andere Mal: Sammle dich. Konzentration! Nur der Text ist wichtig, nur die Rolle. Alles Übrige hat Zeit bis morgen. Ich bin Klang, ich bin Wort, ich bin Geste. Alles wie bei Nina Nikolajewna gelernt. Im Kopf ihre Stimme: Wenn du deinen Körper nicht beherrschst, beherrscht er dich.

Das Weitere geschah wie im Nebel. Ich schlüpfte aus meiner Haut, verwandelte mich in eine vollkommen andere Frau. Und stand doch die ganze Zeit neben mir, beobachtete mich selbst. Meine Stimme klang sehr anders. So ging ich hinaus und spielte, was zu spielen war. War das etwa noch ich?

Und als es zuletzt ans Verbeugen ging, da schoss mir durch den Kopf: Was, wenn Aljoscha gar nicht tot ist, sondern unversehens zurückgekehrt, ohne jemanden vorzuwarnen, hat gehört, dass ich hier bin, und ist gekommen, sitzt da unten irgendwo in der letzten Reihe, schaut mir zu, freut sich und klatscht Beifall ... Prompt heulte ich los, und alle dachten, es wäre vor Glück. Und das stimmte sogar. Ich kann es nicht erklären.

Nach der Vorstellung kam L. hinter die Bühne. Kostrow stellte uns alle vor. Soja Subbotina machte einen Knicks und setzte sich dabei aufs Klavier. Alle schütteten sich aus vor Lachen! L. drückte mir die Hand, raunte mir etwas ins Ohr. Aber ich, noch nicht abgeschminkt, wie benommen, verstand ihn nicht und traute mich nicht zurückzufragen.

L. blieb noch und aß mit uns zu Abend. Alle waren begeistert von ihm. Er erzählte die lustige Geschichte, wie seine Karriere an der Ballettschule begann – mit einem Auftritt als Löwenhinterteil in *Die Tochter des Pharao*. Er steht sichtlich gern im Mittelpunkt und weiß sich in Szene zu setzen. Zwischendurch rief er Kostrows Neffen, den kleinen Petja, zu sich und zauberte ihm gleich einmal ein Zehnkopekenstück aus dem einen Ohr und ein Bonbon aus dem anderen. Die Menschen um sich heiter zu stimmen fällt ihm so unendlich leicht, es ist eine Freude, ihm dabei zuzusehen. Kostrow erhob das Glas auf L. und dieser auf uns. »Ihr seid das russische Theater von morgen!«, sagte er – und schaute den ganzen Abend immer wieder zu mir herüber! Oder wahrscheinlich kam mir das nur so vor. Er sieht ganz anders aus als auf seinen Autogrammkarten. Viel älter. Doch ist er in Wirklichkeit noch schöner. Groß und stattlich. Läuft herum mit einem spanischen Rohrstock, der Knauf angeblich aus einer menschlichen Fibula – der von Yorick, scherzte L.

Und nun raubt mir die Frage den Schlaf: Was mag er mir ins Ohr geraunt haben? Wenn er nun gesagt hat, ich wäre talentiert und hätte vorzüglich gespielt?

Aljoscha! Ich habe heute nur für dich gespielt!

16. Februar 1916. Dienstag

Heute ist Leonid Michailowitsch für die Verwundeten in unserem Lazarett aufgetreten. Er sah mich und kam, nachdem er sich von allen verabschiedet hatte, zu mir, so als wären wir alte Bekannte. Er habe noch zwei Stunden Zeit bis zur Vorstellung und würde gern ein bisschen spazieren gehen, Luft schnappen, sagte er. Ob ich etwas dagegen hätte, ihm Gesellschaft zu leisten? Ob ich etwas dagegen hätte? Mein Gott! Wie könnte ich! Wir fuhren zum Stadtgarten, wo noch dicker Schnee lag, nur ein paar Wege waren gesäubert, andere hatten eine Trampelspur.

Er erzählte mir, wie er für Stanislawski in Hauptmanns *Hannele* auf die Idee mit den Flügeln gekommen war – die berühmte Szene, wo der Todesengel erscheint und seine Flügel ausbreitet, die dann die ganze Bühne ausfüllen.

Dann erzählte er von seinem Besuch beim kranken Tschechow. Neben dem Bett hatte eine Vielzahl gefalteter Papierhütchen gelegen. Tschechow spuckte hinein und warf sie in einen Korb.

Ich ging neben ihm her und hörte zu, währenddessen hämmerte in meinem Kopf der Gedanke: Träume ich? Herr im Himmel, wer spaziert da mit mir durch den Rostower Stadtgarten? … Er ist einerseits ganz unkompliziert, andererseits irgendwie nicht von dieser Welt.

Dann bekannte er auf einmal, dass er zwar viele Menschen um sich habe, aber einen treuen Freund zu finden sei ganz unmöglich. »Eheleute leben ein Hundeleben und sterben am Ende fürstlich, bei einem Junggesellen ist es gerade umgekehrt«, sagte er.

Zum Abschied küsste er mir die Hand. Welch ein Duft, als er seine Handschuhe auszog! Bloß gut, dass ich welche trug, sodass er meine beknabberten Fingernägel nicht sah. Jedes Mal schwöre ich mir, nicht mehr an den Nagelhäuten herumzubeißen, und dann passiert es doch wieder, und ich knabbere mich von Finger zu Finger!

Leonid Michailowitsch hat mich zu den verbleibenden Vorstellungen eingeladen. In einer Woche reist er nach Moskau zurück.

Er ist ein netter, guter Mensch. Und so unglücklich. Sehr einsam. Das habe ich gespürt.

17. Februar 1916. Mittwoch

Ich erkannte ihn nicht gleich, als er die Bühne betrat. Welch eine Verwandlung! Das war nicht er, das war Brand! Und das will gekonnt sein: die Gefühlstiefe eines Menschen wiederzugeben, der bereit ist, sein persönliches Glück zu opfern, den einzigen Sohn und die heiß geliebte Frau! Und nicht etwa dem Vaterland auf dem Feld der Ehre, nein, etwas unvergleichlich Höherem! Wie genial er das Ende spielte: einsam und verlassen, verfemt, doch unbezwungen! Gibt es tatsächlich so etwas, um dessentwillen sich alles opfern lässt, selbst die Liebe?

Nach der Vorstellung wartete ich auf ihn am Ausgang. Inmitten einer Menschenmenge! Er sah mich gleich und winkte, ich drängte mich zu ihm, und er lud mich zum Abendessen mit den Schauspielern ein. Wir gingen ins Belvoir in der Sadowaja, wo ein großes Hinterzimmer reserviert war. Ach, war das schön, war das lustig! Gogolew und die Warinskaja kasperten herum und ließen niemanden sonst zu Wort kommen. Leonid Michailowitsch schien sehr müde und war einsilbig. Gogolew sprach über die Erweckung von Toten! Ob das alles wahr ist oder spaßeshalber ausgedacht, weiß ich nicht. Früher einmal habe man Tote vermittels Galvanismus zu erwecken versucht. Ein Franzose namens Bichat experimentierte während der Französischen Revolution mit den Leichen Guillotinierter und schrieb eine gelehrte Abhandlung darüber, dass es mithilfe der Galvanik gelungen sei, an den enthaupteten Körpern Muskelbewegungen zu erzeugen. Galvani selbst, der Entdecker des Galvanismus, unternahm an den anatomischen Theatern von London und Oxford Schauversuche, bei denen er einen Leichnam so elektrisierte, dass dieser die Augen aufschlug und die Zunge bewegte. Kurzum: die rechten Gesprächsthemen zur Nacht! Das sei doch alles Kinderkram, behauptete ein anderer, inzwischen sei die moderne Medizin viel, viel weiter, schon in allernächster Zeit werde sie das menschliche Leben praktisch ins Unendliche verlängern können. Die Aussicht ließ die Warinskaja erschaudern: »Greisin auf Ewigkeit, das wäre mir was!« Großes Gelächter. Nur Leonid Michailowitsch saß schweigend auf dem Diwan, ich setzte mich zu ihm und fragte, was er darüber denke. »Ich denke darüber, dass Skrjabin an einem Furunkel gestorben ist, für die Blutvergiftung durfte er sich beim Barbier bedanken, er hatte noch viel vor und ist nicht dazu gekommen.« – »Soll das heißen, man geht besser nicht mehr zum Friseur?« – »Nein, das soll heißen, man sollte sich beeilen mit dem, was man vorhat.«

Was ist es, was ich vorhabe? Ich möchte auf der Bühne stehen. Und ich möchte lieben.

Mama gefällt es nicht, dass ich jeden Tag so spät nach Hause komme. »Morgens kriegt man dich nicht aus den Federn!«, brummt sie. Dabei geht es ihr gar nicht um die Schule. Ihr behagt es nur nicht, dass ich mit Schauspielern befreundet bin.

18. Februar 1916. Donnerstag
Heute Nachmittag war ich wieder mit Leonid Michailowitsch spazieren. Man kann sich mit ihm so interessant unterhalten. Er ist sehr klug und belesen! Was er alles weiß!

Interessant, was er über die Zeit sagte und über die Kunst. Die Zeit sei eine Art Vernichtungsapparat. »Eine Tischguillotine, wenn Sie so wollen. Wie eine Brotschneidemaschine. Jeder Sekunde wird der Kopf abgeschnitten. Sowie sie auftaucht – schnipp! Der Künstler muss dem, der die Kurbel dreht, in den Arm fallen.«

Tod und Unsterblichkeit, das war heute sein Thema. Er lese viel alte Literatur, die Griechen vor allem, sagte er. Im Moment gerade Xenophon. Ich sagte, dass ich ihn zu lesen versucht, mich aber schrecklich gelangweilt habe dabei: diese endlosen Märsche, in Parasangen gemessen, und immer schlagen sie sich gegenseitig die Köpfe ein. Was er denn daran so interessant finde, fragte ich ihn. »Sie haben recht. Die Leute sind uninteressant. Söldner, die in ein fremdes Land eingefallen sind, um zu töten und den einen Tyrannen durch einen anderen zu ersetzen, und den Rest des Buches ziehen sie zum Meer, um wieder nach Hause zu segeln. Daran ist nichts Schönes und nichts Edles. Aber auf sie kommt es auch nicht an. Die sind nicht besser und nicht schlechter als unsere heutigen Soldaten, die auch gerade wieder auf irgendwen anlegen, jetzt in diesem Moment.« – »Wenn es nicht auf sie ankommt, auf wen dann?« – »Den Autor, Xenophon. Bedenken Sie doch, wie viele Leute sind uns einfach durchgeflutscht« – so sagte er: durchgeflutscht – ein unangenehmer Ausdruck! –, »aber diese Griechen sind uns geblieben. Weil er sie verewigt hat. Und so fallen sie einander nun schon seit über zweitausend Jahren beim Anblick des Meeres in die Arme und brüllen ihr: Thalatta! Thalatta! Weil es eben ein sehr besonderes Meer ist, zu dem er sie hingeführt hat. Thalatta ist das Meer der Unsterblichkeit.«

Wenn Griechen hinter Griechen kriechen, kriechen Griechen Griechen nach … Ein ganzes Meer von Unsterblichkeit, wozu soll das gut sein?

Dann kamen wir auf das alte Ägypten zu sprechen. Er erklärte mir, warum der Mistkäfer dort als heiliges Geschöpf galt. Den Brotteig haben die alten Ägypter mit den Füßen geknetet, den Lehm mit den Händen. Und auch zum Ausmisten nahmen sie die Hände, denn die Kuh ist ein heiliges Tier, der Mist demnach auch heilig, wie überhaupt alles, was des Lebens ist, das Höchste ebenso wie das Gemeinste. Und was lässt sich Gemeineres denken als ein Mistkäfer. Folglich ist er das Allerheiligste.

Woher er das alles nur weiß? Denkt er es sich womöglich aus? Vielleicht ist in Wahrheit alles viel einfacher: dass der Mist in unserem Klima viel zu lange ein feuchter, stinkender Fladen bleibt, während er in Ägypten in Minutenschnelle ausdörrt? Aber ach, wie öde ist meine Misthaufenphilosophie und wie wunderbar die Welt, in der er lebt!

19. Februar 1916. Freitag

Gestern sah ich ihn in Andrejews *Gedanken*. Er spielt göttlich. Einzigartig!

Und heute war ich wieder eine ganze Stunde mit ihm spazieren. Wir sprachen von den wichtigen Dingen. Nicht alles habe ich verstanden.

Das ganze Leid von uns Russen komme von der Verachtung des Fleisches. Alles sei auf den Kopf gestellt: Das Heiligste werde in den Dreck gezogen. *Gerettet sind die, die mit Weibern nicht befleckt sind – denn sie sind jungfräulich.* Bei den alten Babyloniern hatte ein Mann jedes Mal, wenn er mit einer Frau Verkehr gehabt, ein Räucherstäbchen anzuzünden – und die Frau, mit der er verkehrt hatte, tat an einem anderen Ort des Hauses dasselbe.

In Babylon gab es außerdem den Brauch, dass jede Frau sich einmal im Leben im Tempel der heiligen Melitta einem Fremden hingeben musste. Das galt für alle gleichermaßen: Arm und Reich, Edelfrau und einfache Bäuerin. Sie saß im Tempel mit einem Kranz von Schnüren auf dem Kopf und durfte nicht eher nach Hause gehen, bis ihr irgendwer – und sei es ein Fremder,

Dahergelaufener, Krüppel oder Kretin – eine Münze in den Schoß warf und sagte: Ich rufe dich im Namen der Göttin Melitta. Und war die Münze noch so gering, die Frau durfte ihn nicht abweisen, sie ging mit ihm mit, wer immer es war. Das ist wahre Nächstenliebe! Anständige Frauen erwiesen so jenen eine Gnade, die der Liebe, der Zärtlichkeit und Wärme entbehrten – dessen also, was jeder zum Leben am nötigsten braucht. Darin liege die höchste Form von Weisheit, Reinheit, Heiligkeit, Liebe. Und wärest du ein Krüppel, ein Abschaum, eine Missgeburt – du wärest doch ein Mensch, der Liebe würdig. Das sei das wahre Gnadengeschenk, nicht unsere elenden Kopeken.

Ich kann dem nicht vollends beipflichten, fühle aber, dass etwas daran ist.

Frühling liegt in der Luft. Der Schnee schmilzt. Nachts feiner Regen.

20. Februar 1916. Samstag

Gestern war die letzte Vorstellung. Morgen reist Leonid Michailowitsch ab. Wir trafen uns, um Abschied zu nehmen, und hatten Lust zu einen letzten Gang durch unseren Park. Tauwetter, alles löst sich auf, die Wege unbegehbar. Wir liefen auf dem Trottoir längs des Zaunes auf und ab. Mehrmals sagten wir Lebewohl und gingen dann doch noch ein Stück. Schließlich lud Leonid Michailowitsch mich zum Abendessen ins Restaurant auf der Bolschaja Moskowskaja ein. Ich war schon dabei, dankend abzulehnen – und hörte mich plötzlich die Einladung annehmen! Vor dem Eingang wurde mir dann mulmig. Ich fürchtete, irgendwelche Bekannten könnten mich sehen. Außerdem war ich absolut unangemessen gekleidet. Leonid Michailowitsch sprach mit jemandem vom Personal, und man geleitete uns an den Türen zum Großen Saal vorbei in ein Separee. Silberbesteck, Kristallgläser, gestärkte Servietten, Palme vor dem Spiegel … eine Pracht! Und zugleich beängstigend. Wir nahmen auf einem Samtsofa am Kamin Platz. Er setzte zum Handkuss an, ich zog meine Hand weg, genierte mich wegen der beknabberten Nägel. »Was werden Sie zu Hause sagen?«, fragte er. »Dass ich bei meiner Freundin war.« Ich führte mich auf, als säße ich jeden Tag im Restaurant. Dabei bebte ich innerlich! Und wusste nicht, wer mir mehr Angst einjagte – er oder ich selbst. L. bestellte alles Mögliche. Champagner wurde gebracht, im Kübel auf Eis. Wir stießen an: »Auf Ihre Zukunft!« – »Auf meine Zukunft!« Ich brauchte nur zu nippen, schon floss mir eine wunderbar warme Welle durch den ganzen Körper! Leonid Michailowitsch erzählte von seiner Frau, den Kindern. In meinen Ohren dröhnte es nur: Wo bin ich? Was geht hier mit mir vor? Das kann doch nicht wahr sein?

Er ist zum zweiten Mal verheiratet, und wieder nicht glücklich. Seine Frau und er tun seit geraumer Zeit nur noch so, als wären sie eine Familie. Er hat zwei Kinder aus erster Ehe. Die Tochter steht auch schon auf der Bühne, der jüngere Sohn ist blind von Geburt an. Wie furchtbar! Gern hätte ich mein Mitgefühl ausgedrückt, stattdessen fiel mir nichts Klügeres ein, als zu fragen: »Und da lässt sich gar nichts machen?« Er lächelte bitter und sagte: »Entschuldigen Sie, darüber lohnt es nicht zu sprechen. Reden wir lieber von Ihnen!«

Er sagte, ich hätte eine erstaunliche Stimme und ein Riesentalent. Bat, etwas vorzusingen. Wie von ungefähr war plötzlich eine Gitarre zur Hand. Er kann wunderbar spielen! Ich sang ein paar meiner Lieblingsromanzen. Er machte mir allerlei Komplimente – bestimmt nicht aus Höflichkeit, es hat ihm richtig gefallen, da bin ich mir sicher! Außerdem sagte er noch, wie ich einmal lieben würde, hänge einzig von mir ab: So wie Shakespeare von Tausenden Schauspielern gespielt wird, und sie allein entscheiden darüber, was Shakespeare einem gibt – genauso kann einem die Liebe alles geben oder nichts außer Abscheu, und zum Lieben gehöre ein besonderes Talent, eine Liebesbegabung. Wie wahr! Ich habe das genauso empfunden, hätte es nur nicht so auszudrücken vermocht.

Vermutlich hatte ich einen Schwips. Ich fühlte mich so pudelwohl! Aus dem Saal drang eine zauberhafte Musik herüber! Und plötzlich war alle Furcht wie weggeblasen. Nur die Nagelhäute meiner Finger brannten, als ich sie nach den Garnelen ins Zitronenwasser tunkte, aber geniert habe ich mich gar nicht mehr. Sie brennen immer noch! Ich hätte mir gewünscht, er hätte meine Hände ergriffen und geküsst, aber das traute er sich wohl nicht mehr nach der ersten groben Abfuhr. Oder war es der Garnelen wegen?

Als Leonid Michailowitsch austreten ging, bekam ich Lust auf noch mehr Champagner und wollte einen heimlichen Schluck direkt aus der Flasche nehmen – aber die war schon ganz leer, roch nur noch sauer. Es war mir nicht aufgefallen, dass wir eine ganze Flasche leer getrunken hatten. Ich ja nur ein Glas. Oder zwei? Er kam wieder und bot an, mich nach Hause zu fahren, doch ich lehnte ab, gab vor, noch ein bisschen laufen zu wollen. Er kam mit bis vor die Tür. Morgen früh geht sein Zug. Der Abschied war konfus. Worte können so dumm sein! Er wünschte mir Glück und Erfolg. Ich hätte ihm so gern zum Abschied einen Kuss gegeben und brachte es nicht über mich. Er drehte sich um und ging. Es hatte zu regnen angefangen, und er ohne Schirm.

Kaum war ich zur Tür herein, fiel Mama über mich her. Ich habe mich eingeschlossen und gleich alles aufgeschrieben.

Himmel, was für ein anständiger, lieber und netter Mensch! Wie empfindsam und feinfühlig! Und wie unglücklich!

21. Februar 1916
Eben kam ein Billett von L. Er habe den Zug fahren lassen – meinetwegen. Bittet um ein Treffen. Ich antwortete: *Nein*. Nur dieses eine Wort.

1. März 1916
Eine Woche ist vergangen, und ich fühle mich immer noch schmutzig. Ja, ich bin ein mieses, dreckiges Subjekt. Mir selbst zuwider. Mein Entschluss ist: Ich muss das hier darlegen, alles, wie es war – in allen Einzelheiten, seien sie noch so ekelhaft und

demütigend. Und sollten Scham und Demütigung hierdurch noch größer werden – ich habe es nicht anders verdient!

Geschrieben hatte ich: »Nein« – und bin hingerannt. Wie ein geölter Blitz, um meinem Rückbillett zuvorzukommen. Er war in seinem Hotelzimmer. Schwieg, ich sagte auch nichts. Im Kopf nur der eine Gedanke: Was tue ich hier? Was tue ich hier? Keine Umarmung von ihm, kein Kuss, keine Berührung. Er ging zum Fenster. »Ich werde dir jetzt ein paar bedeutende Verse vortragen. Auf die Knie!« In meinen Schläfern hämmerte es: Ja wie denn, ich soll vor ihm auf die Knie fallen? Aber sein Blick war so, dass mir jeder Eigenwille abhandenkam. »Auf die Knie!« Meine Beine knickten von ganz alleine ein. Er trug vor wie ein Gott. Ich weiß nicht, wie lange es ging: zwei Minuten? Zwei Stunden? Zwei Jahre? Dann hob er mich auf, führte mich zum Tisch. Der schon gedeckt war, das hatte ich überhaupt nicht bemerkt. Ich konnte nichts essen. Er auch nicht. Er fragte, ob ich mein Kommen bereute. »Nein.« Und da stand er vom Tisch auf – und ging vor mir auf die Knie … Nein, weiterschreiben kann ich nicht.

Ich bin ein mieses, dreckiges Luder.

An dem Abend kam ich sehr spät nach Hause. Schlich mich in die Küche und goss mir einen Wodka ein. Trank zum ersten Mal im Leben Wodka. Schaufelte zwei Löffel Zucker hinein und kippte ihn hinunter. In dem Moment kam Mama in die Küche. Fing an, auf mich einzubrüllen. Ich schwieg. Sollte die Wahrheit sagen: wo ich gewesen sei. Erst wollte ich sie anlügen, ich wäre bei Tala gewesen. Aber dann überkam es mich: Ich wollte ihr wehtun! »Willst du das wirklich wissen?«, fragte ich. »Ja!« – »Ich war in der Bolschaja Moskowskaja bei Leonid Michailowitsch.« Sprach's und ging rauf zu mir. Hörte Mama in der Küche weinen, ging aber nicht wieder hinunter.

Aljoscha, ich habe Dich verraten.

Damals bei uns wollte es nicht klappen, weißt Du noch? Wir wussten uns beide nicht zu helfen. Ich habe Dich doppelt verraten, Aljoschenka, denn nun weiß ich, was der Körper kann. L. zaubert mit den Händen. Wie wunderbar und wonnevoll, in seinen Armen eine Frau zu sein!

Damals mit Dir, Aljoscha, war nur Schmerz und Angst und Pein. Mit ihm war alles ganz anders. Ich bin ihm dankbar dafür.

Und weißt Du, was das Schlimmste ist, Aljoscha? Ich habe ihm von Dir erzählt. »Dann war es nicht er«, sagte er. Ich begriff zuerst nicht, was er meinte. »Wie, nicht er?« – »Na, eben nicht der Richtige.«

Aljoscha, verzeih mir, ich bin Deiner nicht würdig.

Erst jetzt habe ich begriffen, dass Du mich immer lieben wirst, Aljoschenka. Immer und ewig! Wirst keine andere haben als mich.

Ich hasse und verachte mich.

14. April 1916. Donnerstag

Ich hatte beschlossen, dass es keine Tagebücher mehr geben wird, aber nun fand ich beim Aufräumen meines Schreibtischs dieses leere Heft. Es war einmal als Tagebuch vorgesehen.

Die Njanja ist gestorben. Während der Butterwoche. Hat es nicht mehr ganz bis zu Ostern geschafft. Ostern zu sterben war ihr Traum gewesen.

Die letzten Wochen hat die Njanja sehr gelitten. Sie sah zum Fürchten aus: ganz ausgemergelt, Gesicht und Hals voller schlaffer Falten. Sie wurde auf dem Tisch aufgebahrt, darunter kam ein alter eiserner Waschzuber voll mit Eis. Über Nacht trat die Verwandlung ein, alle Runzeln glätteten sich, so als hätte es die gräuliche Krankheit nicht gegeben.

Zur Totenmesse sprangen mich plötzlich die Worte an: *an einem Ort voll Anmut, Friede, Licht* … Mein Gott, wie schön! Darin steckt so viel Wärme, Lieblichkeit … An einem Ort voll Anmut, Friede, Licht – wo mag das sein?

Ihr Mann ist früh gestorben. Als ich sie einmal fragte, warum sie kein zweites Mal geheiratet hat, antwortete sie: »Die Toten sehen uns doch die ganze Zeit, sind mit uns traurig oder froh …

Und wenn wir uns eines Tages wiedersehen, wie stünde ich da – mit zwei Männern?«

Den Osterkuchen hat Mama gemacht, aber er gelang ihr nicht richtig. Die Njanja, wenn sie den Osterkuchenteig eingerührt und in die Form umgeschaufelt hatte, hielt mir immer den Holzlöffel hin: »Ablecken!« Und ich schleckte mit Genuss. Es gab nichts Leckereres! Diesmal hat Mama mir den Löffel hingehalten und »Ablecken!« gesagt. Ich sah sie nur an und ging hinaus. Mama und ich, wir sind einander vollkommen fremd geworden.

An sich war alles wie immer: das festliche Geläut, die durch die Gassen ziehenden Kerzenlichter, doch es wollte keine Osterstimmung aufkommen. Und einzig die Njanja hätte ich um Verzeihung bitten gewollt, das ging nun schon nicht mehr.

Sie hat in ihren letzten Wochen immerzu in der Bibel gelesen, verschiedene Propheten: Und es wird kommen das Ende der Welt, und der Bruder erhebt die Hand gegen den Bruder, und es wird sein Hunger und Pestilenz, und es kommt die Zeit, da wird man in der Felsen Höhlen gehen und in der Erde Klüfte vor der Furcht des Herrn ... Vielleicht hat ihr das den Abgang erleichtert?

Beim Totenmahl fiel es Vater ein zu erzählen, dass die Moslems ihre Toten nicht in Särgen begraben, sondern in Leichentücher hüllen, auf speziellen Tragen zum Bestattungsort bringen und mit den Füßen voran in die Grube rutschen lassen, das Gesicht gen Mekka gerichtet, und wenn ein Moslem eine Christin oder Jüdin zur Frau hat, und man weiß, sie ist schwanger, und sie stirbt, dann muss sie wiederum in ihrem Grabe Mekka den Rücken kehren, damit das Kind in ihrem Bauch in Richtung der geheiligten Stätten schaut. Während ich ihm zuhörte, fiel mir mit einem Mal auf, wie alt Vater geworden ist. Auch wenn er in letzter Zeit Mühe darauf verwendet, jünger zu wirken, sich das Grau aus dem Haar färbt, einen modischen Anzug gekauft hat, Marengo-Fischgrätenmuster – das alles lässt ihn nur noch älter aussehen. Er trägt einen Verband am Finger: hat bei einer schwierigen Operation ausgeholfen und sich geschnitten, das ist ihm früher auch nie passiert. Mein lieber guter Papa – ein alter Mann … Ich konnte nicht anders, als hinzugehen, ihm die Arme von hinten um den Nacken zu legen und mich anzuschmiegen, aber er: »Nicht doch, Belka, lass mich erzählen …« Ich bekam plötzlich solche Angst, dass auch er sterben könnte!

An einem Ort voll Anmut, Friede, Licht …

Und als die Nichte der Njanja aus ihrem Dorf ankam, die Sachen abzuholen, behauptete sie aus heiterem Himmel, wir hätten die Njanja betrogen: Angeblich schuldeten wir ihr noch Geld, und irgendwelche Ohrringe und Broschen würden vermisst. Mama hat sie rausgeschmissen.

Dann ist noch ein Brief von Mascha gekommen, worin sie ausführlich ihre Reise von Petrograd nach Turku zu Boris beschreibt. Der Krieg sei dort überhaupt nicht zu spüren, schreibt sie, auf Reisen könne man an jeder Bahnstation vorzüglich speisen – man wirft eine Mark in eine Büchse und darf sich dafür nach Herzenslust am Büfett bedienen: Fleisch, Fisch, Vorspeisen, Desserts, Wein nach Belieben. In Helsinki lud Boris sie ins Restaurant ein, da ließen sie sich Bärentatzen und Elchzunge kommen! Sie sei glücklich, schreibt sie – wenn nur die furchtbare Angst um Boris nicht wäre. Beständig träumt sie denselben Traum von seinem Untergang. *Ich erwache schweißgebadet, und er liegt neben mir. Aber wenn er nicht da ist, sondern auf See, finde ich erst gar keinen Schlaf.* Sie haben eine kleine Wohnung gemietet, sie beschreibt bis ins Kleinste, was sich dort wo befindet und wie sie es ihrem Boris ein bisschen gemütlich zu machen versucht. Dort ist der Krieg ein anderer: Sofern die Matrosen nicht mitsamt ihrem Schiff versenkt worden sind, kommen sie abends ganz normal nach Hause.

Noch etwas gibt es in Helsinki, was in Russland ganz undenkbar wäre: In der Straßenbahn kontrolliert niemand die Fahrscheine, jeder steckt seinen Fünfer von sich aus in die Büchse.

Katja plant die Hochzeit mit ihrem Viktor, sie werden nach Moskau ziehen.

Von Sascha seit Längerem keine Nachrichten.

Njusja war da und ist schon wieder weg. Wir waren zusammen in Lehárs *Lustiger Witwe* – eine Aufführung von Krylows Truppe. Mir hat es sehr gefallen, Njusja verzog das Gesicht. Ganz Rostow strömt in die Aufführung, trällert die Melodien.

Es ist still geworden im Haus – alle sind sie auf und davon.

Nun habe ich aber genug geschrieben.

Nachdem die Griechen auf die andere Seite gelangt waren, setzten sie gegen Mittag den Zug in Marschordnung fort, durch Berg und Tal, nicht weniger als fünf Parasangen weit. Das Heer zog sich in die Länge wie ein gigantischer Tausendfüßler. In der Nähe des Flusses lagen wegen der Kämpfe mit den Karduchen keine Dörfer. Während die Griechen lagerten, fiel in dieser Nacht viel Schnee. Es schneite stundenlang in dichten, schweren Flocken, und gegen Morgen war es so unermesslich viel Schnee, dass er die Waffen überdeckte und die Menschen, die am Boden lagen. Auch die Lasttiere waren behindert. Nur mit großem Unwillen standen die Leute auf; denn wenn man auf dem Boden lag, war der Schnee eine wärmende Hülle. Aber als Xenophon sich überwand und leicht bekleidet aufstand, um Holz zu spalten, erhob sich bald auch ein anderer, nahm ihm die Axt ab und spaltete Holz. Hierauf erhoben sich wieder andere, zündeten Feuer an und salbten sich. Denn es fand sich in dieser Berggegend reichlich Salbe aus Schweinefett, Sesam-, Bittermandel- und Terpentinöl, die sie anstelle des Olivenöls verwendeten.

Von dort zogen sie den ganzen folgenden Tag durch tiefen Schnee, und viele litten unter der Kälte und gewaltigem Hunger. Der Marsch war beschwerlich, da ihnen der Nordwind entgegenwehte, der alles erstarren ließ und die Menschen steif machte. Da schlug einer der Seher vor, man solle dem Wind opfern, und tat es auch. Allen schien darauf die Wut des Windes merklich nachzulassen. Die Tiefe des Schnees betrug ein Klafter, sodass von den Zugtieren und Sklaven viele umkamen und auch ungefähr dreißig von den Soldaten. Xenophon, der die Nachhut führte, las die Niedergebrochenen auf, um sie mit den gebührenden Ehren zu bestatten, was jedoch unmöglich war, so wurden die Toten lediglich mit Schnee zugeschaufelt.

Den Spuren der Griechen folgten einige der Feinde, raubten die Zugtiere, die nicht mehr weiterkonnten, und stritten miteinander um ihren Besitz. Mit den Zurückgefallenen pflegten die Verfolger gnadenlos umzuspringen und ihnen die rechte Hand abzuhauen, wie es bei ihnen Sitte war. Der bloße Gedanke an solch ein Ende trieb die Soldaten vorwärts, doch war die Erschöpfung so groß, dass einige zurückblieben: diejenigen auch, die durch den Schnee das Augenlicht verloren hatten, oder denen durch die Kälte die Zehen abgefroren waren. Für die Füße war es gut, sich zu bewegen und niemals Rast zu machen, während der Nacht aber die Sandalen zu lösen. Wenn man mit den Schuhen an den Füßen schlief, schnitten die Riemen in die Füße, und das Schuhwerk fror ringsum an; denn sie hatten, seit die alten Schuhe verbraucht waren, nur mehr Bauernschuhe, die aus frisch abgezogener Rinderhaut hergestellt waren.

Wegen dieser Mühsale blieben einige Soldaten zurück. Als sie eine schwarze Stelle sahen, weil dort kein Schnee lag, vermuteten sie, er sei geschmolzen. Er war auch in der Tat geschmolzen wegen einer Quelle, die nahe in einem Talkessel dampfte. Dort bogen sie von der Marschrichtung ab und weigerten sich weiterzuziehen. Als Xenophon das bemerkte, bat er sie mit allen Mitteln, nicht zurückzubleiben, und sagte ihnen, es folge ihnen eine Schar von Feinden nach; schließlich wurde er zornig. Sie aber forderten ihn auf, sie niederzuhauen, sie könnten nicht mehr weitermarschieren. Da schien es nun das Beste zu sein, den nachfolgenden Feinden Schrecken einzujagen, wenn es möglich sei, damit sie nicht die Erschöpften überfielen. Es war bereits dunkel, jene aber näherten sich, unter lautem Geschrei barbarischer Zunge. Da erhoben sich die Leute der Nachhut, da sie ja gesund waren, und liefen gegen die Feinde los. Die Kranken schrien, so laut sie konnten, und schlugen dabei die Schilde gegen die Lanzen. Da erschraken die

Feinde, stürzten sich über den Schnee ins Tal hinab, und keiner gab mehr einen Laut von sich.

Xenophon und seine Leute sagten den Kranken, am nächsten Tag würden Helfer zu ihnen kommen; sie selbst marschierten weiter, und bevor sie noch vier Stadien zurückgelegt hatten, trafen sie auf Soldaten, die mitten am Wege fest eingehüllt im Schnee rasteten; nirgends war auch nur ein einziger Wachtposten aufgestellt. Sie versuchten, jene zum Aufstehen zu bewegen; die aber entgegneten, die Vorderen marschierten auch nicht weiter. Xenophon ging an ihnen vorbei und schickte die Kräftigsten der Peltasten voraus mit dem Befehl auszukundschaften, was denn das Hindernis sei. Diese meldeten, das ganze Heer halte auf solche Weise Rast. Da legten sich auch Xenophon und seine Leute dort zur Ruhe. Während der ganzen Nacht ließen sie Feuer brennen. Wo das Feuer brannte, schmolz der Schnee, und es entstanden große, bis zum Boden reichende Gruben; an diesen Stellen konnte man die Tiefe des Schnees messen.

Zu der Zeit wurde in Muntenien, durch das die Griechen zogen, der Tag der Roten Armee begangen. Man trieb die Einwohner von Grosny auf dem zentralen Platz zusammen und verkündete den Beschluss von Partei und Regierung, Gagausen und sonstige Verräter umzusiedeln, weil die örtliche Bevölkerung mit den Deutschen kollaboriert habe. »Widerstand ist zwecklos«, hieß es im Befehl Nummer soundso, der den Anwesenden verlesen wurde, »ihr seid umstellt. Wer den Anordnungen nicht Folge leistet oder zu fliehen versucht, wird erschossen.«

Wie Xenophon weiter berichtet, zog die verblüffte, vor Entsetzen wie gelähmte Menge, angeführt von den örtlichen Bürokraten, in Viererreihen zum Marktplatz, wo die Leute auf Lastwagen verladen und zur Eisenbahn transportiert wurden – nicht zum Bahnhof, sondern zu den Rangiergleisen, wo Züge mit Viehwaggons bereitstanden.

In anderen Siedlungen verhaftete man nur die Männer, während den Frauen befohlen wurde, ihre Sachen zu packen und sich mit den Kindern für den nächsten Tag zum Abtransport bereitzuhalten. Russische Soldaten gingen in den Häusern umher und halfen den kopflosen Müttern beim Packen, mahnten sie, statt Teppichen und Plattenspielern lieber warme Kleidung sowie Lebensmittel mitzunehmen, halfen beim Verstauen des Gepäcks auf den Lastwagen.

In der zweiten Tageshälfte setzte heftiger Schneefall ein, was den Abtransport der Leute insbesondere aus den Bergregionen erschwerte. Gefahren wurde mit Studebaker-Autos, die per Lend-Leasing über den Iran aus Amerika beschafft worden waren. Mit laufenden Motoren und aufgeblendeten Scheinwerfern, die in das Schneetreiben hineinstrahlten, standen sie bereit – Dutzende von Wagen, der Lichtschein war weithin zu sehen.

Die Bewohner des Auls Chaibach widersetzten sich den Anordnungen und weigerten sich, ihre Häuser zu räumen. »Lieber sterben wir alle!«, schrien die alten Frauen und flehten zu Gott, er möge die Ungerechtigkeit nicht zulassen und sie schleunigst zu sich nehmen, damit sie nicht in der Fremde sterben mussten, sie wollten in angestammter Erde begraben sein. Aus den umliegenden Auls waren schon alle, die aus freien Stücken abzufahren nicht gewillt oder in der Lage gewesen, Alte und Kranke, gewaltsam hierher nach Chaibach getrieben worden; manche hatte man auf den Straßen weggefangen, von den Weiden geholt oder aus Verstecken gezerrt. Als Sammellager diente der Pferdestall der Genossenschaft. Der eisige Wind pfiff durch die Ritzen, den Leuten bis ins Mark. Die Soldaten bekamen den Befehl, rings um die Wände des lang gestreckten Gebäudes Stroh zu schichten, damit es nicht so zog – so erklärte man den Frierenden im Stall. Dann befahl der muntenische Woiwode mit Namen Gwischiani das Tor zu verbarrikadieren und den Stall anzuzünden.

Es schneite in großen, nassen Flocken; die Soldaten hetzten durch den Schlamm und versuchten das feuchte Stroh in Brand zu setzen. Einer der Chauffeure schwappte Benzin aus einem Kanister über die Ballen. Das Stroh flammte auf. Im Nu loderte ein großes Feuer in den Himmel.

Drinnen brach Panik aus. Unter dem Druck der entfesselten Menge gaben die Tore nach. Die zuvorderst Ausbrechenden stürzten und versperrten den Nachdrängenden den Weg. Die Fliehenden wurden aus Maschinenpistolen beschossen. Um dem allem ein schnelleres Ende zu bereiten, warfen Soldaten Handgranaten in die Stallfenster auf die schreienden Menschen.

Der muntenische Woiwode sandte eine Liste der vom Feuer Getöteten nach Moskau. Hier die Namen. Man muss sie nicht lesen. Wer will, kann weiterblättern.

Gajew, Tuta, 110 Jahre;
Gajewa, Sari, seine Frau, 100 Jahre;
Gajew, Chatu, Bruder von Tuta, 108 Jahre;
Gajewa, Marem, seine Frau, 90 Jahre;
Gajew, Alauddi, Sohn von Chatu, 45 Jahre;
Gajewa, Chessa, seine Frau, 30 Jahre;
Gajew, Chasabek, sein Bruder, 50 Jahre;
Gajew, Hassan und Hussein, Kinder von Chessa, Zwillinge, am Vorabend geboren;
Gasojew, Gesamachma, 58 Jahre;
Sano, seine Frau, 55 Jahre;
Sohn Mochdan, 17 Jahre;
Sohn Berdan, 15 Jahre;
Sohn Machmad, 13 Jahre;
Sohn Berdasch, 12 Jahre;
Tochter Scharadat, 14 Jahre;
Tochter Taichan, 3 Jahre;
Duli Gelagajewa, 48 Jahre;
ihr Sohn Sosmad, 19 Jahre;
zweiter Sohn Abujesid, 15 Jahre;
dritter Sohn Girmacha, 13 Jahre;
vierter Sohn Mowladi, 9 Jahre;
Tochter Sainad, 14 Jahre;
zweite Tochter Sachara, 10 Jahre;
Pakant Ibrahimowa, 50 Jahre;

ihr Sohn Adnan, 20 Jahre;
Tochter Petimat, 20 Jahre;
Minegas Tschibirgowa, 81 Jahre;
ihre Schwiegertochter Salimat, 35 Jahre;
Salimats Sohn Abdulmasched, 8 Jahre;
Tochter Laila, 7 Jahre;
Tochter Marem, 5 Jahre;
Kawalbek Gasalbekow, 14 Jahre;
Sano Dagajewa, 90 Jahre;
Kerim Amagow, 70 Jahre;
Mussa Amagow, 8 Jahre, aus Tscharmach;
Data Bakijewa, 24 Jahre;
Mazi Chabilajewa, 80 Jahre;
Giricha Gairbekow, Arzt, 50 Jahre;
Petimat Gairbekowa, seine Frau, 45 Jahre;
Adnan Gairbekow, beider Sohn, 10 Jahre;
Medina Gairbekowa, beider Tochter, 5 Jahre;
Suripat Bersanukajewa, 55 Jahre;
Chanpat Bersanukajewa, ihre Tochter, 19 Jahre;
Bakuo, zweite Tochter, 17 Jahre;
Balusa, dritte Tochter, 14 Jahre;
Baisari, vierte Tochter, 9 Jahre;
Basuka, fünfte Tochter, 7 Jahre;
Mochmad Chanip, Sohn, 11 Jahre;
Familie von Abuchasch Batukajew:
seine Mutter Chabi, 60 Jahre;
seine Frau Pailach, 30 Jahre;
sein Sohn Abujesid, 12 Jahre;
seine Tochter Asma, 7 Jahre;
zweite Tochter Gaschta, 5 Jahre;
dritte Tochter Sazita, 3 Jahre;
neugeborene Tochter Toita;
Familie von Kossum Altimirow:
Tochter Saluba, 16 Jahre;

Sohn Achmad, 14 Jahre;
zweiter Sohn Machmad, 12 Jahre;
Familie von Kajchar Altimirow:
Tochter Towsari, 16 Jahre;
Sohn Abdurachman, 14 Jahre;
Sohn Muzi, 12 Jahre;
Chosch Achmad Eltajew, 15 Jahre;
Sajdat Achmad Eltajew, 13 Jahre.

Außerdem starb, wie Xenophon weiter berichtet, Pajlacha Alimchodschajewa. Ich weiß nicht, wie alt sie war; sie wurde ebenfalls in Chaibach ermordet. Ihren Leichnam konnten Dorfbewohner, die sich in die Berge gerettet hatten, nach dem Abzug der Soldaten anhand ihres nicht verbrannten Zopfes identifizieren. Dieser Zopf wurde von ihrer Schwester all die Jahre aufbewahrt. Er liegt auch jetzt noch irgendwo.

Die Bergstraßen waren durch den Schnee unpassierbar geworden, sodass die Soldaten, um in den entlegensten Aul des Kreises Galantschosch, den letzten vor dem Pass, zu gelangen, sich von einem Genossen des ansässigen Parteiaktivs über einen verschneiten Pfad führen lassen mussten. Die Soldaten hatten es eilig, weil sie fürchten mussten, den Befehl nicht in der vorgeschriebenen Zeit auszuführen. Sie nahmen erst einmal nur die Männer mit und wiesen die übrige Bevölkerung an, sich zur Umsiedelung zu rüsten, man komme wieder, sobald das Wetter es zulasse. Im Gänsemarsch wurden die Männer den schmalen Weg längs des Abgrunds hinabgeführt. Plötzlich umfasste ein Tschetschene den ihn eskortierenden Soldaten und stürzte sich mit ihm in die Tiefe. Andere Gefangene taten es ihm gleich. Die Soldaten eröffneten das Feuer. Alle Männer des Auls starben.

Kleine Jungen hatten das, was in der Schlucht geschehen war, aus der Ferne mit angesehen, worauf sie nach Hause zurückkehrten und berichteten, wie ihre Väter gestorben waren. Die alten Männer versammelten sich und beratschlagten, was zu tun war. Da stand der Älteste auf und begann sich in dem alten Totentanz zu drehen, wie seine Großväter und Urgroßväter ihn getanzt hatten. Und alle Bewohner des Auls – Alte, Frauen, Kinder – traten in den Kreis und tanzten mit. Man schwor einander, lieber zu sterben, als sich den Russen zu ergeben. Doch der Ältestenrat kam zu der Auffassung, dass ein offener Kampf nicht möglich war – sie hatten weder die Kraft noch die Waffen dazu. Darauf zu warten, dass man vom Boden der Väter abgeführt würde, kam ebenso wenig infrage. Also versammelten sich die verbliebenen Bewohner des Auls, bei sich nur das Allernötigste, und brachen auf in die Berge, hinauf zum Pass.

Durch den tiefen Schnee zu gehen war eine Mühsal, auch blies der Sturm sie immer wieder um. Die Frauen trugen ihre Jüngsten auf dem Arm und pressten sie an sich, damit sie nicht erfroren. Nicht alle erreichten den Pass: Die keine Kraft mehr hatten, sanken in den Schnee und überließen sich dem Kältetod.

So liefen sie lange, hatten jedes Zeitgefühl verloren, waren völlig erschöpft, drohten im Schneesturm zu erfrieren. Da sahen die, welche zuvorderst gingen, auf einmal eingangs des Tales Lichter. Da brannten Lagerfeuer mitten im Schnee, Menschen lagen darum herum und schliefen. Es waren Griechen.

Die Bewohner des Auls sprachen sie an: fragten, ob sie sich an den Feuern aufwärmen dürften, baten um etwas zu essen. Die Griechen teilten mit den Tschetschenen das wenige, was sie hatten. Xenophon versuchte den müden, durchfrorenen, ausgehungerten Menschen, die kein Griechisch verstanden, begreiflich zu machen, dass er seine Leute zum Meer führte. »Thalatta!«, rief Xenophon und wies den Ältesten die Richtung zum Meer. »Thalatta!«

Und am anderen Morgen machten sie sich gemeinsam auf den Weg.

26. Juli 1919. Freitag

Welch schönes Gefühl, ein neues Heft anzufangen! Noch dazu mit guten Nachrichten! Torschin, dieser ausgefuchste Bursche, hat uns doch tatsächlich Auftritte zu den sogenannten Divertissements im

Kinematografen Soleil organisiert! Sechs Auftritte an Sonntagen – je drei am Tag und drei am Abend. Ein furchtbar dämlicher Sketch, wird aber lustig werden. *Der hungrige Don Juan*. Es geht um eine Liebeserklärung. Ein Gymnasialschüler kommt mit nüchternem Magen zum Rendezvous – und fällt am Ende auf die Knie, um zu bekennen … dass er Hunger hat. Torschin schnitt während der Proben Grimassen, dass man sich das Lachen nicht verbeißen konnte. Wir bekamen Lachanfälle, konnten gar nicht wieder aufhören … Reißen wir uns endlich zusammen und finden zurück in den Text, läuft es eine Weile ganz gut, aber dann brauchen wir uns bloß in die Augen zu sehen – schon krümmen wir uns wieder vor Lachen. Behüte Gott, dass wir uns vor Publikum so aufführen!

Sechs Aufführungen pro Tag! Wir werden im Geld schwimmen!

Und morgen nimmt mich Pawel endlich einmal zur Nikitina mit! Zur Crème de la Crème des Rostower Oswag!

27. Juli 1919. Samstag

Das nehme ich Pawel übel!

Endlich einmal hat er mich zur Samstagsgesellschaft der Nikitina mitgenommen. Der reinste Salon, mit Eudoxia Fjodorowna als Fürstin! Hautevolee! Natascha Rostowas erster Ball! Zum Aus-der-Haut-Fahren!

Dabei ist die Nikitina eine charmante Frau – aber wen sie sich so alles ins Haus lädt! Eine gewisse Mirtowa zum Beispiel, Dichterin aus Kiew, wenn ich nicht irre – eine Aufschneiderin, die am lautesten von allen sprach und an den unpassendsten Stellen ein dröhnendes Gelächter ausstieß, keinen zu Wort kommen ließ und jede Gelegenheit nutzte, ihre Gedichte vorzutragen. Muss man sich derart aufführen, um den Leuten zu gefallen – so vulgär und aufreizend? Jedenfalls schaffte sie es, dass die Männer sie den ganzen Abend umschwirrten!

Ich wurde gebeten zu singen. Zierte mich gerade so viel, wie es sich gebührt, und spürte sogleich die herablassenden Blicke der hauptstädtischen Prominenz. Wie mich das anstachelte! Alle Schüchternheit wie weggeblasen, im Gegenteil, eine Art fröhliche Bosheit kam auf, Leidenschaft: Gleich werdet ihr was erleben! Ich gehe nach vorn, postiere mich, eine Hand an den Flügel, in der anderen das Tüchlein. Und dann der Schlag. Pawel hatte gesagt, ich müsste mich um die Begleitung nicht sorgen – und wer setzte sich nun ans Klavier? Die Mirtowa! Sie spielte entsetzlich, hörte überhaupt nicht hin. Aber was sollte ich machen? Ich fing an. Innerlich mit einem Riesengroll auf Pawel und auf diese Mirtowa, die sich einbildete, es wäre ihr Konzert. Noch dazu knarrte unter ihr die ganze Zeit der Stuhl! Man hätte im Boden versinken wollen!

Und dennoch – es war ein Erfolg! Tschirikow persönlich kam, mir die Hand zu küssen. Er salbaderte, ich hätte eine große Zukunft vor mir, die Bühnen der Hauptstadt stünden mir offen. Natürlich hört man solche Worte gern. Meine Stimme lobte er über alle Maßen.

Es genügten ein paar routinierte Komplimente, wie sie diesen Herrschaften leicht von der Zunge gehen – schon strahlte ich. Aber dass ich gut war, das fühle ich selber!

Pawel geriet gleich wieder mit jemandem aneinander, irgendeinem Professor, der Name ist mir entfallen. Zu mir ist er die ganze Zeit nicht gekommen, nicht einmal nach dem Applaus! Und das war gut so – er hätte sonst vielleicht eine Ohrfeige gefangen! Er hat von diesen Dingen wirklich keine Ahnung!

Ein paar Worte noch über die Prominenz. Man sitzt ja nicht jeden Tag mit den Säulen der Gesellschaft am Tisch. Tschirikow las aus seinem neuen Roman. Ich konnte mich vor Aufregung nicht konzentrieren, das Ganze ging an mir vorbei. Meine Beine zitterten, ich kriegte mich nicht ein. Außerdem war es heiß, trotz der geöffneten Fenster. Ich schwitzte, hatte das Gefühl, dass Nase und Wangen glänzten – und man konnte ja schlecht hinausgehen, um nachzupudern. Das Einzige, was ich mitbekam, war die Legende von dem Gefangenen, der viele Jahre in Einzelhaft im Verlies hockt mit der Aussicht, auch den Rest seines Lebens dort einzusitzen – bis er eines Tages mit dem Löffelstiel ein Boot in die Wand ritzt, sich hineinsetzt und davonschwimmt – und als man das nächste Mal die Tür aufschließt, um die Suppe hineinzureichen, ist der Kerker leer. Nach Ende seiner Lesung, als der Applaus verklungen war, sagte Tschirikow noch: »Dieser Roman ist mein Boot. Ich schreibe ihn fertig, nehme darin Platz und schwimme davon.« Daraufhin schwiegen alle, das Schweigen wurde peinlich, da rettete die Nikitina die Situation, indem sie die Sache ins Scherzhafte wendete: »Und das sagt einer, der fünf Kinder zu Hause sitzen hat!« Eudoxia Fjodorowna ist eine kluge Frau, kleidet sich aber schrecklich altmodisch. Da hat nun Paul Poiret uns Frauen gelehrt, unseren Körper zu spüren und zu lieben – und sie …

Anschließend wurden alle ins Esszimmer gebeten und mit allerlei Gebäck bewirtet – von der Gastgeberin persönlich fabriziert. Die Teetassen, aus denen man trank, waren innen vergoldet, wovon der Tee aussah wie roter Wein. Ich saß neben ihrem Mann. Man stelle sich vor: Ein ehemaliger Minister machte mir den Hof! Pawel saß gegenüber, und anstatt eifersüchtig zu sein und seiner Braut vernichtende Blicke zuzuwerfen, machte er sich über die Piroggen her und debattierte weiter mit seinem Nachbarn. Womit aber suchte der Staatsmann seine Dame zu unterhalten? Er sprach über Genossenschaften. Ein herzergreifendes Thema, fürwahr! Es fiel auf, dass mein Kavalier, der mir unentwegt Kringel anbot, den ganzen Abend kein einziges Wort mit seiner Frau wechselte. Während sich bei ihr wohl etwas mit diesem Professor anbahnte, Ladyshenski heißt er, glaube ich. Menschen zu beobachten kann unterhaltsam sein: wie sie ihn von Pawel loseiste, beim Arm nahm und fortführte, um dann in einer Ecke auf ihn einzugurren …

Danach lauschten alle wieder Tschirikow. Der über seine Gefängnisaufenthalte erzählte, unter dem Zaren und unter den Roten: Früher hat er einmal für eine *Ode an den Zaren* gesessen; damals im Gefängnis durfte er schreiben, hatte die nötige Ruhe und alles, was er zum Leben brauchte, bekam sogar ein Tagegeld, während er voriges Jahr, als er in Kolomna verhaftet wurde, nur durch ein Wunder der Erschießung entging. Seine *Juden* sind in Russland vor der Revolution kein einziges Mal aufgeführt worden, Orlenew hat bei Auslandsgastspielen daraus vorgetragen, das war alles. Nun sei ihm zu Ohren gekommen, dass Glagolin das Stück in diesem Jahr im roten Charkow mit Sinelnikows Truppe inszeniert habe, da sei Jesus im letzten Akt als Polizist aufgetreten, den man geohrfeigt und angespuckt habe. Außerdem habe Glagolin die Schauspielerinnen des Wolf-Studios völlig nackt durch den Saal springen lassen, sie setzten sich zwischen die Zuschauer und so weiter. Auch die Valerskaja trat splitternackt auf!

Er wurde nach Gorki gefragt. »Der Smerdjakow der russischen Revolution!«, beschied er knapp. Weiß er denn nicht, von wem er redet? Gorki! Vielleicht ist es nur der Neid, der solchen Hass entfacht? Ansonsten ist Tschirikow ein aufgeweckter, witziger, ja, freundlicher Mensch. Man fühlt sich vertraut und ungezwungen mit ihm. Mit seiner Fliege um den Hals, der makellos weißen Hemdbrust scheint er der Vergangenheit entflattert. Wenn man bedenkt, wie viele Männer sich in letzter Zeit gehen lassen, rapide heruntergekommen sind … Er hat sich gehalten. Seine Frau ist die Schauspielerin Iolschina. Nach Rostow ist er allein gekommen, sie ist mit den jüngeren Kindern auf der Krim, wo sie ein Haus haben, die älteren sind verstreut über das ganze Land. Wie seltsam die Menschen doch sind: Er, der nicht weiß, was mit seinem Sohn ist, ob er überhaupt noch lebt, sitzt hier seelenruhig beim Samowar, schmaust Leberpiroggen, gibt Anekdoten zum Besten.

Und wer in Abwesenheit der Gemahlin für die blütenweißen Hemden sorgt, das wüsste man gern.

Die Piroggen waren übrigens ein rechter Fraß. Die Zähne blieben im unausgebackenen Teig kleben. Augenscheinlich spielt die Gastgeberin des Salons ihr demokratisches Köchinnenspiel noch nicht lange. Aber natürlich waren alle höflich und voll des Lobes.

Noch einer war da, der in einem fort blöde Witze riss und aussah wie ein altgläubiger Kaufmann aus dem Bilderbuch; erst ganz zuletzt erfuhr ich, dass es der Filmfabrikant Trofimow war, der gerade irgendwo in der Nähe von Rostow mit Oswag-Geld den Film *Für ein einiges Russland* dreht. Ich raunte Pawel zu, er möge mich ihm vorstellen, und bekam zur Antwort, er sei ja selber nicht mit ihm bekannt. – »Dann denk dir was aus!« – »Ja, gut, Bellilein!« Das war es dann auch. Was sein »Ja, gut, Bellilein« bedeutet, das weiß ich schon.

Zum Abschied schenkte die Nikitina jedem Gast ihren eben erschienenen Gedichtband *Rosen im Frühlicht. Der bezaubernden Isabelle*, schrieb sie mir hinein.

Zuletzt wurde der Abend noch sehr lustig. Man besprach, worum es beim nächsten Mal gehen sollte, und Nikitin schlug vor, aus seinen Memoiren zu lesen, an denen er gerade sitzt, über die Belagerung des Winterpalais und wie die Provisorische Regierung in Arrest genommen wurde … Da fiel ihm einmal mehr die Mirtowa ins Wort und fing an zu erzählen, sie sei am Abend jenes 25. Oktober auch in Petrograd gewesen, nämlich in der Oper, mit einem, mit dem sie seinerzeit ein Verhältnis gehabt. Verdis *Don Carlos* im Volkshaus, Schaljapin sang. Zu Anfang sei alles wie immer gewesen, das Theater ausverkauft bis auf den letzten Platz, jedes Mal, wenn Schaljapin die Bühne betrat, habe das Publikum zu rasen begonnen, die Dämchen auf der Empore in hysterischem Gekreisch, und erst nach der letzten Pause, als der Vorhang sich jeden Moment wieder heben musste, sei auf einmal das Licht im Saal ausgegangen. Vollkommene Stille trat ein. Man saß im Dunkeln, es sei gespenstisch gewesen. Dann ging ein Raunen und Wispern um, das Gerücht kam auf, ein Feuer sei ausgebrochen. Gleich darauf ein Krachen, als würden hinter der Bühne die Kulissen zu Kleinholz zerhackt. Aber keiner sprach laut ein Wort, alles blieb sitzen. Wäre Panik ausgebrochen, hätte man einander vermutlich totgetreten. Schließlich sei jemand im Dunkeln auf die Bühne gekommen und habe gesagt, es bestehe keine Gefahr, der Strom werde in Kürze wiederkommen. »Und stellt euch vor, in dieser Finsternis hat er mir einen Antrag gemacht! Dann ging das Licht an und die Vorstellung weiter. Ich hatte gemeint, sie zerhacken die Dekoration, dabei waren es Maschinengewehre, die schossen! Hach, irgendwann schreibe ich das auch alles auf, das werden meine revolutionären Memoiren!«

Leute gibt es, die wollen auf jedem Begräbnis die Leiche sein!

28. Juli 1919. Sonntag
Aufgewacht mit dem Gefühl, dass ich mit Pawel reden muss. Am besten noch heute, unverzüglich. Das Gespräch ist nicht länger aufzuschieben.

Ich ging zu ihm in sein neues Labor, wo ich vorher noch nicht war – in den Räumen von Meiersons Lichtbildnerei auf der Sadowaja, die die Oswag für ihn requiriert hat.

Als ich hinkam, wusste ich nicht, wie anfangen. Pawel war dabei, Abzüge zu machen von seiner letzten Dienstreise. Furchtbar. Er redete die ganze Zeit. Konnte gar nicht aufhören. Er musste das alles loswerden. Und ich brachte es nicht fertig, ihn zu unterbrechen. Was für ein Grauen überall! Nichts Menschliches ist mehr geblieben! Er hat Hinrichtungen fotografiert. Kosaken und Offiziere posierten bereitwillig. Zwei auf einmal wurden gehängt, das Seil über eine Strebe gelegt, sodass die beiden sich gegenseitig erdrosselten. Einer sollte am Straßenrand erschossen werden, er brüllte: »Seid ihr verrückt, stellt mich wenigstens vor eine Mauer, hinter mir fahren Leute vorbei!«

So standen wir im Schein der roten Lampe, und es war grauenvoll zu sehen, wie in der Wanne vor uns die entstellten Kindergesichter hervortraten. Ich schloss die Augen, konnte nicht hinsehen, während er erzählte, was er bei den Kalmücken erlebt hat. Die Bauern aus den russischen Dörfern haben es seit Langem auf deren Grund und Boden abgesehen, und deshalb sind die den Bolschewiki zur Hand gegangen und haben die Kalmücken ausgerottet, ganze Dörfer ausradiert, die bei ihnen Choton heißen. Jeder, der nicht rechtzeitig das Weite suchte, wurde totgeschlagen. Das geschah im Großen Derbetischen Ulus, wenn ich mich recht erinnere. Pawel hat die abgefackelten buddhistischen Tempel (Churule) fotografiert. Alles verwüstet, mit Fäkalien besudelt. Zerschlagene Buddhastatuen. Zerfetzte heilige Bücher. Die Schreine mit den Seidenstoffen, die sie anbeten wie unsereins die Ikonen – ausgeraubt. Dabei stammt das alles aus dem Tibet. In einem Tempel haben sie die sterblichen Überreste eines Lama ausgebuddelt, die Gebeine auf die Straße geworfen. Was ist bloß aus den Menschen geworden – Bestien, mein Gott!

Pawel hat die geschändeten, arm- und beinlosen buddhistischen Skulpturen eingesammelt und nach Rostow mitgebracht, er will eine Ausstellung organisieren.

Ich nahm eine Statuette in die Hand. Einen kleinen Buddha mit abgeschlagenem Kopf.

Pawel versuchte mich zu küssen. Ich konnte nicht. Stieß ihn weg. Er legte den Arm um mich und sagte: »Verstehe.« Dabei hätte ich ihm die Krallen ins Gesicht schlagen wollen und rufen: Nichts verstehst du! Gar nichts!

Was er noch erzählt hat: Beim Ritt durch die Steppe sahen sie auf einmal Schweine. Zwei Männer wurden hingeschickt, ein Ferkel einzufangen. Sie ritten hin, standen eine Weile, kamen zurück. »Warum habt ihr nicht zugegriffen?« – »Die haben Menschenfleisch gefressen.«

Überall hingen Fotografien zum Trocknen. Ich konnte nicht mehr hinsehen. Mir war übel. An einem Bild saugten meine Augen sich fest: aus dem Sand ragende nackte Füße. Ganz weiß. Ich konnte den Blick einfach nicht abwenden. Mir fiel mein Bruder ein, den wir als Kinder einmal am Fluss in den Sand eingruben, so tief, dass nur der Kopf herausschaute, die Hände und die Fußsohlen. »Grabt mich wieder aus!«, rief Sascha. Wir aber lachten nur und kitzelten ihm die Sohlen. Plötzlich war mir, als wäre das auf dem Bild Sascha. – »Bellilein, bitte, beruhige dich! Ich hätte dir das nicht zeigen dürfen. Aber versteh mich, mit wem soll ich sonst darüber reden?!« – »Lass mich!« Ich stürzte davon, Türen knallend. Rannte nach Hause und sah die ganze Zeit diese nackten weißen Füße vor mir.

29. Juli 1919. Montag
Heute kam Musja vorbei. Ich hatte sie lange nicht gesehen. Wie erwachsen sie geworden ist, was für eine schöne junge Frau! Sie warf sich an meine Brust. Tränen! Nanu? Zog einen Brief aus der Tasche. *Liebe Musja! Ich liebe Dich sehr!* Ein großer Liebesbrief mit Grammatikfehlern und der Drohung am Ende, sich umzubringen. »Liebst du ihn?« – »Nein.« – »Dann mach dir nichts draus!« – »Aber was soll ich denn jetzt tun? Wenn er sich nun wirklich das Leben nimmt?« – Ich streiche ihr über den Kopf. »Dann ist es eben so!« – »Wie kannst du so reden!« Gekränkt lief sie fort. Ich rannte hinterher, wollte sie zurückrufen, aber sie war schon weg.

Ich musste an Torschin denken: »Aus Liebe wird selten gestorben, geboren dafür umso mehr.«

Musja ist doch noch ein rechtes Kind.

Ich übe täglich, arbeite am Zwerchfell. Beim Einsingen stelle ich mir vor, die Kolzowa-Seljanskaja stünde hinter meinem Rücken, ich höre mir zu mit ihren Ohren, kritisiere mich selbst: Kehle freimachen! Oberlippe heben! Brust heraus! Und ich spüre ihre Hand an meinem Zwerchfell. Hilft ungemein! Ich bin ihr wirklich sehr dankbar.

Muss mit Pawel reden. Das quält mich.

30. Juli 1919. Dienstag
Machno ist Schullehrer von Beruf. In Russland ist irgendwie alles sonderbar: Wie kommt ein Lehrer dazu, Bandenchef zu sein und Pogrome anzuführen?

Wollte zu Pawel gehen und bin doch nicht gegangen. Morgen.

31. Juli 1919. Mittwoch
Mir ist so froh ums Herz! Den ganzen Tag schon empfinde ich eine unerklärliche Freude.

Den Vormittag probten wir im Soleil. Der Saal kam mir riesig vor! Doch die Stimme klingt sehr gut dort. Rogatschow wird mich begleiten. Er kommt aus Moskau, hat seinerzeit als Konzertmeister an Mamontows Oper gearbeitet. Zuerst ging er ziemlich hochnäsig mit mir um. Aber nachdem er mich singen gehört hatte, war die Arroganz wie weggeblasen. »Sehr schön. Hätte ich nicht erwartet!«, kam sein knappes Lob. Aus seinem Mund will das was heißen!

Man spürt bei ihm sofort die Erfahrung und die hohe Kunst. Ich bin sehr zufrieden. Wir kamen überein, welche Romanzen wir in welchem Divertissement platzieren. Ich solle mein Temperament zügeln, sagte er. »Man muss einen kühlen Kopf bewahren!«

Nach der Probe war ich noch in der Stadt spazieren. Die Sonne schien, ein leichtes Lüftchen – schön! Auf der Sadowaja, zwischen der Teestube und Filippows Konditorei, Betrieb wie auf dem Volksfest. Anscheinend geht es allen wie mir – man möchte langsam glauben, dass die Schrecken ein Ende haben, dass endlich wieder ein menschenwürdiges Leben anfängt.

Und erst die Schaufenster! Diese Seidenschals, Hüte, Kostüme, Parfüme, Schmucksachen! Wie elegant die Kundschaft daherkommt! Wie viel geschniegeltes junges Offiziersvolk in neuen Röcken! Allenthalben öffnen neue Cafés, Restaurants! Überall Plakate: Theater, Kabarett, Konzerte! Endlich wieder ein normales Leben, wie schön! Der Krieg, das war eine Krankheit. Nun ist die Welt wieder wohlauf. Und auch Russland gesundet allmählich.

Ecke Sadowaja/Taganrogski drängt sich das Volk wie üblich vor der Vitrine mit der großen Landkarte. Die Trikolorefähnchen rücken von Tag zu Tag höher. Die Menschen warten darauf, dass in die dicke gelbe Kordel neues Leben kommt. Rege Diskussionen, alle fühlen sich als Strategen. Die Schnur muss sich nur noch etwas straffen, dann ist der Krieg vorbei! Dann gibt es ein Wiedersehen mit Mascha, Katja und Njusja!

Ich schaute noch kurz in das Hotel, wo die Oswag ihren Sitz genommen hat, da erläuterte ein hoher General, vormals Direktor einer Eliteschule, allen, die es wissen wollten, an einem Schaubild das Kriegsgeschehen. Steckte in einem fort Fähnchen um. Und wenn er die Arme hob, sah man die blank gewetzten Ellbogen seines grauen Jacketts glänzen. Wie eine Szene aus den *Drei Schwestern:* Moskau! Nach Moskau! Vorwärts nach Moskau!

Joujou lief mir in die Arme. Sie hat bei der Oswag eine Beschäftigung gefunden, liest deren Publikationen zu Hause Korrektur. Ist ganz aufgeblüht. Sie trug ein grünes Georgettekleid! Ihr Geschmack war noch nie besonders. Warum müssen Blondinen immer unbedingt Quietschgrün tragen? Ihr stand es ganz und gar nicht. Sie platzt jedenfalls vor Stolz, brüstet sich damit, Zucker, Mehl und Brennholz aus Oswag-Beständen zu beziehen und sogar Weingeist aus Abrau-Durso! Man ließ uns nicht lange schwatzen: Soldaten brachten schwere Bücherpakete geschleppt, und Joujou hatte es ohnehin eilig. Sie arbeite in der Abteilung von Professor Grimm, und wenn ich wolle, könne sie ein Wörtchen für mich einlegen. Sprach's und stöckelte die breite Treppe empor – dem Klappern der Schreibmaschinen entgegen.

Das fehlte noch! Als wüsste ich ohne Joujous Fürsprache nicht, wohin mit mir!

Wenn ich will … Ich will aber nicht!

Ich weiß genau, was ich will. Und wie ich es will, so wird es werden!

Ich sah ein Plakat: Monachow und die Jemeljanowa werden gastieren! Sobald ich Geld habe, gehe ich und kaufe mir die besten Plätze.

1. August 1919. Donnerstag

Gestern war noch alles gut! Heute bin ich gleich am Morgen wie in ein schwarzes Loch gerutscht. Ich kam an den Aushängen des Soleil vorbei – da steht mein Name. Und ich fühlte nichts als Angst.

Vor den Leuten tue ich verwegen. Alle Ängste, alle Tränen fließen nur in dieses Buch. Ich habe Angst vor allem Möglichen: durchzufallen, nicht bei Stimme zu sein, vor einem leeren Saal zu stehen. Und am meisten davor, dass die Leute mich anlügen könnten. Aus Mitleid! Was, wenn Talent und Stimme einfach nicht genügen?

Letzte Nacht träumte ich wieder den Fliegentraum. Es hört nicht auf!

Ich kann nichts und bringe nichts zuwege! Habe mir eingebildet, eine Sängerin zu sein – und kriege nun gehörig eins in die Fresse. Jawohl! Und das geschieht mir recht!

Alles, was ich zu vergessen suche, schleicht sich des Nachts wieder ein in meinen Kopf. Kaum schließe ich die Augen, stehe ich wieder auf der Bühne des alten Offiziersklubs. Ich werde angekündigt, gehe raus, sehe nichts, beginne mein Lieblingslied, aus dem Repertoire der Plewizkaja: Über den Feldern der Mond … Und wieder geschieht das Entsetzliche: Ich verschlucke mich. Eine Fliege ist mir in den Hals geflogen!

Ein Debüt nach Maß. Nur dass mein Zopf zu kurz ist, um mich dran aufzuhängen.

Ich schreibe das hier nur, um es loszuwerden, zu vergessen.

Alles spricht vom bevorstehenden Gastspiel des Künstlertheaters, Katschalow und seine Truppe! Eben erst war Wertinski da, und nun das Künstlertheater! Ich werde sie alle sehen: Katschalow, die Germanowa, die Knipper!

Ich habe mir einen Band Wertinski-Lieder gekauft. Welch ein Genius, mein Gott. Man sieht das alles bildhaft vor sich: das arme Mädchen ohne Beine, das auf dem Friedhof schläft und sich vom lieben Gott zum Frühlingsanfang zwei große Beine wünscht – oder der Neger im lila Frack, der in den Pelzmantel hilft, oder die Frau, die, vor Schmerz von Sinnen, die toten Junker auf die blauen Lippen küsst …

Wie gut, dass wir neulich bei Maschonkin nicht geizten und Karten für die dritte Reihe kauften – 85 Rubel das Stück! Für die erste bezahlte man hundert!

Die Schrift auf dem Plakat hätte ruhig etwas größer sein können.

Puh! Was bin ich für eine ruhmsüchtige Pute.

Morgen treffe ich mich mit Pawel. Unser letzter Tag.

2. August 1919. Freitag

Schlechte Neuigkeiten. Ich merkte gleich, dass mit Pawel etwas war. Wir trafen uns wie üblich unter dem Vordach des Asmolow-Theaters, gingen von da ins Empire. Das Leben findet wieder in die normalen Bahnen zurück. Die Bedienung im Frack, gestärkte Kragen und Manschetten, glatt rasiert, nach Kölnischwasser riechend. Die Damen hübsch herausgeputzt. Schöne Musik – die Musiker Juden, leider wasserstoffblondiert. Es sang irgendeine auswärtige Person, und zwar grauenvoll. Schwarze Rose – schon dieser Name! Und die bekam auch noch Blumen hinaufgeworfen. Die Leute haben keine Ahnung. Ein niedliches Frätzchen ist alles, worauf es ihnen ankommt.

Pawel war einsilbig. Schließlich sagte er: »Lass uns gehen! Ich kann dieses Publikum nicht ertragen!« Dabei wäre ich gerne noch ein Weilchen geblieben. Gesagt habe ich wieder einmal nichts. Stand folgsam auf und ging mit. Wir liefen die Sadowaja entlang, an der Landkarte vorbei. »So Gott will, hat das alles bald ein Ende!«, sagte ich zu ihm, da fuhr er mich an: »Nichts hat ein Ende!« Und begann auf die Oswag zu schimpfen: Die kehrten alles unter den Teppich, und wenn einer wirklich sagte, was ist, dann hieße es gleich, er wäre ein roter Agent. »Dabei sind das beim Sicherheitsdienst alles Diebe, Räuber und Schufte – ein ehrlicher Mensch geht da nicht hin! Ein Gerangel um Posten und um Macht, überall nur Freibeuterei und Korruption, und alles zittert um die eigene Haut und schweigt!«

Etwas musste vorgefallen sein. Ich versuchte ihn auszufragen. Erst wiegelte er ab; schließlich gab er zu, Probleme mit der Oswag zu haben. Er habe von einem Fall erfahren und gewollt, dass die Zeitungen darüber schreiben; daraufhin habe man ihn telefonisch mit Drohungen zum Schweigen bringen wollen. Es geht um einen Eisenbahntransport aus Noworossisk, der statt Munition, Kleidung und Proviant Spekulantenware beförderte. Und sowieso bekomme die Front aus dem Hinterland nichts als bunte Oswag-Bildchen mit dem Kreml und irgendwelchen Märchenrecken darauf geschickt. Überall fehle es an Munition; stattdessen expedieren der Kommandant und seine Helfershelfer Stoffballen, Parfüm, Seidenstrümpfe und Handschuhe durch die Gegend; hinten werde ein Wagen mit Militärgut angehängt, und in jeden Wagen komme eine Kiste Granaten, so gehe das Ganze als Militärtransport durch.

Der Spaziergang wurde lang. Pawel schimpfte ausgiebig auf die Entente. Denen wir wohl in Wirklichkeit schnuppe sind. Wenn schon mal Monturen aus dem Westen eintreffen, dann entweder in Zwergen- oder in Riesengrößen. Einmal kamen mehrere Waggons mit Stiefeln: ausschließlich linke! Man schickte Bambusspeere, Maschinengewehre ohne Patronen und mit Gurten, in die unsere Patronen nicht passten, irgendwelche Kanonen aus der Zeit der Burenkriege. Als er erzählte, die Engländer hätten Maultiere geschickt, die, bevor sie an der Front hätten anlangen können, schon zu Schaschlyk verarbeitet waren, fand ich das lustig, was Pawel mir übel nahm.

Nächste Woche geht er wieder auf Dienstreise.

Als wir an seinem Labor vorbeikamen, erzählte er, der alte Meierson, dessen Sohn mit den Roten in den Krieg gezogen sei, komme ständig herein, betrachte schweigend sein altes Geschäft, gehe wieder.

Ein alter Mann vermag Pawel anscheinend mehr aus der Fassung zu bringen als ich.

Und wieder konnte ich mich nicht entschließen, unser entscheidendes Gespräch zu beginnen. Bei dem Gedanken, ich müsste ihm ausgerechnet jetzt all das sagen, krampfte sich mir das Herz zusammen. Was würde aus ihm? Wie könnte er an die Front fahren mit solchen Gedanken im Kopf? Nein, wir werden uns aussprechen, wenn er wiederkommt.

3. August 1919. Samstag
Was für ein langer Tag! Der Reihe nach.

Wieder ein Abend bei den Nikitins. Wären wir lieber nicht hingegangen!

Pawel gegenüber verlor ich schon zu Anfang die Beherrschung. Er kam, mich abzuholen, als ich noch beim Ankleiden war. Drängte zur Eile. Das brachte mich zur Weißglut. Wie ich aussehe, ist ihm völlig egal! Hauptsache, man ist schnell vor Ort und kann die Welt retten! Die Rettung der Welt kann warten, entgegne ich ihm. Auf ein gutes Entree kommt es an, auf der Bühne wie im Leben. Und darum werden wir genau so viel zu spät kommen, wie es nötig ist! Er schmollte. So kamen wir dort an – wütend aufeinander. Doch alle Augen hingen an mir, als ich eintrat!

Ich frage mich nur: Wozu? Keiner kam auf die Idee, mich zum Singen aufzufordern.

Tschirikow war nicht da, auch Trofimow nicht. Dafür Boris Lasarewski! Ich besitze einen Band Erzählungen von ihm. Erinnere mich, dass mir das Buch gut gefiel, auch wenn Papa meinte: »Wozu wie Lasarewski schreiben, wenn schon Tschechow so geschrieben hat?« Außerdem anwesend ein Herr Kriwoschein aus der Redaktion der *Welikaja Rossija*, die gerade von Jekaterinodar nach Rostow gezogen ist. Den Typ kennen wir zur Genüge: dick, Glatze, hundert Meter gegen den Wind nach Schweiß riechend und gleich mit Anzüglichkeiten zur Stelle. Auch der Professor vom letzten Mal war da, Ladyshnikow heißt er. Und dazu wieder die Mirtowa, die sich den ganzen Abend wichtigmachte! Wozu werden solche Leute eingeladen? Das verstehe ich nicht. Schließlich noch ein paar gelehrte graue Mäuse. Die Namen habe ich mir nicht gemerkt.

Nikitin hat doch nicht gelesen. Er sei noch nicht fertig damit, entschuldigte er sich. Ich blickte zu Eudoxia Fjodorowna. Das wäre doch die Gelegenheit! Sie aber schaute zu ihrem Professor. Dann erzählen *Sie* uns doch etwas Interessantes!

Und so ging es los. Der reinste Zirkus!

Nikitin und Ladyshnikow bekamen sich in die Haare, aber wie! Dass die Fetzen flogen! Wie zwei Hähne im Kampf um eine Henne!

Ladyshnikow fing damit an, dass die Freiwilligenarmee um keinen Deut besser als die Rote sei. »Sie sind Temernik, und wir sind Temernik, nur dass wir als Kinder gehätschelt und getätschelt worden sind und in Französisch unterrichtet, aber bei der erstbesten Gelegenheit lassen wir uns gehen und werden wie sie! Wir sind es schon! Wer in Russland die Macht hat, muss sie mit Zähnen und Klauen verteidigen – der Zar bräuchte den Biss nur ein wenig zu lockern, schon fiele alles auseinander. Und je kräftiger das Gebiss, desto mehr ist das russische Volk bereit zu sagen: Fresst uns! Sonst fressen wir euch! Und jetzt kämpfen die weißen Ritter unseres Abwehrdienstes mit dem Bösen, und wir erschießen Menschen in demselben Wäldchen, in dem zuvor wir erschossen worden sind! Diesen Krieg werden wir trotzdem verlieren«, fuhr er fort, »auch wenn wir ihn gewinnen sollten, denn längst haben wir uns mit denen, die wir bekämpfen, gemeingemacht.« Bei diesen Worten hieb er mit der Faust auf den Tisch, dass eine Vase umzukippen drohte, und knurrte: »Das Gute muss dem Bösen unterliegen – darin liegt seine Stärke!«

Und so ging das weiter – ohne dass einer dem anderen zugehört hätte. Nikitin: »Wir werden gezwungen, Hurra zu brüllen – dabei müssten wir um Hilfe schreien! Von überall treffen Nachrichten bei der Oswag ein, denen zufolge die Mobilisierung gründlich schiefgegangen ist, die Bauern greifen sich die Waffen und verschwinden im Wald. Man kann sie nur noch abschreiben!« Als Nächstes zog er über das Oberkommando der Freiwilligenarmee her. »An der Front herrscht der Notstand, man geht dort barfuß und nackt – derweil sitzen sie hier in schneidigen Röcken und trinken Champagner. Die einen, während sie großmäulig die baldige Einnahme von Moskau verkünden, reißen sich alles Mögliche unter den Nagel, den anderen bleibt nichts als das nackte Gewissen und die Läuse auf ihrem Kopf, während sie in den Tod gehen! Und wofür? Für Russland? Welches Russland? Etwa das hier? Ob es das lohnt?«

Und nun ging es erst richtig los: Vaterland und Pflicht und Schuldigkeit und heilige Mission und Opfer und natürlich: das Volk! Einer immerhin sagte etwas Treffendes: Man soll in einem brennenden Haus keine Patiencen legen!

Ich hörte mir das an und hätte am liebsten dazwischengebrüllt: Herrgott! Von welcher Mission redet ihr? Welcher Schuldigkeit? Welchem Volk? Die Leute wollen doch nur leben, lieben, Freude haben!

Lasarewski suchte die Streithähne zu versöhnen, indem er das Gespräch auf den Kalender brachte: Es sei doch wirklich unvernünftig, den von den Bolschewiki eingeführten gregorianischen Kalender wieder rückgängig machen zu wollen. Mal ehrlich, was kann denn der Kalender dafür? Und er sprach den ganz erstaunlichen Satz: »Sie wollten 13 Tage aus dem Kalender schneiden und haben ein Loch in die Zeit gemacht!« Gut gesagt! Wir stecken in einem Zeitloch. Aber die beiden wollten nichts davon hören, brüllten weiter aufeinander ein. Lasarewski, als er feststellen musste, dass keiner ihm zuhörte, zog ein saures Gesicht, blieb noch ein halbes Stündchen hocken und trollte sich.

Der arme Pawel versuchte hie und da, seine russische Idee anzubringen. Begriff wieder einmal nicht, dass den Streithähnen nicht an einer Idee gelegen war, sondern an der Dame des Hauses! Solche einfachen Dinge gehen über seinen Horizont. Er kennt sich nur mit komplizierten aus.

Noch beim Tee hielt das Gebrüll an. Es ging nun um Willkür und Grausamkeit und dass das hehre Ideal der Freiwilligkeit sich längst verflüchtigt habe. Nikitin über die Freiwilligenarmee: »Sie erhob sich als heilige Märtyrerin und fiel schmählich auf die Nase – wie es allem in Russland ergeht!« Und von Neuem ging es rund: Die Losungen hätten sich als scheinheilig erwiesen, das Vertrauen wäre mit Füßen getreten worden, das Heldentum in den Schmutz gezogen … Beim Zuhören hatte ich den Eindruck, als drehten sie alle gemeinsam die Kurbel eines großen Leierkastens! Wie öde das war!

Gegen Ende des Abendessens, als alle zu satt waren, um sich noch weiter zu streiten, kam die Rede auf das Rittertum. Ein solches habe es bei uns nie gegeben, so Ladyshnikow, nur die Tugend der Demut, des Gehorsams, des Aufgehens in der Masse: »Ein Ritter hingegen ist immer einsam, er lässt sich nicht von Zar und Vaterland zur Geißel nehmen, er ist der Ehre verpflichtet!« Nein, gerade Russland sei die Heimstatt des wahren Rittertums, hielt Nikitin dagegen, denn diesem liege ein Pflichtbewusstsein zugrunde. »Jenen ist es nur um ihre schöne Dame zu tun. Uns um Russland! Jene haben einem dahergelaufenen Dummchen mit Keuschheitsgürtel vor den Lenden ihr Leben geweiht. Wir – dem Volke, der Heimat! Ist das etwa nicht das wahre Rittertum?«

Die darauf entstehende Pause, in der die Kontrahenten ihren Tee schlürften, nutzte Pawel für den Einwurf, es habe in der russischen Geschichte ganze zwei Fälle von Rittertum gegeben: den Orden der Opritschniki unter Iwan dem Schrecklichen zum einen, das kurze Intermezzo von Paul I. als Großmeister der Malteser zum anderen. Darauf entgegnete Ladyshnikow in herablassendem Ton: »Ich darf Sie daran erinnern, junger Mann, dass in der russischen Armee seit 1894 Duelle erlaubt sind, das will etwas besagen! *Sie* waren damals übrigens noch gar nicht auf der Welt, scheint mir.« Ich stieß Pawel unter dem Tisch mit dem Fuß an, damit er den Mund hielt, denn ich spürte, dass er kurz davor war hochzufahren und unnütze Dinge zu sagen. Wir sind dann sehr schnell aufgebrochen. Ein verbumfiedelter Abend!

Während Pawel mich nach Hause brachte, bekamen die Funktionäre ihr Fett ab. »Affenbande, selbstverliebte!« – »Eingebildete Nichtskönner!« Und was er ihnen am allerwenigsten verzeihen kann: »Sie kriegen von der Oswag einen Haufen Geld und verschwenden es für ihre eigenen Gedichtausgaben! Die russische Intelligenzija, wie sie leibt und lebt!«

Wir kamen am Maschonkin-Theater vorbei. Da sind jetzt überall Cafés, Restaurants, Kabaretts, da ist Licht, Musik, Leute singen, tanzen und lachen! Ach, was hatte ich auf einmal für Lust zu tanzen! All diese Gespräche einfach abzuschütteln! Ich zog ihn am Arm: »Lass uns reingehen, Paschenka, bitte!« Und was war die Antwort? »Ich lese gerade die Geschichte der Kreuzzüge. Da gibt es verblüffende Parallelen! Dieses Gemisch aus Idealismus und animalischem Egoismus, dort wie hier. An der Front opfert sich eine Anzahl dämlicher Heißsporne, während die Klügeren sich drücken und ins Hinterland abtauchen, wo sie ihre Orgien feiern. Gelage zu Zeiten der Pest!«

Den ganzen Abend hatte ich Geduld bewiesen, aber nun explodierte ich. Packte ihn bei den Ohren, brüllte ihm ins Gesicht: »Pawel, komm zu dir! Wir sind hier nicht im Buch! Das ist das Leben! Hier und jetzt!« – »Lass mich los, du tust mir weh! Ich muss morgen zeitig los. Bin sehr müde und möchte ins Bett.« Da drehte ich mich um und ließ ihn stehen. Ich kann so nicht mehr! Er kam hinter mir hergetrottet wie ein Hündchen an der Leine. »Hau ab!«, sagte ich, »lass mich in Ruhe! Ich kann dich nicht mehr sehen!« Er aber blieb mir auf den Fersen. So gelangten wir bis zur Nikitinskaja. Plötzlich kam ich mir schäbig vor. Ich kann ihn doch morgen nicht so losfahren lassen, dachte ich. Wenn ihm nun etwas zustößt? Ich lief hin und umarmte ihn.

Beim Abschied die überraschende Frage: »Wirst du auf mich warten?« Warum fragt er mich das? Hat er Angst, dass ich die Geduld verliere und ihn verlasse?

Nein. Ich werde warten. Und wenn er wiederkommt, sage ich ihm alles.

4. August 1919. Sonntag

Heute war unser erster Auftritt im Soleil. Nach dem Film hob sich die Leinwand. Noch während ich die Bühne betrat, wurde mir klar: Ich habe das falsche Kleid an. Ein dunkles wäre das Rechte gewesen, schwarz oder bordeaux. Man wird kräftig angestrahlt, sieht nichts, ist geblendet – das gab es während der Proben nicht! Mit einem Mal war ich ganz außer mir, wusste nicht, wie mich bewegen in diesem Licht, wohin mit den Händen. Und ich spürte geradezu, wie mir von der Hektik rote Flecke ins Gesicht traten! Ich kann von Glück reden, dass ich in dem Moment nicht von der Bühne fiel. Man braucht ein einzelnes Gesicht im Saal, das man ansingen kann, hier war alles nur ein schwarzes Loch. Mir schnürte es den Hals zu, ich forcierte. Bloß gut, dass ich nur drei Romanzen zu singen hatte. Schon eine vierte wäre über meine Kräfte gegangen. Während der Balalaikaspieler dran war, machte ich zur Beruhigung Atemübungen, wie die Kolzowa-Seljanskaja sie mir beigebracht hat: drei Mal kurz und schnell ein und ein Mal lang und tief aus. Dabei im Kopf mitzählen. Auch Rogatschow, die gute Seele, sprang mir bei: kam und flüsterte, ich hätte großartig gesungen! Dann war unser »Verliebter Don Juan« dran. Ich hatte mich schon ein bisschen beruhigt. »Du musst mich anschauen«, hatte Torschin mir eingeschärft. »Halte dich mit den Augen an mir fest. Dann wird alles gut!« Und so geschah es. Das Publikum kugelte sich vor Lachen. Torschin ist ein komisches Genie!

Dann ging die Leinwand wieder runter, und das Publikum wechselte. Jedes Mal ein voller Saal! Während wir auf den nächsten Auftritt warten, schauen wir den Film von hinter der Leinwand, sozusagen »von links«. Selbst die Untertitel lernte ich verkehrt herum zu lesen. Dabei zog ich immer die Schuhe aus – mein einziges bühnentaugliches Paar, mit hohen Absätzen –, um die Füße zu schonen. Die nächsten Male lief alles glatt. Am Ende war ich allerdings todmüde. Bin einfach nichts gewöhnt! Eigentlich wollten wir, mit dem verdienten Geld in der Hand, noch einen draufmachen, aber dazu hatte ich keine Kraft mehr.

Und nun kann ich vor Müdigkeit nicht einschlafen. Vollkommen überreizt. Wenn ich die Augen schließe, stehe ich wieder auf der Bühne, der Beifall prasselt auf mich ein. Und ich verbeuge mich ins Kissen!

5. August 1919. Montag
Ich muss dieses ganze Grauen hier festhalten.

Tala ist zurück und wohnt erst mal bei uns. Sie sieht zum Fürchten aus. Und Läuse hatte sie auch. Mama und ich haben sie als Erstes in Katjas leeres Zimmer geschleppt, den Fußboden mit Papier ausgelegt, einen Zuber heißes Wasser geholt, sie gewaschen und neu eingekleidet. Ihre Sachen haben wir in das Papier gewickelt und verbrannt.

Ihr Feldlazarett ist einer Machnobande in die Hände gefallen. Genauer gesagt, sie ist beim Rückzug zufällig darauf gestoßen. Die Offiziere unter den Verwundeten wurden auf die Bajonette gespießt. Auch der Feldscher wurde massakriert. Er hatte noch gefleht, seine Frau zu verschonen, sie sei in anderen Umständen. Da sagte einer: »Das wollen wir doch gleich mal sehen!« und schlitzte ihr mit dem Bajonett den Bauch auf. Anschließend wurde der Feldscher zu Tode gequält. Tala hatte Zyankali bei sich – es war für ebendiesen Fall an die Pflegerinnen verteilt worden. Sie trug das Gift in einem Amulett am Kreuzkettchen um den Hals. Wollte es schlucken, brachte es nicht über sich. Wurde vergewaltigt. Dann kam der Kommandeur von denen und nahm sie zu sich. In der Nacht verhalf er ihr zur Flucht.

Erst erzählte Tala das alles ganz ruhig, dann verstummte sie auf einmal, als wäre sie in sich selbst wie in ein tiefes Loch gefallen. Wir schliefen unter einer Decke, ich wärmte ihr die kalten Füße. Nachts bekam Tala einen hysterischen Anfall.

6. August 1919. Verklärung Christi
Was Tala noch erzählt hat:

Serjosha Starowski starb auf eine dumme und furchtbare Weise – im Sanitätszug. Er stand in der Tür eines Güterwaggons, streckte den Kopf hinaus. Währenddessen wurde rangiert, der Wagen bekam einen heftigen Stoß, die Tür ruckte zu und quetschte ihm den Hals.

Tala hat an Notoperationen als »Kiefer- und Trommelhalterin« teilgenommen, will heißen: Entweder öffnete und schloss sie die

Trommel mit dem sterilen Material, oder sie hielt die Kiefer der narkotisierten Patienten. Sie erzählte, was das für eine Qual ist, die Kiefer während einer Trepanation festzuhalten, besonders wenn der Kopf seitlich liegt: Die Finger werden irgendwann taub und können nicht mehr gegenhalten, wenn der Chirurg zu bohren anfängt. So wurde sie vom Arzt auch noch angeschnauzt, wenn der Kopf mal wackelte, wie auch die Schwester, wenn sie das falsche Instrument reichte. Einmal operierten sie ununterbrochen mehrere Tage, sie hatte Buch darüber zu führen, wie viele Patienten einen Verband erhalten hatten, konnte sich die Anzahl unmöglich merken, so stellte man ihr eine Büchse mit Erbsen hin und eine leere daneben – bei jedem Verband kam eine Erbse von der einen in die andere Dose, und zuletzt zählte sie die Erbsen.

Rote Gefangene durfte erschießen, wer wollte. Man rief: »Zur Hinrichtung Freiwillige vor!« Erst fanden sich nur wenige, später immer mehr. Die nicht sofort tot waren, wurden mit dem Gewehrkolben erledigt. Vor der Hinrichtung wurde noch extra gefoltert. Fürsprache einzulegen war zwecklos. Tala versuchte es einmal, da sagte einer der freiwilligen Schützen, kein junger Mann mehr, zu ihr: »Ich räche meine Tochter.«

Der Typhus ist schon überall, nur bis Rostow ist er noch nicht vorgedrungen. Es ist bald damit zu rechnen. Die Krankenwaggons sollen neuerdings über Nacht zugesperrt werden: Es kam vor, dass Kranke im Fieberwahn aus den Waggons liefen und, mehr oder weniger bekleidet, auf den Bahnhöfen umherirrten. Silowarsin ist das Einzige, was hilft, es stoppt die Krankheit sofort, zerstört aber die Immunität, eine Neuansteckung ist möglich.

Es passiert täglich so viel, was man aufschreiben müsste! Habe aber weder die Kraft noch die Nerven dafür.

Es ist Krieg, und ich singe. Weil ich doch nicht wie Tala Verbände anlegen kann. Das heißt, natürlich könnte ich es. Aber das könnten Hunderte andere Mädchen genauso gut – und wohl sogar besser, weil sie mutiger und entschlossener sind als ich. Nein, mutig und entschlossen bin ich auch. Gerade deswegen will ich singen. Ich kann doch nichts dafür, dass meine Jugend sich während des Krieges abspielt! Und eine zweite wird es nicht geben! Außerdem bin ich mir sicher: Singen ist genauso wichtig, wenn Hass und Tod um einen her sind. Vielleicht sogar wichtiger.

Ich meine, wenn irgendwo auf dieser Welt Verwundete mit Gewehrkolben gemeuchelt werden, dann muss es anderswo einen Ort geben, wo Menschen singen und sich des Lebens freuen! Je mehr ringsum gestorben wird, desto wichtiger ist es, Leben, Liebe und Schönheit entgegenzusetzen!

7. August 1919. Mittwoch
Heute wären wir um ein Haar in die Luft geflogen. Der alte Shirow hat durch den Zaun gesehen, wie Pankows Jungs mit Korditschnüren spielten. Die sehen aus wie Makkaroni – lange braune Röhrchen. Shirow sagte, diese Makkaronis kämen als Sprengmittel in die Patronen und hätten eine kuriose Eigenschaft: Unter Druck, erhöhtem Luftdruck zum Beispiel, detoniert das Zeug sofort. Zündet man es einfach bloß an, brennt es herunter, ohne zu explodieren.

8. August 1919. Donnerstag
Den Abend mit Papa verbracht. Wir haben Hundert Jahre nicht mehr so miteinander geredet, so wie früher. Ich fragte ihn nach Jelena Olegowna. Er sagte, dass er diese Frau seit Langem liebe, aber er und Mama seien damals übereingekommen, um unseretwillen den Anschein des Eheverhältnisses zu wahren, bis wir groß sind. Er war gekommen, seine restlichen Papiere zu holen. Ich half ihm beim Einsammeln.

Er beklagte sich über die unmöglichen Zustände im Lazarett. Die Verwundeten seien unberechenbar, nähmen sich viel heraus – schmuggelten Alkohol ein, streiften grölend durch die Stadt bis in die tiefe Nacht, man habe keine Handhabe gegen sie. Was soll eine Nachtschwester ausrichten? Die ängstigt sich doch vor ihnen zu Tode. Es fehlt an Medikamenten, die chirurgischen Fälle bekommen aus Mangel an Material tagelang ihre Verbände nicht gewechselt, Operationen schiebt man auf von Tag zu Tag. Eine Spritze für die ganze Abteilung! Die Toiletten verdreckt, Betten Mangelware, sodass die Verwundeten auf Brettern oder auf dem blanken Fußboden liegen und sich mit den eigenen Lumpen zudecken müssen. Mein armer Papa, er leidet sehr darunter und kann doch nichts machen! Glücklicherweise ist die Typhusepidemie in der Stadt noch nicht ausgebrochen, es ist aber nur eine Frage der Zeit. Alles ist verkommen – auch die Pflegerinnen stehlen, lassen mitgehen, was nicht niet- und nagelfest ist, und wandern ab in ihre Dörfer – nur die Abteilungsleiter sind noch da. Papa hat beim Stadtkommandanten erwirkt, dass eine Spendensammlung veranstaltet wird, über die Zeitungen wurde angeordnet, Bettwäsche für das Krankenhaus abzugeben. Aber was da eintrifft, wird von den Wäscherinnen flugs gegen alte, verschlissene Wäsche ausgetauscht und beiseitegeschafft. Sie stehlen medizinischen Alkohol und trinken ihn, ohne sich am Geschmack des Karbols zu stören, das extra beigemischt wird, damit keiner Missbrauch treibt!

Am schlimmsten ist es in der Abteilung für Geisteskranke. Die sind überhaupt von allen verlassen und vergessen.

Das ewig versprochene Geld wird nicht ausgezahlt, sein Brot verdient Papa mit seinem eigentlichen Fach. »Den Gonokokken ist es gleich, wer draußen regiert«, scherzt er bitter.

Alle sind vollkommen enthemmt, auch das Personal. Papa erzählte eine schreckliche Geschichte: In der Chirurgie lag eine verwundete Feldschwester von den Bolschewiki. Die Oberschwester vom Dienst war Maria Michailowna Andrejewa, ich kenne sie bestens, sie war häufig bei uns zu Besuch. Ihr Sohn, Kadettenschüler, ist durch rote Kosaken unter Qualen zu Tode gekommen. Die Wunden dieser Frau eiterten, doch sie bekam keinen frischen Verband – Maria Michailowna ließ es nicht zu. »Soll die Hündin verrecken wie ein Hund!«, hat sie gesagt.

9. August 1919. Freitag

Der Erfolg im Soleil zieht Kreise. Heute bot man mir im Mosaik zu singen an!

Torschin versprach mir einen Auftritt in der Groteske zu verschaffen. Er hat schon mit Alexejew gesprochen. Dort gastieren demnächst auch die Kiewer aus dem *Krummen Jimmy*. Ich werde mit Wladislawski, Kurichin, Chenkin und der Butschinskaja auf einer Bühne stehen!

Im Divertissemento und im Jachta habe ich schon gesungen. Jetzt im Soleil. Als Nächstes kommt das Mosaik. Und das Buffo an der Sennaja Ploschtschad hat auch endlich wieder aufgemacht! Nach den Kundgebungen war dort alles kurz und klein geschlagen. Ich habe schon mal reingeschaut: nicht wiederzuerkennen! Der Saal ist prächtig ausgestattet, mit gemütlichen Separees, elektrischer Schmuckbeleuchtung. Und dort werde ich singen! Jawohl! Eines Tages erobere ich noch die Bretter des Asmolow! Und das Maschonkin! Und das Theater in Nachitschewan! Alle Bühnen, die es gibt! Das wäre doch gelacht!

Nochmals nachgelesen. Musste über mich selber lachen. Anmaßend wie bei Gogol der falsche Revisor.

Aber schön wäre es schon!

10. August 1919. Samstag

Mama und ich waren in der Kirche, zur Messe für Sascha. Ein Jahr ist vergangen seit seinem Tod.

Mama ist in letzter Zeit immer sehr niedergeschlagen. Sie tut mir so leid!

Zu Hause stießen wir auf unseren Saschenka an.

Verschiedene Erinnerungen kamen hoch. Alles wie aus einem fremden Leben. Uns fiel ein, wie Sascha einmal schreiend ins Zimmer gestürmt kam: »Ihr wisst es wohl noch gar nicht?!« Alle erschraken, Mama griff sich ans Herz. Die Hündin vom Nachbarn hatte Junge bekommen, darum ging es. Ich sehe noch vor mir, wie Mama zum Büfett wankte, wo sie das Fläschchen mit den

Kirschlorbeertropfen stehen hatte, während Katja, Mascha und ich lachten und losliefen, die Welpen besichtigen. Am selben Tag kam dann die Nachricht vom Ausbruch des Krieges.

Mama hat neuerdings immer den alten Awwakum auf dem Nachttisch liegen. Hin und wieder bringt sie den Satz an: »Kommt Zeit, kommt Leid. Nicht nachlassen sollt ihr zu leiden.« Sie habe diese Worte irgendwann einmal gelesen und sich gemerkt, ohne sie eigentlich verstanden zu haben, sagte sie heute. »Jetzt kommt mir ihr Sinn ganz einfach vor: Bestraft werden gar nicht die Sünden, bestraft wird das Glück. Alles hat seinen Preis: Glück wird mit Leid bezahlt, Liebe mit Geburtswehen, die Geburt mit dem Tod.«

Wir dachten zurück an das Grauen im Februar letzten Jahres – was wir damals durchmachten, als Sascha sich mit anderen Studenten und Schülern aus General Borowskis Studentenregiment – denen, die nicht mit Kornilow ausgerückt waren – mehrere Tage auf dem Klosterfriedhof vor den Roten versteckt hielt. Die armen Jungs hausten in den Grüften. Bei Frost! Einer schlich sich nachts zurück in die Stadt und ließ seinen Eltern eine Nachricht zukommen, die von Hand zu Hand ging und so auch uns erreichte. Ich lief hin, brachte ihm warme Kleidung und Essen. Mit Bündeln zu gehen wäre verdächtig gewesen, also verstaute ich so viel Wäsche am Leib, wie irgend ging, zwängte mich durch ein Loch im Friedhofszaun, um nicht am Haupttor gesehen zu werden. Auch eine Menge Offiziere hielten sich in abseits gelegenen Grüften des Friedhofs versteckt. Einer sei übergeschnappt, erzählte Sascha, und habe laut zu singen angefangen, man musste ihn ersticken, damit er die anderen mit seinem Gebrüll nicht verriet. Über Frau Doktor Kopija, deren Mann mit den Freiwilligen gegangen ist, beschaffte Papa falsche Papiere, und eines Nachts gelang es Sascha und ein paar Kameraden, davonzukommen und sich zu ihnen durchzuschlagen. Wenig später gab es eine Denunziation, der Friedhof wurde umstellt, das Versteck ausgehoben, und die dort Verbliebenen wurden alle erschossen.

Überall fanden Haussuchungen statt. Aus Angst – um Sascha – haben wir damals eine Menge Papier verbrannt, auch mein Tagebuch starb den Flammentod.

Mama sammelte alle unsere Goldsachen ein und vergrub sie in einer Blechdose, die wir dann nicht wiederfanden. Wahrscheinlich hat jemand zugesehen und sie ausgegraben. Und Saschas nagelneues Fahrrad, mit dessen Beschlagnahme man rechnen musste, zerlegte Papa, der damals noch hier wohnte, in seine Einzelteile und stopfte sie in alle möglichen Winkel der Wohnung. Ich weiß noch, wie stolz Sascha auf sein Dux gewesen war. Papa und er hatten vor dem Kauf lange darüber diskutiert, was besser ist, unser Dux oder die ausländischen Marken, Triumph oder Gladiator.

Wir erinnerten uns an die Haussuchung – wie diese betrunkenen Männer bei uns eindrangen, ihre bissige Frage: »Was wissen Sie über Ihren Sohn?« Und dann ging der Albtraum los. Tapeten wurden von den Wänden gerissen, Dielen aus dem Fußboden gebrochen. Tee wollten sie dabei auch noch trinken, wir mussten ihnen Wasser aufsetzen. Über Haussuchungen hatte ich bis dahin nur Tosja Gorodisskaja erzählen hören, deren Bruder Petja am Kubanfeldzug teilnahm und dort irgendwo gefallen ist. Immer wenn Tosja zähneknirschend darüber lamentierte, wie und was man ihnen alles weggenommen hatte, fragte ich mich im Stillen, wie man den Dingen so nachtrauern kann. Ihr Vater ist ein wohlhabender Börsenmakler. Es lässt sich doch auch ohne Silber und Perserteppiche leben!, dachte ich. Was ist dabei, wenn Leute, die ein Leben lang im Schweiße ihres Angesichts gearbeitet haben und trotzdem nichts besitzen, sich das Land oder das Haus oder die Möbel nehmen, die ihnen nach einem arbeitsreichen Leben zustehen und um die man sie im Grunde betrogen hat! Doch nicht durch eigner Hände Arbeit hatte Tosjas Vater seine Paläste erworben! Sie hätten von sich aus mit anderen teilen sollen und etwas für sie tun. Als Reicher in einem armen Land leben, sich auch noch seines Reichtums brüsten – wie schmählich! Die Vergeltung geschah ihnen ganz recht, so fand ich. Genau wie es Blok, das Genie, in seinem Poem dargelegt hat! … Erst als sie dann zu uns kamen, merkte ich, dass es gar nicht um die Dinge geht und ihren Wert. Als die Männer einzusacken begannen, was ihnen gefiel, und auch Mama sich aufs Bitten und Flehen verlegte, in Tränen ausbrach, da begriff ich: Es geht um die menschliche Würde. Lieber schweigend dabeistehen! Papa war es damals, der uns alle gerettet hat. Denn die Haussuchung endete damit, dass die Männer mit ihm im Behandlungszimmer verschwanden und sich alle untersuchen ließen. Und im Gehen bedankten sie sich artig: »Vielen Dank, Doktor!«

Die Fahrradteile liegen bis heute überall in der Wohnung herum, an den alten Verstecken. Und Sascha wird sie nicht mehr zusammenbauen.

11. August 1919. Sonntag

Sabugski saß heute in der ersten Reihe. Der Alte ist in keinem guten Zustand: vertrottelt, schmutzig, heruntergekommen – doch er lauerte auf mich mit einem Blumenstrauß. Armer Jewgeni Alexandrowitsch! Dabei werde ich nie vergessen, was er sich damals während der Prüfung geleistet hat: ich in großer Not, und Sabugski spaziert in einem fort an mir vorbei, keine Chance abzuschreiben – ich werfe Ljalja flehende Blicke zu, mache ihr heimlich Zeichen, sie soll mir einen Spickzettel schreiben – und auf einmal legt Sabugski unauffällig ein akkurat gefaltetes Stück Papier vor mich hin, ich falte es auf und sehe: Da stehen alle Lösungen, alle Antworten – in seiner Schrift! Und dann, die Prüfung ist gelaufen, lässt er mich in sein Kabinett kommen, erklärt mir seine Liebe, macht mir einen Antrag. Ich weiß nicht, ob ich lachen oder heulen soll.

Was für eine jämmerliche Figur! Und wie blind war ich doch gewesen, hatte nichts gemerkt! Wenn er durch die Klasse lief und hinter meiner Bank stehen blieb, mir seinen Atem in den Nacken blies und ich immer dachte: Gleich vergisst er sich, packt mich beim Pferdeschwanz und zerrt – war sein sehnlichster Wunsch doch nur, mich zu berühren, zu streicheln …

Wenn ich an meine vielen Verehrer heute denke! Ich weiß nicht, wie mich vor ihnen retten!

Zum Beispiel dieser namenlose Knabe – steht da, hochrot im Gesicht, und himmelt mich schweigend an! Einen geschlagenen Monat stellt er mir nun schon nach und traut sich doch nicht näher. Am liebsten möchte ich ihn mit einem Bonbon heranködern und eine kräftige Backpfeife geben, damit er seine Schulaufgaben macht, anstatt Dummheiten zu treiben.

Und der Dentist mit seiner Glanzleistung – ein tolles Gefühl, auf der Bühne den Mund aufzumachen, und keiner sieht eine Plombe!

Und erst dieser Gorjajew! Er gefiel mir, und wie! Bis zu dem Moment, da ich Papa besuchen ging und ihn im Wartezimmer sitzen sah. Bei meinem Anblick wurde er grün im Gesicht. Oho, haben der Herr eine Syphilis? Gonorrhö?... Und es hatte sich mit der Liebe.

Dass ich Eindruck mache, weiß ich. Spüre immerzu diese hungrigen, gierigen Blicke.

Aber ist es das, was ich will?

Nachts heule ich und bin am Sterben – und des Morgens erhebe ich mich mutig und stark. Bis zur nächsten Nacht, zur nächsten Angst. Alleinsein ist nichts für mich. Plötzlich übermannt mich Sehnsucht, so eine Gier nach Liebe, Zuwendung, dass ich fürchte, dem Erstbesten zu erliegen, der mich zärtlich lockt.

Manchmal, sehr selten nur, träume ich von Aljoscha. Dann bin ich wieder die Gymnasiastin, mit nichts als dieser Liebe. Das sind die reinsten und lichtesten meiner Träume, die traurigsten auch. Danach laufe ich eine Weile herum wie eine Schlafwandlerin, dem Leben entrissen. Empfinde einen Widerwillen gegen alle Männer, gleich, welcher gerade in der Nähe ist. Vermutlich ist das eine Krankheit. Die Krankheit einer jäh vom Tod beendeten Liebe. An ihr – an Aljoscha – werde ich wohl mein Leben lang zu leiden haben.

Und zu alledem Pawel!

Bloß gut, dass Aljoscha das nicht sehen kann.

Und wenn doch?

12. August 1919. Montag

Nächste Woche kommt Pawel zurück.

Denke ich an ihn, verkrampft sich mir das Herz von einem seltsamen Gefühl – Schuld und Beklemmung, dazu Überdruss, Einsamkeit – eine Melange, die man nicht beschreiben kann!

Wie kuriere ich ihn bloß von dieser unnützen Liebe? Nein, Blödsinn – unnütze Liebe, das gibt es nicht. Aber was soll ich tun? Ich möchte sein Glück und quäle ihn doch nur.

Warum tue ich das? Weil es mir selber nicht gut geht.

Manchmal ist mir, als wäre Pawel mein bester Freund. Dann möchte ich mich bei ihm anschmiegen, unterkriechen an seiner Brust. Und manchmal wieder fühle ich, dass das alles nicht stimmt, dass er ein fremder, unbegreiflicher Mensch für mich ist.

»Wozu quälst du diesen Mann, heirate ihn endlich!«, sagt Mama. Pawel hat auf die altmodische Tour um meine Hand angehalten: bei meinem Vater. Nachdem er schon mit meiner Mutter gesprochen hatte. Als wären sie es und nicht ich, die über mein Schicksal zu entscheiden hätten.

Heiraten! Irgendwen *muss* man schließlich heiraten. Muss man? Wieso eigentlich?

Seine Verliebtheit hat mich schwindlig gemacht. Vor so viel Inbrunst setzte mein Verstand aus. Liebe steckt an.

Aber so viel weiß ich: Lieben werde ich nur den einen. Und er ist dieser eine nicht!

Wie lange halte ich das noch durch? Und wenn wir uns trennen – was wird dann aus mir?

Von all diesen Gedanken wird mir so unbehaglich, wird es in mir so leer.

Und wenn ich ihn doch gar nicht liebe, warum halte ich mich dann an ihm fest? Ach, festhalten ist ein zu schwacher Ausdruck dafür, ich habe mich in ihn verkrallt, verbissen!

Ich werde stark sein. Kühl sein. Werde sagen: Pawel, ich liebe dich sehr, aber Liebe ist nicht alles.

Nein, so nicht.

Besser unverblümt: Es passt dir nicht, dass ich auftreten möchte, im Zentrum der Aufmerksamkeit stehen, bejubelt werden, von Komplimenten überschüttet. Dass ich Verehrer habe. Was nun mal nicht ausbleibt, wenn man auf der Bühne steht. Wozu geht man schließlich da rauf? Um seine Liebe nicht nur einem, sondern vielen zu geben! Um von der ganzen Welt geliebt zu sein! Und das bereitet dir Verdruss. Es schmeichelt zwar deiner Eitelkeit, kratzt jedoch an deinem Besitzanspruch. Ich gebe zu, mir gefällt es, beachtet, umworben zu werden – dafür ist das Leben ja da! Und welche Frau ist nicht gekränkt, wenn sie sich ungenügend beachtet fühlt? So habe ich auch dich dazu gebracht, mich zu lieben! Und siehst du, was passiert ist? Jetzt, wo ich dich so weit habe, weiß ich mit deiner Liebe nichts anzufangen!

Nein, das ist es alles nicht. Ich werde sagen: Wir sind zu verschieden. Du bist ein sehr lieber Mensch, Pawel: gütig, beherzt und stark. Aber du hast ein schweres Gemüt. Anscheinend kannst du überhaupt nicht lachen. Ich hingegen bin von leichter Art! Möchte lachen und mich des Lebens freuen, der schönen Dinge, die die Welt zu bieten hat! Zum Beispiel die neue Seidenbluse, die mir Papa geschenkt hat. Echt Brüsseler Spitze. Sie fühlt sich so wunderbar an auf der nackten Haut! Und du, kannst du dich denn überhaupt am Leben erfreuen? Weißt du noch, Pawel, du sagtest mir einmal: Wie kann man nur singen und fröhlich sein in einer Zeit, da so viel Schmerz und Unbill in der Welt ist? Wogegen ich denke: Wenn für Schönheit und Liebe nicht die rechte Zeit ist, so muss man schön sein und lieben wider die Zeit!

»Wovon redest du?«, wird er fragen und mich wieder einmal nicht verstehen.

Pawel, du siehst nur dich! Nehmen wir zum Beispiel das mit den Fotos. Für den, der auf die Bühne will, im Blickpunkt stehen möchte, ist es wichtig, gute Fotografien zu haben. Ich hoffte immer, dass du mich einmal aufnimmst, ein hübsches Porträt von mir machst – da du doch weißt, wie sehr es mir darauf ankommt! Aber es fiel dir nicht von allein ein, ich musste dich darum bitten. Da hast du dich einen Tölpel gescholten, batest um Verzeihung. Hast welche gemacht, die aber nicht gut waren. Neue zu machen hattest du nie Zeit. Und ich werde dich kein zweites Mal darum bitten. Für dich gibt es nun einmal Wichtigeres als mich. Und so habe ich bis heute keine gute Aufnahme von mir.

Nein, das mit den Fotos lasse ich weg. Ich sollte einfach und klar bleiben, ohne große Umschweife – denn verstehen wird er sowieso nichts. Also: Dich zu heiraten wäre ein Fehler, der uns beide schmerzen würde.

Ob ich fähig bin, ihm das alles zu sagen? Ich weiß es nicht.

Ich mag ihn gut leiden, und ich bedauere ihn. Bedauere seine Gefühle für mich. So tapfer und stark er ansonsten ist, so hilflos und ungeschützt ist er in der Liebe. Eifersüchtig. Empfindlich. Liebe und Mitleid sind jedoch Gegensätze, die einander ausschließen. Und das bedeutet, dass ich ihn absolut nicht liebe.

Warum meide ich die Aussprache mit ihm? Weil ich weiß, dass ich ihm wehtun werde. Liebe zu schenken ist leicht – sie wieder wegzunehmen schwer.

Pawel, du brauchst eine Frau, die dir ein Heim schafft, Wärme und Behaglichkeit, das ist es! Nicht dass mir all dies nichts bedeuten würde, gerne würde ich es jemandem geben – aber da ist noch etwas anderes in meinem Leben, ohne das Heim, Wärme, Behaglichkeit und dergleichen allen Sinn verlieren! Ein Leben ohne die Bühne ist für mich unvorstellbar. Dieses einmalige, unbeschreibliche Gefühl, da oben zu stehen – ich habe es erlebt. Habe versucht, es dir zu erklären. Du hattest ein geringschätziges Wort dafür, Rampenkoller hast du es genannt. Du machst dir einfach kein Bild: Das sind Momente, da fühlst du, die Welt liegt dir zu Füßen, da singst nicht mehr du, da singt es aus dir! Ich muss das haben, wieder und wieder. Anders kann ich nicht leben! Und dafür muss ich Opfer bringen. Viele, viele Opfer.

Alles Quatsch. Nichts davon lässt sich sagen! Was ich sagen werde, ist: Pawel, du kannst eine Frau glücklich machen. Nur leider keine wie mich.

13. August 1919. Dienstag
Pawel, mein Augenstern, verzeih mir all diese Dummheiten, ich liebe dich sehr! Komm bitte bald zurück!

14. August 1919. Mittwoch
Ich traf Joujou. Sie hat jetzt eine Affäre mit einem Engländer aus der Mission. »Ein ganz außergewöhnlicher Mann!« Ihren Herrn Wolf hat sie bereits vergessen. Er war auch einmal »ganz außergewöhnlich« gewesen. Es ist doch erstaunlich, dass sich keiner mehr an die Deutschen erinnern mag. Abgehakt und vergessen. Als ob nichts gewesen wäre. Alles Peinliche löscht das Gedächtnis willfährig aus! Dabei waren die deutschen Stahlhelme kaum in Rostows Straßen aufgetaucht, als man sie – Verteidigung hin, Verteidigung her – nicht mehr als Feinde, sondern beinahe schon als Befreier angesehen hatte. Von Stund an schien alles wie verwandelt! Noch gestern war man tunlichst armselig herumgelaufen, um Blässe, Unscheinbarkeit bemüht – nun wurde eilends der Sonntagsstaat hervorgeholt, Schmuck und Seide, die Damen setzten erst einmal die Hüte auf! Die Herren trugen Schlips, weiße Hemden und Gamaschen. Mit einem Mal erstrahlten die Schaufenster, da lagen Stoffe, Schuhe, Uhren, Kolonialwaren, lauter gutes Zeug … und das nach all den Requisitionen! Wo kam das alles auf einmal her? Eben noch waren die Leute auf der Jagd nach Lebensmitteln gewesen – nun machten die Lebensmittel Jagd auf die Geldbeutel der Leute! Die Deutschen untersagten den Verkauf und Verzehr von Sonnenblumenkernen in der Öffentlichkeit, und prompt gab es keine mehr – während es zuvor nichts anderes gegeben hatte! Peinlich mit anzusehen, wie alle den Deutschen zu gefallen suchten! Ruhe und Ordnung zogen ein, plötzlich gab es Hausmeister, die eifrig die Straßen und Bürgersteige fegten, was seit

Ewigkeiten keiner getan hatte. Mord und Totschlag, Raubüberfälle, Haussuchungen, Requisitionen – alles Vergangenheit. Welch eine Schmach und Demütigung, dass die Russen sich Freiheit und Ordnung von den Deutschen überhelfen lassen mussten!

Mir ist bis heute schleierhaft, wie das zuging: Da haben wir gegen die Deutschen Krieg geführt, damit Ordnung und Wohlstand in unserem Land einkehren, und bekommen haben wir sie erst, als die Deutschen uns besiegt hatten. Allein die Eisenbahn! Im Handumdrehen waren Wagen und Bahnhofssäle wieder in Klassen unterteilt, die Züge fuhren nach Fahrplan, und überhaupt kehrte jene Ordnung ein, die vor der Revolution geherrscht hatte! Plötzlich standen Schildermasten an den Kreuzungen, die exakte Richtungs- und Entfernungsangaben trugen, Letztere ausschließlich in Minuten: zum Bahnhof, zum Stadtzentrum, zur Kommandantur – *zehn Minuten Fußweg.* Das städtische Telefonnetz hatte gleich wieder funktioniert, es gab Strom, man musste nicht mehr abendelang bei Kerzenlicht in schummrigen Räumen sitzen. Und einfach verblüffend war die Bereitwilligkeit, mit der diese Ordnung – die deutsche, unter germanischer Flagge, wie sie über der Stadt wehte – von jedermann begrüßt wurde. Sie selbst herzustellen ist man nicht in der Lage! Und wie sich alle freuten, dass endlich wieder deutsche Musik in den Konzertsälen erklang: Wagner! … Gut, das mit Wagner lässt sich noch erklären. Doch alles Übrige?

Nun kamen deutsche Offiziere zu Papa in die Sprechstunde. Ich höre ihn noch mit Bitterkeit sagen, Russland sei keine Großmacht, sondern ein untertäniges großes Land, und am besten wäre es wohl eine deutsche Kolonie, und sollten die Deutschen eines Tages wieder abziehen, würden wir auf der Stelle wieder einander abstechen, uns gegenseitig die Kehle durchbeißen.

Und jetzt sind die Deutschen weg.

15. August 1919. Donnerstag. Mariä Himmelfahrt

Das sind alles keine Menschen mehr.

Heute sah ich, wie einer aufgeknüpft wurde – angeblich ein gewisser Afanasjew, roter Agitator. Auf dem Bahnhofsvorplatz. Ich wollte Brennspiritus kaufen gehen und sah die große Menschentraube. Dicht gedrängt und schweigend. Ein paar schluchzende alte Frauen. Er wurde gebracht, mit Gewehrkolben vorwärtsgestoßen. Kaum älter als fünfundzwanzig. Man führte ihn unter einen Baum. Nicht einmal ein Galgen war errichtet worden. Wozu auch, wenn es doch Bäume gibt? Ein Soldat legte ihm die Schlinge um den Hals, zielte und warf das Seil über einen dicken Ast. Beim ersten Mal klappte es nicht. Er musste noch mehrmals werfen. Der Junge stand da, starrte mit weit aufgerissenen Augen vor sich hin. Wollte noch etwas rufen, kam nicht mehr dazu.

Mehr tot als lebend kam ich zu Hause an. Schlug das Buch der Nikitina auf. *Wolken jagen / Böen schlagen / Fenster ein. / Tropfen platzen. / Soll es das ge- / wesen sein?* Gott, was für ein Schwachsinn! *Rosen im Frühlicht. Der bezaubernden Isabelle.* Ich schmiss das Buch in die Ecke.

Wieso eigentlich Isabelle? Was fällt ihr ein, mich so zu nennen? Alle verrenken sie sich und wollen wer weiß was sein. Das ist ekelhaft. Und ich bin genauso. Da gehe ich jedenfalls nicht mehr hin.

Muss die ganze Zeit an Pawel denken. Wie wird es ihm ergehen? Wo ist er? Ich habe solche Angst um ihn. Ich kann nicht mehr.

16. August 1919. Freitag

Musja kam zu Besuch. Wieder Bäche von Tränen. »Was ist denn los? Hat er sich umgebracht?« – »Nein.« – »Was heulst du dann so?« – »Er liebt mich nicht mehr!« – »Dann ist doch alles gut!« – »Aber jetzt liebe ich ihn!«

17. August 1919. Samstag

Pawel ist zurück. Gottlob heil und unversehrt. Eben war er kurz hier, sagte, heute oder morgen würden General Bredows Truppen Kiew einnehmen. Dann ist er gleich in sein Labor gedüst. Hohlwangig, unrasiert, der Uniformmantel dreckig, mit gold schimmernden Mistflecken.

Weitergeschrieben am Abend. War gerade bei ihm. Schaut sehr schlecht aus. Musste wieder eine Menge grässlicher Dinge mitansehen. Hat erzählt, wie er Artillerie bei einer Fahrt querfeldein begleitete, es wurde gekämpft, überall lagen Tote. Schwierig, die Geschütze zu bewegen, ohne einen Menschen zu überfahren: Die Roten waren auf der Flucht oder ergaben sich, doch den Kosaken stand der Sinn nach einem Gemetzel. Die Fahrer machten sich einen Spaß daraus, Köpfe zu überrollen, sodass sie unter den Rädern wie Melonen platzten. Als Pawel sie deswegen anging, schworen sie, es sei der reine Zufall gewesen, und lachten höhnisch dabei. Er stieg ab und ging zu Fuß weiter, um das Knirschen der Schädel und das Gejohle nicht hören zu müssen. »Manche Tote zuckten noch, oder sie waren noch nicht ganz tot. Und weißt du, was mir klar geworden ist? Dass ich sie alle hasse!«

Wir standen im Schein der roten Funzel. Er seine Bäder anrührend, ich ihm Kopf und Rücken streichelnd. Mir schien, dass er fieberte. Ich bekam einen Schreck: womöglich Typhus? Es sei eine gewöhnliche Erkältung, beschwichtigte er. Aber mir ist bang.

Habe wieder nichts gesagt.

18. August 1919. Sonntag

Heute den ganzen Tag im Soleil. Habe mich gerade nach Hause geschleppt, müde wie ein Hund. Will nur noch ein paar Worte aufschreiben.

Wir, Torschin und ich, hatten gerade das vierte Divertissement hinter uns gebracht, gingen auf den Hof zum Verschnaufen – und wer stand auf einmal vor uns? Meine liebe Nina Nikolajewna! Wutentbrannt, die reinste Furie. Ich hatte gar nicht bemerkt, dass sie im Saal gesessen hatte. »Was habt ihr da gespielt?«, fragte sie missmutig. »Wie – was? Den hungrigen Don Juan! Ein Gymnasiast erklärt sich seiner Angebeteten und denkt dabei ans Essen.« Da explodierte Nina Nikolajewna. »Nein, das habt ihr ganz bestimmt nicht gespielt! Was ich gesehen habe, war, dass euch heiß ist und ihr das alles möglichst schnell herunterhaspeln wollt und nach Hause!« – »Aber Nina Nikolajewna«, flehte ich um Erbarmen, »das war unsere vierte Vorstellung heute!« – »Was geht den Zuschauer das an?«, parierte sie bissig. »Beim Friseur interessiert ihr euch doch auch nicht dafür, wie viele Köpfe der Meister heute schon hergerichtet hat und wie viele Stunden er auf den Beinen ist!« Dann ging sie mit uns noch einmal die ganze Szene durch, bevor sie uns zur fünften Runde auf die Bühne entließ.

Hier noch eine nicht abgeschickte Ansichtskarte.

Eine, auf der Fischkutter aus dem Regen gekrochen kommen wie zum Fenster herein.

Das Haus befindet sich in der kleinen Hafengemeinde Massa Lubrense, direkt am Meer. Bei gutem Wetter ist links Capri zu sehen und rechts der Vesuv.

An diesem Morgen aber ließen weder Capri noch Vesuv sich blicken, man hatte nur die Alternative, unterm Regenschirm spazieren zu gehen oder zu lesen. Isolde war mit dem Jungen spazieren gegangen, also schleppte der Dolmetsch die zwei Bücherstapel, die er vor seiner Abreise in der Bibliothek des Slawischen Seminars zusammengesucht hatte, in Migros-Papiertüten aus dem Kofferraum ins Haus.

Durch das Küchenfenster konnte er sehen, wie klein Frau und Kind an der Uferpromenade waren und wie gewaltig die Tatzen der Brandung.

Der Dolmetsch wischte das Tröpfchenmuster vom Einband des obersten Buches – gesammelte Hagiografien russischer Heiliger – und begann zu blättern. Er stieß auf die Lebensbeschreibung Antonius', des Römers, und las sich an der Geschichte des zum Nowgoroder Wundertäter mutierten Italieners fest.

Der heilige Antonius ward 1067 in Rom als Kind reicher Eltern geboren und in Frömmigkeit erzogen. Früh zur Waise geworden, verteilte er sein ganzes Erbe an die Armen und ging, das gerechte Leben zu suchen, auf Wanderschaft, stieß jedoch allenthalben nur auf Lüge, Unzucht und Ungerechtigkeit. Er suchte nach Liebe und fand sie doch nicht.

Frau und Kind hatten sich weiter verkleinert, waren nur mehr wie ein Tropfen an der Scheibe so groß.

Einmal lag er ausgestreckt inmitten von Blumen und sah, wie das weiße Kreuz in den roten Petunien eine Kolonne Ameisen zum Sturm auf ihr Ameisenjerusalem rief. Im selben Moment schlug eine Turmuhr, und Antonius zuckte zusammen – das halbe Leben war vorüber. So vermag Gott zu einem Gegenstand, zur Kreatur oder zum Glockenschlag gerinnen – wie Milch zu Quark.

Tief verzweifelt also und im Herzen gram, so fuhr der Verfasser der »Vitae« fort, *floh Antonius die Stadt. Lief, ohne sich umzusehen, Tag und Nacht, bis er das Meer erreichte. Hier ging es nicht weiter, er erklomm einen aus dem Wasser ragenden Fels. Stand dort, der Stadt den Rücken gekehrt, den Blick auf das Meer gerichtet, einen ganzen Tag. Die Nacht brach herein, er aber wich nicht von seinem Stein und wandte kein einziges Mal das Haupt. So stand er noch einen Tag und noch eine Nacht. Eine Woche. Zwei Wochen. Einen Monat. Und da, mit einem Mal, brach der Fels von der Küste ab und schwamm davon.*

Im Weiteren trieben Strömung und Legende den Felsen samt Antonius um Europa herum und geradewegs bis an die Ufer des Wolchow. Von da an wurde der Bericht ziemlich banal: Wunderheilungen, unverwesliche Gebeine und so weiter, welch Letztere mitsamt dem silbernen Schrein im Jahre 1933 abhanden kamen. Einzig der Riedgrashalm war noch da, mit dem in der Hand Antonius einst von Rom her anlandete.

Dann kam Isolde zurück und sagte, sie werde morgen mit dem Sohn abreisen, denn sie könne unmöglich so weiterleben.

Isolde und der Dolmetsch hatten die Idee gehabt, hier an diesem Ort Ferien zu machen, um so vielleicht noch ihre Familie zu retten.

Wobei diese Familie eigentlich schon nicht mehr existierte. Sie lebten nur noch in derselben Wohnung und wurden darüber immer verbitterter. Isolde packte jede Nacht das Kind zwischen sich und ihn. Genauso hatte es früher die Mutter des Dolmetschs in der Kellerwohnung am Starokonjuschenny gemacht: ihn mit zu sich aufs Sofa genommen, damit das Kind, das doch hätte verbinden sollen, als Schutzschild diente, als Mauer, als Grenze.

Den Ort, Massa Lubrense, hatten sie mit Bedacht gewählt, weil sie hier schon einmal die Ferien verbracht hatten, ein paar Jahre vor diesem Regen.

Damals war alles anders gewesen. Links konnte man jeden Tag Capri liegen sehen und rechts den Vesuv. Durch das Schlafzimmerfenster kamen die Fischkutter gekrochen. Jede Nacht fuhren die Fischer des Ortes hinaus aufs Meer und brachten des Morgens frischen Fisch an und Frutti di Mare, »Meeresfrüchte«, die dem Sohn Angst machten, weil sie lebten und zappelten.

Das Meer hatte sachte schaukelnd am Horizont gehangen wie an einer Wäscheleine.

Manchmal gab es kurze, heiße Regengüsse, nach denen alles glänzte und dampfte. Einmal buddelte der Sohn in einem regennassen Blumenbeet und verkündete plötzlich, Regenwürmer seien die Därme der Erde.

Sie hatten jeden Tag gebadet. Bisweilen spülte es Schaum und Dreck an den Strand, im Wasser trieben Algen und Melonenschalen, doch wenn man weiter hinausschwamm, begann etwas ganz Neues: Dort herrschten Helle und Klarheit im Wasser und am Himmel, und man sah am Ufer den Wind in den Weingärten wühlen und die Goldeichel auf der Kirche im Sonnenlicht funkeln.

Sie pflegten im Strandrestaurant zu Abend zu essen, wo das Kind hingebungsvoll die langen Spaghettini in sich hineinzutschte. Müde vom Tag, schlief es regelmäßig in seinem an den Tisch gerückten Kinderstühlchen ein, und sie saßen noch lange da und tranken Wein, Lacrima Christi von den Hängen des Vesuvs, dem Schnaufen des schlafenden Kindes lauschend und dem Klatschen der Wellen.

Sie hatten ihren Baum, eine Platane, und fuhren vor dem Schlafengehen mit den Händen über die glatte Rinde, die noch warm war in der nachtfrischen Luft.

Jenseits des Meeres, in Richtung Neapel, hatte man des Nachts die Lichter gesehen, wie ein riesiges Nest flirrender Glühwürmchen hinter dem schwarzen Wasser.

Und Sterne: kolossal groß, eckig, mit ungleichen Kanten, wie grob gemahlenes Korn.

Der Dolmetsch und Isolde hätten wohl besser nicht wieder nach Massa Lubrense fahren sollen, ausgerechnet hierher.

Sie hatten, wie Isolde sich ausdrückte, ihrer Familie eine letzte Chance geben wollen. Wie vergeblich das alles war, wurde sehr schnell klar. Schon im Stau vor dem Gotthardtunnel waren sie – eines offenen Fensters wegen – wieder in Streit geraten, den Rest des Weges fuhren sie schweigend.

Die Nacht hatten sie bis um drei diskutiert: die immer gleichen, zwecklosen, überflüssigen Worte; dann hatte der Dolmetsch auf dem unbequemen Sofa im Esszimmer zu schlafen versucht, das Kissen auf dem Ohr, um Isoldes Schluchzen nicht hören zu müssen.

Am Morgen fehlte die Kraft, um überhaupt noch zu reden. Das Kind, spürend, dass seine Welt zu Bruch ging, saß still und beklommen in einer Ecke und malte. Als ihm das Wasserglas umkippte, zog es mit dem Finger trübe Schlieren über das nasse, wellige Papier.

Nach dem Frühstück war Isolde mit ihm spazieren gegangen, und der Dolmetsch hatte von Wunderheilungen und unverweslichen Gebeinen gelesen.

Nun kamen die beiden vom Spaziergang zurück. Der Sohn schaltete den Fernseher ein und schaute Trickfilme, Isolde verkündete, sie werde morgen mit dem Kind abreisen, denn so weiterzuleben sei ganz unmöglich, und der Dolmetsch solle bitte so lange weggehen, sie könne mit ihm nicht mehr unter einem Dach sein, geschweige im selben Raum.

Na gut, sagte der Dolmetsch, dann würden sie eben alle morgen früh abreisen, es sei ja auch wirklich kein Leben, und ihm gehe es ganz genauso, er könne mit ihr auch nicht mehr in einem Raum sein. An dieser Stelle fing der Sohn, der zusammengekauert im Sessel vor dem Fernseher saß, leise zu schluchzen an. Wir hatten doch abgemacht, wollte der Dolmetsch Isolde noch sagen, dass wir nicht mehr vor dem Kind …, aber er beherrschte sich, es führte ja zu nichts. Um weiter nichts sagen zu müssen, beeilte er sich, aus dem Haus zu kommen, und war im Hinausgehen darauf konzentriert, die Tür so langsam und leise wie möglich hinter sich zu schließen.

Der Dolmetsch wusste nicht wohin. Sprühregen setzte ein und hörte wieder auf. Aus den Häusern beobachteten ihn die Leute, er wollte schnell dahin, wo niemand war und niemand sein konnte.

Brecher rollten über das Meer, der niedrige Himmel hing voll trüber Schlieren, als hätte jemand die Wolken mit dem Finger verschmiert.

Der Dolmetsch ging zum Parkplatz, stieg ins Auto und fuhr Richtung Sorrento. Auf halbem Wege dorthin wusste er eine Stelle, wo die Felsen weit ins Meer hinausgingen, man konnte auf ihnen herumspazieren. Bei dem Wetter würde wohl niemand dort sein.

Vorher kam noch ein Dorf. Die Wohnungstüren gingen mitunter direkt auf die Straße, der Dolmetsch trat auf die Bremse und schaute, wie die Italiener wohnen: ganz ohne Flur und Vorzimmer, gleich hinter der offenen Tür fängt die Familie an. Da zum Beispiel sitzt eine schwarz gekleidete Alte mit schrecklich abgearbeiteten Händen und schaut, wie das Auto vorüberfährt; hinter ihr flimmert der Fernseher. Aus den offenen Fenstern dringen Kinderstimmen. Ein untersetzter, schwarzhaariger Bursche in weißem T-Shirt und Trainingshosen flitzt in Schlappen über die Straße mit einem Topf, aus dem es in den Regen dampft.

In jedem Haus eine Familie, mindestens. Wie halten die es bloß miteinander aus?

Sie halten es nicht aus! Hinter jedem Fenster hat es früher oder später einer dem anderen gesagt oder wird es sagen: dass es so nicht weitergehen kann, wir müssen uns trennen, ich kann mit dir nicht mehr in einem Raum sein. Na gut, hat der andere darauf gesagt oder sagt es jetzt, ist ja wahr, so geht es wirklich nicht weiter. Und nebenan im Sessel krümmt sich ein Kind und möchte wieder ganz klein sein, blind und taub, nichts sehen und hören, wie ein Kissen.

Als der Dolmetsch den nassen, glitschigen, stellenweise in den Felsen gehauenen Pfad zum Meer hinabstieg, sah er plötzlich unten, direkt vor der Brandung, jemanden stehen. Eine dicke, kurzbeinige Frau in rosa Plastikregenkutte mit Kapuze. Sie wandte sich missmutig um, man sah, sie wollte allein hier stehen, er störte.

Ihr Gesicht kam ihm bekannt vor.

»Buona sera!«, sagte der Dolmetsch.

Sie wandte sich ab, ohne zu antworten.

Eine Weile stieg der Dolmetsch zwischen den Felsen umher, doch die Frau ging nicht, ihre alberne rosa Gestalt gluckte da herum, zog den Blick penetrant auf sich.

Sie hätte auf seinen Gruß wenigstens nicken können.

Da bin ich extra bis hierher gefahren, um zur Ruhe zu kommen, und bin schon wieder jemandem im Weg!

Daraufhin beschloss der Dolmetsch, dass nicht er ihr im Weg war, sondern sie ihm, und er sagte sich: Ich werde hier stehen bleiben, bis die mit ihrem rosa Regencape das Weite sucht, nun gerade.

So stand er, gegen einen Felsen gelehnt, damit es weniger zog, und überlegte, an wen ihn diese Frau erinnerte. Das ging ihm im

Ausland des Öfteren so, dass er Doppelgängern seiner Moskauer Bekannten begegnete. Der gleiche Mensch, in einer parallelen Welt lebend. Genauso mochte auch er, der Dolmetsch, jetzt durch die Straßen diverser Städte laufen.

Der Wind und das Rauschen der Brandung legten sich auf die Ohren. Es begann dunkel zu werden.

Auf einmal wusste der Dolmetsch, an wen ihn die Frau im rosa Cape erinnerte. Es war schon viele Jahre her, darum war er nicht gleich darauf gekommen.

Sie ähnelte jenem Mädchen, das im Schlaf immer wie eine Kraulschwimmerin ausgesehen hatte. Dieses Mädchen hatte sich seiner Brust wegen geniert. Da war bei ihr ein Flecken Froschhaut. Als hätte die Menschenhaut nicht gereicht, und das Erstbeste, was zur Hand war, wäre angeflickt worden. Eine Froschkönigin.

Dieses Mädchen hatte sich eines Tages vor ihm im Bad eingeschlossen, mit Tabletten vollgestopft und die Pulsadern aufgeschnitten, da waren sie beide neunzehn. Als er beim Notarzt anrief, hieß es: »Aha, schon wieder ein Dornröschen.« Er verstand nicht. Dass Mädchen, die Schlaftabletten schlucken, dort so hießen, konnte er nicht wissen. Der Arzt, der ihr die Handgelenke verband, sagte grinsend: »Sollten Sie mit dem Selbstmord mal Ernst machen wollen, dürfen Sie nicht quer schneiden, sondern längs.« Hinterher musste der Dolmetsch den Fußboden in Bad und Korridor wischen, überall Blut, und die Sanitäter hatten zusätzlich Dreck hereingeschleppt, es war zur Zeit der Frühlingsschmelze. Jahre später schnitt die Froschkönigin sich die Pulsadern auf, wie es sich gehörte – längs.

Der Wind wurde immer stärker. Es hatte auch wieder zu regnen begonnen. Der Dolmetsch war nass bis auf die Knochen und durchgefroren. Vehement brach die Dämmerung herein, so schnell, wie es das nur im Süden gibt. Das alberne rosa Regencape leuchtete unverändert vor dem Hintergrund des Meeres auf dem der Brandung trotzenden Fels.

Auf einmal wollte der Dolmetsch nur noch nach Hause und erzählen. Von der Froschkönigin und wie er hier gestanden hatte und in den aufkommenden Sturm geschaut. Vielleicht mit dem Sohn noch irgendein Spiel spielen. Sie hatten extra einen großen Karton mit den verschiedensten Brettspielen eingepackt. Er sehnte sich nach Wärme, Behaglichkeit, dem Haus.

Er sehnte sich zurück in die Umarmung. Alles Leidige vergessen. Nachts im Bett liegen und dem Sturm lauschen, fest aneinandergeschmiegt.

Und morgen früh schiene wieder die Sonne wie damals, und das Meer schaukelte sacht am straff gezogenen Horizont.

Der Dolmetsch trat den Rückweg an. Kraxelte den nassen Pfad hinauf, die glitschigen, in den Stein gehauenen Stufen. Während er aufstieg, wurde es gänzlich dunkel. Das Leuchtcape schien immer noch auf etwas zu warten.

Als der Pfad abbog und der Dolmetsch sich ein letztes Mal umschaute, hatte der Felsen mit dem rosa Fleck sich von der Küste gelöst und trieb aufs offene Meer hinaus.

17. September 1924
Hundert Jahre habe ich kein Tagebuch geschrieben, und jetzt sah ich dieses Notizheft liegen, eigentlich hässlich, aber was tut das. Hauptsache, Serjosha, ich kann dir alles erzählen! Meine Briefe ängstigen Dich. Weil sie verloren gehen könnten, sagst Du. Von mir aus. Dann kriegst Du eben anstelle von Briefen dieses Büchlein, wenn wir uns das nächste Mal sehen.

Folgendes ist mir passiert. Ich trank nach dem Konzert ein Glas eiskaltes Wasser. Ich wusste, dass man das nicht soll, hatte es aber hundertmal zuvor getan, ohne dass etwas passiert wäre. Die ganze Nacht hatte ich Schüttelfrost. Am Morgen begann es im Hals zu kratzen. Ein schreckliches Gefühl, wenn man merkt, dass man krank wird. Schnupfen. Ich wickelte einen Schal um, schluckte Aspirin, trank Lindenblütentee mit Zitrone. Es besserte sich ein wenig. Rieb mir die Brust mit Dachsfett und Wodka ein. So lag ich da bis zum späten Nachmittag. Wanja Delasari kam mich zum Auftritt im Jar abholen. Sonniges Wetter. Wanja schlug vor, bis zur Sedmaja Linija zu Fuß zu gehen. Den Sredni-Prospekt entlang ist das ein Katzensprung. Doch ich war ganz wacklig auf den Beinen. Erst jetzt merkte er, dass etwas nicht stimmte mit mir, und erschrak: »Vielleicht solltest du heute lieber nicht singen? Wir finden Ersatz.« Ach!, dachte ich fuchsig, damit sind sie aber schnell! Ersatz? Für mich? Wer soll das bitte schön sein? Nein, sagte ich mir, ich werde singen, egal in welchem Zustand – ob mit Angina, vereiterten Mandeln oder Fieber. Man kann ja immer ein bisschen Akzente verschieben, die indisponierte Stimme ausgleichen durch mehr gestischen Ausdruck, Temperament – so, dass das Publikum nichts merkt. Wenn nicht singen, dann eben mimen! Wir nahmen eine Droschke und fuhren hin. In der Garderobe träufelte ich mir wie immer ein Tröpfchen Atropin in jedes Auge. Das erzeugt Scheinwerfer! Schon während der zweiten Romanze merkte ich, wie das Fieber über mich kam. Rauschen im Kopf, schmerzende Schläfen, die Kehle macht, was sie will. Ich sah und hörte nichts mehr, sang blindlings zu Ende. Spürte nur die Tränen über die Wangen rollen. Was einen gehörigen Eindruck auf das werte Publikum machte. Dabei waren die Tränen echt, aber die Leute dachten: welch göttliche Mimin! So viel Applaus hatte ich lange nicht.

Zu Hause wurde der Arzt gerufen. Er untersuchte ausgiebig Hals, Nase und Ohren, nahm einen Abstrich. Ich konnte inzwischen nur noch röcheln: »Und? Was ist?« – »Wollen Sie die Wahrheit hören?« Mir wurde schwarz vor den Augen. »Sieht böse aus. Eine Stimmbandentzündung.« – »Aber was mache ich nun?«, flüstere ich. »Ich muss doch singen. Konzerte geben!« – »Von wegen. Sie müssen sich kurieren und sonst gar nichts. Nicht mal sprechen ist erlaubt, wenn Sie die Stimme nicht ganz verlieren wollen.«

Das war gestern. Ein grässlicher Tag! Und erst die Nacht. Ich saß da und heulte. Hatte am Ende nicht mal mehr Tränen. War wie vor den Kopf geschlagen. Betäubt, entleert von Sinn und Gefühl.

Lieber Gott, warum hast Du mich so gestraft? Was habe ich verbrochen? Warum das, wozu?

Heute nun kamen sie alle gerannt – Epstein, Wanja, später auch Klawa und Maja, die nun an meiner statt singen wird. Sie barmte und bedauerte mich am meisten, doch es gelang ihr schlecht. Da schwang viel Freude mit in dem Bedauern, sie konnte ihre Glückseligkeit kaum verhehlen. Iossif sagte, dass ein gewisser Poljakow mir bestimmt helfen würde, *die* HNO-Koryphäe in ganz Piter. Der habe Sobinow vor dem Schlimmsten bewahrt. Alle Größen lassen sich von ihm behandeln. Epstein ist ein Schatz! Er hat mich schon bei ihm angemeldet. Normalerweise dauert es Monate, bis man drankommt: Sänger haben einen gesunden Hals nötiger als das tägliche Brot. Aber Iossif hat alle Hebel in Bewegung gesetzt und eine Konsultation am Freitag erwirkt! Das ist übermorgen.

Nun sind alle wieder weg, und ich bin allein. Das heißt: allein mit Dir, Serjosha! Du fehlst mir so sehr – Deine Worte, Deine Stimme! Wie gut täte es, Du könntest mir ins Ohr flüstern, dass alles gut wird. Das wird es doch, oder? Ich werde wieder singen, nicht wahr?

Ich werde. Ich muss.

Mitten in der Nacht. Es geht mir immer schlechter. Das Schlucken tut weh, jeder Atemzug kratzt an der Luftröhre und treibt mir die Tränen in die Augen vor Schmerz.

Husten ist dazugekommen.

Serjosha, mir geht es so mies, und Du bist so fern! Ich möchte Dich umarmen und muss mit einer Umarmung meiner Knie vorliebnehmen. Ich bin stark, zu allem fähig, aber die Hauptsache, Serjosha, kann ich nicht: Ich kann mich nicht selbst umarmen und streicheln. Wie sehr wünschte ich, dass Du an meiner Seite wärest, möchte mich bei Dir anschmiegen, meinen Kopf in Deine Achselhöhle schieben! Dein Geruch fehlt mir, Deine Haut und Dein Haar!

Doch es sind nur diese lästigen Mücken, die sich für mich interessieren!

Ich bin so froh, Dich zu haben, und so unfroh, Dich nicht hier zu haben!

1924 sei das Jahr der Venus, sagen die Okkultisten – und das spüre ich an mir. Es ist Dein und mein Jahr. Mit uns beiden wird alles gut. Muss einfach gut werden!

Gar nichts wird gut!

Heute Morgen beim Aufstehen war ich wütend auf mich selber: darüber, dass ich gestern die Zügel so schleifen ließ. Dieses Geflenne! Mein Hals, mein Hals! Andere Leute haben auch einen. Schluss mit dem Herumliegen, schade um die schöne Zeit! Ich setzte mich ans Klavier. Arbeiten! Ich fing an, die Noten zu studieren, die Fomin geschickt hat. Dieser Borja ist ein Genie! Es wäre schrecklich, wenn seine Zigeunerin ihn am Ende doch noch bezirzt! Ich arbeitete »trocken«, ohne Laut. Den Mund kriege ich kaum auf und noch schwerer wieder zu. Und die Wut auf den eigenen Hals flaut nicht ab: Dass mir so etwas passiert! Mir! Nicht zu fassen!

Dann wieder die Angst: Was, wenn ich nie wieder auf der Bühne stehen und singen werde? Die arme Nina Litowzewa fiel mir ein. Bei der fing es auch mit einer Erkältung an, aus dem Schnupfen wurde eine Mittelohrentzündung, ein Abszess musste aufgeschnitten werden, und das taten sie so prima, dass eine Blutvergiftung die Folge war! So hat es Paul erzählt, der mit Katschalow befreundet ist.

So kann es gehen! Erst ein lächerlicher Schnupfen, und am Ende ist das Leben versaut.

Habe wieder den halben Tag geheult. Tat mir selber so leid, dass die Tränen von alleine flossen.

Und immer die eine Frage: Warum trifft es mich? Wenn Gott mich strafen will – weswegen? Etwa Deinetwegen, Serjosha? Weil wir uns lieben?

Bis Freitag ist es noch eine Ewigkeit!

Klawa war da und beklagte sich über Iwanowski, mit dem sie bei Sewsapkino Probeaufnahmen machte. Das Buch schrieb vor, dass sie auf der Bühne zu weinen hatte. Sie versuchte an etwas Trauriges zu denken, drückte sich ein paar Tränen ab. Da brüllte Iwanowski sie an: »Falsch! Ganz falsch!« Beschimpfte sie auf das Vulgärste: Sie sei eine Nichtskönnerin und keine Schauspielerin. Ein Dreck! Worauf sie vor lauter Kränkung richtig losheulte – und die Kameras liefen. Er hat das alles absichtlich veranstaltet! Sie gezielt beleidigt, damit die Tränen echter wurden! Ich versuchte sie zu trösten. »Klawa, mein Sonnenschein, du weißt doch, dass alle Regisseure Schufte sind und Schweine. Das liegt am Beruf!« Da musste sie gleich wieder für ihn einstehen. »Du hast keine Ahnung! Er ist ein Genie!« Na schön. Ihre Rolle beschränkt sich jedenfalls darauf, Tränen zu vergießen und am Ende ins Wasser zu gehen, man bringt sie in einer Bastmatte angeschleppt, tropfnass.

Noch etwas Sonderbares hat Klawa erzählt: Schlangen sollen das Geschlecht ihres Bändigers spüren. Darum werden Pythonmännchen im Varieté mit Artistinnen »gepaart« und Weibchen mit Artisten. Stimmt: Die neulich in der Eremitage trat mit einem Männchen auf.

Das Wetter verschlechtert sich. Klawa hat jemanden sagen hören, dass es Hochwasser geben wird.

Mittagsruhe nach dem Essen, der schlaflosen Nacht wegen. Schlummerte weg – und schrak hoch, in Schweiß gebadet: Im Traum betrat ich die Bühne, und mein Hals war plötzlich ganz aufgebläht, ein richtiger Kropf. Wollte singen – es kam nur ein Röcheln. Ich habe beschlossen: Wenn ich nicht mehr singen kann, bringe ich mich um. Nach diesem Beschluss wurde ich ruhiger. Dachte über den Selbstmord nach. Sich von einer Brücke zu werfen ist schrecklich. Einmal habe ich eine Wasserleiche gesehen.

Nein! So will ich im Tod nicht aussehen. Sich aufhängen? Irgendwer sagte einmal, und das hat sich mir eingeprägt: Willst du dich aufhängen, geh vorher aufs Klo! Beim Erhängen entleeren sich Blase und Darm. Seit ich das weiß, kommt der Strick für mich nicht mehr infrage. Bliebe nur, irgendwelche Pulver zu schlucken. Sterben wie eine Näherin – mit Veronal.

Gott, was hab ich da zusammengeschrieben! Gleich richte ich mich her. Schminken, kämmen. Das Beste anziehen, was ich habe. Nur für mich selbst! Und dann setze ich mich ans Klavier und spiele!

Anscheinend werde ich langsam wahnsinnig.

Habe die Noten zerrissen und durchs Zimmer geworfen. Das Singen kann ich vergessen. Die Musik überhaupt! Alles!

Geschirr gespült. Dagesessen, auf meine geröteten Hände gestarrt, der Wasserspülung im Klo zugehört. Immer ist in dieser Wohnung irgendwer auf dem Klo.

Habe mich ein bisschen beruhigt. Die Noten sind wieder geklebt.

Wie Klawa vor ein paar Wochen sagte, ich sei grausam geworden – das hat mich doch verblüfft. »Grausam zu wem?«, fragte ich. »Zu dir.«

In irgendeinem französischen Roman, kann mich nicht entsinnen, in welchem, ließ der Doktor die Heldin gegen Angina Eiswürfel schlucken.

Am liebsten würde ich jetzt spazieren gehen, doch es ist Nacht, da fürchte ich mich. Überall Mord und Totschlag, die Zeitungen sind voll davon.

Plötzlich der Gedanke: Was ist es eigentlich, was ich da auf der Bühne treibe? Es ist Liebe! Ich liebe die, die gekommen sind, und versuche ihre Liebe zu gewinnen. Ich mache Liebe mit dem ganzen Saal, Hunderten Männern und Frauen. Ich kann sie für einen Abend glücklich machen. Und gehe anschließend nach Hause und lege mich ins eiskalte Bett.

Diese nächtliche Einsamkeit, durchdrungen von Sehnsucht und Angst, ist so grauenvoll.

Habe Pontapon eingenommen. Obwohl ich weiß, dass ich davon Kopfweh kriege!

Phonasthenie!

War endlich bei Poljakow. Nichts Gutes.

Funktionelle Stimmerkrankung. Entsteht aufgrund einer nervösen Störung. Zieht in schweren Fällen Aphonie nach sich. Das bedeutet: Ich könnte ganz und gar verstummen.

Nachdem der Alte mir einen ausreichenden Schrecken eingejagt hatte, pinselte er meinen Hals mit Kalomel aus und beruhigte mich: Wird schon werden. »Ich mach Ihnen ein Nachtigallenkehlchen!« Das sagt er allen, keine Frage. Aber man möchte es so gerne glauben!

Absolute Ruhe. Absolutes Redeverbot für einige Tage. Brompräparate, Vitamine.

Aber ob Poljakow, diese Leuchte, sich wirklich so hundertprozentig auskennt? Am Ende gehört er zu den Ärzten, die die Kranken glauben machen, mit Medikamenten würden sie in einer Woche gesund und ohne in sieben Tagen?

Wie dem auch sei – Reden ist strengstens verboten. Muss mich mit Zetteln verständlich machen.

Ich bin stumm!

An einem Glas kalten Wasser kann es nicht gelegen haben, sagte Poljakow noch. Alles käme von zu viel Aufregung. Da siehst Du mal, Serjosha, es liegt daran, dass Du nicht da bist.

Schauderhaftes Wetter. Wind und Regen.

Und wieder habe ich eine Menge Tränen zusammengeheult. Gut, dass Du mich jetzt nicht sehen kannst.

Welcher Tag ist heute? Ich habe jedes Zeitgefühl verloren.

Sehnsucht, Kälte – davon immer wieder zu schreiben ist blöd. Obendrein habe ich mir den Strumpf an irgendetwas zerrissen.

Mein Zustand ist äußerst angestrengt. Alles in mir zum Zerreißen gespannt. Es genügt ein gelinder Anstoß, ein Schreck, und ich gerate gänzlich aus der Fassung. Bin außerstande, irgendetwas zu tun. Mithilfe von Brom und Codein kriege ich mich wieder ein.

Spätabends. Wanja ist eben gegangen. Wir haben uns gestritten, das gab es noch nie. Eigentlich war es ja ein Krankenbesuch, mir den Rücken zu stärken. Er holte ein Flasche hervor. Dass er schon betrunken war, hatte ich nicht gleich mitbekommen. Aber dann sagte mir mein Herr Akkompagnist auf einmal sehr unschöne Dinge – die ja vielleicht zutreffen. Aus heiterem Himmel erklärte er: Solange ich auf der Bühne stehe und singe, sei ich göttlich, nur wehe, ich sitze am Tisch, da sei ich profan und rede dummes Zeug. Ich musste ihn zuletzt vor die Tür setzen. Wenn er getrunken hat, wird er gemein. Aber etwas wird schon dran sein. Alles um mich her ist unerträglich, und ich bin es auch.

Von wem ist der Ausspruch, dass sich Schauspieler und Publikum außerhalb des Theaters besser nicht begegnen sollten? Weise gesprochen! Wenn der Vorhang gefallen ist, verschwinde man am besten augenblicklich, löse sich in Luft auf, wie vom Zauberstab berührt.

Seltsam: Bei allem Erfolg, den ich habe – Blumen, Verehrer etc. pp. –, scheint es mir immer noch so, als wäre das ein Versehen, eine Verwechslung.

Natürlich bin ich ein profanes Wesen – wieso auch nicht? Bedürftig all dessen, was eine Frau auf Erden nun einmal zum Leben braucht, und zwar sofort: Schuhe, Mantel, Winterkleider zum Wechseln, Hut, Parfüm und eine Wohnung für mich allein. Aber das sind alles Kinkerlitzchen. Was ich, als Frau auf Erden, wirklich brauche, bist Du! Jetzt, unverzüglich und Tag für Tag! Du bist meine Rettung! Ich kann ohne Dich nicht leben. Ich sterbe hier. Warum bist Du nicht bei mir, sondern bei ihr? Sie bringt Dich doch um. Du hast versprochen, sie zu verlassen und zu mir zu kommen! Du sagtest, unsere Liebe sei für Dich wichtiger als alles auf der Welt! Warum quälst Du mich dann so? Wo bist Du?

Meine Finger spielen mit den Achatperlen. Meinen Glücksbringern, meinem Junistein! Er *hat* mir Glück gebracht, nämlich Dich. Aber bist Du denn wirklich mein?

Auf der Treppe Gezeter. Den Nachbarn wurde die Wäsche vom Dachboden gestohlen.

Schon eine Woche kein Zeichen von Dir, dabei müsstest Du tagtäglich schreiben, ginge es nach mir. Ich hangele mich von Brief zu Brief, musst Du wissen. Bitte schreib! Mit einem Brief von Dir schlafe ich gleich viel besser!

Du hast noch nicht einmal geschrieben, ob Du schon in Tschechows *Hamlet* warst. Hier redet man über nichts anderes.

Schreib – irgendwas! Ich brauche keine ausführlichen Berichte. Ein paar Zeilen genügen schon. Von Deiner Schrift, von Deiner Hand …

Ich sitze am Fenster, schaue in den Regen – und sehe uns beide durch Moskau laufen damals im April, rastlos Getriebene. Wir wollten zu zweit sein, allein miteinander, und hatten keinen Ort, unterzukriechen. Welch pfiffige Idee, sich vor den anderen im Museum zu verstecken! Weißt Du noch, in der Morosow-Galerie? Die Impressionisten? Degas' *Frühling?* Bei Schtschukin hat mich die kubistische *Venus* von Picasso fasziniert! Monströs, gewaltig, aus nichts als Ecken bestehend. Du hast mir etwas von Kubismus erzählt. Aber dann begriff ich, dass es darum gar nicht ging. Diese Frau war einfach nur von aller Liebe verlassen. So zu werden muss furchtbar sein!

Draußen ist Nebel. Herbst in Piter. Nässe in der Luft und doch kein Regen – diese spezielle Art Luftfeuchte, der man nur hier begegnet. Immer noch besser als dieser Dreck, den wir im Sommer hatten. Die ganze Zeit Schwüle und ein Höllenstaub, überall wurde das Pflaster ausgebessert, Wände wurden geweißt, auf den Straßen nirgends ein Durchkommen, Baugruben, umherliegendes Werkzeug, Eimer, Schaufeln, es stank nach Farbe und Pferdeschweiß.

Aber seien wir froh, dass diese schrecklichen Jahre überstanden sind, die furchtbare, bettelarme Zeit hinter uns liegt. Die Stadt putzt sich heraus, erstmals seit dem Krieg werden wieder Häuser angestrichen, Gehsteige repariert, überall wird die Zentralheizung instand gesetzt, man geht wieder gut gekleidet, für Geld lässt sich alles kaufen, die Leute fahren sommers wieder auf die Datscha!

Mit dem Geld kommt man immer noch durcheinander. Im Gostiny Dwor, wo ich Schuhe kaufen war, fragte mich das Fräulein an der Kasse, wie viel ich bezahlen möchte: Tausend? Millionen? Die Verkäuferin hatte unleserlich viele Nullen auf den Zettel geschrieben.

Alles ändert sich so schnell! Die Witze altern am schnellsten. Weißt du noch, den mit dem Klempner, der die Rohre repariert? »Er kam zu uns ohne eine Kopeke und ging nach einer halben

Stunde als Millionär!« Was daran lustig war, versteht heute keiner mehr.

Und genauso schnell vergisst man. Weißt du, was ich von meiner Schwester Katja 1921 zum Geburtstag geschenkt bekam? Eine schwere alte Portiere – für einen Wintermantel. Wie glücklich war ich darüber!

Neuerdings habe ich Geld. Manchmal gar nicht so wenig. Aber was nützt es einem, Geld zu haben in einem armen Land? Reichtum und Hunger – alles miteinander vermischt. Bei Jelissejew auf dem Newski-Prospekt gibt es Wild, lebenden Fisch und tropische Früchte, galante Bedienung obendrein, aber vor dem Eingang hocken die Bettler. So war es immer, so wird es bleiben. Man sollte lernen, sich daran zu gewöhnen. Aber ich kann das nicht.

Ich laufe durch die Stadt und sehe Menschen in elendem Zustand, manchmal ganze Familien, auf dem nackten Gehsteig schlafen, mit nichts als Fetzen am Leib, verlaust. Vor ihnen auf dem Trottoir liegt der Hut oder die verschlissene Mütze für das Kleingeld. Wirft man etwas hinein, wird es von Straßenjungen gleich wieder gestohlen – und wenn das nicht, dann versoffen. Alle sind sie barfuß. Allein der Anblick der Füße, schaut man allzu genau hin, kann einem die Laune für den Rest der Woche verhageln, die Lust auf jeden Restaurantbesuch vergehen lassen. Man läuft vorbei und kann nichts tun. Allenfalls froh sein, dass man nicht selbst dort liegt. Und darauf hoffen, auch den morgigen Tag nicht bei ihnen auf der Straße zu verbringen, sondern dort, wo es schön, sauber, warm und behaglich ist. Unbegreiflich, dass es früher einmal Leute gab, die vorsätzlich Barfüßler wurden, darauf aus, ein schlichtes Leben zu führen, sich mit dem einfachen Volk gemeinzumachen. Wahrscheinlich hatten sie nie solche Füße gesehen.

Und wie viele Kinder jetzt auf der Straße gelandet sind! Sie könnten einem leidtun – was sie zu verhindern wissen, indem sie sich zusammenrotten und Leute überfallen. Njusja erzählte, dass sie ihr die Handtasche entreißen wollten, darin war ihr ganzes

Monatsgehalt. Sie krallte sich fest, gab nicht nach. Da brüllt einer von den Bengeln sie an: »Willst du, dass ich zubeiße? Ich hab die Syphilis!« Da hat sie sehr schnell losgelassen. Kam tränenüberströmt nach Hause.

Muss man sich schämen für seinen Wohlstand, wenn man von Armut und Siechtum umgeben ist? Oder sich im Gegenteil freuen, dass man nicht in Lumpen auf dem Trottoir sitzt? Dass man einen schönen Hut hat, hübsche Schuhe, Rouge auf den Wangen, dass man jung ist und gesund, dass man liebt?

Mein Gott, was schreibe ich nur wieder.

Habe einmal mehr vor dem Spiegel gestanden. Den Mund aufgerissen, irgendetwas zu erkennen versucht. Abscheulicher Anblick!

Regen. Und was für welcher!

Das Pflaster ist von gelbem, blasigem Schaum überzogen. Das kommt von dem austretenden Harz. Was die Petersburger bloß für einen Grund haben, stolz auf dieses Holzpflaster zu sein! Einmalig – ja und? Ein bisschen Regen, und man geht wie auf Schmierseife. Bricht sich das Bein, so schnell kann man gar nicht gucken.

Kanonendonner. Was aber nicht heißen muss, dass es 12 Uhr mittags ist. Einmal wollte ich die Uhr nach dem Schuss stellen, da sagte Epstein, der Kanone dürfe man heutzutage nicht mehr trauen, denn die Sternwarte Pulkowo telegrafiere ihr 12-Uhr-Signal nicht mehr an die Festung, nur noch ans Postamt.

Immerzu denke ich an Dich und an die Tage, als Du hier warst. Es war so wunderbar! Alles hier erinnert an Dich. Selbst das Brot! Eben war Klawa hier. Brachte einen Rosinenzopf aus Filippows Bäckerei mit – die Sorte, die Du so mochtest. Wir gingen extra den Umweg am Laden vorbei, Ecke Staro-Newski/Poltawskaja, weißt du noch?

Es war mein Traum gewesen, dass Du kommst! Hatte mir vorgestellt, wie wir uns im Park vom Michail-Palais treffen, ins Dachrestaurant des Hotels Europa essen gehen … Und auf einmal warst Du da! Ohne Brief, ohne Telegramm! Was lässt sich Schöneres denken: Ich komme nach Hause, und da wartest Du auf mich! Das nenne ich ein wahres Wunder.

Ich bin damals im Sommertheater aufgetreten, es regnete meistens, und trotzdem war es jedes Mal ausverkauft. Das kommt nur, weil Ledja dabei ist, der Soschtschenko vorträgt, sagte ich zu Dir, aber nein, sagtest Du, die kommen alle wegen dir. Es war großartig, für Dich zu singen! So müsste es jedes Mal sein: auf die Bühne gehen und wissen, Du sitzt unten im Saal, gleich sehe ich Dich!

Bis in die Eremitage haben wir es damals nicht geschafft. Alle Wege führten in dieses Bett, das so unnütz und leer ist ohne Dich!

Weißt Du noch, Dein Taschentuch? Ich hatte es zu einem Männlein verknotet. Das wohnt bei mir unter dem Kopfkissen. Damit ich einschlafen kann, muss dieses Taschentuchmännlein meinen Daumen halten.

Und weißt Du noch, der Ausflug nach Strelna? Wie die Steine geflogen kamen, als wir im Park spazieren gingen? Liebespaare müssten dort schon einen Kilometer voraus mit großen Plakaten gewarnt werden, dass sich im Zarenschloss jetzt ein Kinderheim befindet!

Wie wir die Kuppel der Isaak-Kathedrale bestiegen und mir schwindlig wurde von der Höhe?

Und wie ich so gar keine Lust hatte, aus dem Bett zu steigen, dabei musste ich mir langsam ein Abendessen einfallen lassen, und Du sagtest: »Nicht bewegen!« und liefest selbst nach unten in den Genossenschaftsladen, brachtest Pralinen, Schweizer Käse, Weintrauben und eine Flasche Wein! Ach, war das herrlich!

Ich schob dir eine Weinbeere in den Mund, und Du hieltest sie zwischen den Zähnen. Du hast so göttliche Zähne!

Epstein war hier und hat mich zum Spaziergang abgeschleppt. Ohne frische Luft würde ich noch ganz zur Mumie, sagte er. Wir sind gelaufen und gelaufen, am Ende standen wir vorm Picadilly. Gingen hinein und gaben uns der Betrachtung eines deutschen Filmes hin, der ausgesprochen dämlich war. Wir platzten in den 3. Akt. Hielten es nicht aus und flohen, versuchten unser Glück im Colosseum. Vor Beginn der Vorstellung wurde das Publikum von Foxtrott spielenden Balalaikavirtuosen unterhalten. Wir sahen das Filmdrama *Der Staatsanwalt*. Eigentlich Schwachsinn, doch es hat mich gepackt – und abgelenkt, darum ging es ja. Der Staatsanwalt tritt als Ankläger gegen seine eigene Geliebte auf, die ihr Alibi verschweigt, um ihn nicht in die Sache hineinzuziehen, und am Ende wird sie guillotiniert.

Wir schwiegen den ganzen Abend. Ich gezwungenermaßen – und er wohl, weil er nicht wusste, was er sagen sollte. Das heißt, anfangs quasselte er unentwegt, bis er auf einmal feststellte: »Schon seltsam, sich mit einer Frau zu unterhalten, die die ganze Zeit nichts sagt!« – und so verstummte auch er.

Zuletzt fuhren wir noch in unser Jar. Das hätten wir besser nicht tun sollen. Als wir eintrafen, war Maja gerade dran mit Singen. Und da wurde mir schlecht. Richtig schlecht!

Ich saß da, während sie ihren Beifall bekam, und dachte: Mich gibt es wohl gar nicht mehr?

Gab vor, Fieber zu haben, und ging. Iossif setzte mich in eine Droschke.

Und das Fieber war keine Erfindung.

Serjosha, Geliebter, weißt Du noch, wie ich einmal verheult nach Hause kam von einer Fahrt in der gedrängt vollen Straßenbahn, wo ich erst beim Aussteigen bemerkt hatte, dass ich ganz mit Milch begossen war, es tropfte bis auf die Schuhe! Du nahmst mich in die Arme und tröstetest mich, als wäre ich Dein Kind. Wo bist Du, Serjoshenka, komm her, drück mich, tröste mich, wiege mich in den Schlaf! Es ist so schön, bei Dir und ganz klein zu sein! Ich möchte mich in Deinen Armen verlieren! Die Welt vergessen! Sogar die Bühne! Ich bin es müde, mir dort oben das Herz aus dem Leib zu singen, um es hinter den Kulissen nur ja schnell wieder zu verstecken, weil hier Zähne und Klauen gefragt sind und kein Herz! Und schon gar keine dünne Haut. Besser ein dickes Fell, am besten ein Nashornfell. Ich habe aber kein dickes Fell! Ich spüre den Schmerz!

Heute erschien Epstein mit einem Strauß Rosen und machte mir erneut einen Heiratsantrag. Und weißt Du, Serjosha, womit mein »Geschäftsführer« von der Sedmaja Linija mich diesmal zu bestechen versuchte? Du ahnst es nicht! Ganz Frankreich legt er mir zu Füßen! Dorthin soll er nämlich geschickt werden als Repräsentant der Meshrabprom-Studios.

Armer Iossif, was bist du naiv!

Er denkt, ich müsste ihm um den Hals fallen für dieses Paris! Ich brauche kein Paris. Ich brauche Deine Liebe, Serjosha!

Jemandem per Zettel einen Korb zu geben, das ist mir auch noch nie passiert. Aber hier musste ich ihn aus diesem Heft reißen und schrieb darauf in Großbuchstaben: NIEMALS!

Apropos, von einer lustigen Episode kann ich Dir noch berichten. Epstein hat mich vorige Woche seiner Mama vorgestellt, was sagst Du dazu? Ich hatte eine unförmige Matrone erwartet, so eine biblische Rebekka, und dann war sie so ein dürres Quecksilberchen mit verrauchter tiefer Stimme. Die sich anhaltend dafür interessierte, ob ich nicht doch zufällig jüdische Verwandtschaft habe! Wir missfielen einander sofort. Abneigung auf den ersten Blick, sozusagen. Aber der gefillte Fisch, ich kann Dir sagen! Ein Gedicht!

Außerdem hat Iossif eine Büchse wunderbaren Van-Houten-Kakao mitgebracht. Den trinke ich und pflege mein armes Kehlchen. Weißt Du noch, wir stritten darüber, welcher besser ist, Van Houten oder der hiesige von Georges Borman.

Wanja Delasari war hier, schwer deprimiert. Hat im Splendid Palace sein ganzes Geld verspielt. Borgte sich welches.

Alles ist verkehrt – schlafe tagsüber und kriege nachts kein Auge zu. Weiß nicht mal, der Wievielte heute ist.

Wie verhasst ist mir dieses Zimmer ohne Dich! Das Bett eine Hängematte, der Rücken schmerzt davon. Zu wenig frische Luft, ich habe das Gefühl zu ersticken, reiße das Fenster auf. Gehe in Socken schlafen, Füße zur Wand, aus Angst, Kakerlaken könnten in der Nacht auf mir herumkrabbeln. Serjoshenka, rette mich! Klopf an meine Tür, wenn ich es am wenigsten erwarte!

Kann nicht schlafen. Hab dagelegen und an Dich gedacht. Dich »heruntergebetet« wie am Schnürchen: Deine Worte, Deine Gesten. Gerade hast Du mir aus dem feuchten, schweren Mantel geholfen und den Galoschen! Erinnerst Du Dich an den Tag, als wir in diesen schrecklichen Schneeregen gerieten? … Außerdem kriege ich von Dir ein ums andere Mal Blumen zum Geburtstag und ein Flakon Jicky von Guerlain. Jedes Mal, wenn ich die Fingerspitze befeuchte und mir damit hinter die Ohren fahre, überrollt mich eine Welle der Zärtlichkeit – zu Dir!

Weißt Du noch, unser erstes Mal? Im Hinters-Licht-Führen bist Du ja doch ziemlich ungeschickt! Ludst mich zur Geburtstagsfeier irgendeines Freundes ein, und es gab weder den Freund noch den Geburtstag! Himmlischer Betrugsversuch! Ich kam aus der Kälte. Wusste genau, was mir blühte – ganz außer mir von der Vorstellung, wie benebelt. Spazierte gemächlich durch das Zimmer, ließ Mütze und Handschuhe fallen, ohne hinzuschauen. Du tratest heran, nahmst meine Hände, flüstertest: »Die sind ja wie Eis!« Und fingst an, sie mit den Lippen aufzutauen …

Von welchem Recht vor dem Gesetz kann die Rede sein? Ich erkenne nur Naturrechte an – und nach dem geltenden Recht der Liebe bist Du mein. Eheliche Rechte, mein Gott, wie lächerlich ist denn das! Was sind sie wert im Vergleich zu dem meinen, jede Nacht und jeden Morgen an Deiner Seite einzuschlafen und aufzuwachen? Dieses Recht gebührt mir und nicht ihr!

Ich habe ein Recht auf Dich – nur Dich habe ich nicht.

Das Vorige noch einmal gelesen – Pennälerstuss! Mir ist auf einmal sonnenklar, dass das mit uns nichts mehr wird, dass Du sie niemals verlassen und zu mir kommen wirst. Da wurde mir so öd ums Herz! Alle Lebenslust verflog!

Erst mit Dir habe ich gelernt, was es heißt, vor Wut zu platzen. Ich stellte mir Dich mit ihr vor. Wie Du sie küsst, ihr Haar, ihre Lippen, wie Du ihre Haut streichelst, hier und da. Stellte mir vor, wie Du ihr etwas ins Ohr raunst – aber was? Dasselbe wie mir? Ich verging vor Eifersucht.

Nein, ich lüge, alles falsch. Ich weiß doch, dass ihr schon lange nichts mehr miteinander habt. Schmerzlich ist nicht die Vorstellung, was Du mit ihr im Bett treiben könntest, sondern, dass Du Sie noch liebtest. Davor habe ich die ganze Zeit Angst: Liebst Du sie etwa noch?

Jener grässliche Abend in Moskau, als ich zum ersten Mal bei euch zu Hause war, verfolgt mich wie ein böser Traum. Ich möchte ihn vergessen, es gelingt mir nicht. Schon wie ich zur Tür hereinkam, spürte ich mit allen Poren meiner Haut die Anwesenheit der anderen Frau. Sie war allgegenwärtig. Alles blitzte und war steril, ganz anders als bei mir. Und der Geruch. Ihr Geruch. Ihre Kleider, ihre Duftwässer, ihr Körpergeruch. Unerträglich. Schmerzhaft. »Ihr habt es ja gemütlich«, rang ich mir zu sagen ab. »Dafür kann ich nichts«, erwidertest Du.

Ich legte mich in euer Bett – Deines und ihres. In *ihr* Bett. In *ihrem* Zimmer. Ich versteinerte augenblicklich. Alle Lust war vergangen. Weil ich aber fürchtete, Dich zu kränken, sagte ich nichts. Doch Du hast es gespürt.

Wie demütigend das ist! Immer diese Heimlichkeit – wie Diebe. Sind wir denn welche, Serjoshenka? Nein, das ist nicht wahr, das kann nicht sein! Du liebst doch mich und nicht sie! Du bist doch in Wirklichkeit mein Mann und nicht ihrer! Man kann doch nicht stehlen, was einem selbst gehört!

Wieder rede ich mich irgendwie in die Irre. Diebstahl, darum geht es nicht. Weißt Du, worum es eigentlich geht? Um ihre Hausschuhe. Ich musste damals immerzu auf ihre Hausschuhe gucken, die neben der Tür standen.

Klawa ist meine beste Freundin. Weißt Du, was sie über Dich gesagt hat? Woher solltest Du es wissen. Sie hat gesagt, ich soll von Dir lassen. Weil man kein fremdes Leben ruinieren soll. Und vor allem weil Du, wenn Du mich wirklich liebtest, schon lange an meiner Seite wärest. Wenn Du wirklich von ihr weggehen wolltest, hättest Du es längst getan. Sie hat recht.

Ich bin mir sicher, Du hast diesen Tag längst vergessen. Dass wir unterschiedliche Dinge im Gedächtnis behalten, ist mir sowieso aufgefallen. An dem Tag wollte ich Dich verlassen. Einen Schlussstrich ziehen. Als dies beschlossen war, setzte ich mich in eine Ecke und heulte: bewegungslos, ohne auch nur zu zwinkern, hartnäckig auf die Blüten an den Tapeten starrend. Als Kind habe ich so zu heulen gelernt – bei der Bashkirtseff abgeguckt. Und dann fuhr ich zu Dir und war mir sicher, ich würde nun ein für alle Mal Nein! sagen. Doch ich brauchte Dich nur zu sehen, um zu wissen: Ich liebe Dich mehr denn je. Mehr als je zuvor irgendwen. Nur Deinetwegen bin ich überhaupt auf der Welt. Ich sah Dich, und alles begann wieder von vorn. Diese Liebe fühlt sich so gut an! Ich konnte an nichts anderes mehr denken – nur daran, was für ein Glück es ist, Dein zu sein!

Du weißt, dergleichen hat es früher bei mir nicht gegeben. Ich verliebe mich immer wieder neu in Dich. Es überfällt mich, und ich laufe umher wie blind, mit trockenen Lippen, fiebrigen Augen.

Ob ich eifersüchtig bin? Kein Stück. Was hat Eifersucht dort zu suchen, wo nur noch Asche ist.

Weißt Du noch, bei Schmakow die Runa-Pschesezkaja, diese unmögliche Person, fing an, Dich nach Deiner Frau auszufragen: »Warum ist sie nicht mitgekommen? Ist sie sehr schön? Wie sieht sie aus? Ist sie brünett oder blond?« Gleich reiß ich ihr die Zunge raus!, hab ich gedacht. Und das nicht aus Eifersucht auf Deine Olga, sondern aus Wut, dass nicht ich Deine Frau bin! Besser gesagt, weil keiner außer mir weiß, *dass* ich es bin. Warum müssen wir es verheimlichen?

Wenn nicht Deine Frau, was bin ich dann? Deine Geliebte? Ein abscheuliches Wort.

Sag mir nur das eine: Liebst Du sie noch?

Und wenn nicht – warum sind wir nicht zusammen?

Serjosha, mit uns beiden wird alles gut, ich weiß es. In einem Monat kehre ich nach Moskau zurück. Nehme mir ein Zimmer. Du verlässt sie und kommst zu mir. Und wir werden glücklich sein.

Du sagst, alles scheitere an dem Jungen, nur seinetwegen seid ihr noch zusammen. Ich weiß, Du hast es mit ihm nicht einfach, er ist jetzt im schwierigsten Alter.

Du warst so fassungslos, wie vom Schlag getroffen, als Du erzähltest, dass er Dir Geld gestohlen und im Wettbüro mit irgendwelchen Taugenichtsen verjubelt hat.

Ich verstehe Dich, wenn Du sagst, Sjomas wegen falle es Dir schwer, von ihr wegzugehen. Aber er bleibt ja trotzdem Dein Sohn. Und wir werden noch ein Kind haben. Möchtest Du, dass ich Dir ein Mädchen gebäre?

Ich habe Dir das noch nicht gesagt. Also wisse: Ich möchte ein Kind von Dir. Unbedingt!

Nur von Dir.

Die ganze Zeit frage ich mich: Warum bist Du immer noch bei ihr? Die Sprüche von Kind und Verantwortung sind nicht die Antwort, so viel weiß ich. Aber die unverblümte Frage, was es ist, was Dir diese Frau zu geben hat, was Du nicht auch von mir haben könntest, ist mir nicht erlaubt. Als könnte es da etwas geben!

Vielleicht liegt es nur daran, dass ich stark bin und Du deswegen glaubst, ich hätte Dein Mitleid nicht nötig. Es gibt Frauen, die zeit ihres Lebens die Kleinmädchenrolle spielen und so ihre Umwelt nötigen, sich um sie zu sorgen. Gehört sie zu denen? Und Dir tut sie leid?

Ich wühle in meinen Erinnerungen wie in einer Schatulle mit kostbaren Klunkern. Und eine jede will wieder Wurzeln schlagen in mir: Wie wir herumalberten, uns gegenseitig in den Schnee stießen, ich warf Deine Mütze in eine Wehe. Dann liefen wir unter der Brücke auf das Eis, bis in die Flussmitte, und stapften dort unser Wort in den Schnee. Ich erinnere mich an den Frost, der Dir einen grauen Schnurrbart wachsen ließ. Und wie wir uns in jener Nacht außer mit der Decke auch noch mit Deinem Mantel zudeckten, der immer wieder herunterrutschte …

Und dann am Morgen im Spiegel: eine fremde, schöne Frau. War ich das? Mit Deiner Liebe bringst Du es fertig, mich schön zu machen!

Heute Nacht im Traum habe ich Deine glatt rasierte Wange geküsst, bin Dir mit der Hand übers Haar gefahren.

Einmal interessiertest Du Dich für meine Sächelchen auf dem Nachttisch, nahmst jedes einzeln in die Hand, und plötzlich sagtest Du: »Dieses Parfüm riecht nach dir!«

Ich kenne Dich auswendig. Fahre Dir mit den Fingernägeln über den Rücken. Die weiche Behaarung der Schulterblätter kitzelt meine Handflächen. »Serjosha«, sage ich, »Dir wachsen ja Flügel! Aber der rechte scheint größer zu sein als der linke!« Unter dem Kissen hervor kommt die Antwort: »Mit dem rechten flattere ich mehr.« Warum schläfst Du immer mit dem Kissen auf dem Ohr?

So geht das nicht weiter! Ich kann so nicht mehr! Wir müssen zusammen sein, zusammen wohnen, zusammen schlafen, zusammen essen! Als Du damals krank wurdest, war meine erste Anwandlung, zu Dir zu eilen, Dich zu pflegen, zu heilen! Und es ging nicht. Grenzen zu überschreiten ist nicht erlaubt. Lüge, nichts als Lüge! Wie unwürdig – für Dich, für mich, für sie.

Ich bin ganz verheult, dabei magst Du es nicht, wenn ich weine. Gut, dass Du mein unschön verquollenes Gesicht nicht siehst. Ich reiße mich zusammen und richte mich her, damit Du es wieder ansehen kannst.

Ich hatte einen Traum bestellt, in dem Du vorkommst. Und siehe, was war das für ein wunderbarer Traum! Du küsstest mich – wirklich überall, Du verstehst? Brachtest mich an den Rande des Wahnsinns. Ich wachte auf und war ganz nass, innerlich und äußerlich. Und so glücklich! Ich war diese Nacht mit Dir zusammen!

Noch jetzt spüre ich Deine Hand auf meiner Haut. Wenn ein Mann schöne Hände hat, so besonders schöne Hände wie Du, dann kann seine Seele nicht hässlich sein. Hände lügen nicht.

Wie ich Deinen Körper liebe! Hände, Füße, Zehen! Wie gerne ich Dich küsse und streichle, all Deine Muttermale, Narben, die große Naht am Bauch! Aufgeschlitzt haben sie Dich bei dieser Operation wie einen Fisch, mein Gott! Ich liebe es über alles, Dein Knie zu streicheln und zu küssen, da, wo die schwarze Narbe ist! Musstest Du die Wunde unbedingt mit Ruß einschmieren!

Du magst es, wenn ich Dir mit den Fingerspitzen über die Haut fahre. Wie ausgehungert Du warst nach Liebe, und wie göttlich Du zu lieben verstehst! So manche Nacht erlebe ich es wieder, wie Du mich da unten küsstest, Lippen auf Lippen, und wie Dein Mund hinterher nach mir roch.

Du redest immer von Familie. Dabei hast Du doch schon lange keine mehr. Wie kann man miteinander leben, ohne die Hauptsache zu teilen, das Allerheiligste, ohne das man nicht leben kann?

Ich bin Olga nur das eine Mal begegnet und glaube, sie hat sogleich geahnt, gespürt, was Sache war. Du hättest sehen müssen, wie boshaft sich ihre Augen verengten. Deine Frau hat Raubtierzähne, krumm und schief. Sie ist viel zu glatt frisiert, Haar klebt an Haar. Sie hat kräftige Musikantinnenfinger mit langen Gliedern – die können gut krallen.

Iossif ist schon lustig. Er denkt, eine Frau hört es gern, wenn man ihr sagt, sie habe das Gesicht einer Heiligen mit den Augen einer Sünderin. Klawa behauptet, das Gleiche habe er auch zu ihr gesagt.

Und all diese billigen Tricks eines Schwerenöters mit lichtem Scheitel: »Vorsicht, Sie haben da eine Raupe!« Ich quietschte und wusste im selben Moment, da war keine Raupe. »Nicht bewegen, ich nehme sie Ihnen ab!« Worauf er mich zu umarmen versuchte. Wie öde!

Heute zog er über Samjatins Roman *Wir* her. Willst Du wissen, was ihm aufgefallen ist? Die Personen darin, Du erinnerst Dich, haben anstelle von Namen einen lateinischen Buchstaben plus eine vierstellige Zahl. Aber das lateinische Alphabet hat bloß 24 Buchstaben. Auf jeden kommen 10 000 Menschen. Macht insgesamt 240 000. Das sind nicht mehr, als bei uns auf der Wassilewski-Insel wohnen.

Bloß gut, dass ich Klawa habe! Heute bekam sie alles ab von mir. Sie hielt mir vor, dass ich redete statt zu schweigen und meine Stimme zu schonen, dabei war ich kurz vor einem hysterischen Anfall, und Hysterie entfesselt sich nun einmal schlecht auf einem Fetzen Papier! Da nahm es Klawa auf sich, mich zu trösten, schluckte den Zorn, der gar nicht der ihre war, ließ sich anstecken und geriet ebenfalls in Rage. So brüllten wir uns gegenseitig an, ich tonlos, sie ordentlich laut, und es dauerte seine Zeit, bis wir uns beruhigt hatten und einander heulend in den Armen lagen.

Morgen reist sie nach Moskau. Hat es auch nicht leicht mit ihrem Igor!

Natürlich, ich will, was alle wollen! Reich und berühmt sein, eine große Nummer! Ich will nach Paris, aber ja! Dringend! Doch das alles nur, um eines verrückten Tages, oder nein, eines wunderbaren Tages, auf den allein hinzuleben lohnt, all diesen Reichtum und alle Herrlichkeit zu verbrennen für ein einziges, einfaches, zärtliches Gefühl. Für Deine Liebe. Was sollte das alles sonst für einen Zweck haben?

Ja, und für unser beider Kind. Das wird es geben, verlass Dich drauf. Du und ich, wir stecken in einem Körper.

Weißt Du, was Njusja einmal zu mir gesagt hat? Etwas Furchtbares. Sie sagte, der Mutterinstinkt sei nichts weiter als ein Instinkt und unsere abergläubische Ehrfurcht und Anbetung nicht wert. So hat sie es gesagt. Als ginge es um Hunger oder Schlaf. Eine physische Verrichtung unseres Organismus. Die höchste Entäußerung des Mutterinstinkts könne man bei der Henne beobachten, die fürsorglich ein Porzellanei auszubrüten versucht. »Soll das heißen«, fragte ich, »dass die Liebe auch nur ein Porzellanei ist?« Darauf sie: »Liebe hat mit Fortpflanzung überhaupt nichts zu tun. Liebe existiert ganz für sich – auch unerwidert, auch ohne Nachkommenschaft, so wie es umgekehrt ohne Liebe Nachkommen geben kann.«

Njusja hat sich seit ihrer Scheidung sehr verändert. Sie ist verbittert der Welt gegenüber. Mit ihr lässt sich überhaupt nichts mehr anfangen. Ich versuche ihr aus dem Weg zu gehen. Halte es nicht aus, es ist zu schwer.

Was genauso schrecklich ist: Sie will nicht einsehen, dass sie nie wieder wird Konzerte geben können. Öfters vergisst sie sich und macht wie früher nebenher ihre Gelenkigkeitsübungen: Schiebt den Daumen zwischen die Finger, erst langsam, dann immer schneller, in den verschiedensten Kombinationen. Bis sie sich besinnt und die Hände wegsteckt.

Hochwasser! Heute ist der 22. oder 23.?

Die ganze Zeit am Fenster gesessen und geschaut. Zuerst war da auf unserem Sredni-Prospekt nur eine Riesenpfütze, in der die kleinen Jungs mit aufgekrempelten Hosenbeinen herumsprangen. Dann nahm das Wasser auf einmal sehr schnell zu. Sehe ständig zur Uhr: Um sechs war unser Gehsteig noch trocken, kurz nach sieben drang das Wasser schon in die unteren Etagen ein.

Aus dem Hahn kommt kein Wasser mehr. Der Strom ist ausgefallen. Die ganze Wassilewski-Insel in Finsternis versunken. Ein bizarres Venezia. Boote fahren durch die Straßen. Verrückt.

Plötzlich der Gedanke: Das ist die Sintflut! Das ultimative Große Wasser. Die Strafe Gottes. Und weißt Du, wofür? Dafür, dass wir nicht beisammen sind.

Schreckliche Nacht.

Eine Reihe von Explosionen. Irgendwo ein Großbrand. Der halbe Himmel feuerrot.

Was die Liebe angeht, weiß ich eines sicher: Eine so lange Trennung ist Gift.

Nie wieder werde ich mich auf solch einen Langzeitvertrag einlassen! Ich muss bei Dir sein, immer. Ich möchte von Deinem Tellerchen essen, aus Deinem Becherchen trinken, Dich küssen überall, Deinen Geruch beständig in der Nase haben. So schlicht, so vulgär ist meine Liebe zu Dir, Serjoshenka! Und dafür schäme ich mich nicht im Geringsten!

Als Du hier warst, bei mir, da war alles gut. Aber die Uhr tickte. Und Du musstest zum Zug. Ich hätte das Uhrglas am liebsten geöffnet und den Zeiger mit dem Finger festgehalten! Denn solange der Zeiger nicht am ominösen Punkt anlangte, war alles da, was ich brauchte, danach hatte ich gar nichts mehr. Und so kam es. Ich brach in Tränen aus, was Du nicht verstehen konntest: Wir sind doch zusammen, wir haben es doch gut. Ich rannte ins Bad, meine verheulte Visage zu richten. Flehte Dich an zu bleiben, zürnte Dir, dass Du es einfach nicht fertigbringst, sie zu verlassen, zu mir zu ziehen, sprach das alles ins Waschbecken hinein, und der Strahl aus dem Hahn spülte die Worte weg.

Von morgens an Sonnenschein. Alles steht unter Wasser.

Irgendwo hat es ein Holzlager weggeschwemmt, das gesägte Holz kommt unseren Prospekt entlanggetrieben wie dicke, tote Fische. Leute stehen auf den Balkonen, lassen Körbe an Seilen hinab und versuchen das Holz zu angeln.

Inzwischen weiß ich, dass letzte Nacht die Lagerhallen des Chemiewerks auf der Insel Watny in die Luft geflogen und abgebrannt sind.

Den lieben langen Tag laufe ich durch die Wohnung und rede mit Dir oder führe Selbstgespräche wie eine vertrottelte Alte.

Dabei möchte ich Dir nur sagen, wie sehr ich Dich liebe – und habe keine Gelegenheit dazu!

Wir sollten beieinander sein – und sei es nur, damit alle Worte überflüssig werden.

Gleich ziehe ich mich aus und gehe zu Bett. Werde wieder ins Kissen beißen, um nicht laut zu heulen. Bloß gut, dass Dein Taschentuchmännlein mich beim Daumen nimmt.

Das Wasser sinkt. Das Holz kommt zurückgeschwommen. Das Ende der Welt wird verschoben. Geschieht denen allen recht!

Mit Iossif in der Stadt, eben zurück. Großes Volksbegängnis auf den Straßen! Die ganze Uferpromenade voller Holz. Überall Spuren des Wassers, viel Dreck. Die Straßenbahnen fahren noch nicht wieder, auf der ganzen Länge des Newski hat es das Pflaster aus dem Boden gespült, in die Fenster der Restaurants und Geschäfte hinein. Sämtliche Scheiben in den Erdgeschossen sind zu Bruch gegangen. Im Alexandergarten steht noch das Wasser. Bis zum Sommergarten sind wir nicht vorgedrungen, man spricht von vielen entwurzelten Bäumen und zertrümmerten Statuen. Wir sahen einen Schleppkahn auf der Uferstraße liegen.

Ich glaube, meine Stimme kehrt zurück.

Viertel vor acht stand der Dolmetsch schon vor dem Tor des Gefängnisses und läutete. Einer der üblichen Aufträge: Anwaltsgespräch mit einem Inhaftierten. Reichlich früh, er war unausgeschlafen und fror. Aus der Gegensprechanlage hieß es, der Dolmetsch solle auf den Anwalt warten, dann würden sie gemeinsam eingelassen.

Zitternd vor Kälte verwünschte der Dolmetsch den zu spät kommenden Anwalt und vertrieb sich die Zeit damit, über die gefrorenen Pfützen zu laufen. Das Eis knatschte.

Die Anwälte werden in solchen Fällen vom Gericht bestellt und legen wenig Eifer an den Tag: Zumeist empfehlen sie den ihnen Anbefohlenen, alle Sünden zuzugeben und den Richter um Nachsicht zu bitten. Reine Formsache. Doch der Dolmetsch wird bezahlt dafür.

Endlich tauchte der Anwalt auf – und es war eine junge Dame mit einem vom schnellen Gehen geröteten Gesicht. Frau P. entschuldigte sich für die Verspätung und drückte dem Dolmetsch fest die Hand. Sie benahm sich betont nüchtern und sachlich, hatte es jedoch eilig mitzuteilen, während die beiden vor dem

Gefängnistor warteten, dass sie erst in diesem Jahr mit dem Studium fertig geworden sei und außerdem heute auf die Hochzeit ihres Bruders gehe. Als sie erfuhr, dass der Dolmetsch aus Russland stammte, rief sie freudig aus:

»Und mein Bruder heiratet eine Slowakin!«

Offensichtlich hatte sie dem Dolmetsch etwas Nettes sagen wollen – in der Annahme, dass zwischen Slowakei und Russland kein großer Unterschied sein konnte. Bei neuer Bekanntschaft ist man ja immer erst einmal darauf aus, Gemeinsamkeiten zu finden. Der Dolmetsch tat so, als wäre es ihm tatsächlich eine Freude.

Sie wurden eingelassen. Zeigten ihre Ausweise vor, gaben Taschen und Mobiltelefone ab, traten durch spezielle Türen, die an Flughäfen denken ließen, und waren nun im Gefängnis.

Durch einen labyrinthischen Flur geleitete man sie in eine winzige Kammer, in der ein kleiner Tisch und drei Stühle gerade so Platz hatten. Hier wurden sie eingeschlossen.

Während sie auf den Häftling warteten, klärte Frau P. den Dolmetsch auf, um wen es ging. Ein gewisser Sergej Iwanow, Asylsuchender aus Weißrussland, hatte schon vor längerer Zeit einen abschlägigen Bescheid bekommen, befand sich aber immer noch auf Schweizer Boden. War noch dazu mehrfach auffällig geworden wegen Diebstahl und Prügeleien unter Alkohol, ein Mal sogar handgreiflich gegen einen Schaffner im Zug.

»Ja, ja, immer die gleichen Geschichten«, nickte der Dolmetsch, um das Gespräch in Gang zu halten. »Und immer heißen sie Sergej Iwanow.«

Frau P. legte den Kopf schief, sodass ihre Haare dem Dolmetsch dicht vor der Nase hingen. Von Zeit zu Zeit schob sie sie zurück hinters Ohr. Darin kein Ohrring, nicht einmal ein Loch dafür. Sie war auch nicht geschminkt. So lange lebte der Dolmetsch nun schon in diesem Land und konnte immer noch nicht verstehen, warum die Schweizerinnen sich Frau zu sein scheuen. Der Duft ihres Parfüms allerdings, auf der Straße kaum wahrnehmbar gewesen, stieg ihm hier auf engstem Raum eindringlich in die Nase.

»Ich habe bereits mit Albanern, Afrikanern und Kurden gearbeitet, doch noch nie mit einem Russen«, erklärte Frau P.

»Und ich habe es nur mit denen zu tun«, scherzte der Dolmetsch.

»Aber Weißrussland, das ist doch nicht Russland?«, fragte Frau P.

»Wie soll ich sagen«, begann der Dolmetsch und wollte etwas über die komplizierten ethnischen Zusammenhänge in seiner Heimat ausführen, da war Frau P. schon dabei zu sagen, dass sie noch nie in Russland gewesen sei und unbedingt einmal mit der Transsibirischen Eisenbahn fahren wolle.

»Das muss sicher sehr interessant sein?«

»Sicher«, erklärte der Dolmetsch sich einverstanden. Aus irgendeinem Grund wollen alle Schweizer mit dem Zug durch Sibirien fahren. Solange der Dolmetsch in Russland lebte, hatte er nie diesen Wunsch gehabt. Und auch jetzt würde er lieber das Flugzeug nehmen.

»Dieser Herr Iwanow ist ja immer wieder gewalttätig«, schloss sie an und ließ den Blick über die Akten gehen, die sie einem Hefter entnommen und auf dem Tisch vor sich ausgelegt hatte. »Schauen Sie, er ist in betrunkenem Zustand in eine Coop-Filiale gegangen, hat sich da allerlei Lebensmittel genommen und ohne zu zahlen noch im Laden zu essen und trinken angefangen, vor allen Leuten. Dann belästigte er ein paar Frauen. Und schließlich widersetzte er sich auch noch den Beamten.«

Mit Befremden blickte sie den Dolmetsch an, als erwartete sie von ihm eine Erklärung für das so sonderbare Verhalten seines Landsmannes.

»Verstehen Sie«, suchte der Dolmetsch sich herauszureden, »die Russen sind im Allgemeinen gutmütig, ruhig, nur eben wenn sie sich betrinken …«

Sie lachte auf, schien das Gesagte für einen Scherz zu nehmen.

»Das heißt, Sie feiern heute ein Fest«, sagte der Dolmetsch, um das Thema zu wechseln. »Ich gratuliere. Am Vormittag das Gefängnis und am Nachmittag eine Hochzeit?«

»Sehen Sie, so ist das«, sagte sie lächelnd, und mit einem tiefen Seufzer fügte sie hinzu: »In diesem Leben ist alles beisammen. Der eine sitzt im Gefängnis, der andere tanzt auf einer Hochzeit. Die Welt ist nicht gerecht.«

»Ja«, sagte der Dolmetsch und nickte. Mehr wusste er dazu nicht zu sagen.

Beim Lächeln zeigte Frau P. ihre ebenmäßigen jungen Zähne. Der Dolmetsch kam nicht umhin, ihr die ganze Zeit auf den Mund zu sehen. Sie saß dicht neben ihm, es ergab sich einfach, dass er ihr unverwandt ins Gesicht blickte. So sehen einander normalerweise nur Leute an, die sich sehr nahestehen. Neben dieser jungen Frau fühlte der Dolmetsch sich plötzlich alt.

Da schepperte der Riegel, und ein junger Mann im Trainingsanzug wurde hereingeführt. Kräftiger Bursche mit kurz geschorenem Haar. Kein auffälliges Gesicht – einer wie er konnte auf den Moskauer Vorstadtbasaren stehen oder auch als Geschäftsmann zu Verhandlungen nach Zürich gereist kommen. Ein säuerlicher Geruch ging von ihm aus, er hatte sich wohl länger nicht gewaschen.

Forsch streckte Frau P. ihm die Hand entgegen. Er nahm sie, drückte zu und grinste.

Der Dolmetsch verzichtete auf die Erklärung, dass man in seiner Heimat Frauen zur Begrüßung nicht die Hand gibt.

Sie wurden wieder eingeschlossen; vorher bekamen sie den Notknopf gezeigt, mit dem die Wache zu rufen war. Für alle Fälle.

»Herr Iwanow«, begann Frau P., nachdem die Formalitäten absolviert waren, »ich rate Ihnen, sich in allem schuldig zu bekennen. Sie werden ohnehin aus der Schweiz ausgewiesen werden. Es ist in Ihrem Interesse, mit den Behörden zu kooperieren. Dann müssen Sie weniger lange im Gefängnis sitzen und können schneller nach Hause.«

Der Dolmetsch übersetzte.

Der Bursche grinste schon wieder.

»Wer sagt Ihnen denn, dass ich nach Hause möchte?«

Der Dolmetsch übersetzte.

»Aber in diesem Fall erwartet Sie eine Zwangsdeportation.«

Der Dolmetsch übersetzte.

»Na, da mach ich mir in die Hosen!«, sagte der junge Mann und kratzte sich zwischen den Beinen.

Interessiert musterte Frau P. ihren Mandanten, der plötzlich in Fahrt kam.

»Glaubt ihr, ich bin doof? Ich weiß, wie man Krawall schlägt, damit keiner mich an Bord haben will. Und wenn der Käpt'n nicht will, dann könnt ihr euch auf den Kopf stellen! Einbuchten dürft ihr mich eh nicht länger als ein halbes Jahr. Meint ihr, das wüsste ich nicht? Danach müsst ihr mich laufen lassen. Hab ich recht? Nicht ihr habt mich an den Eiern, nein – ich euch! Dass das mal klar ist! Eurer Schweiz geh ich so lange auf den Sack, wie ich will!«

Beide, der junge Mann und die Anwältin, blickten den Dolmetsch erwartungsvoll an. Er übersetzte.

Frau P. zeigte sich bestürzt.

»Verstehen Sie, Herr Iwanow, ich möchte Ihnen helfen!«

Der Dolmetsch übersetzte.

»Helfen will sie mir, ha, ha! Loswerden wollte ihr mich alle, von wegen helfen! Ihr kommt gut ohne mich klar! Du Arschloch dolmetschst hier und schaukelst dir die Klöten, aber vielleicht will ich auch mal in menschlichen Verhältnissen leben! Meint ihr, ihr seid was Besseres als ich? Vielleicht ist es ja umgekehrt! Nur dass ihr gut angezogen seid und parfümiert, und ich hab nicht mal Klamotten zum Wechseln.«

»Was sagt er?«, fragte Frau P.

»Das gehört nicht zur Sache«, antwortete der Dolmetsch.

»Ich möchte, dass Sie alles übersetzen«, sagte sie.

»Gut.« Und der Dolmetsch übersetzte ihr alles, was der andere gesagt hatte.

Unterdessen geriet der junge Mann noch mehr in Rage, offensichtlich hatte er lange keine Gelegenheit gehabt, sein Herz auszuschütten.

»Vielleicht wollte ich ja auch nur anständig leben und arbeiten, und dann lag ich vor lauter Anstand mit der Fresse im Dreck! Vielleicht wollte ich ja auch nur Wohnung und Familie und was der Mensch braucht – aber wo nehm ich das Geld her? Wer Geld will, muss Handel treiben. Das hab ich gemacht. Und einen Haufen Schulden. Da gibt es Leute, die warten nur drauf, dass ich zurückkomme, mir den Kopf abzureißen. So sieht's aus, das schöne Business. Und warum ist das so? Sind die Schweizer etwa besser als die Russen? Meine Vorfahren, sind die weniger wert als eure? Vielleicht sind sie ja mehr wert! Bei euch vorm Fenster, da haben die Schlote von Auschwitz gequalmt, euch hat das nichts ausgemacht, ihr hattet ein schönes Leben. Mein Großvater, der hat gegen die Faschisten gekämpft, einen Arm eingebüßt an der Front. Und meine Mutter, die war ihr Leben lang Erdkundelehrerin, stellt euch vor. Und was hat sie davon? Etwa eine ordentliche Pension? Einen Scheißdreck hat sie. Bei *der* Rente muss sie nachts am Bahnhof stehen und Wodka verscherbeln. Was hat sie falsch gemacht, frag ich. Ihr lebt hier wie die Maden im Speck, so sieht's doch aus! Du bist Russe, sag mir gefälligst, ob ich recht habe! Und übersetz ihr das alles, mach schon!«

Der Dolmetsch übersetzte.

Frau P. errötete und sagte, das gehöre doch alles nicht zur Sache.

»Verstehen Sie, Herr Iwanow, ich will Ihnen helfen. Aber Sie wollen mir nicht zuhören. Nun, es tut mir leid, aber in diesem Fall kann ich nichts für Sie tun. Möchten Sie noch etwas zur Sache hinzufügen?«

Der Dolmetsch übersetzte.

Der junge Mann grinste schief und spuckte auf den Boden. Kratzte sich schon wieder durch die Hosen.

»Zur Sache? Zur Sache kann ich gerne noch was sagen, jawohl. Dass ich dich in den Arsch ficken möchte, Mausi. Ihr zwei habt doch bestimmt jede Nacht wen zum Poppen. Ich kann mir alleine einen runterholen, das ist doch nicht gerecht. Ich bin schließlich auch ein Mensch! Versteht ihr das? Welche will schon einen wie mich haben. Kein Geld – keine Liebe. Wenn du an meiner Stelle säßest, Dolmetsch, dich tät auch keiner gernhaben.«

»Was? Was hat er gesagt?«, fragte Frau P. ungeduldig nach. »Übersetzen Sie genau, was er gesagt hat!«

Der Dolmetsch übersetzte, wobei er die Formulierungen abzumildern suchte. Obwohl er sich Mühe gab, lief Frau P. rot an, ihr Gesicht wurde fleckig. Wortlos drückte sie den Rufknopf für die Wache.

»Hören wir auf. Das hat keinen Sinn.«

Der Dolmetsch zuckte die Schultern. Die zwei Stunden bekam er so oder so bezahlt.

»Auf Wiedersehen! Alles Gute!«, verabschiedete sich Frau P. hölzern von ihrem Mandanten.

Doch es verging noch eine Minute, die sie in gespanntem Schweigen dasaßen. In dem winzigen Kämmerlein war kaum noch Sauerstoff zum Atmen. Dreist wanderten die Augen des jungen Mannes an der jungen Frau auf und ab, dabei fuhr er fort, sich durch die Hose zu kratzen. Dem Dolmetsch zwinkerte er zu und nickte in ihre Richtung: Schmeiß dich ran!

Endlich wurde die Tür geöffnet. Der Dolmetsch trat hinter Frau P. hinaus auf den Korridor.

»Sag ihr, sie sieht aus wie meine Schwester!«, rief der junge Mann ihm nach.

Sie kamen hinaus auf den Helvetiaplatz. Atmeten tief die frische, frostige Luft. Das Gesicht von Frau P. war immer noch von roten Flecken überzogen. Verlegen lächelte sie dem Dolmetsch zu. Er lächelte zurück.

»Auch das kann vorkommen«, sagte er. »Achten Sie nicht darauf. Gehen Sie auf die Hochzeit Ihres Bruders und genießen Sie es!«

Frau P. seufzte.

»Nach so was ist es schwer, etwas zu genießen. Zuerst muss man wieder ein bisschen die innere Ruhe finden.«

»Sicher«, sagte der Dolmetsch. »Man muss abschalten lernen. Gut wäre jetzt ein kleiner Spaziergang, den Kopf auszulüften, dann geht es vorbei.«

Sie standen vor dem Gefängnisgebäude. Der Dolmetsch sah, wie sie nervös immer wieder ihr Haar hinter das Ohr legte. Eine Straßenbahn ratterte vorüber.

»Meine Mutter war auch Lehrerin und ist jetzt pensioniert. Trotz allem ist die Welt ungerecht«, sagte Frau P.

Der Dolmetsch verspürte den Wunsch, sie zu beschwichtigen, ihr etwas Nettes zu sagen, ihm fiel nichts ein.

Sie reichte ihm zum Abschied die Hand.

»Auf Wiedersehen! Und einen schönen Tag!«

Der Dolmetsch behielt ihre Hand noch in der seinen.

»Wissen Sie was, nehmen Sie das Ganze auf die leichte Schulter. Das gibt es gar nicht, dass es allen Lehrerinnen gut ginge. Man kann sich auch nicht Sorgen machen wegen aller Lehrerinnen, denen die Pension nicht zum Leben reicht.«

Und auf einmal, als hätte auch er lange an sich halten müssen, und nun wäre die Gelegenheit auszupacken, brach es aus ihm hervor:

»Wenn es Ihnen und Ihrer Mutter gut geht, so freuen Sie sich doch! Wenn irgendwo Krieg ist, dann sollte man umso mehr leben und sich freuen, dass man selbst nicht dort ist. Und wenn jemand geliebt wird, dann wird es auch immer einen anderen geben, den niemand liebt. Und wenn die Welt ungerecht ist, so soll man trotzdem leben und sich freuen, dass man nicht in einer stinkigen Zelle sitzt, sondern auf eine Hochzeit geht. Sich freuen! Genießen!«

Die junge Frau schaute den Dolmetsch ein bisschen seltsam an. Wahrscheinlich glaubte sie ihm nicht.

Und der Dolmetsch glaubte sich selber auch nicht sehr.

Frage: Wer da?

Antwort: Da fällt mir ein altes Gleichnis ein. Kommt ein müder Wanderer des Wegs: Passform für die Liebe, Thermos fürs Blut, Fußgänger für die Textaufgabe, Schicksal für die Ameise, Schatten für den Weg… du verstehst. Sieht am Wegesrand ein Hüttchen stehen wie das von Pfeifer von den Drei kleinen Schweinchen – Rohrschilf, Haselzweige und so weiter. Baumknorren im Wasser wie Handlinien: Du, lieber Bach, wirst einmal drei Kinder haben und ein langes, langes Leben, und dir, Fels, prophezeie ich zwei Frauen, beide mit einem Muttermal an der rechten Schulter. Das Strohdach vom Sonnenuntergang mit Ziegelmehl bepudert. Fenster wie Haut und Knochen, man starrt hindurch und sieht doch nichts – als hätte einer mit der Zunge Libellenflügel zusammengeklebt. Das Vordach lange nicht gestrichen. Asthmatisch keuchende Treppenstufen: beim Drauftreten aus, beim Abstoßen ein. Sachtes Anklopfen, keine Reaktion. Pflastersteine in Apfelsinennetzen hängen an den Apfelbäumen, damit sie in die Breite wachsen. Weiße Fliedertrauben, rostig nach dem Regen. Bei der Birke unter dem Waschbecken ist das Gras zahnpastabeschmiert. Im Phlox ein alter Ziegel. Vielleicht liegt der Schlüssel darunter?, fiel dem Wanderer ein. Er tastete – da war nur ein Tausendfüßler. Erneutes Klopfen, diesmal lauter. Schlurfende Schritte hinter der Tür, Hüsteln, Dielenknarren. Eine sonderbare Stimme fragt: »Wer bist du?« – »Ich bin ich«, sagt der Wanderer. Und hört den Mann drinnen sagen: »Hier ist kein Platz für zwei.« Der Wanderer steht da und sieht einen Schmetterling, von zu viel Luft ins Taumeln geraten, im Schorf aus alter Farbe auf dem Fensterbrett landen, das Pfauenauge schaut ihn an, zwinkert unversehens. Der Wanderer klopft ein drittes Mal und bittet um Einlass, die Stimme drinnen wiederholt ihre Frage. Und immer so fort. Bis zu dem Moment, in dem das Pfauenauge davonfliegt und der Wanderer auf die Frage »Wer bist du?« mit »Ich bin du!« antwortet. Da öffnet sich die Tür. Aber das hättest du alles auch ohne mich gewusst.

Frage: Ich kann mir diese sonderbare Stimme sogar ziemlich gut vorstellen. Ich höre sie tagtäglich. Mein Nachbar führt nämlich unablässig Selbstgespräche. Anzunehmen, dass er früher, vor vielen Jahren, bevor aus ihm ein Junge wurde, diese lustige Holzpuppe war, Pinocchio. Und dann hat die böse Fee ihn in einen Menschen verwandelt, der immer noch mit Puppenstimme spricht. Pinocchio hat das Meiste hinter sich und ist nun alt und vergesslich genug, um stündlich in schmuddeligen Unterhosen zu den Briefkästen zu wandern, was die Leute sehr erschreckt, denn die Briefkästen sind bei uns auf dem Hof, und nachts fegt er mit seinem kleinen Handfeger den Gehweg, auf den die Kiefer ihre Zapfen und Nadeln fallen lässt. Wir wohnen in einem soliden Haus wie das von Schweinchen Schlau, nur dass unseres viele Einraumwohnungen hat, zu klein, als dass ein Wolf seine Schnauze hineinzustecken vermöchte. Die alten Leutchen, die hier wohnen, verpuppen sich still und leise. Bis sie sich eines Nachts aus dem Kokon beißen und davonfliegen, der alte Pinocchio in Unterhosen brummelt sich eins, sein kleiner Besen raschelt. Und die Kiefernnadeln rieseln und rieseln. Eine Geschichte vom Wanderer erfinden, das kann jeder. Ist doch alles Zinnober.

Antwort: Wieso?

Frage: Die Welt sortiert sich anders. Heu und Stroh, Tick und Tack, Farbe und Leinwand, Sohle und Weg, Spiegel und Zimmer, Meter und Sekunde, Fels und goldnes Wölkchen, buckliger Sakko und verqualmter Rock, Saite, die schwingt, und Luft, die den Ton hervorbringt …

Antwort: Na schön. Dann bist du ein schreibender Stempel und ich ein sprechendes Staubfädchen. Kann losgehen.

Frage: Wie geht's?

Antwort: Alles gut.

Frage: Das gibt es nicht.
Antwort: Na und?
Frage: Was gibts Neues?
Antwort: Du guckst doch Nachrichten!
Frage: Nachrichten ist das falsche Wort dafür. Was die hier unter Nachrichten verstehen, das kannst du dir nicht vorstellen. Schaltest du den einen Sender ein, bringen sie dort Vermischtes aus der High Society: Der Viehhändler Lysikles, an sich ein nichtswürdiger Mensch und von niederer Abstammung, ist auf einmal die Nummer eins in Athen, weil er nach Perikles' Tod das Bett mit Aspasia teilt. Du schaltest um zum nächsten: Da spaziert Dionysos über den Montmartre und trägt sein abgeschlagenes Haupt auf den Händen vor sich her, dass es nur so tropft. Auf dem dritten Kanal rennen die Römer schon seit einem halben Jahr gegen die Mauern von Jerusalem an. Auf Kanal vier verkündet einer, er wäre der neue Onkel Doktor vom Kindergarten und müsste gleich einmal bei allen Kindern auf dem Hof nachsehen, ob sie Pickel am Po haben, aha, na dann müssen wir zwei jetzt mal miteinander in die Poliklinik gehen.
Antwort: Das sollen Neuigkeiten sein? Von dem falschen Onkel auf unserem Hof habe ich schon vor x Jahren erzählt!
Frage: Neuigkeiten sind das, was fürs Leben bleibt und mitwächst wie ein in die Rinde geschnittenes Wort, das weißt du doch.
Antwort: Aber das ist doch alles völlig unwichtig.
Frage: Wie kann es unwichtig sein, wenn es doch in dir ist und du daraus bestehst. Einmal als kleines Mädchen fandest du unter Mamas Kopfkissen ein Präservativ, vollgestopft mit irgendwelchen zerknüllten Lappen. Mama war in der Küche, Abendbrot machen. Erst wolltest du sie fragen, was das ist, aber plötzlich bekamst du Angst davor und fragtest doch nicht.
Antwort: Ich erinnere mich, aber das ist alles wirklich nicht wichtig.
Frage: Und was ist wichtig? Wie du das Märchen von den drei Schwestern spieltest, Einäuglein, Zweiäuglein und Dreiäuglein, und dir ein drittes Auge auf die Stirn maltest?

Antwort: Das ja.
Frage: Und was noch?
Antwort: Der Doktor verschrieb mir Salzabreibungen am Morgen. Was mir natürlich nicht behagte, aber Mama rührte jeden Morgen eine Meersalzlösung an, nahm den Schwamm und rieb mich ab. Und einmal, ich hatte mich in der Schulpause mit den Freundinnen gestritten, weiß schon nicht mehr, weswegen, saß die nachfolgende Stunde einsam, unglücklich und für niemanden zu gebrauchen in meiner Bank – da leckte ich mir zufällig über die Hand und schmeckte das Salz auf meiner Haut. Mich durchrieselte eine seltsame Empfindung. Es gibt ja anscheinend Menschen auf der Welt, so mein Gedanke, denen diese Salzabreibungen meiner Haut etwas bedeuten. Oder gar nicht mal die Salzabreibungen – ihnen liegt etwas an mir! Aber da reime ich mir wohl jetzt etwas hinzu, damals leckte ich nur an meiner Haut, und es schmeckte nach Salz und nach Liebe.
Frage: Dann erzähle doch mal, wie die Mutter ihre Männerbesuche hatte, während du in der Küche Hausaufgaben machen musstest, und irgendwann kam Mama im Morgenrock mit nichts darunter ins Bad geflitzt.
Antwort: Der eine, Onkel Slawa, war ganz lustig, Mama liebte ihn sehr. Aber ohne Liebe ging es bei ihr eigentlich nie ab. Deswegen mochte sie auch nicht in den Ferien in den Süden fahren. »Von wegen kurze Urlaubsaffären«, so sagte sie, »man bleibt kleben und verliebt sich.« Onkel Slawa sagte immer seltsame Sachen. Einmal zum Beispiel saßen wir bei Tisch, und ich wollte nichts essen. Mama zu mir: »Jetzt stell dich nicht so an und iss!« Aber ich mochte nicht. Da hat Onkel Slawa mich in Schutz genommen: »Lass sie, Tanja, der Mensch ist doch kein Darmrohr!« Und ein andermal beim Essen klärte er Mama darüber auf, wie die Welt eingerichtet ist. »Wir Männer sind Sklaven unserer Hormone«, sagte er, »die schießen ins Blut, die schlagen aufs Hirn, da kannst du nichts machen, wir werden missbraucht! Gott schürt die Glut mit unseren Leibern! Und warum liegt es im weiblichen Instinkt,

für den Mann zu sorgen wie für ein Kind? Weil die Menschen Hunderttausende von Jahren, also praktisch die längste Zeit, in Gruppenehe lebten, und die mannbar gewordenen Kinder wurden zu Geliebten ihrer Mütter. So ist der Liebhaber einer Frau immer zugleich ihr Kind. Schreib dir das hinter die Ohren!«, Letzteres augenzwinkernd in meine Richtung. Mama, wie gesagt, liebte ihn sehr. Er war verheiratet und kam zu Mama einmal die Woche, immer freitags. Mama erwartete ihn sehnsüchtig, kochte etwas Leckeres, schminkte sich. Das Rotlackieren ihrer Fingernägel durfte manchmal ich übernehmen. Die Finger müssen aussehen wie Kirchenkerzen, sagte sie: fahl und schmal, mit den flammenden Nägeln obenauf. Ich mochte es, zu ihr ins Bett zu kriechen, mich dort gemütlich einzurollen, anzuschmiegen und vor dem Einschlafen noch ein bisschen zu plaudern. Oder sie las mir etwas vor. Auch noch, als ich größer war. Da waren es schon keine Kinderbücher mehr, sondern etwas von dem, was gerade auf ihrem Nachttisch lag – irgendwelche Romane oder Horoskope. Ich weiß noch, einmal hatte sie aus einem Horoskop herausgelesen, dass Onkel Slawa und sie nicht zueinander passten, da war sie ganz bestürzt. »Aber hier, Mammilein, sieh mal«, suchte ich sie zu trösten, »dafür geht mit Stier und Steinbock alles glatt!« – »Ich will aber den Löwen – ihm die Mähne kämmen, die Ohren kraulen.« Über ihrem Bett hing ein Bild von Gauguin. Oft lag Mama einfach nur da und schaute zu ihm hoch – sie nannte es »mein Fenster«. Die halb nackten braun gebrannten Mädchen unter Palmen sehe ich vor mir wie heute. »Ich bind mir eine Liane um die Hüfte und mach mich davon«, lachte Mama, »weg von euren Wintern, ins tahitianische Paradies. Nur leider findet man hier keine Lianen. Nichts als Schneewehen überall.«

Frage: Kannst du dich noch an den Vater erinnern?

Antwort: Nein. Aber Mama hat mir viel von ihm erzählt. Als ich unterwegs war, wollte er mich zuerst nicht haben. Mama hatte schon zuvor mehrmals abgetrieben. Und auch diesmal sagte Papa, als er von der Schwangerschaft erfuhr, man könne sich ein Kind jetzt auf keinen Fall leisten. Sie begannen für die Abtreibung zu sparen, das war damals teuer, und sie hatten nur sehr wenig Geld. Aber wahrscheinlich war mein Lebensdrang gar zu groß, denn eines Tages nahm Papa die zurückgelegten Scheine, zerriss sie und sagte: »Schau her, das Geld für die Abtreibung ist futsch, jetzt wird geboren!« Mama hat ihn sehr geliebt. Sie wollte, dass das Kind seinen Namen bekommt, und war deshalb froh, dass er Sascha heißt, denn so können Jungen und auch Mädchen heißen. Sie und ich, wir hatten voreinander keine Geheimnisse, vor dem Einschlafen kuschelte ich mich bei ihr an, und wir erzählten uns alles. Ich ihr und sie mir – wirklich alles, Gutes und Schlechtes. Sie litt immer noch sehr darunter, dass sie als Kind den Tod ihrer kleinen Schwester verschuldet hatte. Es war im Sommer auf der Datscha gewesen, Mama war acht. Die Eltern waren weggegangen und hatten ihr aufgetragen, auf die Schwester aufzupassen, die hieß auch Sascha, wie ich. Sie war anderthalb. Erst schlief sie, irgendwann wurde sie wach und begann zu schreien. Mama versuchte sie zu beruhigen, es gelang ihr nicht. Draußen fing es gerade zu regnen an, und Mama kam auf die Idee, wenn sie Sascha nach draußen brächte, könnte der Regen sie einschläfern. So wickelte sie sich mitsamt dem Schwesterchen in den alten Regenmantel des Vaters, ging vor die Tür und setzte sich auf die unterste Stufe der Vortreppe, über sich den Flieder. Die Zweige bogen sich, die Bäume rauschten, die Pfützen gluckşten, und Sascha wurde vom Geräusch des Regens tatsächlich gleich still. Der Regen war stark und kam von der Seite, Mama hatte vergessen, die Fenster auf der Terrasse zu schließen, dort regnete es hinein. Sie stand auf, um das schlafende Kind ins Bettchen zu bringen und die Fenster auf der Terrasse zu schließen, dabei verhedderte sie sich auf den Stufen im Mantel, stolperte, fiel hin, und Saschas Kopf schlug mit voller Wucht auf die Dielen. Mama war geschockt und wusste nicht, was tun, rannte zu den Nachbarn, die das Kind ins Krankenhaus fuhren, Mama blieb da und wartete auf die Eltern. Als sie kamen, fuhren sie auch gleich ins Krankenhaus. Kehrten zurück ohne das Kind. Ein paar Tage später starb es. Mama litt unendlich, heulte nächtelang. Sie wollte nicht mehr leben, sich umbringen, sagte sich: Wie kann ich weiterleben, wenn Sascha meinetwegen sterben musste? Und als sie alle miteinander vom Begräbnis nach Hause kamen und um den Tisch saßen, da ging Mama hinaus in den Garten und wollte sich in der Jauchegrube ersäufen, aber sie sah die Würmer in der Grube und brachte es nicht über sich. Ich streichelte Mamas Hand, wusste nicht, was ich dazu sagen sollte, sagte: »Mama, weine doch nicht, du hast doch jetzt mich! Vielleicht bin ich ja sogar das Mädchen von damals! Ich bin doch auch Sascha!« Und wir drückten uns und schliefen ein – so zu zweit in den Schlaf zu sinken war wunderbar.

Frage: Du erinnerst mich an jemanden. Ein Mädchen, das ich vor vielen Jahren kannte. Egal, es gibt sie nicht mehr. Einmal stritten wir uns, ich weiß nicht mehr, worum es ging, es fielen eine Menge kränkende Worte, am Ende warf sie mit einem Buch nach mir und ging. Eine halbe Stunde später kam sie zurück und sagte leise: »Zieh deinen Pullover linksherum an!« Ich verstand nicht. Sah nur, dass auch sie ihren Pullover linksherum trug. »Was soll das?«, fragte ich. »Als Kind hat mir die Großmutter gesagt: Wenn du dich im Wald verläufst, musst du dein Kleid linksherum anziehen, dann findest du den Weg heraus.« Ich zog den Pullover nach links, und tatsächlich war alles Böse und Gemeine, was sich in uns angestaut hatte, sofort verschwunden, ich hatte nur noch den Wunsch, sie in die Arme zu nehmen und so festzuhalten, dass sie mir nie wieder entglitte.

Antwort: Was ist aus ihr geworden?

Frage: Tut nichts zur Sache.

Antwort: Soll ich weitererzählen?

Frage: Wie du willst. Warum lachst du?

Antwort: Mir ist gerade etwas eingefallen. Früher einmal erschien es mir so, als wären alle meine Freundinnen schön, nur ich eine Missgeburt. Ich schämte mich schrecklich für meinen Körper – als Kind war ich mit heißem Wasser verbrüht worden, an der Brust

und am Hals. Ich mummte mich immer so ein, dass es keiner sah. Ins Schwimmbad und an den Strand ging ich im hochgeschlossenen Badeanzug. Dabei wäre ich so gerne gewesen wie alle. Darum habe ich auch mit Rauchen angefangen, weiß ich noch. Alle Mädchen rauchten schon, nur ich nicht. Meine Freundin hatte mir öfters eine angeboten, ich immer abgelehnt. Bis ich einmal im Park einfach zugriff. Beim ersten Versuch zu ziehen bekam ich einen Hustenanfall. Eine alte Frau blieb stehen und schaute uns zu, kopfschüttelnd. Und brüllte dann, dass die ganze Straße es hörte: »Dafür werdet ihr im Jenseits dem Teufel den Puller lutschen!«
Frage: Wo genau ist denn die Haut verbrüht? An welcher Stelle?
Antwort: Das zeige ich nicht.
Frage: Über dem Kopfende vom Sofa gab es ein Bücherregal. Sie zog einen Bildband heraus und blätterte darin. Plötzlich fragte sie: »Wieso hat sie einen Nabel?« – »Einen Nabel? Wer?« Sie zeigte mir eine Doppelseite mit *Adam und Eva* von Cranach. Tatsächlich hat die Eva da einen Nabel. Ich schrieb mir das damals gleich auf. Ich hatte so ein dickes Notizbuch und fand es wichtig, alles aufzuschreiben. Auch, wie sie den Bildband abgelegt hatte: sich über die Hüften, sodass es wie ein Minirock aussah.
Antwort: Ich lebte und nahm mich gar nicht wahr. So ist Kindheit. Bis zu dem Moment, wo du merkst: Du kannst dir nicht selbst genügen, du musst gefallen. Oder besser gesagt: Du musst nicht nur, du willst es selbst, um jeden Preis. Allen gefallen, die da sind: Männern, Frauen, dem Spiegel, der Katze, den Mitreisenden im Bus, den Wolken, dem Wasser aus dem Wasserhahn. Es ist, als würde dir ein riesiger Sack aufgebürdet, und dann gibt man dir einen Stoß: Lauf! Mit der Last kommst du keine zwei Schritte weit. Ich mochte mich nicht. Mich und meinen Körper. Nicht auszuhalten! Dass ich überhaupt körperlich existierte, war ein Graus. Wie unangenehm, Brüste zu haben. Eine einzige Pein, sichtbar zu sein, und das jeden Tag! Und da war nichts zu machen! In irgendeinem Buch hatte sich die Heldin die Wimpern mit der Nagelschere gestutzt, worauf sie ihr so üppig sprossen, dass man

mehrere Streichhölzer darauf legen konnte. Ich tat es ihr nach, aber was da nachwuchs, war betrüblicher als zuvor.

Frage: Einmal im Gespräch, ich weiß nicht mehr, worum es ging, sagte ich zu ihr, die Existenz Gottes sei nicht beweisbar. Ach woher denn, widersprach sie, nichts leichter zu beweisen als das. »Dann tu es!«, sagte ich. Man brauche dafür nicht mehr als eine Zeile, behauptete sie nach kurzem Schweigen. Und sie deklamierte einen Vers aus irgendeinem Gedicht, in dem es hieß, ein Vogel sei das Kreuzchen, das Gott um den Hals trage. »Braucht es noch weitere Beweise?«, fragte sie lachend, und ich sehe es vor mir, wie sie in dem Moment stehen blieb – wir waren spätabends an der Strandpromenade unterwegs –, sich auf der Schräge der granitenen Uferbefestigung niederließ und dann, von einer Gesäßbacke auf die andere schaukelnd, noch ein Stück tiefer rutschte.

Antwort: Ich hatte das Gefühl, als entwüchse meiner Körperoberfläche etwas, das mir fremd war, nicht zu mir gehörte. Als wäre ich das eine Wesen, und diese Frau, die da aus mir hervorwuchs, ein anderes. Ich errötete ständig und wusste nicht, wie damit umgehen. Es brauchte mich nur jemand anzusprechen, und ich war wie gelähmt, blickte erschrocken drein, immer glaubte ich, mit meiner Kleidung müsste etwas nicht in Ordnung sein. Wie ein Blitz konnte es in mich fahren – ob etwa die Strumpfhosen rutschten? Ich fühlte mich nackt, wusste nie, was ich sagen sollte, nur die Hände schwitzten mir. Abends vor dem Einschlafen heulte ich in Mamas Kissen, und sie versuchte mich zu trösten: »Sei doch kein Trauerkloß! Sei fröhlich!«

Frage: Wir fanden keinen Ort zum Unterkriechen, liefen stundenlang einfach nur durch die Straßen. Ein altes Weiblein vor dem Eingang zur U-Bahn verkaufte Kirschen in einem beschlagenen Konservenglas. Wir kauften sie und wollten uns irgendwo niederlassen, aber alle Bänke waren noch vom Regen nass, wir liefen weiter bis zu einem leeren Kinderspielplatz mit kaputter Schaukel. Ich stellte meine Tasche mit den Schulbüchern auf dem Rand des Sandkastens ab, setzte mich daneben, sie sich auf meine

Knie. Wir aßen die Kirschen, sie waren überreif, der Saft tropfte. Erst spuckten wir die Kerne in den Sand, der eine Gänsehaut aus Wassertropfen hatte und voller Zigarettenkippen, Glasscherben und Kronenkorken war, versuchten einen stehen gebliebenen, vom Regen halb zerweichten Buddeleimersandkuchen zu treffen. Uns gegenüber stand, solange ich denken konnte, ein Denkmal für die Gefallenen – das Standbild eines Soldaten mit halb abgebrochenem Arm, der bestimmt einmal ein Sturmgewehr gehalten hatte; aus dem Stumpf stach das Armiereisen hervor. Der gefallene Soldat blickte aus leeren weißen Augenhöhlen schräg in die Höhe – in die nassen Baumwipfel, aus denen es nachregnete, wenn ein Windstoß kam. Mit der noch vorhandenen Hand bedeutete er jemandem, ihm zu folgen – vermutlich uns, denn sonst war niemand da. Lasst uns auf diese Bäume klettern, so schien er uns aufzufordern, dann sind wir dem Himmel näher! Da spuckten wir die Kirschkerne nicht mehr in den Sand, sondern pressten sie zwischen den Fingern und ließen sie, auf den Soldaten zielend, hervorglitschen, sodass sie Kirschstreifschusswunden auf dem Gips – oder woraus immer er gemacht war – hinterließen. Auch wir waren von Saft und Kernen besudelt, hatten Kirschhände. Sie schoss gut, besser als ich, einmal traf sie ihn sogar ins Auge, wovon der blinde Augapfel eine Kirschpupille davontrug und der Soldat nunmehr scheel auf uns herabsah, als ob: Ich bin für euch gefallen, he, und ihr beschießt mich mit Kernen! Wir lachten uns kaputt und liefen weiter. Heute, nach so vielen Jahren, weiß ich, dass die Gedanken des armlosen Gipssoldaten, während er uns hinterhersah, ganz anders gingen: Ich fiel für die höhere Sache und wollte es so, und wenn ihr jetzt auf mich schießt aus all dem regenfeuchten, liebestrunkenen Grün, dann soll es wohl so sein, dann ist es wohl Bestandteil der höheren Sache …

Antwort: Ich ziehe mich aus, betrachte mich im Spiegel. Ein fremder nackter Körper inmitten des Zimmers, auf kaltem Parkett. Dürre Missgestalt mit einem aufgesetzten Flicken Froschhaut. Froschkönigin. Und an der Stirn prangt ein Stern. Ach was, kein

Stern, ein ganzes Sternbild: ein Pickel am anderen. Einer zeichnet sich auf der Nasenspitze ab. Die Wangen verräterisch blass – bereit, im unpassendsten Moment puterrot anzulaufen. An den Lippen Herpes, Folge einer Erkältung. Im Zimmer zieht es, der Körper, ohnehin blausüchtig, fröstelt. Fährt man mit der Hand darüber, fühlt es sich nirgends glatt an, überall schorfig und pickelig. Die Brüste nicht größer als Nadelkissen, die Brustwarzen auch bloß wie Pickel so groß. Am Bauch hat sich der Schlüpfergummi rot eingeprägt. Der Nabel hässlich hervorgestülpt wie eine unreife Weintraube. Weiter unten – Haargekräusel. Lang genug, daran zu ziehen. Wozu hat man dort Haare? Und dann diese Öffnungen, die ohne Spiegel nicht einsehbar sind. Wie ist man zurechtgekommen, als es noch keine Spiegel gab? Hat man sein Leben lang kein einziges Mal dort nachgesehen? … Ich stehe da und denke: Dieser bläuliche Körper vor mir – kluftig, höhlig, gänsehautüberzogen, keinem auf der Welt etwas nütze und am allerwenigsten mir – bin das etwa ich? Und mal ehrlich, diese Haare zwischen den Beinen, was soll ich damit?

Frage: Wir waren zu Besuch bei einem jungen Pärchen, beides Musiker, die gerade ein Kind bekommen hatten, einen Jungen. Im Zimmer stand ein Flügel, Erbstück vom Großvater, der Komponist gewesen war. Der frischgebackene Vater, Student am Konservatorium und so alt wie ich, legte seinen Sohn auf den Deckel des Instruments zwischen zwei Kissen und spielte. Anschließend windelte er das Kind, gleich auf dem Flügel, auf einem untergelegten Stück Wachstuch. Wir schauten zu, wie geschickt er sich dabei anstellte mit seinen langen Fingern. Und wie er dem Sohn mit seinem Dreitagebart die Fußsohlen kitzelte.

Antwort: Ich wollte lieben – weiter wollte ich nichts. Ich war wie ein Glas, das gefüllt werden wollte bis zum Rand. Oder ein Strumpf, der auf seinen Fuß wartet, um sich zu verwirklichen. Denn was kann ein Strumpf sonst für einen Sinn haben, wenn nicht den Fuß. Er ist für ihn gemacht – nach seinem Ebenbilde. Alles in mir war bereit, doch es herrschte gähnende Leere. Und dann kamen die Sommerferien, in denen ich mit Mama nach Jūrmala fuhr. Wir waren übereingekommen, uns als Schwestern auszugeben. Mama sah für ihr Alter sehr gut aus. Und da war ein Lette, ein ganz junger Bursche noch, der mir sehr gefiel. Mama aber auch. Und plötzlich, zum ersten Mal im Leben, kam zwischen uns etwas wie Frostigkeit auf. Sie war die Schwanenkönigin, ich der Frosch. Sie hatte dann mit diesem Letten etwas laufen, und ich störte. Bis zu diesem Sommer war Mama schier mein Ein und Alles, mein großes Vorbild. Plötzlich sah ich sie mit anderen Augen. Und eines Tages am Strand, Mama spielte Volleyball, ich saß nahe dem Wasser im Sand und haderte mit mir und der Welt und dass ich nichts und niemanden hatte, wischte mir die Spritzer aus dem Gesicht – da spürte ich auf einmal das Salz auf meiner Haut, so wie einst als Kind. Und ich dachte mir ein Omen aus: Wenn die vierte Welle mir die Zehen leckt, kommt die Liebe zu mir – die große, echte Liebe, die fürs ganze Leben hält. Aber die Wellen schienen irgendwie siech und kraftlos, jede kürzer als die vorige: die zweite war so, die dritte … Die vierte Welle nahm Anlauf, streckte sich – und kam. Nahm sämtliche Zehen ganz in ihren Mund, selbst die Fersen wurden noch vom Sand gekitzelt! Was da mit mir losging! Ich saß da und sah, hörte, roch mit einem Mal, was um mich war: das Meer, den Himmel, den Wind, die Möwen, die Menschen – aber nein, das hatte schon nichts mehr mit Sehen und Hören und Riechen und Tasten zu tun, sondern mit Liebe. Ich war nicht mehr Herrin meiner Sinne. Augen, Ohren, Arme und Beine gehörten ihr und nicht mehr mir. Ich sprang auf und flog durch das Wasser, flog im buchstäblichen Sinne wie ein Vogel, nur mit den Zehenspitzen das Wasser berührend – aber wo sollte ich hin mit so viel Liebe? Was damit anfangen?

Frage: Einmal machten wir auf dem Fluss eine Dampferfahrt. Es sah nach Regen aus, sie hatte einen Schirm von zu Hause mitgenommen: keinen zum Zusammenschieben, sondern so einen uralten, großen, verblichenen, auf den man sich beim Gehen stützen konnte wie auf einen Spazierstock. Wir saßen an Deck,

es blies ein heftiger Wind. Sie warf die Sandalen ab und steckte die bloßen Füße in den Schirm hinein, um sie vor dem Wind zu schützen. Dann zog sie ihn zu sich heran und verschwand halb in den Speichen und dem Stoff dazwischen. »Sieh doch«, rief sie, »ich habe keine Beine mehr, ich habe da jetzt einen Schirm!« Sie hob und senkte ihn wie einen eingerollten Fischschwanz, klopfte damit gegen das Deck. »Sag mal, dieses Wesen, halb Frau und halb Fisch, nennt sich Nixe, aber wie heißt eine, halb Frau und halb Schirm?« – »Schickse?«, schlug ich vor. »Pass bloß auf!«, entrüstete sie sich lachend. »Nein, ich weiß, ich bin eine Parapluiselle!«
Antwort: Nun sag doch mal, was aus ihr geworden ist.
Frage: Die Menschheit sei ein Zweig, auf dem wir sitzen und ausschlagen wie Blätter aus den Knospen, so hatte sie es irgendwo gelesen. Die Blätter fallen ab, der Zweig wächst weiter. Und sie verfiel darauf, dass sich in ihr die Seele eines toten Kindes angesiedelt habe, da gab es irgendein Geschehnis in ihrer Familie, ich erinnere mich nicht genau. Anders als mit Karma lasse sich der Tod von Kindern nicht erklären, meinte sie – wer bringe schon ein Kind um. Unausgegorene Mädchenfantasien! Was kann nicht alles passieren, in jedem beliebigen Moment: Du hast ein Kind auf dem Arm, stolperst und stürzt – das war es dann. So simpel.
Antwort: Da übersiehst du etwas! Ich habe einmal im Fernsehen einen Bericht gesehen über Versuche, die mit Sterbenden angestellt wurden. Menschen, die im Sterben lagen, wurden auf sehr empfindliche Waagen gelegt. Und dann wurden alle möglichen Experimente gemacht. Dabei wurde festgestellt, dass sich die Körpermasse infolge von Agonie und Tod um durchschnittlich fünf Gramm erleichtert. Oder waren es zehn, ich kann es nicht mehr sagen. Beim einen mehr, beim anderen weniger. Das Gewicht eines Menschen in Reinform, abzüglich des Körpers. Du kannst es nennen, wie du willst: Seele, Quintessenz, Blütenstaub. Diese paar Gramm verschwinden ja nicht einfach, sie sind noch irgendwo. Und rechnest du das Ganze hoch auf Milliarden von Menschen – oder wie viele haben über Zehntausende, Hunderttausende von

Jahren den Sonnenuntergang geschaut: wohl eher Quadrillionen? Das sind doch Berge, die auf unseren Schultern lasten. Nicht der Luftdruck der Atmosphäre, wie man uns einreden will, nein, es ist all das, was unseren Vorfahren widerfuhr, nur so ist die Last zu erklären. Seeleute pflegen den Aberglauben, die Seelen der Verstorbenen siedelten in Möwen um, aber das ist nicht wahr. Wir sind derselbe Zweig, nur ein Jahr später. Und die Seele deines U-Boot-Vaters steckt in keiner Möwe. Sie ist in dir. Du bist zum Beispiel wasserscheu, und jeder wird dir sagen, es rühre daher, dass du in einem früheren Leben ertrunken bist. Aber das ist alles Blödsinn: Es gibt kein früheres Leben, das Leben ist eins, und in ihm lag dein Vater, er war neunzehn, mit seinem Boot auf dem Grund der Ostsee – nach einem missglückten Versuch, einen deutschen Transport zu torpedieren, der gegen Ende des Krieges von Riga aus nach Deutschland fuhr, mit Truppen, vor allem aber Flüchtlingen an Bord. Das hat er dir doch erzählt! Ringsum Explosionen von Wasserbomben, nach einer fiel die Notbeleuchtung aus, absolute Finsternis, das Ende schien nah, die benachbarte Zelle wohl schon geflutet, denn dort hämmerten sie gegen die Luke, obwohl man sich doch besser nicht rührte, was immer auch geschah. Und da bekam dein Vater eine Angst, die war so groß, dass sie nun in dir wohnt. Und überhaupt kommuniziert alles und jedes miteinander wie in einem Baum: Sichtbares und Unsichtbares, Knorriges und Zartes, Wipfel und Wurzel. Die Wurzeln sind der Mund. Das Laub ist die Brut. Der Pollen die Liebe. Es scheint nur so, als existierte alles getrennt, als wäre die Schallplatte, die dein Vater im Souterrain auf dem mit Isolierband geschienten Plattenspieler hörte, eine Sache für sich, als wäre Dracula, der die Menschen glücklich zu machen scheiterte, gesondert zu betrachten, als wäre dieser unentwegt vor sich hin plappernde und mit dem Handfeger raspelnde Pinocchio in Unterhosen wieder etwas anderes. Natürlich ist ein Mensch, von jenen paar Gramm abgesehen – nenn sie Staub, nenn sie Gott, der Name spielt keine Rolle –, auch bloß Tier, ist Pflanze und Mineral obendrein. Haare, Nägel, Dickdarm

vegetieren nach den Gesetzen der Pflanzenwelt. Mineralisch gesehen sowieso keine Frage. Kurzum: Blinddärme, die einfach nicht zur Ruhe kommen, und widerspenstige Locken, die sich nichts sagen lassen wollen, sind tatsächlich bei jedem verschieden. Aber jene flüchtigen Gramme – das ist etwas ganz anderes.
Frage: Wie kann etwas anders sein, das gar nicht da ist?
Antwort: Dein Blick, der am Spiegelbild der Lampe im nächtlichen Fenster hängt, deine Stimme, die sich vor dir unterm Bett verkriecht oder durch das Oberfenster entfleucht, die Worte, die du schreibst, ganz zu schweigen von den Milchzähnen, die deine Mama in einer Vaselinedose gesammelt hat – das bist alles nicht mehr du. Was aber nicht heißt, dass es dich nicht mehr gibt. Und genauso verhält es sich mit dieser Nacht, mit dem Stück Strauch vor dem Fenster, das vom darauf fallenden Lampenlicht fahl ist, dem Rumoren eines Flugzeugs und dem kurzen Pfeifkontakt zwischen dem Nachbarn und seinem Schlüsselfinder – als wünschten die beiden einander Gute Nacht – all das liegt am Morgen hinter uns, was aber nichts heißt.
Frage: Und wenn ich noch nie etwas vom Stamme der Aruntas gehört habe – die an den Stein Eratipu glauben als den Hort der Kinderseelen, welche sich durch das Loch im Stein eine der Frauen ausgucken, die wiederum an dem Stein vorübergehen in der Gewissheit, dass ihnen auf solche Weise ein Kind in die heiße, feuchte Spalte gerät –, dann muss das nicht heißen, dass dieser Stamm nicht existiert. Und wenn in der Stadt Colmar, die man in Russland nur als den Geburtsort von Puschkins Mörder kennt, irgendwo in einer Seifenschale ein Stück Seife sich zur Qualle verwandelt, und ich weiß davon nichts, so ist meine Ahnungslosigkeit doch wohl kein Indiz für die Unmöglichkeit solcher Metamorphose? Und wenn die alte Frau im sechsten Stock seit einer Woche nichts mehr aus dem Fenster wirft, heißt das noch lange nicht, dass sie nicht mehr da ist.
Antwort: Du bist immer noch der Alte. Man kann mit dir nicht ernsthaft über etwas reden. Und wenn einer einmal sagte, ich

schlafe, als kraulte ich, und spürte ich im Halbschlaf einmal, wie seine Lippen vorsichtig, mich nicht zu wecken, meine Hand berührten, dann … Soll nicht gewesen sein, was doch gewesen ist?

Frage: Ich beginne zu verstehen, was du sagen willst. Auf dem Nachhauseweg heute sah ich eine totgefahrene Katze. Von Autoreifen breit gewalzt wie ein Blatt Papier. Aber nur in unserer Welt ist sie jetzt wie ein Schatten auf dem Asphalt so flach, in Wirklichkeit ist sie dreidimensional wie wir und hascht auf Seite xy mit der Pfote nach Schneeflocken.

Antwort: Aber ja! Der Punkt sieht die Zeile als Linie und denkt sich die Fläche dazu. Jemand liest diese Zeile und sieht die Seite als Fläche, die aber nur Abbild ist, Darstellung eines räumlichen Körpers: des alten Hefters auf dem Tisch mit dem Tassenrand darauf. Oder der Motte hier, die sich nach der Lampe verzehrt. Oder dieses unbequemen Wattekissens. Oder von mir. Oder von dir. Wo bist du mit den Gedanken?

Frage: Ich denke daran, dass es dich nirgends mehr gibt, nur noch hier auf diesen Seiten.

Antwort: Du hörst mir überhaupt nicht zu!

Frage: Entschuldige. Sprich nur weiter!

Antwort: Also, ein denkender Schatten weiß, dass er nur ein Abbild des Wanderers ist, den er weder sehen noch hören noch begreifen kann. Er besteht aus dem Weg und dem Gras und den Stufen und den Dielen und der Wand und allem, worauf er sonst noch fällt. Er kann Tier sein, Pflanze und Mineral zugleich. Doch der Wanderer ist das Wesentliche an ihm. So sind auch wir lediglich der Schatten von einem, den wir nicht sehen noch hören noch begreifen können. Und unser Körper ist nur der Schatten unserer anderen, ureigentlichen Existenz – hier, fass mal mein Knie an.

Frage: Es ist rau.

Antwort: Das genügt, nimm deine Hand wieder weg!

Frage: Aber wer ist dieser Wanderer?

Antwort: Wozu musst du das wissen? Wanderer, Schnee, Blütenstaub – das sind alles Wörter. Entscheidend ist, dass wir dort, wo

Wanderer, Schnee und Blütenstaub sind, ein Kontinuum bilden. Wie kann ich es dir nur begreiflich machen? Jetzt gerade, merkst du, riecht es brenzlig – da hat sich die Motte ihre Flügel an der heißen Lampe versengt, und der Regen hat wieder angefangen – es regnet aber keine Tropfen, sondern Buchstaben vom Himmel: T, r, o, p, f, e, n – hörst du sie auf das Fensterbrett trommeln? Auch der Geruch verbrannter Mottenflügel – lauter Buchstaben. Und wir alle sind ein großes Ganzes.

Frage: Dieser Mottenflügelgestank ist penetrant, wir müssen lüften. Lass uns das Fenster aufmachen.

Antwort: Tu das, ich warte so lange.

Frage: Der Regen ist lautlos und unsichtbar. Nur die Tropfen, die dicht vorm Fenster ins Lampenlicht geraten, blitzen auf. Ganz wenige dicke, längliche Tropfen. Als würfe die Alte aus dem sechsten Stock weiße Stifte vom Balkon, die keinem auf der Welt etwas nützen. Hält jeden einzeln mit spitzen Fingern und lässt los.

Antwort: Komm wieder her, schnell! Mir ist kalt.

Frage: Wir sprachen doch von etwas ganz anderem, sag mal. Was war das doch gleich?

Antwort: Wir sprechen die ganze Zeit von der Liebe. Das haben wir beide noch nie getan. Es war, als vermieden wir das Wort mit Bedacht. Wahrscheinlich kam es uns unangemessen vor, alles, was man da fühlt, in ein so schmales Wort hineinzutrichtern?

Frage: Aber was bleibt einem sonst? Soll man deswegen ein neues Wort erfinden? Neue Buchstaben ausdenken?

Antwort: Du willst mich schon wieder foppen. Als ginge es um das Wort! Nenn es, wie du lustig bist – nimm das Wort Wanderer dafür oder Blütenstaub oder Gott. Warum nicht Tausendfüßler? In der einen Dimension hat er sich zwischen den prallen, regenschweren Phloxstängeln unter einem Ziegelstein versteckt, in der anderen ist er einfach überall. Liebe, das ist so ein spezieller Tausendfüßler in Gottesgröße. Fußlahm wie ein Wanderer, der ein Obdach sucht. Allgegenwärtig wie Blütenstaub. Er zieht sich jeden von uns an wie einen Strumpf. Wir passen wie angegossen, fügen uns der Form des Fußes. Die Liebe läuft in Strümpfen, das sind wir. Und in diesem Tausendfüßler sind wir alle gleich. Nicht nur tausend Füße hat er, sondern so viele, wie die Menschheit hat. Wir sind die Zellen, aus denen er sich zusammensetzt – jeder eine Zelle für sich, doch ein gemeinsamer Atem hält uns am Leben. Wir merken gar nicht, dass wir in einer unsichtbaren, ungreifbaren vierten Dimension leben: der Tausendfüßlerliebe. Wir sehen uns bloß in dreien – so wie die platt gewalzte Katze auf der Straße, die in Wirklichkeit mit der Pfote Schneeflocken fängt.

Frage: Deine Füße sind eiskalt.

Antwort: Du hast mir wieder mal nicht zugehört. Weißt du noch, ich habe dir erzählt, dass ich mich als Kind immer fragte, wozu man da unten Haare hat, und deine Antwort war einfach: »Um sie zu küssen.«

Frage: Ich erinnere mich. Es war sehr heiß, wir liefen nackt durch die Wohnung. Fuhren baden, ich holte mir einen Sonnenbrand. Du sagtest, man müsse die verbrannte Haut mit saurer Sahne bestreichen. Sahne war keine da, nur Kefir. Dass es mit Kefir nicht funktioniere, erklärtest du, darauf ich: Ist doch egal, Hauptsache – kalt! Ich lag auf dem Bauch, du schmiertest mir den eisigen Kefir aus dem Kühlschrank auf den Rücken. Wir hatten gerade renoviert, auf dem frisch gestrichenen Fußboden lagen Zeitungen ausgebreitet, sie blieben an unseren schweißigen Füßen kleben. Die Hitze ließ auch gegen Abend nicht nach. Irgendwann verzogen wir uns ins Badezimmer. Da saß eine Spinne, du spültest sie mit einem Schwall aus dem Duschschlauch in den Abfluss. Gern hätte ich dir den Bikini aus weißer Haut ausgezogen, der beinahe bläulich von der sonstigen Bräune abstach. Wir ließen die Wanne voll, du stiegst hinein, strecktest dich aus, und deine Beine sahen im grünlichen Wasser kurz und krumm wie Froschbeine aus. Ich streichelte sie unter Wasser, wo meine glitschenden Hände sie rank und schlank vorfanden, und ich dachte, so muss das sein, du meine Froschkönigin. Und hinterher, als es aus mir ins Wasser tropfte, beugtest du dich extra tiefer, schautest interessiert und sagtest: Sieh nur, es gerinnt zu kleinen Federwölkchen.

Antwort: Alle Freundinnen hatten es schon hinter sich, nur bei mir war nichts, bevor du kamst. Mama hatte mir längst irgendwelche Kügelchen zugesteckt, die man vorher in die Scheide einführen sollte, aber was sollte ich damit anfangen? Sie lagen im Kühlschrank. Immer wenn ich ihn aufmachte, um die Milch herauszunehmen, sah ich sie, und mir war zum Heulen. Dabei hätte ich so gerne geliebt, wie es sich gehört: mich angeschmiegt, hingestreckt, umgestülpt, festgesaugt mit jedem Fleckchen meiner Haut, darumgelegt wie ein Futteral. Als du gewahr wurdest, dass ich noch ein Frosch mit Jungfernhäutchen war, hieltest du inne, wolltest etwas sagen, doch ich legte dir die Hand vor den Mund: Schweig! Ich will es! Sehr! Trotzdem klappte es lange Zeit nicht, du eruptiertest immer gleich. Ich verschmierte mir das Zeug über Bauch, Brust, die Flecken am Hals, schnupperte, schmeckte – und war immer noch keine Frau. Ich bewarb mich fürs Psychologiestudium, fiel durch und fand eine Anstellung am Vivarium der Universität. Früher hatte ich mir mein erstes Mal mit einem Mann immer in schöner Atmosphäre ausgemalt, und das war: schönes Zimmer, schöne Musik, unbedingt Kerzenschein. Das Leben hat schön zu sein! Aber bald verstand ich: Schönheit ist etwas ganz anderes. Mit Vorliebe trieb ich mich bei den Froschkübeln herum und den Regalen, in deren Schüben weiße Mäuse wimmelten. Hier herrschte ein eigentümlicher Geruch, der mir behagte: warm, erdig, höhlig. Es gab auch drei Affen, die schreckhaft und bösartig waren. Mit ihnen wurden irgendwelche Versuche angestellt. Dazu arretierte man sie in speziellen Schraubstöcken, sie bekamen Elektroden an den Kopf geklemmt. In den Pausen zwischen den Versuchen hockten sie traurig in ihren Käfigen. Weißt du noch, da standen Säcke mit Walnüssen, du strecktest eine Nuss durch das Gitter, der Affe schnappte sie und schlug dir mit Wucht auf die Hand. In den Augen keine Trauer mehr, sondern plötzlich helle Wut. Auf dem Hof gab es reihenweise Hundekäfige. Fing ein

Hund an zu bellen, fielen die anderen ein, das Gekläff ging durch Mark und Bein. Einmal sollte ich Welpen ersäufen, du gingst mir zur Hand: Wir gossen Wasser in einen Eimer, warfen die Welpen hinein und beeilten uns, einen anderen Eimer mit Wasser daraufzusetzen und zu drücken, sodass das Wasser uns über die Füße schwappte. Ich versuchte mich zusammenzureißen, doch die Tränen waren nicht zu stoppen. He, wein doch nicht!, sagtest du, das lässt sich später einmal alles verwenden, in irgendeiner Erzählung vielleicht. Das sollte ein Trost sein! Überhaupt redetest du einen solchen Stuss, dass mich das große Mitleid überkam und dazu so eine Liebe, am liebsten hätte ich deinen Kopf an meine Brust gezogen und dich gehätschelt wie ein Kind. Wir mussten noch Heu holen, das im hintersten Käfig gelagert war. Als wir dort eintraten, war ich nicht mehr zu halten. Schlang Arme und Beine um dich, presste, verbiss mich, warf dich um. Hier nun fand die wahre Schönheit statt: der Duft des stachligen Heus, das irre Gekläff, du zum ersten Mal in mir, Schmerz, Blut, Freude.
Frage: Und an dem Tag, als der Bildband dir wie ein Rock die Lenden bedeckte, weißt du noch, gingst du irgendwann ins Bad – duschen, nahm ich an, es war aber kein Plätschern zu hören, dafür ein Klappern, das nicht aufhören wollte, als kehrtest du im Schränkchen mit den Nagelscheren, Shampoos und sonstigen Flaschen das Unterste zuoberst. Vertieft in die Badgeräusche, lag ich da, rätselte, was du wohl anstelltest, sah deine Sandalette im Sessel hängen, du hattest, als wir uns auszogen, ungeduldig den Fuß geschüttelt, um sie abzuwerfen, dort war sie gelandet. Lag da und dachte: Wieder nichts gemacht fürs Institut, ich studierte Sprachen und hatte für jedes Seminar Aufgaben zu erledigen, wie in der Schule – so lag ich auf meinem alten, durchgesessenen Sofa, das bei jeder Bewegung quietschte, oder besser gesagt: aufschrie, als wollte es sagen: He, hört sofort auf, ihr strampelt euch vor lauter Liebe einen ab da oben, und ich breche gleich zusammen, meine Füße wackeln schon! – wartete, dass du zurückkamst, dachte: zum Teufel mit den unregelmäßigen Verben! In dem Moment trittst du

aus dem Bad, verharrst auf der Schwelle, lächelnd: Fällt dir nichts auf? Ich schaue hin: Du stehst an den Türrahmen gelehnt, Hände hinter dem Kopf, Ellbogen gespreizt, ein Fuß auf dem anderen stehend, mit schaukelndem Knie. Ich schaue auf dein rosa Schwimmhäutchen unter dem Schlüsselbein, auf die knubbeligen Brustwarzen, das schwarze Knäuel am unteren Bauch – als hättest du da etwas zwischen den Beinen klemmen und hieltest es fest, einen Fausthandschuh oder eine Wollsocke – und jetzt bemerke ich es: Der Nabel ist weg… Ich stand auf, ging hin, schaute nach: Du hattest deinen Nabel mit Pflaster überklebt, fleischfarben, aus der Entfernung nicht zu sehen. Ich nahm dich auf meine Arme, hätte dich gern im Kreis herumgewirbelt, aber wie soll das gehen in solch einer winzigen Bude, wir verloren das Gleichgewicht, fielen auf das Sofa. Weißt du noch, das Krachen, wie es unter uns zusammenbrach? Du lachtest dich tot, ich riss dir das Pflaster vom Bauch – und hatte auf einmal unbändige Lust, es dir *dort* hineinzusagen, dem aus dem Nabel ragenden Weinbeerchen zu flüstern: wie sehr ich dich liebe.

Antwort: Außerdem hast du dir damals die Lippe an meinem Ohrring aufgerissen. Zeig mal her! Nein, man sieht es nicht mehr.

Frage: Und wie gern habe ich dich in deinem Vivarium besucht! In *unserem* Käfig!

Antwort: Anfangs habe ich dort meine Liebe an alle und jedes verschenkt, zum Ende hin ging gar nichts mehr. Die Hunde wurden in der Stadt aufgelesen, halb tot und verängstigt bei uns abgeliefert. Für ihren Unterhalt stand diverses Futter zur Verfügung, auch Fleisch, das aber regelmäßig veruntreut wurde, die Hunde wurden mit Hundefleisch gefüttert. Die einen wurden getötet, zerhackt und den anderen vorgeworfen. Ich nahm mir vor, an meinem letzten Arbeitstag, bevor ich ging, alle Käfige zu öffnen und diese unglücklichen Kreaturen herauszulassen. Einmal kam ich erst sehr spät los, es war später Herbst, zeitig dunkel, und schon so kalt wie im Winter. Zufällig waren in der Nacht alle Käfige leer bis auf einen. Der verbliebene Hund hatte schon ein

paarmal geblafft; da aber keiner antwortete, fing er an zu heulen. Ich machte, dass ich wegkam, um dieses Heulen nicht mit anhören zu müssen. Vermutlich glaubte er der letzte Hund auf der Welt zu sein. Ich kam nach Hause in die Einzimmerwohnung in Beljajewo, wo wir damals zur Miete wohnten, du warst nicht da, und ich fing an, in deinen Anziehsachen zu wühlen, deine Ärmel zu beschnüffeln, mein Gesicht an deinem Pullover zu reiben, zog mir dein Hemd über ... Lief durch die Wohnung und liebte. Konnte gar nichts anderes tun. Dass du nicht bei mir warst, spielte keine Rolle, ich war so voll von meiner Liebe zu dir, dass kein anderer, auch nicht der klitzekleinste Gedanke Platz in mir fand. Und wo ich hinguckte, sah ich sowieso nur dich. Glücksanfälle. Wenn der Heizungskörper gurgelte – wie gemütlich war das! Wenn es zum Fenster kalt hereinzog – das tat gut! Dein Schal – so flauschig an meinem Hals! Unten auf der Straße standen zwei Männer im Lichtkegel der Laterne und unterhielten sich mittels Dampfwolken – welch originelle Erfindung! Und so genoss ich jeden Sinneseindruck – allein schon, weil ich es war, die da fühlte, sah und berührte! Das Leben war so prall und schön, ich hätte heulen können. Ging in die Küche Bratkartoffeln machen – denn bald kamst ja du – und heulte tatsächlich, nämlich vom Zwiebelschneiden, aber das war in dem Moment ein und dasselbe.
Frage: Augenblick ... Mir ist der Arm eingeschlafen. Leg deinen Kopf ruhig auf meine Brust.
Antwort: Bin ich dir auch nicht zu schwer?
Frage: Nein, nein. Sprich weiter.
Antwort: Während ich an dich dachte, wurde mir klar, dass diese Liebe die erste und letzte war; eine, die noch nie da gewesen war und nie wiederkommen würde. Nie da gewesen waren, nie wiederkommen würden die Kirschkerne, der Kefir auf deinem sonnenverbrannten Rücken, das Pflaster an meinem Bauch, das nicht wieder abgehen wollte. Oder denke an den Abend am Ufer der Kljasma, als wir das Pferd unter dem Apfelbaum stehen sahen, wie es das Maul nach einem Apfel streckte, und eine aufziehende

Wolke änderte die Farbe seines Fells. Oder wie du mir abends im Bett etwas Lauschiges vorlasest aus alten Mythen: die Geschichte, bei der am Anfang alle umgebracht wurden mit Ausnahme eines Knaben, den eine Wölfin vorm Tod bewahrt und säugt, später wird sie seine Frau und schenkt ihm sieben Söhne. Beim Lesen wickelst du dir eine Strähne meines Haars um den Finger. »Damit ich dir im Schlaf nicht weglaufe?«, flüstere ich und bin schon fast eingeschlafen. Du nickst und liest noch etwas vor über eine Gottheit, die aus der Achselhöhle einer anderen Gottheit geboren wird. Na, diese neugeborene Gottheit bin doch ich! Liege eingerollt und angeschmiegt unter deiner Achsel, als käme ich aus ihr, aus dir, gerade geboren. Und im Halbschlaf höre ich noch, wie jemand von einer ins Gesicht geflogenen Taube schwanger wird.

Frage: Sag mal, wohin bist du damals im Schlaf eigentlich geschwommen – ein Arm voraus unters Kissen, der andere nach hinten, Handfläche nach oben?

Antwort: Zu dir natürlich! Was dachtest denn du? Meine größte Angst war, dass das alles zu Ende gehen könnte. Irgendwo hatte ich von einem »Wegdenk«-Spiel gelesen. Traf also Vorkehrungen: bloß keine Anhänglichkeit! Desto schmerzärmer lebt man. Gegengift gesucht! Sich entspannen, etwas Zeit vergehen lassen, die Augen schließen – der erste Schritt zur Selbstheilung. Sich einen Gegenstand aus der Umgebung vorstellen: leeres Glas an der Tischkante. (Mama trank immer irgendwelche Medizin, Lippenspuren am Glasrand.) Das Glas ist vom Tisch gefallen und zerschellt. Bringt Glück. Im Schrank: das Fotoalbum mit meinen Kinderbildern. Lässt sich wegschmeißen. Notfalls verbrennen. Die große Bratpfanne hernehmen, auf den Herd stellen, jedes einzeln darin abfackeln. Neben dem Spiegel auf der schönen Untertasse, Erbstück von der Großmutter: alle meine Ringe und Ohrstecker. Kommt ein Dieb vorbei, und das Tellerchen ist leer. Kein Problem. Bleibst du wenigstens nicht mehr an dem Häkchen hängen und verletzt dich. Das Paar Skier: aus Platzmangel auf dem Klo, wo soll ich sie sonst hinstellen? Wie ich am Ende des Sommers von der

Datscha zurückkomme, haben Insekten (Skibohrer! Was es nicht alles gibt) sie zernagt. Die Skistöcke kann man den Nachbarskindern schenken, die nehmen ein paar Decken her und errichten Wigwams. Hier, sieh mein Bein, gegen die Wand gestemmt: Zehen krümmen, Zehen spreizen, das ist, als wollte der Fuß den Tapeten den Rücken kraulen. Ich gerate unter die Straßenbahn, das Bein wird amputiert, ich hopse auf Krücken herum, bis die Prothese fertig ist, dann kann ich wieder gehen, in Hosen merkt keiner was; käme aber auch ohne das Bein ganz gut klar. Oder nehmen wir meine Mama, lieb und gut und nicht gescheit. Das Leben, vom dem sie träumte, ist ihr nicht geglückt, und sie meinte, dieses Leben könne nur der Rohentwurf für meines gewesen sein, nun schriebe ich es neu und ins Reine: Hochzeit, wie es sich gehört, Familie, Kind vom liebenden und geliebten Mann, alles, wie es sein soll. Eine meiner frühesten Erinnerungen: Mama bereitet sich ein heißes Bad, gießt Wasser in die Wanne, kochend heiß, nein, überhaupt kochend, mehrere Töpfe und Kessel direkt vom Herd, gießt es in die Wanne, in der schon heißes Wasser ist, streut Senfpulver hinein und lässt sich unter Winseln und Wehklagen darin nieder. Kam sie nachher wieder heraus, war sie hochrot, wie abgebrüht. Einmal während eines solchen Wannenbades verbrühte sie *mich* versehentlich. Wie Mama mir erzählte, seien ihre Gefühle, wenn sie wieder einmal schwanger war und abtrieb, gemischt gewesen: Mitleid mit dem Ungeborenen einerseits, andererseits – man höre und staune – die Befriedigung, eine vollwertige Frau zu sein. Umgekehrt wäre sie sich, nicht schwanger, vorgekommen, als stimmte etwas nicht mit ihr, als wäre sie unfähig, Kinder zur Welt zu bringen, ein Minderwertigkeitsgefühl. Schwanger zu sein bedeutete, dass alles gut und in Ordnung war. Beim nächsten Mal konnte sie ja dann einmal Ernst machen und das Kind austragen … Nun stelle ich mir vor, dass meine Mutter stirbt. Früher oder später wird es dazu kommen. Bei dem Gedanken schnürt sich in meiner Brust, da wo das Herz ist, alles zu, doch ich weiß, dass ich auch das überleben werde. Plötzlich sehe ich mich auf dem Begräbnis – im

Dämmerlicht, im Schnee. Jemand sagt: Möge die Erde ihr leicht sein. Ich werfe einen gefrorenen Sandklumpen in die Grube, in die sie sie hineinversenkt haben. Er schlägt hart auf und prallt ab, es klingt hohl. Als hätte ich einen Stein nach der Toten geworfen, zum Lohn für all ihre Liebe. Mir werden die Augen feucht, aber da ist nichts zu machen, es wird so kommen, das Leben wird ohne sie weitergehen müssen. So, und als Nächstes wage ich mich an die Vorstellung, ich könnte *dich* verlieren. Doch schon bei der Überlegung, *was* dir widerfahren, welches Unglück dir zustoßen könnte, wird mir schwarz vor Augen, alles in mir krampft, selbst die Kaumuskeln zieht es zusammen von dieser einschießenden Angst vor der plötzlichen Leere, frostiger Einsamkeit. Im Nu bin ich kein Mensch mehr, nur noch ein weggeworfener Strumpf. Auf nächtlicher Müllhalde. Im Winter.
Frage: Es ist heiß. Wir sollten die Decke wegnehmen. So … Hast du das damals eigentlich wahr gemacht, sag mal? Die Hunde freigelassen am letzten Tag?
Antwort: Natürlich nicht. In den Käfigen hatten sie wenigstens eine Bleibe. Sonst wären sie vergiftet worden allesamt … Du, ich hatte noch so viel zu erzählen vor, und nun liege ich bei dir und habe alles vergessen. Fällt dir nicht noch irgendwas ein?
Frage: Einmal sprachst du davon, dass du lange glaubtest, Kinder kämen aus dem Po zur Welt, weil du als Kind in den Sommerferien auf dem Dorf gesehen hattest, wie einem Pferd das Fohlen unter dem Schwanz hervorrutschte.
Antwort: Wahrscheinlich habe ich dir mit meiner Liebe die Luft genommen. Sie wurde dir einfach zu viel. Das gibt es: dass einer nichts ahnend drauflosliebt, und der andere kriegt von dieser Liebe Atemnot. Plötzlich glaube ich vor Sehnsucht nach dir zu sterben, rufe an, du sagst: Ich kann jetzt nicht mit dir reden!, und legst auf. Ich rufe wieder an. Du legst wieder auf. Also wieder ich, so geht das endlos weiter. Du begriffst nicht, dass mir ein: Ich liebe dich! zu hören genügt hätte. Dann hätte ich nicht gleich wieder anrufen müssen. So aber steigerte ich mich hinein bis zur Rase-

rei und brachte auch dich auf die Palme. Du schriebst an einem Roman, der nicht enden wollte, lasest mir stückweise daraus vor, ich verstand nichts, fand es aber großartig. Du hättest mir die Installationsanleitung für deine Waschmaschine vorlesen können, mir wäre auch das gigantisch vorgekommen. Einmal, du hattest dir gerade notiert, wie ich eine weiße Maus am Schwanz aus der Schublade ziehe und eine ganze Traube weiterer Mäuse an ihr hängt, alle mit diesen Preiselbeeraugen, da sagtest du: Sonst wirst du eines Tages verschwunden sein, aber wenn ich dich aufschreibe, bleibst du.

Frage: Du hast bloß gelacht: Wohin denn verschwunden? Und was, wenn du dein Notizbuch in der U-Bahn liegen lässt?, fragtest du. Dann ist Sense! Dass du es nicht begreifen willst: Ein Haar von mir, das auf dem Kissen zurückbleibt, ist realer als all deine Sätze zusammengenommen! – so hast du gesagt.

Antwort: Wenn ich an unsere Zukunft dachte, und das tat ich die ganze Zeit, so wurde mir angst und bange. Sich zum ersten Mal zu verlieben und diese Liebe gleich durch das ganze Leben zu schleppen – das ging doch nicht. Alles muss einmal ein Ende haben, nicht wahr. Und ich spielte eine neue Runde des »Wegdenk«-Spiels mit mir selbst. Bis ich verstand, dass ich damit nur das Unglück anzog. Indem ich es mir ausmalte, um mich davor zu fürchten, holte ich es mir ins Haus. So brach ich mir zwar nicht das Bein – aber den Arm. Lief herum mit dem Gips in der Schlinge. Man konnte gut damit Nüsse knacken. Und auch als dann Mama starb, war alles so, wie ich es vorausgeahnt hatte: der verschneite Friedhof im Dämmerlicht, das Möge-die-Erde-ihr-leicht-sein. Ich warf den vereisten Sandbrocken in die Grube, in die man sie gerade versenkt hatte. Hart und hallend schlug er auf dem Sargdeckel auf, prallte ab wie eine Nuss. Und als du mich verließest, habe ich geheult, wie ich es schon kannte: von dem Hund im Käfig, den man in der Kälte hatte sitzen lassen. Plötzlich konnte ich Mama verstehen, wusste, wovor sie sich jedes Mal in eine neue Liebe hatte retten wollen: vor dieser Eiseskälte. Allein

zu bleiben mit sich selbst, Aug in Aug mit dieser kosmischen Einsamkeit – das ist nicht drin. Also musste sie tagtäglich vor Liebe sterben, um nicht an der Angst vor dem Eiskäfig zu krepieren. Ich gruselte mich davor, dich zu verlieren – und musste immerzu an die anderen denken, die nach mir kommen würden. Wer waren sie? Konnte denn eine mehr lieben als ich? Eifersucht und Neid zerfraßen mich bei der Vorstellung, dass sie an meiner Stelle sein würden. In deinen Armen liegen wie ich. Dich küssen wie ich. Dich überall anfassen wie ich. Aber dann kam mir ein simpler Gedanke: Die werden mich ja nur imitieren. Deine Liebe zu mir wird wie ein Schnittmuster für sie sein. Du wirst in jeder von ihnen nur mich lieben. Als mir das klar war, hörte die Eifersucht auf, die anderen rückten mir gewissermaßen näher. Waren gewissermaßen ich selbst. Auch sie röchen am anderen Morgen nach dir. Also wären sie gar nicht sehr anders, wären ein bisschen ich selbst. Als hätten wir zwei uns gar nicht getrennt, begegneten uns wieder und wieder.
Frage: Dieses Notizbuch habe ich tatsächlich irgendwann verloren. Ich dachte, die Welt geht unter – was da alles Wichtiges drinstand. Dabei war es wohl nur Unwichtiges. Die Worte sind dahin, aber deine Haare auf meinem Kissen habe ich. Gerade wickele ich sie mir um den Finger, siehst du.
Antwort: Einmal, als Mama schon sehr krank war, sprach ich mit ihr über meinen Vater und die anderen Männer. Liebe, die plötzlich aufhöre, sei keine gewesen, behauptete sie, und wen man richtig geliebt, den liebe man auch später noch in den vielen anderen mit. Ach, könnte ich sie alle noch einmal zusammenrufen!, sagte sie. Ich würde sie alle miteinander an mein Herz drücken! An meinen Tisch setzen und etwas Leckeres für sie kochen, wie eine Mutter! Eine Strecke zwischen den Punkten A und B lege man in Kilometern zurück, fuhr sie fort, das Leben hingegen in Menschen, man nehme sie unweigerlich in sich auf; die, die du einmal geliebt, kommen dir nie mehr abhanden, sie wohnen in dir, sie sind das, woraus du bestehst, sagte sie. An ihnen entlang

verläuft das Leben. Damals nach jenem Sommer an der Rigaer Bucht schien es mir das Allerwichtigste, nicht nach meiner Mutter zu kommen, in allem wollte ich mich von ihr unterscheiden. Und ertappte mich doch manches Mal bei dem Gedanken, dass ich alles, was sie fühlt und denkt, nachfühlen und verstehen kann. Du und ich, wir haben einander geliebt, und mir geht durch den Kopf, Mama könnte meinen Vater genauso geliebt haben, als ich mich schon an der Schwelle zu dieser Welt befand. Und ich umarme dich, fahre mit den Fingern über die Wirbel auf deinem Rücken, klammere meine Beine um dich, genau so wie es meine Mutter einst mit meinem Vater getan. Und empfinde dabei dasselbe wie sie. In dem Moment sind wir plötzlich eins miteinander, wie verschmolzen. Du hast sogar genau das gleiche Muttermal unter dem Schulterblatt wie mein Vater. Sie habe ihr Leben lang den einen wiederzufinden versucht, der ihre erste Liebe war, sagt Mama. Ob der wohl auch ein Muttermal unter dem Schulterblatt hatte?
Frage: Kann sein, die halbe Menschheit hat da ein Muttermal. Es hat nur noch keiner nachgeschaut.
Antwort: Aber sag, hattest du schon irgendwann einmal das Gefühl, dein Vater zu sein?
Frage: Nein, nie. Oder einmal vielleicht doch. Das war kurz nach seinem Tod. Ich saß im Zug, es war Winter, spätnachts. Im Wagen war es stickig, ich konnte nicht schlafen und wollte hinaus auf die Plattform zwischen den Waggons, um Luft zu schnappen. Ich drängte mich also ans andere Ende des Liegewagens: überall Füße, Arme, Schnarchen, Stöhnen im Schlaf, Mief und Gestank. Der Gang war schmal, der Wagen schaukelte, ich fasste nach den Haltegriffen, die waren kalt und fühlten sich schweißig an. Schließlich kam ich hinaus ins Zwischenabteil, wo alles dick vereist war, die Tür zum nächsten Wagen ließ sich nicht öffnen, dazu ein Höllenlärm, rüttelnde Puffer, schabendes Blech. Und das in völliger Finsternis, es gab keine Beleuchtung. Da fuhr in mich auf einmal eine solche Kälte, eine solche Trauer befiel mich! Und für einen langen Augenblick kam mir der dröhnende Waggon wie ein Unterseeboot

vor und ich darin wie mein Vater. Das war der Moment, wo wir eins waren. Die Zeit und alles andere zerbröselten zu nichts. Ich war mein Vater. Das U-Boot schlingerte, als wären ringsum Wasserbomben am Explodieren. Ich machte, dass ich rauskam, zurück in meinen stickigen, stinkenden Wagen. Auf dem Rückweg kam der Schaffner in dem schmalen Gang auf mich zu, bewaffnet mit einem Beil. Mich durchfuhr es heiß und kalt, doch er war auf dem Weg zur Toilette, um sie von den festgefrorenen Exkrementen freizuhacken.
Antwort: Hast du eine Ahnung, wer vor dir in dieser Wohnung gewohnt hat?
Frage: Nein. Wohl irgendein alter Mann.
Antwort: Der vor dir hier wohnte, das warst du. Der in den Nächten den Besen unten scharren hörte und das Puppenstimmchen des Nachbarn, der wieder mal nicht schlafen kann. Warum redest du nicht mal mit ihm?
Frage: Ich habe über ihn geschrieben.
Antwort: Er ist einsam.
Frage: Dafür ist dieses Haus ja gedacht. Lauter Einraumzellen. Geeignet zur stillen Verpuppung.
Antwort: Aber mit wem wird der alte Mann seine Unrast teilen oder seine Freude? Den morgigen Tag? Das Gefühl, dass ein Gewitter aufzieht? Dass bald wieder Herbst ist?
Frage: Was soll dieser Alte jetzt? Wir sprachen von der Liebe.
Antwort: Eben. Weißt du denn inzwischen, wer die weißen Stifte herunterwirft?
Frage: Wie spät ist es?
Antwort: Gute Frage! Minuten und Jahre – das sind Einheiten, die dem Leben fremd sind. Was sie bezeichnen, gibt es nicht. Die Zeit misst sich nach der gewandelten Farbe des Pferdes, das sein Maul nach einem Apfel reckt. Die Zeit ist eine Nähmaschine, sie vernäht im Zickzackstich den überhitzten Hundezwinger voll mit Heu, den leeren U-Bahn-Wagen mit dem vergessenen Notizbuch, das Prasseln der fallenden Stifte vor dem Fenster und dieses zum

Strick gewundene Laken. Und das Buch, das da auf dem Boden herumliegt. Das man, wenn man will, gleich hinten auf der letzten Seite aufschlagen kann und lesen, wie müde Wanderer, nachdem alle Prüfungen durchlaufen sind, nach Verlust und Wiedergewinn, Verzweiflung und neuem Glauben, mit zerschundenen Füßen und angekratzten Seelen, fühlbar aufgeraut, zur Liebe erwachsen, an das Ende ihres langen Weges gelangen, an jenes Meer, gehängt mit fernen Segeln wie ausgeblichenen Wäscheklammern an den straff gespannten Horizont, wie sie tränenüberströmt einander in die Arme fallen und sinnloses Zeug schreien, außer sich vor Glück.
Frage: Aber wenn der Punkt auf der letzten Seite der Zukunft schon gesetzt ist, dann lässt sich wohl gar nichts mehr ändern? Was, wenn man am Leben noch etwas korrigieren möchte? Jemanden wiederhaben? Zu Ende lieben?
Antwort: Im Gegenteil, es kann sich jederzeit alles ändern, selbst das, was schon war. Jeder Mensch, den du durchlebst, ändert das, was davor war. Ein Frage- oder Ausrufezeichen ist imstande, einen Satz zu verkehren – ein Schicksal auch. Vergangenheit ist, was man schon kennt, doch indem man es bis zur letzten Seite auslebt, wird es sich verändern.
Frage: Man kann also zurückblättern? Und der Schnee fällt nach oben? Akaki Akakijewitsch greift zur Feder, hobelt jeden Buchstaben einzeln aus dem Manuskript und schüttelt ihn ins Tintenfass? Eine Generation nach der anderen wird aus den Grüften ins Leben zurückgeholt, nur Lazarus, der wird von Christus getötet? Wasser und Land, Licht und Dunkel kehren ins Wort zurück?
Antwort: Warum nimmst du nie ernst, was ich sage? Du weißt doch genau, was ich meine: Was einmal auf dem Blatt steht, geschieht dort wieder und wieder. Und wenn, als meine Mutter noch am Leben war und ich sie einmal heftig kränkte, ich nachher hinging und sie umarmte, mich an sie drückte und wir eine Weile so in der Küche standen, dann stehe ich da heute noch immer mit ihr, das Gesicht im warmen, sonnenbraunen Dreieck über dem weißen Streifen ihrer Brust vergraben. Und wenn wir, du und ich,

in irgendeinem Februar zusahen, wie das Bronzepferd langsam einschneite – und zwischendurch schienen die Schneeflocken tatsächlich aufwärtszufliegen –, so trägt es dieses Schneevlies bis heute auf dem Rücken. Und hatte ich einmal diese plötzliche Anwandlung von Glück, einfach so, aus heiterem Himmel – bis dahin war mir das Kämmen immer ein Graus gewesen, und nun stehe ich nach dem Haarewaschen mit baumelndem Kopf, sodass die Haare nach vorn fallen, fahre mit der hölzernen Haarbürste hindurch, und die kräftigen Streichholzzinken scheuern sich durch das Dickicht, dass es knistert, knuspert und quietscht –, so stockt mir noch heute in diesem Badezimmer der Atem vor so viel grundlosem, aus dem Nichts geborenem Glück – ich bin glücklich, weil du da bist und weil die Zinken mir die Nackenhaut kratzen wie scharfe, kleine Krallen und weil ich den Kopf hängen lasse und die frisch gewaschenen Haare wie ein schwerer, duftiger Vorhang fallen und weil es so viele sind, mein Haar ist dicht und voll und feucht wie das Leben.

Frage: Aber warum willst du nicht verstehen, dass das alles gar nicht sein kann?

Antwort: Was? Wieso nicht?

Frage: Weil man dich gelehrt hat, längs zu ritzen statt quer!

Antwort: Da stand so eine Alte auf der Straße, krumm und nicht mehr alle Tassen im Schrank, zischte jeden an, der vorüberkam: Du stirbst auch bald! Ich wollte vorbeihuschen, entkommen, unsichtbar sein. In ihrem Alter müsste sie doch wissen: Die Welt ist so eingerichtet, dass man darin nicht abhandenkommen kann. Bist du hier von der Bildfläche verschwunden, heißt das, du bist anderswo aufgetaucht – in irgendeiner Einraumzelle für Alleinstehende, in der heißen, feuchten Falte von irgendwem, im eigenen Leben vor vielen Jahren. Von der Bildfläche zu verschwinden heißt, kopfüber unterzutauchen, gleich taucht man irgendwo wieder auf. Nicht mehr da zu sein ginge sowieso über den Horizont eines Menschen. Dafür ist kein Sinnesorgan geschaffen. Dass meine Mama plötzlich nicht mehr da war, hat sie weder begriffen noch überhaupt erfahren. Sie starb im Schlaf, schlief ein und wachte nicht wieder auf. Schläft demnach immer noch. Und genauso wenig werde ich eines Tages mitkriegen, geschweige kapieren, dass ich weg bin. Einfach zu verschwinden steht uns nicht frei. Du kehrst wieder in mir. Ich kehre wieder in dir. So sind wir nur frei, an jeglichem Ort, zu jeglicher Zeit wiederzuerscheinen. Und die süßeste aller Freiheiten ist die, dahin wiederzukehren, wo man einmal glücklich war. Zurückzukehren in einen Augenblick, der die Rückkehr lohnt. Ich blättere in meinem Leben und suche nach Anwandlungen von Glück. Da, wo ich einmal vor Liebe fast erstickte, kann ich bleiben und das Buch zuschlagen.

Frage: Wirst du zurückkommen zu mir?

Antwort: Nein.

Frage: Aber wieso denn nicht? Du bist es doch schon. Ich umarme dich, atme den Geruch deines Kopfes ein. Und hier dein Atem, er geht ein wenig schnaufend, du schlummerst in meiner Achselhöhle. Hier fühle ich mit den Fingerkuppen die Sehnen der Froschhäutchen an deiner Brust. Hier hast du dir den Bauch gekratzt, wo das Pflaster war. Hier wickle ich dein Haar um meinen Finger, damit du mir im Traum nicht wegläufst.

Antwort: Nein.

Frage: Warum nicht?

Antwort: Weil ich gerade ganz woanders bin. Ein Strand: Ostseeküste, flach, ziemlich leer. Ich sitze im Sand, genau auf dem Saum des Meeres, das noch kalt und steif daliegt. Es plätschert nur wenig, funkelt kaum in der Sonne. Vor mir die Schreie der Möwen, hinter mir die Schläge gegen den Ball – da wird Volleyball gespielt. Jemand geht vorbei, starrt in den ans Ufer geworfenen Tang, ein Bernsteinsucher. Unter seinen Sandalen knacken Muscheln. Ich weiß, jetzt kommen drei schlappe, mickrige Wellen. Und dann die vierte, die die meine ist. Schon sammelt sie sich, bäumt sich auf und reckt sich, greift nach meinem Fuß, nimmt die Zehen in den Mund, kitzelt die Ferse mit Sand.

25. Juli 1926
Heute sah ich im Printemps dieses Heft mit der wunderschönen Prägung auf dem Umschlag und musste es kaufen. Ich werde wieder ein Tagebuch führen. Wobei ich mir Begeisterungsstürme über die Seine, Notre-Dame, die Museen, den Eiffelturm und das Übrige hier nach Möglichkeit verkneifen will. Aber diese ganzen Ahs und Ohs sind nach vierzehn Tagen Paris sowieso versiegt.

Vielmehr will ich das Heft dazu verwenden, Gefühle festzuhalten. Gefühle, die so niemand außer mir empfindet, je empfunden hat oder empfinden wird! Denn was da gerade in mir vorgeht, gehört mir. Mir ganz allein! Ich merkte auf einmal, dass mir mein früheres Ich abhandenkommt, fadenscheinig wird, während ein anderes Leben mich allmählich durchdringt. Da ist jetzt *noch* jemand, dem mein Körper gehört. Ich bin nicht mehr für mich allein.

Manchmal kommt es mir so vor, als wäre ein Akt meines Lebens abrupt und still, ganz ohne Beifall zu Ende gegangen. Ein dicker, schwerer Vorhang fiel und trennte mich von allem Früheren wie auch von der Gegenwart, die auf einmal vollgestopft wirkt mit lauter überflüssigem Zeug. Das Wichtigste und Kostbarste aber, das es geben kann, befindet sich in mir. Noch keiner außer Iossif und mir weiß davon. Alle jagen sie irgendwelchen Bagatellen hinterher. Ich trage mein Pünktchen in mir. Iossif hat es so getauft, als wir darüber rätselten, was es wohl sein mag, das sich da tief in mir verbirgt, Junge oder Mädchen. Pünktchen also. Es hat mich, meinen Körper schon im Griff. Alle meine Wünsche, Launen, Schrullen und Capricen gehören nicht mehr zu mir. Aus meinem Körper spricht das Pünktchen.

Mama hat erzählt, dass sie, als sie mit mir schwanger ging, schrecklichen Heißhunger auf Hering und Weintrauben hatte. Ich hingegen laufe durch die Straßen von Paris und atme wie eine Verrückte Autogase ein. Etwas, das ich früher nicht ertragen konnte. Jetzt bleibe ich bei jeder Taxisäule stehen und schnüffele. Dieser Benzingeruch – einfach köstlich!

Die jüdischen Väter seien die besten auf der Welt, heißt es. Wie tapfer und geduldig er doch ist, mein Iossif, und wie fürsorglich!

Was bin ich froh, dass diese schauderhafte Phase fortwährender Übelkeit noch vor der Abreise nach Paris ihr Ende hatte. Immerzu war mir schlecht, selbst wenn der Magen leer und ich gerade erst aufgewacht war. Ossik flößte mir teelöffelweise süßen, starken, kalten Tee ein. Und seltsam: Das half! Aber nach dem Frühstück half dann gar nichts mehr. Es war so widerwärtig, so erniedrigend, vor der von Iossif bereitgestellten Schüssel Platz zu nehmen wie zu einer fälligen Buße! Es würgte mich noch, wenn da schon gar nichts mehr war. Und hinterher, vollkommen entleert, musste ich lange liegen, um wieder zu Kräften zu kommen.

Iossif ging mit zum Arzt, notierte sich die Weisungen und verlangte von mir, dass ich sie alle befolgte. Da merkte ich, dass der Spitzname Ossik* gar nicht zu ihm passt, er sollte, so wie er sich um mich kümmert, lieber Bienchen heißen.

Eben wollte ich das Datum hinschreiben und merke, dass ich hier aus jeder Zeitrechnung herausgerutscht bin. Besser gesagt: Die Zeit wird nun anders gemessen. Ich weiß, dass ich in der achtzehnten Woche bin, alles Übrige erscheint nebensächlich.

Ich habe ein Maßband gekauft und messe jeden Morgen nach, wie mein Bauchumfang zugenommen hat. Viel sieht man noch nicht. Nur an den auf Taille genähten Kleidern lässt es sich schon feststellen.

Ossik geht auf Arbeit, sodass ich jetzt oft den ganzen Tag mir selbst überlassen bin. Ich trinke Tee und laufe los, unternehme Streifzüge durch Paris.

Die ersten Tage war ich nicht imstande, leidenschaftslos an den Schaufenstern vorbeizulaufen. Schon auf dem Weg hierher, in Berlin, hatte ich mich wie Aschenbrödel gefühlt: alles an mir, dieser Rock, diese Schuhe – einfach grauenvoll. Und erst hier, wo nicht

* Ossik (russ.) Eselchen (Anm. d. Ü.)

nur die Museen wahre Paläste sind, auch die Geschäfte. Gleich am ersten Tag wagte ich mich in eines hinein und erstarrte zur Salzsäule. Schon von außen ist alles verglast und vernickelt – und geht man durch die große Drehtür, ist es innen genauso: Glas, Metall, Edelhölzer. Und all die glänzenden, bunten, hübschen Dinge! Welch eine Lust, durch die endlose Flucht von Verkaufsräumen zu flanieren! All die wogende Seide zu berühren, darüberzustreichen – dieses Knistern, dieses Glitzern, dieses Fließen! Vor allem Unterwäsche wollte ich sofort kaufen: hauchdünn, elegant, spitzendurchbrochen. Gleich im Laden zog ich sie an, entledigte mich der schrecklichen Strümpfe, auch Unterrock und Unterhose warf ich weg, dieses ganze grobe Zeugs – mit einer Grimasse des Abscheus, die ich im Spiegel bemerkte, da musste ich über mich selber lachen. Plötzlich ging es mir gut! Wie wichtig ist es doch für eine Frau, sich gut angezogen zu fühlen. Und welche Freude erst, die leuchtenden Kartons und Pakete nach Hause tragen zu dürfen!

Ossik hat mir einen Stadtführer gekauft, ich habe ihn immer dabei, doch am liebsten laufe ich aufs Geratewohl, Schaufenster und Menschen begucken. Heute landete ich in einer Straße mit entzückendem Namen: Cherche-Midi. Den Mittag suchen – eine wunderbare Redensart! Wir hatten sie schon seinerzeit am Gymnasium mit unserer lieben Marija Iossifowna gelernt, und siehe da: Es gibt eine Straße, die so heißt.

Paris bei Sonnenschein macht großen Spaß. Keine Stadt, sondern ein einziges fröhliches Markttreiben: Obst, Gemüse, Blumen, alles wird auf der Straße verkauft. Und überall die fluffigen, knackigen Baguettes und Croissants! Ich kann nicht anders, ich muss sie kaufen. Habe ständig Hunger. Crêperien auf Schritt und Tritt. Ein Leben wie im Schlaraffenland! Ich ging ins nächstbeste Café, um zu verschnaufen, schlug den Stadtführer auf: Aha, ich sitze im berühmten Procope!

Einmal im Lafayette schaute ich zufällig aus dem Fenster und hatte den Eindruck, vor einem Gemälde zu stehen. Eine Stadt wie von Impressionisten gemalt! Mit Vorliebe schlendere ich durch die Gassen, in denen Straßenkünstler ihre Werke präsentieren. Sie stellen spanische Wände auf und hängen sie daran. So entstehen ganze Ausstellungen unter freiem Himmel. Die Amerikaner kaufen alles auf. Was man jetzt billig zu kaufen kriegt, so hat mir Ossik erklärt, wird in zwanzig, dreißig Jahren ein Vermögen wert sein. Ich hätte ihn gern gebeten, etwas zu kaufen. Natürlich nicht, um es dreißig Jahre liegen zu lassen. Wozu braucht man in dreißig Jahren ein Vermögen? Fragt sich, ob nach so langer Zeit überhaupt noch irgendwer und irgendwas da ist. Nein, es ist nur: Man verguckt sich so leicht in etwas! Aber ich weiß, dass Ossik momentan knapp bei Kasse ist. Und dass er mir keinen Wunsch abschlagen kann. Mein lieber Ossik!

Heute schauten die Künstler immer wieder besorgt zum Himmel: Wird es regnen oder nicht? Ich kann mir vorstellen, dass sie es leid sind, sich und ihre Bilder immer wieder in Sicherheit bringen zu müssen. Aber ich mag den Regen sehr! Und in dieser Stadt ganz im Speziellen. Paris bei Regen ist sehr hübsch, besonders abends, wenn die gespiegelten elektrischen Lichter auf dem nassen Kopfsteinpflaster schwimmen – so wie jetzt.

Ein grauer, finsterer Tag. Seit dem Morgen gießt es wie aus Kannen. Bin zu Hause geblieben. Habe erst gesungen und dann den ganzen Tag gelesen.

Wenn ich singe, dann nicht so sehr für mich, sondern für Pünktchen. Ich habe gehört, dass die Zigeuner vor dem Bauch der werdenden Mutter zu singen pflegen, damit schon vor der Geburt für die Musikalität des Kindes gesorgt ist. Und musikalisch werden sollst du natürlich unbedingt, Pünktchen! Wenn du erst ein bisschen größer bist, werden wir gemeinsam singen – oder du singst, und ich begleite dich!

Und damit du von allem Schönen auf der Welt umgeben bist, nicht bloß Musik, gehe ich mit dir öfters ins Museum. Wir beide waren sprachlos vor Begeisterung, als wir im Louvre waren, und bei Rodin, und im Cluny, stimmt's? Weißt du noch, die Dame mit dem Einhorn? Sie gefiel uns über alle Maßen! Eine Stunde haben wir vor ihr versessen! Und wir gehen noch mal hin, ja?

Mein Gott, wie sich so ein Tag hinziehen kann! Wenn Ossik doch endlich käme!

Auf den Mann zu warten fühlt sich wunderbar an. Müde und hungrig kehrt er nach Hause. Mein Mann! Wie hübsch das klingt. Mit meinem Iossif bin ich doch sehr glücklich. Wie er mir den Hof macht – mir und unserem Pünktchen! Wie viel Sorge in ihm ist, wie viel Liebe! Jeden Tag, bevor er ins Büro geht, steht er extra früher auf, um Pünktchen und mir eine Mohrrübe zu putzen und zu reiben. Er ist so rührend!

War lange unterwegs, bis zum Trocadéro. Jetzt bin ich müde. Die ganze Zeit grollte wieder irgendwo ein Gewitter.

Ich betrachtete die Schaufenster und verglich sie mit Berlin. Im Nachhinein kommt mir dort alles sehr fade vor, ohne Geschick und ohne Geschmack. Dagegen hier! Eine Krawattenauslage ist ein wahrer Garten, eine Landschaft – schillernde Kaskaden, Ströme von Farben! Odeurs von Meer und Frühling! Und alles nur mithilfe von Kontrasten in den Stoffen, Samt und Seide und sonst etwas.

Ich gehe nach Möglichkeit täglich spazieren, bei jedem Wetter. Pünktchen braucht frische Luft. Und Feste! Hier wird immerzu gefeiert! Alle vierzehn Tage finden in zwei der zwanzig Arrondissements Straßenfeste statt, mit Jahrmärkten, Achterbahn, Karussells, Schießbuden, Possenreißern, Zauberern und Jongleuren.

Und wie sehr hat es uns geschmeichelt, dass anlässlich unserer Ankunft an der Gare du Nord ganz Paris auf den Beinen war und feierte! Sie kamen in hellen Scharen und sangen ihre Marseillaise. In Paris am 14. Juli anzukommen kann man nur empfehlen! So viele Menschen – und nirgends Wachleute oder Soldaten; Pärchen gehen eng umschlungen, jeder lächelt jedem zu.

Regelmäßig gehe ich in den Jardin du Luxembourg. Mir scheint, es ist der schönste Park auf der ganzen Welt, und das vor allem, wenn die Sonne scheint. Man fühlt sich so leicht und frei! Hier küsst man sich, dort kaut jemand sein Butterbrot. Beides öffentlich zu tun scheint für die Franzosen eine Lebensnotwendigkeit zu sein. Ich bekam gleich Lust, mich mit Iossif dort niederzulassen, Küsse zu tauschen und Butterbrote. Gern schaue ich den alten Männern beim Boulespielen zu. Es ist, als würde ich sie alle schon kennen, denn sie nicken mir freundlich zu.

Und diese vielen jungen Mütter mit Kindern! Alle Pariserinnen scheinen entweder schwanger oder vor Kurzem niedergekommen zu sein – so viele Kinderwagen! Neuerdings möchte ich, wenn ich einer dieser kleinen Kutschen begegne, unbedingt hineinschauen.

Gestern saß eine Mama mit Kind auf der Bank nebenan und las. Der Schnuller fiel herunter, das Kind fing an zu schreien, sie stand auf, leckte das Ding sauber, steckte es an seinen Platz … Das ist alles so lustig. Werden wir zwei auch solchen Spaß miteinander haben, Pünktchen?

Ein anderes Murkelchen, schon etwas größer, wusste nicht, wie es die kleine Treppe zum Springbrunnen hinunterkommen sollte. Da drehte es sich um und rutschte die Stufen rückwärts auf dem Bauch hinab.

Es ist dies kein normaler Park, sondern ein imperialer. Beim Flanieren auf den Alleen begegnen einem immerfort königliche Exzellenzen: mal Anne de Bretagne, mal Marguerite de Provence, hier Blanche de Castille, da Anna von Habsburg. Gestern saß ich Marguerite de Valois gegenüber. Für einen Augenblick kam die Sonne hervor, Lichtflecken huschten über ihr Kleid, so als wollte sie die langen Falten glatt zupfen; diese Frauen mochten sich in Erwartung ihres Pünktchens genauso gefühlt haben wie jetzt ich, fiel mir ein. Das brachte sie mir auf einmal ganz nahe! Bestimmt hatten auch Königinnen das Gefühl, dass alle Imperien Firlefanz waren im Vergleich zu dem, was sie in sich wachsen spürten – eine Welt, die größer und bedeutender ist als alle Königreiche und Republiken zusammengenommen.

Um sieben Uhr in der Früh weckte mich ein Gewitter. Auch jetzt, während ich schreibe, gewittert es schon wieder.

Da lebe ich nun in Paris, am Mittelpunkt der Welt, und mit wem muss ich mich abgeben? Ljubotschka! Wir waren gestern zwei Stunden spazieren, wovon mir noch am Abend der Kopf schmerzte. Ljubotschka spricht nicht, sie quäkt. Und das ohne Pause. Aber besser als gar keine Konversation.

Sie hat mir gezeigt, wo letzten Mai Petljura umgebracht wurde – Ecke Rue Racine/Boulevard Saint-Michel.

Sie sei in der achten Woche mit starken Blutungen ins Krankenhaus eingeliefert worden, erzählte sie, und alle hielten es damals für wenig wahrscheinlich, dass sie ihr Kind gesund zur Welt bringen würde. Ihr dürres Gesäß sei von den Spritzen ganz zerstochen gewesen, voller Blutergüsse und blauer Flecken, sie habe Kohlblätter aufgelegt, das sei das Einzige gewesen, was half.

Das erste Mal war sie »aus jugendlicher Dummheit« in die Ehe geschlittert und ließ sich wieder scheiden, nachdem ihr Mann sie mit Gonorrhöe angesteckt hatte. Da war das Kind vier Monate alt.

Sie hat im Gossisdat-Verlag gearbeitet, in einem Zimmer mit einer reiferen Dame, die in einem fort Papirossy qualmte. Das war niemand anderes als Ljubow Dmitrijewna, die »Schöne Dame«, die der Dichter Alexander Blok besang. All das erzählte Ljubotschka, um mich zu erheitern. Aber ich fand es eher traurig und peinlich.

Ihr jetziger Mann ist Sekretär bei der Handelsmission. Ich habe ihn einmal gesehen, er kam mir sympathisch vor, aber nach dem gestrigen Gespräch habe ich den Eindruck, dass sie ihn überhaupt nicht liebt.

Ljubotschka plappert unentwegt, nach einer halben Stunde kriege ich Kopfschmerzen, ohne bis dahin zu Wort gekommen zu sein. Was aber auch gar nicht nötig ist. Heute erzählte sie die Geschichte, wie es einmal, schon hier in Paris, bei ihr an der Tür schellte, sie war gerade beim Bügeln. Draußen stand ein junger Mann, Franzose, der vorgab, ein Dichter zu sein, er hausierte mit seinen Gedichten. Ihn wegzuschicken brachte sie nicht übers Herz. Sie feilschte, und er überließ ihr für einen Franc ein sehr kurzes Gedicht. Als er gegangen war, las sie es. Das Gedicht war umwerfend gut! Sie verliebte sich auf der Stelle in ihn. Kam zu dem Schluss, dass dies nun die wahre Liebe war, die Liebe ihres Lebens, denn wie sonst käme ein Genie darauf, bei ihr anzuklopfen. Sie suchte überall nach ihm, fragte herum, wollte schon Zeitungsannoncen aufgeben – da eröffnete ihr jemand, dass es sich um ein berühmtes Gedicht von Arthur Rimbaud handelte.

Pünktchen fängt an sich zu bewegen! Alles wie vom Arzt vorausgesagt: neunzehnte Woche.

Tagsüber, wenn ich allein bin, sorge ich erst einmal für Ruhe. Schließe alle Fenster, halte die Uhr an. Lege mich hin. Horche in mich hinein.

So auch diesmal. Lag da und lauschte. Nichts. Drehte mich auf den Bauch. Lag ganz still, hielt den Atem an. Und auf einmal – plopp! Als platze in meinem Bauch ein winziges Bläschen. Und gleich noch mal. Und wieder.

He, hallo?! Mein Pünktchen, wer bist du?

Ossik möchte ein Mädchen, und ich weiß nicht, was ich will. Wahrscheinlich auch ein Mädchen. Ihr Schleifen in die Zöpfe binden, hübsche Kleidchen anziehen, das wär's.

Ich freue mich auf dich, Pünktchen, ganz gleich, ob Mädchen oder Junge. Falls es ein Mädchen wird, dann, lieber Gott, soll es von Papa Augen und Hände haben und von mir die Nase. Bloß nicht seine Nase, bitte!

Heute musste ich feststellen, dass mein schöner neuer Büstenhalter, den ich bei Lafayette kaufte, nicht mehr passt. Die Brust ist über Nacht wieder ein Stück gewachsen, und wieder die rechte – das ist lustig! Immer ist es die rechte, die zuerst wächst, und erst ein paar Tage später holt die linke sie ein.

Allmählich gefalle ich mir. Mag es auf einmal, mich im Spiegel anzusehen, über meine Haut zu streichen. Solch wundervolle Brüste hatte ich noch nie.

Bisweilen wiederum komme ich mir in diesem schweren Körper fremd vor – als wäre es gar nicht meiner. Dann brauche ich ein paar Tage, um mich an den neuen Zustand zu gewöhnen. Kaum achte nicht mehr darauf, geht wieder etwas Neues mit mir vor. Morgen kaufe ich einen neuen BH – so einen speziellen, den man vorne zuhaken kann.

Seit heute Morgen herrscht starker Nebel. Mein Spaziergang führte mich zum Pont Alexandre III. Der Eiffelturm sah aus wie nur zur Hälfte gebaut. So halb fertig wird ihn einst Maria Bashkirtseff gesehen haben, fiel mir ein. Dies ist ja ihre Stadt, hier hat sie gelebt, gesungen, Tagebuch geschrieben, gezeichnet, hier ist sie durch all die Straßen gezogen, die ich jetzt entlanglaufe. Hier ist sie auch gestorben. Und ich weiß nicht mal, wo, auf welchem Friedhof sie liegt.

Heute war ich bei den Petrows zu Besuch. Ljubotschka führte mich in den erlauchten Kreis der Sowjetdamen ein. Ich bin in diesem Paris schon etwas menschenscheu geworden. Zu Anfang war ich froh, neue Gesichter zu sehen und dass alle Russisch sprachen, aber nach einer halben Stunde wäre ich am liebsten davongelaufen! Was musste ich mir dort alles anhören, mein Gott. Zuerst brüsteten sie sich voreinander, was sie wo gekauft hatten. Anschließend wurden alle möglichen Tabus und Aberglauben für Schwangere diskutiert. Wobei jede zuerst einmal behauptete, die Ratschläge ihrer Vorrednerin seien Ammenmärchen, ehe die Geschichte folgte, die einer Bekannten nun wirklich und wahrhaftig widerfahren sei …

Hunde und Katzen darf man weder streicheln noch treten, sonst kriegt das Kind Borsten auf dem Rücken. Mumpitz! Wenn ich von nun an eine Katze sehe, werde ich extra hingehen und sie streicheln.

Man darf nicht über Wagendeichseln, Wäscheleinen und was weiß ich noch steigen, sonst kriegt das Kind einen Buckel. Ja, wo sollte man in Paris auch eine Deichsel hernehmen!

Und wenn du einem Leichenwagen den Weg kreuzt, wird dein Kind ein Muttermal haben – aus geronnenem Blut. Muttermale wären demnach Begegnungen der Schwangeren mit dem Tod?

Abends erstattete ich Ossik Bericht. Das kommt alles von der dörflichen Unkultur! Ossik hat es mir ausführlich erklärt. Woher zum Beispiel das Tabu rührt, über etwas hinwegzusteigen – man hatte ja damals nichts an unter dem Rock und ängstigte sich in seiner Unwissenheit, irgendwelche Dinge könnten von unten her einen »Blick« auf die Zeugungsorgane erhaschen. – Ja, und? – Sie glaubten halt, in jedem Ding wohne ein Geist. – Was kann in einer Deichsel schon für ein Geist wohnen!

Ich habe ein paar Bücher über Schwangerschaft und Geburt erworben. Lese darin. Wie einfach und klar sich doch alles verhält! Nichts, wovor man Angst haben müsste. Trotzdem bleibt natürlich ein banges Gefühl, wenn man daran denkt, dem Kind könnte bei der Geburt etwas zustoßen. Und dass es wehtut.

Ich bin eher ein Feigling und habe vor Schmerzen große Angst. Um diese Angst geht es: dass es körperlich wehtun könnte und man es hinnehmen muss. Ossik sagt, der Schmerz sei in der Natur für den Selbstschutz notwendig. Um den Tod zu vermeiden, das Leben zu bevorzugen. Wie klug das doch alles eingerichtet ist! Indem einer Schmerzen erleidet, wird er zum Leben angehalten. Ins Leben zurückgetrieben wie mit einer Rute. Gäbe es die Geißel des Schmerzes nicht – wer bliebe am Leben?

Und was die Schmerzen angeht, hat Ljubotschka gesagt, die Wehen würden die Liebe zum Kind entwickeln – weil sich so einprägt, wie hoch der Preis war, es zu bekommen.

Ossik ist ein Schatz! Ich hatte ihn gefragt, ob er mir nicht die Bashkirtseff besorgen könne. Hatte große Lust, das Buch wieder einmal zu lesen! Und er, mein Goldstück, ist extra in die Bibliothek gefahren und hat es dort aufgetrieben! Eine uralte Ausgabe, vollkommen zerlesen. Ich schlug es irgendwo auf und stieß als Erstes auf diese Zeilen: *Welch ein Vergnügen, singen zu können! Man hält sich für allmächtig, man glaubt sich eine Königin, man ist glücklich, glücklich über das eigene Verdienst. Das ist ein anderer Stolz als der, den man aus Gold und Adel bezieht. Man ist mehr als nur Frau, man fühlt sich unsterblich. Der Gesang hebt den Menschen von der Erde empor. Er schwebt in einer Wolke …*

Ich blätterte weiter. Dieses Mädchen verblüfft mich von Neuem. *Nichts geht in dieser Welt verloren … Hört man den einen zu lieben auf, so überträgt sich die Sympathie unverzüglich auf einen anderen – selbst wenn man es nicht gleich merkt, und wer glaubt, er liebe niemanden, der irrt sich. Wenn man keinen Menschen liebt, so liebt man einen Hund oder ein Stück Möbel, und zwar mit derselben Kraft, nur in einer anderen Form. Wenn ich liebte, so möchte ich mit derselben Kraft wiedergeliebt werden; nichts, nicht einmal ein Wort, das von einem anderen kommt, könnte ich dulden. Aber eine solche Liebe wird nirgends zu finden sein. Ich werde also niemals lieben, denn niemand wird mich so lieben, wie ich zu lieben verstehe.*

Wie hatte sie das alles nur fühlen und erleiden können in dieser kurzen Zeit? Waren denn die Menschen früher so viel klüger und erwachsener als wir, die Erwachsenen von heute?

Oder: *Ich, die ich am liebsten sieben Leben auf einmal leben möchte, habe nicht ein Viertel.*

Das kann doch kein Mädchen mit vierzehn schreiben!

Dann schaute ich noch kurz ins »Heute« ihres letzten Lebensjahrs. Eintragung vom 30. August: *So also wird's mit mir enden … Während ich an einem Bild arbeite, unbeirrt, unberührt von aller Kälte … Oder wenn nicht bei der Arbeit, dann auf einem Spaziergang; die nicht malen, sterben ja auch …*

Zwei Monate später war sie tot.

Brief von Katja! Während ich ihn las, etwas über ihren Moskauer Alltag erfuhr, krampfte sich mir das Herz zusammen – so groß ist die Sehnsucht nach den Meinen!

Von ihr hatte ich allerdings nicht erwartet, dass sie eines Tages noch abergläubisch wird! Ich solle mir nicht die Haare schneiden, das sei ein böses Omen, schreibt sie – damit verkürze man dem Kleinen das Leben. Dann werde ich also gleich morgen zum Friseur gehen: einmal Schneiden und Legen! Das habt ihr davon. Ich glaube an keinen bösen Zauber!

Es kommt mir vor wie gestern, dass ich zum ersten Mal zu ihnen nach Moskau fuhr – wie viel Jahre ist das her? Oho! Schon ganze zehn! Ja, das war 1916, im Januar oder Februar. Ich träumte von einem Engagement dort, aber im Eremitage-Theater – *meiner* Eremitage! – wollten sie mich nicht einmal vorsingen lassen. Heute, wo das, was damals ein unerfüllbarer Traum schien, schon hinter mir liegt, sind das nur mehr putzige Erinnerungen. Aber damals, mein Gott, was war das für eine Tragödie!

Unglücklich, von niemandem gewollt, so irrte ich durch das winterlich verschneite Stadtzentrum, inmitten gut angezogener, festlich gestimmter Menschen. Irgendwo hatte ich die Geschichte aufgeschnappt, wie Wertinski seinerzeit die Vera Cholodnaja entdeckte: Auf der Straße – Kusnezki Most – poussierte er mit einer hübschen Person, die wies ihn ab mit den Worten: »Ich bin verheiratet mit Fähnrich Cholodny.« Er schleppte sie zu Chanshonkow, und sie wurde die Königin der Kinematografie. So rannte auch ich herum wie eine Blöde und stellte mir vor, jemand bliebe stehen und sagte: Entschuldigen Sie, hätten Sie nicht Lust, in einem Film mitzuspielen oder zu singen?

Ich sah die vornehmen Damen, die alle Vera-Cholodnaja-Frisuren trugen und davon träumten, eine Filmdiva zu werden.

Und welche Pein war es zu hören, wie so ein püppchenhaftes Fräulein beim Verlassen des Ladens dem Verkäufer hinwirft: »Ach, gefällt mir alles nicht. Ich werd wohl noch mal mit meinem Bräutigam wiederkommen.«

Einmal kam ich am Schaufenster eines Hutladens vorbei und konnte nicht an mich halten – ging hinein und probierte Hüte auf. Pariser Modelle, eines schöner als das andere, ich war hingerissen, doch was ich sagte, war: »Ach, gefällt mir alles nicht. Ich werd wohl noch mal mit meinem Bräutigam wiederkommen.«

Und heute gehören alle Pariser Hüte mir. Aber ich weiß, dass es auf ganz andere Dinge ankommt.

Immer häufiger der Gedanke: Ob ich hier singen könnte? Bin mir nicht sicher.

Mein wackerer Ossik führt mich aus in alle möglichen Cafés chantants und Varietés. Die Götter von Paris, wir haben sie mehr als einmal gesehen: die Mistinguett, Chevalier und nun auch Josephine Baker. Hier singt man nicht unbedingt besser als bei uns, nur vollkommen anders. Leicht und frei. Bei uns wird aus jedem Lied ein Drama gemacht, eine Opernarie.

Gestern waren wir also im Casino de Paris bei Josephine Baker. Sieht aus wie ein Meerkätzchen und hat Talent wie der Teufel.

Im Moulin Rouge gefiel es mir auch sehr. Wo bin ich gewesen, als der liebe Gott solche Beine verteilte?

Aber ich frage mich: Wie sollte ich hier singen? Man kommt ins Nachdenken über das, was man die »russische Seele« nennt. Und alles doch nur, weil man nicht so über die Bühne hüpfen kann wie Josephine!

Für die »russische Seele« gibt es hier spezielle Russenkneipen. Ich war mit Iossif in einer, am Montmarte. Kein schönes Erlebnis. Hier wird das Russische von Russen auf die billigste Art verhökert: Kauft Leute, kauft, und sei's für einen Fünfer! Widerwärtig zu erleben, wie die Amerikaner sich hier vergnügen: mit den Zigeunern mitgrölen, herumhampeln, besoffen Kasatschok tanzen. Und nach dem bestellten Loblied auf sich zerschmeißen sie ihre Gläser – wohl in der Annahme, dass die »russische Seele« sich so äußert. All dies hat etwas sehr Erniedrigendes an sich.

Dann wurde das Licht gelöscht, im Finsteren ein Flambierfeuer entzündet, und eine skurrile Prozession in Fantasieuniformen à la russe schloss sich an: Feierlich wurden die Schaschlykspieße hereingetragen.

Allein der Gedanke, an so einem Ort auftreten zu müssen, macht mich schaudern.

Aber wie sehr ich die Bühne vermisse, mein Gott!

Erst einmal wirst du zur Welt kommen, Pünktchen. Und wenn du erst ein bisschen größer bist, fahren wir nach Hause, und du lässt mich wieder singen.

Beim Schreiben dieser Zeilen ist die Sehnsucht auf einmal übergroß: Ich möchte zurück, nach Moskau!

Nach Hause fuhren wir gestern Nacht mit dem Taxi. Der Chauffeur war Russe, aus Tula. Es gebe in Paris dreitausend russische Taxifahrer, behauptete er.

Ach ja, am beeindruckendsten fand ich im Casino de Paris den Jongleur mit dem Tablett in der Hand, darauf vierzig Gläser und vierzig Löffel, die daneben lagen. Hopp! – und die vierzig Löffel steckten in den vierzig Gläsern. Einfach nur – hopp!

Noch einmal im Louvre gewesen.

Vielleicht bin ich mit dem falschen Bein zuerst aufgestanden, oder die Stimmung war nicht so günstig für Verzückungsanfälle. Jedenfalls langweilte ich mich recht bald.

Beim Anblick der Aphrodite fiel mir mein Entsetzen ein, als ich – damals noch Schülerin – las, welchem Schaum sie in Wirklichkeit entstammte. Das musste man sich vorstellen: der Sohn dem Vater mit der Sichel … das Organ!

Ziellos lief ich durch die Säle und spürte plötzlich Verdruss. So viele Bilder zum immer gleichen Thema: Unbefleckte Empfängnis! Was reizte sie daran so? Worin hätte denn die Befleckung bestanden, und was war daran schlecht?

Von einer Jungfrau und dem Heiligen Geist gezeugt und geboren zu werden ist kein größeres Wunder als von einer gewöhnlichen

Frau und einem gewöhnlichen Mann. Pünktchen – du bist das Wunder!

Endlich ein Brief von Mama. Die alte Leier: nichts als Klagen.

Zuletzt sahen wir uns voriges Jahr, als ich ein paarmal in Rostow auftrat. Ich war aus Moskau geflohen, um genau zu sein – nach allem, was sich ereignet hatte, war dort kein Bleiben gewesen.

Mama und Papa kamen mir irgendwie altmodisch und provinziell vor. Und mit ihnen die ganze Stadt. Oder lag es nur daran, dass die Jahre in Moskau und Piter mich so gezaust hatten, durcheinandergebracht und davongetragen?

Mama ist ziemlich alt geworden. Sie färbt sonst ihre Haare immer mit Henna; diesmal hatte sie es länger nicht getan, und man sah an den Wurzeln, dass sie vollkommen ergraut ist. So hatte ich sie noch nie gesehen.

Papa war munter wie immer, doch nun schreibt Mama, er sei ernsthaft erkrankt. Was er in seinem letzten Brief mit keiner Silbe andeutete. So ist er nun mal!

Den ganzen Tag über war ich mit den Gedanken bei ihnen. Wie habe ich es als kleines Kind genossen, wenn Vater mit mir tollte, das Raubtier mimte, das mich beißen wollte – seine Bartstoppeln kitzelten mir Hals und Wangen …

Ach, Papa! Ich liebe dich sehr! Und dass ich dich, der du zeit deines Lebens Kirche und Popen verlachtest, damals in der Allerheiligenkirche abseits von allen, in der schummrigen Vorhalle heimlich beten sah, werde ich dir nie erzählen. Das war, als die kleine Tanja, das Kind, das du mit Jelena Olegowna hattest, meine Stiefschwester, an Typhus starb.

Auch ich habe damals für sie gebetet, oder besser gesagt: für dich. Zwei Tage darauf war sie tot. Armer Papa! Von hier aus kann ich so gar nichts für dich tun. Höchstens einen Brief schreiben und an dich denken, an früher.

Erinnerungen sind wie Inselchen in einem Meer von Ödnis. Auf diesen Inseln sind sie alle zu Hause, meine Verwandten und teuren Freunde, sie leben dort, wie sie immer gelebt haben. Auf einer von ihnen steht Papa im Halbdunkel und bekreuzigt sich verstohlen. Mama färbt ihr Haar mit Henna. Meine Nina Nikolajewna spaziert mit ihrem altmodischen Hut herum. Ich wollte sie treffen letztens in Rostow, aber sie war schon gestorben. Und an ihr Grab habe ich es nicht geschafft.

Einmal in den ersten Tagen der Revolution traf ich sie auf der Straße. »Alles Gute, Nina Nikolajewna!«, schmetterte ich ihr entgegen. »Alles Gute, wozu?«, fragte sie verwundert zurück. »Na, zur Revolution! Und zum Frühlingsanfang!« – »Mein liebes Mädchen! Die Revolution ist wahrlich kein Grund zum Feiern, und Frühlingsanfang ist nicht, wenn er im Kalender steht, sondern wenn ich meinen Federhut gegen den Strohhut eintausche!«

Gott hab sie selig!

Heute ging ich auf der Île de la Cité spazieren und entdeckte eine Gedenktafel für Abaelard und Heloisa. Da musste ich an Sabugski denken. Mein Rostower Abaelard starb im Dezember 1919 an Typhus.

Ich gedachte jener schrecklichen Zeit des Kriegs, der Seuche. Wie viel Schmerz in der Welt war und wie viel doch auch Wärme und Licht! Zum Beispiel das Weihnachtsfest 1919. Alles floh aus Rostow. Papa hatte für Mama und uns Zugplätze ergattert. Wir brachten fünf Tage auf den Gleisen vor der Stadt zu, wurden ewig herumrangiert, doch man traute sich kaum, den Zug zu verlassen, um etwas zu essen zu kaufen – nicht dass er plötzlich ohne dich losfuhr. Dabei gab es ein ständiges Kommen und Gehen, Leute sprangen mitsamt Gepäck aus dem Zug, um zu irgendeinem anderen hinüberzuhetzen, kamen wieder und erzählten, was sie gehört und gesehen hatten: Es seien angeblich Leute auf dem Bahnhof erhängt worden. Dann hieß es, die Lokführer sabotierten die Abfahrt, und tatsächlich: Nachdem für sie gesammelt worden war, fuhren wir endlich los. Die Luft im Waggon war verpestet – ein Kind hatte sich den Magen verdorben. Aber ach!, nach einer Fahrt im umgebauten Güterwaggon komme einem die dritte Klasse paradiesisch vor, meinte jemand einen Trost anbringen zu müssen. Sitzbänke, immerhin! Eine Frau kreischte unentwegt: »Sascha!« – das war ihr Mann – »mich hat ein Floh gebissen!« Und fing an, sich aufzuknöpfen, ihr halbwüchsiger Sohn musste eine Decke vorhalten, und der Mann suchte eine Ewigkeit nach dem Biss, um ihn mit Spiritus einzureiben. Eine Französin wiederum, deren Mann, ein russischer Oberst, verwundet war, rieb ihren Säugling mit Naphthalin ein, um ihn vor den Insekten zu schützen, woraufhin das Kind zu schreien anfing und die Mutter völlig den Kopf verlor, in höchster Verzweiflung schüttelte sie das Kind, damit es aufhörte, fluchte auf Russland und die Russen, es war ein wahrer Albtraum. Alle schienen außer Rand und Band, kurz davor, mit Fäusten aufeinander loszugehen. Und dabei war es Heiligabend. Bis eine Frau auf die Idee kam, den Kindern einen Weihnachtsbaum ins Abteil zu zaubern – inmitten von Lärm, Gestank und Hysterie. Sie fand einen Zweig – keinen Tannenzweig, irgendeinen anderen –, stellte ihn in eine leere Flasche. Jemand wand ein grünes Tuch darum. Papierschnipsel dienten als Schmuck, auf den Zweig kamen Wattefetzen. Weihnachtskerzen waren keine vorhanden, so kaufte man dem Stellwärter eine dicke Signallaternenkerze ab. Auch ein paar Äpfel fanden sich, die in dünne Scheiben geschnitten und angehängt wurden. Ein Weihnachtsbaum in der Eisenbahn! Die Kinder strömten zusammen, auch die Erwachsenen drängten sich. Ich sang mit den Kindern. Alle Gesichter waren wie verwandelt: vorher müde, überspannt, feindselig – jetzt freudig und festlich gestimmt! Von einem kleinen Jungen bekam ich hinterher einen Kuss und einen Knopf geschenkt, sein Heiligtum.

Wo mag dieser Knopf jetzt sein? Und wo diese bewundernswerte Frau? Was ist aus den Kindern geworden?

Wie gerne man sich in Menschen mitunter einmal irrt! Unsere Vermieterin gefiel mir anfangs überhaupt nicht. Wie sie gleich am ersten Tag betonte, dass Sofa und Sessel mit teurem Stoff bezogen seien, Tissu Rodier, da bekam man doch gleich Lust, Kaffeesatz auszuschütten über den Möbeln und über der Frau. Sie wohnt direkt über uns und lädt uns dann und wann zum Kaffee ein. Das kann man schlecht ausschlagen. Und ständig ist von den schrecklichen Russen die Rede, denen ihr seliger Gatte so viel Geld geliehen habe, indem er einen Haufen Zaren-Obligationen erwarb, und nun wollten sie die nicht auszahlen ... Du machst die erstaunliche Erfahrung, dass man mit Landsleuten nach Herzenslust auf Russland schimpfen kann, sobald aber Fremde darüber herziehen, nimmt man es unwillkürlich in Schutz.

Doch ansonsten ist sie nett. Liest immerzu in der Bibel, besucht irgendeinen Bibelkreis, will, dass ich mitkomme. Witzigerweise geht sie davon aus, dass alle Propheten ihre Verkündigungen auf Französisch machten.

War im Wachsfigurenkabinett. Ärgere mich immer noch! Ich bin so geruchsempfindlich geworden. Dort ist die Luft zum Schneiden, nicht zum Atmen. Und man kommt nicht so einfach wieder raus. Schade um das viele Eintrittsgeld!

Ich wandelte dort herum und wusste nie, was ich vor mir hatte, Mensch oder Wachsfigur. Wozu soll das gut sein? Leben vorzutäuschen? Auferstehung in Wachs – eine tolle Erfindung! Konnten die Engelsposaunen wohl nicht erwarten und bauten sich ein prächtiges Leichenschauhaus.

Das hatte ich schnell über und ging. Das unangenehme Gefühl aber blieb. Ich ging in die Notre-Dame, um den Eindruck loszuwerden. Da sitze ich gern einmal im Halbdunkel, betrachte die riesigen Fensterrosetten, den Dunst in den Gewölben, stelle mir vor, wie Königin Margot hier ihren Heinrich ehelichte: sie allein vor dem Altar, er draußen auf dem Vorplatz.

Hätte ich hier heiraten wollen? Hier zu singen kann ich mir jedenfalls gut vorstellen. Die Akustik ist wunderbar.

Die Kirche im Rücken, stand ich noch lange am Ufer der Seine. Notre-Dame im Sonnenuntergang warf einen Riesenschatten.

Heute fuhren wir zur Rue Daru, Ljubotschka und ich. Liefen durch die Geschäfte. Ljubotschka kaufte lauter geschmackloses Zeug, und ich gab mir keine Mühe, sie davon abzubringen.

Sie behauptet, übers Jahr kämen Röcke in Mode, die nicht mal bis zu den Knien reichen.

Ljuba plappert wirklich ununterbrochen. Man muss nicht mal unbedingt nicken, könnte seinen Gedanken nachhängen, aber das klappt nicht so recht.

Diesmal erzählte sie von ihren Liebhabern – ganz ungeniert! Das finde ich abstoßend. Zählt ihre Männer auf wie die Kleider zu Hause im Schrank.

Straßenjungs legten Nägel auf die Straßenbahngleise. Ich verstand erst nicht, wozu – bis mir aufging, dass sie so Spielzeuge herstellten: Plattgedrückt sahen die Nägel aus wie kleine Säbel. Für ihre Zinnsoldaten vielleicht? Ein gefährliches Spiel! Ich hätte mir die Kerlchen am liebsten gegriffen und ihnen die Ohren lang gezogen! Gut, dass ein Polizist auftauchte und sie vertrieb.

Pünktchen, solltest du als Junge geboren werden, denk dir ja nicht solch dummen, gefährlichen Zeitvertreib aus!

Mit Ossik im Kino gewesen. *Pat und Patachon* gesehen.

Heute sah ich auf der Straße ein kleines Mädchen mit einem großen roten Fleck am Hals, und natürlich fielen mir gleich wieder diese dämlichen Sprüche ein. Unwillkürlich der Gedanke: Die Mutter muss sich erschrocken und an den Bauch gefasst haben.

Ständig achte ich jetzt auf fremde Kinder, denke: Irgendwann wirst du, Pünktchen, genauso spielen wie gestern die Kinder im Park; du und ich, wir werden genauso ein langes Sprungseil an den Enden fassen und »Wellen machen«.

Und solltest du ein Mädchen werden, wirst du spielen wie die da unten vor dem Fenster, denen ich seit einer halben Stunde zusehe: Sie haben Töpfe und Tassen nach draußen geschleppt und kochen Suppe aus Zweigen und Kräutern, füttern ihre Flickenpüppchen mit Brei aus Sand, ziehen sie aus und an, wiegen sie in den Schlaf, geben ihnen einen Klaps auf den Po, stellen sie in die Ecke und schimpfen sie aus.

Ich habe Ossik gefragt, wie er sich unser Kind vorstellt. Was er mit ihm anstellen wird. »Ich stelle mir vor, wie ich ihm das Lesen beibringe«, antwortete er. »Ich zeige ihm, wie man die Buchstaben schreibt. Die Wörter MAMA und PAPA klappen schon ganz gut, aber den Buchstaben K schreibt es spiegelverkehrt.« Ach. Pünktchen, wie ich deinen Papa liebe!

Ein ziemlich grässlicher Tag. Nieselregen seit dem Morgen. Ich war nur kurz draußen, sofort nass bis auf die Haut. Und dieser Dreck überall! Man meint, es wäre die dreckigste Stadt auf der Welt. Müll auf den Straßen und Gehwegen, selbst eine Armee von Müllmännern käme damit nicht zurande. Und dieser Gestank! Sowieso frage ich mich, warum die Leute alle so wild auf dieses Paris sind. Paris ist nur eine Erfindung, Sehnsuchtsort – auch für die Pariser!

Heute empfand ich besonders stark, wie mir die Zeit hier lang wird und die Melancholie nach mir greift – so ohne Freunde, ohne Verwandte. Was tue ich hier? Was habe ich hier zu suchen?

Ich sitze wie in einem goldenen Käfig! Der nicht einmal besonders golden ist, eher schlicht. Dieses kann ich mir nicht leisten, jenes kaufe ich lieber nicht … Ljubotschka zum Beispiel bestellt ihre Kleider in Modehäusern, ich kaufe sie von der Stange – spare mit jedem Franc.

Aber natürlich geht es gar nicht ums Geld. Iossif fährt morgens zur Arbeit, und ich bleibe allein. Allein mit meinen Gedanken, allein mit Paris, das mich nicht mehr begeistern kann – den lieben langen Tag! Ich brauche Menschen! Ljubotschka und die Petrows genügen mir nicht! Sie können mir die normale, menschliche Art der Kommunikation, die mir fehlt, nicht bieten!

So wusste Ljubotschka heute beispielsweise zu berichten, dass sich nachts auf einer Wiese im Bois de Boulogne Autos versammeln. Nur teuerste Marken seien zugelassen, mit einem schnöden Citroën 10 wäre man da abgemeldet – und in den Wagen sitzen die Männer in Smoking und Plaid und die Frauen in Pelzrobe mit nichts darunter. Sie entsteigen den Autos und geben sich auf der Wiese der Gruppenunzucht hin. Die Autoscheinwerfer beleuchten die Szenerie, während die Chauffeure hinter den Lenkrädern sitzen wie gemeißelte Skulpturen.

Und ich sitze da und muss mir diesen Dreck anhören!

Zum x-ten Male schon lese ich in der Bashkirtseff: *Oh, wenn ich bedenke, dass man nur einmal lebt und dass jede Minute uns dem Tod näher bringt, dann werde ich toll!!* – und meine Gedanken schweifen ab. Ich muss daran denken, dass sie in dem Moment, da sie dieses schrieb, noch am Leben war, den Tod nur fürchtete, aber jetzt, wo ich es lese, ist sie längst tot.

Und weißt du, Pünktchen, worüber ich noch nachgedacht habe? Für dich ist all das, was uns umgibt, noch gar nicht da. Aber wenn du als Erwachsener diese Zeilen vielleicht einmal lesen wirst, ist das alles hier schon nicht mehr vorhanden.

Jetzt zum Beispiel sitze ich am Fenster und schaue den Jungs auf dem Hof beim Spielen zu. Sie haben ihren Jux mit ein Paar Krankenhauskrücken, hüpfen darauf herum wie auf Stelzen. Wo mögen sie die aufgegabelt haben?

Vielleicht bin ja auch ich dann schon nicht mehr da.

Sonderbar: Für den, der das hier liest, existiere ich genauso wenig wie für mich die Bashkirtseff, die mich von ihrer Todesfurcht wissen lässt, obwohl sie seit Langem tot ist. Das ist also alles da und zugleich nicht da – beziehungsweise nur da, weil ich es jetzt hinschreibe. Du zum Beispiel, Pünktchen. Oder diese Hofkinder – von denen einer, der Älteste, jetzt die Krücken zur Seite schwenkt, als wären es Flügel und er ein Flugzeug. Alle rennen ihm hinterher, wollen auch fliegen.

Am Ende lebt die Bashkirtseff nur deswegen noch, weil ihr Tagebuch überliefert ist und ich es gerade lese?

Womöglich bleibt auch von mir nichts als diese Zeilen?

Stimmt nicht. Alles Quatsch. Du bleibst von mir übrig, Pünktchen!

Habe hier länger nichts eingetragen. Eigentlich tue ich nicht viel, sitze zu Hause herum, die Stunden ziehen sich in die Länge – doch letztlich bleibt für vieles keine Zeit.

Pünktchen ist schon 25 Wochen alt! Ich treibe Freikörpergymnastik, nach Möglichkeit jeden Tag. Das sei gut für den Organismus, wird in dem Buch für werdende Mütter behauptet. Mag sein – aber nur bei guter Laune. Ich ziehe mich nackt aus, trete vor den Spiegel – wir haben einen großen im Flur mit schönem Rahmen, da passe ich ganz hinein – und betrachte mich ausgiebig, gewissermaßen von der Seite. So gesehen, komme ich mir schön vor, wie eine sanftmütige Matrone in Erwartung des Sakraments. Die da bin ich und schon nicht mehr ich, sondern wir, ich und du, Pünktchen. Wenn ich mich hingegen langweile und Trübsal blase, missfalle ich mir außerordentlich!

Neuerdings werde ich schnell müde: Nach dem Mittagessen lege ich mich gern ein halbes Stündchen hin, das hat es früher nie gegeben. Und abends nach neun muss ich ins Bett – wie eine Unterstufenschülerin – schlafen! Denn bekanntlich wachsen die Kinder im Schlaf!

Wachse schneller, Pünktchen, ich bin des Wartens auf dich schon leid!

Die ganze Zeit fühle ich, wie du von innen die Wände abtastest.

Gestern war ich im Laden für Kinderkonfektion. Alles sehr hübsch, doch für die Allerkleinsten gab es gar nichts. Ich kaufte gelbe Wolle, denn ich habe beschlossen, selbst zu stricken, was wir brauchen: Jäckchen, Mützchen, Schuhchen. Du wirst wie ein Küken so gelb aussehen, Pünktchen! Winterkinder brauchen warme Kleidung. Zu Neujahr werden wir zu dritt sein, das muss man sich vorstellen!

Den Vormittag mit Spülen, Aufräumen, Waschen, Putzen verbracht.

Wo seid ihr, meine lieben Freunde: Klawa, Wanja, Borja, Ledja und Olja? In Russland hatte ich keinen Begriff davon, wie wichtig ihr mir seid! Wie öde es hier ist ohne euch! Hier ist keiner, den man besuchen könnte! Letzten Samstag komme ich zu den Petrows, will den Mantel an den Haken über meinem Kopf hängen – schon springen alle auf und kreischen, ich solle mich unterstehen, die Arme zu heben, die Nabelschnur könnte sich um das Kind wickeln und es erdrosseln! In dieser Tour geht das weiter. Und diese Leute wollen, dass man Neujahr mit ihnen feiert!

Ich habe beschlossen, nicht hinzugehen, sondern zu dritt ins neue Jahr zu rutschen – mit Ossik und Pünktchen.

Wenn ich daran denke, wie hinreißend das vorige Neujahr war! Ossenin brachte einen so großen Tannenbaum angeschleppt, dass er nirgends hineinging. Und was für ein Hallo, als Danja und Mitja die Kinderbadewanne voll Schnee hereintrugen, in dem Wodka- und Champagnerflaschen steckten! Und Danja führte die Paradenummer seines amerikanischen Bruders vor: Mit einer Hand spielte er Geige, mit der anderen begleitete er sich auf dem Klavier! Und Sorokin stellte alle Anwesenden auf der Gitarre dar! Was hatten wir für einen Spaß miteinander! Wo mögt ihr wohl in diesem Jahr herumalbern und fröhlich sein? Ohne mich!

Und erst euer Ständchen zu meinem Namenstag! Die ganze Straße lief zusammen, als das Orchester aus Töpfen und Kanistern, Weingläsern (an den Stielen zur Kette geknotet), Kämmen (mit Zigarettenpapier belegt) und Flaschen (verschieden voll mit Wasser) zu spielen anhob. Das großartigste Konzert meines Lebens! Ihr fernen Freunde, wie sehr ich euch liebe! Das habe ich erst jetzt gemerkt.

Im Printemps gewesen. Müde. Mit dem Taxi nach Hause.

Im Laden sah ich mich neben anderen Frauen im Spiegel: leichenblass, nicht normal.

Und eben stand ich wieder im Flur und betrachtete mich. Was bin ich hässlich geworden. Geschwollene Lippen, spitze Nase, aufgedunsenes Gesicht. Eulenaugen! Der Bauch hart wie eine Nuss. Da trat Iossif von hinten an mich heran, legte die Arme um mich und sagte: »Wie schön du geworden bist!«

Es gibt Tage, die sind zum Davonlaufen.

Der heutige fing damit an, dass ich eine Tasse zerschmiss. Dass das Glück bringt, mag ich schon nicht mehr glauben.

Ich habe ein *dépilatoire* gekauft – es zwickt nur, die Haare bleiben dran.

Dann hockte ich so lange auf der Brille, dass mir der Fuß einschlief.

Gestern sahen wir *Boris Godunow* in einer französischen Aufführung. Schmierentheater! Der Sänger, der den Boris gab, tat wie Schaljapin. Immerhin konnte er singen – im Unterschied zu den übrigen. Und die Inszenierung! Das Bühnenbild! So stellen die sich Russland vor! Die Krönung war, als der Pope sich wie ein Katholik bekreuzigte.

Zu allem Übel kam eben noch Ljubotschka an und ließ ihre neueste Geschichte vom Stapel. Das reinste Pariser Decamerone!

Sie fuhr gestern im Taxi, der Chauffeur ein Russe. Und plötzlich erkennt sie in ihm ihre alte Liebe wieder – den, der bei Charkow gefallen ist. Er guckt sie auch die ganze Zeit so komisch an. Er konnte es aber gar nicht sein, war viel zu jung. So jung eben, wie der andere damals war. Und sie sitzt da und wünscht sich, das Taxi möge ewig so fahren. Hat mir die Ohren vollgezwitschert, wie galant er ihr die Hand beim Aussteigen gehalten, wie schlank er gewesen, und diese Muskeln, und wie schön die Hand auf dem Lenkrad lag. »Ich wusste auf einmal: Wenn er jetzt sagt: Komm mit! – dann gehe ich mit und tue alles, was er von mir will!«

Zum Glück für Ljubotschka sagte der Chauffeur nichts, steckte nur sein Geld ein und fuhr davon.

Ich sagte ihr, dass ich gern in die Schmetterlingsausstellung gehen würde, deren Plakat ich gesehen habe. »Spinnst du?«, fuhr Ljubotschka mich an. »Das fehlte dir noch! Die sind doch alle tot!«

Tala! Meine liebe, gute Tala! Schreibt mir einen Brief! Wie hat sie mich bloß aufgetrieben?

Sie ist auch verheiratet und schon zweifache Mutter! Ihr Mann, vormals Offizier, hatte Arbeit in den Renault-Werken gefunden, ist erkrankt und entlassen worden, nun sind sie im Seebad Ahlbeck gelandet. Arme Tala! Sie arbeitet dort als Wäscherin, hofft auf eine bessere Anstellung in einer Altenpension. Bessere Anstellung, was soll das heißen?

Wie gern würde ich sie sehen! Habe ihr gleich geantwortet, dass sie herkommen soll, ich könnte ihr das Geld für die Fahrkarte schicken. Oder soll ich hinfahren? Weiß nicht, was Ossik dazu meint. Er ist so in Sorge um mich.

Den ganzen Tag an Tala gedacht. Sogar von ihr geträumt!

Am Gymnasium damals, kurz vor der Geschichtsprüfung, versuchten wir die uns zufallenden Fragen vorherzusagen, indem wir Nummern auf Zettelchen schrieben und, ohne hinzuschauen, einen zogen. Tala zog die 2. Um sicherzugehen, wiederholte sie das Orakel. Noch einmal die 2! Am nächsten Tag bekam sie die Frage Nummer 22 gestellt! Richtig orakelt! Man konnte nicht umhin, daran zu glauben.

Gott, wie viele Jahre das her ist!

Unversehens fiel mir heute wieder ein, wie wir Augenzeugen waren, als das Denkmal der Zarin gestürzt wurde. Wir waren extra hingerannt, um zuzusehen, zerrten auch mit an der Kette. Irgendwann gab es ein Knacken, Katharina wankte und krachte vom Sockel auf die Brüstung – und alles schrie Hurra! Welch ein Hochgefühl! Ein Schwerlastgespann beförderte das Standbild aufs 6. Revier – sozusagen in Arrest. Und dann kamen uns schon Gymnasiasten, die wir kannten, mit Armbinden entgegen – *MILIZ* stand darauf. Auch wir steckten uns und allen Passanten rote Schleifen an die Pelze, Tala hatte sich gar mit einem Säbel kostümiert, der aus einem gestürmten Revier stammte – eigenhändig einem grünschnäbligen Möchtegern-Milizionär abgenommen!

Wie groß war der Jubel auf den Straßen, wie geläutert waren die Gesichter! Unsere große, unblutige Revolution! Dass sie unblutig verlaufen war, freute alle, auch wenn es hieß, eine Vorzeigehinrichtung wäre nötig gewesen – so wie zur Französischen Revolution –, der Zar gehöre an den Galgen, müsse bezahlen mit seinem Blut für das Blut des Volkes, oder nein, nicht an den Galgen, geköpft solle er werden oder gepfählt! … Wie gelassen die Leute solche Reden führten, kommt einem heute unheimlich vor.

Schon kurz nach unserer Rostower Revolution kam dann ein Brief von Mascha aus Finnland: von wegen unblutig! Boris sei in Haft, auf allen Schiffen seien Offiziere exekutiert worden, besonders viele Tote habe es auf der *Apostel Andreas* gegeben, wo Boris Dienst tat. Eine betrunkene Meute sei bei ihr aufgekreuzt, auf der Suche nach Waffen. Tatsächlich hatte sie Boris' Revolver bei sich, den sie noch schnell in den Spülichteimer warf. Sie fanden nichts, zerschlugen nur das Geschirr. Die goldene Uhr und das Zigarettenetui, die sie auf Boris' Tisch fanden, nahmen sie mit. In der Totenhalle fand Mascha dann unter vielen anderen Offizieren ihren Mann – entstellt, mit ausgeschlagenen Zähnen.

Meine arme Mascha! Arme Tala! Ihr armen Mädchen alle! Jede hatte ihr Kreuz zu tragen.

Bloß gut, dass diese Gräuel hinter uns liegen. Und für dich, Pünktchen, ist nur Gutes vorgesehen, keinerlei Übel. Denn das war alles schon.

Wollte spazieren gehen, doch das Wetter ist wieder zu mies. Ein hässlicher kalter Regen, dazu Windböen.

Schlecht geschlafen. Kopfweh den ganzen Tag.

Außerdem ein schlechtes Gewissen, weil ich gestern Ossik angebrüllt habe. Seine Fürsorge ging mir auf die Nerven. »Pass auf, da ist eine Stufe!«, hatte er gesagt, weiter nichts, doch es genügte, dass ich explodierte: »Hör um Gottes willen endlich auf damit!« – »Belotschka, Liebes, reg dich bitte nicht auf, ich bin ja schon still! Ich sage nichts mehr, kein Wort, aber du solltest nicht so die Treppe hinunterhüpfen!«

Schäme mich schon den ganzen Tag.

Er ist doch unser Allerbester, Pünktchen! Wie komme ich dazu, auf einmal so garstig zu ihm zu sein!

Habe es mir mit einer Tasse Tee im Bett bequem gemacht und schreibe. Möchte an etwas Angenehmes denken. An Tala zum Beispiel. Wie gern hätte ich sie hier! Wenigstens eine vertraute Seele! Heute Morgen schrieb ich ihr einen langen Brief. Fragte sie zuletzt nach ihrem Mann: Liebst Du ihn? Bist Du glücklich?

Und nun denke ich darüber nach, was ich selbst auf diese Frage zu antworten hätte: Liebe ich ihn? Bin ich glücklich?

Ja. Ja.

Die dreißigste Woche. Werde furchtbar schnell müde.

In der U-Bahn sitzend, dachte ich plötzlich: Mein Gott, wessen Beine sind denn das da? Es waren meine: schlaff, angeschwollen, unschön. Jetzt verstand ich, was Andersen mit seiner kleinen Meerjungfrau im Sinn hatte, die den Fischschwanz gegen Frauenbeine eintauscht. Auch mir ist beim Gehen, als ob ich auf spitze Nadeln und scharfe Messer träte. Eine Tortur.

In der U-Bahn ist mir heute beinahe schlecht geworden. Die Pariser Metro ist ein Albtraum. Weiß gekachelt wie eine Sauna, die Luft auch danach. Es verschlägt einem den Atem. Ich sah zu, dass ich aus dem hitzigen Schlund hinaus auf die Straße kam. Da war es kalt und windig. Sich zu erkälten ist so nur eine Frage der Zeit.

Ich schleppte mich nach Hause, zog mich aus und legte mich hin. Nachdem ich wieder etwas bei Kräften war, erneute Spiegelschau.

Was bin ich hässlich geworden! Die weiße Haut – einst mein ganzer Stolz –, was geht mit ihr vor? Der Arzt meint, das würde wieder vergehen; dass die Pigmentierung während der Schwangerschaft zunimmt, sei normal. Zum Teufel damit! Und der Nabel – nicht zum Ansehen! Er hat sich nach außen gestülpt, keine Ahnung, warum. Als wäre mein Bauch ein Ball, der durch diese Blase aufgepumpt wird.

Dieser Verfall geniert mich. Früher spürte ich in mir immer eine katzenhafte Grazie, nun scheine ich für den Rest meines Lebens als Pinguin herumwatscheln zu müssen. Ich bin es so leid! Komme mir manchmal vor wie ein monströses Scheusal. Wenn das doch bald ein Ende hätte!

Iossif, mein lieber, guter Iossif! Nahm mich auf den Schoß, drückte meinen Kopf gegen seine Schulter. Redete und redete … Von meiner inneren Schönheit, dem besonderen Leuchten. Mir fehlt der Glaube, doch es half.

Das in der U-Bahn verlorene Notizbuch: Flucht nach Ägypten. Und er stand auf und nahm das Kindlein und seine Mutter zu sich bei der Nacht und entwich nach Ägyptenland. Ebene, du weiße, Vollmond überm Land, Licht der hohen Himmel, Schnee – ein Funkeln, zart. Grüne Signallichter. Lokomotiven schreien wie Möwen. Die Waggons der ersten Klasse sind blau, die zweite ist gelb, die dritte grün, jetzt sind sie alle mondfarben, mit Schnee auf dem Rist. Der Telegrafist ist alleinstehend. Der Harsch ist schelfrig. Einmal im Winter sah der Telegrafist eine Wolfsfamilie die Gleise kreuzen. Der Schatten des Vaters erscheint um Mitternacht, läuft den Geheimtransport entlang, klopft mit dem Hammer gegen die Bremsklötze, beugt sich hinab, wie um sich zu vergewissern, ob da auch wirklich *Westinghouse-Bremse* steht und nicht etwas anderes, aber nein, alles in Ordnung, er schwenkt die Taschenlampe, die Fahrt kann weitergehen. Das Rattern entfernt sich, wird von der Stille geschluckt. Das letzte Tuten eher ein kurzes Aufstoßen. Den Pfad zurück, wie ein Laufgraben in die Schneewehen getrieben. Der Atem geht vollmondig. Kosmisch kaltes Knirschen der Filzstiefel im Schnee. Der Mond eingefroren in einen Wolkenschleier. Als guckte er durch eine Eisscholle. Und wie jeder Stern mit Sternen schweigt. So viele Punkte und kein Strich. Komisch sich vorzustellen, dass unter demselben Himmel einst Moses im Kästlein aus Rohr auf dem Nil ausgesetzt wurde. Das Leben des Samuel Morse. Kapitel eins. Samuel Morse war Künstler. Die Erde ist ein Kästlein, darin der Mensch auf der Milchstraße ausgesetzt wurde. Als Morse an Bord der *Sally* aus Europa zurückkehrte, blickte er durch das Fernrohr auf die Zukunft, nahm eine Seitenwindkorrektur vor. Im Okular ein Flimmern. »Gott sieht auf uns mit demselben Auge, mit dem wir auf ihn sehen«, schrieb Morse an seine Frau. »Liebste, wie viele Begriffe es gibt für das Unsichtbare! Gott. Tod. Liebe. Was tun, wenn man das Nächstliegende benennen soll, für das es doch keine Worte gibt? Beziehungsweise die, die es gibt, absolut nichts erklären, nur verletzen können, garstig und schmutzig, wie sie sind? Uns fehlen die Worte für den Zustand der Seele, erst recht den des Körpers! Wie das beschreiben, was zwischen uns war? So beschreiben, dass man ihm, diesem Wahren, Wundersamen, Wunderbaren, auch nur halbwegs gerecht wird? Neue Wörter ausdenken? Punkte setzen oder Striche? Herrje, dann bestünde das, was wir da küssten, doch wieder nur aus Zwischenräumen! Seele und Körper riechen nach sich und dem, was sie zu sich nehmen, las ich irgendwo, ich weiß nicht mehr wo. Treffend gesagt! Der

Geruch der Seele. Eine Seele kann auch übel riechen. Der Liebe aber kann nichts Übles anhaften, denn sie hat so gar nichts von uns, nur das, was Gott hineingepflanzt hat. Und darum ist Dein Geruch (all das, was ich in Worten nicht beschreiben kann) ein göttlicher Geruch. Und Geschmack. Und jedes Mal ein bisschen anders. Körper und Seele riechen nach sich und dem, was sie zu sich nehmen. Es gehört ein neues Alphabet erfunden, das Unbenennbare zu benennen. Zu küssen ohne Scham, was immer noch keinen reinen, herrlichen Namen hat. Allein unter Segeln. Der Sonnenuntergang blutrot, klaffend. Ich habe Mitbringsel für Dich, Geliebte, von denen das bezauberndste ein Bernstein ist mit prähistorischem Ohrenkneifer, alle Füßchen und Zähnchen bestens zu sehen, mit denen er Gott weiß vor wie langer Zeit einmal jemanden ins Ohr kniff. Ich stelle das Fernrohr scharf und sehe unsere Katze, wie sie, schnurrend und sich rekelnd in Deinem Schoß, die Gänsefüßchenkrallen ausfährt.« Morses Weib wird einen frühen Tod sterben und der Professor der Zeichenkunst lange nach einem taubstummen Mädchen suchen. Bis er es schließlich findet und heiratet. Sie erlernt das von ihm erfundene Alphabet, und wenn sie nicht gestorben sind, unterhalten sie sich noch heute mit Punkt-Punkt-Strich und sind glücklich miteinander. Am anderen Morgen ist die Ebene weiß, in schwungvollen Wehenschnörkeln überschrieben, ein Wolkenschattensiegel beglaubigt den Schnee. Durch die vereisten Drähte fliegen die Worte, nur das Schweigen ist nicht zu übermitteln. Kinder bauen einen Schneemann. Hinkende Telegrafenmasten streben im Gänsemarsch bis hinter die sieben Berge. Suchen ihr Glück da, wo sie es nicht verloren haben – wie den Haustürschlüssel unter der Straßenlaterne, nur weil es dort heller ist. Sowie man den Fliehenden ins hölzerne Kreuz schaut, erstarren sie zu einem Lambda. Weit kommen sie sowieso nicht, da hinten ist Schluss. Das Ende der Welt verläuft genau hier, sehen Sie, wo die Worte aufhören. Weltkimm aus Blauschnee, scharfkantig. Dahinter das tonlose Nichts. Das Jenseits der Worte ist unbegehbar. Der vorige Telegrafist, wenn er bis an die Grenze ging, blieb jedes Mal in den Buchstaben stecken, rannte sinnlos dagegen an wie die Fliege gegen die Scheibe. Diesseits der Worte kann eine Mondvogelraupe als Lindwurm gelten, jenseits … stummdumpf. Weder lassen die Schneewehen im Abendrot die Muskeln spielen, noch hat der Rauch aus dem Schornstein einen Schaft. Hier hingegen ist alles buchstäblich. Es gibt keine Jahreszeiten, nur einen Winter in Verlaufsform. Drüben: Schneewüste, ungeschlacht, bellend aus hundert Mäulern. Hier hingegen geht keiner unter, hier sind alle Ohrenkneifer. Zeit ist buchstäblich – ich schreibe diese Zeile aufs Papier, und mein Leben hat sich um diese Buchstaben verlängert, während das Leben dessen, der sie liest, sich um sie verkürzt hat. Schwimmhäutiges Lichttrapez auf dem Schnee. Die Weltgeschichte des Esels. Kapitel eins, was ist das: Geboren, aber nicht getauft, gestorben, aber nicht gerettet, und hat doch den Jesus auf sich genommen? Bei den alten Völkern stand der Esel für den Frieden, das Pferd für den Krieg – also musste der Messias auf einem weißen Esel in Jerusalem einziehen. Isis, was die Frau des Osiris war, floh mit Horus, beider Sohn, vor den Nachstellungen des bösen Bruders Seth auf einem Esel aus Ägypten. Persische Quellen besagen, dass vom Schrei des dreibeinigen Uresels alle von Auramazda geschaffenen Wassernixen schwanger werden. Der Streitwagen der Asvin-Zwillinge wird von einem Esel gezogen, der das Rennen aus Anlass der Hochzeit von Soma und Surya für sie entscheidet. Der goldene Esel. Buridans Esel. Die Ohren wackeln mit dem Esel. Haare aus dem Schulterkreuz des Esels als Mittel gegen Unfruchtbarkeit. Mit einem Eselskinnbacken erschlägt Samson die unseligen Philister. Cesare Borgia, als er sich vergiftet sah, legte sich in den Kadaver eines geschlachteten Esels und verharrte in den dampfenden Eingeweiden, bis die Wirkung des Giftes nachließ. Und Neros Geliebte Poppea pflegte in Eselsmilch zu baden, wenn sie in Liebe entbrannt war, so behauptet es Plinius. Dringt ein gedehnter Eselsschrei von ferne in deinen Traum, heißt das, der Tod eines nahen Verwandten macht dich reich. Die Zeit ist ein

Esel: Treibst du sie an, ist sie störrisch und steht, willst du sie halten, geht sie mit dir durch, würdigt dich keines Blickes – von wem war das noch mal? Könnte ein Esel sprechen, er stellte eine Frage, pass auf: »Sprach der Herr zu Moses: Mein Angesicht kannst du nicht sehen, denn kein Mensch wird leben, der mich sieht … Soll das heißen, die Toten sind tot, weil sie ihm ins Gesicht gesehen haben? Und alle Tempel sind des Todes und alle Gebete an ihn gerichtet?« Auf Zehenspitzen kam der Schnee bis ans Fenster. Vor die Tür gehen, durchatmen, den Rauch aus dem Schornstein steigen sehen, das tut gut. Stille, Windstille auch, aber bald kommt der Neun-Uhr-Zug angebraust ohne Halt. Manche Züge fegen hier durch mit zugehaltener Nase, andere lassen sich Zeit, beschnüffeln jeden Mast. Der Schnee hat sich verzogen, ist nach Schablino reingeschneit, wo die Milch mit der Axt gespalten und kiloweise verkauft wird, und schlafen tun sie dort ohne Bettwäsche auf irgendwelchen Säcken. Einmal hat die Lehrerin Wäsche gewaschen und auf den Hof gehängt, am nächsten Morgen sieht sie, jemand hat die Wäsche von der Straße mit Dreck beschmissen, sie muss sie noch mal waschen. Der Himmel ist ein Habenichts, der Friedhof ein Beklemm; wer vorbeiläuft, ist ein Hund. Schon der Dekabrist Sawalischin machte aufmerksam auf die regionalen Sitten und Gebräuche, Zitat: Liegt da eine Hündin, und ich sehe, sie leckt sich das Gewisse. Jemand hat der Töle die Schamlippen beschnippelt, die Wunde ist frisch und blutet noch, Kaschtanka leckt sie aus. So würden die Männer gefügig gemacht, erfahre ich von der Wirtin: indem die Lippen unter Aufsagen irgendwelcher Zaubersprüche ins Hackfleisch gemischt und dem Manne verabreicht werden, von dem die Frau geliebt werden will. Im Fernsehen flehen die Verwandten der Geiseln, man möge mit der Erstürmung noch warten. Aber es kann jeden Augenblick losgehen. In ein paar Minuten wird es Tote geben, noch leben sie. Der Agrotechniker, der sich betrank zum Tag des Panzersoldaten, welcher noch dazu sein Geburtstag war (den Witz, er sei als Panzersoldat zur Welt gekommen, riss er sein Leben lang), schlief ein mit brennender Zigarette und verbrannte. Er hatte immer Angst gehabt, im Panzer zu verbrennen, und so träumte er sich auch im Augenblick des Todes: brennend in seinem Einsatzfahrzeug. Später saßen sie beim Totenmahl und aßen, was von der Geburtstagsfeier übrig war. Hinterm letzten Haus das Schneemeer ist so lang wie breit. Mittendrin eine Wechte, ein richtiges Kap. Dahinter aufragend die Rauchsäulen des Dorfes: Fünfwandblockhütten in kleiner Flotte vom Fluss hin zum Wald, nebenher eine Reihe von Unterschneebooten. Immer wieder irritierend, dass uns die wichtigen Dinge – nehmen wir nur die hohe Gnade der Sakramente – in so vulgärer Form zuteilwerden. In Form von Essen zum Beispiel: kauen und runterschlucken. Oder durch Baden, untertauchen und fertig. Und selten blöd die Erklärung, wie die Jungfrau ihr Kind gebar, ohne dass Spuren blieben, kein Riss und keine Naht, alles so glatt und sauber wie das Schilfmeer, das sich für Israel aufgetan und hinterher wieder geschlossen hatte. Durch das Fenster kann man ein Weib die Straße langgehen sehen, auch so eine Maria, mitten auf der Straße bleibt sie stehen, rafft den Rock ein wenig und verharrt so eine Weile – ohne sich hinzukauern, im Stehen! –, dann geht sie weiter, zurück bleibt ein Loch im Schnee mit gelber Umrandung. Schneeschulterklappen, Wintereinberufene. Die Fastenzeit ist vorbei, alles heraus zur Schlittenfahrt: Burschen rodeln mit ihren Mädchen wie eh und je auf »Donnerfladen« den Hügel herunter, das sind aus Mist geformte Pfannen mit dickem, aufgebogenem Rand, ein knapper halber Meter Durchmesser, die man mit Wasser übergießt und gefrieren lässt – du konntest nicht an dich halten und segeltest, angesteckt von der allgemeinen Fröhlichkeit, auch ein paarmal den Hügel hinab. Auf so einem Ding müsste man der Zeit, diesem Herodes, entfliehen können! Vom Frost tränen die Augen, Nachtwolken überlappen sich, ein Funkeln auf den Schlangenkörpern der Gleise. Hinter jedem Fenster ein Paar: Liebuster und Liebille. Menschen gibt es auf Erden in Wirklichkeit nicht gar so viele – am Tag der Auferstehung, da wird es auf ihr erst richtig voll werden. So hat sich dieses Zimmer eingeprägt: Winter vor dem einen Fenster, vor dem anderen blühende Fliederzweige, die eine Wolke weiterstupsen. Flaschen überall längs der Gleise, aber keine enthält eine Botschaft. Ein Streckenwärter am Bahnübergang: Bauernpelz, geflickte Filzstiefel, Lammfellmütze, zwei eingerollte Fähnchen, ein rotes und ein grünes, unterm Arm, die erloschene Laterne in Händen. Der Zug hat Fahrt aufgenommen, das Glas kommt zur Flasche gerutscht. Die Abteiltür steht einen Spalt offen, Frauen gehen vorbei mit Handtüchern und Seifenschachteln, eine Hand an der Haltestange, die Haare für die Nacht zu Zöpfen geflochten. Man hört einen Klappsitz dumpf gegen die Waggonwand klatschen. Aber wenn Herodes alle Kinder bis zu zwei Jahren hat töten lassen, dann hatte Jesus ja gar niemanden zum Spielen, keine Altersgefährten! – Stimmt gar nicht, dass Herodes die Kinder getötet hat! Die sind groß geworden und irgendwann von allein gestorben. Hinter dem weißen Feld eine Fabrik mit Saugrohr in den Himmel. Die eingesessene Bevölkerung weigerte sich, den Umsiedlern etwas zu verkaufen, Milch, die übrig war, wurde demonstrativ ausgeschüttet. Das Hochwasser geht der Hütte bis zum Hals. In den Augen der Tiere sind wir Verrückte, mit uns lässt man sich lieber nicht ein. Als sie geholt wurde, durfte sie sich noch vom Jungen verabschieden, ging ins Kinderzimmer, er saß in seinem Bettchen, sie sagte: Du, ich muss dringend auf Dienstreise, Klawa passt solange auf dich auf, sei ein kluges Kind und schön artig! Darauf er: Erst musste Papa auf Dienstreise und jetzt du, wenn Klawa auch noch wegfährt, wo bleibe ich dann? Traditionelle Gerichte zu Heiligabend sind Gerstenbrei ohne Milch und Butter sowie Kompott aus Trockenobst – das soll an die Flucht der Heiligen Familie nach Ägypten erinnern. Ins Haus ließen einen die gütigen unter den Menschen zur Nacht noch, ins Herz ließ einen keiner mehr. Sie hängte sich eine Doppelkirsche übers Ohr, legte den Regenschirm an die Schulter wie ein Gewehr und rief: Keine Bewegung! Um einen Ertrinkenden zu retten, muss man ihn zunächst mit einem Ruderschlag an den Kopf betäuben. Im

Zimmer wurde Karten gespielt, alle kratzten sich unentwegt, fuhren sich mit der Hand unters Hemd, die Insekten, die man erwischte, wurden sogleich auf dem Zettel mit der Spieltabelle totgedrückt, sodass man am Ende vor lauter blutigen Kommas die Zahlen nicht mehr lesen konnte. Der Dampfer legte ab und überholte für kurze Zeit den Winter. Ein Flussufer treibt schneller vorbei als das andere. Die Möwen bekamen Schokolade zugeworfen. Im Krieg wurden die Russlanddeutschen mit einem Schleppkahn übers Kaspische Meer in die Verbannung geschifft, es war heiß, man stand an der Wasserzisterne Schlange, Gezänk, Handgreiflichkeiten, bis eine Frau sagte: Hört auf damit, ihr seid doch keine Russen! Die Nabelschnur des Mondes schwimmt auf dem Meer. Nachmittags wird Croquet gespielt, verbissene Kämpfe bis zum Einbruch der Dunkelheit, da die Kugeln schon nicht mehr zu erkennen sind, außerdem schummelt Rosa, rückt hie und da eine Kugel mit dem Rocksaum in eine günstigere Position. Der Künstler Fu Dao löste sich auf im selbst gemalten Nebel – erst malte er ihn, dann ging er hinein. In der Zelle sammelte sie abgebrannte Streichhölzer, kritzelte damit etwas auf ein Stück Papier, ausgehändigt fürs Klo. Oder sie modellierte Figuren aus gekautem Brot. Man ging in die Schmiede und sah zu, wie der Schmied die Pferde neu beschlägt und wie aus den abgeraspelten Hufschnitzeln stinkender brauner Leim gekocht wird. Zurück fuhr sie auf einem Fuhrwerk mit Heu – das war wunderbar! Ließ sich auf den Rücken fallen und hatte das Gefühl, in einer Wiege aus Heu geschaukelt zu werden, und der Haken, an dem die Wiege hängt, ist im Himmel eingeschlagen! Welcher gibt, der tut wohl, welcher nicht gibt, der tut besser. Als der persische Schah Aga Mohammed Khan Tiflis eroberte, waren seine Soldaten darauf aus, möglichst viele Frauen zu schänden und kenntlich zu machen obendrein: Nach der Vergewaltigung wurde der Frau eine Sehne am rechten Fuß durchtrennt. Und noch heute, nach so vielen Jahren, begegnet man alten Frauen, die auf dem rechten Fuß hinken. Ich öffnete das Oberfenster – die Luft stieß mit gesenkter Stirn in die Gardine.

Schreibmaschinen sprühen in der Sonne Strahlenbündel. Mit so einem Streichholz kann man sich auch die Brauen nachziehen; zur Hautpflege benutzten die Frauen den eigenen Urin – es gebe kein besseres Mittel, so wurde versichert; stand ein Verhör an, wurde der Kalk von der Wand gekratzt und diente als Puder. Wenn deine Mutter wenig Milch hatte, wirst du später ein Faible für große Brüste haben, hat sie dich aber bis zum Alter von zwei Jahren gestillt, dann gefallen dir Frauen mit kindlich kleinen Brüsten. Verwandt, nur nicht dem Samen nach. Kopulation von Umständen. Die Damen aus ehrbarem Hause kennen wir, die sich dem erstbesten Zirkusringkämpfer in die Arme werfen. Vom Tod träumen heißt, eine Hochzeit steht bevor. Der Regen kam zur unrechten Zeit, das Heu lag noch in Schwaden. Bei den Ausgrabungen in Pompeji wurden Hohlformen von Menschen gefunden. Sie besieht sich im Spiegel: Aus seinem aufgeknöpften Pyjama schauen ihre Brüste hervor, seitlich abstehend, schlaff, ohne Füllung. Sie sieht ihn: schlafend, korpulent, weißwimprig. Im Radio werden die sieben Todsünden durchgegeben: Neid, Habgier, Wollust, Völlerei, Hoffart, Trägheit und Zorn. Mein Sohn hat nur Grütze im Kopf, lässt sich auf jeden Dreck ein: Zinnober ausschmelzen, Quecksilber spritzen und so weiter, das Elixier der Unsterblichkeit will er finden, nichts sonst auf der Welt interessiert ihn. Die Esche samt Propeller. Kinder lutschen gern an Steinen, Flüsse auch. Ein Frühzug mit schlafenden Pilzsuchern, Gegenverkehr aus der Familie der Bandwürmer streift die Scheiben. Nein, dieses Land ist dem Untergang geweiht, alle Lichter von Bord! *Boshedomka, Poljubimows Haus, der großen Ulme gegenüber* – sie war so aufgeregt, der Zettel mit der Adresse in ihrer Faust, als sie ihn entfalten wollte, hatte sich in ein feuchtes Klümpchen verwandelt. Vermittels des Eigengeruchs geben wir Partikel von uns ab, reiben unser Ich in die Welt, gehen ein in den Äther, den Raum, ins Ganze – es ist, als vermehrten wir uns durch Teilung. Der Tod ist der wichtigste, unwiederholbare Moment im Leben, von dem so viel abhängt für die Zukunft wie für die Vergangenheit – das darf man nicht dem Selbstlauf überlassen, man muss sich rüsten dafür, muss daran feilen. Ein feiner, grauer, lautloser, huschiger Regen fiel, doch gegen Abend klarte es auf, trieb die Wolken auseinander, und jede Pfütze war ein Sternenzitat. Der stadtbekannte Moskauer Hypnotiseur Doktor Dahl kurierte Rachmaninow vom Alkoholismus, indem er ihm suggerierte, Wodka sei Kerosin; der dankbare Komponist widmete dem Doktor sein zweites Klavierkonzert. Der Brief war in den Regen geraten, die Tinte verlaufen, die Buchstaben waren angeschwollen und ausgekeimt. Bevor sie vom Balkon sprang, warf sie ihren Pantoffel, sah zu, wie er abtrieb bis zur Straßenmitte. Im Strelna kann man sich einen Stör im Bassin aussuchen, den sie dann mit dem Kescher herausfischen, anschließend wird von den Kiemen ein Stück abgeschnitten, das der Gast in die Hand bekommt, und wenn der Fisch serviert wird, muss das abgeschnittene Stück an die Schnittkante passen. Bei den ersten Minusgraden holte sie die Pelzjacke hervor – sie war zusammengelegt, und in ihr nistete noch der Geruch, den sie in Rom besessen. Wie die Pause zwischen den Tönen auch zur Musik gehört, so wohnt der Pause nach dem Tod etwas inne. Die Frau schlägt mit der Hand gegen das Tischbein, an dem sich das weinende Kind gestoßen hat: Siehst du, sagt sie, jetzt haben wir ihm auch wehgetan. Wolke, monddurchweicht. Der Sohn starb in der Klinik. Nach der Obduktion wurden seine Sachen in die Leichenhalle gebracht, sie kleideten ihn an. Er hob den Kopf des Jungen an, der war wie eine Streichholzschachtel so leicht – man hatte ihm das Gehirn entnommen. Feuerschein im Fluss wie blühende Akne. Welche Wonne, nach der Liebe ausgestreckt auf dem verzwirbelten Laken Trauben zu naschen, dir beim Haareflechten zuzusehen, wie das Schulterblatt unter der Haut spielt und wie der fertige Zopf, über die Schulter geworfen, auf diesem Schulterblatt landet. Die Greisin, verdorrt wie ein alter Brotkanten, fährt mit den Händen über das zerkratzte, brandfleckenübersäte, unlösbar mit der Küchentischplatte verklebte Wachstuch; während ihre Hände nach der Lupe suchen, erklärt sie dem Gaskocher, dass das Unglück nicht davon kommt, dass ein Spiegel zerbricht, sondern umgekehrt: Spiegel zerbrechen, weil das Unglück vor der Tür steht. Holzbaracken, die Nachbarzelle von Männern belegt; man hatte unter den Pritschen ein Loch in die Wand gepult, gerade so groß, dass eine Hand hindurchging; Schlangestehen vor dem Loch. Gott erwählte die Fischer, dass sie ihm das Universum einfingen. Gotteskälbchen, flieg zum Himmel, grüß die weißen Wolkenschimmel. Der Vogel Iw wird als Weibchen geboren, seine Küken lässt er sich vom Winde zeugen. Die Schwangere lief irgendwie seltsam, tänzelnd fast; auf einmal kam sie zum Zaun gerannt und übergab sich. Danach wischte sie sich den Mund mit Schneematsch. Und immerzu diese Gier nach fauligen Bananen, ich kaufte sie am Marktstand, nun nehmen Sie doch von den guten, Frau, sagte die Händlerin, wozu denn dieses mistige Zeug? Rettungsleitern sind Vorschrift, doch ein Jakob will sich nicht finden. Ein Mann will seine Geliebte im Büro anrufen, fragt nach Lena, hat aber aus alter Gewohnheit die Nummer vom Büro seiner Frau gewählt, und deren Freundin sagt: Moment, Andrej, ich hole Mascha an den Apparat. Zeit ist ein Tastorgan. Noch vor Tagen lag das Mondlicht um diese Zeit auf dem Dielenbrett an der Tür, heute hat es sich ins Bett geschlichen. Äpfel schlummern Kopf an Kopf im Gras. Die Werkstatt ist unten im Keller, ständig uriniert jemand auf die Kellertreppe: Die Frauen kommen ganz nach unten und pinkeln vor die Tür, die Männer bequemen sich nur ein paar Stufen herab. Der Kleine war beim Trinken eingeschlafen; um ihn von der Brust zu lösen, hielt sie ihm die Nase zu. Hier haben die Deutschen ein ganzes Zigeunerlager an die Wand gestellt. Erst bettelten und flehten die Zigeuner um ihr Leben, versuchten sich loszukaufen, doch als sie sahen, dass alles nichts half, fingen sie zu tanzen und zu singen an, und so starben sie auch – tanzend und singend wurden sie erschossen. Mein sehnlicher Wunsch: dich mit frischen Erdbeeren zu wecken, ihrem Duft, ihren stachligen Nüsschen. Solowjow gelesen; er unterteilt die Menschen in Mondsüchtige und Sonnenblumen. Dieser sonderbare Klang – wie wenn man eine Walnuss gegen die andere reibt; ich lausche und kann doch nicht erkennen, was es ist. Auf den Bus wartend, stand ich unter der Laterne und schlug mein Buch auf, da schneite es mir auf die Seiten. Weißt du noch, die Nacht auf der Bahnstation: dieser Regen, deine Locken rutschten unter der Kapuze hervor und ringelten sich gleich noch mehr, ich nahm dich mit beiden Händen bei der Kapuze, küsste dich auf die nassen Wimpern, und jetzt ist diese Nacht Quadrillionen Jahre her, Billionen Werst entfernt. Ein leerer Schrank im leeren Zimmer wirkt als Schalltrichter. Auf der Post haben sie schlechte Federn auf den tintenbekleckssten Tischen, ich sandte den Brief per Einschreiben, das stupsnasige Fräulein stellte die Quittung aus, doch er kam zurück, nicht zugestellt wegen falscher Adresse. Jetzt, wo mir ein Sohn geboren ist, wüsste ich dem Prediger Salomo etwas zu entgegnen. Sie ritzte sich mit der kleinen krummen Nagelschere die Venen, sah zu, wie das Blut tropfte, zündete sich eine Zigarette an. Vom vielen Tischtennisspielen kann ich nicht einschlafen: Vor meinen geschlossenen Augen hüpft der Ball, und die Sonnenflecken auf der Platte flimmern. Nein, Valentina Georgijewna, das Entscheidende im ganzen Evangelium sind die drei Tage, nachdem man ihn gekreuzigt und zu Grabe getragen hat, er ist nicht mehr da und noch nicht auferstanden, diese drei Tage währen bis heute, und alles Weitere steht noch bevor: das Zusammentreffen am Strand und dass einer den gebratenen Fisch mit eigenen Augen sieht und den Honigseim. Wie Stoßzähne bohrten sich die Schösslinge durch den Asphalt. Wir müssen zum Tierarzt, den alten Hund einschläfern lassen. Schöpfung will heißen: ER schuf die Welt aus sich, aus seinem Fleisch, versteifte sich in dieser Pose, wie Akrobaten in der Pyramide ihre Muskeln anspannen; so hält er uns – sein Fleisch – durch pure Muskelanspannung in der Balance, und darum kann, dass nichts Neues unter der Sonne geschieht, nur heißen, dass Gott existiert. Geh spazieren mit meinen Wolken. Wolken sind immer einmalig – die hier sind meine. Der Vase geht das Wasser bis zum Knöchel. Im Märchen flieht das

Mädchen vor den bösen Mächten, setzt alles daran, ihr Brüderlein zu retten; ihre eigene Haut könnte sie dadurch retten, dass sie den Bruder zurücklässt und die Verfolger von ihr ablassen – aber so hätte das Märchen ja gar keinen Sinn und die wahre Geschichte auch nicht, wozu lebte das Mädchen dann überhaupt auf dieser märchenhaften Erde! Er ging zum Rauchen auf den Balkon und sah von dort, wie sie drinnen mit der flachen Hand die Krümel vom Sofa strich, mit spitzen Fingern etwas abzwackte, das gestärkte Laken auseinanderfaltete, das knistert an den Brüchen so schön. Seltsam die Vorstellung, dass sich eines Tages Tausendfüßler und andere vielbeinige Wesen in mir ansiedeln werden, auch solche ohne Beine und sowieso ohne Hirn. Ostern im Nebel: Leute auf dem Heimweg aus der Kirche tragen Kerzen vor sich her, die wie Pusteblumen aussehen. Endlich wurde das Klavier angeliefert – alle versammelten sich darum herum, aber Mama erlaubte noch nicht, auf ihm zu spielen, das Instrument müsse sich erst vom Transport erholen, sagte sie. Die Fußspuren über den Fluss, mehrfach angetaut und wieder gefroren, sahen nun aus wie Spuren von Riesen. Den letzten Brief bekam sie zusammen mit der Todesnachricht – in ihm bat er um Nachsicht, falls das Papier nach Fisch rieche: Liebe Mama, wir essen hier mit den Händen und müssen zum Händewaschen in die Nachbarkaserne … Viele Male noch vergrub sie ihre Nase in den Umschlag, und jedes Mal kam es ihr für den Moment so vor, als röche es tatsächlich. Während wir Tee tranken und Cremeschnitten aßen, kroch Timka unter den Tisch und band den Erwachsenen die Schleifen an den Schuhen neu. Ein Zauberpriester erschien in Nowgorod und behauptete, er wisse alles vorherzusagen; als er sich anschickte, vor versammeltem Volke über das Wasser des Flusses zu gehen als wie übers Trockene, da brachen in der Stadt Unruhen aus, viele glaubten dem Magier und wollten den christlichen Priestern ans Leder; um den Glauben Christi zu retten, ging Fürst Gleb, die Hand am Griff der Axt unter seinem Gewande, zu dem Magier hin und fragte ihn, ob er etwa wisse, was morgen sein werde und was heute

Abend? Gewiss weiß ich das, erwiderte der Magier, und: Große Wunder werde ich euch wirken. Da zog Gleb die Axt hervor und schlug dem Magier den Schädel ein. Sie sind Witwe, ich bin ledig. Eine Frau wurde vom Blitz gefällt, als sie es wagte, an unreinem Tage das Grab der Nowgoroder Heiligen Johannes und Longinus zu überschreiten. Zwei Aquarelle am Fluss gemalt, das Papier zuvor direkt in den Fluss getaucht. In den Ecken waren Holunderzweige gegen die Ratten ausgelegt. *Honigaquarell* steht auf der Schachtel, welch hübscher, appetitlicher Name, da möchte man doch gleich aus jedem Näpfchen kosten! Sie entdeckte auf seinem Tisch ein Schälchen mit Zitronenschnitzen, schon angeschimmelt, wollte sie wegwerfen, aber er: Unterstehen Sie sich! Die will ich noch malen! Einmal flog durch die Rüttelei beim Rangieren das Schloss von der Tür, und der Güterwagen tat sich weit auf. Plötzlich lag vor uns die blühende Steppe im Abendrot, allgemeine Verblüffung: Aller Knast war weg, nur atmende Steppe, Kräuterduft, die untergehende Sonne … Bis plötzlich jemand brüllte: Wir müssen die Wache rufen, sonst denken die noch, wir hätten das selbst gemacht und wollten ausbrechen! Unter den Gästen waren zwei uralte Frauen, die jemand mitgebracht und vorgestellt hatte als Enkelinnen oder Urenkelinnen von Puschkin und – komischerweise – zugleich von Walter Scott. Beide aßen gierig und beflissen. Was, wenn Petersburg nicht die Stadt des Zaren ist, sondern die eines jüdischen Fischers? Der Schaffner im frostklirrenden Beiwagen zerrt an einer Leine, worauf es schellt, worauf der Schaffner im Triebwagen an einer Leine zieht, worauf es schellt, worauf der Straßenbahnfahrer seine Fußglocke betätigt, und die Straßenbahn fährt los. Am meisten Selbstmorde geschehen in den weißen Nächten. Sie wollte gerade losgehen, da sprang ihr der Armreif aus den Händen und rollte unters Bett, sie kroch darunter, um ihn hervorzuholen, dabei sah sie die Abdrücke fremder Stöckel im Parkett. Der Mord wurde entdeckt, als der Feigenbaum, unter dem die Leiche vergraben lag, auf einmal so seltsame Früchte trug. Sie gingen durch die Nacht spazieren, es schneite; als sie den

Palastplatz betraten, sahen sie die Schneepflüge, die den Schnee gegen die Alexandersäule zu großen Haufen zusammenschoben. Ich bin störrisch wie ein Esel: Will mir einer mit Inbrunst die Unsterblichkeit einreden, bin ich sicher, dass dieses Leben keine Fortsetzung hat – aber in dem Moment, wo einer mir sagt, es geht zu Ende, denke ich plötzlich: Nein, einmal leben – immer leben! Aus der Pfütze führt eine nasse, einbeinige Spur. Soso, das Haus wurde durch eine Gasexplosion zerstört. Das haben seinerzeit auch alle geglaubt, dass es eine Gasexplosion war. Auf dem Balkon spreizte die gefiederte Morgenröte die Ellbogen, zwischen ihren Lippen die goldene Haarnadel der Peter-Paul-Kathedrale. Versteh doch, Tanja Rabenschwarz, es ging nicht darum, dass Jesus dem viertagetoten Lazarus die Qualen von Siechtum und Alter verlängern wollte, der ist ja später sowieso wieder gestorben, nein, es ging um die Worte, die einem x-beliebigen Bethanier die buchstäbliche Unsterblichkeit schenkten: Komm heraus! Mein krankes Mäuschen, mein Schmalhänsel, der Onkel Doktor hat gesagt, dass bald alles wieder gut ist, nur noch ein Weilchen, dann kommen wir und holen dich heim! Xenia ist ein seltener Name, der nur dadurch, dass es Alexander III. einfiel, sein Kind so zu nennen, vorübergehende Popularität erlangte. Innen Fleisch und außen Holz, was ist das für eine Pastete? Damals sang die Schröder-Devrient die Carolina in der *Heimlichen Ehe,* sie war eine großartige Sängerin, Liebling des Publikums und bei Hofe. *(Hier irrt die Autorin: Die Partie sang damals Sophie F. Schoberlechner, Primadonna der Italienischen Oper in Petersburg. – Anm. d. Red.)* Es denkt der Strumpf: Wozu das Bein, bin Strumpf genug und will es sein! Mir ist bang um den Kaiser, die Kaiserin wird ja auch nicht jünger, und er braucht nun mal täglich eine Frau. Die Lagerkantine war abgebrannt, so wurde die Fläche zwischen Pumpenhaus und Baracke eingezäunt, da hinein kamen Tische und Bänke, und man speiste unter freiem Himmel – hach, seufzte die Alte in dem dreckigen Kittel und den vergammelten Filzstiefeln: ganz wie das Caffè Florian oder das Quadri auf dem Markusplatz! Die Fahrt ging über Strecken, die verschiedenen Privatgesellschaften gehörten – mehrmals wurden die Fahrkarten kontrolliert, in die der jeweilige Kontrolleur das Zeichen seiner Firma hineinknipste: mal einen Kreis, mal einen Stern, mal einen Lokomotivenschornstein. Hände ohne Ringe erscheinen nackt. Ich las unterwegs in der *Fahrt der Beagle:* dass die Feuerländer, wenn der Hunger im Winter übermächtig wird, ihre alten Frauen töten und aufessen, bevor sie ihre Hunde töten; der Junge, von Mr. Low gefragt, warum sie das täten, antwortete: Hunde fangen Otter, alte Frauen nicht. Hierzulande geht man nicht auf Blickfang. Der Mumps brach in Budapest aus, zuletzt grassierte er in Wien. Zum Unglauben muss man schon von allein kommen; da der Russe ihn aber gratis und frei Haus geliefert kriegt, schätzt er ihn weniger als den Glauben. Alkyone verwandelte sich in einen Vogel; ungeküsst verhornten ihre Lippen. Meine Briefe kommen nicht an – wahrscheinlich sind die *tedeschi,* diese Hunde, noch am Lesen – vielleicht, dass sie die Hustentabellen für chiffrierte Geheimdokumente halten. Der auf dem Dach residierende Bronzeritter im Harnisch schlug zu jeder vollen Stunde gegen sein Schild. Regel Nummer 17: Wir hassen die mit Blindheit geschlagene Welt und alles, was in ihr ist, so wie wir leibliches Gemach in jeglicher Form verabscheuen; so wenden wir uns von diesem Leben ab für das wahre Leben in Gott. Jeder Kuss ist voller Einzeller. Nachts im Mondlicht schimmert das Gras wie Alabaster so weiß. In ihrer Klause hielt sie sich selten auf, saß die meiste Zeit draußen in der Mistgrube; eine Handvoll Mist trug sie allzeit am Busen. Man baut hier Häuser im Abstand einer Wäscheleine. Der Verrückte hat einen Knüppel aufgelesen, hält ihn in der einen Hand, fährt mit einem dünnen Ast, den er in der anderen hält, darüber hinweg, murmelt dabei vor sich hin – wie weiland Thomas von Celano, wenn er seine Loblieder auf Gottes Welt und ihre Schönheit sang. Säulen, die ihr Gewölbe verloren, haben so an Bedeutung gewonnen. Wir wandelten zwischen den Ruinen einher; sie brach einen Zweig ab, der wie Farn aussah: Was ist das? Hör mal, im Reiseführer steht, dass man in Orvieto unbedingt die Fresken von Luca Signorelli in der Kathedrale gesehen haben muss: *Die Auferstehung des Fleisches*. Berninis Engel auf der Brücke würden gerne in den Himmel entschweben, doch ihre Füße kleben am Stein. Das Surren der Ventilatoren in den Händen der Japaner; alle haben sie Taschenspiegel dabei, in denen sich zeigt, wie der erste Mensch mit der Fingerspitze sich den Vater nach seinem Ebenbilde schafft, muskulös und wie auf dem Sprung. Judenrennen auf dem Corso. Euch Schweinebande zeigen wir's noch! Unsern Herrn ans Kreuz zu nageln! Ein getaufter Jude ist wie ein gefütterter Wolf. Ist der Mann zur Türe raus, steht der Jude schon im Haus. Was haben der Mensch und das Heilige Grab gemeinsam? Man muss sie befreien. Und Maria versprach die Stelle zu weisen, an der die Kirche stehen sollte. Und es fiel ein Schnee auf dem Esquilin, mitten im August. Vom ersten Frost war das Laub am Boden knochenhart. Triton gaukelt vor, ein Engel zu sein, und er bläst in die Ohrtrompeten: Steht auf, steht auf, was liegt ihr hier faul herum! Sie hatten in die Ewige Stadt gewollt. Irrtum!, sprach der Igel. Was, das will ein Toter sein: Dienstag schlief er selig ein, der Sarg ward schon gehobelt, da springt er auf und popelt. Wir bogen vom Palazzo Barberini nach links in eine Sackgasse, Gogol stimmte ein kleinrussisches Trinklied an, verfiel am Ende gar in einen Tanzschritt und fuchtelte mit seinem Regenschirm so gewagt in der Luft herum, dass keine zwei Minuten später nur noch der Schirmknauf in seiner Hand steckte, der Rest war beiseitegeflogen. Nachts weht ein schwülwarmer Wind, der die Fontänen krumm biegt. Womit hatte dieses Fetzchen Luft in Afrika Berührung, frage ich mich? Rettender Retter, red netter! Ton tut not. Mücken sind Misanthropen. Das waren noch Zeiten, als die Erde eine Scheibe war. Torf, Eiter, eine Niere – tiefrot. Der Pfad in der Bergschlucht, überschüttet mit Äpfeln, die faulen nicht. Aus dem Vollen wollten wir leben, jetzt leben wir aus dem Tornister. Grasmitte, da kniet ein Kadett im Sarg. Reue, Fegefeuer? Egale Lage. Seid nun dies! Sterben geht schneller als Bastschuhe flechten. Hopp und Hufe hoch, zünd an die Kerzen. (Der Leser wartet auf die *Schmerzen*. Hier ist der Reim, nun fass schon zu!) Mein Zuckerbrötchen, mein Paddelbötchen! Bei Leid lieh stets Heil die Lieb! Amore belebe Roma! Ein Wolf kennt den andern wohl. Es ging einmal der Geißbock Flachs raufen und die Geiß Nüsse suchen. Wer möchte unter Kohlköpfen König sein? Besoffen schlägt der Bauer sich gern mit dem Herrn. Ist der Bauer nicht mehr blau, fürchtet er die eigne Sau. Im halb versunkenen Boot schwimmen die Wolken. Die Wellen schaben am fauligen Kiel. Im Schilf liegt der Wolf mit aufgeblähtem Wanst, Fliegen kleben an Lidern und Lefzen, Würmer wimmeln unter dem Schwanz. Käuend starrt die Ziege ihm in die Augen. Charon reißt krachend die schneeweißen Kohlblätter vom Strunk, schiebt sie sich zwischen die gelben Zähne. Der Abendhimmel mit Vogelbeeren angesetzt. Horch, Schritte! Ein Barfüßler kommt den Uferpfad zwischen Brennnesseln und Himbeergestrüpp gerannt. Wer bist denn du? Ich bin das kleine Kläuschen, ich bring ein kleines Sträußchen und einen Stern dem guten Herrn. Wo kommst du her? Vom lieben Gott. Wo willst du hin? Zum lieben Gott. Sem spricht ein Gebet, Ham den Weizen sät, Japheth oben steht, jeder im Tod vergeht… Vergiss es, Jungchen! Hier hast du was zu beißen! Der alte Mann reißt ein Kohlblatt ab und reicht es ihm. Es ist strunkig und gelappt. Saftig und kracht. Sachte auf den Wellen schaukelnd, treibt das in die Wand gekratzte Boot vorbei. Darin liegt der Flüchtling eingerollt und schläft, den Knastlöffelgriff in der geschlossenen Faust. Vollkommen erschöpft. Treibt unter hängenden Weidenzweigen hindurch, einer streicht ihm über die Schulter. Der Mann lächelt im Schlaf.

Wieder einmal ist Gelegenheit, aus mir selber klug zu werden. Die letzten Monate haben mich unheimlich erschöpft! Auftritte, Gastspiele, Konzertreisen, Begegnungen mit wichtigen und unwichtigen Leuten. Und ich sagte mir: Diese drei Wochen, bevor ich nach Kiew gehe, werde ich auf der Datscha verbringen und mich nicht von der Stelle rühren, nichts weiter tun als in der Hängematte liegen und in den Himmel schauen.

Nun liege ich in der Hängematte und schaue in den Himmel, aber die Gedanken können sich vom Boden nicht lösen.

Das letzte Jahr hat mein Leben von Grund auf geändert.

Nach fünf Jahren des Schweigens, der Verleumdung durch Schurken und Idioten, die nichts von Musik verstehen, einer Zeit, in der ich sinnlos zu Hause herumsaß, versuchte, ein Leben als Ehefrau und nur als Ehefrau zu führen – nach fünf Jahren erzwungener Untätigkeit, da es mir bereits so schien, als wäre das Leben gelaufen, als wäre es an der Zeit, den Verstand zu verlieren –, ist plötzlich alles wieder ins Lot geraten! Komischerweise habe ich es immer gewusst, im Gefühl gehabt, dass alles gut ausgehen würde – ich musste nur geduldig alle Demütigungen schlucken, Fäuste ballen, Zähne zusammenzubeißen ... und alles würde gut!

Nun stehe ich wieder auf der Bühne. Und zwar als eine andere – das weiß ich. Und es liegt nicht am Alter und den verplemperten Jahren. Ich bin klüger geworden. Wahrscheinlich schickt es sich nicht, so von sich zu reden. Aber mein Gefühl sagt mir: Auch wenn ich noch dasselbe singe, singe ich es anders und meine es anders.

In Kürze kommt endlich meine erste Schallplatte heraus.

Man schreibt mir wieder Briefe, schickt Blumenkörbe. Es gibt wieder lästige Verehrer und andere leidige Umstände, die der Erfolg mit sich bringt.

Ich weiß, dass ich den Erfolg nicht zuletzt Iossif zu verdanken habe. Er führt meine Geschäfte vorzüglich. Kommt groß heraus. Direktor des Säulensaals! Was für ihn auch wieder nur eine Stufe auf der Leiter ist. Und ich weiß ja, dieser Mann erreicht im Leben alles, was er sich in den Kopf setzt. Zu seinem runden Geburtstag hat er sich selbst königlich beschenkt: einen goldenen Chrysler, direkt von den Amerikanern gekauft. Davon gibt es in Moskau ganze zwei. Den anderen hat der NKWD. Wenn wir uns auf den Straßen dieser Stadt begegnen, wird kräftig gehupt.

Dieses Jubiläum hat mich Nerven gekostet! Aus Bescheidenheit verzichtete Iossif darauf, die Feierlichkeit im Säulensaal zu veranstalten, das ihm anvertraute Staatseigentum zu persönlichen Zwecken zu nutzen wäre ihm peinlich gewesen; also nahm er mit dem Metropol »vorlieb«. Was hat er geschwitzt über der Gästeliste! Mitten in der Nacht stand er auf, um jemanden zu streichen und neue Namen aufzunehmen, immer fürchtete er, irgendeine wichtige Persönlichkeit vergessen zu haben. Und natürlich lud er auch diejenigen ein, die mich in den letzten fünf Jahren geflissentlich übersehen haben, so taten, als gäbe es mich nicht mehr; diese schreckliche Zeit, in der eine kläffende Meute gegen das »Zigeunergetue« zu Felde zog, man jede Unterstützung, jeden Zuspruch gut hätte gebrauchen können. Zuerst sagte ich: Da gehe ich nicht hin. Flehentlich, wie nur er es vermag, suchte er mich umzustimmen. Ich konnte mir einfach nicht vorstellen, wie ich diesen Leuten die Hand geben sollte. Und dann war alles ganz einfach. Es herrschte so viel aufrichtige Freude darüber, dass ich zurück bin, Konzerte gebe, auf Tournee gehe, man gratulierte mir gar zur Schallplatte – von der ich noch gar nicht wusste, ob es sie geben würde, aber alle gratulierten mir schon!

Ich staunte über mich selber. Nie hätte ich gedacht, dass es mir so leichtfallen könnte, sie anzulächeln, mit ihnen zu reden und zu lachen. Das kommt, weil ich ihnen vergeben habe. Von einem Tag auf den anderen. Sie sind arme Würstchen. Ihnen nicht zu vergeben wäre Sünde.

Es zeigt sich wieder einmal, wie schwer man an einer Kränkung zu tragen hat und wie leicht es ist, davon zu lassen.

Gleichsam unbeteiligt, als wäre es ein Film, schaute ich ihnen zu, wie sie sich vergnügten. Wie sie aßen, tranken, tanzten – möglichst schnell und möglichst viel. So als wäre schon morgen alles zu Ende. Als müsste man heute noch auf seine Kosten kommen, jetzt oder nie. Und so amüsierten sie sich bis zur Besinnungslosigkeit, schlangen, dass ihnen das Zeug zu den Ohren rauskam, soffen, bis sie kotzten.

Iossif hat sich nicht lumpen lassen – noblesse oblige. Ein anderes Restaurant als das Metropol wäre unter seiner Würde gewesen. Überall Kristall und dicke Teppiche, der Eingang im Scheinwerferlicht, Türsteher in Livree. Die Garderobe der Damen nicht von der Nähereigenossenschaft, sondern aus dem Hause Lamanowa. Geplauder, Gelächter, vornehme Düfte. Kaviar, Störrücken, Bananen, edle Torten. Champagner in Strömen. Und in der Mitte der berühmte Springbrunnen, in den schon so viele Damen und Herren hineingefallen sind. Und noch hineinfallen werden. Das Orchester im Frack.

Alle bedrängten mich, ich solle singen. Iossif auf den Knien. Ich sah ihm die Angst an, dass ich mich weigern könnte, und die flehentliche Bitte, ihm diesen Abend mit all den wichtigen Leuten, von denen sein Leben abhängt und meines dazu, nicht zu verderben. Ich trat auf im langen Abendkleid aus purpurnem Pannesamt, das speziell für den Abend angefertigt worden war. Ich sang Romanzen von Prosorowski. Jeder wusste Bescheid, alle taten sie, als wäre nichts dabei. Prosorowski, wer war das noch mal? Wo mag er sein? Vielleicht hat es ihn ja nie gegeben! Aber diese Romanze, die ist unsterblich schön. Wen interessiert schon ihr Verfasser!

Die Akustik dort ist gut. Ein riesiger, mit Musik zu füllender Raum – das Oberlicht knapp unterm Himmel.

Und in diesen heiligen Hallen: Wodka, Völlerei, besoffene Tänze.

Ich sehnte das Ende des Abends herbei.

Und als ich schon im Mantel an der Garderobe stand und auf Iossif wartete, um nach Hause zu fahren, sah ich durch die Glastür die Überraschung: Es schneite wie verrückt! Und das, obwohl aller Schnee in der Stadt schon abgetaut war! Staunend stand ich da und schaute. Konnte nicht anders, als in das Schneetreiben hinauszutreten. Alles weiß! Es tat so wohl, diese Frische zu atmen nach dem stickigen, schweißigen, trunkenen Lokal. Welch eine Stille. Sachte fiel der Schnee in riesigen Flocken durch die Lichtkegel der Straßenlaternen. Der Asphalt lag unter einer Schneedecke;

wo man hintrat, taute es. Da lief ich los in meinen hochhackigen Pumps, das verschneite Trottoir entlang, eine Kette schlanker schwarzer Tritte hinter mir zurücklassend. Ich laufe weg!, dachte ich. Soll er meinen Spuren folgen! Auf einmal ging es mir gut, es war fantastisch. Ich kratzte eine Handvoll Schnee vom Pflaster, formte einen kleinen Ball, fuhr mir damit über Lippen und Hals. Eine Woge von grundlosem Glück überkam mich. So gut hatte ich mich schon lange nicht mehr gefühlt. Und all das nur wegen des bisschen Schnees.

Heute ist es neun Jahre her.

Ich hatte gedacht, alle Tränen müssten mittlerweile ausgeweint sein. Aber das ist wohl nicht zu schaffen.

Auf einmal muss ich feststellen, dass nur noch ganz wenige Erinnerungen übrig sind. Ich war anderthalb Jahre nur an seiner Seite, wir waren so gut wie unzertrennlich, und doch sind von seinem Leben nur ein paar einzelne Bilder in meinem Gedächtnis geblieben.

Wolodetschka saugt an seiner Ferse.

Sein Lächeln.

Eine kleine Haselmaus kocht sich einen süßen Schmaus, muss sie Wasser holen: Hier kommt es kalt (ich kitzle zart sein Handgelenk) – hier kommt es warm (ich kitzle den Ellbogen) – und hier, hier kommt es heiß, heiß, heiß (ich kitzle unter der Achsel).

Wolodetschka lacht.

In der Pariser Klinik bekam ich den Kleinen auf den Bauch gelegt, sie quetschten mir ein paar Tropfen Vormilch aus der Brust und ließen ihn lecken, bevor sie ihn davontrugen. Danach hatte ich einen Riesenhunger – sie brachten irgendeine Bouillon, dabei hätte ich Appetit auf dicke Kohlsuppe gehabt.

Ich sehe Iossif mit dem Fencheltee hinter mir herlaufen: Trink!, bettelte er. Damit die Milch einschoss.

Gott, was hab ich damals ausgestanden! Die Drüsen entzündet und mit Abszessen, Risse in den Warzen; ich schrie vor Schmerz, wenn ich dem Kleinen die Brust gab, und das alle drei Stunden. Kaum waren die Wunden an den Brüsten verheilt, biss er sie wieder auf.

Ein Kind – das ist, als hättest du dein Herz nach draußen verlegt. Du bist hier, und dein Herz schlägt dort.

Ich litt – und hätte doch später jeglichen Schmerz ertragen, wenn nur das Kind noch am Leben gewesen wäre. Heute ist nichts weiter übrig von ihm als ein paar Erinnerungen und der Brief, den ich damals nach Rostow an Mama schickte. Ich hatte sein Händchen und sein Füßchen auf ein Blatt Papier gestellt und war mit dem Bleistift darum gefahren; auch den Faden, mit dem ich seine Größe gemessen hatte, steckte ich ins Kuvert.

Ich bekam es von Mama irgendwann zurück und hüte es nun. Vorhin habe ich wieder hineingeschaut. Das Füßchen, das Fädchen … doch mein Söhnchen ist nicht mehr.

So viele Jahre sind vergangen – doch es genügt daran zu denken, und meine Seele verwandelt sich in einen blutigen Klumpen.

Manchmal komme ich mir vor, als wäre ich achthundert Jahre alt.

Früher habe ich nie begriffen, wieso es in der Bibel Leute gibt, die fünfhundert, sechshundert Jahre alt sind. Jetzt weiß ich es!

Ich bin öfters nach Sergijew Possad gefahren, das jetzt aus irgendeinem Grund Sagorsk heißt. Das Kloster ist verwahrlost, die Kirchen sind geschlossen und dem Verfall preisgegeben, im Klostertrakt wird gewohnt, überall hängt Wäsche auf den Leinen – ärmliches, verschlissenes Zeug.

In den Bethanienteichen, wo die Mönche früher Fischzucht betrieben, wuchern Schilf und Gras.

Die Inbrunst aus Jahrhunderten von Gebeten kann sich doch nicht verflüchtigt haben, so dachte ich mir. Irgendwo ist sie aufbewahrt – in den Steinen, den Kuppeln, dem Schilf, dem grünen Gras.

Die Menschen gehen vorbei und bekreuzigen sich.

Ich betete für meinen Sohn – betete die Kuppeln an und die Klostermauern, die hundertjährigen Bäume und das grüne, grüne Gras.

Die Konzertreisen sind es vor allem, die mich erschöpfen, diese ewigen Eisenbahnfahrten, zugigen Abteile, Bahnhöfe, die Hotels mit ihren schrecklichen Betten, die schlaflosen Nächte. Nachts umsteigen in Kursk – ein Albtraum! Schlafende Menschen kreuz und quer auf dem Boden, in ihre Bündel verkrallt; stinkende Klos; alles furchtbar traurig. In Woronesh wollten wir einen Gang durch die Stadt machen, beim Anblick der Leute überlegten wir es uns anders. Kneipen zuhauf, vor jeder drängen sich abgerissene, ausgemergelte Gestalten. Mehr Betrunkene als Nüchterne in den Straßen.

Dabei kommen zu den Konzerten immer herausgeputzte schöne Menschen mit hellen Gesichtern, munteren Augen. Sie kommen wie auf ein Fest.

Und der Anlass dieses Festes bin ich – mein Gott! Dabei sind sie es, die mir ein Fest bereiten, nicht ich ihnen. Welch Glücksgefühl immer wieder, vor einem Saal zu stehen, aus dem dir so viel Wärme entgegenschlägt, so viel Hoffnung, Dankbarkeit, Liebe!

Dann gehst du ab hinter die Kulissen, und das Märchen ist zu Ende, die Realität hat dich wieder. Und die heißt, dass der Chauffeur betrunken ist, dass wieder mal die falschen Fahrkarten gelöst wurden, dass das Hotel einen Rohrbruch hat.

Zum Glück besteht die Truppe aus hervorragenden Leuten, Iossif sei Dank! Die richtigen Leute aussuchen, das kann er. Er hat Trosman aus dem Bolschoi ergattert, dazu Chaskin, Lanzman und Gladkow vom Jazzorchester. Göttliche Musiker! Und alle mit dem nötigen Humor. Wer den nicht hat, der sollte mal versuchen, lebend von einer Tournee zurückzukehren, bei der man beinahe täglich ein Konzert gibt und in dreckigen Hotels übernachtet, wo es von Flöhen wimmelt!

Regelmäßig vor den Toren einer neuen Stadt ging bei mir das Lampenfieber wieder los. In solchen Momenten würde ich am liebsten, bevor ich auf die Bühne gehe, erst einmal jeden Menschen in dieser Stadt einzeln aufsuchen, mir gewogen machen, unterwerfen! Abends nach dem Konzert, beim Essen, sagt Gladkow dann jedes Mal: »Na, Bellotschka, wieder mal ganz umsonst gebibbert! Die Stadt liegt uns zu Füßen!« Und einmal meinte Chaskin zu mir: »Haben Sie denn immer noch nicht gemerkt, dass es jedes Mal dieselbe Stadt ist, nur am anderen Ort?«

Nach dem Konzert in Tula, als wir im Bahnhofsrestaurant saßen, trug Lanzman, schon angetrunken, einen Vierzeiler vor:

Und fragt mich Gott zuletzt erbost:
»Was tatest, Niete, du?« – sag ich:
»Ich gab den müden Knechten Trost!«
Und Gott wird weinen bitterlich!

Großes Gelächter. Erst behauptete Lanzman, es wäre von ihm selbst, gab dann aber zu, dass er es von Garkawi habe.

Man wurde nicht müde, die Verse zu repetieren, und lachte sich tot. Obwohl es doch eigentlich zum Weinen ist.

Dann sitzt du im Zug, schaust auf die vorbeiziehende Landschaft, Wälder und Felder, und diese Zeilen gehen dir nicht aus dem Kopf.

Als Kinder sind wir mit Vater zu Ausgrabungen in die Steppe gefahren, er hat uns die Steinfrauen gezeigt, Grabhügelfiguren von rätselhafter Gestalt, zeitlos und mysteriös. Solche habe ich in letzter Zeit durch das Zugfenster zur Genüge gesehen. In ganz Russland, an jedem Bahnübergang stehen sie: ganz normale Frauen, aber den steinernen wie aus dem Gesicht geschnitten, in Filzlatschen, Wattejacken und grauen Tüchern, die zuschauen, wie der Zug vorüberfährt.

Aus den Städten, wo wir aufgetreten sind, bekomme ich Briefe; anfangs beantwortete ich sie; jetzt weiß ich nicht mehr, was damit anfangen. Manche bitten um Medikamente, andere schreiben aus dem Gefängnis. Verehrer schicken Fotos von sich. Herzzerreißende Geschichten kommen vor, auch ganz grässliche. Eine Schauspielerin aus dem Kursker Bezirkstheater: krank, von drei Kindern eins invalide, das Mädchen hat sich mit heißem Fett verbrüht und ist erblindet, keiner kann helfen. Herausgerissene Seiten aus Schulheften, Ansichtskarten. Komplimente, Liebesschwüre, Bitten um Fürsprache, für eine Einweisung ins Krankenhaus zum Beispiel. »So ist es, wenn man berühmt ist!«, lacht Iossif. »Ist doch prima. Das wolltest du doch, oder nicht?«

Nein, das war es bestimmt nicht, was ich wollte.

Was fange ich an mit alledem? Wegwerfen, verbrennen, das würde mir Gott nicht verzeihen. Aber machen kann ich gar nichts.

Das einzige Mal, dass wir anständig unterkamen, war in Leningrad. Iossif hatte ein Zimmer im Astoria gebucht. Ich kann mich noch an die Zeiten erinnern, als man eine Arbeiterkantine daraus machte. Jetzt ist es wieder ein vornehmes Hotel. Das Zimmer exzellent, mit Blick auf die Kathedrale.

Das Erstaunlichste aber ist, dass da noch dieselben Leute arbeiten. Maître d'hôtel ist nach wie vor Baron Nikolai von Wrangel. Wahrscheinlich der Einzige jenseits der Bühne, der noch einen Frack zu tragen versteht. Noch verblüffter war ich, Dina, das alte Liftmädchen, wiederzusehen. Immer noch mit demselben Pony – exakte Kopie der Anna Achmatowa auf dem Porträt von Altman. Freilich ist sie älter geworden und in die Breite gegangen.

Das wollte ich hier einmal festhalten: Erstaunlich zu sehen, wie sich alles ändert, und die Menschen bleiben die gleichen.

Im Astoria ließ ich mir die Wanne voll, sie war riesig. So eine hätte ich gern auf unserer Datscha: eine, in die man *eintritt,* nicht hineinklettern muss und die Beine in die Luft werfen dabei.

Als Kind spielte ich ein Spiel, das ging so: Wenn ich einmal groß bin, wohne ich in einem Riesenhaus mit vielen Zimmern, die richte ich mir ein.

Nun bin ich groß und beim Einrichten.

Alle Träume werden wahr. Und was hat man davon?

Heute war es brütend heiß. Jeder verkroch sich, so gut er konnte. Die Strohjalousien an den Fenstern sind herabgelassen. Im Garten direkt vor dem Balkon steht ein alter Sauerkirschbaum, man kann sich über die Brüstung lehnen und Kirschen pflücken. Durch die Ritzen zwischen den Strohhalmen kann man die heiße Luft flimmern sehen. Überall wird gehauen und gehämmert – Valentinowka ist eine einzige Baustelle.

Hitze von morgens an, das Thermometer zeigte über 20 Grad im Schatten, auf dem Fensterblech hätte man schon ein Spiegelei braten können.

Nach dem Morgenkaffee saß ich in der Schaukel auf der Terrasse und blätterte die Modezeitschriften durch, die ich von der Schneiderin entliehen habe. Mascha in der Küche klapperte mit den Töpfen, Mama hörte Radio. Iossif ist in Moskau, er wird erst am Samstag herauskommen.

Lugowskoi, was mein Verehrer hier in der Datschensiedlung ist, kam auf seinem Motorrad mit Beiwagen vorbei, und wir fuhren zum Wehr baden. In dem Ding zu fahren ist furchtbar unbequem, man wird durchgerüttelt, doch es war lustig, wir haben viel gelacht. An der Kljasma ist es still und schön. Lugowskoi, trotz seiner vielen Rauten am Kragenspiegel, alberte herum wie ein kleiner Junge. Fing Gründlinge in der Sturzkappe. Anschließend setzte er sie auf, mit allem Wasser, was darin war.

Auf dem Rückweg fuhren wir am ehemaligen Gut der Sagorjanskis vorbei, um die Ruinen des aufgegebenen Hauses zu besichtigen. Ein großer, schöner Park; die Statuen alle vom Sockel gestürzt und zerschlagen. Der Teichgraben, der den Garten hufeisenförmig umschließt, seit Langem versumpft. Die Bäume innen morsch, werden nur noch von der Rinde gehalten. Die Stege eingestürzt. Was nicht zu klauen ging, haben die Anwohner zerdeppert. Ich stellte mir vor, wie früher alles war. Jemand hat sich einmal viel Mühe gemacht, damit alles schön wurde. Unter dem wuchernden Giersch entdeckte Lugowskoi das Grab der letzten Gutsbesitzer, gestorben noch vor der Revolution: *Bytschkow, Maxim Stepano-*

witsch & Maria Fjodorowna, Gottes Knecht und Magd. Bloß gut, dass die Bytschkows das alles nicht mehr mit ansehen mussten.

Gegen fünf kehrten wir heim. Mama und Mascha standen im Garten am Rost und kochten Marmelade. Ich wollte vom Schaum kosten, führte den Löffel zum Mund, blies umständlich – da gab Lugowskoi, dieser dreiste Kerl, mir einen Stoß gegen den Ellbogen. Mund und Wangen völlig verschmiert! »Aha!«, rief ich. »Dann kriegt jetzt jeder von mir einen Kuss!« Alles stob auseinander. Ich hinterher. Eine wilde Jagd durch den Garten und um den Rost herum. »Das wird der süßeste Kuss aller Zeiten! Wer will, wer hat noch nicht?« Und dabei lachten wir uns halb tot.

Warum ich dies alles aufschreibe? Weil sonst absolut nichts Wichtiges, Außerordentliches passiert ist. Ein ganz normaler Datschatag in der Mitte irgendeines Jahres, irgendeines Jahrhunderts.

Im Radio bringen sie Ausschnitte aus Mozarts *Don Giovanni*. Gerade erklingt die Arie des Giovanni vor Donna Elviras Balkon.

Abrupter Wetterwechsel. Seit dem frühen Morgen regnet es pausenlos. Zahlenlotto gespielt. Langeweile. Keine Lust zum Lesen. Es wurde schnell dunkel. Als der Regen endlich aufhörte, wollte ich unbedingt noch nach draußen. Gut, dass ich Iossif habe überreden können, die Wege mit Backsteinen zu pflastern – so kann man nach dem Regen spazieren gehen, ohne durch Pfützen zu müssen und im Dreck zu versinken. Ich trat hinaus in den nassen, kalten Garten. Es war so ungemütlich, als zöge man sich eine feuchte Wolljacke auf den nackten Körper. Bei jedem Schritt knackten Schneckenhäuser unter den Sohlen. Wir haben eine Schneckeninvasion dieses Jahr. Ich stand da und guckte in die Bäume, den Himmel, die fliehenden Wolken, die Äpfel, den Streifen Licht zwischen den Vorhängen in Mamas Fenster. Aus den Zweigen tropfte es. Nasses Geraschel überall, in den Baumkronen ein leises Platschen. Nach dem Regen ist der Duft des Phlox von durchdringender, berauschender Süße.

Ich ging auf die leere Terrasse, nahm Platz in der Schaukel. Machte kein Licht. Und hätte in diesem Augenblick gerne einen vertrauten Menschen neben mir gehabt, ihm zuraunen wollen: Sieh nur, die Äpfel leuchten im Dunkeln, als trügen sie das Licht in sich!

Die Gedanken schweiften. Ich musste daran denken, wie Mascha und ich zu Ostern in Chamowniki waren. In den Kirchen großes Gedränge, es gibt ja kaum noch welche. Durch die vielen Menschen und Kerzen war es furchtbar stickig. Ich stand von allen Seiten eingezwängt, mir wurde schlecht, ich fühlte Panik. Mit Mühe schaffte ich es ins Freie.

Auf den Straßen war anschließend viel los, die Theater boten zum Ostersamstag Zehn-Uhr-Vorstellungen an, die Kinos spielten die Nacht durch – alles nur, um das Volk von den Kirchen abzuhalten.

Während wir nach Hause gingen, klang in meinen Ohren immer noch der zauberhafte Ostergesang: Christus ist auferstanden von den Toten, durch den Tod hat er den Tod besiegt … Auf einmal wollte Mascha von mir wissen, ob ich an die künftige Auferstehung der Toten glaube. »Ich zum Beispiel glaube an Gott, aber nicht an die Auferstehung«, sagte sie. »Aber warum denn nicht, Mascha?« – »Ich glaub es nicht, und fertig. Meine selige Großmutter, die war zuletzt ganz alt und klapprig, soll sie etwa so zum ewigen Leben auferstehen? Man müsste demnach alles daransetzen, jung zu sterben. Nein, das sind doch alles Märchen!«

Und wenn schon, mein liebes Maschalein. Und wenn!

Hat Gott einem jeden sein eigenes Leben geschenkt, so wird er auch für seine ganz besondere Auferstehung sorgen!

Hat Gott das eine Wunder vollbracht und mir dieses flüchtige, schnell vergängliche Leben beschert, so wird ihm etwas einfallen, wie er mir das andere, bleibende verschafft. Und auch in ihm wird es eine Osternacht geben. Und diesen Abend heute, nachdem der Regen aufgehört hat. Und eine auferstehungsungläubige Mascha, die nun schon oben in ihrem Kämmerchen liegt und grunzt. Und einen Iossif irgendwo in der Stadt, wer weiß bei wem. Und meine Mama oben in ihrem Zimmer, wo Licht brennt, wahrscheinlich liest sie noch. Und einen Papa. Und meinen Kleinen. Und alle, alle, alle sind sie da.

Heute Morgen kam Iossif an mit allerlei Delikatessen aus dem Feinkosthaus Jelissejew, wir genehmigten uns ein langes Frühstück unterm Flieder. Gaben Mascha von den Austern zu kosten – sie hat gespuckt. Das erinnerte mich an die Ananas von Alexandrows. Sie hatten ihrer Haushaltshilfe eine Ananas geschenkt für ihre Verwandtschaft auf dem Dorf, dort wussten sie nichts damit anzufangen und kochten eine Suppe daraus.

Als Mascha losgegangen war, im Laden bei der Bahnstation einkaufen, brachte Mama die Rede darauf, dass das Hausmädchen uns bestiehlt. Man dürfe ihr das nicht durchgehen lassen und so weiter. Iossif trat für Mascha ein: Das von ihr zurückgebrachte Wechselgeld zähle er niemals nach – wenn sie etwas genommen habe, dann aus der Not, Gott sei mit ihr.

Ob er etwa mit ihr schläft?

In Moskau sei es so schwül, man bekomme keine Luft, berichtete er, so einen heißen Sommer habe es lange nicht gegeben. Die Absätze hinterlassen Spuren im Asphalt. Er schimpfte über das neu eröffnete Hotel Moskau. Das beste der Welt, heißt es in den Zeitungen, aber in Wirklichkeit sei alles wie immer: Von außen luxuriös, Marmor, Malachit und Jaspis – aber auf den Zimmern klemmen die Schübe in den Kommoden, die Badtür schließt nicht, und die Wanne hat keinen Stöpsel, man darf sich etwas einfallen lassen, womit man sie zustopft.

Er hat dort immer ein paar Zimmer für Gäste reserviert, und ich weiß, dass er seine Geliebte aus dem Varieté dort empfängt. Gerechterweise muss ich zugeben, dass er niemals eine nach Hause anschleppen würde, in unser Bett. Das ist ja schon etwas. Obwohl: In unser Bett – was heißt das schon. Unser Bett, das gibt es gar nicht.

Iossif hintergeht mich seit Langem. Ins Gesicht hat er mir immer wieder gesagt, dass da keine andere wäre, dabei spürte ich es sofort. Soll ich ihm glauben oder nicht?, habe ich mich gefragt. Glauben natürlich!, suchte ich mich selbst zu überreden. Einem geliebten Menschen muss man doch eine Chance geben, die Wahrheit zu sagen. Aber was immer er mir erzählte – ich konnte es nicht glauben und tat, als glaubte ich es. Selbst wenn er die Wahrheit sagte, glaubte ich ihm nicht. Nur wenn er mir vorlog, er liebe mich, mich ganz allein, da glaubte ich ihm.

Ich war extra im Varieté, mir die dreißig Moscow Girls unter Leitung des impotenten Kasjan Golejsowski ansehen. Alles ausgesuchte Schönheiten im Flittertrikot, auf eleganten, hochhackigen Schuhen, mit ultramodernen Frisuren. Ich versuchte zu erraten, welche die seine war, aber dann sagte ich mir: Ist doch egal! Sie sind ja alle gleich.

Wir sind zurück in jenen biblischen Zeiten, da der Mann so viele Frauen hatte, wie er unterhalten konnte.

Ich habe ja auch meinen Teil Schuld daran, ich weiß. In den grässlichen Jahren der Flaute, als ich nicht aus dem Haus gehen wollte und keinen sehen, ließ ich all meinen Groll, all meine Gereiztheit an Iossif aus. Er stand zwischen ihnen und mir. Er versuchte mich vor jener Welt abzuschirmen, in Schutz zu nehmen, so gut er konnte, tat alles, um die Schläge abzumildern, den Schmerz zu lindern. Ich aber wurde langsam wahnsinnig, und die Skandale, die ich vom Zaun brach, all meine Hysterie – sie trafen ihn. Meinen armen Ossik. Ich hasste diese Leute, aber darunter zu leiden hatte mein Mann. Ich konnte nicht mehr mit ihm schlafen, es ging einfach nicht! Und alle Versuche, die Sache wieder einzurenken, zu bereinigen, miteinander zu reden, endeten in unschönen Szenen. Ich weiß nicht, wie man in diesem Dauerzustand von Krawall und Querelen überhaupt leben konnte.

Es bedurfte nie eines besonderen Anlasses. Gereiztheit, angestaut über ein paar Tage, ein Moment der Verdichtung – und die

Entladung ließ nicht auf sich warten. Ich sage etwas, er hört mir nicht zu, kleidet sich zum Ausgehen an, ein Blick zum Wecker auf der Kommode, es folgt die beiläufige Bemerkung: »Du hast noch drei Minuten!« – und das war's. Ich ergriff die Uhr und schmiss sie zu Boden.

Der sich anschließende Streit war nicht etwa stürmisch und laut, wie Liebende sich streiten, sondern kühl und verhalten.

Das Verständnis füreinander hatte aufgehört. Es war wie eine Störung in der Leitung. Zu viel Rauschen und Knacken, man drang zum anderen nicht durch. Jeder hörte nur sich selbst, den Widerhall der eigenen Stimme.

Und genauso musste ich feststellen, dass ich den Kontakt zu mir selbst, meinem Körper, verloren hatte. Hinterher sah ich die Spuren meiner Fingernägel in den Handflächen. Ich hatte die ganze Zeit mit geballten Fäusten gestanden und nicht gemerkt, dass ich mir wehtat.

Mir fällt unser letzter Rabatz wieder ein – wegen einer Vase. Wann war das? Letztes Frühjahr. Nicht mal eben nur Teller und Tassen gingen zu Bruch, sondern eine teure chinesische Vase aus wer weiß was für einem Jahrhundert, voller Stolz hatte er sie aus irgendeinem Antiquitätenladen angeschleppt. Und plötzlich, als es passierte, das sonderbare Gefühl: Das bin gar nicht ich. Ich bin längst ganz woanders. Das ist eine andere, die hier herumbrüllt wie eine Furie und meint, sie müsste ein paar teure, ansehnliche Dinge zerschlagen. Während ich selbst mich längst wieder beruhigt habe, nichts tut mehr weh, nichts tut mehr leid. Und dieser Mensch ist mir schon dermaßen fern, er kann mir gar nicht mehr wirklich etwas anhaben.

Vor allem aber graute mir vor mir selber. Ich merkte, dass ich mich hasste, wenn ich so war.

Mein erster Gedanke war: Ich bringe ihn um. Erst ihn und dann sie. Sprenge das Haus in die Luft. Vernichte die ganze Welt … Doch schnell hatten die Tränen und die Leidensfähigkeit sich erschöpft, ich beruhigte mich und tat, als wüsste ich von nichts, als ginge in unserer Beziehung nichts Außergewöhnliches vor.

Wie hasste ich seine Stimme, wenn er anrief und sagte: »Bellotschka, mein Liebes, ich muss für zwei Tage verreisen!« Mir etwas vorfaselte von irgendwelchen geschäftlichen Dingen. In Wirklichkeit rief er aus dem Hotelzimmer an, das er gebucht hatte, um die Nacht mit seiner Geliebten zu verbringen. Die vielleicht daneben saß und ihm die Knie streichelte. »Aber ja«, antwortete ich, bemüht, das Zittern in meiner Stimme zu unterdrücken, »mach dir keine Sorgen, Osja! Komm nur recht bald wieder! Ich liebe dich sehr und warte auf dich!«

Dabei schaute ich in den Spiegel. Ich habe Falten am Hals. Die hat sie nicht.

Aber derlei Geschöpfe sind nicht die schlimmsten. Solche Hupfdohlen muss man nicht fürchten. Fürchten muss man die Stillen, Sittsamen, die mit den staunenden Kinderaugen. Wie Mascha sie hat.

Sie ist tatsächlich noch ein Kind. Einmal kam ich nach Hause und sah Mascha aus meinem Zimmer springen. Es war offensichtlich, dass sie es sich auf meinem Bett gemütlich gemacht hatte.

Doch ich konnte mich gut in sie hineinversetzen. An ihrer Stelle hätte ich die Gelegenheit, dass die Herrin außer Haus war, bestimmt genauso ausgenutzt, um deren Kleider, Strümpfe, Schuhe und Hüte anzuprobieren.

Fleißig ist sie, reinlich und verschlossen. Ein stiller, tiefer See.

Einen Lohn wollte sie erst gar nicht haben – ach, das gebe ich sowieso gleich wieder aus; wenn ich etwas für die Kerze in der Kirche brauche, geben Sie mir doch sicher was, und: Bei Ihnen ist das Geld besser aufgehoben, ich verliere es nur.

Muss mit ihr Schuhe kaufen gehen, sie läuft in sonst was herum.

Ich hielt das Exil in der Sommerfrische nicht länger aus und war mit Iossif in Moskau. Da ist es staubig und stickig, aber wenigstens gibt es Menschen.

Wir waren zu Besuch bei Dneprow und der Militsch. Den halben Abend sprachen wir über die Moskauer Umbettungen. Alle waren frappiert von der Kunde, wie geradezu lebensecht der Leichnam von Rubinstein noch ausgesehen haben soll. Außerdem sprachen wir über die Eremitage-Bilder. Dneprow weiß vom Hörensagen, Grabar habe verkündet, achtzig Prozent der wertvollsten Gemälde seien ins Ausland verkauft, und bald würden sie mit großem Gewinn zurückgekauft.

Auch Alexandrow beehrte uns mit seiner Anwesenheit. Er wurde gefragt, wie er den Stier in den *Lustigen Burschen* so betrunken habe aussehen lassen. Man zog ihm bei den Dreharbeiten in Gagra die Beine mit Draht zusammen, das war der ganze Trick. Aber das sei doch Tierquälerei, empörten sich die anwesenden Damen. Alexandrow lachte nur. Bei Meyerhold, so erzählte er, hatten alle Prügeleien auf der Bühne echt zu sein, man schlug sich die Nasen blutig, und das Blut, das da sprudelte, war echt. Wer die Kunst ernst nehmen wolle, verkündete er, müsse zu Opfern bereit sein. Und nicht nur einen Stier, sondern, wenn es drauf ankommt, den eigenen Sohn opfern – wie Abraham.

Ich sah ihn an und zweifelte keine Sekunde: Ja, der würde das tun, ohne mit der Wimper zu zucken. Den Sohn und die Frau und alle hier an diesem Tisch.

Da saß er, kippte Wodka, stippte Hering und saure Pilze und war der Erfolg in Person. Von Begegnungen mit Chaplin hat er erzählt und wie die Prominenz in Hollywood sich darum gerissen habe, ihn zum Essen einzuladen. Weiß der Teufel, vielleicht hat ihn ja tatsächlich mal jemand eingeladen.

Angeblich baut er der Orlowa in Wnukowo eine Datscha nach eigenem Entwurf – die Fenster in Herzform. Der Gipfel geistiger Armut und Geschmacklosigkeit.

Wie gern kommt man aus Moskau zurück nach Valentinowka! Die Stadt hat auf mich einen seltsamen Eindruck gemacht. Man spürt zwar, das Leben ist besser geworden: Lebensmittelkarten sind abgeschafft, die Valutaläden, Stätten der Erniedrigung, wohin die Leute ihre Goldzähne brachten, sind geschlossen, Lebensmittel gibt es reichlich, und das Angebot nimmt immer noch zu, die Theater und Kinos sind voll. Aber davon abgesehen, ist alles beim Alten: weil die Menschen die alten sind! Die Dneprows brüsteten sich mit ihrem neuen schwedischen Wohnzimmer, dem neuen Radio. Das Haus ist bis oben hin voll mit Plunder. Alles Schau, alles blauer Dunst für die Leute. Im Beisein der Gäste schickte die Militsch ihre Köchin ins Jelissejew, gekochten Schinken kaufen – für den Spitz. Und dann sehe ich auf der Nachhausefahrt, wie schlecht die Frauen in den Straßen gekleidet sind, und alle schleppen sie etwas: Benzinkanister, Taschen, Säcke und Körbe, zwängen sich damit in die Straßenbahn. Ich ernte gehässige, missgünstige Blicke.

Warum, frage ich mich, verachten die Leute einander nur so und befleißigen sich, den anderen auszustechen: mit Wohnungen, Pelzen, Bediensteten, Liebschaften, Autos, einem satten, fetten Leben?

Vielleicht folgt die Strafe dafür ja nicht erst nach dem Tode, sondern schon vorher.

Der Spiegel in der Diele ist gnädig zu mir, er zeigt mich so, wie ich sein möchte; der im Schlafzimmer hingegen ist gnadenlos, er liefert mich aus, wie ich bin, mit allen Falten, dem aufgeschwemmten Bauch. Werde ich etwa schon alt? Es lässt sich nicht mehr so leicht verbergen wie früher. Anscheinend fürchtet das Alter sich nicht mehr vor mir, nimmt sich zunehmend mehr heraus, hält Einzug wie in sein eigen Haus: graue Haare, die ich nach schlaflosen Nächten finde, Runzeln, die gestern noch nicht da waren. Die Falte am Mund ist eine Großmutterfalte.

Neuerdings gebe ich wie Mama beim Haarewaschen ein bisschen Waschblau ins Wasser, damit die grauen Haare nicht auch noch gilben.

Doch am deutlichsten spüre ich die verflossene Zeit, treffe ich jemanden, den ich lange nicht gesehen habe. Beim letzten Konzertbesuch im Großen Saal des Konservatoriums stand auf einmal Taskin vor uns. Er ist richtig alt geworden, läuft aber immer noch herum wie ein Pfau, und natürlich mit einem jungen Talent am Arm, und das ist selbstverständlich blond. Seit *Zirkus* in den Kinos läuft, wimmelt es in Moskau von falschen Blondinen, denen die Scheitel verräterisch schnell nachdunkeln.

Das letzte Mal hatte ich Taskin vor zwei Jahren in Leningrad getroffen, in meiner härtesten Zeit. Damals war er kurz angebunden und hatte es eilig. Gestern nun Küsschen hier, Küsschen da, er machte ausgiebig Komplimente, deren tieferer Sinn sich darauf beschränkte zu sagen: Und ich habe dich entdeckt, mein Täubchen, das hast du doch hoffentlich nicht vergessen?

Wie könnte ich! Das Haus habe ich vor Augen, als wäre es gestern gewesen: Kabinetnaja 7. Mein erster Vertrag. Mein erstes Honorar.

Ich, die überspannte, selbstbewusste Gymnasiastin, nach Petrograd gekommen, um am Konservatorium zu studieren. Was nicht noch! Woher nahm ich den Glauben, dass sie dort auf mich warteten? Ausgerechnet auf mich! Njusja hatte ein Vorsingen bei ihrem Gesangsprofessor arrangiert, der hörte mich an und stammelte: »Hm, nun ja, ihre Stimme scheint mir, ich würde sagen, ein Mezzo-Alt zu sein …« Und er lehnte mich ab – aus Pflichtgefühl der Kunst gegenüber. Ich natürlich gleich in Tränen schwimmend. »Ach wissen Sie«, versuchte er mich zu trösten, »Sie sind von Natur aus mit einer Stimme gesegnet, die ein Studium eigentlich nur verderben kann. Man würde sie in die Höhe trimmen, ohne dass es zur Oper reichte. Singen Sie doch einfach so, Kindchen!«

Da stand ich nun da mit meinen Träumen. Geplatzt wie Seifenblasen! Singen Sie doch einfach so, Kindchen.

Ich muss mich bei ihm bedanken, denke ich heute!

Die erste eindrückliche Besonderheit, die Petrograd damals für mich bereithielt, waren nicht die Paläste, nicht die Newa, sondern die Straßenbahnschaffner, weil sie keine Batterie Abreißfahrscheine auf einer Tafel mit sich herumtrugen wie die Moskauer, sondern eine Umhängetasche mit Fahrscheinrollen. Und dass diese Schaffner – wohl wegen der Einberufungen – fast ausnahmslos Schaffnerinnen waren. Hinter mir konnte sich jemand nicht beruhigen darüber, dass ein Fahrschein vor dem Krieg drei Kopeken gekostet hatte und nun ganze fünf. Ich fuhr mit Njusja zu einem Studentenkonzert – sie bekam Applaus, verbeugte sich, und ich verging vor Neid. Neid, jawohl: Ein nichtsnutziges Pechvögelein neidete der Schwester den Erfolg. Sie ging morgens zum Unterricht ins Konservatorium und verdiente abends mit Klavierspielen im Kinematografen ihr Brot. Njusja kannte Sängerinnen und Theatermanager, sie bot mir an, mich an den berühmten Taskin zu vermitteln, der die Wjalzewa »gemacht« hatte. Das ist dein letzter Strohhalm, sagte ich mir. Wenn er dich wegjagt, gehst du und springst von der Schlossbrücke – die war erst vor Kurzem eröffnet worden, da hätte ich sie gleich einweihen können.

Erwartet hatte ich eine majestätische Erscheinung – aber er ging mir bis zur Schulter. Noch mit Serviette, eben vom Mittagstisch aufgestanden, das Schmorfleisch stieß ihm auf. Mich gleich bei der Hand fassend, maunzte er: »Eine Frau beginnt immer von den Händen her zu gefallen …« Er hatte eher Kohlstrünke als Finger. Seine Glatze glänzte. Väterliches Beklopfen aller möglichen Stellen. Ich entwand mich, floh in eine Ecke, damit er nicht wieder zu nahe kam, und sang. Er war begeistert.

»Sie sind die perfekte Sängerin! Studieren Sie drei Lieder ein, die Ihnen zusagen, und dann mit Gott – auf die Bühne damit! Natürlich fehlt es Ihnen noch an Erfahrung, aber dafür haben Sie das Gewisse, was sich nicht erlernen lässt …«

Wir verabredeten uns zu weiteren Konsultationen, er bot an, mich in Fragen von Repertoire und Stilistik zu beraten. Schwebend verließ ich den Raum. Und tatsächlich nahm er mich unter seine Fittiche. Als ich das nächste Mal kam, übten wir ein paar Romanzen ein. Auf dem Flügel lagen irgendwelche Papiere, ein Umschlag. Mein erster Vertrag, mein erstes Honorar! Beides vor die Brust pressend, eilte ich zur Schwester. An der nächsten Ecke umarmte ich einen Mast und küsste ihn – am helllichten Tag!

Ich trat also im Kolosseum auf, Taskin rief mich an und fragte: »Wie läuft's, Bellotschka? Alles gut? Sind Sie zufrieden? Fein. Kommen Sie heute Abend bei mir vorbei. Ganz wichtig!« Ich ging hin. Die wichtige Sache war, dass ich mich für das Engagement erkenntlich zeigen sollte. Mir wird jetzt noch schlecht, wenn ich an seine Kohlfinger denke, und wie er mir ins Ohr blies: »Nicht Bella – Baiser sollten Sie heißen!« Ich schüttelte seine Hände ab. »Lassen Sie das, ich bitte Sie!« Er versuchte mich zu küssen. Ich knallte ihm eine rechts und links, stieß ihn vor die Glatze und floh aus der Wohnung. »Sollten Sie es sich anders überlegen – jederzeit gern!«, brüllte er mir nach. Das Engagement war ich natürlich gleich los, wie man sich denken kann.

Zwanzig Jahre ist das her! Und nun sehen wir uns wieder und machen einander Komplimente!

Die Wege des Herrn sind unerforschlich.

Heute Nacht von Papa geträumt. In Tränen erwacht.

Wir spazieren miteinander durch den Garten, hier in Valentinowka. Ich zeige ihm die Johannisbeersträucher, die Erdbeeren, die jungen Apfelbäume. Als ich ihm die von den früheren Besitzern übernommenen Kirschbäume zeigen will, die noch gestern so reich trugen, dass sie aus der Ferne rot aussahen – sind plötzlich keine Kirschen mehr da, nur ein paar vertrocknete, angepickte Reste. Ich bin ganz fassungslos, er versucht mich zu trösten, streicht mir über den Kopf, als wäre ich wieder klein, und sagt: »Na, na, wer wird denn weinen! Alles halb so schlimm, bald erscheint deine erste Schallplatte! Dann hört dich das ganze

Land! Und alle werden dich lieben!« Ich aber heule nur noch mehr: »Das ist mir doch alles egal, Papa! Mein geliebter Papa! Hauptsache, du bist gar nicht tot!« Und dann bin ich aufgewacht.

Bei dem bloßen Gedanken, dass ich ihn vor seinem Tod nicht mehr gesehen habe, nicht einmal auf der Beerdigung war, könnte ich vor Tränen vergehen.

Das letzte Mal, als wir uns sahen, wusste er schon über sich Bescheid, während ich es nicht wahrhaben wollte. »Ich frage mich, warum man aus dem Leben gehen muss, wenn man gerade erst anfängt, etwas davon zu verstehen«, sagte er damals. »Red keinen Unsinn!«, protestierte ich, »du erlebst noch die hundert, pass mal auf!«

Ein Foto von der Trauerfeier ist alles, was ich habe. Er liegt ohne Brille im Sarg und sieht sich überhaupt nicht ähnlich. Aufgebahrt ist er auf dem Tisch – da wo wir immer zu Abend gegessen haben.

Papa hütete bei sich zu Hause irgendwelche aus den Kurganen ausgegrabenen Altertümer. Manchmal ließ er mich seine Schätze sehen. »Tausend Jahre sind vergangen, seit ein Meister diese Schnalle fertigte, das muss man sich vorstellen!«, so sprach er jedes Mal. Und jetzt kommt es mir so vor, als wäre der Moment, da er mir die Schnalle hinhielt, noch länger her.

Verzweifelt suche ich mich zu erinnern, worüber wir sprachen, bevor wir damals auseinandergingen. Das waren doch seine letzten Worte an mich! Es will mir nicht einfallen. Ich war wohl mit den Gedanken woanders. Wenn ich gewusst hätte!

Es quält mich, dass wir kein einziges Mal richtig miteinander geredet haben, über die wirklich wichtigen Dinge. Wenn wir uns sahen, sprachen wir über Nichtigkeiten. Zwischen Vater und Kind, meine ich, sollte es wenigstens einmal ein wesentliches Gespräch geben. Über das, was das Leben ausmacht. Inzwischen ist Papa lange tot, und ein solches Gespräch wird in meinem Leben nicht mehr stattfinden.

Und Mama? Meine gute alte Mama! Ich habe dich so lieb! Und kann dir meine Liebe so schlecht zeigen! Auch wir beide reden immer nur über irgendwelche Bagatellen.

Gestern ist sie den halben Tag durch den Wald gerannt und stocherte mit ihrem Stock in Ameisenhaufen. Sie hat kranke Beine, und jemand hat ihr erzählt, man müsse Ameiseneier in Spiritus einlegen und sich mit diesem Gemansche die Knie einschmieren.

Und letzte Woche verfiel sie auf die Idee, sich ein Kleid zu nähen für die Beerdigung – ihre eigene. Das Kleid, in dem sie beerdigt werden will. Sie drehte sich ewig vor dem Spiegel, um zu prüfen, ob es ihr richtig steht.

Ihre Hauptbeschäftigung ist das Lesen. Sie liest aber nichts Neues mehr, nur was sie von früher kennt. Manchmal sehe ich sie von hinten, wie ihr Rücken auf einmal zu beben anfängt, dann hat sie etwas beim Wiederlesen so heftig ergriffen, dass sie schluchzt. Noch öfter geschieht das, wenn sie Musik hört. Heute zum Beispiel, als die Glöckchenarie aus dem Lautsprecher scholl: »Wohin läuft die junge Hindu …« – da liefen ihr die Tränen.

Unser SI-234 kriegt auch ausländische Sender herein – ich mag es, am Frequenzregler zu drehen und zu lauschen. Alle Welt sendet amerikanischen Jazz. Wenn ich zu nichts mehr Kraft habe, hilft es manchmal einzuschalten und ein Weilchen zuzuhören – dann packt einen wieder die Lebenslust, man möchte tanzen. Mama kann diese Musik aber nicht ausstehen. Sie hört jeden Abend ihre Opernübertragungen: »Zweiter Akt. Im Schlafzimmer der Gräfin.« Sobald Nachrichten kommen, schaltet sie ab.

Könnte es sein, Mama, dass auch wir beide unser entscheidendes Zwiegespräch verpassen?

Oder ist das Reden über Bagatellen in Wirklichkeit das, worauf es ankommt?

Nach dem Mittagessen machte ich einen Gang durch die Siedlung, ein streunender Hund schloss sich an. Ich brachte ihn mit nach Hause, gab ihm zu fressen. Mascha blies gleich die Backen auf: warum ich immer alles Kroppzeug ins Haus geschleppt bringe, und alle hungrigen Hunde könnte ich sowieso nicht füttern …

Eben. Wenn man schon nicht alle füttern kann, sollte man den füttern, den man kann. Nämlich diesen.

Das ist wie mit dem Glück. Alle können unmöglich glücklich sein – wer es also kann, sollte seine Chance nutzen. Jetzt und heute soll man sein Glück beim Schopfe fassen, trotz alledem. Jemand hat behauptet, solange es die Hölle gebe, könne es kein Paradies geben. So als könnte man mit dem Wissen, dass irgendwo gelitten wird, gar nicht im Paradies sein. Blödsinn! Das Leben lässt sich sowieso erst richtig genießen, nachdem man Leid erfahren hat. Was gingen diesen Köter hier die Reste unserer Suppe an, wäre er nicht vor Hunger halb tot gewesen?

Und das war immer so: Jemandem wird der Kopf abgeschlagen, und in der Menge der Zuschauer vor dem Schafott sind zwei, die verlieben sich gerade zum ersten Mal. Einer schaut verzückt auf den malerischen Sonnenuntergang, ein anderer sieht ihn auch, aber durch ein Gitter. So ist es, und so wird es bleiben. Kann gar nicht anders sein! Und wenn es Dutzende sind oder Millionen, denen der Kopf abgeschlagen wird – jemand muss zur selben Zeit die erste Liebe erleben. Auch dieser Jüngling neulich. Ich sehe sein Gesicht noch vor mir: auf der Rückfahrt von der Krim, als wir auf einem Nebengleis hielten, und uns direkt gegenüber stand ein »Stolypin« mit Gefangenen, das winzige Fenster vergittert, dahinter ein noch beinahe kindliches Gesicht. Der Junge wiederum wird das Essen bei uns auf dem Tisch gesehen haben, die Blumen und die Flaschen.

Eine Minute standen wir uns so gegenüber. Keiner im Abteil sagte etwas. Als die Fahrt dann weiterging, war die Stimmung gedrückt.

Vielleicht sollte es umgekehrt sein: das Leben nach solchen Erlebnissen nur noch fröhlicher? Der Geschmack des Essens würziger? Der Sonnenuntergang schöner?

Die Welt ist ein Ganzes, eine Vielzahl kommunizierender Gefäße. Je ärger das Unglück der einen, desto entschiedener müssen die anderen auf ihrem Glück bestehen. Desto stärker müssen sie lieben. Damit die Welt im Gleichgewicht bleibt, damit sie nicht kentert wie ein Boot.

Lugowskoi hat wie versprochen zwei Soldaten zum Holzsägen geschickt. Zwei Wassilis. Der eine kräftig und klein, der andere rank und schlank. Sie sägten mit freiem Oberkörper. Ich lag nebenan in der sanft schaukelnden Hängematte, ihre ausrasierten jungen Nacken im Blick, die gebräunten Rücken, das Muskelspiel. Als sie das Holz an mir vorbeischleppten, stieg der Geruch von frisch gesägtem Holz und Männerschweiß in meine Nase.

Wahrscheinlich würde nie jemand zugeben, dass der Geruch von Holz und Schweiß in gewissen Momenten erregend auf ihn wirkt. Ich jedenfalls war so erregt, dass sich mir der ganze Unterleib zusammenzog.

Die Untreue meines Mannes quälte mich so lange, wie ich ihn nicht selbst betrog. Beziehungsweise so lange, bis ich begriff, dass das gar kein Betrug ist.

Es war vorigen Sommer. Auf der Krim. Eine Ferienromanze.

Palmen, weißes Licht, freier Blick, die kahlen Gipfel: der Mönch, das Kamel, die Siamkatze. Macht tatsächlich einen Katzenbuckel hin zum Meer.

Jeden Tag in aller Früh turnte er am Strand herum: lief auf Händen, sprang Saltos, schlug Räder, stand freihändig auf dem Kopf. Der durchtrainierte, fest verschraubte Körper eines Akrobaten. Erst suchte ich ihm aus Übermut zu gefallen. Wir stiegen weit hinauf in die Berge. Auf schmalem Pfad griff ich nach seiner Hand – weniger um mich festzuhalten, als um ihn zu berühren. Frivole Gespräche.

»Am liebsten würde ich Sie entführen. Für immer!« – »Und ich ließe alles stehen und liegen und käme mit!«

Als ich am nächsten Morgen erwachte, wusste ich, dass ich verliebt war – nur nicht, was ich damit anfangen sollte. Ich spürte in mir dieses typische Kribbeln – wie wenn man mit feuchter Zunge den Stromgehalt einer Batterie prüft.

Wir gingen jeden Tag baden. Saßen im Sand. Ich ließ den Strandschlappen auf der Fußspitze tanzen und fühlte mich jung, stark und verwegen.

Er gab mir meinen Körper zurück – durch seine Liebe lernte auch ich ihn wieder lieben. Und außerdem fiel ihm auf: »Du sagst ja gar nichts. Bei der Liebe muss man reden!«

Ihn eigenhändig auszuziehen ließ ich mir nie nehmen. Ihn dort zu küssen, wo der Geruch am stärksten war. Einen Körper umfassend zu lieben, ohne Furcht vor Unverständnis. Aus Liebe bestehen.

Nach aller Raserei und Ekstase, wenn ich – schweißnass, die Haare an den Lippen klebend – wohl oder übel in mich zurückkehren muss und ihn so schlaff und hilflos neben mir liegen sehe, spüre ich einen Zustrom neuer Kraft und grenzenlose Zärtlichkeit. Er nimmt meine Hand, legt sie sich auf die Augen. Ich mache es mir in seiner Achselhöhle bequem, fühle sein Herz an meiner Schläfe pochen. Oder ich schaue ihn an, den Kopf auf der Hand, den Ellbogen ins Kissen gestützt. Das ist so schön, und alle Sorgen sind so fern.

Morgens weckt er mich, indem er mein Ohrläppchen zwischen die Lippen nimmt, mir Liebesschwüre ins Ohr raunt – ob wahr oder gelogen, ist mir völlig egal. Denn in der Liebe kann es keine Lüge geben, Lügen kommen nur in Worten vor.

Nachts fuhren wir mit dem Boot aufs Meer. Nie zuvor war mir aufgefallen, dass das Schwarze Meer nachts Licht ausstrahlt. Man muss das Ruder nur eintauchen, schon tritt ein Leuchten aus der aufgewühlten Welle. Kommt das Wasser zur Ruhe, hört das Leuchten wieder auf. Ein umwerfender Anblick! Nicht nur unser Bootskiel hinterließ eine Leuchtspur, jeder noch so kleine

Fisch hatte eine, sowie er sich rührte. Wir ruderten aufs offene Meer, wohl an die zwei Kilometer hinaus, dort bot sich uns ein bezauberndes Schauspiel: Delfine auf Fischfang, die Lichtflecken hinterließen. Sie waren über das ganze nächtliche Meer verteilt!

Einmal kam ich mit nur einem Ohrring nach Hause, was ich erst beim Zubettgehen merkte. Aber Iossif schien nichts aufgefallen zu sein.

Vielleicht weiß er ja, was los ist, und sagt nur nichts. Ach Iossif, du bist so lieb und gescheit.

Meine einzige Befürchtung ist, ich könnte nicht alles, was in mir schlummert, verschenkt haben, bevor es zu spät ist. Der Körper verfällt so schnell!

Von jedem Mann, den ich liebte, wollte ich ein Kind. Will es noch. Noch bin ich nicht zu alt, um zu gebären. Doch ich weiß, die Zeit läuft.

Ich hatte schon Angst, dass mit mir etwas nicht stimmt, bin zu allen möglichen Ärzten gerannt – aber die Herren Professoren konnten nur ratlos die Schultern zucken.

Gott scheint es nicht zu wollen.

Warum nicht, lieber Gott? Willst du mich auf die Folter spannen, bis ich alt und grau bin? Ein Wunder soll es sein, darunter machst du es nicht, wie? Ist es eine Prüfung? Willst du jemandem etwas beweisen? Ich soll erst hundert Jahre alt werden, und dann darf ich, so wie einst Sarah?

Ich bin aber keine Sarah. Ich will nicht hundert Jahre alt werden. Ich lebe jetzt und hier.

Wegen des Gewitters wurde in der ganzen Siedlung der Strom abgeschaltet. In allen Datschas ist es finster. Ich sitze mit der Petroleumlampe.

Heute, am 28. Juli, wurde in der Zeitung das totale Abtreibungsverbot bekannt gegeben. Gleich daneben stand ein Artikel über die Verhaftung einer gewissen *Morosowa, Marija Jegorowna (35),*

Arbeiterin in den Torfbrüchen Nasija, die im Laufe der letzten 3 Jahre 17 Abtreibungen an verschiedenen Torfarbeiterinnen durch Einspritzen von Seifenlösung unter unhygienischen Bedingungen vornahm.

Iossifs Cousine Sonja arbeitet als Beratungsschwester am Otto-Krankenhaus. Als wir uns das letzte Mal in Leningrad trafen, berichtete sie von den vielen Gräueln, die ihr im Dienst begegnen. In welchem Zustand die armen Frauen nach versuchter Selbstabtreibung eingeliefert werden! Sie verstümmeln sich mit Häkelnadeln, Bleistiften, Gänsefedern, Birkenspänen. Komplikationen sind die Folge, Infektionen, Blutvergiftungen, die oft tödlich ausgehen. Sie beantragen eine Abtreibung, die wird ihnen verwehrt, eine Beratungsschwester sucht sie zu Hause auf, die gar nicht erst eingelassen wird. »Sie sind doch aber schwanger!« – »Nicht mehr.« Die häufigsten Begründungen sind: schwer gehoben, gestolpert, Unterleibserkrankung und so weiter.

Gastspiel in Kiew.

Unübersehbare Veränderungen zum Besseren schon in der Eisenbahn. Die Fahrt zügig, ohne Verspätungen. Internationale Waggons, sehr komfortabel und sauber.

Wir wohnen im Kontinental. Luxushotel aus alten Zeiten, mit antikem Mobiliar. Die Schlüssel an einer klobigen Holzbirne – man weiß nicht, wo man sie lassen soll. Wohl damit man sie nicht versehentlich einsteckt. Stadtbekannt ist das Kontinental für die kleinen Eclairs, die täglich so gegen 12 Uhr gebacken werden. Man schiebt sie sich ganz in den Mund – fantastisch!

Ich entwischte meinen Leuten und machte mich auf ins berühmte Höhlenkloster.

Als ich zum Dnepr kam, gingen mir die Augen über von all der Pracht. Hier von diesem Hügel aus haben die alten Kiewer also ihre Idole den Fluss entlangtreiben sehen und inbrünstig zu Perun gebetet: »Bäum dich auf!«

Wie gerne hätten sie es gesehen, wenn ihr Gott es den Ruchlosen gezeigt, seine Macht ausgespielt hätte! Doch die Idole tauchten nicht hervor, kamen nicht ans Ufer, zahlten es niemandem heim. Wie tumbe Klötze trieben sie, der Willkür der Fluten gehorchend, weiter.

Ich kam mit einer Frau ins Gespräch. Sie sagte, ich solle unbedingt in der Sophienkathedrale zur wundertätigen Ikone des Nassen Nikola beten. Der Name rührt von einem Wunder her, so wusste sie zu erzählen: Es lebten einmal in Kiew Mann und Frau, die hatten einen Sohn, Nikolai, der war noch ganz klein. Einmal, als sie in einem Boot über den Dnepr setzten, rutschte das Kind der Mutter aus den Armen und ertrank. Da bezichtigten die Eltern in ihrer Verzweiflung den heiligen Nikolai, weil er ihnen nicht geholfen hatte, das Kind zu behüten; alsdann besannen sie sich und baten um Vergebung und Trost in ihrem Unglück. Und als der Kirchdiener am nächsten Morgen vor dem Gottesdienst die Sophienkathedrale betrat, hörte er ein Kind weinen. Gemeinsam mit einem Wächter stieg er hinauf in den Chor; dort, hinter einer fest verschlossenen Tür, die erst mit einem Schlüssel zu öffnen war, lag vor der Ikone des heiligen Nikolai das weinende Kind. Es war noch nass, wie frisch aus dem Wasser gezogen.

Komme gerade aus dem städtischen Waisenhaus. Sprach dort mit dem Direktor, Dr. Gorodezki. Äußerte meine Absicht, ein Kind zu adoptieren, bat um Unterstützung.

Erst haben wir uns ausführlich unterhalten, dann führte er mich durch das Haus. Im Hungerjahr 1933 habe es besonders viele Findelkinder gegeben, erzählte er. Dutzendweise habe die Miliz sie vom Kreschtschatik aufgelesen. Es wurden Asyle eingerichtet, Gorodezki bekam 500 Kinder zugeteilt. Viele von ihnen starben in der ersten Zeit an Entkräftung und allerlei Krankheiten. Während er erzählte, betrachtete ich die Kinder – alle wohlgenährt und sauber, die Mädchen in einheitlichen Kleidchen, kahl geschoren, sodass sich eines schwer vom anderen unterscheiden lässt. Wir warfen einen Blick in ein Krankenzimmer, wo den Kindern ein eitriger Ausfluss aus den Augen quoll. »Was ist das?«, fragte ich.

»Ein Trachom«, erklärte Gorodezki. Wir gingen weiter. Ich erfuhr, dass die Kinder gar nicht wissen, dass sie im Waisenhaus leben – für sie ist es ein Erholungsheim. »Irgendwann kommt Mama und holt mich heim.« Tatsächlich komme öfter jemand und adoptiere eines der Kinder, dreißig allein in den letzten sechs Monaten. Aber die Kinder seien wählerisch, sagte er lachend. Wenn einer nicht reich genug sei, heiße es gleich: Zu dem gehen wir nicht, der ist ja nicht mal mit dem Auto hier. Während wir auf dem kleinen Hof standen und redeten, scharte sich eine Traube von Kindern um uns. Alle guckten sie mich an. In ihren Augen die stumme Frage: Wer bist du? Nicht vielleicht meine Mama?

»Galina Petrowna!«

Sie hört nicht. Ringsum rauscht die Piazza Mignanelli, der Ruf ertrinkt darin.

Der Dolmetsch tritt ganz nahe an sie heran, doch die Galpetra – Kopf im Nacken, versunken in den Anblick der unbefleckten Jungfrau auf der antiken Säule, wo zuvor schon einmal ein römischer Kaiser gestanden hat – bemerkt ihn nicht.

Sie ist immer noch die Alte: lila Kostüm, weißes Mohairmützchen, Winterstiefeletten, die Reißverschlüsse halb offen. Sogar die Museumspantoffeln hat sie wieder an. Und einen mit Klebeband angehängten Zettel auf dem Rücken. Selbigen!

Der Dolmetsch versucht es noch einmal.

»Galina Petrowna!«

Sie zuckt zusammen, dreht sich um.

»Mein Gott, hast du mich erschreckt!«

Sie richtet ihr Mützchen.

»Und ich stehe hier und denke: Musste das sein, dass sie da ein Empfängnisdenkmal hinstellen? Die haben nur das eine im Kopf!«

Sie zieht ein zerknülltes Taschentuch aus dem Ärmel, schnäuzt sich, schiebt es wieder zurück.

»Ein Mitbringsel aus der Moskauer Metro. Ehe du von Wychino aus im Zentrum bist, wirst du von allen Seiten ordentlich beniest!«

Ein Geräusch flutet die Straße, scharf und flatterig. Jemand hat sich den Vogelstrumpf aus der Luft gegriffen, zieht ihn sich über den Fuß.

Die geschminkte Alte, die gerade aus der Tür eines Tabacchi tritt, schaut skeptisch zum Himmel und klappt vorsorglich einen Regenschirm auf. Auch andere Passanten tragen Schirme gegen die Vögel.

»Gehen wir!«, sagt die Galpetra und rückt schon wieder ihr Mützchen gerade.

»Wohin?«

»Woandershin. Was sollen wir vor dieser Säule rumstehen? Aber sei vorsichtig, immer schön nach rechts und links sehen. Die rasen hier alle wie die Besengten!«

Die Galpetra lässt einen Schwarm Motorroller vorbei und wechselt betulich auf die andere Straßenseite. Ihr Gang ist watschelnd, die Pantoffeln schlurfen über das römische Pflaster. Bei jedem Schritt schlappen die offen stehenden Stiefelschäfte gegeneinander.

Der Dolmetsch holt sie ein, geht neben ihr her. Vor jedem Stand mit Souvenirs, Postkarten und Fußballstar-Trikots bleibt sie stehen. Drängt zu den Tischen. Betrachtet eingehend die Auslagen der Kioske mit den Madonnen im Barbielook und den Barbiepuppen im Madonnenlook. Studiert kopfschüttelnd die Preise.

Touristengruppen schieben sich vorbei. Japaner, Deutsche, wieder Japaner. Über den Köpfen der Menge allenthalben die Schirme und Stöcke der Stadtführer mit den bunten Fähnchen: Bitte folgen, meine Herrschaften!, scheinen sie zu rufen, nur nicht zurückbleiben, ich zeige Ihnen das Wahre, das einzig Echte und Ewige in dieser wirren, hektischen Stadt, das, weswegen Sie hier sind, nicht wahr – was Sie vorher nicht waren und nachher nicht sein werden – jetzt sind Sie's!

Jemand tritt Galpetra auf den Pantoffel.

»Wohl blind oder was?«, faucht sie. »Schau gefälligst, wo du hintrittst!«

Die Passanten wagen verstohlene Blicke auf die Museumspantoffeln und das obszöne Zettelchen an ihrem Rücken, doch niemand echauffiert sich, hier hat man schon ganz anderes gesehen.

»Was gibt es dort vorne? Gehen wir dahin! … Ach-Mann-ach-Mann, nun hat es mich doch noch in dieses Rom verschlagen, wer hätte das gedacht!«

Sie schwenken in die Via del Tritone ein. Ein Grüppchen Schüler kommt ihnen entgegen, jeder mit einem Big Mac in der Hand. Einer wirft seine Tüte auf den Gehweg, der Galpetra gerade vor die Füße.

»Na, da hört sich doch alles auf!«

Sie packt den Burschen am Schlafittchen und nötigt ihn, das Papier wieder aufzuheben. Er tut es verdattert und eilt weiter, mit dem Papier in der Faust, sich immer wieder umsehend; dass ihn jemand so anfasst, ist er sichtlich nicht gewöhnt.

Immer wieder schaut die Galpetra auf ihr Spiegelbild in den Schaufenstern der Boutiquen und schiebt das Mützchen zurecht, zupft am Rock, versucht auf ihren Rücken zu spähen.

Jetzt ist sie vor einem Schaufenster mit Gipsbüsten stehen geblieben, reibt sich die Schläfen.

»Eben noch wollte ich dir was sagen, jetzt ist es mir entfallen! Ich leide in letzter Zeit an Gedächtnisschwund. Hach, was man aber auch alles so mitschleppt an Überflüssigem, und das Wichtige rutscht einem durch! Da schau, Laokoon. Mein Lebtag hab ich davon geträumt, den echten zu sehen! Wusstest du, dass er ohne Arm gefunden wurde? Man hat ihm einen neuen verpasst. Michelangelo kam sich das angucken und sagte: Nein, die Hand darf die Schlange nicht dort oben halten, sie gehört nach unten, hinter den Kopf – oder war es umgekehrt: nicht hinten, sondern oben, weiß nicht mehr. Und dann, Jahrhunderte später, fanden sie den echten Arm, und es war genauso, wie Michelangelo gesagt hatte … Genug geglotzt. Weiter geht's!«

Sie bleiben an einer Kreuzung stehen.

»Guck dir das an! Hier rennt auch alles bei Rot rüber!«

Wieder zieht sie ihr Schnupftuch aus dem Ärmel, wischt sich die geschwollene Nase. Auf der Oberlippe sind Pickelchen zu sehen – bestimmt hat sie sich die Barthaare mit der Pinzette ausgezupft.

»Warst du denn schon im Vatikan, sag mal? Den echten Laokoon gucken?«

»Ja.«

»Und?«

»Nicht schlecht.«

»Wie bitte? Nicht schlecht, sagt er. Was fällt dir ein! Laokoon! Das Trojanische Pferd! Die erzürnte Athene! Die alten Griechen! Wie vortrefflich der antike Bildhauer die Leiden im Antlitz des Vaters widergespiegelt hat, der mit ansehen muss, wie seine beiden Söhne sterben! So viel Schönheit ist unvergänglich! Das Erhabene, in Stein gefasst für die Ewigkeit! Und der Arm, wohin ist denn nun der Arm gestreckt, nach oben oder nach hinten?«

»Weiß ich nicht mehr.«

»Ja, sag mal! Wozu bist du überhaupt nach Rom gefahren?«

Sie gelangen auf die Piazza Colonna. In die Nase schlägt Ledergeruch von Taschen, die auf dem Gehweg ausgestellt sind. Gerade beugt die Galpetra sich nieder, um eine zu befingern, da rafft der Verkäufer, ein Schwarzer, seine Ware zusammen und rennt, ein Dutzend Taschen auf jeden Arm fädelnd, davon. Wahrscheinlich hat er einen Wink bekommen, dass die Polizei naht. Die ausgebreiteten Armen mit den schlenkernden Taschen daran lassen an Flügel denken.

»Ich bin schlapp. Mir tun die Füße weh. Wollen wir hier ein bisschen rasten?«

Sie setzen sich auf das eiserne Geländer um die Marc-Aurel-Säule. Touristen betrachten durch Ferngläser die Säulenreliefs. Darauf siegen die Römer über die Sarmaten, und ganz oben steht Paulus mit dem Schwert. Ächzend beugt die Galpetra sich nach vorn und löst die Bänder an den Pantoffeln. Tauben überall. Eine flattert wild um Galpetras Kopf, sodass der Zettel am Klebeband auf ihrem Rücken kurz nach oben klappt. Die Galpetra fuchtelt mit den Armen.

»Puh! Fort mit euch!«

Sie zerrt sich die Stiefel mit den eingefressenen Salzmustern von den Füßen. Spreizt die Zehen.

»Und du hockst hier in Rom und gehst nirgends hin, was?«

»Nein, wieso? Gestern erst bin ich zur alten Via Appia gefahren.«

»Und, was gibt's da zu sehen?«

»Die Straße halt. Steine, alt und abgewetzt. Mit Rinnen von den Wagenrädern. Längs der Straße wurden Spartacus' Krieger gekreuzigt. Wie ich da so lief, fiel mir ein, als Kind hab ich in unserem Kulturpalast an der Presnja den Spartacus-Film gesehen, und danach spielten wir immer Gladiatoren, mit Eimerdeckeln als Schilden. Auf den Treppenabsätzen standen damals noch diese Kübel für Essensreste, die hatten Deckel, die wir immer klauten, was der Hausmeisterin gar nicht gefiel.«

Eine alte Frau nähert sich, es ist die aus der Elektrosawodskaja. »Prego! Mangiare!« – mit zitternder Hand. Die Finger sind schwarz.

»Ich hab nicht mal was zum Geben«, seufzt die Galpetra und zieht vorsichtshalber die Füße ein. »Und mehr gibt's dort nicht zu sehen auf der alten Straße, na sag schon, die mit Spartacus?«

»Eine Kirche gibt es noch, die heißt Domine quo vadis. Wie der Roman von Sienkiewicz: Wohin gehst du.«

»Kenn ich. Und?«

»Ich bin reingegangen. Da war niemand. Nur eine Sienkiewicz-Büste stand herum. Ich wollte schon weitergehen, da sah ich auf dem Gang ein Gitter in den Boden eingelassen. Darunter war eine weiße Platte. Ich trat näher. In dem Stein waren zwei Fußabdrücke. Es ist die Stelle, wo Jesus sich Petrus gezeigt hat, und die Spuren sind im Stein geblieben. Ich beugte mich nieder, um es mir genauer anzusehen. Die Abdrücke sind groß, größer als meine. Und sehr flach. Plattfüße, allem Anschein nach. Plötzlich verlangte es mich, sie zu berühren. Ich hatte schon die Hand ausgestreckt, da wurde ich auf einmal unsicher.«

»Wieso, was war?«

»Na, wenn es eine Fälschung wäre, die Arbeit irgendeines Steinmetzen, der seinen Fuß hingestellt hat, den Umriss gezeichnet und ausgestemmt, dann gäbe es wohl keinen Grund, es anzufassen, oder? Aber wiederum – wenn die Füße wirklich seine wären? Dessen letzte Worte gewesen sind: Mein Vater, warum hast du mich verlassen? … In dem Moment hörte ich Schritte, aus einer Seitentür kam ein Priester in schwarzer Soutane geeilt, kauend. Er sah mich da hocken mit ausgestreckter Hand, ich zog sie verlegen zurück, er aber lächelte und nickte, als wolle er sagen: Fassen Sie es ruhig an, das ist erlaubt! Ist sowieso nur eine Kopie!, sagte er.«

»Dacht ich mir's doch!«, seufzte die Galpetra. »Und wo ist der echte Stein hin?«

»Das habe ich ihn auch gefragt. Weil es in der Kirche ständig Einbrüche gab, Sachen geklaut wurden, haben sie das Original in eine andere Kirche gebracht, San Sebastiano, das ist nur ein Stück weiter die Via Appia lang. Ich ging hin. Kirche ist noch untertrieben, es ist eine große Basilika. Ich irrte eine Weile darin herum, ohne den Stein zu finden. Oben unter der Decke schwebte ein Riese mit goldener Mähne. Hängt da oben und schaut durch das Fenster nach draußen, was los ist. Draußen war der Himmel mit Wolken gepflastert, die alt und abgewetzt aussahen wie die Platten auf der Via Appia. Ich fragte einen Padre nach den Fußabdrücken. Er deutete mit dem Kopf auf einen Seitenaltar rechts vom Eingang. Davor war ein Gitter und Glas. Drinnen war es dunkel, man sah nichts, das Glas spiegelte. Ich schaute nach, ob sich vielleicht irgendwo eine Münze einwerfen ließ – das haben sie hier in den Kirchen manchmal, dass man bezahlen muss, damit für kurze Zeit das Licht angeht – fand aber nichts.«

»Und damit hatte es sich?«

»Tja.«

»Nicht gesehen, die Platte?«

»Nein.«

Neben dem Dolmetsch hat sich ein alter Mann mit Rucksack auf dem Geländer niedergelassen: in Shorts und T-Shirt, Panamahut und Bergschuhen. Auch ihm baumelt ein Fernglas um den Hals. Seine welken weißen Beine sind vollkommen unbehaart. Lächelnd hält er dem Dolmetsch das Fernglas hin: Wollen Sie auch mal? Der Dolmetsch richtet das Glas auf die Säule. Es vergrößert stark. Das Erste, was er erkennt, ist ein abgeschlagener Kopf. Wohl ein Sarmate. Darüber ein Reiter mit Kräuselbart: vielleicht der Philosophenkaiser höchstselbst, der gesagt haben soll, dass ihm an der Wiederbelebung Toter mehr gelegen sei als am Todesurteil für Lebende. Und noch weiter oben Paulus mit dem Schwert. Das Schwert ist lang. Geeignet zum Abschlagen von Sarmatenköpfen, darf man annehmen. Der Dolmetsch reicht das Glas an Galpetra weiter. Sie schaut nur kurz auf die Säule und dann eingehender auf die Straße, die Fensterfronten, die Fußgänger und die Tauben.

»Sieh dir das an. Ganz die Moskauer!«

Die Tauben flitzen um ihre Füße.

»Galina Petrowna!«

»Ja?«

»Was ich Ihnen schon lange mal sagen wollte …«

»Was denn?«

»Es ist eigentlich blöd, aber …«

»Nun sag schon!«

»Wissen Sie, ich hab mich all die Jahre immer gefragt …«

»Du meinst den Zettel auf meinem Rücken?«

»Ja. Das heißt, nein, eigentlich etwas ganz anderes. Was ich Sie fragen wollte: Wie kann es sein, dass Sie uns liebten, obwohl wir Sie gehasst haben?«

Der alte Mann in den Shorts macht Anstalten weiterzugehen, klatscht sich auf die dünnen Oberschenkel, dass die Tauben in seiner Nähe erschreckt aufflattern. Die Galpetra gibt ihm das Fernglas zurück, der Riemen bleibt an ihrem Ärmelknopf hängen.

»Ach, Ihr habt mich doch genauso geliebt, nur ohne es zu wissen … Ist Korczak eigentlich je in Rom gewesen?«

»Keine Ahnung«, sagt der Dolmetsch achselzuckend.

Tauben und Touristen aufscheuchend, sind irgendwelche Demonstranten auf den Platz geströmt, schwenken Plakate, entrollen Transparente. Einer testet sein Megafon, indem er die ganze Piazza Colonna mit Gesang beschallt: *amore, amore, amore!*

Die Galpetra zieht die Stiefel wieder an, knüpft sich die Bänder der Museumspantoffeln um die Knöchel.

»Dann muss ich mich also weiter mit der Frage quälen, wo Laokoon den Arm hinreckt …«

»Das ist gar nicht Laokoon, Galina Petrowna.«

»Wie, nicht? Wer denn sonst?«

»Korczak.«

»Was redest du da?«

»Es ist Janusz Korczak mit den zwei Kindern, die an seiner Hand in die Gaskammer gegangen sind. Sie ersticken gerade. Schön ist das ganz und gar nicht. Was interessiert das Muskelspiel an ihren Körpern? Und wo Korczak seinen Arm hinreckt?«

»Du bringst alles durcheinander! Alles auf der Welt wirfst du in einen Topf! Du bist nämlich ein großer Wirrkopf. Wer nämlich mit h schreibt, ist dämlich! Laokoon ist das eine, und Korczak ist etwas ganz anderes. Ein Kaiser kann nicht Philosoph sein, ein Philosoph kann nicht Kaiser sein. Die Offiziere von Sewastopol und Berninis Engel sind grundverschiedene Dinge. Die alten Griechen sind das eine, die Tschetschenen das andere. Die Museumsfilzpantoffeln im ungeheizten Museum von Ostankino einerseits, das Kind, das ich im Bauch hatte, andererseits. Begreif doch, der weißrussische Bursche, der da in den Hörer schniefte, ist eine Sache für sich und der Vogelstrumpf – schau, jetzt hat er sich in eine Nase verwandelt! – genauso. Der Fuß des Petrus hat nichts zu tun mit den Fotos der Aussätzigen, du entsinnst dich, im Vatikan, am Obelisken auf dem Platz vor dem Dom, haben sie Geld für Leprakranke gesammelt, darum hingen dort Plakate mit Fotos von Kindern und Erwachsenen, die keine Finger und keine Zehen mehr hatten. Sie wandte sich ab, um es nicht sehen zu müssen …«

»Stimmt, wir standen in der Schlange vor dem Petersdom. Windböen wehten das Wasser aus der Fontäne als Sprühregen zu uns herüber, fein wie Staub. Vor uns stand eine polnische Schülergruppe in Pfadfinderuniformen, mit Halstüchern wie früher unsere Pioniere, aber weiß und rot. Hinter uns eine Gruppe dunkelhäutiger Mädchen in irgendeiner Ordenstracht, weiß und blau. Ich hatte darauf gehofft, die Schweizer Garde mit ihren Hellebarden zu sehen, aber am Zaun wurden wir von Sicherheitsleuten in Sonnenbrillen und schwarzen Anzügen kontrolliert. Isoldes nackte braune Schultern wurden beanstandet, es gab einen riesigen Plastikkorb voll schwarzer Tücher, sie legte sich eines um. Sah nun aus wie ein altes Mütterlein, mimte es auch gleich mit zittrigen Händen, lachte. So wurden wir eingelassen. Die erste Runde durch den Dom liefen wir gemeinsam, dann sagte sie, sie wolle eine Kerze anzünden, ich ließ sie allein. Stellte mich in die Schlange der Pilger vor der Statue des heiligen Petrus, alle wollten sie ihm an den Fuß fassen und sich dabei etwas wünschen. Diesmal hatte ich die weiß-blauen Ordensschwestern vor und die polnischen Pfadfinder hinter mir. Ich stand und las im Reiseführer, dass das in Wirklichkeit gar nicht Petrus war, sondern ein antiker Jupiter, der Donnergott. Dem hatten sie irgendwann einen neuen Kopf aufgesetzt und anstelle des Bündels Blitze den Schlüssel in die Hand gesteckt. Die Schlange rückte nur langsam vor, jedes der schwarzen Mädchen gab sich lange mit Jupiters Fuß ab. Hinter mir stand eine schwarz gekleidete Frau mit ihrem Sohn, der ungefähr zehn war und blind. Der Junge runzelte die Brauen, hin und wieder ging ein Zucken über sein Gesicht. Schließlich war ich an der Reihe und sah, dem heiligen Fuß fehlten die Zehen, wie von der Lepra abgefressen. Ich berührte ihn, fühlte die Kälte der

Bronze und den klebrigen Schweiß Hunderter Menschen, instinktiv zog ich die Hand zurück. Als mir der Gedanke durch den Kopf schoss, dass ich vergessen hatte, den Wunsch anzubringen, war es zu spät, der leprazerfressene Stumpf schon von der Hand der Mutter des blinden Kindes belegt. Ich schlenderte weiter durch den Dom. Sie stand immer noch am selben Fleck, mit der Kerze in der Hand. Die Kerzen hier kamen mir irgendwie albern und unpassend vor, sie steckten in roten Gläschen, wie sie sonst in Restaurants auf den Tischen stehen. Mit dem rot leuchtenden Stummel in der hohlen Hand und dem fremden schwarzen Tuch um die Schultern erschien sie unversehens vom Alter gebeugt, mit aufgelöstem Haar. Ich ging auf sie zu, wollte sie umarmen, doch im selben Moment meinte ich deutlich den fremden Schweiß auf den Fingern zu spüren und hatte das Bedürfnis, mir die Hände waschen zu gehen.«

»Ich sehe, du hast überhaupt nichts begriffen. Ihr Oberschlauen müsst immer alles kompliziert machen! Erst erfindet ihr ein Rom, und dann wundert ihr euch, dass es dieses Rom gar nicht gibt und dass im Forum höchstens noch ein paar von der Zeit angekaute, verkrautete Gerippe herumliegen. Erst erfindet ihr den Tiber und erwartet wer weiß was davon, und dann ist er so trübe und tiberig wie im wahren Leben. Anstatt dass ihr die Tiberwelt liebt, wie sie ist! So einfach ist das. Du hättest ihr Tristan werden sollen. Es hätte sich gehört! Ihr den Tag in Izzalini zurückzugeben! Dann wärest du es, der mit dem Buch auf der Luftmatratze unterm Baum liegt, und aus den Zweigen seilen sich an unsichtbaren Fäden kleine, flinke schwarze Raupen ab. Fallen her über alles, was atmet: Blätter, Schatten, Steine. Ein kleines Tatarenheer. Und das hier ist noch gar nichts, voriges Frühjahr haben sie den Rosenbusch da bis auf die Rinde kahl gefressen. Wo du hinschaust, ist Leben: Du hast das Buch nur für einen Moment im Gras abgelegt, um das T-Shirt auszuziehen – als du es wieder zur Hand nimmst, krabbeln Ameisen über die Seite wie panisch gewordene Buchstaben. Im Paradies muss man auf der Hut sein: Wie schnell ist einem ein Skorpion in die Tasche oder in den Schuh gekrochen! Den Gang übers Grundstück nicht ohne Stock machen, den Boden vor sich abklopfen, es gibt Schlangen! Das Haus liegt am Berg, das Dorf unten im Tal – unsichtbar hinter den Baumwipfeln, einzig vom Balkon lassen sich der Turm des Castello und das Kirchdach sehen. Aus dem Dorf klingt der Lärm einer Kreissäge herauf, in den Pausen setzen die Vögel ein, das Laub und die patschenden nackten Füße. Vor zwanzig Minuten waren ihre Brüste unter der Dusche vom eiskalten Wasser ganz gänsehäutig und straff. Jetzt knallt die Sonne, und alles verkriecht sich in den Schatten: der zugewachsene Weg, der von den Etruskern zurückgelassene Schlauch, die abgetragene, nach deinem Fuß riechende Sandalette. In Shorts und Bikinioberteil hängt sie Wäsche auf die Leine: deine Unterhosen und ihre Slips, Socken und Söckchen, schön dicht bei dicht, sodass sie sich aneinander reiben können, liebkosen. Sie stellt den Fuß auf den Rand der Luftmatratze, macht sie so praller, hebt dich an. Das Bein ist voller Stiche. Hält dir die Tube hin, dass du es ihr einreibst. Die Mückenbrut hier ist klein und gemein, bevor man sie noch hört und spürt, juckt es schon. Das Bein – braun gebrannt, schlank und zart, noch nicht vom Stahlblech malträtiert, ohne Narbengeflecht. Aufgekratzte rote Stiche an Wade und Schienbein, auf dem Spann. Du möchtest jeden Stich einzeln küssen, mit der Zunge befeuchten, sie zieht das Bein weg: He, nicht doch, das ist schmutzig! Du ergreifst die Ferse, küsst den Knöchel, Isolde lacht, hüpft auf einem Bein, klatscht dir die Tube gegen Kopf und Schultern, verliert das Gleichgewicht und fällt, fängt sich an deinem Hals, die Matratze schlägt aus, bäumt sich auf, wirft euch ab ins Gras. Und im Himmel trocknen Slip und Unterhose, Söckchen und Socke, von allem Fleisch ein Paar, nach der Sintflut in der lieben Sonne, und solange die Erde stehet, soll nicht aufhören Saat und Ernte, Frost und Hitze, Sommer und Winter, Tag und Nacht. Dann fahrt ihr die Fresken von Luca Signorelli anschauen. Die Straße schwenkt die Hüften. Im Tal liegt der Tiber. Manchmal sieht man zwischen Bäumen ein Stück davon, Isolde ruft: »Sieh doch, was für ein komisches Boot!«, aber du ziehst es vor, auf die Straße zu sehen. Zwischen Todi und Orvieto sitzen im Kilometerabstand schwarzhäutige Frauen am Straßenrand, die den Vorbeifahrenden, die Augen mit der Hand schirmend, entgegensehen. Sobald einer bremst, springen sie auf. Morgens werden sie längs der Strecke verteilt und abends wieder eingesammelt. Isolde empört sich: Wie kann man diese armen Frauen zwingen, sich feilzubieten, und dann auch noch in den Büschen, wie die Hunde. Das sind vielleicht die Huren aus der Bibel, sagst du im Scherz. Die gibt es nicht, erwidert sie. Hinter der nächsten Kurve steht wieder eine und sieht euerm Wagen hinterher. In Orvieto sind alle Parkplätze belegt, doch ihr habt Glück, da fährt gerade einer los. Ihr geht in den Dom, wo aber die Messe läuft mit anschließender Firmung, die Kapelle mit den Fresken ist geschlossen, ihr müsst warten, bis alles zu Ende ist. Außerdem feiern sie hier Palombella, das Fest der weißen Taube – ausgerechnet heute! Über die Köpfe hinweg seht ihr in der Tiefe der Kathedrale, vor dem Altar, zwei Nonnen einen Mädchenchor dirigieren. Die Mädchen tragen weiß-rosa Kleidchen. Sie singen etwas Flottes, es könnte aus einem amerikanischen Musical sein, alle wiegen sich im Rhythmus, klatschen in die Hände oder werfen sie mal links, mal rechts in die Höhe und schnipsen mit den Daumen dazu. Gleich darauf beginnt das Fest auf der Piazza. Über der Menge schweben Sperrholzwolken, aus denen die Taube geflogen kommen muss, um die entscheidende Botschaft zu übermitteln, ohne die man unmöglich leben kann. Salut. Donner und Gloria. Im Umkreis der unbefleckten Maria und der Kreuzigung werden Feuerwerkskörper entzündet, Madonna und Kruzifix versinken im Rauch der Raketen. Vom anderen Ende der Straße her wird, gleichfalls mit Geknall und Geknatter, der Käfig auf ein gespanntes Seil gelassen, er zieht eine blaue Rauchschleppe hinter sich her. Darin, im gläsernen Zylinder, zuckt und flattert der zu Tode verängstigte Vogel. Die Italiener klatschen Beifall, brüllen vor Begeisterung. Das Ende des Festes lässt sich am besten im Restaurant abwarten. Durch die offen stehenden Fenster ist schon wieder Donner zu hören, diesmal ist er echt. Wahrscheinlich hat sich die Taube, dem Zylinder entronnen, höheren Orts beschwert. Steinige sie! Folglich Gewitter und Hagelschlag. Es trommelt auf ein Blechdach. Ihr sitzt am Fenster, seht riesige Hagelkörner auf den Asphalt schlagen und zurückspringen, sie prallen höher als die Fenstersimse. Menschen flüchten vom Platz herein ins Restaurant, lärmend und lachend. Hoffentlich schlägt es uns nicht die Autoscheiben ein, sagst du, während Isolde immer noch bei den Frauen an der Landstraße ist: Die Armen!, seufzt sie, wie mögen die sich jetzt fühlen in ihrem Gebüsch! Eisbröckchen segeln zur offenen Tür herein. Der Kellner kehrt sie eilig wieder nach draußen, er lacht euch zu, mimt augenzwinkernd den Eishockeyspieler, der den Puck ins Tor befördern will. Dann hört das Unwetter auf, ihr tretet ins Freie, wo die Sonne scheint und die Straße dampft. Die Hagelkörner – wie Hühnereier so groß, als sie vom Himmel fielen – sind nun schon auf Erbsgröße geschmolzen. Sieh nur, wie viele Blätter es erschlagen hat!, witzelst du. Da ist bis zum Ende des Lebens nur noch ganz wenig Zeit. Aber so ist es immer. Du warst ihr Tristan, warst es auch, ohne es zu wissen. Die Auferstehung des Fleisches. Aus dem Nichts, aus der Leere des Raumes, aus dem grauen Putz, aus dem dichten Nebel, aus einer Fläche Schnee, aus dem weißen Blatt Papier tauchen plötzlich Menschen hervor, erstehen lebendigen Leibes, und dies, um für immer zu bleiben; dass sie ein weiteres Mal untergehen, kann nicht sein, denn den Tod haben sie ja schon hinter sich. Zuerst nur in Umrissen. Punkt, Punkt, Komma, Strich, fertig ist das Mondgesicht. Vorzeichnung. Ein Mensch erstreckt sich von der Ritze hier in der Wand bis zu dem Sonnenfleck dort. Dehnt sich von den Fingernägeln zu den Zehenspitzen. Hände, Füße, Köpfe, Brüste, Bäuche – alles aus dem Schnee, dem Nebel, der Weiße des Papiers geholt, jetzt hier ausgelegt zur Identifizierung. Die Körper noch durchsichtig wie der Schatten eines leeren Glases an der Wand. Die Realität ist nachgiebig. Das Fleisch ersteht schrittweise. Hier fehlen noch die Arme, bei dem da die Beine – so wie bei den Statuen im Vatikanischen Museum, und zwischen den Beinen hat der Hammer gewütet. An der Stelle, wo das Schulterblatt beim Zurücknehmen des Armes hervortritt, geht die Fläche in den Raum über. Spiel der Muskeln, freiliegend noch, bevor die Epithelien darüber hinwuchern. Da kriechen sie, noch nicht ausgeführt, nicht zu Ende gezeichnet, erheben sich auf die Knie. Rasselnder Atem, dumpfes Lallen. So kehren sie zurück in ihre Haut. Blicken um sich, die Augen noch blind. Lernen zu riechen. Kraxeln hervor aus dem Nichts. Und wo die Dimensionen aufeinanderstoßen, kippen die Wand, der Schnee, der Nebel, das Papier in die Zeit: Er aß die Granatäpfel mitsamt den bitteren Häutchen und Kammerwänden, dies sei gut gegen Zahnstein, behauptete er; sie wollte die Tür öffnen, doch das ging nicht, der Wind stemmte sich von der anderen Seite dagegen; sie tranken aus federleichten Plastikbechern – man musste schnell nachfüllen, damit sie nicht wegwehten. Der Abergläubische fährt wie gewohnt zuerst in die linke Sandale und dann in die rechte. Mit angewiderter Miene flößt er sich allmorgendlich ein Glas Eselsmilch ein, die der Ohrenkneiferarzt ihm gegen die Schwindsucht verschrieben hat. Und der, dessen Nasenflügel sich beim Singen immer so blähen, fährt nach Hause, bringt der Frau hundert Silberschekel und singt, das Pferd äugt mit blauem Augapfel nach den Kühen mit den mistigen Eutern, und der entgegenkommende Mann, der die Erfahrung in sich trägt, wie Hühner und Schweine über die Brandstätte laufen und hochhüpfen mit kindlichem Gequietsche, wenn sie auf heiße Asche geraten, er hat noch einen halben Tag zu gehen, frühmorgens erst gelangt er ans Ufer, das über Nacht ganz verwildert ist, nur eine Handvoll Leute in der Ferne – und der Sand hat vom Regen eine Kruste – er tritt darauf mit nacktem Fuß und bricht ein. Und hier ist eine, die hat einen verheirateten Mann geliebt. Hat, als er das erste Mal über Nacht blieb, die Ikone mit einem Tuch verhängt, das sie hinterher wieder wegnahm. Sie besah sich alles genau, stocherte mit dem Finger im

Mottenloch. Wischte den Fußboden mit dampfendem Lappen. Vor ihrer Abreise sagte die Mutter nur: Tau mal den Kühlschrank ab – über die Liebe zu reden wäre wichtiger gewesen. Das Haar wurde dünner und dünner, kam schließlich ganz abhanden. Sie habe die bewundernswerte Gabe einer Katze, jeden beliebigen Punkt im Raum zur ihrer Behausung zu machen, sich darin einzurichten, alle Ritzen, aus denen es zieht, mit Liebe zu stopfen, sagt der Mann, der sie umarmt, es ist der Mann einer andern, und er hat auch schon die Erklärung dafür: Das komme davon, weil der Frau immer einmal der Wind durch die Seele pfeife, weil sie kein Haus in sich trage, sie sei sich dort selbst fremd; diese Leere abzuschotten, brauche es Manneskraft. Sie mochte es, in seinem Flachsbart zu schnüffeln. Irgendwo hat sie gelesen, es sei zwecklos, jemanden am Tage mit dem zu halten versuchen, was in der Nacht geschehen ist. Sie saß im Warteraum der Poliklinik, schaute auf ihre Beine und dachte: gleichschenkliges Dreieck, an den Knien abgeeckt. Was der Arzt wohl sagen wird? Krankheiten entstehen aus Kränkung und Verbitterung, sagte er, und heilen kann man sie durch Liebe. Hat Ihre Mutter Kinder getötet, die sie in sich trug? – Ja. – Da haben wir's. Sie hat die Liebe abgetrieben, und Sie müssen das jetzt ausbaden. Der alte Nachbar hat seinen Tee getrunken und möchte nun gehen, stopft den Bart in den Mantel; ihr ist nicht entgangen, wie er einen Slip von ihr in seiner Tasche verschwinden ließ; sie hat nichts gesagt, ihn nur unauffällig gegen einen weniger verwaschenen ausgetauscht. Und da ist der, der im Krieg war, lebend davonkam, jedoch mit einem weggerissenen Unterkiefer, der lief nun herum mit einem implantierten Silberröhrchen in der Kehle. Als er vier war, wurde er von Nachbarjungen auf dem Hof verprügelt. Der künftige Soldat lief zu seiner Mutter und petzte, sie war gerade beim Wäschewaschen. Sie unterbrach das Waschen und rief in barmendem Ton: Mein armer Junge! Dann zwirbelte sie des Vaters Unterhosen zu einer Wurst und peitschte ihm das Ding über den Rücken. Wehe, du kommst noch mal petzen! In Poltawa gab es weder Tannen noch Fichten, zu Weihnachten schleppten sie eine Kiefer an. Ein Kind – ein Knäuel Wärme in deiner Nähe, sehr leicht zu kränken. Vergänglichkeit, was ist das: Auch was du früher einmal mit deinem Drachen zufällig in den Wind schriebst – es war für immer. Der glupschäugige Nachbar droht Prügel mit dem Waschmaschinenschlauch an, seine Frau hat einen Kropf, der aus dem unförmig weiten Kragen hervorquillt wie eine Riesenbirne. Du schnittst mit der Rasierklinge einen Frosch auf und sahst, wie sich das kleine graue Herz zusammenzog. Auch kamst du auf die Idee, wie man dem Frosch eine Spritze gibt: Man nimmt den Füllfederhalter, drückt die Spitze in die Froschhaut, dass es knallt, und lässt Tinte hineinfließen. Die Mädchen spielen im Dickicht hinter der Dusche, gerade sind sie beim Essenkochen. Aus Pusteblumen lassen sich drei Gerichte zubereiten: Makkaroni, Spiegelei und saurer Hering. Tiefrote Blütenblättchen kann man anlecken und auf die Fingernägel kleben, sieht aus wie manikürt. Sie rennen aufs Klo und hocken sich über das Loch, aus dem zieht es. Im Winter wird auf der Datscha regelmäßig eingebrochen; er schrieb einen Zettel: Liebe Diebe! Wie Sie sehen, bewahren wir hier nichts Wertvolles und Alkoholhaltiges auf. Bitte machen Sie nichts kaputt und schlagen Sie auch die Scheiben nicht ein, wir sind arme Leute. Zum Wochenende fuhr er hinaus, ging in der Dämmerung den vereisten, mit Sternen ausgelegten Weg von der Pforte zum Haus, drinnen war alles demoliert und verdreckt, der Zettel lag auf dem Fußboden, mit einem Haufen beschwert. Als er ihn mit der Kehrschaufel entfernen wollte, war der Haufen gefroren und gab, angestoßen, einen hellen Ton von sich. Der Mensch ist ein Chamäleon: Wer mit den Moslems lebt, wird zum Moslem. Wer mit den Wölfen lebt, wird zum Wolf. Die Russen essen keine Tauben, weil der Heilige Geist in Gestalt einer Taube herabkam. Beschwerde aus Korinth: Auf einem Schiff hatten sie einen Passagier an Bord genommen, der sich als Prophet erwies und einen sauren Hering zum Leben erwecken konnte, sodass dieser das Deck entlangglitschte und über Bord sprang – ja, wenn es nur ein Hering gewesen wäre und nicht das ganze Heringsfass – so aber stand die Besatzung ohne Proviant da! Iss, was gar ist, trink, was klar ist, sprich, was wahr ist. Die Seelen, so lehrt es Heraklit, dünsten aus dem Feuchten hervor, sie neigen zum Austrocknen. Zu Bösen, Fremden muss man Ja sagen, zu den Nächsten, den Geliebten Nein. Und woher nimmt man heutzutage noch Sicherheiten – wenn es doch schon morgen sein kann, dass der Donnergott mit dem falschen Bein aufsteht und du dich genötigt siehst, das väterliche Haus gegen die Trireme einzutauschen, oder du fährst auf einen Teller Tiganites zur Tante in Syrakus und fällst Seeräubern in die Hände, oder ein entlaufener Sklave sticht dich ab im Schlaf. Wanderer, wohin gehst du? Glaubst du wirklich, nach Sparta? Es hat wieder so viel geschneit, dass die Straßenbahnen nicht fahren. Auferstehung des Fleisches. Baschmatschkin ist die Seele, der Mantel sein Körper. Lasst ihm seinen Mantel, und er wird keinen Passanten mehr nachstellen. Schmeißt alles hin und kommt mit nach Rom, dort ist der Himmel so nah! Schlaflosigkeit war es, was ihn quälte. Oft kam er nachts in mein Zimmer, wenn ich schon im Bett lag und die Kerze gelöscht war, setzte sich auf das schmale Korbsofa, stützte den Kopf in die Hände und döste. In tiefer Nacht ging er auf Zehenspitzen hinüber in sein Zimmer, wo er dann im Halbschlaf auf dem Sofa saß. Wenn der Morgen graute, schlug er sein Bett auf, damit das Dienstmädchen sah, dass der Bewohner dieses Zimmers die Nacht wohl verbracht hatte, und sich nicht sorgen musste. Er hatte Angst, im Schlaf zu sterben, blieb deshalb nachts lieber wach. Nein, diese Luft! Beim Einatmen meint man, siebenhundert Engel oder mehr hielten Einzug in die Nasenflügel. Da überkommt einen oft der unbändige Wunsch, ganz Nase zu werden – Augen, Arme und Beine, alles verzichtbar – man möchte eine gigantische Nase sein mit eimerbreiten Nüstern, nur um möglichst viel einzusaugen von dieser Frische, diesen Frühlingsdüften. Als ich vor Gogols Leichnam trat, schien er mir gar nicht tot zu sein. Der lächelnde Mund und das nicht ganz geschlossene rechte Auge ließen an einen lethargischen Schlaf denken, weshalb ich mich nicht gleich entschließen konnte, ihm die Maske abzunehmen. Er hatte gefürchtet, nicht sterben zu können. Auferstehen lassen muss man auch jene Korbflasche: Beim Kartenspiel wurde trockener Wein getrunken, und Gogol zog geschickt die Schicht Olivenöl ab, die den Spiegel in der bauchigen Flasche bedeckte, damit der Wein luftdicht abgeschlossen war und nicht verdarb. Gegenstände gehören genauso zum Fleisch. Der bemooste Ziegelstein im wuchernden Phlox an der Datscha, unter dem der Tausendfüßler sitzt. Der Plattenspieler im Souterrain am Starokonjuschenny, dessen Tonarm mit blauem Isolierband umwickelt ist. Und jene Kälte vor vielen Jahren, als der Metroeingang von großen Eisbeulen überzogen war und der Hausmeister eine Mischung aus Sand und Salz streute, die aber nur noch schneller gefror – alles Fleisch. Auch Farben. Auf dem Fensterbrett der Becher mit bunten Filzstiften – gegen das Licht wirken sie alle schwarz. Das Klobecken rot vom eisenhaltigen Wasser oder vom Rost in den Rohren. Zahnfleischbluten – die Bürste voll rosa Schaum. Und erst die Honigaquarellfarben! Auch Klänge. Plötzlich waren die Uhren zu hören. Als wären sie frisch geschlüpft, als hätten sie die längste Zeit geschwiegen und nun aufzubrechen beschlossen, zuerst die Wanduhr, ganz betulich, dann in kleinen Hüpfern der Wecker auf dem Tisch. Die alten Platten knackten wie Holz im Ofen. Im Kino rollte eine leere Flasche auf dem Fußboden hin und her. Auferstehen müsste auch noch jenes Gelächter in der Gummifabrik, als man das Fließband anhalten musste. Auch die Stille, auch die Leere. Die leeren Menschen, die man in Pompeji fand. Absenzen. Huren, die es nicht gibt. Auch was nicht ist, ist Fleisch. Stille, das ist genauso ein aus der Sprache geborenes Tier wie die im Zimmer eingesperrte Leere oder wie der Widerschein der Laternen nachts auf dem nassen Kopfsteinpflaster, der sich vegetativ fortpflanzt, durch Knospung. Oder wie diese Fingerabdrücke am Himmel, ach nein, das sind nur Vögel, der eine Schwarm hat sich in mehrere geteilt. Der Mann hieß Esche, die Frau Ulme. Adam herrschte über den Osten und den Norden des

Paradieses, ich hütete den Westen und den Süden. Adam herrschte über die Tiere männlichen Geschlechts, ich herrschte über die Tiere weiblichen Geschlechts. Dereinst am Jüngsten Tag werden die Huren gequält und die Agrotechniker. Und ich sah einen feurigen Fluss, und eine große Menge von Männern wie auch Frauen war in ihn geworfen, einige bis zu den Knien, andere bis zum Nabel, viele aber auch bis zum Scheitel. Frage: Wer sind die in dem Feuerwasser? Antwort: Das sind die, die heiß und kalt nicht fühlen. Denn sie waren nicht unter den Guten und Frommen, wiewohl sie ihr Leben bis zuletzt auf Erden fristeten, denn sie befolgten an manchen Tagen Gottes Gebote, an manchen wieder lebten sie in Unzucht und Ehebruch, und so taten sie unausgesetzt. Frage: Warum bist du nackt? Antwort: Weißt du denn nicht, dass du selber nackt bist? Denn du trägst das Fell irdischer Lämmer, das verfaulen wird mit deinem Leib. Ich aber, der ich in den Himmel schaute, sehe mein Gesicht und meine Kleider, wie sie sind, in ihrer wahren Gestalt. Frage: Aus wie vielen Teilen besteht die Seele? Antwort: Aus dreien. Als da sind die vernünftige Seele, die muthafte Seele, die begehrende Seele. Frage: Wie viele Götter gibt es eigentlich? Antwort: Siebenhundertsiebenundsiebzig. Frage: Und noch eigentlicher? Antwort: Einhundertfünfzig. Frage: Und in Wirklichkeit? Antwort: Einen. Frage: Sag die Wahrheit! Antwort: Weniger als einen. Frage: Muss man einer Mutter sagen, dass ihr Sohn auf hoher See ertrunken ist, oder soll man sagen, er sei über alle Berge und komme nie zurück? Frage: Sag mir, Sedrach, von der Erschaffung der Welt bis in alle Ewigkeit sind wie viele Regentropfen zur Erde gefallen, und wie viele werden es noch? Frage: Und wenn ringsum Schnee ist, nichts als Schnee – kann der rote Streifen vom Schlüpfergummi auf der Haut dann nicht als Liane gelten? Antwort: Es wird kein Jüngstes Gericht geben. Dergleichen steht nicht zu befürchten. Nichts, was es nicht schon gegeben hätte. Panikmache! Und was kann eine alte Frau im blinden Spiegel noch erschrecken? Mich, die ich aus Angst vor dem Alter am liebsten gestorben wäre und deshalb mit einem langen

Leben bestraft worden bin – womit sollte man mich noch strafen können? Gut, ich hatte meine Lupe verlegt, den halben Tag hab ich sie gesucht, während das Luder mich Närrin vom Herd aus beobachtete. Schönheit im Alter? Hat sich was. Von der Gicht sind die Finger krumm. Die Haut hängt wie eine gefälbelte Gardine. Runzlig bin ich und zusammengeschnurrt wie ein totes Meerkätzchen. In meinem großen Bett kannst du mich suchen. In schlaflosen Nächten grabe ich tief im Vergangenen. Grabe mir mein Troja aus, das es vielleicht nie gegeben hat. Viel Sand, viel Mulm ist da wegzuschaufeln, bis es doch einmal blinkt wie Porzellan. Achtung, Vorsicht! Hier ist der Pinsel gefragt. Betrachte das Fundstück eingehend von allen Seiten, im Licht und Gegenlicht, rieche daran, kratze mit dem Fingernagel … Meine erste Liebe war ein Porzellanhündchen. Papa führte mich vor das Büfett und erklärte, es sei kein gewöhnliches, sondern ein Zauberhündchen. Das mich lieb habe und jeden Tag ein Bonbon für mich bereithalte, wenn ich fein artig gewesen sei. Er nahm das Hündchen, zog ihm den Kopf ab – es war innen hohl – darinnen lag ein Bonbon. Ich gab mir große Mühe, artig zu sein, und bekam täglich von meinem Lieblingshündchen ein Zauberbonbon. Es schmeckte vorzüglich, einzigartig, unvergleichlich, es war das wohlschmeckendste Bonbon auf der ganzen Welt. Bis ich einmal ins Zimmer gestürmt kam und Papa auf den Knien vorfand mit einer Papiertüte in der Hand, neben sich auf dem Fußboden das Hündchen ohne Kopf. Als der Vater mich sah, wurde er schrecklich verlegen und streckte mir das Bonbon entgegen, das er eben in den Hund hatte legen wollen. Ich schob es mir in den Mund, doch es schmeckte gar nicht. Ich hatte eine Katzenallergie – mit sechs fing das plötzlich an, keiner wusste, was los war. Ich wusste es, sagte aber keinem etwas. Oder ich bildete mir ein, es zu wissen. Als kleines Kind hatte ich nämlich eine Katze gehabt, die irgendwann alt genug war und sich ins Feld verkroch, um zu sterben. Man weiß, dass Katzen sich zum Sterben zurückziehen. Von da an begann ich zu keuchen, wenn eine Katze im Raum war. So auch, als es mit einem Mann, den ich liebte, der aber verheiratet war, zum ersten Mal ernst werden sollte. Wir waren zu ihm nach Hause gegangen. Die Frau war mit den Kindern auf dem Land. Er küsste mich, und ich fing wenig später an zu japsen. Ist hier irgendwo eine Katze?, fragte ich. Er verneinte. Doch ich spürte es. Und sie hatten tatsächlich eine, die war auf der Datscha, aber ihre Haare waren überall. Ich sagte zu ihm: Ich kann nicht, mir ist übel – und er glaubte, ich mache nur Theater, denke mir aus Koketterie irgendwelche Geschichten aus. Fing an, mich zu entkleiden, und ich bekam keine Luft mehr. Früher hätte ich mich gefragt, wie das zusammengeht: dass ich hier sitze, mit der Lupe in der Hand, und zugleich dort bin, ihn an mich ziehe und spüre, wie ich ohnmächtig werde, sterbe, nicht atmen kann. Jetzt weiß ich: Das ist ganz normal. Alles geschieht immerzu gleichzeitig. Du schreibst diese Zeile, die ich gerade lese. Du setzt ans Ende dieses Satzes einen Punkt – und ich komme an diesen Punkt just zur selben Zeit. Uhrzeiger spielen dabei keine Rolle, die kann man vor- und zurückstellen. Auf die Zeitzonen kommt es an. Die Sprünge auf dem Zifferblatt. Alles geschieht gleichzeitig, die Zeiger auf den Uhren gehen nur überall anders. Schuld an dem Kuddelmuddel hat die Sonne, die vor dem Küchenfenster aufgeht, und hinter der Zitrone im Zimmer gegenüber geht sie unter. Irgendwann hab ich mal einen Zitronenkern in einen Topf mit Erde gesteckt, inzwischen ist ein Bäumchen draus geworden. Das ist wie Silvester, wenn sie in London gerade anfangen, den Tisch zu decken, und in Japan sind schon alle besoffen. Freitags gibt es Rente – ich sitze erwartungsvoll da, weil Freitag ist, und zur selben Zeit sind die Freitagswolken noch irgendwo in der Wasserleitung. Der in der Zelle ist noch dabei, sein Boot in die Wand zu kratzen, und schwimmt darin schon auf dem Tiber Richtung Orvieto. Eben verkünde ich meinen lieben Schülern im Unterricht, dass nur alte Weiber an den lieben Gott glauben – und krächze im selben Moment in mein Kopfkissen: Vater unser, der du bist im Himmel, dabei denke ich noch, Vater unser, das ist schön gesagt … Ich danke für jeden Tag, den ich erleben durfte, für die Liebe, die mir geschah. Und ihr entschuldigt bitte, dass ich euch einreden wollte, es gebe für Gott keine Beweise. Das ist Unfug! Jedes Wunder ist ein Beweis. Und der Tod ist ein Wunder. Ich sterbe! Welcher Beweise bedarf es noch? Nur dass man sich von Gott so komische Bilder macht, mit Rauschebart und griechischem Gewand. Dabei ist er vielleicht in Wirklichkeit gar nicht der düstere Alte auf seinen Freitagswolken in der Wasserleitung, sondern einer von diesen Bernsteinsuchern, die im Urlaub mit leerer Streichholzschachtel den Ostseestrand ablaufen – unverwandt starrt er in den ans Ufer geworfenen Tang, und wenn er vorbeigeht, hört man die Muschelschalen unter seinen Sandalen knacken. Falls es nicht die Marktfrau ist, die seinerzeit zu mir sagte: Nun nehmen Sie doch von den Guten, Frau, wozu denn dieses mistige Zeug? Oder der Wirrkopf, der nämlich mit h schrieb und auch sonst alles auf der Welt durcheinanderbrachte. Am wahrscheinlichsten aber ist es nicht er und nicht sie und kein Dritter, sondern etwas sehr Schlichtes, ein Farnkraut zum Beispiel oder sonst ein grünes, grünes Gras, das da wild vor sich hin wächst, wurzeln kann in jeder Ritze. Es gab eine Zeit, da wusste man, dies ist Gott aus der Familie der Kryptogamen, doch das Wissen ging verloren. Jetzt werden nur noch Tempelruinen besichtigt, und das Wesentliche wird übersehen: dass Tempel nur die Stelle bezeichneten, wo einmal ein heiliger Berg oder Hain sich befand – die Bernsteinsucher, Wirrköpfe, düsteren Alten wohnten ja nicht in Altären, sondern in Wipfeln, im Wind und im Gras. Auf das Kräutlein kommt es an. Davon, dass der Glauben an den Urgott sich verliert, stirbt es nicht aus, verzieht sich nur ein Stück beiseite, wohnt dort unauffällig, unerkannt. Das Haus für alle Götter, weißt du noch? Weil nun mal immer alles gleichzeitig passiert, gehst du just in diesem Moment mit ihr – hat sie schon die Narben am Bein oder noch keine? Egal! – durch die Via dei Pastini zur Piazza della Rotonda, und da steht es, das Heiligtum aller Heiligtümer – etwas verloren im Gedränge der Häuser, von allen Seiten angerempelt durch architektonische Wegelagerer. Unter den Säulen gehen alte

Römer in Plastikrüstungen den Touristen um den Bart – vielleicht die Strelitzen vom Roten Platz, nur verkleidet. Ihr schiebt euch durch die riesige, nur einen Spalt offene Bronzetür mit der Patina von Jahrhunderten, und ein kühler Luftzug fährt über die nackte, schweißnasse Haut, als striche etwas (unsichtbare Katze, Katzengott?) zwischen den Beinen hindurch. Eintritt aus der Glut in Düsternis und Kühle. Das Kuppelauge zieht alle Blicke hinan. Es ruht auf einer schrägen Säule aus Licht. Staub, Dunst. Um die Öffnung kreisen Insekten, leuchten auf im Spot. Altes Foto auf einer Schautafel: Hochwasser; Boote (Bootgötter?) schwimmen durch die Rotunde. Immer wieder zieht es den Blick zur Pupille empor. Dort oben irgendwo, hoch über den Köpfen, in den Kassetten der hallenden Kuppel, fanden jene Zuflucht, deren Absetzung Kaiser Theodosius in seiner Naivität zu dekretieren suchte, als er achtundzwanzig Wagenladungen Gebeine aus den Katakomben zu schaffen befahl, um Wohnraum zu gewinnen für die unbefleckte Maria nebst Märtyrern. Nach dem Motto: Was macht ihr euch hier so breit in euern Luxusgemächern! Wir rackern uns ab, und ihr habt's hier fein! Na, jetzt weht hier ein andrer Wind! Jetzt wird zusammengerückt! Eng, aber gemütlich – oder etwa nicht? Reich wird man eh nicht mit rechten Dingen! Sich waschen, aber nicht nass machen wollen, das geht nun mal nicht. Liebe reimt sich auf Hiebe. Wir haben hier einen Räumungsbescheid vorliegen, aber wie soll man hier räumen, kann mir das einer sagen? Die hängen doch hier wie die Fledermäuse kopfüber in allen Ecken, und keiner sieht sie! Stecken den Kopf unter die Flügel, rollen sich ein und warten auf ihre Stunde! Der wirklich Allmächtige aber, der muss nicht warten, der ist immergrün. Man sieht ihn nur nicht gleich. Dazu muss man erst mal raus an die frische Luft. Kommt, ich zeige ihn euch … Ihr geht hinaus, du als Erster, während die Frau, die Narben an den Beinen hat und zugleich keine, noch drinnen verharrt, weil wieder einmal eine Reisegruppe den Eingang blockiert. Während du also zwischen den Säulen stehst und wartest, dass sie herauskommt – vielleicht eine Minute, vielleicht auch all die Jahre, sie steht und wartet, bis der Letzte durch ist, um nicht in der Tür mit ihm zusammenzustoßen –, zeige ich dir das Allerwichtigste, schau: Die Rück- und Seitenfront ist aus Ziegeln gemauert, aber weiter oben hängt da auf einmal dieser Felsvorsprung aus rosa Kalkstein, daran Säulenkapitelle und Reste eines Frieses mit Delfinen, alles mit Moos bewachsen und überwuchert, siehst du, von Gott: ein zartes, lockeres Gekräusel. Bei uns zu Hause ist es eine Zimmerpflanze, die ohne menschliche Wärme nicht überlebt, hier hingegen wächst sie als Unkraut. Adiantum capillus veneris heißt sie in der toten Sprache, die Lebendes bezeichnet. Venushaar, ein Kräutlein aus der Gattung der Frauenhaarfarne. Gott des Lebens. Sanft schaukelnd im Wind. Es ist wie ein Nicken: Ja, ja, fürwahr, dies ist mein Tempel. Meine Erde. Mein Wind. Mein Leben. Kraut der Kräuter. Hier wuchs ich, als eure Ewige Stadt noch nicht existierte, hier werde ich wachsen, wenn sie mal nicht mehr ist. Da könnt ihr noch so viel alte Bart- und Chlamysträger entwerfen, die sich die unbefleckte Empfängnis ausdenken, malt und meißelt, was ihr wollt, ich stoße durch alle Leinwände, all euren Marmor breche ich auf. Jede Ruine im Forum besiedele ich, und unter jedem Ziegelstein im Phlox bin ich auch. Wo ich nicht zu sehen bin, dort sind meine Sporen. Wo ich nicht bin, da war ich, da werde ich sein. Ich bin, wo ihr seid. Ihr seid auf der Piazza Colonna? Ich auch. Die Demonstranten tragen weiße Kittel. Morire con dignità!, skandieren sie ins Megaphon. Das sind die Ärzte aus der Onkologie, sie drohen mit Streik, wenn ihre Gehälter nicht erhöht werden. Sie traktieren die Passanten mit einem ellenlangen Appell: Unterschreiben, unterschreiben, früher oder später sprechen auch Sie bei uns vor. Ist Ihre Prostata wirklich noch ganz in Ordnung, mein Herr? Aha, na, wir werden ja sehen. Und hier auf dem Corso, wo die Massen sich drängen und die Krawatten zum Reinbeißen billig sind, findet das Judenrennen statt. Sie rennen nackig, wie es sich gehört, barfuß bis zum Hals, haha – so wie sie den Jesus ans Kreuz genagelt haben. Carnevale! Carnevalissimo! Es jauchzt das

Volk und verlustiert sich. Noch der letzte Armenhäusler, der nichts hat, womit er sich verkleiden könnte, dreht seine Jacke auf links, reibt sich das Gesicht mit Kohle schwarz und mischt sich ins bunte Treiben. Denn Frohsinn liegt ihm nun mal in der Natur. Essen, trinken, fröhlich sein und ein hübsches Mädchen frein! Die Juden haben sich natürlich losgekauft, nur einer ist übrig, ein Orotsche. Ein armer Schneider, der keinen Rock hat und kein Kissen, aber Frau und Kinder und darum viel Verdruss. Der wird von den Tungusen nun auf den Corso geführt. Frau und Kinder schreien Ach und Weh, nehmen Abschied von ihrem Väterlein, denn dass der Mann lebendig am Ziel eintrifft, ist nicht anzunehmen. In der Menge werden Spießruten verteilt. Der Orotsche lässt die Hosen runter, die ganze Straße lacht sich tot. Dann steht er splitternackt, die Hände vor der Scham, und spricht: Sie werden mich gleich töten, und was ich noch sagen wollte: Ich liebe euch sehr, dich, Shenja, und dich, Aljoscha, und dich, Witenka! Auf die Plätze, fertig, los. Da läuft er, und sie schlagen zu. Erbarmt euch, liebe Brüder. Er läuft, sie schlagen zu. Erbarmt euch, liebe Brüder. Er läuft, sie schlagen zu. Erbarmt euch, liebe Brüder. Dann ist Schluss, aus, er kann nicht mehr. Er fällt. Jetzt geht es ans Sterben. Und plötzlich sieht er, da läuft ja noch wer hinter ihm her, ein nackter, dürrer Mann. Wer ist das? Haut und Knochen, Blut und Schweiß, zitternder Bart. Auch er ist am Ende, das sieht man. Aber die Nase ist anders als meine, denkt der Orotsche, also bin das nicht ich. Und der Orotsche kennt sämtliche Juden in Rom. Ein Fremder, schlussfolgert er. Wo kommen Sie denn her?, fragt der Orotsche, Ihr Gesicht kommt mir bekannt vor, woher kennen wir uns? Ich bin doch nie aus Rom rausgekommen, hab die Nase niemals in den Wind gehalten. Eine weiße Birke, zitternd, ohne Blatt, die der Schnee, so wirkt es, zart versilbert hat, das ist alles, was ich kenne. Wie kommen Sie dazu, hier mitzurennen? Das ist doch mein Rennen! Mein Sterben! Oder bin ich etwa schon tot? Sie können mich nicht kennen, erwidert der andere, denn ich bin es, der seit Langem tot ist, während Sie noch am Leben sind. Ich komme Ihnen nur insofern bekannt vor, als wir alle Ihm zum Bilde geschaffen sind: Malst zwei kleine Henkel dran, fertig ist der Hampelmann, und die Seele, genau wie der Körper, riecht nach sich und dem, was man gegessen hat. Wichtig wäre, ich erinnerte mich, ob mein Arm nach oben gestreckt war oder nach hinten abgeknickt. Fürchte, es wird mir nie wieder einfallen. Aber für Sie ist das jetzt unerheblich. Sie müssen leben. Shenja, Aljoscha und Witenka brauchen Sie. Ich laufe an Ihrer Stelle. Aber Sie sind doch gar kein Jude!, wundert sich der Orotsche. Ja, wissen Sie denn nicht, sagt der andere lächelnd, dass kein Jude, noch Grieche ist in König Maciuś' Königreich? Gehen Sie getrost nach Hause, essen Sie Ihr Abendbrot, schalten Sie den Fernseher ein, spielen Sie mit den Kindern, lesen Sie ihnen zum Einschlafen die Geschichte vom schlauen Urfin und seinen Holzsoldaten vor. Dann ziehen Sie den Wecker auf und gehen ruhig schlafen, derweil werde ich hier für euch alle ins Rennen gehen. Für die Juden und die Sarmaten und die Orotschen und die Tungusen und die Kaiser und die Philosophen. Gehen Sie schon, Sie werden erwartet! Und seien Sie vorsichtig! Immer schön nach links und nach rechts sehen! Die rasen hier alle wie die Besengten! … Also trabt er los. Zieht vorbei an einzelnen Fußgängern und Touristengruppen. Springt über Gullydeckel, unter denen der Senat und das römische Volk lauern. Läuft den Corso hinunter in Richtung Piazza Venezia, wo er so lange nicht über die Straße kommt, bis ein todesmutiger Stadtführer, das Bambusstöckchen wie ein Florett führend, sich dem Verkehrsstrom entgegenwirft. Hat man die Stufen erklommen und dreht sich um, sieht man nur noch den Schwanz vom Hengst Viktor Emanuels und die drohend über Rom schwebenden Rosspflaumen darunter. Die Vögel über dem Kapitol haben sich wieder zu einer gogolschen Nase ausgestülpt. In die eimergroßen Nüstern halten siebenhundert Engel Einzug. Auguren verfolgen den Nasenflug, um ihre Voraussagen zu treffen. Eine Katze, auf einem Auge blind, eilt zum Forum. Auf der Via Sacra sind die Steinplatten abwechselnd nach innen und nach außen gewölbt, den Triumphwagen des Siegers muss es ordentlich gerüttelt haben. Lacus Curtius, der Heilige See, ist deutlich kleiner als die große Frühjahrspfütze auf dem Markt bei uns in Frjasino. Unter dem Triumphbogen des Septimus Severus raste ich. Setze mich auf einen Sims, esse Reis mit Huhn und Shrimps. Und das da ist der Mamertinische Kerker. Sagen Sie, wo war das noch mal, wo sie Cäsar umgebracht haben? Gemach, gemach, so weit sind wir noch nicht, er ist noch nicht umgebracht worden, er lebt. Das hier war jedenfalls das erste politische Gefängnis am Platze. Es kommt uns recht klein vor – zwei Räume nur, einer oben, einer unten. In den unteren gelangt man durch ein Loch aus dem oberen. Im oberen Raum befindet sich ein Petrus geweihter Altar, Petrus soll der Legende nach vor seiner Hinrichtung hier in Haft gewesen sein, aber das lässt sich nicht belegen, während wir in Tacitus' Annalen einen Bericht darüber lesen können, wie der Prätorianerpräfekt Sejan hier zu Tode kam, der eine Verschwörung gegen Tiberius anzuzetteln versucht hatte. Der Leichnam des gescheiterten Rebellen wurde der Wut des Pöbels preisgegeben, nach drei Tagen landete er im Tiber. Doch dem nicht genug: Als Nächstes wurden seine Kinder herbeigeschafft. Die Jüngste verstand noch nicht, wie ihr geschah, fragte immer wieder, wegen welchen Vergehens sie denn weggebracht werde und wohin; sie verspreche, es auch bestimmt nicht mehr zu tun, und man könne sie doch, wie man das bei Kindern mache, mit der Rute züchtigen. Gewährsleute aus jener Zeit berichten, ihr sei, da es für die Hinrichtung eines unschuldigen kleinen Mädchens keinen Präzedenzfall zu geben schien, vom Henker unterm Strang noch die Unschuld geraubt worden, ehe man sie erdrosselte. Diesem Mädchen aber wird keiner einen Altar weihen. Weil es, im Unterschied zu Petrus, in Rom gewesen ist. Denn wenn es schon einmal irgendwo etwas einzig Wahres gibt, so sucht man es nicht dort, wo man es verloren hat, sondern in Rom, wo sowieso etwas nicht stimmt mit der Zeit – sie vergeht nicht, sammelt sich an, füllt die Stadt bis zum Rand, als hätte einer das Kolosseum als Stöpsel in den Abfluss gesteckt. Denn wo Liebe war, kann nichts sie ungeschehen machen. Und wer liebt, kann unmöglich sterben. So liege ich des Nachts schlaflos und gedenke all derer, die ich liebte. Blind, wie ich bin, sehe ich sie deutlich vor mir. Seine alten Tage in Einsamkeit zu fristen ist wahrlich nicht leicht. Und ich hätte so gern ein Kind gehabt! Denn das Kind, das ich damals im Museum von Ostankino in mir trug, verwandelte sich, noch ehe es geboren, in ein Fischlein und schwamm davon. Und also betete ich: Kräutlein, Kräutlein, gib mir noch einmal ein Kindlein! – Ja sag mal, du bist doch schon viel zu alt dafür! – Na und? – Du hast deine Wechseljahre längst hinter dir! – Und wenn? Was hat das damit zu tun? Sarah hatte das auch schon lange hinter sich, und trotzdem kriegte sie eins von dir! Tu ein Wunder, was kostet dich das! Da sprach das grüne, grüne Gras: Na schön, von mir aus. Du lässt ja doch nicht locker. Geh zum Bäcker und kauf ein Borodinobrot, dann kriegst du dein Kindlein! Ich also zum Bäcker gewackelt, ganz krumm und am Stock, da kommt mir eine Zigeunerin entgegen, die ist dreihändig. Und pitschenass ist sie auch, wie gerade durch den Fluss geschwommen. Im einen Arm hält sie ein tropfendes kleines Kind, in der zweiten Hand eine angebissene Birne. Mit der dritten streicht sie mir über den Kopf und sagt: Ich bin gerade erst den Räubern entkommen und noch ganz nass. Mach dir nichts draus, dass ich Zigeunerin bin. Keine dahergelaufene! Rein bin ich und unbefleckt, keine Spuren sind geblieben, kein Riss und keine Naht, unberührt wie das Schilfmeer, das sich auftat und hinterher wieder schloss. Sie spuckt auf ihre Birne und hält sie mir hin: Probier mal! Ich beiße ab, nichts Süßeres als diese Birne ist mir im Leben untergekommen. Dann tappe ich weiter, Brot holen – da merke ich auf einmal, dass ich schwanger bin. Mir ist übel. Ich halte mich am Zaun fest und übergebe mich. Wische mir den Mund aus mit brackigem Schnee. Am anderen Morgen wachte ich auf und dachte: Na, das werd ich wohl alles geträumt haben! Aber dann sah ich mich im Spiegel und traute meinen Augen nicht: Ich bin wieder jung! Die Brüste prall! Der Bauch schon zu sehen! Oje, dachte ich erschrocken, was werden die Nachbarn sagen? Jetzt ist die Alte ganz übergeschnappt! Ich ging den Leuten aus dem Weg, suchte meinen Bauch zu verbergen. Aber wie soll das gehen? Wächst er doch von Tag zu Tag, was sag ich, von Stunde zu Stunde! Und da drinnen ist was los! Das pralle Leben! Mein Pünktchen ist zurückgekommen zu mir! Ich horche in mich hinein, das Kind bewegt sich. Immer noch versuche ich meine Schwangerschaft vor den anderen geheim zu halten, den Bauch einzuschnüren – verlorene Liebesmüh, ich bin aufgegangen wie ein Hefekuchen. Also ziehe ich mich ganz zurück, verlasse das Haus nicht mehr. Liege nur noch im Bett. Irgendwann muss es so weit sein mit der Geburt. Und da geht es los, mitten in der Nacht. Oh, oh, ich kann nicht mehr. Die Wehen! Furchtbare, unerträgliche Schmerzen. Ich quäle mich, es zerreißt mich fast, und doch wage ich nicht um Hilfe zu rufen. Und auf einmal kommt es aus mir geschossen wie aus der Kanone. Ist es ein Junge oder ein Mädchen? Ich sehe nichts, man müsste Licht machen. Ich taste mit der Hand im Finsteren auf dem Nachttisch herum, verheddere mich in der Schnur, und die Lampe kracht polternd zu Boden! Ich versuche aufzustehen, doch die Kräfte versagen mir. Ich bin ausgerutscht in irgendetwas, mit dem Kopf aufgeschlagen. Liege da, kann alles hören, alles sehen, doch irgendwie sonderbar, wie durch Glas – als läge ich nicht auf dem Fußboden, sondern stünde auf dem Balkon, blickte von dort ins Zimmer hinein und sähe mich in einer Pfütze vor dem Bett liegen, neben mir die zerschlagene Lampe. Da kommt jemand rein und sagt: Ach, jetzt hat sie endlich ausgelitten … Und um mich her ist tiefe Nacht. Und alle schlafen. Auch der Wind schläft. Auch all die müde gelaufenen Schuhe, Sandalen, Pantoffeln schlafen. Die Mutter schüttelt's Träumelein, fällt herab ein Kindelein, das Bäumlein hüt' den Schlaf. Rom schläft. Stadt der Toten, denn sie leben alle, hat sich entspannt und liegt im tiefen Schlaf. Nur in einem Fensterchen ist noch Licht zu sehen. Da probiert der Rjasaner Oberleutnant, ein großer Liebhaber von Stiefeln, sein neues Paar an, hat sich schon einige Male dem Bette mit der Absicht genähert, die

Stiefel auszuziehen und sich schlafen zu legen, kann sich doch nicht entschließen: hebt den Fuß in die Höhe, bewundert den kühn und zierlich geformten Absatz. Ein Magen, der Bern verdaut. Ein Brot, das leuchtet. Zieht man an dem am Seifenstück klebenden Haar, zerfließen die Kontinente. Die Därme der Erde schlafen. Die weißen Bleistifte schlafen. Mädchen schlafen, als schwömmen sie, den rechten Arm voraus unterm Kissen, den linken zurückgeworfen, Handfläche nach oben. Nachts springen die Fontänen lauter. Am Barcaccia-Brunnen kein Mensch. Auch nicht am Trevi-Brunnen, dem Paradepferd, Flaggschiff, Admiral, der die Brunnenflotte anführt auf schlafender steinerner See. Keinem staubt Wasser auf die Haut, keiner trinkt das köstliche Nass aus der Aqua Virgo, keiner wirft sich eine Münze über die Schulter wie: Hier hast du deinen Obolus, Fährmann der Ziegen, Wölfe und Kohlköpfe, tu deine Pflicht! Die Fledermäuse haben auf ihre Stunde gewartet, nun kommen sie aus der Kuppel des Pantheons geflogen, trudeln hektisch umher. Unter der Brücke, die zum Castel Sant'Angelo führt, treibt auf dem Tiber ein an die Wand gekratztes Boot, unbesetzt. Das Forum liegt still und öd, nur die Katzen hocken da und starren unverwandt auf die angenagelten Hände. Bald muss es hell werden. Der Himmelsarchitekt greift zur Schere, gleich wird er herausschneiden, was zu viel ist: die Säulen vom Petersdom, die Brücke mit den Engeln. Auch er ein Wirrkopf: will Engel ausschneiden, doch heraus kommen Sewastopoler Offiziere, die wollen endlich auftauchen, reißen an den Leinen, die Fetzen der Hemden flattern wie Flügel. Vielleicht war er es ja, Bernini, der die Welt so durcheinandergebracht hat! Beauftragt, eine alte Frau aus dem Marmor zu hauen, die selbst kein Kind empfing und es anderen nicht gönnte, und die im Angesicht des Todes mummelte: Das lang ersehnte Stündlein hat geschlagen, mein Herr! Wird Zeit, dass wir einander kennenlernen, mein Bräutigam, mein Tod! ... Aber nein, stattdessen schuf der Wirrkopf eine junge Braut. Und ihr Bräutigam ist das Venushaar. Der Tag bricht an. Auf der Spanischen Treppe türmt sich der Müll von gestern. Vom

Monte Pincio her ein Schrei: Eloi, Eloi! Lama sabachtani? Ein schwarzer Engel steht reglos, die Ledertaschenflügel ausgebreitet, an der Ecke der Piazza del Popolo. Den Corso entlanghetzt, die ersten morgendlichen Spaziergänger rempelnd, die Galpetra, wie wir sie von der Klotür kennen: bärtig und nackt, die kiloschwer klatschenden Brüste schwenkend, mit einem Pünktchen im Bauch. Hetzt jenem hinterher, der weit voraus schon trabt, König Maciuś' Königreich entgegen. So warten Sie doch!, ruft die Galpetra, lassen Sie mich mitrennen für alle, gemeinsam rennt es sich besser! Derweil steht am Ende der Straße ein einsamer Stadtführer und reckt den zugeklappten Regenschirm mit morgenrotem Fähnchen. Bitte folgen, meine Herrschaften!, soll das heißen. Nur nicht zurückbleiben, ich zeige Ihnen das Wichtigste in dieser vergänglichen Stadt! Es ist der ägyptische Obelisk mit anhängendem rosa Wölkchen, er ruft: Wo seid ihr? Mir nach! Ein Kräutlein will ich euch zeigen, ein grünes, grünes Gras!

Zürich – Rom 2002–2004

Anmerkungen des Übersetzers

Seite

5 **Buch der Offenbarung Baruchs** Die sogen. syrische Baruch-Apokalypse (ca. 2. Jh.), nicht identisch mit dem Buch Baruch im Alten Testament. Prophezeit wird die Zerstörung der Tempel in Jerusalem und die tröstliche Übernahme des Kultes durch die Engel im Himmel.

7 **Dem Dareios und der Parysatis ...** Hier und im Weiteren aus: Xenophon, *Anabasis* (Kriegsreportage, um 370 v. Chr.). Übers.: Helmuth Vretska.

15 **drei Jahre im Galopp keine Entfernung** So der Stadthauptmann in Nikolai Gogols Komödie *Der Revisor* (1836) über die Unermesslichkeit der russischen Provinz.

16 **Dryas mit Namen** Vgl. Longos, *Daphnis und Chloe* (Liebesroman, 3. Jh.).

17 **Sesam ... Kreidezeichen ... friedlich in seinem Schlauch gesessen** Vgl. das Märchen aus Tausendundeiner Nacht *Ali Baba und die 40 Räuber*.

Borodinobrot Traditionelles russisches Roggenmischbrot in Kastenform, mit sogenanntem Kochteig und Koriander gebacken. Der Name erinnert an die Schlacht von Borodino gegen Napoleon (1812).

21 **Es war einmal im rechtgläubigen Muntenien ...** Aus: Anonymus, *Die Legende über den Woiwoden Dracula* (Anekdotensammlung, um 1485).

24 **Und auf dem Wehr, seht ihr, blitzt ein Flaschenhals, schwarz ragt der Schatten vom Mühlrad ...** ... fertig ist die Mondnacht. (Treplew bewundert Trigorins schriftstellerische Technik beim Schreiben.) Aus Anton Tschechows Drama *Die Möwe* (1895/96).

26 **Genehmigung zur Nutzung von Postpferden zu amtlichem Behufe** Michael Lermontow, *Ein Held unserer Zeit* (1840): »Was scheren mich die Freuden und Leiden der Menschheit, mich, einen reisenden Offizier, noch dazu mit Genehmigung zur Nutzung von Postpferden zu amtlichem Behufe.«

27 **Viele sind berufen ...** Matthäus 22,14.

ich schlafe, aber mein Herz wacht ... Hohelied 5,2.

29 **Parasangen** Alte persische Maßeinheit, eine Parasange sind etwa sechs Kilometer.

29 **die Inschrift ADOLF HITLER** Motiv aus den Memoiren des Kinderschriftstellers Wladislaw Krapiwin *Rost von alten Ankern* (2002). Das von der deutschen HAPAG 1938 erbaute Passagierelektroschiff *Patria* ging 1946 als Reparationsgut an die sowjetische Schwarzmeerflotte und wurde zur *Rossija*.

Papierstreifen auf die Stirn … Wer soll das bloß lesen und wann? Aus dem Essay *Ihren Misserfolg begrüß' ich* (1992) von Sinowi Sinik über den Untergrundautor Pawel Ulitin.

30 **Museum für die Kunst der Leibeigenen** Landgut und Herrenhaus mit der Kunstsammlung des Grafen Scheremetew aus dem 18. Jh. in Ostankino bei Moskau. Als ideologischen Vorwand, um den Erhalt zu sichern und die Restaurierung zu ermöglichen, entwarf ein findiger Museumsdirektor nach der Revolution 1917 die zugespitzte Legende, Leibeigene hätten das Palais und seine Einrichtung geschaffen. Die Bezeichnung des Museums blieb bis in die 1990er Jahre erhalten.

34 **»Nei, das bin i nöd!«** Frau Eggli spricht im Original (Schweizer) Deutsch.

35 **Die Nadel war in einem Ei verborgen …** Im russischen Volksmärchen von der Froschkönigin sagt die Hexe Baba-Jaga zu Prinz Iwan, der seine Prinzessin Wassilissa sucht: »Deine Frau ist jetzt bei Koschtschej, dem unsterblichen Knochenmann. Sein Tod sitzt auf einer Nadelspitze, die Nadel ist in einem Ei verborgen, das Ei in einer Ente, die Ente in einem Hasen, der Hase sitzt in einer steinernen Truhe, die Truhe aber steht auf einem hohen Eichenbaum, und den hütet Koschtschej wie einen Augapfel …« Übers.: Gabriele Zöttl.

39 **… das leichteste von allen Opfern** Aus: Fjodor Dostojewski, *Die Brüder Karamasow* (Roman, 1878–1880).

41 **Gestern noch ein Tropfen Schleim …** Aus: Marc Aurel, *Selbstbetrachtungen* (nach 170).

42 **… nennen wir ihn den Wind …** Die Episode folgt in einigen Motiven der Father-Brown-Story *Das Wunder von Moon Crescent* (1926) von G. K. Chesterton; deren Hauptfigur heißt Wynd.

45 **Es war ein stiller Sommermorgen … sangen die Morgenvögel** So beginnt Iwan Turgenjews Roman *Rudin* (1855). Übers.: Josef Hahn.

46 **Wie spätere Untersuchungen ergaben …** Nachfolgende Passage verarbeitet die Erzählung *Ein Doppelmord in der Rue Morgue* von Edgar Allan Poe (1841). Übers.: Felix Friedrich.

50 **Kapitän Nemo und seiner Nautilus** Vgl. Jules Verne, *Zwanzigtausend Meilen unter dem Meer* (Roman, 1870).

54 **… man lädt Sie nach Nigger Island ein** Vgl. Agatha Christie, *Zehn kleine Negerlein/Und dann gabs keines mehr* (Roman, 1939). Ein rätselhafter reicher Mann lädt zehn Personen, die geheimer Verfehlungen und unaufgeklärter Verbrechen schuldig sind, auf eine kleine Insel ein und lässt sie dort nacheinander zu Tode kommen. Die Todesarten folgen dem makabren Kinder-Abzählreim von den zehn kleinen Negerlein.

57 **… Holmes sagt ihm auf den Kopf zu, dass er in Afghanistan war** Vgl. Arthur Conan Doyle, *Eine Studie in Scharlachrot* (1887), der erste Sherlock-Holmes-Roman.

61 **wo … die Züge am liebsten morgens ankommen** Aus: Andrej Levkin, *Golem. Russische Version* (Roman, 2002).

65 **dem türkischen Sultan einen Brief geschrieben** Vgl. das Gemälde von Ilja Repin, *Die Saporosher Kosaken schreiben einen Brief an den türkischen Sultan* (1891); die Szene spielt im 17. Jh.

die falschen Dimitris … Zwei Hochstapler, die in der Zeit der Wirren in Russland, 17. Jh., nacheinander den Zarenthron usurpierten, Ersterer mit Erfolg.

67 **Zarjowokokschaisk** Heute: Joschkar-Ola; Hauptstadt der Autonomen Republik der Mari.

73 **Geh dahin, weiß nicht wohin …** Russisches Zaubermärchen.

78 **Der Richter hatte einen roten Fleck an der Stirn …** Siehe Agatha Christie, Anm. zu S. 54

99 **Und als Klearchos ihm riet …** Hier tritt zu Xenophons Berichterstattung noch eine zweite Quelle, die Artaxerxes-Biografie von Plutarch (vor 96 n. Chr.), hinzu. Übers.: Konrat Ziegler.

100 **das Vierspringerspiel auf der Anitschkow-Brücke** Sankt Petersburger Brücke über die Fontanka mit vier Rossebändiger-Plastiken von Peter Clodt von Jürgensburg (1841/1851).

101 **Cipollino, dem Zwiebelchen, und dem Riesenmilizionär Onkel Stjopa** Gianni Rodari, *Zwiebelchen* (Erzählung, 1951), Sergej Michalkow, *Onkel Stjopa* (Gedicht, 1935).

Lipawa Lettisch Liepāja, deutsch Liebau.

109 **Temernik** Altes Rostower Hafen- und Industrieviertel mit Barackenunterkünften für Saisonarbeiter.

115 **Moskauer Verlag I. Knebel** Kunstbuchverlag vor der Revolution, der auch illustrierte Kinderbücher herausgab.

116 **Petschenegen** Historisches Turkvolk, aus Westsibirien stammend, im 9. Jh. nach Europa gezogen; belagerte u. a. Kiew, die Hauptstadt der alten Rus, und tötete 972 den von einem Feldzug heimkehrenden Großfürsten Swjatoslaw.

117 **Ich will wieder zu dir kommen …** 1. Mose 18,10 ff.

118 **Nachitschewan** Hier: Nachbarstadt von Rostow auf der anderen Donseite, heute eingemeindet.

120 **ihr Bruder** Efrem Zimbalist (1899–1985), Geiger, Leopold-Auer-Schüler. Ein Leipziger Auftritt unter Arthur Nikisch 1910 machte ihn berühmt. Ab 1911 in den USA.

125 **Puschkin und sein Duell** Russlands größter Dichter Alexander Puschkin (1799–1837) starb infolge eines Duells, zu dem ihn der französische Offizier d'Anthes herausgefordert hatte – direkt und indirekt, indem er Puschkins Frau Natalja aggressiv den Hof machte.

Märchen vom goldenen Fischlein Russisches Volksmärchen, das sich motivisch mit dem grimmschen *Vom Fischer und seiner Frau* überschneidet; populär ist die puschkinsche Adaption *Märchen vom Fischer und vom Fischlein* (1833).

127 **Die Zarentochter Sofia zum Beispiel** Ilja Repin, *Die Zarentochter Sofia im Neujungfrauenkloster während der Hinrichtung der Strelitzen und der Folterung ihrer Dienerschaft im Jahre 1698* (Gemälde, 1879).

Fenster nach Europa Nach der Niederschlagung des Moskauer Strelitzenaufstands leitete Zar Peter der Große seine westlich orientierten Reformen ein, die auch zur Gründung von Sankt Petersburg (1703) als »Fenster nach Europa« führten.

129 **den Tungusen oder den Orotschen** Tungusen (Ewenken) und Orotschen sind kleine indigene Nomadenvölker in Ostsibirien; hier in einem übertragenen poetischen Sinn gebraucht.

130 **ein Möbius** Der Leipziger Mathematiker August Ferdinand Möbius (1790–1868) beschrieb das nach ihm benannte Möbiusband, eine unendliche Schleife.

Mlywo Mlywo bezeichnet in der Mythologie eines anderen sibirischen Volkes, der Niwchen, das Jenseits, wo die Seelen der Verstorbenen nach einem speziellen Übergangsritus so weiterleben wie bisher und dies mehrmals so fort, bis sie zuletzt die Gestalt einer Pflanze, eines Vogels, Insekts usw. annehmen.

131 **Von Essen und Trinken wollte Chloe nichts mehr wissen …** Aus: *Daphnis und Chloe*, s. Anm. zu S. 16. Übers.: Otto Schönberger.

132 **Der Frost dringt durch bis zum Häkchen …** Vers aus *Israelische Feste* (1996) von Olga Agur.

133 **Widder … den Abraham an Isaaks statt geopfert** 1. Mose 22,13.

135 **die reinste Aethiopika** Vgl. Heliodor, *Aethiopika*, Roman in zehn Büchern (3. Jh.). Die äthiopische Königin Persina wird von einer Umarmung ihres Gatten beim Anblick eines Gemäldes der nackten Andromeda schwanger und gebiert, durch den Eindruck des Bildes auf ihre Imagination, ein weißes Kind.

137 **in seinen Jüdischen Krieg** Flavius Josephus, *Geschichte des Jüdischen Krieges* (79 n. Chr.).

139 **Schipkapass** Im bulgarischen Balkangebirge. Schauplatz einer erbitterten Schlacht im Russisch-Türkischen Krieg 1877/78. Über mehrere Wochen hielten die russischen Truppen unter den Generälen Stoletow und Radezki der türkischen Belagerung stand und konnten zuletzt gar das Heer des Gegners gefangen nehmen.

Plewna (Bulgarisch Plewen) Hier fand zuvor, 1877, eine weitere legendäre Schlacht dieses Krieges statt.

Paian Kollektiver Gesang in den alten griechischen Heerscharen zur Einschwörung auf den Kampf, zur Feier des Sieges oder zur Besänftigung der Unterlegenen.

141 **ein Handschuh … aber ein denkender** Vgl. Blaise Pascal, *Gedanken über die Religion und andere Themen* (1670): »Der Mensch ist nur ein Schilfrohr, das schwächste der Natur, aber er ist ein denkendes Schilfrohr.« Übers.: Ulrich Kunzmann.

143 **Der letzte Tag von Pompeji** Gemälde von Karl Brjullow (1833).

144 **eine *Beagle*, um hinzugelangen** Die *Beagle* war ein Segelschiff der britischen Marine, mit dem Charles Darwin 1831–1836 rund um Südamerika unterwegs war.

145 **Loch von der Größe Gottes** Die Wendung, Jean-Paul Sartre zugeschrieben, ist als Aphorismus in Russland weit verbreitet.

146 **rosenfingrige Eos** Die Morgenröte bei Homer, *Odyssee* (8. Jh. v. Chr.). Übers.: Wolfgang Schadewaldt.

153 **Pontos Euxeinos** Altgriechische Bezeichnung für das Schwarze Meer.

Strabon Antiker Geschichtsschreiber und Geograf (63–23 v. Chr.).

Dioskurias Heute Sochumi in Abchasien.

154 **alles Verborgene wird offenbar** Lukas 8,17.

158 **Niello** Alte Gravurtechnik in Gold, Silber und Bronze, bei der die Zeichnung mit einer schwarzen Legierung ausgefüllt wird. Ein Zentrum der Niellokunst im 19. Jh. war das mittelrussische Tula.

160 **so wie Alexander Blok** Der Dichter schrieb am 5. April 1912 in sein Tagebuch: »Untergang der Titanic, hat mich gestern unsagbar gefreut. (Es gibt ihn noch, den Ozean!) Maßlos öde und schwer.«

161 **zu frohlocken wie Rebecca** Aus dem Sakrament der Krönung im orthodoxen Trauungsritual: »Und Du, Braut, sei hoch gepriesen wie Sarah, frohlocke wie Rebecca und mehre dich wie Rahel!«

164 **Eigentlich fängt das Gymnasium im Schreibwarenladen … an** Einige Motive sind den Erinnerungen *Was mir allein gehört* (1973) der Schriftstellerin Vera Panowa entnommen.

167 **Platzwechsel in der Kirche** Hier entstammen ein paar Details den Erinnerungen *Am Institut für höhere Töchter* (1995) der Philologin Tatjana Morosowa.

170 **Bauernauspeitschung auf dem Kreisrevier** Ein typisches Sujet der einflussreichen Peredwishniki-Künstlerbewegung Ende des 19. Jh., gegen deren sozialkritisch ausgerichteten Realismus der Zeichenlehrer offenbar opponiert.

171 **Flieger Kusnezow** Pawel Kusnezow (1875–1963), russischer Flugpionier.

172 **Haber-Włyński** Adam Haber-Włyński (1883–1921), polnischer Flugpionier.

175 **die Wjalzewa** Anastasija Wjalzewa (1871–1913), populäre Konzert- und Operettensängerin.

176 **Nina Tarassowa, Marija Judina, Jekaterina Jurowskaja** Jekaterina Jurowskaja (1886-1949), Romanzensängerin. Über die Tarassowa und die Judina (nicht die spätere Pianistin gleichen Namens!) ist uns nichts bekannt.

178 **Fürst Jussupow** Felix Jussupow (1887–1967), beteiligt am Attentat auf Grigori Rasputin (1916).

181 **»So, du sangst? Dann tanze jetzt!«** Jean de la Fontaine, *Die Grille und die Ameise* (1668). Übers.: Martin Remané. Ins Russische übertrug den Text der berühmte Fabeldichter Iwan Krylow.

Tagebuch der Bashkirtseff *Tagebuch der Maria Bashkirtseff* (1898). Übers.: Lothar Schmidt.

182 **Lege deine Hand unter meine Hüfte …** 1. Mose 24,2;9.

185 **Janusz Korczak** Eigentlich: Henryk Goldszmit (1878–1942), polnisch-jüdischer Arzt, Kinderbuchautor und Pädagoge, Leiter eines Waisenhauses für jüdische Kinder, die er freiwillig ins KZ begleitete.

König Maciuś In Korczaks Erzählungen um König Maciuś (1923) besteigt ein Zehnjähriger den Thron und führt die Demokratie ein.

186 **Kryptogamen** Sporenpflanzen.

188 **Siwzew Wrashek** Alte Moskauer Gasse, nahe dem Arbat.

zu Gogol Der Schriftsteller Nikolai Gogol lebte zwischen 1837 und 1842 mehrfach und für längere Zeit in Rom.

Wenn Ihr wüsstet … alles nur geträumt! Nikolai Gogol an Wassili Schukowski, 18. Oktober 1837.

204 **während der vierten Nachtwache** Matthäus 14,25.

206 **Kyrill** Kyrill von Saloniki (826–869), Theologe, Philosoph, später Mönch und mit seinem Bruder Method als Missionar besonders im slawischen Raum (Großmähren) erfolgreich; auf dem Weg zu den Chasaren kam er 860 durch Chersones.

207 **da wurden … Offiziere ertränkt** Während des russischen Bürgerkrieges übernahmen die Bolschewiki im Januar 1918 in Sewastopol die Macht. Die beschriebenen Hinrichtungen, Teil einer großen Terrorwelle, sind für den 23. und 24. Februar 1918 bezeugt.

219 **Weihnachtsfastenzeit** Vergleichbar dem Advent in den westlichen Kirchen, jedoch vierzig Tage während – nach dem julianischen Kalender, der in Russland bis 1918 galt und von der orthodoxen Kirche noch heute verwendet wird, vom 15. November bis 24. Dezember.

220 **Ich schlafe, aber mein Herz wacht** Hohelied 5,2.

223 **vor allem dem einen** Nikolai II. (1868-1918), von 1894 bis 1917 letzter russischer Zar.

225 **zigster Märzember** Joseph Brodskys Gedicht *Aus nirgendwo in Liebe, am zigsten Märzember* (1976; Übers.: Felix Ph. Ingold) geht

zurück auf Gogols *Aufzeichnungen eines Wahnsinnigen* (1834), wo ein Eintrag mit »86. Märzember, zwischen Tag und Nacht« überschrieben ist.

232 **Geschichte vom schlauen Urfin und seinen Holzsoldaten** Kinderbuch von Alexander Wolkow (1963) in Anlehnung an den *Zauberer von Oz* (L. Frank Baum, 1900).

235 **mit der ganzen Universität aus Warschau evakuiert** Die Rede ist von der 1869 gegründeten Russischen Universität in Warschau.

238 **Kosma Krjutschkow** Kosma Krjutschkow (1890–1918), legendärer Donkosake.

239 **Elektrotheater** So hießen in Russland die ersten stationären Kinos.

Stenka Rasin Stummfilm über den legendären Räuberhauptmann dieses Namens; Regie: Vladimir Romaschkow (1908); erste russische Kinoproduktion überhaupt.

Studio des Künstlertheaters Moskauer Künstlertheater, später MChAT, gegründet 1898 von Konstantin Stanislawski, der dort 1913 ein Werkstattstudio eröffnete, um seine Methoden zu lehren und zu entwickeln.

240 **Frauenakademie** Nach dem Vorbild des Sankt Petersburger Bestushew-Instituts in Warschau gegründete Hochschule für Frauen.

241 ***Revisor*** Gogols Komödie, s. Anm. zu S.15

242 ***Verteidigung von Sewastopol*** Erster abendfüllender Spielfilm in der Geschichte des russischen Kinos (Regie: Wassili Gontscharow/Alexander Chanshonkow, 1911).

es gebe einen Pjotr Iwanowitsch Bobtschinski »Ich möchte ergebenst darum bitten, wenn Sie nach Petersburg kommen, so sagen Sie, bitte, den dortigen Magnaten, Senatoren und Admiralen: ›Euer Erlaucht oder Exzellenz! In der und der Stadt lebt Pjotr Iwanowitsch Bobtschinski.‹ Bitte genau so: Pjotr Iwanowitsch Bobtschinski … Und wenn Sie dem Herrscher begegnen sollten, so sagen Sie auch ihm: ›Majestät, in der und der Stadt lebt Pjotr Iwanowitsch Bobtschinski.‹« Übers.: Valerian Tornius.

243 **Chlestakow** Hauptfigur im Stück – der falsche Revisor.

244 **der große Katschalow** Wassili Katschalow (1875–1948), Schauspieler am Künstlertheater.

Ismail Stadt an der Donau, heute ukrainisch. Lange Zeit Vorposten des Osmanischen Reiches, mehrfach von den Russen eingenommen. *Die Eroberung von Ismail* heißt ein Roman von Michail Schischkin (2000).

246 **Moskal** Scherzhafte bis abfällige Bezeichnung der Russen bei Polen und Ukrainern.

Ein Leben für den Zaren Russische Nationaloper (1836) von Michail Glinka.

247 **eine Jermolowa oder Sawina** Berühmte Schauspielerinnen: Maria Jermolowa (1853–1928) am Moskauer Maly-Theater; Marija Sawina (1854–1915) am Petersburger Alexandra-Theater.

249 **die Kadmina** Jewlalija Kadmina (1853–1881), Mezzosopran.

250 **Sarah Bernhardts Ankunft in Odessa … Stein auf ihre Kutsche** Sarah Bernhardt (1844–1923), berühmte Pariser Schauspielerin. Vgl. Anton Tschechow: »Odessa empfing die Bernhardt auf recht exzentrische Art: Man zeigte sich erfreut, rief Hurra und warf einen Stein auf die Kutsche. Ungehörig, aber originell … Der Stein berührte die Bernhardt wie der Kreis die Tangente.« (*Sarah Bernhardt*, 1881).

255 **die Fresken der Wasnezows** Die Historienmaler Viktor (1848–1926) und Apollinari (1856–1933) Wasnezow entwarfen die Innenausmalung der 1875 erbauten und 1930 abgerissenen Rostower Großkathedrale.

»Baumann, Direktion für Soziales und Sicherheit.« Herr Baumann spricht im Original Deutsch.

262 **Turgenjews Rudin** S. Anm. zu S. 45

263 **Andrej Bolkonski auf dem Schlachtfeld von Austerlitz** Hauptfigur in Lew Tolstois Roman *Krieg und Frieden* (1868/69).

265 **Lafette** Fahrbares Untergestell für Geschütze.

266 **der Rjasaner Oberleutnant bei Gogol** Vgl. Nikolai Gogol, *Die toten Seelen* (1842).

271 **und der Himmel entwich …** Offenbarung 6,14 (Luther); Alexej zitiert in der Form, die der Protopope Awwakum in seiner Autobiografie verwendet, s. Anm. zu S. 350

Chanshonkow & Co. S. Anm. zu S.242

Werst (russ. *Wersta*) Längenmaß im alten Russland; entspricht etwa 1067 Metern.

273 **Ich kam in ein Land …** Aus der *Legende des Makarios von Rom* (14. Jh.): drei Mönche auf der Suche nach dem Paradies auf Erden.

274 **Ich war 165 Jahre alt …** Aus dem slawischen Buch Enoch (1. Jh.); vgl. 1. Mose 5,21.

275 **von den Behältern der Wolken** Aus dem äthiopischen Buch Henoch (3. Jh. v. Chr.), die »astronomischen Geheimnisse«.

… was zwischen Verweslichkeit und Unverweslichkeit ist Aus dem slawischen Buch Enoch; vgl. 1. Korinther 15.

285 **jene zwei** Vgl. 1. Mose 22.

288 **Fürst Wassili** Wassili II., Wassiljewitsch der Blinde (1415–1462), Großfürst von Moskau.

290 **Irgendwo hatte sie gelesen …** Nämlich bei Valeri Piskunow, *Pterotos Gesänge* (Roman, 2002).

297 **von Japho gen Tharsis …** Jona 1,3 ff.

303 **Skobelews Heer in Bulgarien** Michail Skobelew (1843–1882), General im Russisch-Osmanischen Krieg 1877/78.

305 ***Die Tochter des Pharao*** Ballett (1862) von Cesare Pugni und Marius Petipa nach dem *Roman der Mumie* von Théophile Gautier; in Russland über Jahrzehnte sensationell erfolgreich.

306 **der von Yorick** Vgl. William Shakespeare, *Hamlet* (1602). Hamlet gedenkt Yoricks, des einstigen Hofnarren, im Angesicht seines Totenschädels.

Hauptmanns *Hannele* Gerhart Hauptmann, *Hanneles Himmelfahrt* (1893). Stanislawski inszenierte das Stück 1896 für die Moskauer Kunst- und Literaturgesellschaft; eine Wiederaufnahme der Produktion 1898 am Künstlertheater wurde vom Moskauer Metropoliten untersagt.

307 **Brand** Henrik Ibsen, *Brand* (1866).

308 **Bichat** Marie François Xavier Bichat (1771–1802), französischer Anatom und Physiologe, Begründer der Histologie.

310 **Andrejews *Gedanken*** Leonid Andrejew, *Der Gedanke,* nach der gleichnamigen Erzählung (1902).

Gerettet sind die … Offenbarung 14,4.

316 **Und es wird kommen …** Jesaia 2,19.

325 **den sogenannten Divertissements** Kleine musikalische Aufführungen zwischen den Filmvorstellungen, wie sie in der Frühzeit des Kinos in Russland üblich waren.

326 **Nikitina** Eudoxia Nikitina (1895–1973), Dichterin und Literaturhistorikerin; unterhielt in Moskau und zwischenzeitlich im »weißen« Rostow eine informelle Literaturgesellschaft, der viele nam-

hafte Autoren angehörten und die mit Unterbrechungen bis in die 1950er-Jahre fortexistierte. Gründete 1922 einen Autorenverlag.

Oswag (Oswedomitelnaja agentura) Antibolschewistische Propaganda-Agentur der Weißen Bewegung während des Bürgerkriegs, mit Hauptsitz in Rostow.

Natascha Rostowas erster Ball Vgl. Lew Tolstoi, *Krieg und Frieden.*

327 **Tschirikow** Jewgeni Tschirikow (1864–1932), Schriftsteller.

328 **Paul Poiret** Französischer Modeschöpfer (1879–1944).

neben ihrem Mann Alexej Nikitin (1876–1939) Anwalt, Politiker, Innenminister unter Kerenski.

329 **Orlenew** Pawel Orlenew (1869–1932), Schauspieler.

Glagolin … mit Sinelnikows Truppe Boris Glagolin (1879–1948), Schauspieler und skandalträchtiger Theater- und Filmregisseur; Nikolai Sinelnikow (1855–1939), Schauspieler und Regisseur.

die Valerskaja Jelisaweta Valerskaja, Film- und Theaterschauspielerin, Glagolins Frau.

Smerdjakow Vgl. Fjodor Dostojewski, *Die Brüder Karamasow.* (1878–1880); Smerdjakow ist der Lakai des Vaters Karamasow, sein heimlicher Sohn und späterer Mörder.

330 **Filmfabrikant Trofimow** Michail Trofimow, Kaufmann, Filmproduzent, Gründer des Filmstudios Rus (1915), aus dem nach der Revolution Meshrabprom und noch später die Gorki-Filmstudios wurden.

Volkshaus 1900 errichtet, 1912 mit eigenem Opernsaal. Heute Music-Hall.

331 **Kalmücken** Mongolisches Volk buddhistischen Glaubens, seit dem 17. Jh. am Unterlauf der Wolga siedelnd.

332 **Ulus** Verwaltungsbezirk (Landkreis) in Kalmückien.

333 **Machno ist Schullehrer** Nestor Machno (1888–1934), Anführer einer anarchistischen Partisanenbewegung im russischen Bürgerkrieg, teils für die Rote Armee, teils gegen sie.

334 **Mamontows Oper** Sawwa Mamontow (1841–1918), Eisenbahn-Unternehmer, gründete 1885 ein privates Opernensemble.

Trikolorefähnchen rücken … höher Offensive der Freiwilligenarmee unter Denikin an der Südfront im Sommer 1919. Die Weiße Bewegung, die sich als Erbe des einigen, unteilbaren Russlands verstand, nutzte die traditionelle weiß-blau-rote Flagge.

335 **Abrau-Durso** Kleinstadt in Schwarzmeernähe, Zentrum der Sektproduktion.

Monachow Nikolai Monachow (1875–1936), Revue- und Operettensänger.

336 **Plewizkaja** Nadeshda Plewizkaja (1884–1940), Liedsängerin, »Kursker Nachtigall«, später Geheimagentin im Pariser Exil; vgl. Vladimir Nabokovs Erzählung *Der Regieassistent* (1943).

Wertinski Alexander Wertinski (1889–1957), legendärer Sänger und Schauspieler, oft in der Maske des Pierrot.

die Germanowa, die Knipper Maria Germanowa (1884–1940), Olga Knipper-Tschechowa (1868–1959), Schauspielerinnen des Künstlertheaters.

Bei Maschonkin Die Kaufleute Maschonkin bauten Ende des 19. Jh. in die Rostower Innenstadt ein kleines Theaterviertel aus hölzernem Manegentheater, Freilichtbühne und Kleinkunstcafé; an die Stelle des Holzbaus kam 1906 ein großes steinernes Theaterhaus.

339 **Boris Lasarewski** Russisch-ukrainischer Schriftsteller (1871–1936), insbesondere erotische Prosa.

Welikaja Rossija (Großrussland) Zeitung der Weißen Bewegung im monarchistisch-nationalistischen Geist, ab 1918 herausgegeben von Wassili Schulgin.

342 **Opritschniki** Geheimpolizei Iwans des Schrecklichen im 16. Jh.

Paul I. als Großmeister der Malteser Paul I. (1754–1801), Zar von 1796 bis zu seiner Ermordung. Nach der Eroberung Maltas und Auflösung des Malteser-Ordens durch Napoleon im Jahr 1798 holte Paul I. die verbliebenen Ritter nach Russland und wurde zu ihrem Großmeister gekürt.

343 **Gelage zu Zeiten der Pest** Sprichwörtliche Redewendung, geht zurück auf das gleichnamige Dramolett (1830) von Alexander Puschkin.

350 **den alten Awwakum auf dem Nachttisch** Der altgläubige Protopope Awwakum (1620/21–1682) schrieb die erste russische Autobiografie (1672/73).

nicht mit Kornilow ausgerückt Lawr Kornilow (1870–1918), General der russischen Armee im Ersten Weltkrieg, im Bürgerkrieg Oberbefehlshaber der Weißen Freiwilligenarmee.

351 **Blok … in seinem Poem** *Vergeltung* (1911).

480 **Romanzen von Prosorowski** Boris Prosorowski (1891–1937), Komponist berühmter Romanzen; ab 1930 mehrfach verhaftet, im Lager erschossen.

483 **Chaskin, Lanzman und Gladkow** Jakow Chaskin (Akkordeon), Michail Lanzman (Klarinette), Igor Gladkow (Piano, Akkordeon) – Alle stammten aus dem Umkreis des ersten sowjetrussischen Jazzbandleaders Alexander Zfasman (1906–1971).

484 ***Und fragt mich Gott zuletzt erbost …*** Ein sogen. Garik (satirischer Vierzeiler) von Igor Guberman (geb. 1936).

Garkawi Michail Garkawi (1897–1964), populärer Humorist und Conferencier.

485 **Altman** Natan Altman (1889–1970), Maler und Bühnenbildner.

488 **Chamowniki** Stadtteil von Moskau mit mehreren alten Klöstern.

490 **Kasjan Golejsowski** Tänzer und Ballettmeister (1892–1970), zunächst am Bolschoi, in den 1930er-Jahren als Formalist geschmäht; choreografierte die Sportlerparaden auf dem Roten Platz.

493 **bei Dneprow und der Militsch** Mitrofan Dneprow (1881–1966), Opern-und Operettensänger, Regisseur; Klara Militsch (Künstlername nach einer berühmten Novellengestalt von Iwan Turgenjew), Schauspielerin, Romanzensängerin, Duettpartnerin von Dneprow.

Moskauer Umbettungen Das berühmte Daniil-Kloster wurde 1929 vom NKWD geschlossen und der zugehörige Friedhof liquidiert; nur einige Prominente wurden exhumiert und auf andere Friedhöfe umgebettet, so zum Beispiel Nikolai Gogol und der Pianist Nikolai Rubinstein.

Grabar Igor Grabar (1871–1960), Maler und Kunsthistoriker. Führend beteiligt an der Säkularisierung von Kirchenkunstschätzen und später den Beutekunstüberführungen aus Deutschland.

Gemälde seien ins Ausland verkauft Die Tatsache, dass Kunstwerke der Eremitage zur Schuldendeckung ins westliche Ausland verkauft wurden, war in der Öffentlichkeit nur gerüchtehalber bekannt, der geplante Rückkauf wiederum eine gestreute Ente.

Alexandrow Grigori Alexandrow (1903–1983), Filmregisseur, in den 1920er-Jahren Assistent bei Sergej Eisenstein; erfand auf Stalins Wunsch die sowjetische Filmkomödie *(Lustige Burschen,* 1934, u. a.).

493 **Orlowa** Ljubow Orlowa (1902–1975), Filmstar der 1930er- bis 1950er-Jahre, seit 1933 Alexandrows Ehefrau, etliche Hauptrollen in seinen Filmen.

495 ***Zirkus*** Eine weitere Filmkomödie von Grigori Alexandrow (1936).

499 **Glöckchenarie** Arie der Lakmé aus der gleichnamigen Oper von Léo Delibes (1883).

da liefen ihr die Tränen Episode aus den Memoiren (1984) von Swetlana Obolenskaja, Tochter des sowjetischen Wirtschaftsfunktionärs Walerian Osinski (1887–1938).

500 **»Stolypin«** So nannte man die zum Gefangenentransport umgerüsteten Eisenbahnwaggons, wie sie zu Anfang des 20. Jh. unter Innenminister Stolypin eingeführt wurden.

504 **Idole den Fluss entlangtreiben sehen** Fürst Wladimir der Große ließ bei Einführung des Christentums im 10. Jh. die zuvor von ihm selbst aufgestellten Götzenbilder stürzen und in den Dnepr werfen.

505 **Kreschtschatik** Hauptboulevard in Kiew.

512 **Philosophenkaiser** Mark Aurel.

516 **solange die Erde stehet …** 1. Mose 8,22.

522 **so lehrt es Heraklit** Vgl. seine *Fragmente* (5. Jh. v. Chr.).

Baschmatschkin D. i. Akaki Akakijewitsch, s. Anm. zu S. 430

Siebenhundert Engel oder mehr Nikolai Gogol aus Rom an Marija Balabina (April 1838).

Als ich vor Gogols Leichnam trat Aus den Erinnerungen des Bildhauers Nikolai Ramasanow (1853).

523 **Der Mann hieß Esche, die Frau Ulme** Vgl. die Jüngere Edda (13. Jh.).

Adam herrschte über den Osten … Aus: *Das Leben Adam und Evas* (Apokryphe, ca. 14. Jh.); Evas Bericht vom Sündenfall.

524 **Und ich sah einen feurigen Fluss …** Aus der Paulus-Apokalypse (um 400). Übers.: Hans-Josef Klauck.

Aus wie vielen Teilen besteht die Seele? Vgl. die Seelenlehre des Platon (4. Jh. v. Chr.).

Sag mir, Sedrach Aus der Sedrach-Apokalypse (ca. 11. Jh.).

529 **Krawatten zum Reinbeißen billig** Anton Tschechow an Maria Kisseljowa (April 1891).

Es jauchzt das Volk und verlustiert sich Vers aus dem *Lied auf den Weg* (1840) von Nestor Kukolnik und Michail Glinka.

530 **Noch der letzte Armenhäusler … ins bunte Treiben** Aus: Nikolai Gogol, *Rom. Fragment* (1842).

Erbarmt euch, liebe Brüder Aus: Lew Tolstoi, *Nach dem Ball* (Erzählung, 1904).

Eine weiße Birke … Strophe aus Sergej Jessenins Gedicht *Die Birke* (1913).

531 **kein Jude, noch Grieche** Galater 3,28.

532 **Die Jüngste verstand noch nicht** Aus: Tacitus, *Annales* (2. Jh.). Übers.: Erich Heller.

535 **Beauftragt, eine alte Frau aus dem Marmor zu hauen …** Vgl. Giovanni Lorenzo Bernini, *Die Verzückung der heiligen Theresa* (um 1650).

536 **Eloi, Eloi! Lama sabachtani?** (Hebräisch) Mein Gott, mein Gott, warum hast du mich verlassen?